O REDENTOR

Obras do autor publicadas pela Editora Record

Headhunters
Sangue na neve
O sol da meia-noite
Macbeth
O filho

Série Harry Hole
O morcego
Baratas
Garganta vermelha
A Casa da Dor
A estrela do diabo
O redentor
Boneco de Neve
O leopardo
O fantasma
Polícia
A sede
Faca

JO NESBØ

O REDENTOR

TRADUÇÃO DE
GRETE SKEVIK

2ª edição

Editora Record
RIO DE JANEIRO • SÃO PAULO
2021

CIP-BRASIL. CATALOGAÇÃO NA FONTE
SINDICATO NACIONAL DOS EDITORES DE LIVROS, RJ.

N371r Nesbo, Jo, 1960-
2.ed.   O redentor / Jo Nesbo; tradução de Grete Skevik. – 2.ed. – Rio de Janeiro: Record, 2021.

Tradução de: Frelseren
Sequência de: A estrela do diabo
Continua com: Boneco de Neve

ISBN 978-85-01-10988-0

1. Romance norueguês. 2. Literatura norueguesa (Inglês). I. Skevik, Grete. II. Título.

12-0736   CDD: 839.82
                                               CDU: 821.111(481)

TÍTULO ORIGINAL:
FRELSEREN

Copyright © Jo Nesbo, 2005
Publicado mediante acordo com Salomonsson Agency.

Texto revisado segundo o novo Acordo Ortográfico da Língua Portuguesa.

Todos os direitos reservados. Proibida a reprodução, no todo ou em parte, através de quaisquer meios. Os direitos morais do autor foram assegurados.

Editoração eletrônica: Abreu's System

Direitos exclusivos de publicação em língua portuguesa somente para o Brasil adquiridos pela
EDITORA RECORD LTDA.
Rua Argentina 171 – Rio de Janeiro, RJ – 20921-380 – Tel.: 2585-2000, que se reserva a propriedade literária desta tradução.

Impresso no Brasil

ISBN 978-85-01-10988-0

Seja um leitor preferencial Record.
Cadastre-se no site www.record.com.br e receba informações sobre nossos lançamentos e nossas promoções.

Atendimento e venda direta ao leitor:
sac@record.com.br.

Quem é aquele que vem de Edom, de Bosra, as vestes tintas, envolvido num traje magnífico, altaneiro na plenitude de sua força? Sou eu, que luto pela justiça e sou poderoso para salvar.

Isaías, 63,1

Primeira Parte

ADVENTO

1

Agosto de 1991. As estrelas.

Ela tinha 14 anos e a certeza de que, se fechasse bem os olhos e se concentrasse, veria as estrelas através do teto.

Ao redor dela, mulheres estavam respirando. De forma regular e pesada. Apenas tia Sara roncava no colchão que haviam acomodado sob a janela aberta.

Ela fechou os olhos e tentou respirar como as outras. Estava difícil pegar no sono, pois tudo a sua volta era novo e diferente. Em Østgård, os ruídos da noite e da floresta eram diferentes. As pessoas que ela conhecia tão bem das reuniões no Templo e dos acampamentos de verão não eram mais as mesmas. Ela também não era mais a mesma. O rosto e o corpo que ela via no espelho em cima da pia eram novos nesse verão. Suas emoções também, esses estranhos fluxos quentes e frios que passavam por seu corpo quando os rapazes olhavam para ela. Ou quando um deles em particular olhava para ela. Robert. Este ano ele também estava diferente. Era difícil dormir.

Ela abriu os olhos novamente e encarou a escuridão. Sabia que Deus tinha o poder de fazer coisas grandiosas e também de deixá-la ver as estrelas através do teto. Se Ele quisesse.

O dia havia sido longo e cheio de acontecimentos. O vento seco do verão sussurrava pelo campo de trigo, e as folhas das árvores dançavam febris, fazendo a luz bruxulear sobre os visitantes que estavam no gramado do pátio. Eles haviam ouvido um dos cadetes da Escola de Oficiais do Exército de Salvação contar sobre seu trabalho como pregador nas Ilhas Faroé. O rapaz era vistoso e falou com grande sensibilidade e paixão, mas ela passou a maior parte do tempo enxotando uma abelha que girava em volta de sua cabeça, e quando o inseto finalmente sumiu, o calor a havia deixado sonolenta. Quando o cadete terminou, todos os olhares se voltaram para o comandante, David Echhoff, cujos jovens olhos sorridentes já haviam passado dos 50 anos. Ele fez o cumprimento do Exército de Salvação, a mão direita por cima do ombro, o polegar apontando para o reino dos céus e um ressoante "Aleluia!". Em seguida, pediu que o trabalho do cadete entre os pobres e excluídos fosse abençoado e relembrou os escritos de Mateus: Jesus, o Salvador, estava entre eles, que poderia ser um estranho nas ruas, talvez um criminoso, sem comida e sem roupas. E no dia do Juízo Final, os justos, aqueles que haviam ajudado os necessitados, ganhariam a vida eterna. Parecia que o discurso seria longo, mas alguém sussurrou algo em seu ouvido e ele disse rindo que claro, o Momento da Juventude estava no programa, e hoje era a vez de Rikard Nilsen.

Ela ouviu Rikard se esforçar para fazer com que sua voz soasse mais grave do que realmente era ao agradecer ao comandante. Como sempre, ele havia preparado seu discurso por escrito para depois recitá-lo de cor. Agora dizia que queria dedicar sua vida à luta, a luta de Jesus pelo reino de Deus. Falou de um jeito nervoso, ao mesmo tempo monótono e enfadonho. Seu olhar carrancudo e introspectivo deteve-se nela. Ela piscou e acompanhou o movimento de seu suado lábio superior formando as frases familiares, seguras e maçantes. Por isso não reagiu quando a mão tocou suas costas. Não até que as pontas dos dedos descessem por sua coluna, continuando abaixo da cintura e deixando-a toda arrepiada por baixo do vestido leve de verão.

Ela se virou e viu os olhos risonhos e castanhos de Robert. E queria que sua pele fosse tão escura quando a dele, para que ele não a visse ruborizar.

— Shhhh — disse Jon.

Robert e Jon eram irmãos. Apesar de Jon ser um ano mais velho, muitas pessoas achavam que eles eram gêmeos quando mais novos. Agora Robert estava com 17 anos, e mesmo que mantivessem certa semelhança física, as diferenças eram mais marcantes. Robert era alegre, despreocupado, gostava de fazer gracejos e era bom na guitarra, mas nem sempre chegava pontualmente para as missas no Templo e de vez em quando suas brincadeiras podiam passar dos limites, especialmente quando conseguia fazer os outros rirem. Então era sempre Jon quem interferia. Jon era um rapaz honesto e aplicado que, segundo todos pensavam, ia cursar a escola de Oficiais e — embora isso nunca fosse dito em voz alta — encontrar uma garota do Exército. O que não parecia ser tão óbvio no caso de Robert. Jon era 2 centímetros mais alto que o irmão, mas curiosamente Robert parecia maior — desde os 12 anos, Jon começara a curvar as costas, como se estivesse carregando todos os fardos do mundo nos ombros. Os dois tinham pele morena e traços bonitos e regulares, mas Robert tinha algo que Jon não tinha. Havia algo no olhar, algo obscuro e brincalhão, que ela queria e, ao mesmo tempo, não queria conhecer.

Enquanto Robert falava, o olhar dela vagueou pela assembleia de rostos familiares. Um dia ela se casaria com um rapaz do Exército de Salvação, e talvez eles fossem enviados para postos de trabalho em outra cidade. Mas sempre voltariam para Østgård, propriedade que o Exército acabara de comprar e que de agora em diante seria a casa de veraneio de todos eles.

Afastado do grupo, na escadaria da casa, havia um rapaz louro afagando um gato deitado em seu colo. Ela percebeu que ele a observava, mas ele desviou o olhar no momento em que ela o notou. Ele era o único ali que ela não conhecia, mas sabia que se chamava Mads Gilstrup, que era neto dos antigos proprietários de Østgård, que tinha uns dois anos a mais que ela e que sua família era rica. Até que era bonito, mas parecia um pouco solitário. Além disso, o que estava fazendo naquele lugar? Havia chegado na véspera e andou por ali com uma expressão zangada, sem falar com ninguém. Ela já havia percebido que ele a observara algumas vezes. Mas este ano todos olhavam para ela. Isso também era novidade.

Ela foi arrancada de seus pensamentos quando Robert pegou sua mão, deixou algo na palma e disse:

— Venha para o celeiro quando o aspirante a general acabar. Tenho algo para mostrar a você.

Então ele se levantou e foi embora, e ela olhou para a mão e quase soltou um grito. Com a outra mão cobrindo a boca, deixou cair o objeto na grama. Era uma abelha. Ainda se movia, mas não tinha pés nem asas.

Finalmente, Rikard acabou, e ela viu seus pais e os irmãos Robert e Jon irem até a mesa onde o café era servido. As duas famílias eram o que as pessoas do Exército de Salvação em Oslo chamavam de "sólidas", e ela sabia que estava sendo vigiada.

Seguiu em direção ao banheiro externo. Só quando dobrou a esquina e ninguém mais a via, correu para o celeiro.

— Sabe o que é isso? — perguntou Robert, com um olhar risonho e uma voz grossa que ele não tinha no verão passado.

Ele estava deitado de costas no meio do feno, talhando um pedaço de raiz de árvore com o canivete que sempre carregava no cinto.

Ele levantou a raiz e ela viu o que era. Tinha visto em desenhos. Ela torceu para que estivesse escuro o bastante para ele não vê-la ruborizar outra vez.

— Não — mentiu e se sentou ao lado dele no feno.

Ele dirigiu-lhe aquele olhar brincalhão, como se soubesse algo sobre ela que ela mesma desconhecia. Ela retribuiu o olhar e deitou de costas no feno, apoiada nos cotovelos.

— É algo que é usado aqui — disse ele, e no mesmo instante sua mão deslizou por baixo do vestido. Ela sentiu a raiz dura entre as coxas, e antes de conseguir fechar as pernas o objeto encostou em sua calcinha. Ela sentiu a respiração quente dele no pescoço.

— Não, Robert — sussurrou ela.

— Mas eu fiz especialmente para você — retrucou ele ofegante.

— Pare, eu não quero.

— Está dizendo não? Para mim?

Ela ficou sem ar e não conseguiu responder ou gritar porque, de repente, ouviram a voz de Jon da porta do celeiro:

— Robert! Não, Robert!

Ela o sentiu relaxar, e a raiz ficou presa entre suas coxas apertadas quando ele retirou a mão debaixo do vestido.

— Venha cá! — disse Jon como se falasse com um cachorro desobediente.

Com um risinho, Robert se levantou, piscou para ela e foi ao encontro do irmão.

Ela se sentou, sacudiu o feno e sentiu alívio e vergonha ao mesmo tempo. Alívio por Jon ter interrompido a brincadeira boba. Vergonha porque ele parecia ter pensado que era algo além de uma brincadeira.

Mais tarde, durante as orações antes do jantar, ela encarou os olhos castanhos de Robert e viu seus lábios formarem uma palavra. Ela não entendeu o que dizia, mas desatou a dar risadinhas. Ele estava louco! E ela estava... ela estava o quê? Louca, ela também estava louca. E apaixonada? É, apaixonada, isso mesmo. E não apaixonada como quando tinha 12 ou 13 anos. Agora tinha 14 e a paixão era maior. Mais importante. E mais emocionante.

Deitada, tentando olhar através do teto, ela sentiu o riso irromper dentro dela outra vez.

Embaixo da janela, tia Sara grunhiu e parou de roncar. Ouviu pios. Uma coruja?

Sentiu vontade de fazer xixi.

Não queria ir, o banheiro era lá fora, mas não podia segurar. Tinha que atravessar o gramado orvalhado em frente ao celeiro, que estava escuro e parecia totalmente diferente no meio da noite. Fechou os olhos, mas não adiantou. Saiu do saco de dormir, calçou as sandálias e foi até a porta na ponta dos pés.

Algumas estrelas brilhavam no céu, mas dali a uma hora, com o nascer do sol no leste, elas iriam desaparecer. O ar fresco acariciou sua pele quando atravessou o gramado ouvindo ruídos noturnos que não sabia identificar. Insetos que ficavam quietos durante o dia. Animais caçando. Rikard disse que tinha visto raposas perto do bosque. Ou talvez os animais fossem os mesmos que circulavam durante o dia, fazendo sons diferentes à noite. Eles mudavam. Como se trocassem de pele, por assim dizer.

O banheiro externo ficava num monte atrás do celeiro. Ela o via aumentar de tamanho à medida que se aproximava. A estranha casinha torta era feita de tábuas sem pintura, torcidas, gretadas e acinzentadas com o passar do tempo. Não havia janelas, apenas um coração na porta. O pior era que não tinha como saber se havia alguém ali dentro.

E ela estava com a forte impressão de que *havia* alguém.

Tossiu para que a pessoa que eventualmente estivesse ali desse um sinal.

Um corvo levantou voo do galho de uma árvore beirando o bosque. Nada mais quebrou o silêncio.

Ela subiu o degrau de pedra. Agarrou o pedaço de madeira que servia de maçaneta. Puxou. O banheiro se abriu para ela, escuro e vazio.

Respirou aliviada. Havia uma lanterna ao lado do sanitário, mas ela não precisava acendê-la. Levantou a tampa do assento antes de fechar a porta e colocar o trinco. Então levantou a camisola, baixou a calcinha e se sentou. No silêncio que seguiu, pensou ouvir alguma coisa. E não era corvo, nem animal trocando de pele. Era algo que se movia rápido por entre o capim alto atrás da casinha. O fluxo de xixi abafou o som. Mas seu coração já estava disparado.

Quando terminou, vestiu a calcinha e ficou quieta no escuro tentando escutar algo. Mas ouviu apenas o leve agitar das copas das árvores e seu próprio sangue latejar em seus ouvidos. Esperou o batimento se aquietar, levantou o trinco e abriu. O vulto escuro preencheu praticamente todo o vão da porta. Devia ter ficado na escada esperando, quietinho. No instante seguinte ela estava sobre o assento com ele em pé a sua frente. Ele fechou a porta.

— Você? — perguntou ela.

— Eu — respondeu com voz estranha, trêmula e rouca.

Então ele avançou. Seus olhos cintilavam no escuro enquanto ele mordia o lábio inferior dela até sangrar e sua mão encontrava o caminho por baixo da camisola, arrancando a calcinha. Ela ficou paralisada sob a lâmina da faca, que queimava a pele de seu pescoço, enquanto ele pressionava a pelve contra a dela antes mesmo de ficar sem calças, como um cão no cio.

— Uma palavra e corto você em pedaços — sussurrou.

Ela não emitiu palavra alguma. Porque tinha 14 anos e a certeza de que, se fechasse os olhos e se concentrasse, veria as estrelas através do teto. Deus tinha o poder de fazer esse tipo de coisa. Se Ele quisesse.

2

Domingo, 14 de dezembro de 2003. A visita.

Ele estudou as próprias feições no reflexo da janela do trem. Tentou ver o que era, onde residia o segredo. Mas não viu nada especial além do lenço vermelho, apenas um rosto inexpressivo com olhos e cabelos que, em contraste com as paredes do túnel entre Courcelles e Ternes, eram tão pretos quanto a noite eterna do metrô. O *Le Monde* estava sobre seu colo e previa neve, mas, acima dele, as ruas de Paris ainda estavam frias e desertas sob uma pesada e impenetrável camada de nuvens. Suas narinas se abriram e inalaram o cheiro fraco, mas distinto, de cimento úmido, suor humano, metal chamuscado, *eau de cologne*, tabaco, lã molhada e bile, um cheiro que nem sabão nem arejamento jamais conseguiriam remover dos assentos do trem.

O deslocamento de ar causado por um trem que seguia na direção oposta fez o vidro vibrar, e a escuridão foi temporariamente substituída por quadrados pálidos de luz bruxuleante. Ele levantou a manga da jaqueta e olhou o relógio, um Seiko SQ50 que ele ganhara como parte do pagamento de um cliente. Já tinha arranhões no vidro, por isso sabia que era mercadoria verdadeira. Sete e quinze. Era domingo à noite e o vagão estava com meia lotação. Olhou ao redor: as pessoas dormiam no metrô, como sempre. Principalmente nos dias da semana. Relaxavam, fechavam os olhos e faziam da viagem diária um intervalo sem sonhos entre a linha vermelha ou azul no mapa do metrô, uma conexão muda entre o trabalho e a liberdade. Ele havia lido sobre um homem que ficara sentado no vagão um dia inteiro, de olhos fechados, indo e vindo, e só quando foram limpar o local à noite descobriram que ele estava morto. Talvez tivesse descido para as catacumbas justamente com este propósito: pegar uma conexão na linha azul entre a vida e o além naquele caixão amarelo pálido.

Mas ele mesmo estava em vias de pegar uma conexão na direção oposta. De volta à vida. Só este serviço hoje à noite e depois um em Oslo. O último. E então sairia da catacumba de vez.

O sinal apitou antes de as portas se fecharem em Ternes. O metrô retomou sua velocidade.

Ele fechou os olhos, tentando imaginar o outro cheiro. O cheiro de pedras sanitárias e urina fresca e quente. O cheiro da liberdade. Mas talvez fosse verdade o que sua mãe, a professora, dissera. Que o cérebro humano pode reproduzir imagens detalhadas de tudo que você tenha visto ou ouvido, mas o mesmo não acontece com o mais básico dos cheiros.

Cheiros. As imagens começaram a passar sob suas pálpebras. Ele tinha 15 anos. Estava no corredor do hospital de Vukovar e ouvia a mãe murmurar repetidamente a prece ao apóstolo Tomé, o santo dos trabalhadores da construção civil, pedindo que Deus poupasse seu marido. Ele ouvira os estampidos dos disparos da artilharia sérvia vindos do rio e os gritos dos que eram operados na ala infantil, onde não havia mais bebês porque as mulheres da cidade pararam de ter filhos quando o cerco começou. Ele tinha trabalhado como office boy no hospital e aprendera a repelir os sons dos gritos e da artilharia. Mas os cheiros não. Principalmente um. Quando amputavam, os cirurgiões precisavam primeiro cortar a carne até o osso e, para o paciente não sangrar até morrer, usavam algo parecido com um ferro de soldar para cauterizar as artérias e estancar o sangue. Não havia nada igual àquele cheiro de carne e sangue queimado.

Um médico aparecera no corredor, chamando-os para entrar. Ao se aproximar da cama, ele não teve coragem de encarar o pai; fixou o olhar no grande punho moreno agarrado ao colchão, como se quisesse rasgá-lo ao meio. E teria conseguido, porque aquelas eram as mãos mais fortes da cidade. Seu pai era um dobrador de ferro, era ele quem ia aos canteiros de obra assim que os pedreiros haviam terminado, colocando suas mãos enormes em volta dos vergalhões de aço que despontavam do concreto armado, e, com um movimento rápido, porém bem estudado, os vergalhões se torciam até ficarem trançados. Ele tinha visto seu pai trabalhar; parecia estar torcendo um pano de chão. Ninguém havia inventado uma máquina que desempenhasse melhor aquela função.

Ele voltou a cerrar os olhos quando ouviu a voz do pai gritar de dor e desespero:

— Tire o menino daqui!

— Ele mesmo pediu...

— Fora!

A voz do médico:

— O sangramento estancou, vamos começar!

Alguém o agarrou por baixo dos braços e o levantou. Ele esperneou, mas era tão pequeno, tão leve. Foi quando sentiu o cheiro. De carne queimada e sangue.

A última coisa que ouviu foi a voz do cirurgião:

— A serra.

A porta se fechou atrás dele e ele caiu de joelhos, continuando a prece de onde a mãe tinha parado. Salve-o. Pode mutilá-lo, mas salve-o. Deus tinha o poder de fazer coisas assim. Se Ele quisesse.

Ele sentiu que estava sendo observado; abriu os olhos e estava de volta ao metrô. No assento a sua frente havia uma mulher com maxilares tesos e um olhar cansado e distante que se desviou ao encontrar o dele. O ponteiro dos segundos de seu relógio se movia aos solavancos enquanto ele repetia o endereço para si mesmo. Sentiu seu pulso. Normal. A cabeça estava leve, mas não demais. Não estava com frio nem suava, não sentiu medo nem alegria, desprazer ou prazer. A velocidade diminuiu. Charles de Gaulle-Étoile. Lançou um último olhar para a mulher. Ela tinha olhado bem para ele, mas se o encontrasse de novo, talvez naquela mesma noite, não o reconheceria.

Ele se levantou e esperou em frente à porta. Os freios gemeram baixinho. Pedras sanitárias e urina. E liberdade. Tão impossível de imaginar quanto um cheiro. As portas se abriram.

Harry desceu para a plataforma e ficou respirando o ar quente do subterrâneo enquanto olhava o bilhete com o endereço. Ouviu as portas se fecharem e sentiu um leve golpe de ar nas costas quando o trem se pôs em movimento. Então começou a andar em direção à saída. Um anúncio acima da escada rolante informava que havia maneiras de evitar resfriados. "Duvido", pensou ele, tossindo, e meteu a mão no bolso fundo do casaco de lã. Encontrou o maço de cigarros por baixo do cantil e da caixa de tabletes de vitamina C.

O cigarro agitou-se em sua boca quando ele saiu pela porta de vidro, deixando o calor úmido e artificial do metrô de Oslo atrás de si, e correu escada acima para entrar na noite gélida e escura, como não podia deixar de ser em dezembro. Instintivamente, Harry se encolheu. Egertorget. A pequena praça era um cruzamento de ruas de pedestres bem no coração de Oslo, se é que a cidade tinha coração naquela época do ano. As lojas estavam abertas mesmo no domingo, já que era o penúltimo fim de semana antes do Natal, e a praça fervilhava de pessoas correndo para lá e para cá sob a luz amarela que vinha das janelas dos modestos prédios comerciais de quatro andares que cercavam a praça. Harry viu as sacolas com presentes embrulhados e pensou que não podia se esquecer de comprar alguma coisa para Bjarne Møller, que no dia seguinte teria seu último dia de trabalho no Quartel da Polícia. O chefe e defensor de Harry na corporação durante todos aqueles anos tinha finalmente realizado seu plano de reduzir a carga de trabalho de Møller e, a partir da semana seguinte, ele assumiria o cargo de delegado especial sênior na Polícia de Bergen. Na prática, isso queria dizer que Bjarne Møller poderia fazer o que quisesse até se aposentar. Beleza, mas Bergen? Chuva e montanhas úmidas. Nem era a cidade natal dele. Harry sempre gostou de Bjarne Møller, mas nem sempre o compreendeu.

Um homem envolto numa jaqueta e calças acolchoadas passou andando como um astronauta de redondas bochechas cor-de-rosa, arreganhando os dentes e soprando fumaça gelada. Costas curvadas e cara fechada típica de inverno. Perto do relojoeiro, Harry viu uma mulher pálida numa jaqueta de couro fino com furos nos cotovelos, saltitando de frio, o olhar vagueando na esperança de logo encontrar seu traficante de drogas. Um pedinte, de cabelo comprido e barba para fazer, porém bem protegido em roupas de inverno da moda, estava sentado no chão em posição de ioga, encostado num poste de luz, a cabeça inclinada como se estivesse meditando e um copo de papel com café a sua frente. Naquele ano, Harry tinha visto um crescente número de pedintes e ocorreu-lhe que eram todos parecidos. Até os copos de papel eram idênticos, como se fossem um código secreto. Talvez os mendigos fossem criaturas do espaço que, às escondidas, estavam tomando posse de sua cidade, suas ruas. E daí? Fiquem à vontade.

Harry entrou na loja do relojoeiro.

— Pode consertar esse aqui? — perguntou ao jovem atrás do balcão, estendendo-lhe o relógio do avô.

Aquele fora um presente que Harry ganhara quando menino em Åndalsnes, no dia em que sua mãe foi enterrada. Ele havia ficado assustado, mas seu avô o tranquilizara dizendo que relógios são objetos que se dão de presente, e que Harry também devia passá-lo adiante:

— Antes que seja tarde demais.

Harry nem se lembrava mais do relógio até que um dia, no outono, Oleg o visitou em seu apartamento na rua Sofie e encontrou o relógio de prata numa gaveta enquanto procurava pelo Game Boy. E Oleg, que tinha 9 anos, mas há algum tempo já vencia Harry no ultrapassado Tetris, se esqueceu da disputa que ansiava por jogar e começou a mexer no relógio para tentar fazê-lo funcionar.

— Está quebrado — disse Harry.

— Bah! — respondeu Oleg. — Tudo tem conserto.

No fundo do coração, Harry tinha esperança de que a alegação fosse verdadeira, mas havia dias em que duvidava seriamente disso. Mesmo assim, ele perguntou a si mesmo se iniciaria Oleg em Jokke & Valentinerne e seu álbum *Alt kan repareres*, tudo tem conserto. Pensando melhor, ele chegou à conclusão de que Rakel, mãe de Oleg, provavelmente não ia gostar da situação: seu ex-namorado que já fora alcoólatra enfiando na cabeça do filho músicas sobre como é ser viciado em bebida, escritas e cantadas por um junkie já morto.

— Tem conserto? — perguntou ao jovem atrás do balcão. Em vez de responder, suas mãos ágeis e experientes abriram o relógio.

— Não vale a pena.

— Não vale a pena?

— Se você for a um antiquário, consegue relógios melhores e que funcionam bem por um valor mais barato do que o conserto deste aqui.

— Faça mesmo assim — pediu Harry.

— Tudo bem — disse o jovem, que já havia começado a examinar os mecanismos internos e parecia até contente com a decisão de Harry. — Volte na próxima quarta-feira.

Quando Harry saiu, ouviu o som frágil de uma corda de guitarra através de um amplificador. O som aumentou quando o guitarrista, um rapaz com barba rala e luvas sem dedos, girou uma das tarraxas de afinação. Estava na hora de um dos concertos pré-natalinos, quando artistas famosos compareciam para tocar em prol do Exército de Salvação na praça Egertorget. As pessoas já se aglomeravam em frente à banda que ia tocar, enquanto ela se posicionava atrás de um posto de doações da instituição, um pequeno caldeirão que pendia de um tripé no meio da praça.

— É você?

Harry se virou. Era uma mulher com o olhar perdido típico dos viciados.

— É você, não é? Snoopy te mandou? Preciso de uma dose já, tenho...

— Lamento — interrompeu Harry. — Não sou eu.

Ela o encarou. Inclinou a cabeça e cerrou os olhos, como se para descobrir se mentia para ela.

— Tá aí, já te vi antes, sacou?

— Sou da polícia.

Ela se calou. Harry respirou fundo. A reação veio com certo atraso, como se o recado tivesse que se desviar de neurônios queimados e sinapses destruídas. Então, a luz fosca de ódio que Harry estava esperando apareceu naqueles olhos.

— Polícia?

— Pensei que tínhamos um trato. Vocês deveriam ficar na praça, na Plata? — perguntou Harry, e olhou além dela, para o vocalista.

— Bah! — disse a mulher, posicionando-se bem na frente dele. — Você não está na Narcóticos. Você é aquele cara da TV que matou...

— Homicídios. — Harry a pegou de leve pelo braço. — Escute. Você encontra o que quiser na Plata. Não me obrigue a levá-la para a delegacia.

— Não posso. — Ela se desvencilhou.

Harry já se arrependera e levantou os dois braços.

— Pelo menos diga que não vai comprar nada aqui agora, então eu posso me mandar. Tá legal?

Ela inclinou a cabeça. Os lábios finos e pálidos se crisparam de leve, como se ela visse algo engraçado na situação.

— Quer que eu te conte por que não posso ir a Plata?

Harry esperou.

— Porque meu menino está lá.

Ele sentiu um frio na barriga.

— Eu não quero que ele me veja assim. Sacou, cara?

Harry olhou para o rosto obstinado da mulher, tentando formular uma frase.

— Feliz Natal — disse ele, e virou as costas para ela.

Harry deixou cair o cigarro na neve marrom e começou a andar. Ele queria acabar logo com aquilo. Não olhou para as pessoas que encontrou pelo caminho, e elas, encarando o gelo azul com a cabeça baixa como se estivessem com a consciência pesada, tampouco olharam para ele, como se sentissem vergonha de serem cidadãos da mais generosa social-democracia do mundo. "Porque meu menino está lá."

Na rua Fredenborg, ao lado da Biblioteca Pública de Oslo, Harry parou em frente ao número escrito no envelope que trazia. Inclinou a cabeça para trás. A fachada preta e cinza estava recém-pintada. Um sonho para um grafiteiro. De algumas janelas pendiam enfeites natalinos, silhuetas à luz amarela e suave vinda do que pareciam ser lares aconchegantes e seguros. E talvez sejam mesmo, Harry se obrigou a pensar. Obrigou-se porque não é possível ter 12 anos de polícia nas costas sem ficar contagiado pelo desdém pela humanidade que acompanha a profissão. Mas ele teimava em resistir; deve-se tirar o chapéu para ele.

Ele encontrou o nome ao lado da campainha, fechou os olhos e tentou encontrar as palavras certas. Não adiantou. Sua voz ainda o perturbava.

"Não quero que ele me veja assim..."

Harry desistiu. Há uma maneira correta de formular o impossível?

Ele pressionou o polegar contra o botão de metal frio, e em algum lugar dentro da casa soou uma campainha.

O capitão Jon Karlsen soltou o botão da campainha, colocou as sacolas pesadas na calçada e olhou para a fachada. O prédio parecia ter levado tiros de artilharia leve. Grandes pedaços de reboco haviam caído, e as janelas de um apartamento danificado por um incêndio no primeiro andar estavam tapadas com tábuas. Primeiro ele tinha passado pelo prédio azul de Fredriksen, e era como se o frio houvesse sugado a cor dos prédios, tornando todas as fachadas na rua Hausmann semelhantes. Foi só quando viu "Vestbredden" (Margem Leste) rabiscado na parede de um edifício ocupado de forma irregular que ele entendeu que tinha ido longe demais. Uma fresta no vidro da porta principal tinha a forma de um V.

V de vitória.

Jon tremeu de frio dentro da jaqueta impermeável e se sentia feliz por estar com o uniforme do Exército de Salvação, de lã grossa e pura, por baixo. Quando foi receber seu uniforme ao concluir a Escola de Oficiais, ele não cabia em nenhum dos tamanhos regulares, mas entregaram-lhe o tecido e mandaram-no a um alfaiate, que soprou fumaça em seu rosto e, sem ser indagado, disse renegar Jesus como salvador. Mas o alfaiate fez um bom trabalho e Jon lhe agradeceu calorosamente: ele não estava acostumado a ter roupas que assentassem bem. Diziam que era por causa de suas costas curvas. Quem o viu subir a rua Hausmann naquela tarde deve ter achado que ele andava com o corpo inclinado para evitar o vento gélido de dezembro que varria gelo e lixo congelado pelas ruas, por onde o trânsito pesado passava trovoando. Mas quem o conhecia sabia que Jon Karlsen curvava as costas para diminuir sua altura. E para alcançar os mais baixos que ele. Como fez agora, quando se inclinou para assegurar que a moeda de 20 coroas caísse no copo de papel que se encontrava numa mão suja e trêmula ao lado do portão.

— Como vai? — perguntou Jon à figura sentada de pernas cruzadas sobre um pedaço de papelão na calçada em meio à nevasca.

— Estou na fila de tratamento com metadona — respondeu a lastimável figura numa voz monótona e entrecortada, como se pronunciasse um salmo mal-ensaiado, enquanto olhava para os joelhos das calças pretas de Jon.

— Você devia vir ao nosso café na Urtegata — disse Jon. — Se esquentar e comer um pouco e...

O que se seguiu sumiu no barulho do trânsito quando o sinal atrás deles ficou verde.

— Não tenho tempo — respondeu o homem. — Não teria uma nota de cinquenta?

Jon nunca deixava de se surpreender com o foco infalível dos viciados. Suspirou e enfiou uma nota de cem no copo.

— Veja se encontra alguma roupa quente no Fretex. Se não, temos novos casacos de inverno no Farol. Vai morrer congelado nessa jaqueta jeans.

Ele disse aquilo com uma resignação de quem já sabe que seu presente será usado para comprar droga, mas e daí? Era sempre a mesma coisa, apenas mais um dos dilemas morais sem solução que preenchiam seus dias.

Jon apertou a campainha outra vez. Viu seu reflexo na janela suja da loja ao lado do portão. Thea dizia que ele era um homem grande. Ele não tinha nada de grande. Era pequeno. Um soldadinho. Mais tarde o soldadinho ia correr pela rua Møllerveien, atravessar o rio Aker, o início da zona leste e Grünerløkka, e cruzar o parque de Sofienberg até o número 4 da rua Gøteborg, que era de propriedade do Exército de Salvação e onde seus empregados podiam alugar apartamentos, abrir a porta da entrada B e cumprimentar um dos outros locatários, o qual, ele esperava, acharia que ele está subindo para seu apartamento no quarto andar. Porém, ele pegaria o elevador para o quinto andar, atravessaria o sótão até a entrada A e se asseguraria de que o caminho está livre antes de correr à porta de Thea e bater da forma combinada. E ela abriria a porta e seus braços, onde ele poderia se aconchegar e novamente descongelar.

Algo tremia.

Primeiro pensou que fosse o solo, a cidade, a fundação. Colocou uma sacola no chão e enfiou a mão no bolso da calça. O celular vibrou em sua mão. No display estava o número de Ragnhild. Era a terceira vez naquele dia. Ele sabia que não podia continuar adiando, teria que lhe contar que ele e Thea iam ficar noivos. Quando encontrasse as palavras certas. Guardou o celular no bolso e evitou olhar seu reflexo. Mas se decidiu. Deixaria de ser covarde. Seria franco. Um grande soldado. Por Thea na rua Gøteborg. Por seu pai na Tailândia. Por Deus no céu.

— Quem é? — gritou uma voz no alto-falante em cima da campainha.

— Oi. Aqui é Jon.

— Hein?

— Jon, do Exército de Salvação.

Esperou.

— O que você quer? — estalou a voz.

— Estou trazendo comida. Vocês devem estar precisando...

— Tem cigarros?

Jon engoliu em seco e bateu com a bota na neve.

— Não, dessa vez só tinha dinheiro para comida.

— Merda.

Silenciou.

— Alô? — chamou Jon.

— Tá, tá. Estou pensando.

— Se quiser, posso voltar mais tarde.

O dispositivo de abrir estalou e Jon empurrou o portão depressa.

No corredor em frente às escadas havia jornais, garrafas vazias e montes de poças de urina amarelas e congeladas. Mas o frio fez com que Jon não tivesse que inalar o fedor penetrante e agridoce que enchia o corredor em dias mais amenos.

Ele tentou andar sem fazer barulho, mas seus passos ecoaram escada acima. A mulher que o esperava na porta olhou as sacolas com cobiça. Para evitar encontrar seu olhar, pensou Jon. O rosto inchado revelava muitos anos de uso de drogas; ela era gorda e vestia uma camiseta branca e suja por baixo do roupão. Um fedor nauseante vinha da porta.

Jon parou no patamar da escada e colocou as sacolas no chão.

— Seu marido está em casa?

— Está — disse ela num francês meloso.

Era bonita. Maçãs do rosto salientes e grandes olhos amendoados. Lábios pálidos, finos. E bem-vestida. Pelo menos a parte visível através da porta entreaberta.

Automaticamente, ele endireitou o lenço vermelho.

A trava de segurança entre os dois era feita de chumbo sólido, presa a uma porta pesada de carvalho sem qualquer placa de identificação. Ao esperar em frente ao edifício na avenida Carnot até que a zeladora abrisse o portão, ele havia notado que tudo parecia novo e caro, a ferragem, a campainha, as fechaduras. E o fato de a fachada amarela pálida e as venezianas brancas estarem cobertas por uma camada feia de poluição preta só servia para destacar a natureza sólida daquele bairro de Paris. No corredor havia pinturas a óleo originais.

— Pois não?

Seu olhar e o tom de voz não eram hostis nem amigáveis, escondiam talvez um quê de ceticismo devido à péssima pronúncia de francês.

— Uma mensagem, madame.

Ela hesitou. Mas acabou agindo como esperado.

— Está bem. O senhor pode esperar aqui, enquanto vou buscá-lo?

Ela girou a chave e ouviu-se um clique suave. Ele batia os pés. Devia aprender melhor o francês. Sua mãe havia insistido em ensinar-lhe inglês à noite, mas nunca conseguiu dar um jeito no francês. Olhou para a porta. Lingerie francesa. Camisinha francesa. Bonita.

Pensou em Giorgi. Giorgi, com seu sorriso branco, era um ano mais velho que ele: 24 anos agora. Estaria bonito como antes? Louro, baixinho e bonito como uma menina? Ele fora apaixonado por Giorgi, como apenas crianças conseguem se apaixonar: incondicionalmente e sem preconceitos.

Ouviu passos vindos do interior. Passos de um homem. Alguém mexendo na fechadura. Uma conexão azul entre trabalho e liberdade, daqui para sabonete e urina. A neve ia cair em breve. Ele se preparou.

O rosto do homem surgiu no vão da porta.

— O que você quer?

Jon levantou as sacolas de plástico e esboçou um sorriso.

— Pão fresco. Cheira bem, não é?

Fredriksen colocou a mão grande e bronzeada no ombro da mulher e a afastou com um empurrão.

— O único cheiro que estou sentindo é de sangue cristão...

Sua dicção era clara e sóbria, mas as íris aguadas no rosto barbudo demonstravam outra coisa. Os olhos tentaram focar nas sacolas. Ele parecia um homem grande e forte que encolhera por dentro. Como se o esqueleto, até mesmo o crânio, houvesse diminuído de tamanho dentro da pele, que agora pendia três vezes mais pesada de seu rosto malicioso. Fredriksen passou um dedo encardido sobre os cortes recentes no dorso nasal.

— Não vai começar o sermão, vai? — perguntou.

— Não, eu só queria...

— Ah, vamos lá, soldado. Com certeza querem alguma coisa em troca, não é? Minha alma, por exemplo.

Jon se arrepiou por baixo do uniforme.

— As almas não são da minha conta, Fredriksen. Mas arranjo sempre um pouco de comida, por isso...

— Ah, faça um pequeno sermão antes.

— Como disse, eu...

— Um sermão!

Jon ficou olhando para Fredriksen.

— Faça um sermão com aquela sua boquinha molhada de boceta! — berrou Fredriksen. — Um sermão para que possamos comer com a consciência limpa, seu desgraçado cristão condescendente! Vamos, acabe logo com isso, qual é o recado de Deus hoje?

Jon abriu a boca e a fechou. Engoliu em seco. Tentou de novo e dessa vez suas cordas vocais responderam.

— O recado é que Ele nos deu seu único filho, que morreu... pelos nossos pecados.

— Você está mentindo!

— Infelizmente, não — disse Harry, observando o rosto assustado à sua frente no vão da porta.

Havia cheiro de comida e chacoalhar de talheres ao fundo. Um homem de família. Um pai. Até agora. O homem se coçou no braço e fixou o olhar em algum ponto acima da cabeça de Harry, como se houvesse alguém acima dele. A coceira produziu um desagradável som ríspido.

O som dos talheres cessou. Passos arrastados pararam atrás do homem e uma pequena mão surgiu em seu ombro. Um rosto de mulher com grandes olhos assustados despontou.

— O que foi, Birger?

— Esse policial tem algo a nos dizer — disse Birger Holmen sem alterar a voz.

— O que é? — perguntou a mulher, e olhou para Harry. — É sobre nosso menino? É sobre Per?

— Sim, *fru* Holmen — respondeu Harry e viu o pavor penetrar seus olhos. Novamente procurou pelas palavras impossíveis. — Ele foi encontrado há duas horas. Seu filho está morto.

Harry teve que desviar o olhar.

— Mas ele... ele... onde...? — Seu olhar pulou de Harry para o marido, que coçava o braço sem parar.

"Logo vai começar a sangrar", pensou Harry, e limpou a garganta.

— Num contêiner em Bjørvika. E nossos receios se confirmaram. Ele já estava morto há bastante tempo.

Birger Holmen pareceu perder o equilíbrio e cambaleou para trás no corredor iluminado, até que se agarrou a um porta-chapéus. A mulher deu um passo para a frente e Harry viu o homem cair de joelhos atrás dela.

Respirou fundo e enfiou a mão por dentro do casaco. Sentiu o metal do cantil de bolso gelado nas pontas dos dedos. Encontrou o que estava procurando e retirou um envelope. Não havia lido a carta, mas conhecia muito bem o conteúdo. A curta notificação oficial de morte, repleta de palavras desnecessárias. O anúncio da morte através de um ato burocrático.

— Sinto muito, mas é meu trabalho entregar isso.

— Seu trabalho é fazer o quê? — perguntou o homem baixo de meia-idade com a pronúncia francesa exageradamente *mondaine* que não caracteriza a classe alta, mas aqueles que ambicionam chegar lá. O visitante o analisou. Tudo estava conforme o retrato do envelope, até o apertado nó da gravata e o frouxo paletó vermelho.

Não sabia o que aquele homem havia feito de errado. Não devia ter machucado alguém, pois, apesar da expressão irritada, sua linguagem corporal era defensiva, quase ansiosa, mesmo na porta de sua própria casa. Teria roubado ou desviado dinheiro? Parecia ser bom com cifras. Mas não com as altas. Não obstante, a bela mulher mais parecia alguém que desfalcava um pouco ali um pouco acolá. Teria traído a mulher, transando com a esposa do homem errado? Não. Os baixinhos que possuem bens um pouco acima da média e mulheres bem mais atraentes que eles próprios estão normalmente mais ocupados em saber se elas são infiéis ou não. Aquele homem o irritava. Talvez fosse isso. Talvez tivesse apenas irritado alguém. Enfiou a mão no bolso.

— Meu trabalho... — disse e apoiou o cano de um Llama MiniMax, que comprara por apenas 300 dólares, na corrente de porta esticada — é esse.

Mirou pelo silenciador. Era um tubo metálico simples, que mandara fazer num armeiro em Zagreb, atarraxado ao cano. A fita adesiva preta que dava várias voltas no encaixe entre as duas partes servia apenas para torná-lo à prova de ar. Claro, podia ter comprado um silenciador de qualidade por uns 200 euros, mas para quê? Nenhum deles abafaria o barulho de uma bala furando a barreira do som, do gás quente se chocando com ar frio, ou das peças metálicas da pistola batendo umas contra as outras. Pistolas com silenciadores soando como pipoca embaixo de uma tampa, só em Hollywood.

O estampido soou como uma chicotada, e ele pressionou o rosto contra o vão estreito.

O homem do retrato não estava mais lá: havia caído para trás sem um ruído. O corredor estava mal-iluminado, mas no espelho da parede ele viu a fresta de luz que vinha do vão da porta e seu próprio olho arregalado emoldurados em ouro. O homem morto estava num tapete grosso cor de vinho. Persa? Talvez tivesse mesmo dinheiro.

Agora só tinha um furo na testa.

Ele levantou a cabeça e encontrou o olhar da esposa. Se é que era a esposa. Ela estava na soleira da porta de outro cômodo. Atrás dela havia uma enorme lâmpada oriental amarela. Ela cobriu a boca com a mão e olhou fixamente para ele. Ele a cumprimentou com a cabeça. Depois fechou a porta com cuidado, enfiou a pistola no coldre do ombro e começou a descer as escadas. Nunca usava o elevador quando batia em retirada. Ou carros de aluguel, motocicletas ou outras coisas que podiam dar defeito e parar. E não corria. Não falava ou gritava, a voz podia ser identificada.

A fuga era a parte mais crítica do trabalho, mas também o momento de que ele mais gostava. Era como um voo, um nada sem sonhos.

A zeladora havia saído de seu apartamento no térreo e olhou para ele com espanto. Ele sussurrou um *Au revoir, madame*, mas ela continuou olhando, calada. Quando ela fosse interrogada pela polícia uma hora mais tarde, pediriam a descrição dele. E ela lhes daria uma. De um homem de estatura média e aparência comum. Vinte anos. Talvez 30. Não, 40, ela achou.

Ele saiu para a rua. Paris rugia baixinho, como um trovão que nunca chegava perto, mas também nunca cessava. Jogou sua Llama MiniMax numa lata de lixo previamente escolhida. Duas pistolas novas em folha esperavam por ele em Zagreb. Conseguira um desconto pela quantidade.

Meia hora mais tarde, quando o ônibus para o aeroporto passou pela Porte de la Chapelle, na estrada entre Paris e o Charles de Gaulle, o ar estava cheio de flocos de neve caindo entre o disperso capim amarelo pálido que despontava em direção ao céu cinzento.

Depois de passar pelo check-in e pelo controle de segurança, foi direto ao toalete masculino. Posicionou-se no final da fileira de bacias brancas, abriu o zíper e deixou o jorro cair sobre as pedras sanitárias ao fundo. Fechou os olhos e se concentrou no cheiro adocicado de paradiclorobenzeno e a fragrância de limão da J & J Chemicals. Faltava apenas uma parada em sua conexão para a liberdade. Ele pronunciou o nome. Os-lo.

3

Domingo, 14 de dezembro. A mordida.

Na zona vermelha do sexto andar da sede da Polícia, um colosso de cimento e vidro com a maior concentração de policiais da Noruega, Harry estava inclinado para trás em sua cadeira na sala 605. Era a sala que Halvorsen — o jovem policial com quem Harry dividia aqueles 10 metros quadrados — adorava chamar de Sala dos Descobrimentos. E que Harry, quando tinha que baixar a bola de Halvorsen, chamava de Sala de Treinamento.

Mas naquele momento Harry estava sozinho, olhando para a parede onde haveria uma janela se a Sala dos Descobrimentos tivesse uma.

Era domingo, ele havia terminado o relatório e podia ir para casa. Então por que não fora embora? Através da janela imaginária ele viu o porto de Bjørvika, onde a neve caía como confete sobre contêineres verdes, vermelhos e azuis. O caso estava resolvido. Per Holmen, um jovem viciado em heroína, se cansara da vida e tomara sua última dose dentro de um contêiner. Com uma pistola. Nenhum sinal de violência externa, a pistola estava ao seu lado. Até onde os agentes secretos sabiam, Per Holmen não devia dinheiro. Quando traficantes executam viciados endividados, não costumam tentar camuflar o feito para parecer outra coisa. Muito pelo contrário. Um típico suicídio. Por que então desperdiçar a noite esquadrinhando um triste terminal de contêineres varrido pelo vento, onde só encontraria mais tristeza e desgraça?

Harry olhou para seu casaco de lã no mancebo. O pequeno cantil de bolso estava cheio. E intocado desde outubro, quando foi à Vinmonopolet e comprou uma garrafa do seu pior inimigo, Jim Beam, e encheu o cantil antes de despejar o resto na pia. Desde então carregava o veneno consigo, assim como os líderes nazistas carregavam comprimidos de cianeto na sola do sapato. Por que aquela ideia estapafúrdia? Ele não sabia. Não precisava saber. Estava funcionando.

Olhou o relógio. Quase onze. Em casa tinha uma máquina de café *espresso* bem gasta e um DVD ainda não visto que reservara justamente para uma noite como aquela. *A malvada*, a obra-prima de Mankiewicz de 1950 com Bette Davis e George Sanders.

Consultou a intuição. Sabia que optaria pelo terminal de contêineres.

Harry havia levantado a gola do casaco e estava de costas para o vento norte que soprava através da cerca alta à sua frente, amontoando a neve em volta dos contêineres. A área portuária, com seus vastos espaços vazios, parecia um deserto à noite.

O terminal de contêineres estava iluminado, mas os postes de luz balançaram com as rajadas de vento e as pilhas de duas ou três caixas metálicas lançaram sombras sobre os espaços entre elas. O contêiner ao qual Harry dedicava sua atenção era vermelho, o que combinava mal com a fita laranja da polícia. Mas no inverno de Oslo era um ótimo refúgio, com os mesmos metros quadrados e nível de conforto que as celas de custódia na sede da Polícia.

O relatório da unidade de perícia criminal — que mal era uma unidade, apenas um investigador e um perito — afirmava que o contêiner estivera vazio por um bom tempo. E aberto. O vigia-chefe explicara que não era tão importante trancar os contêineres vazios, pois a área estava cercada e vigiada. Mesmo assim, um viciado havia conseguido entrar. Provavelmente, Per Holmen era um dos muitos viciados que perambulavam em Bjørvika e ficavam nas proximidades do supermercado dos *junkies* na Plata. Talvez o vigia deliberadamente fizesse vista grossa, deixando que os contêineres fossem usados como alojamento. Talvez soubesse que, agindo dessa forma, salvava uma vida de vez em quando.

Não havia tranca no contêiner, mas o portão tinha um cadeado grosso. Harry se arrependeu por não ter ligado da sede da Polícia avisando que iria. Se é que de fato havia vigias ali, ele não viu nenhum.

Harry olhou o relógio. Pensou um pouco e calculou a altura da cerca. Ele estava em boa forma. A melhor em muito tempo. Não havia tocado em bebida desde aquela catástrofe no verão, e tinha se exercitado regularmente na academia da sede da Polícia. Mais que regularmente. Antes de a neve chegar, ele havia quebrado o antigo recorde de Tom Waaler na corrida de obstáculos em Økern. Alguns dias depois, Halvorsen perguntara discretamente se toda aquela malhação tinha algo a ver com Rakel. Porque ele achava que eles não estavam mais namorando. Harry havia explicado ao jovem policial de forma concisa, porém clara, que compartilhar a sala não significava compartilhar a vida particular. Halvorsen dera de ombros, perguntando com quem mais Harry conversava, e suas suposições se confirmaram quando Harry se levantou e saiu depressa da sala 605.

Três metros. Sem farpas. Fácil. Harry agarrou a cerca o mais alto que conseguiu, pôs os pés na base dela e se ergueu. Braço direito para cima, o esquerdo logo em seguida, pendurou-se pelos braços até arrastar os pés atrás de si. Movimentos de lagarta. Jogou o corpo para o outro lado da cerca.

Levantou o ferrolho e abriu a porta do contêiner, pegou sua lanterna preta Army, se agachou por baixo da fita de interdição e entrou.

Havia um silêncio sinistro lá dentro, como se os sons também estivessem congelados.

Harry acendeu a lanterna e iluminou os fundos do contêiner. No feixe de luz viu o desenho de giz no chão demarcando o local onde haviam encontrado Per Holmen. Beate Lønn, a chefe da Divisão de Criminalística na rua Brynsalleen, já lhe mostrara as fotos. Per Holmen estava sentado encostado na parede com um buraco na têmpora direita, a pistola do seu lado direito. Pouco sangue. Era a vantagem dos tiros na cabeça. A única. A pistola era de pequeno calibre, por isso a ferida de entrada da bala era pequena e não havia ferimento de saída. Os médicos-legistas encontrariam, portanto, a bala dentro do crânio, onde ela devia ter ricocheteado como uma bola de fliperama, fazendo mingau do que Per Holmen havia usado para tomar aquela decisão e, por fim, para dar ao dedo indicador o comando de apertar o gatilho.

"Incompreensível", costumavam dizer seus colegas quando encontravam jovens que decidiram se suicidar. Harry imaginou que diziam aquilo para se protegerem, para refutarem a ideia. Se não fosse por esse motivo, Harry não entendia o que queriam dizer com "incompreensível".

Mesmo assim, era justamente a palavra que ele havia usado naquela tarde quando estava no corredor olhando a entrada escura, o pai de Per Holmen ajoelhado, as costas curvadas sacudindo com os soluços. E uma vez que Harry não tinha palavras reconfortantes a dizer sobre a morte, Deus, a salvação, a vida eterna ou o sentido daquilo tudo, ele apenas murmurou a mesma palavra, desamparado:

— Incompreensível...

Harry desligou a lanterna, enfiou-a no bolso do casaco e a escuridão o engoliu.

Pensou no próprio pai. Olav Hole, o professor universitário aposentado e viúvo que morava numa casa em Oppsal. Em como seus olhos brilhavam quando ele recebia uma vez por mês a visita de Harry ou da filha, Søs, e como aquele brilho aos poucos se apagava quando tomavam café e conversavam sobre coisas sem grande importância. Porque a única coisa que realmente importava estava numa foto sobre o piano que ela costumava tocar. Olav Hole quase não fazia mais nada. Lia seus livros. Sobre países e reinos que ele nunca conheceria, e que na verdade nem desejava conhecer agora que ela não podia acompanhá-lo. "A maior perda de todas", disse ele nas poucas ocasiões que conversaram sobre ela E Harry pensava agora no que Olav Hole diria no dia em que lhe contassem que seu filho estava morto.

Saiu do contêiner e foi até a cerca. Agarrou-a com as mãos. Houve então um desses estranhos momentos de silêncio repentino e total, quando o vento prende a respiração como se para escutar ou refletir, e só se ouve o burburinho reconfortante da cidade na escuridão invernal. Isso, e o som de papel levado pelo vento, arrastando-se no asfalto. Mas já não ventava mais. Não era papel, mas passos. Ligeiros, leves. Mais leves que pisadas humanas.

Patas.

O coração de Harry disparou e ele dobrou os joelhos com a rapidez de um raio. Endireitou-se. Só mais tarde lhe ocorreu o que o deixara tão apavorado. Foi o silêncio e o fato de que ele não ouvira nada naquele silêncio, nenhum rosnar, nenhum sinal de agressividade. Como se aquilo que estivesse ali na escuridão atrás dele não quisesse assustá-lo. Pelo contrário. Queria caçá-lo. E se Harry soubesse mais sobre cães, saberia talvez que só há um tipo de cão que nunca rosna, nem quando está com medo, nem quando ataca: o macho da raça *metzner* preto. Harry esticou os braços para cima e dobrou os joelhos novamente quando ouviu a quebra no ritmo dos passos e depois o silêncio, e sabia que o cachorro tinha investido para mordê-lo. Ele se lançou para cima.

A alegação de que não se sente dor quando o pavor bombeia o sangue cheio de adrenalina é, na melhor das hipóteses, uma verdade parcial. Harry gritou quando os dentes do cão grande e magro agarraram a carne da panturrilha direita, afundando cada vez mais até pressionarem diretamente a sensível membrana de tecido em volta do osso. A cerca vibrou, a força da gravidade puxou os dois, mas, em puro desespero, Harry conseguiu se segurar nela. Numa situação normal, ele já estaria a salvo: qualquer outro cão com o peso corporal de um *metzner* preto adulto o teria soltado. Mas um *metzner* preto tem dentes e maxilares destinados a quebrar ossos, daí a reputação de ter parentesco com a hiena pintada. Ficou então pendurado, preso à perna de Harry pelas duas presas do maxilar superior levemente curvadas para dentro, e uma inferior que firmara a mordida. A outra presa do maxilar inferior havia quebrado contra uma prótese de aço quando o animal tinha apenas três meses de idade.

Harry conseguiu colocar o cotovelo esquerdo por cima da cerca e tentou alçar o direito, mas o cão havia enfiado uma pata na rede de arame. Com a mão direita, ele tateou no bolso do casaco, encontrou e agarrou o cabo emborrachado da lanterna. Olhou para baixo e viu a fera pela primeira vez. Havia um brilho apagado nos olhos pretos em cima do focinho igualmente preto. Harry brandiu a lanterna. Acertou o cão na cabeça, bem no meio das orelhas, e com tanta força que ele ouviu o som de algo sendo esmagado. Ele levantou a lanterna e bateu outra vez. Acertou o focinho sensível. Em desespero, tentou atingir os olhos que ainda não haviam piscado. A lanterna escapuliu e caiu no chão. O cão continuou agarrado à sua perna. Logo Harry não teria mais forças para se agarrar à cerca. Ele não queria pensar no que poderia acontecer então, mas não conseguiu evitar.

— Socorro!

O grito fraco de Harry foi levado pelo vento, que voltara mais forte. Ele mudou de posição com as mãos e sentiu uma vontade repentina de rir. Não poderia acabar assim. Encontrado num terminal de contêineres com a garganta estraçalhada por um cão de guarda. Respirou fundo. As pontas do arame doíam nas axilas, os dedos estavam ficando dormentes. Em poucos segundos teria que se soltar. Se pelo menos tivesse uma arma. Se pelo menos tivesse uma garrafa em vez do cantil, poderia ferir a fera com os cacos.

O cantil!

Com suas últimas forças, Harry conseguiu enfiar a mão dentro do casaco e pegar o cantil de bolso. Colocou o gargalo na boca, segurou a tampa de metal com os dentes e girou. A tampa cedeu e ele a segurou entre os dentes enquanto a bebida enchia sua boca. Um choque percorreu seu corpo. Meu Deus. Pressionou o rosto contra a cerca a ponto de cerrar os olhos e as luzes distantes dos hotéis Plaza e Opera se tornarem listras brancas no meio da escuridão. Com a mão direita, abaixou o cantil até ficar bem acima da boca vermelha do cão. Então cuspiu a tampa e o uísque, murmurou "saúde" e esvaziou o cantil. Por dois longos segundos, os olhos caninos pretos o encararam com total perplexidade, enquanto o líquido marrom gorgolejava e pingava pela perna de Harry e para dentro da boca aberta. O animal se soltou. Harry ouviu o impacto de carne viva contra o asfalto duro, seguido por uma espécie de estertor de morte e ganido baixo, e depois o arranhar de patas, e o cão foi engolido pela escuridão de onde surgira.

Harry se jogou por cima da cerca. Levantou a perna da calça. Mesmo sem a lanterna, ele sabia que passaria a noite no pronto-socorro, e não assistindo a *A malvada*.

Jon estava deitado com a cabeça no colo de Thea, olhos fechados, curtindo o zunido regular da TV. Era um daqueles seriados de que ela tanto gostava. *O rei do Bronx*. Ou era do Queens?

— Já perguntou a seu irmão se ele faria seu turno na Egertorget? — perguntou Thea.

Ela pousou a mão sobre seus olhos. Ele sentiu o cheiro adocicado de sua pele, o que significava que ela tinha acabado de se aplicar uma dose de insulina.

— Que turno? — perguntou Jon.

Ela retirou a mão e olhou incrédula para ele.

Jon riu.

— Relaxe. Falei com Robert faz tempo. Ele aceitou.

Ela soltou um gemido resignado. Jon pegou sua mão e a recolocou sobre seus olhos.

— Só não disse que era seu aniversário — continuou. — Não tenho certeza se ele teria topado.

— Por que não?

— Porque ele é louco por você, e você sabe.

— É você quem diz.

— E você não gosta dele.

— Não é verdade!

— Então por que sempre fica tensa toda vez que menciono o nome dele?

Ela soltou uma gargalhada. Talvez por algo que houve no Bronx. Ou no Queens.

— Conseguiu a reserva naquele restaurante? — perguntou ela.

— Consegui.

Ela sorriu e apertou a mão dele. Depois franziu as sobrancelhas.

— Pensei sobre isso. Talvez alguém nos veja lá.

— Alguém do Exército? Impossível.

— Mas e se formos vistos mesmo assim?

Jon não respondeu.

— Talvez esteja na hora de oficializar nossa relação — prosseguiu.

— Sei não — respondeu ele. — Não seria melhor esperar até termos certeza de...

— Você não tem certeza, Jon?

Jon tirou sua mão e olhou surpreso para ela:

— Ai, Thea. Você sabe muito bem que eu amo você mais que tudo. Não é isso.

— Então é o quê?

Jon soltou um suspiro e se sentou ao seu lado.

— Você não conhece Robert, Thea.

Ela esboçou um sorriso.

— Eu o conheço desde que éramos crianças, Jon.

Jon se contorceu.

— É, mas há coisas que você não sabe. Você não sabe como ele pode ficar furioso. Quando acontece, ele parece outra pessoa. É algo que ele puxou do papai. Ele fica perigoso, Thea.

Ela encostou a cabeça na parede e olhou para o vazio.

— Sugiro que a gente espere um pouco. — Jon esfregou as mãos. — Por consideração a seu irmão também.

— Rikard? — perguntou ela com surpresa.

— É. O que ele diria se você, a irmãzinha, oficializasse o noivado comigo justamente agora?

— Ah, entendo. Já que vocês estão disputando o cargo de novo chefe administrativo?

— Você sabe muito bem que o Conselho Superior faz questão que todos os oficiais com cargos de chefia tenham uma oficial respeitável como esposa. É claro que seria taticamente correto anunciar agora que vou me casar com Thea Nilsen, filha de Frank Nilsen, braço direito do comandante. Mas seria correto do ponto de vista moral?

Thea mordeu o lábio inferior.

— O que esse cargo tem de tão importante para você e Rikard?

Jon deu de ombros.

— O Exército pagou a Escola de Oficiais e quatro anos de estudos de Administração de Empresas para nós dois. Rikard deve estar pensando como eu. Que é nosso dever se colocar à disposição para cargos no Exército de Salvação quando se tem a qualificação necessária.

— Talvez nenhum de vocês dois seja escolhido. Papai diz que nunca houve alguém com menos de 35 no cargo de chefe administrativo do Exército.

— Sei disso. — Jon suspirou. — Não conte a ninguém, mas na verdade eu ficaria aliviado se Rikard conseguisse o emprego.

— Aliviado? — perguntou Thea. — Logo você, que há mais de um ano administra a locação de todas as propriedades em Oslo?

— É verdade, mas o chefe administrativo tem a Noruega inteira, além das Ilhas Faroé e da Islândia. Você sabia que a imobiliária do Exército de Salvação é proprietária de 250 lotes com trezentos prédios apenas na Noruega? — Jon deu um tapinha na barriga e olhou para o teto com uma familiar expressão de preocupação. — Vi meu reflexo em uma vitrine hoje e fiquei surpreso com como sou baixinho.

Thea não pareceu escutar a última parte.

— Alguém disse a Rikard que aquele que conseguir o emprego será o próximo comandante territorial.

Jon riu alto.

— Então não quero mesmo o cargo.

— Não brinque, Jon.

— Não estou brincando, Thea. Você e eu somos muito mais importantes. Eu vou dizer que não sou qualificado para o cargo de chefe administrativo e então oficializamos o noivado. Posso fazer outro trabalho importante. As corporações também precisam de economistas.

— Não, Jon — disse Thea, assustada. — Você é o melhor que temos, você precisa estar onde mais precisam de você. Rikard é meu irmão, mas ele não tem... sua inteligência. Podemos esperar a decisão do cargo antes de anunciar o noivado.

Jon deu de ombros.

Thea olhou o relógio.

— Você precisa ir embora antes da meia-noite hoje. Ontem no elevador Emma disse que estava preocupada comigo porque ouviu alguém abrir e fechar minha porta no meio da noite.

Jon apoiou os pés no chão.

— Na verdade, não entendo como a gente aguenta morar aqui.

Ela lhe lançou um olhar repreensivo.

— Pelo menos a gente cuida um do outro aqui.

— Verdade. — Ele soltou outro suspiro. — A gente cuida um do outro. Boa noite, então.

Ela se arrastou para perto dele e enfiou a mão por baixo da camisa. Para a surpresa dele, sentiu que sua mão já estava úmida de suor, como se estivesse fechada, apertando algo com muita força. Ela pressionou o corpo contra o dele e sua respiração acelerou.

— Thea — disse ele. — A gente não...

Ela enrijeceu. Em seguida soltou um suspiro e retirou a mão.

Jon ficou surpreso. Até então, Thea não tinha feito nenhum avanço nessa direção, pelo contrário, parecia até um pouco apreensiva em relação ao contato físico. E ele apreciava justamente esse acanhamento. Ela parecera tranquila quando, depois do primeiro encontro, ele tinha dito que estava escrito nos estatutos que "O Exército de Salvação mantém a abstinência antes do matrimônio como um ideal cristão". E mesmo que alguns achassem que havia uma diferença entre a palavra "ideal" e a palavra "ordem", que os estatutos usavam em referência a tabaco e álcool, ele não viu motivo para quebrar uma promessa a Deus por causa desse tipo de nuance.

Ele a abraçou, se levantou e foi ao banheiro. Trancou a porta e abriu a torneira. Deixou a água escorrer sobre suas mãos enquanto estudava a superfície lisa de areia fundida que refletia a expressão do rosto de uma pessoa que, de acordo com todos os padrões externos, devia estar feliz. Precisava ligar para Ragnhild. Acabar com aquilo de uma só vez. Jon respirou fundo. Ele *estava* feliz. Alguns dias eram simplesmente mais difíceis que outros.

Secou o rosto e voltou para ela.

A sala de espera do pronto-socorro de Oslo, no número 40 da Storgata, estava banhada em luz branca e dura. Havia os habitués de sempre no horário da noite. Um viciado trêmulo se levantou e foi embora 20 minutos depois que Harry chegou. Em geral não aguentavam ficar quietos por mais de 10 minutos. Harry o entendia. Ele ainda tinha gosto de uísque na boca, o que havia despertado velhos inimigos que se debatiam presos às correntes em seu estômago. A dor na perna era infernal. E a visita ao porto fora — como noventa por cento de toda investigação policial — improdutiva. Prometeu a si mesmo manter o compromisso com Bette Davies da próxima vez.

— Harry Hole?

Harry levantou a cabeça e olhou para o homem de jaleco à sua frente.

— Sim?

— Pode me acompanhar?

— Obrigado, mas acho que é a vez dela — disse Harry e inclinou a cabeça na direção de uma garota sentada com a cabeça apoiada nas mãos na fileira de cadeiras oposta à dele.

O homem se inclinou para a frente.

— É a segunda vez que ela vem aqui só esta noite. Vai ficar bem.

Mancando, Harry seguiu o jaleco pelo corredor até um consultório apertado com uma mesa e uma prateleira. Não viu nenhum pertence pessoal.

— Pensei que vocês da polícia tivessem seus próprios médicos — disse o jaleco.

— Não é bem assim. Normalmente nem temos prioridade na fila. Como sabe que sou policial?

— Desculpe. Sou Mathias. Eu só estava passando pela sala de espera quando vi você.

O médico sorriu e estendeu a mão. Ele tinha dentes regulares, observou Harry. Tão regulares que o policial desconfiaria de que ele estava usando dentadura, se o restante do rosto não fosse igualmente simétrico, com traços limpos e retos. Os olhos eram azuis com pequenas rugas em volta, causadas pelo hábito de sorrir, e o aperto de mão, firme e seco. Como se saído de um romance médico, pensou Harry. Um médico com mãos quentes.

— Mathias Lund-Helgesen — esclareceu o homem e olhou indagador para Harry.

— Pelo jeito, você acha que eu devia saber quem você é — disse Harry.

— Já nos encontramos. No verão passado. Numa festa no jardim da casa de Rakel.

Harry ficou paralisado com o som do nome dela em lábios alheios.

— Foi?

— Fui eu — disse Mathias Lund-Helgesen rapidamente e em voz baixa.

— Hmm. — Harry fez um demorado sim com a cabeça. — Estou sangrando.

— Entendo. — Lund-Helgesen ficou sério, o rosto tomado pela compreensão.

Harry levantou a perna da calça.

— Aqui.

— Ah, isso. — Lund-Helgesen sorriu levemente perplexo. — O que houve ?

— Mordida de cachorro. Pode dar um jeito?

— Não há muito o que fazer. O sangramento vai parar. Vou limpar as feridas e pôr alguma coisa. — Ele se inclinou sobre a perna. — Parecem três feridas, julgando pelas marcas dos dentes. E vai tomar vacina antitetânica.

— Mordeu até o osso.

— É, normalmente é o que se sente.

— Não, quero dizer, mordeu mesmo... — Harry se calou e respirou pelo nariz. Acabava de entender que Mathias Lund-Helgesen pensou que ele estivesse bêbado. E por que não pensaria assim? Um policial com o casaco rasgado, mordida de cachorro, péssima reputação e bafo fresco de uísque. Seria isso que ele diria quando contasse a Rakel que seu ex andara bebendo de novo? — Com força — concluiu Harry.

4

Segunda feira, 15 de dezembro. A despedida.

— *Trka!* Sentou-se na cama, sobressaltado, escutando o eco de sua própria voz entre as paredes brancas e nuas do hotel. O telefone na mesa de cabeceira tocou. Ele arrancou o fone do gancho.

— *This is your wake-up call...*

— *Hvala* — agradeceu, mesmo sabendo que era apenas uma gravação. Ele estava em Zagreb. Hoje partiria para Oslo. Para o serviço mais importante. O último.

Fechou os olhos. Tinha sonhado de novo. Não com Paris, nem com alguns dos outros serviços; nunca sonhava com eles. Sonhava sempre com Vukovar, sempre com aquele outono, com o cerco.

À noite sonhou que estava correndo. Como sempre, corria na chuva na mesma noite em que serraram o braço de seu pai na ala infantil. Quatro horas depois, o pai havia morrido, mesmo após os médicos afirmarem que a operação fora um sucesso. Disseram que o coração simplesmente parou de bater. Então ele correu para longe da mãe, para a escuridão e a chuva, e, com a pistola do pai na mão, seguiu em direção ao rio, aos postos sérvios, e estes lançaram chamas e atiraram. Ele não se importou e ouviu as balas caírem suavemente no chão que, de repente, desapareceu, e ele caiu em uma enorme cratera de bomba. Então foi engolido pela água, junto com todos os sons, e ficou envolto em silêncio, ainda correndo, sem chegar a lugar algum. No momento em que sentiu os membros do corpo endurecerem, anestesiados pelo sono, ele viu algo vermelho se mexer na escuridão, como um pássaro batendo as asas em câmera lenta. Quando recuperou os sentidos, estava deitado, embrulhado num manto, e sobre ele havia uma lâmpada nua balançando para lá e para cá enquanto a artilharia dos sérvios martelava e pedacinhos de terra e estuque caíam em seus olhos e sua boca. Ele cuspiu e alguém se inclinou sobre ele dizendo que foi Bobo, o capitão, que o havia salvado da cratera cheia d'água. E apontou para um homem careca perto da escada da casamata. Ele estava de uniforme, com um lenço vermelho em volta do pescoço.

Abriu os olhos novamente e checou o termômetro que havia deixado na mesa de cabeceira. Desde novembro a temperatura do quarto não havia passado de 16 graus, ainda que a recepção alegasse que a calefação estava no máximo. Levantou-se. Precisava se apressar; o ônibus para o aeroporto estaria em frente ao hotel dentro de meia hora.

Encarou o espelho sobre a pia e tentou visualizar o rosto de Bobo. Mas era como as luzes da aurora boreal, que desapareciam aos poucos na medida em que surgiam. O telefone tocou outra vez.

— *Da, majka.*

Depois de fazer a barba, secou-se e vestiu-se depressa. Retirou uma das duas caixas de metal que guardava no cofre e abriu. Uma Llama MiniMax Sub Compact que levava sete balas, seis no carregador e uma na câmara. Desmontou a pistola e distribuiu as peças nos quatro pequenos compartimentos feitos sob medida por baixo dos cantos reforçados da mala. Se fosse retido na alfândega e a mala fosse radiografada, o metal do reforço esconderia as peças da arma. Antes de sair, verificou que levava consigo o passaporte e o envelope com a passagem de avião que ela lhe havia entregado, a foto do alvo e as informações necessárias sobre onde e quando. Seria amanhã às 19h em local público. Ela dissera que aquele serviço era mais perigoso que o anterior. Contudo, ele não estava com medo. Vez ou outra pensava que tinha perdido a capacidade de senti-lo, que fora amputada junto com o braço do pai naquela noite. Bobo sempre dizia que não se sobrevive por muito tempo sem o medo.

Lá fora, Zagreb acabava de acordar. Não havia neve, mas um nevoeiro cinzento deixava a cidade com aparência cansada. Ele parou em frente à entrada do hotel e pensou que dali a poucos dias eles estariam a caminho do mar Adriático, de uma cidade bem pequena com um hotel modesto a preços de baixa temporada e um pouco de sol. E falando sobre a nova casa.

O ônibus para o aeroporto já devia ter chegado. Ele olhou para a névoa. Da mesma maneira que fez naquele outono, encolhido ao lado de Bobo, tentando em vão vislumbrar algo atrás da fumaça branca. Sua tarefa era transmitir mensagens que eles não ousavam enviar pelo rádio, porque os sérvios poderiam ficar sabendo de tudo se sintonizassem na mesma frequência. E, como ele era pequeno, podia correr pelas trincheiras a toda velocidade sem ter que se abaixar. Ele disse a Bobo que queria matar tanques.

Bobo fez que não com a cabeça.

— Você é mensageiro. Essas mensagens são importantes, meu filho. Tenho homens para cuidar dos tanques.

— Mas eles têm medo. Eu não tenho medo.

Bobo ergueu uma sobrancelha.

— Você ainda é um menino.

— Não vou ficar mais velho com balas me acertando aqui em vez de lá fora. E você também disse que, se não conseguir deter os tanques, eles tomarão a cidade.

Bobo olhou para ele, longamente.

— Deixe-me pensar — disse por fim. Ficaram em silêncio olhando para o cenário branco, sem saber distinguir a neblina de outono da fumaça das ruínas da cidade em chamas. Então, Bobo pigarreou: — Esta noite mandei Franjo e Mirko para a abertura do dique, de onde os tanques saem. A missão era se esconderem e prenderem minas aos tanques quando passassem por eles. Você sabe o que aconteceu?

Assentiu. Tinha visto os corpos de Franjo e Mirko pelo binóculo.

— Se fossem menores, talvez pudessem ter se escondido nas depressões no chão — disse Bobo.

O menino limpou a meleca do nariz com a mão.

— Como se prende minas aos tanques?

Bem cedinho no dia seguinte, ele voltou rastejando para as próprias trincheiras, tremendo de frio e coberto de lama. Atrás dele, no dique, havia dois tanques sérvios destruídos, a fumaça subindo das escotilhas abertas no teto. Bobo o puxou para dentro da trincheira com um triunfante:

— Nasceu nosso pequeno redentor!

E no mesmo dia, quando Bobo ditou a mensagem a ser enviada pelo rádio ao quartel-general da cidade, ele ganhou o codinome que o acompanharia até os sérvios ocuparem e reduzirem a cinzas sua cidade natal, matando Bobo, massacrando médicos e pacientes no hospital, prendendo e torturando aqueles que resistiram. O apelido era um paradoxo amargo. Dado a ele justamente por quem ele não conseguira salvar. *Mali spasitelj.* O pequeno redentor.

Um ônibus vermelho surgiu do mar de neblina.

A sala de reunião na zona vermelha do sexto andar zunia de conversas e risos baixinhos quando Harry chegou e verificou que escolhera bem o momento de aparecer. Tarde demais para se misturar, comer bolo e trocar piadas com os colegas, como geralmente se faz quando é preciso se despedir de alguém de quem se gosta. A tempo para a distribuição de presentes e os discursos repletos de palavras infladas que os homens ousam usar ao encarar o público, não na vida privada.

Harry varreu a sala com o olhar e encontrou os três únicos rostos que considerava verdadeiramente amigáveis. Seu chefe, que estava deixando a divisão, Bjarne Møller. O policial Halvorsen. E Beate Lønn, a jovem chefe da Divisão de Criminalística. Não encarou outros olhares e ninguém encarou o dele. Harry sabia muito bem que ele não era uma pessoa querida na Delegacia de Homicídios. Møller uma vez dissera que só havia uma coisa de que as pessoas gostavam menos do que um alcoólatra rabugento: um alcoólatra rabugento alto. Harry era um alcoólatra rabugento de 1,93m, e o fato de ser um investigador brilhante era apenas um pequeno detalhe a seu favor. Todos sabiam que se não fosse pela mão protetora de Bjarne Møller a corporação teria se livrado de Harry há muito tempo. E como Møller agora estava saindo, todos sabiam também que a direção estava só esperando o primeiro deslize de Harry. Paradoxalmente, o que o protegia no momento era a mesma coisa que o havia marcado como um eterno estranho no ninho: o fato de ele ter matado um de seus próprios policiais. O Príncipe. Tom Waaler, inspetor-superintendente da Homicídios, um dos homens por trás do extenso contrabando de armas para Oslo durante os últimos oito anos. Tom Waaler havia terminado seus dias numa poça de sangue no porão de um prédio de conjugados em Kampen. Durante uma cerimônia breve na cantina três semanas depois, o chefe da Polícia Criminal dera, entre dentes cerrados, uma gratificação a Harry por sua contribuição para a limpeza nas próprias fileiras. E Harry agradecera.

— Obrigado — dissera, passando o olhar pelos oficiais presentes só para ver se alguém o encarava. Ele tinha pensado em limitar o discurso a essa única palavra, mas, ao ver os rostos virados e os sorrisos tortos, sentira-se tomado por uma súbita cólera, e acrescentara: — Suponho que vai ser mais difícil alguém me demitir agora. A imprensa poderia achar que fizeram isso por medo de que eu investigasse mais alguém.

Olharam para ele. Incrédulos. Resolvera então continuar:

— Não há motivo para ficarem assustados. Tom Waaler era inspetor-chefe aqui na Homicídios e dependia de sua posição para levar a cabo seus propósitos. Ele se intitulava "O Príncipe", e como vocês sabem... — Nesse ponto, Harry fez uma pausa enquanto olhava um por um, detendo-se no chefe da Polícia Criminal: — Onde há um príncipe, costuma haver um rei.

— E aí, velho? Perdido em pensamentos?

Harry ergueu o olhar. Era Halvorsen.

— Estava pensando em reis — murmurou Harry e aceitou a xícara de café que o jovem policial lhe estendia.

— Pois é, ali está o novo rei — disse Halvorsen, apontando.

Perto da mesa de presentes havia um homem de terno azul conversando com o chefe da Polícia Criminal e Bjarne Møller.

— Esse aí é Gunnar Hagen? — perguntou Harry com café na boca.

— O novo PAS?

— Não se chama mais *PAS*, Harry.

— Não?

— Agora é POB. *Politioverbetjent*. Faz mais de quatro meses que alteraram os títulos. Seu chefe agora é superintendente.

— É mesmo? Talvez eu estivesse doente nesse dia. Você ainda é policial?

Halvorsen sorriu.

O novo superintendente da Divisão de Homicídios parecia estar em boa forma e ser mais jovem que os 53 anos registrados no memorando interno. Tinha estatura mais mediana do que alta, constatou Harry. E era magro. A rede de músculos definidos em torno do maxilar e ao longo do pescoço indicava uma vida de asceta. A boca de Hagen era reta e decidida, e o queixo era pontudo de uma forma que poderia tanto indicar determinação quanto fazê-lo ser chamado de queixudo. O escasso cabelo era preto, formando uma meia-lua ao redor da cabeça, mas, em compensação, era tão grosso e denso que dava a impressão de que o novo POB escolhera um corte excêntrico. As sobrancelhas enormes e demoníacas indicavam que havia boas condições de crescimento para os pelos corporais.

— Direto do Ministério da Defesa — disse Harry. — Em breve vamos ter toque da alvorada.

— Dizem que foi um bom policial antes de trocar de pasto.

— Julgando pela descrição que ele fez de si mesmo no memorando, quer dizer?

— É ótimo vê-lo tão otimista, Harry.

— Eu? Estou sempre disposto a dar uma chance às pessoas.

— Com ênfase no *uma*.

Beate se juntou a eles. Ela jogou o cabelo curto e loiro para o lado.

— Parece que vi você chegar mancando, Harry?

— Encontrei um cão de guarda superagitado no terminal de contêineres ontem à noite.

— O que foi fazer lá?

Harry olhou para Beate antes de responder. O cargo de chefe da Criminalística fizera bem a ela. E à sua divisão. Beate sempre fora uma profissional competente, mas Harry tinha que admitir que não esperara encontrar qualidades de chefia na jovem abnegada e tímida quando ela foi para a Divisão de Roubos e Furtos depois da Academia de Polícia.

— Só queria dar uma olhada naquele contêiner onde encontraram Per Holmen. Diga-me, como ele conseguiu entrar ali?

— Cortou o cadeado com um alicate. Estava ao lado dele. E você, como entrou?

— O que encontraram além do alicate?

— Harry, não há nada que indique que...

— Também não é o que estou dizendo. O que mais?

— O que acha? Coisas usadas por viciados, uma dose de heroína e um saco plástico com tabaco. Você sabe, eles retiram o tabaco das guimbas de cigarro que catam. E nenhum dinheiro, claro.

— E a Beretta?

— O número de série foi removido, mas as marcas da raspagem são conhecidas. É arma contrabandeada nos dias do Príncipe.

Harry notara que Beate evitava deixar o nome de Tom Waaler passar pelos lábios.

— Hum. Já chegou o resultado do exame de sangue?

— Chegou — respondeu Beate. — Surpreendentemente limpo, pelo menos não tinha se drogado recentemente. Ou seja, estava consciente e capaz de realizar o suicídio. Por que pergunta?

— Tive o prazer de dar a notícia aos pais.

— Ai, ai — disseram Lønn e Halvorsen em uníssono. Aquilo acontecia com cada vez maior frequência, mesmo que namorassem há apenas um ano e meio.

O superintendente da Homicídios pigarreou; as pessoas se viraram para a mesa de presentes e fizeram silêncio.

— Bjarne pediu permissão para dar uma palavrinha — disse o chefe, balançando o corpo com os calcanhares, e fez uma pausa retórica. — E a permissão está concedida.

As pessoas riam. Harry notou o esboço de sorriso de Bjarne Møller para seu superior.

— Obrigado, Torleif. E obrigado a você e ao delegado-chefe pelo presente de despedida. Um agradecimento especial pela linda foto que recebi de todos vocês.

Apontou para a mesa de presentes.

— Todos? — perguntou Harry para Beate, sussurrando.

— Sim. Skarre e outros dois coletaram o dinheiro.

— Não fiquei sabendo.

— Talvez tenham se esquecido de pedir a você.

— Agora é minha vez de distribuir alguns presentes — disse Møller. — Uma partilha de bens, por assim dizer. Primeiro esta lente de aumento.

Ele segurou a lente em frente ao rosto e todos riram da imagem retorcida do ex-superintendente.

— Esta vai para a garota que é tão boa como investigadora e policial quanto foi seu pai. Que nunca toma para si o crédito pelo seu trabalho, preferindo dar uma chance para nós, da Homicídios, brilharmos. Como vocês sabem, ela é objeto de pesquisa de neurologistas por ser um dos raros casos de *fusiform gyrus,* o que lhe permite lembrar de todos os rostos que já viu.

Harry viu Beate enrubescer. Ela não gostava de chamar a atenção, menos ainda por causa do raro dom que fazia com que ela fosse consultada para reconhecimento de fotos granuladas de ex-condenados em vídeos de segurança de assaltos a bancos.

— Espero — continuou Møller — que você também não se esqueça deste rosto mesmo que não o veja por algum tempo. E se tiver dúvidas, é só usar isso aqui.

Halvorsen deu um leve empurrão nas costas de Beate. Quando Møller lhe deu o presente com um abraço e o público aplaudiu, ela estava vermelho-fogo até a testa.

— A próxima peça da partilha é minha cadeira — prosseguiu Bjarne. — Pois descobri que meu sucessor Gunnar Hagen exigiu uma nova de couro preto com encosto alto e sei lá o que mais.

Møller sorriu para Gunnar Hagen, que não retribuiu o gesto, fazendo apenas um curto aceno com a cabeça.

— A cadeira vai para um policial de Steinkjær que desde que chegou aqui foi condenado a dividir uma sala com o maior encrenqueiro da casa. E ainda por cima com uma cadeira defeituosa. Junior, acho que estava na hora.

— Beleza! — comemorou Halvorsen.

Todos se viraram para ele, rindo, e Halvorsen devolveu o riso.

— E, por fim, uma ajuda técnica para uma pessoa que é muito especial para mim. Ele tem sido meu melhor investigador e meu pior pesadelo. Para o homem que sempre segue seu próprio nariz, sua própria agenda e, infelizmente para nós que tentamos fazer com que vocês cheguem pontualmente à reunião matinal, seu próprio relógio. — Møller tirou um relógio de pulso do bolso da jaqueta. — Espero que este lhe faça seguir o mesmo horário que os outros. Pelo menos é mais ou menos sincronizado com os do restante da Homicídios. E bem, falei muito nas entrelinhas, Harry.

Aplausos dispersos quando Harry foi para a frente e recebeu o relógio, que tinha uma pulseira simples de couro preto e era de uma marca por ele desconhecida.

— Obrigado — disse Harry.

Os dois homens altos se abraçaram.

— Está adiantado em dois minutos, para você conseguir chegar a tempo nos compromissos para os quais achou que estava atrasado — sussurrou Møller. — Chega de advertências, faça o que tem que fazer.

— Obrigado — repetiu Harry e sentiu o abraço de Møller forte e demorado demais. Lembrou-se de entregar o presente que trouxera de casa. Por sorte nunca chegou a retirar o plástico de *A malvada*.

5

Segunda-feira, 15 de dezembro. O Farol.

Jon encontrou Robert no quintal da Fretex, a loja do Exército de Salvação em Kirkeveien.

Ele estava encostado no vão da porta com os braços cruzados, olhando os homens descarregarem sacos pretos do caminhão para o armazém da loja. Os carregadores expiravam balões brancos de diálogo, os quais enchiam com palavrões em vários dialetos e línguas.

— Boa pesca hoje? — perguntou Jon.

Robert deu de ombros.

— As pessoas dão de bom grado todo o guarda-roupa de verão para poder comprar roupas novas no ano seguinte. Mas são roupas de inverno que estamos precisando agora.

— Seus rapazes têm uma linguagem e tanto. São do tipo parágrafo 12, fazendo trabalho social em vez de cumprir pena na prisão?

— Fiz a contagem ontem. Agora temos duas vezes mais pessoal parágrafo 12 que aqueles que receberam Jesus.

Jon sorriu.

— Um prato cheio para missionários. É só começar.

Robert chamou um dos rapazes, que lhe jogou um maço de cigarros. Robert enfiou um cigarro sem filtro entre os lábios.

— Largue isso — disse Jon. — O juramento de soldado. Pode ser demitido.

— Não estava pensando em acendê-lo, irmão. O que você quer?

Jon deu de ombros.

— Só bater um papo.

— Sobre o quê?

Jon soltou um riso curto.

— É bastante normal irmãos baterem um papo de vez em quando.

Robert fez que sim com a cabeça e tirou fiapos de tabaco da língua.

— Quando você diz *bater papo*, normalmente significa que vai me dizer como devo viver minha vida.

— Nada disso.

— O que é então?

— Nada! Só queria saber como você está.

Robert tirou o cigarro e cuspiu na neve. Depois estudou a camada de nuvens brancas lá no céu.

— Estou de saco cheio desse emprego. Estou de saco cheio do apartamento. Estou de saco cheio da sargento-major ressecada e hipócrita que manda aqui. Se ela não fosse tão feia, eu ia... — Robert arreganhou os dentes — foder aquela bruaca até doer.

— Estou com frio — disse Jon. — Podemos entrar?

Robert entrou primeiro no minúsculo escritório e se sentou numa cadeira que mal cabia entre uma mesa superlotada, uma janela estreita com vista para o fundo do quintal e uma flâmula vermelho e amarelo com o emblema do Exército de Salvação e o lema "Fogo e Sangue". Jon retirou uma pilha de papéis, alguns já amarelados, de uma cadeira de madeira que ele sabia que Robert havia roubado da sala do Majorstua Korps, que ficava ao lado.

— Ela diz que você se finge de doente — disse Jon.

— Quem?

— A sargento-major Rue.

— Nossa, então ela ligou pra você. Já está assim? — Robert cutucou a mesa com o canivete antes de exclamar: — Ah sim, esqueci: você é o novo gerente administrativo, o chefe do negócio todo.

— A decisão ainda não foi tomada. Também pode ser Rikard.

— Não importa. — Robert traçou dois semicírculos na mesa, formando um coração. — Já disse o que veio dizer. Mas antes de você se mandar, eu poderia receber aqueles 500 por pegar seu turno depois de amanhã?

Jon tirou o dinheiro da carteira e o colocou na mesa em frente ao irmão. Robert esfregou a lâmina do canivete no queixo. Raspou os tufos de barba preta.

— E quero lembrar mais uma coisa.

Jon engoliu em seco e sabia o que estava por vir.

— E o que é?

Por cima do ombro de Robert, ele podia ver que já tinha começado a nevar, mas o calor que subia das casas ao redor do pátio dos fundos fazia os flocos brancos e leves ficarem suspensos em frente à janela, como se estivessem escutando.

Robert colocou a ponta da faca no centro do coração desenhado na madeira.

— Se eu descobrir que você chegou perto daquela garota outra vez, você sabe quem... — Ele colocou a mão em volta do cabo da faca e se inclinou para a frente. O peso de seu corpo fez a lâmina afundar com um estalo na madeira seca. — Acabo com você, Jon. Juro.

— Estou atrapalhando? — perguntou uma voz vinda da porta.

— Nem um pouco, Sra. Rue — respondeu Robert, com voz melosa.

— Meu irmão já estava de saída.

O chefe da Polícia Criminal e o novo POB, Gunnar Hagen, pararam de falar quando Bjarne Møller entrou na sala que já não era mais dele.

— Então, está gostando da vista? — perguntou Møller, tentando soar alegre. E acrescentou: — Gunnar. — O nome soou estranho em sua boca.

— Bem, Oslo é sempre triste em dezembro — respondeu Gunnar Hagen. — Mas vamos ver se não conseguimos mudar isso também.

Møller gostaria de perguntar o que ele queria dizer com "isso também", mas se deteve quando viu o chefe da Polícia Criminal assentindo com a cabeça.

— Eu estava justamente colocando Gunnar a par de alguns detalhes sobre as pessoas aqui. Confidencialmente, é claro.

— Ah, sim, vocês já se conhecem.

— É verdade — disse o chefe da Polícia Criminal. — Nos conhecemos desde que éramos cadetes no que antigamente se chamava de Escola de Polícia.

— O memorando diz que você participa da Birkebeiner todo ano — disse Møller para Gunnar Hagen. — Você sabia que o chefe da Polícia Criminal faz o mesmo?

— Claro que sabia. — Hagen olhou para o outro chefe com um sorriso. — Às vezes, Torleif e eu vamos juntos. Tentando acabar um com o outro já na largada.

— Veja só — disse Møller alegre. — Então, se o chefe aqui fizesse parte do Conselho de Recursos Humanos, poderíamos acusá-lo de fisiologismo.

O chefe da Polícia Criminal soltou um riso seco e lançou um olhar de advertência para Bjarne Møller.

— Acabei de contar a Gunnar sobre o homem a quem você tão generosamente deu um relógio.

— Harry Hole?

— Sim — disse Gunnar Hagen. — Estou sabendo que foi ele que matou um inspetor-chefe envolvido naquele infeliz caso de contrabando. Ouvi dizer que arrancou o braço do homem num elevador. E agora ele está sob suspeita de ter vazado o caso para a imprensa. Nada bom.

— Primeiro, aquele 'infeliz caso de contrabando' era uma quadrilha profissional com ramificações dentro da polícia, e que durante anos vinha inundando Oslo com armas baratas — disse Bjarne Møller e tentou em vão esconder a irritação na voz. — Um caso que Hole, apesar da resistência desta casa, resolveu totalmente sozinho graças a anos de meticuloso trabalho policial. Segundo, ele matou Waaler em legítima defesa e foi o elevador que arrancou seu braço. Terceiro, não temos nenhum indício em relação a quem vazou o quê.

Gunnar Hagen e o chefe da Polícia Criminal se entreolharam.

— De qualquer maneira — disse o chefe de Polícia —, fique de olho nele, Gunnar. Pelo que entendi, a namorada acabou de deixá-lo. E sabemos que isso torna homens com maus hábitos, como Harry, propensos a uma recaída. O que não podemos aceitar de maneira alguma, mesmo ele tendo resolvido alguns casos aqui na Homicídios.

— Vou mantê-lo na linha — disse Hagen.

— Ele é inspetor-chefe — disse Møller e fechou os olhos. — Não é um agente comum. E ficar na linha não é muito com ele.

Gunnar Hagen fez um gesto de concordância com a cabeça, passando uma das mãos pela espessa coroa de cabelo.

— Quando você começa em Bergen, Bjarne? — Hagen abaixou a mão.

Møller podia apostar que seu nome soava igualmente estranho na boca do outro.

Harry caminhava pela Urtegata e, pelos calçados das pessoas que vinham no sentido oposto, sabia que estava se aproximando do Farol. Os rapazes da Divisão de Narcóticos costumavam dizer que ninguém fazia mais pela identificação de viciados que as lojas de artigos militares. Porque mais cedo ou mais tarde, através do Exército de Salvação, os calçados sempre acabavam nos pés dos viciados. No verão eram tênis azuis, e agora, no inverno, o uniforme era coturno preto e um saco plástico verde com um lanche do Exército de Salvação.

Harry entrou pela porta e acenou para o porteiro de pulôver com capuz do Exército de Salvação.

— Nada? — perguntou o porteiro.

Harry apalpou os bolsos.

— Nada.

Uma placa na parede informava que bebidas alcoólicas deviam ser deixadas na entrada e retiradas na saída. Harry sabia que haviam desistido de pedir as drogas e seringas, não há viciado que abra mão delas.

Harry entrou, serviu-se de uma xícara de café e se sentou no banco perto da parede. *Fyrlyset,* o Farol, era o café do Exército de Salvação, a versão do novo milênio para a distribuição de sopa, onde os necessitados recebiam pão e café de graça. Um recinto aconchegante e iluminado onde a única coisa que o distinguia de um café normal era a clientela. Noventa por cento dos viciados eram homens. Comiam pão com queijo de cabra ou queijo prato, liam jornais e conversavam com calma ao redor das mesas. Era uma zona livre onde podiam se esquentar e relaxar depois da caçada à dose do dia. Mesmo que os agentes da Narcóticos passassem de vez em quando, havia um acordo tácito de que ali ninguém era preso.

Um homem na mesa ao lado de Harry ficara paralisado no meio de uma profunda reverência. A cabeça estava inclinada sobre a mesa, e entre os dedos pretos estava um papel de cigarro vazio, com um punhado de guimbas em volta.

Harry olhou as costas uniformizadas de uma miniatura de mulher que estava trocando as velas queimadas numa mesa pequena com quatro porta-retratos. Em três deles havia fotos de pessoas, e no quarto existia apenas uma cruz e um nome sobre fundo branco. Harry se levantou e foi até a mesa.

— O que são? — perguntou.

Talvez a nuca fina e a suavidade do movimento — ou o cabelo preto-azulado com brilho quase artificial — tenham feito com que Harry pensasse numa gata antes mesmo de ela se voltar para ele. A impressão foi reforçada pelo rosto miúdo e a boca desproporcionalmente larga e um nariz bem atrevido, idêntico ao dos personagens de desenhos animados japoneses de que Harry gostava. Mas, acima de tudo, os olhos. Ele não podia dizer o quê, mas tinha algo de errado.

— Novembro — respondeu ela.

Ela tinha uma voz calma e grave, num tom alto e suave que fez Harry se perguntar se era natural ou apenas uma forma de falar que ela havia adotado. Ele já conhecera mulheres que faziam aquilo, que mudavam de voz como outras pessoas trocam de roupa. Uma voz para a casa, outra para impressões iniciais e ocasiões sociais, uma terceira para intimidades à noite.

— Como assim? — perguntou Harry.

— Nossos falecimentos em novembro.

Harry olhou para as fotos e entendeu o que ela queria dizer.

— Quatro? — perguntou em voz baixa. Em frente a uma das fotos estava uma carta escrita à lápis com letras irregulares.

— Em média morre um hóspede por semana. Quatro é bastante normal. A missa é toda primeira quarta-feira do mês. Tem alguém que você...?

Harry fez que não com a cabeça. "Meu amado Geir", começava a carta. Não havia flores.

— Posso ajudar em alguma coisa? — perguntou ela.

Harry pensou que ela talvez não tivesse mais vozes no repertório, apenas esse timbre grave e afetuoso.

— Per Holmen... — começou Harry, sem saber como continuar.

— Pobre Per. Vamos ter uma missa para ele em janeiro.

Harry assentiu com a cabeça.

— Primeira quarta-feira.

— Exato. Seja bem-vindo, irmão.

Esse "irmão" foi dito com uma leveza natural, como um apêndice subentendido, e, no entanto, mal-articulado à frase. Por um momento, Harry quase acreditou nela.

— Sou inspetor da Polícia — disse Harry.

A diferença de altura entre os dois era tão grande que ela tinha que inclinar a cabeça para trás para olhar bem para ele.

— Acho que já o vi, mas deve fazer muito tempo.

Harry assentiu.

— Talvez. Já estive aqui, mas nunca a vi.

— Só trabalho meio período. Também fico na sede do Exército de Salvação. E você, trabalha na Divisão de Narcóticos?

Harry fez que não com a cabeça.

— Homicídios.

— Assassinato? Mas Per não foi...

— Podemos nos sentar um pouco?

Hesitante, ela olhou ao redor.

— Muito ocupada? — perguntou Harry.

— Pelo contrário, está excepcionalmente calmo. Num dia normal, servimos 1.500 pães. Mas hoje é dia de pagamento do seguro social.

Ela chamou um dos rapazes atrás do balcão, que assumiu seu lugar. Harry então ficou sabendo o nome dela. Martine. A cabeça do homem com papel de cigarro na mão se inclinara mais um pouco.

— Algumas coisas não estão batendo — disse Harry depois de se sentarem. — Que tipo de pessoa era ele?

— Difícil de dizer. — Ela soltou um suspiro quando viu o olhar indagador de Harry. — Quando se é viciado por tantos anos como Per, o cérebro fica tão destruído que é difícil ver alguma personalidade. A ânsia pela droga é muito dominante.

— Entendo, mas quis dizer... para pessoas que o conheciam bem.

— Receio que não vou poder ajudar. Pode perguntar ao pai de Per o que restava da personalidade do filho. Ele esteve aqui várias vezes para buscá-lo. Por fim desistiu. Disse que Per tinha começado a ameaçá-los em casa porque trancavam tudo o que havia de valor quando ele estava lá. Ele me pediu para cuidar do rapaz. Eu disse que íamos fazer o melhor possível, mas que não podíamos prometer milagres. E não conseguimos mesmo...

Harry olhou para ela. Seu rosto não revelava nada além da resignação típica das assistentes sociais.

— Deve ser infernal — disse Harry e coçou a perna.

— É, acho que só sendo viciado para compreender direito.

— Ser pai, quero dizer.

Martine não respondeu. Um rapaz de jaqueta rasgada se sentou à mesa ao lado. Abriu um saco plástico transparente e despejou um monte de tabaco seco que devia ter sido tirado de centenas de guimbas. Cobriu o papel e os dedos pretos do homem que estava à mesa.

— Feliz Natal — murmurou o rapaz e se afastou com o andar de velho característico dos junkies.

— O que não está esclarecido? — quis saber Martine.

— O exame de sangue mostrou que ele não havia consumido drogas — respondeu Harry.

— E daí?

Harry olhou para o homem na mesa vizinha. Ele estava desesperadamente tentando enrolar um cigarro, mas os dedos não lhe obedeciam. Uma lágrima escorreu pelo rosto marcado.

— Eu sei um pouco como é se drogar — disse Harry. — Você sabe se ele devia dinheiro a alguém?

— Não. — Sua resposta foi curta. Tão curta que Harry já imaginou a resposta da pergunta seguinte.

— Mas talvez poderia...

— Não. — Ela o interrompeu. — Não posso perguntar por aí. Escute, estas são pessoas com quem ninguém se importa, e eu estou aqui para ajudá-las, não para persegui-las.

Harry olhou para ela demoradamente.

— Tem razão. Desculpe por ter perguntado, não vai se repetir.

— Obrigada.

— Apenas uma última pergunta?

— Tudo bem.

— Você... — Harry hesitou, pensou que estava em vias de cometer um erro. — Você acreditaria se eu dissesse que eu me importo?

Ela inclinou a cabeça e estudou Harry.

— Deveria acreditar?

— Bem. Estou investigando um caso que todos creem ser um evidente suicídio de uma pessoa com quem ninguém se importava.

Ela não respondeu.

— Obrigado pelo café. — Harry se levantou.

— De nada — respondeu ela. — E Deus o abençoe.

— Obrigado — disse Harry e, para sua própria estranheza, sentiu as pontas das orelhas esquentarem.

Ao sair, Harry parou em frente à porta e se virou, mas ela já não estava mais lá. O rapaz de pulôver com capuz lhe ofereceu um saco verde com a comida do Exército de Salvação, mas ele declinou, fechou o casaco e saiu para as ruas, onde o sol enrubescido já se encolhia sobre o fiorde de Oslo. Foi até o rio Aker. Perto da região chamada Eika havia um rapaz de pé no meio do amontoado de neve com a manga da jaqueta rasgada e levantada e uma seringa pendendo do braço. Ele estava com um sorriso nos lábios, olhando através de Harry e da névoa gélida sobre Grønland.

6

Segunda-feira, 15 de dezembro. Halvorsen.

Pernille Holmen parecia ainda mais baixinha na poltrona da rua Fredenborg, com grandes olhos chorosos fitando Harry. No colo, segurava uma foto emoldurada do filho, Per.

— Ele tinha 9 anos aqui — disse ela.

Harry teve que engolir em seco. Por um lado, porque nenhum menino de 9 anos vestindo um colete salva-vidas parece ter a intenção de acabar num contêiner com uma bala na cabeça. Por outro, porque a foto lhe fez pensar em Oleg, que às vezes se esquecia e chamava Harry de "papai". Harry queria saber quanto tempo ele levaria para chamar Mathias Lund-Helgesen de "papai".

— Birger, meu marido, costumava sair para procurar Per quando ele sumia por alguns dias — contou ela. — Mesmo quando eu pedi que ele parasse de procurar. Não aguentava mais tê-lo em casa.

Harry afastou seus pensamentos.

— Por que não?

Birger Holmen estava na funerária, ela explicara quando Harry tocou a campainha sem tê-la avisado previamente da visita.

Ela fungou.

— Já conviveu com um viciado?

Harry não respondeu.

— Ele roubava tudo o que encontrava. A gente aceitou. Quer dizer, Birger aceitou, ele é uma pessoa amorosa. — Ela fez uma careta que Harry interpretou como um sorriso. — Ele o defendia em tudo. Até o último outono. Quando Per me ameaçou.

— Ameaçou?

— Sim. De me matar. — Ela olhou para a foto e esfregou o vidro como se estivesse embaçado. — Per tocou a campainha um dia de manhã e eu não queria deixá-lo entrar, eu estava sozinha. Ele chorou e suplicou, mas eu já conhecia aquele jogo, por isso não cedi. Voltei para a cozinha e me sentei. Não sei como ele conseguiu entrar, mas de repente estava na minha frente com uma pistola.

— A mesma pistola que ele...

— Sim. Acho que sim.

— Continue.

— Ele me ameaçou e me fez abrir o armário onde guardava minhas joias. Quer dizer, as poucas que ainda restavam, ele já havia levado a maior parte. Depois sumiu.

— E você?

— Eu? Tive um colapso nervoso. Birger chegou e me levou ao hospital. — Ela fungou. — Nem queriam me dar mais comprimidos. Disseram que já haviam me dado o bastante.

— Que tipo de comprimidos?

— O que acha? Tranquilizantes. Chega! Quando você tem um filho que o deixa acordado a noite toda com medo de que ele apareça... — Ela se calou e apertou a mão fechada contra a boca. Lágrimas brotaram em seus olhos. Então sussurrou tão baixinho que Harry mal captou as palavras: — Às vezes, você não quer mais viver...

Harry olhou para seu bloco de anotações. Estava em branco.

— Obrigado — disse.

— *One night, is that correct, Sir?* — perguntou a recepcionista do hotel Scandia, próximo à Estação Central de Oslo, sem desviar os olhos das reservas na tela do computador.

— *Yes* — respondeu o homem à sua frente.

Ela notou que ele estava usando um casaco bege. Pele de camelo. Ou uma imitação.

As longas unhas pintadas de vermelho corriam pelo teclado como baratas assustadas. Camelos falsificados no inverno da Noruega. Por que não? Ela tinha visto fotos de camelos no Afeganistão, e seu namorado escrevera dizendo que lá podia ser tão frio como ali.

— *Will you pay by Visa or cash, Sir?*

— *Cash.*

Ela empurrou o formulário de registro e uma caneta sobre o balcão e pediu para ver o passaporte.

— *No need* — respondeu ele. — *I will pay now.*

Seu inglês era quase britânico, mas algo na maneira de pronunciar as consoantes a fez pensar no leste europeu.

— Vou precisar de seu passaporte mesmo assim, *Sir.* Regras internacionais.

Ele fez que sim com a cabeça, estendeu uma cédula de mil coroas e o passaporte. República Hrvatska? Provavelmente um dos novos países no Leste Europeu. Ela lhe deu o troco, colocou a cédula na gaveta e se lembrou de que deveria verificá-la contra a luz assim que o hóspede saísse. Ela se empenhava em manter certo estilo, mesmo que não tivesse como se esquecer de que, por enquanto, trabalhava num dos hotéis mais simples da cidade. E aquele hóspede não parecia um caloteiro, tendia mais para um... bem, com quê ele se parecia? Ela lhe deu o cartão de plástico e a pequena explicação sobre o andar, o elevador, o café da manhã e o horário do check-out.

— *Will there be anything else, Sir?* — gorjeou ela, ciente de que seu inglês e atendimento eram bons demais para aquele hotel. Em breve, ela pretendia se mudar para um lugar melhor. Se isso não fosse possível, baixaria a qualidade do atendimento.

Ele pigarreou e perguntou onde encontraria o *phonebooth* mais próximo.

Ela explicou que ele podia fazer ligações do quarto, mas ele fez que não com a cabeça.

Precisou pensar um pouco. Os telefones celulares haviam efetivamente removido a maioria das cabines telefônicas de Oslo, mas ela tinha quase certeza de que havia uma ali perto, no Jernbanetorget. Mesmo que ficasse a apenas 100 metros de distância, ela pegou um pequeno mapa e explicou o trajeto, desenhando-o. Como se fazia nos hotéis Radisson e Choice. Quando levantou o olhar para ver se ele entendera, ficou momentaneamente confusa, sem entender bem por quê.

— Então somos nós contra o resto do mundo, Halvorsen!

Harry anunciou sua chegada de manhã com o cumprimento habitual ao irromper na sala que ambos dividiam.

— Dois recados — disse Halvorsen. — Você deve comparecer à sala do novo POB. E uma mulher ligou perguntando por você. Voz agradável.

— É? — Harry jogou seu casaco em direção à chapeleira. Ele desabou no chão.

— Nossa — exclamou Halvorsen. — Finalmente conseguiu superar?

— O quê?

— Voltou a jogar roupas na chapeleira. E a dizer que somos nós contra o resto do mundo. Você não fazia isso desde que Rakel...

Halvorsen se calou ao ver a expressão do colega.

— O que a mulher queria?

— Deixar um recado. Ela se chama... — Halvorsen procurou nos post-its amarelos à sua frente — Martine Eckhoff.

— Não a conheço.

— Trabalha no Farol.

— Ah!

— Ela disse que perguntou a algumas pessoas e que ninguém ouvira falar nada sobre Per Holmen dever dinheiro.

— É mesmo? Hum. Talvez eu deva ligar para saber se ela descobriu mais alguma coisa.

— Pensei nisso, mas quando pedi o número do telefone, ela disse que era tudo o que tinha para dizer.

— É? Legal.

— É? Por que então essa cara de tacho?

Harry se agachou para pegar o casaco, mas em vez de pendurá-lo no criado-mudo, vestiu-o.

— Sabe, Júnior, preciso sair de novo.

— Mas o POB...

— ...vai ter que esperar.

O portão do terminal de contêineres estava aberto, mas uma placa pendurada na cerca informava que era proibida a entrada de veículos e indicava o estacionamento do lado de fora. Harry coçou a perna ferida, lançou um olhar para a ampla área entre os contêineres e entrou com o carro. O escritório do vigia-chefe ficava numa casa baixinha que mais parecia um alojamento expandido regularmente durante os últimos trinta anos. O que não estava longe de ser verdade. Harry estacionou em frente à entrada e percorreu os metros restantes com passos largos.

O vigia-chefe se inclinou para trás na cadeira em silêncio, as mãos na nuca, mordendo um palito de fósforo e ouvindo Harry explicar o motivo da visita. Além do ocorrido na noite anterior.

O palito era a única coisa que se movia no rosto do vigia, mas Harry vislumbrou traços de um leve sorriso quando contou a luta que tivera com o cão.

— Metzner preto — disse o vigia. — O primo do caçador de leão da Rodésia. Quase não consegui importá-lo. Excelente cão de guarda. E quieto.

— Percebi.

O palito moveu-se alegre.

—— O metzner é caçador, por isso chega sem avisar. Não quer assustar a presa.

— Está dizendo que aquela fera tinha a intenção de me... comer?

— Depende do que você entende por comer.

O vigia não aprofundou o assunto, ficou apenas olhando Harry com uma expressão vazia. As mãos entrelaçadas emolduravam a cabeça inteira, e Harry pensou que ou ele tinha mãos enormes ou uma cabeça muito pequena.

— Então você não viu nem ouviu nada por volta do horário que, segundo nossas suposições, Per Holmen foi morto?

— Foi morto?

— Se matou. Nada?

— O vigia prefere ficar aqui dentro no inverno. E, como disse, o metzner é quieto.

— Não é muito prático, já que ele não avisa que há intrusos, não é?

O vigia-chefe deu de ombros.

— Ele faz seu trabalho. E nós não precisamos sair.

— Ele não descobriu Per Holmen quando entrou.

— É uma área grande.

— Mas depois?

— O corpo? Bem. Estava congelado. E o metzner não se interessa tanto em coisas mortas, prefere presas vivas.

Harry se arrepiou.

— O relatório policial afirma que você disse nunca ter visto Per Holmen por aqui antes.

— É verdade.

— Acabei de fazer uma visita à mãe dele e peguei emprestada esta foto de família.

Harry colocou a foto sobre a mesa do vigia-chefe.

— Poderia dar uma olhada e afirmar que você com certeza nunca viu essa pessoa antes?

O vigia baixou os olhos. Rolou o palito para o canto da boca antes de responder, mas se deteve. Tirou as mãos da nuca e pegou a foto. Observou-a longamente.

— Devo ter me enganado. Já vi esse cara. Ele passou por aqui no verão. Não foi tão fácil reconhecer o que... o que estava no contêiner.

— Entendo.

Quando Harry estava de saída, abriu a porta com cuidado e olhou para fora. O vigia-chefe deu um sorriso largo.

— Ele fica trancado durante o dia. Além do mais, os dentes do metzner são estreitos. As feridas saram rapidamente. Pensei em comprar um Kentucky terrier. Dentes serrilhados. Arranca pedaços. Teve sorte, inspetor.

— Bem — disse Harry. — Avise ao dentuço que está vindo uma mulher que dará outra coisa para ele morder.

— O quê? — perguntou Halvorsen, ultrapassando cuidadosamente um caminhão que removia neve das ruas.

— Algo macio — disse Harry. — Uma espécie de argila. Depois, Beate e sua equipe colocam a argila em gesso, deixam endurecer e bingo, temos um modelo de uma boca canina.

— Certo. E isso seria o suficiente para provar que Per Holmen foi assassinado?

— Não.

— Pensei que tivesse dito...

— Eu disse que seria o necessário para provar que foi assassinato. *The missing link* na cadeia de provas.

— Certo. E quais são os outros links?

— Os de sempre. Motivo, arma do crime e oportunidade. É aqui à direita.

— Não estou entendendo. Você disse que sua suspeita é baseada no fato de Per Holmen ter usado um alicate para entrar na área dos contêineres?

— Eu disse que foi isso que me fez estranhar. Para ser mais preciso, eu me perguntei como um viciado em heroína que está tão mal a ponto de ter que procurar abrigo num contêiner pode se manter lúcido o suficiente para providenciar alicates e conseguir entrar pelo portão. Por isso quis ir mais fundo na questão. Pode estacionar aqui.

— O que não entendo é como você pode alegar que sabe quem é o culpado.

— Pense bem, Halvorsen. Não é difícil, você tem todos os fatos.

— Odeio quando você faz isso.

— Só quero que seja um bom policial.

Halvorsen lançou um olhar ao seu colega mais velho para ver se ele estava de brincadeira. Desceram do carro.

— Não vai trancar? — perguntou Harry.

— A fechadura congelou noite passada. E hoje de manhã a chave quebrou lá dentro. Desde quando sabe quem é o culpado?

— Há algum tempo.

Atravessaram a rua.

— Na maioria dos casos, saber *quem matou* é normalmente a parte fácil. É o candidato óbvio. O marido. O cara com ficha suja. E nunca o mordomo. O problema é outro, é provar o que sua cabeça e sua intuição já contaram faz tempo.

Harry tocou a campainha ao lado de 'Holmen'.

— E é isso que vamos fazer agora. Providenciar aquela pecinha que transforma informações aparentemente desconexas numa perfeita cadeia de provas.

Uma voz estalou "sim" pelo interfone.

— Harry Hole, da polícia. Podemos...?

A fechadura zuniu.

— E é preciso agir rápido — disse Harry. — A maioria dos assassinatos é solucionada em 24 horas ou nunca mais.

— Obrigado, já ouvi essa piada antes — reclamou Halvorsen.

Birger Holmen estava esperando por eles no topo da escada.

— Entrem — disse e foi para a sala. Na porta da sacada havia uma árvore de Natal pronta para ser enfeitada. — Minha esposa está descansando — disse antes que Harry tivesse tempo de perguntar.

— Vamos falar baixinho — disse Harry.

Birger Holmen mostrou um sorriso triste.

— Ela não vai acordar.

Halvorsen lançou um rápido olhar para Harry.

— Hum — disse o inspetor. — Tomou algum tranquilizante, talvez?

Birger Holmen fez que sim.

— O enterro é amanhã.

— Claro, é sempre estressante. Bem. Obrigado por me emprestar.

Harry colocou a fotografia sobre a mesa. Era de Per Holmen sentado, ladeado pelos pais. Protegido. Ou, dependendo do ponto de vista, cercado. Ficaram calados e o silêncio prevaleceu. Birger Holmen coçou o braço por cima da manga da camisa. Halvorsen se inclinou para trás na poltrona.

— Você sabe alguma coisa sobre o vício em drogas, Holmen? — perguntou Harry sem erguer o olhar.

Birger Holmen franziu a testa.

— Minha mulher só tomou um tranquilizante. Não significa...

— Não estou falando de sua esposa. Você ainda pode salvá-la. Estou falando de seu filho.

— Depende do que quer dizer com *saber*. Ele era viciado em heroína. Isso o fez infeliz. — Ele ia dizer outra coisa, mas se calou. Olhou fixamente para a foto na mesa. — Fez todos nós infelizes.

— Não duvido. Mas se soubesse algo sobre viciados em drogas, saberia que o vício é mais forte que qualquer outra coisa.

De repente, a voz de Birger Holmen ficou trêmula de raiva:

— Está dizendo que não sei disso, inspetor? Está alegando que... minha esposa foi... ele... — O choro tomou conta de sua voz — Sua própria mãe...

— Eu sei — disse Harry baixinho. — Mas as drogas são mais importantes que as mães. Que os pais. Que a vida. — Harry respirou fundo. — Que a morte.

— Estou exausto, inspetor-chefe. Aonde está querendo chegar?

— O exame de sangue mostrou que seu filho não havia usado drogas antes de morrer. Quer dizer, estava mal. E quando um viciado em heroína está mal, a necessidade de salvação é tão grande que ele pode ameaçar a própria mãe com uma pistola para consegui-la. E a redenção não é um tiro na cabeça, mas uma injeção no braço, no pescoço, na virilha ou em outro lugar onde ainda exista uma veia intacta. Seu filho foi encontrado morto com uma seringa e um saco de heroína no bolso, Holmen. Ele não pode ter se matado. A droga é mais importante que todo o resto. Até...

— A morte. — Birger Holmen ainda tinha a cabeça entre as mãos, mas a voz estava clara: — Então você acha que meu filho foi assassinado? Por quê?

— Era o que eu esperava que você pudesse responder.

Birger Holmen não respondeu.

— Foi porque ele a ameaçava? — perguntou Harry. — Foi para que sua esposa tivesse paz?

Holmen levantou a cabeça.

— Do que está falando?

— Imagino que você estivesse perto da Plata, esperando. E quando ele veio, você o seguiu depois que ele comprou a dose. Levou-o para o depósito dos contêineres, pois era para lá que ele se dirigia quando não tinha para onde ir.

— Como vou saber? Isso é um absurdo, eu...

— Claro que sabe. Mostrei essa foto ao supervisor, que reconheceu a pessoa sobre quem perguntei.

— Per?

— Não, você. Você esteve lá no verão passado e perguntou se podia procurar seu filho nos contêineres vazios.

Holmen fitou Harry, que continuou:

— Você planejou tudo detalhadamente. Um alicate para entrar, um contêiner vazio, que era um lugar plausível para um viciado acabar com a vida e onde ninguém poderia ouvi-lo ou vê-lo atirar nele. Com a pistola que você sabia que a mãe podia afirmar ser dele.

Halvorsen observou Birger Holmen e ficou de prontidão, mas Holmen não esboçou qualquer reação. Ele respirou fundo pelo nariz e coçou o braço, olhando o vazio à sua frente.

— Você não pode provar nada disso — disse com uma entonação resignada, como se fosse um fato que lamentasse.

Harry abriu os braços. No silêncio que se seguiu podiam ouvir o alegre tinir de sinos natalinos da rua.

— Essa coceira não quer parar, não é? — perguntou Harry.

Holmen parou de se coçar.

— Podemos ver o que tanto o faz coçar?

— Não é nada.

— Podemos fazer isso aqui ou na delegacia. A escolha é sua, Holmen.

O tinir dos sinos ficou mais intenso. Um trenó, ali, no meio da cidade? Halvorsen tinha a sensação de que algo estava prestes a explodir.

— Está bem — sussurrou Holmen, abriu os botões da manga e a puxou para cima.

Havia duas pequenas feridas com crosta. A pele em volta estava inflamada.

— Vire o braço — ordenou Harry.

Holmen tinha uma ferida semelhante do outro lado.

— Coça muito, mordida de cachorro, não é? — perguntou Harry. — Especialmente depois de uns quinze dias, quando começa a cicatrizar. Um médico no pronto-socorro me disse para evitar coçar. Você devia ter feito a mesma coisa, Holmen.

Holmen olhou para as feridas.

— Devia?

— A pele furada em três pontos. Podemos provar que foi mordido por um cão no terminal de contêineres, Holmen, temos o molde da boca dele. Espero que tenha conseguido se defender.

Holmen balançou a cabeça.

— Eu não queria... Só queria libertá-la.

O tinir de sinos na rua silenciou de repente.

— Quer confessar? — perguntou Harry e sinalizou para Halvorsen, que imediatamente tateou o bolso da jaqueta. Nada de caneta ou papel. Harry olhou para cima e colocou seu bloco de anotações à sua frente.

— Ele disse que estava cansado — começou Holmen. — Que não aguentava mais. Que ele queria parar mesmo. Então procurei e consegui um quarto para ele no albergue do Exército de Salvação. Uma cama e três refeições por dia por 1.200 coroas por mês. E prometeram um lugar para ele no projeto de uso de metadona, só precisaríamos esperar dois meses. Mas então não soube notícias dele, e quando liguei para o albergue disseram que ele havia desaparecido sem pagar o aluguel, e... depois ele reapareceu aqui. Com aquela pistola.

— E foi aí que tomou a decisão?

— Ele estava perdido. Eu já tinha perdido meu filho. E não podia deixar que ele a levasse também.

— Como conseguiu encontrá-lo?

— Não foi na Plata. Eu o encontrei perto do Eika e disse que queria comprar a pistola. Ele estava com ela e me mostrou, queria o dinheiro na hora. Mas eu disse que não tinha dinheiro, que ele deveria me encontrar em frente ao portão dos fundos do terminal de contêineres na noite seguinte. Sabem, na verdade estou contente por vocês... Eu...

— Quanto? — interrompeu Harry.

— O quê?

— Quanto pagaria?

— Quinze mil coroas.

— E...

— Ele veio. Descobri que ele não tinha munição para a pistola, nunca tivera.

— Mas você já previra isso, e era uma arma de um calibre padrão. Você já tinha arranjado a munição?

— Sim.

— Você lhe pagou antes?

— O quê?

— Esqueça.

— Vocês precisa entender que não era só Pernille e eu que estávamos sofrendo. Porque, para Per, cada dia era apenas um prolongamento do sofrimento. Meu filho já era uma pessoa morta, esperando... esperando que alguém parasse aquele seu coração que não queria parar de bater. Um... um...

— Redentor.

— Exato. Um redentor.

— Mas isso não é seu dever, Holmen.

— Não, é o dever de Deus. — Holmen baixou a cabeça e murmurou algo.

— O quê? — perguntou Harry.

Holmen ergueu os olhos, mas eles se perderam no vazio.

— Quando Deus não cumpre seu dever, alguém tem que cumpri-lo.

Na rua, as luzes amarelas eram envolvidas pelo lusco-fusco. Mesmo no meio da noite Oslo nunca ficava em completa escuridão quando estava nevando. Os sons eram envoltos em algodão, e os estalidos das pisadas na neve soavam como fogos de artifício distantes.

— Por que não o levamos? — perguntou Halvorsen.

— Ele não está pensando em ir a lugar algum, ele precisa contar algo para a mulher. A gente manda um carro daqui a duas horas.

— Um ator e tanto, Holmen.

— Hein?

— Ele não chorou copiosamente quando você trouxe a notícia da morte?

Harry balançou a cabeça, resignado.

— Você tem muito o que aprender, Júnior.

Irritado, Halvorsen chutou a neve.

— Me ilumine, ó sábio.

— Cometer um assassinato é um ato tão extremo que muitas pessoas o reprimem, e elas podem ficar carregando isso consigo como uma espécie de pesadelo semiesquecido. Já vi acontecer várias vezes. É só quando outra pessoa diz o que elas fizeram em voz alta que percebem que não é algo que existe só na cabeça delas, mas que realmente aconteceu.

— Bem. Um cara frio, pelo menos.

— Não viu que o homem estava arrasado? Pernille Holmen provavelmente tinha razão quando disse que Birger Holmen era o mais amoroso entre os dois.

— Amoroso? Um assassino? — A voz de Halvorsen tremeu de indignação.

Harry pôs a mão no ombro do policial.

— Pense bem. Não é o ato último de amor? Sacrificar seu único filho?

— Mas...

— Sei o que está pensando, Halvorsen. Mas é melhor você se acostumar, esse é o tipo de paradoxo moral que vai preencher seus dias.

Halvorsen puxou a porta destrancada do carro, mas ela estava presa, congelada. Com uma súbita raiva, puxou-a novamente e a porta se abriu com um ruído rascante.

Entraram no carro e Harry olhou para Halvorsen, que girou a chave na ignição e massageou a testa com a outra mão. O motor pegou com um rugido.

— Halvorsen... — começou Harry.

— De qualquer maneira, o caso está resolvido e o POB vai ficar contente, com certeza — disse Halvorsen em um tom de voz alto e entrou na rua bem em frente a um caminhão, que buzinou. Ele segurou o dedo em riste diante do espelho. — Então, vamos sorrir e celebrar, que tal? — Baixou a mão e voltou a massagear a testa.

— Halvorsen...

— O que foi? — gritou.

— Pare o carro.

— O quê?

— Agora.

Halvorsen parou no acostamento, soltou o volante e olhou para a frente com os olhos marejados. O tempo que ficaram na casa de Holmen foi o suficiente para que cristais de gelo cobrissem o para-brisa como uma infestação repentina de mofo. A respiração de Halvorsen sibilou enquanto seu peito se contraía e se expandia.

— Tem dias que esse trabalho é uma merda — disse Harry. — Não se deixe abalar demais por isso.

— Não — respondeu Halvorsen, mas sua respiração pareceu ainda mais pesada.

— Você é você e eles são eles.

— Sim.

Harry colocou a mão nas costas de Halvorsen e esperou. Um pouco depois sentiu a respiração do colega se acalmar.

— Cara durão — disse Harry.

Não falaram mais nada enquanto o carro se arrastava no rush da tarde em direção à sede da Polícia.

7

Segunda-feira, 15 de dezembro. Anonimato.

Ele estava no ponto mais alto da rua de pedestres mais movimentada de Oslo, que recebeu o nome do rei sueco-norueguês Karl Johan. Ele tinha memorizado o mapa que conseguira no hotel e sabia que o prédio que via a oeste era o Castelo Real, e que a rua a leste desembocava na Estação Central de Oslo.

Ele tremeu de frio.

No alto de uma fachada, os graus negativos brilhavam em neon vermelho, e mesmo a mínima corrente de ar parecia uma nova era de gelo atravessando o casaco de pele de camelo, com o qual ele até então estivera bastante contente; ele o comprara em Londres por uma pechincha.

O relógio ao lado do termômetro mostrou 19:00. Ele começou a andar em direção leste. Bons agouros. Escuridão, um monte de pessoas e as únicas câmeras de segurança que vira estavam do lado de fora de dois bancos e viradas em direção aos caixas eletrônicos. Tinha descartado o metrô como rota de fuga alternativa devido à combinação de grande número de câmeras de segurança e poucas pessoas. Oslo era menor do que havia imaginado.

Entrou numa loja de roupas, onde encontrou um gorro azul de 40 coroas e uma jaqueta de lã de 200, mas mudou de ideia quando encontrou uma capa de chuva de 120. Quando experimentou a capa de chuva num provador, descobriu que as pedras sanitárias de Paris ainda estavam no bolso do paletó, esfareladas e incrustadas no tecido.

O restaurante estava uns 100 metros adiante na rua de pedestres, no lado esquerdo. Sua primeira constatação foi que não havia funcionários na chapelaria, que funcionava por autoatendimento. Ótimo, facilitava as coisas. Entrou no restaurante. Apenas metade das mesas estava ocupada, e de onde estava podia ver todo o salão. Um garçom se aproximou e ele reservou uma mesa à janela para as 18h do dia seguinte.

Antes de sair, checou os toaletes. Não havia janelas. A única saída alternativa seria então pela cozinha. Nenhum lugar é perfeito, e era pouco provável que precisasse de uma rota alternativa.

Saiu do restaurante, olhou o relógio e começou a caminhar em direção à estação central. As pessoas evitavam o contato visual. Uma cidade pequena, mas com a indiferença fria de uma cidade grande. Ótimo.

Na plataforma do trem expresso para o aeroporto, olhou novamente o relógio. Seis minutos de caminhada do restaurante. O trem partia a cada 10 minutos e o percurso levava 19 minutos. Então podia estar no trem às 19h20 e no aeroporto às 19h40. Havia um voo direto para Zagreb às 21h10 e a passagem já estava no bolso. Pelo preço promocional da SAS.

Satisfeito, saiu do novo terminal de trens, desceu uma escada sob o teto de vidro que visivelmente cobria o saguão de embarque antigo, mas que agora tinha lojas, e saiu para a praça aberta. Jernbanetorget, estava escrito no mapa. No meio havia um tigre com o dobro do tamanho natural, imóvel entre os trilhos de bondes, carros e pessoas. Mas ele não viu nenhuma cabine telefônica como a recepcionista tinha informado. No final da praça, perto de uma marquise, havia muitas pessoas. Ele se aproximou. Várias estavam usando capuz, as cabeças próximas, conversando. Talvez viessem do mesmo lugar, talvez fossem vizinhos que esperavam o mesmo ônibus. Contudo, aquilo o lembrou de outra coisa. Viu objetos trocarem de mãos, homens magros se afastando depressa com as costas curvadas contra o vento gélido. E entendeu do que se tratava. Já tinha visto tráfico de heroína, tanto em Zagreb como em outras cidades da Europa, mas nada tão abertamente como ali. Então ele se lembrou. De grupos de pessoas a que ele mesmo tinha se juntado depois que os sérvios partiram. Refugiados.

Chegou um ônibus. Era branco e parou a certa distância da marquise. As portas se abriram, ninguém entrou. Saiu uma garota de uniforme que ele logo reconheceu. O Exército de Salvação. Ele diminuiu o passo.

A garota foi direto a uma das mulheres e ajudou-a a subir no ônibus. Dois homens a seguiam.

Ele parou para olhar. Uma coincidência, pensou. Nada mais. Ele se virou. E lá, na parede de uma pequena torre com relógios, viu três telefones públicos.

Cinco minutos depois, tinha terminado a ligação para Zagreb, depois de contar que tudo parecia estar ok.

— O último serviço — repetiu ele.

E Fred havia contado que seus leões azuis, o Dinamo Zagreb, estavam ganhando de 1 a 0 do Rijeka no final do primeiro tempo no estádio de Maksimar.

A ligação custou 5 coroas. Os relógios da torre mostraram 19h25. A contagem regressiva havia começado.

O grupo se reuniu na casa paroquial da igreja Vestre Aker.

A neve formara paredes altas de cada lado da rua que conduzia à pequena casa de alvenaria na ladeira ao lado do cemitério. Numa sala de reunião com cadeiras de plástico empilhadas ao longo das paredes e uma mesa comprida no centro havia 14 pessoas. Se alguém entrasse inadvertidamente ali, pensaria talvez se tratar de uma reunião de condomínio, mas nada nos rostos, idade, gênero ou roupas revelava que tipo de reunião era aquela. A luz fria refletia nos vidros das janelas e no piso de linóleo. Havia um murmurinho baixo e um remexer de copos de papel. Uma garrafa de água com gás foi aberta com um chiado.

As conversas cessaram às 19h em ponto, quando uma mão na ponta da mesa se levantou e tocou um sininho. Todos os olhares se voltaram para uma mulher de uns 35 anos. Ela os encarou com um olhar direto e destemido. Tinha lábios estreitos amaciados com batom, cabelo loiro longo e espesso preso com uma presilha simples e grandes mãos que repousavam tranquilas e confiantes sobre a mesa. Era elegante, com traços bonitos, mas sem a graciosidade que a qualificaria como meiga. Sua linguagem corporal indicava controle e força, destacados pela voz firme que em seguida encheu a sala fria.

— Olá, meu nome é Astrid e sou alcoólatra.

— Olá, Astrid! — responderam todos em uníssono.

Astrid abriu o livro a sua frente e começou a ler:

— A única condição para ser membro do AA é o desejo de parar de beber.

Ela continuou, e ao redor da mesa moveram-se os lábios que conheciam os Doze Passos de cor. Quando ela fazia uma pequena pausa na leitura para respirar, ouvia-se o coro da paróquia ensaiando no andar de cima.

— Hoje nosso tema é o Passo Um — disse Astrid. — Que é o seguinte: "Admitimos que somos indefesos frente ao álcool, e que não conseguimos controlar nossa vida". Vou começar e serei breve, pois me considero vencedora do primeiro passo.

Respirou fundo e esboçou um sorriso.

— Estou sóbria há sete anos e a primeira coisa que faço todo dia quando acordo é dizer a mim mesma que sou alcoólatra. Meus filhos não sabem: eles acham que a mãe costumava ficar bêbada e parou de beber porque sentia muita raiva. Minha vida precisa de uma dose certa de verdade e outra de mentira para se equilibrar. Pode dar errado, mas vivo um dia de cada vez, evito o primeiro copo e, no momento, estou trabalhando o Passo Onze. E agradeço por isso.

— Obrigado, Astrid — foi a resposta dos membros reunidos, seguida de aplausos enquanto o coro louvava a Deus no andar de cima.

Ela inclinou a cabeça na direção de um homem alto com cabelo loiro curto sentado à sua esquerda.

— Olá, meu nome é Harry — disse o homem com voz levemente turva. A fina rede de veias vermelhas em seu nariz proeminente indicava uma longa vida fora das fileiras dos sóbrios. — Sou alcoólatra.

— Olá, Harry.

— Sou novo aqui, esta é minha sexta reunião. Ou sétima. Não terminei o Passo Um. Sei que sou alcoólatra, mas acredito que posso me controlar. Por isso deve parecer uma contradição eu estar aqui. Mas cheguei aqui graças a uma promessa que fiz a um psicólogo, um amigo que me quer bem. Ele alegou que se eu conseguisse suportar o discurso sobre Deus e a parte espiritual das primeiras semanas, eu podia descobrir que o método funciona. Bem, não sei se alcoólatras anônimos podem ajudar a si mesmos, mas estou disposto a tentar. Por que não?

Ele se virou para indicar que havia terminado. Mas antes que os aplausos começassem, foram interrompidos por Astrid:

— Acho que é a primeira vez que você diz alguma coisa aqui nas nossas reuniões, Harry. Isso é muito legal. Mas não quer contar um pouco mais, agora que começou?

Harry a encarou. Os outros também, uma vez que era uma clara quebra do método obrigar alguém a falar. Ela sustentou o olhar dele. Harry havia sentido aquele olhar em outras reuniões, mas só correspondera uma vez. Para compensar, observou-a de cima a baixo. Ele tinha até gostado do que vira, mas acima de tudo havia apreciado, quando voltou a olhar para cima, que o rosto dela já estava num tom bem mais avermelhado. Na reunião seguinte foi tratado como se não existisse.

— Não, obrigado — respondeu Harry.

Aplauso hesitante.

Harry a olhou de soslaio enquanto o próximo membro do grupo falava.

Depois da reunião, ela perguntou onde Harry morava e ofereceu uma carona em seu carro. Harry hesitou enquanto o coro do andar de cima louvava o Senhor com insistência.

Uma hora e meia depois, eles estavam fumando cada um o seu cigarro em silêncio, observando a fumaça que dava ao quarto um tom azulado. O lençol úmido na cama estreita de Harry ainda estava quente, mas o frio no cômodo fez Astrid se cobrir até o pescoço com o edredom branco e fino.

— Foi maravilhoso — disse.

Harry não respondeu. Pensou que talvez não fosse uma pergunta.

— Eu gozei — continuou. — Na primeira vez que estamos juntos. Não é...

— Então, seu marido é médico? — perguntou Harry.

— É a segunda vez que me pergunta. E a resposta continua sendo sim.

Harry assentiu.

— Está ouvindo o barulho?

— Que barulho?

— O tique-taque. É seu relógio?

— Não tenho relógio. Deve ser seu.

— É digital. Não faz tique-taque.

Ela colocou a mão no quadril dele. Harry esgueirou-se para fora da cama. O linóleo gélido queimou as solas de seus pés.

— Quer um copo de água?

— Hum.

Harry foi ao banheiro e olhou-se no espelho, deixando a água escorrer. O que ela tinha dito, que via a solidão em seu olhar? Ele se inclinou para a frente, mas não viu nada além da íris azul em volta de pequenas pupilas e deltas de veias na parte branca. Quando Halvorsen entendeu que a relação com Rakel havia acabado, ele disse que Harry devia se consolar com outras mulheres. Ou, como se expressou tão poeticamente, trepar para fazer a melancolia passar. Mas Harry não tinha saco nem vontade. Porque ele sabia que qualquer mulher que ele tocasse seria transformada em Rakel. Precisava esquecê-la, tirá-la de sua corrente sanguínea, e não de um tratamento sexual tipo metadona.

Mas talvez tivesse se enganado e Halvorsen estivesse certo. Porque a sensação era boa. *Foi* de fato maravilhoso. E em vez do vazio de tentar saciar um desejo satisfazendo outro, ele se sentiu renovado. E ao mesmo tempo relaxado. Ela tinha se servido. E ele gostou da maneira como ela fez isso. Não podia ser simples assim para ele também?

Deu um passo para trás e olhou seu corpo no espelho. Emagrecera durante o último ano. Menos gordura, mas também menos músculos. Estava começando a se parecer com seu pai. Naturalmente.

Voltou para a cama com um grande copo d'água, o qual compartilharam. Depois ela se aconchegou ao seu corpo. A pele dela estava úmida e fria, mas logo ele sentiu seu calor.

— Agora pode contar — disse ela.

— O quê? — Harry estudou a fumaça serpenteando, formando uma letra.

— Como se chamava? Porque há uma *ela*, não há?

A letra se desfez.

— É por causa dela que veio para nós.

— É possível.

Harry observou a brasa consumir o cigarro devagar enquanto falava.

Apenas um pouco, a princípio. A mulher a seu lado era uma estranha, estava escuro e as palavras saíam e se desfaziam, e ele pensou que devia ser como estar num confessionário. Botar tudo para fora. Ou se entregar, como era a expressão do AA. Por isso, continuou falando. Contou sobre Rakel, que o expulsara de casa há um ano porque achava que ele estava obcecado pela caça a um colega de Polícia, o Príncipe. E sobre Oleg, o filho dela, que foi sequestrado de seu quarto e usado como refém quando Harry finalmente chegou perto o bastante do Príncipe para atirar. Oleg se saiu bem, levando em conta as circunstâncias do sequestro e de ele ter visto Harry acabando com o sequestrador num elevador em Kampen. Foi pior para Rakel. Duas semanas após o sequestro, depois de ficar a par dos detalhes, ela disse que não podia tê-lo em sua vida. Ou melhor, na vida de Oleg.

Astrid assentiu.

— Ela rompeu por causa dos danos que causou e eles?

Harry fez que não com a cabeça.

— Por causa dos danos que eu não tinha causado a eles. Ainda.

— Como assim?

— Eu disse que o caso estava encerrado, mas ela alegou que eu estava obcecado, que nunca teria fim enquanto eles ainda estivessem livres. — Harry apagou o cigarro no cinzeiro da cabeceira. — E se não fossem eles, eu encontraria outros. Outras pessoas que podiam machucá-los. Ela disse que não podia ter toda aquela responsabilidade.

— Parece que ela sim é obcecada.

— Não. — Harry sorriu. — Ela tem razão.

— É mesmo? Quer explicar isso melhor?

Harry deu de ombros.

— Submarino... — começou, mas teve que parar por causa de um ataque de tosse.

— O que disse sobre submarino?

— Foi ela que disse. Que eu era um submarino. Afundo onde está escuro e frio e onde não se pode respirar, e venho à superfície apenas uma vez a cada dois meses. Ela não queria estar comigo lá embaixo. Claro.

— Você ainda a ama?

Harry não tinha certeza se estava gostando do rumo da conversa. Respirou fundo. Repassou na memória a última conversa que tivera com Rakel.

Sua própria voz, baixa, como costumava ficar quando ele estava com raiva ou medo:

— *Submarino?*

A voz de Rakel:

— *Eu sei que é uma imagem ruim, mas você entende...*

Harry levanta as mãos.

— *Claro. Imagem brilhante. E este... médico é o quê, um porta-aviões?*

Ela solta um gemido:

— *Ele não tem nada a ver com isso, Harry. Trata-se de mim e você. E de Oleg.*

— *Não se esconda atrás de Oleg agora.*

— *Esconder...*

— *Está usando o menino como refém, Rakel.*

— *EU estou usando meu filho como refém? Por acaso fui eu que sequestrei Oleg, botando uma pistola na cabeça dele para que VOCÊ pudesse satisfazer sua sede de vingança?*

As veias em seu pescoço ficam salientes e ela grita; sua voz fica feia, como se fosse de outra pessoa. Ela mesma não tem cordas vocais para suportar tanta raiva. Harry sai e fecha a porta, suavemente, quase sem fazer ruído.

Ele se virou para a mulher na cama.

— Sim, eu a amo. Você ama seu marido, o médico?

— Amo.

– Por que isto aqui, então?

— Ele não me ama.

— Hum. Então está se vingando?

Ela o olhou surpresa.

— Não. Apenas estou só. E fiquei a fim de você. As mesmas razões que as suas, imagino. Você queria que fosse mais complicado?

Harry riu.

— Não. Não, está tudo certo.

— Como você o matou?

— Quem?

— Existe outra pessoa? O sequestrador, claro.

— Não é importante.

— Talvez não, mas eu ia gostar de ouvir você contar... — Ela colocou a mão entre as coxas dele, aconchegou-se e sussurrou em seu ouvido — ... os detalhes.

— Acho que não.

— Acho que está enganado.

— Tudo bem, mas não gosto de...

— Ah, vamos! — sibilou ela irritada, e apertou seu membro com força. Harry olhou para ela. Seus olhos cintilavam duros e azuis na noite. Ela então esboçou um sorriso e emendou com voz melosa: — Só para mim.

Lá fora, a temperatura continuava caindo e fazia os tetos de Bislett rangerem enquanto Harry contava todos os detalhes e sentia como ela primeiro ficou tensa, depois retirou a mão e por fim sussurrou que já ouvira o suficiente.

Depois de ela ter ido embora, Harry ficou quieto no meio do quarto. Ouviu os rangidos. E o tique-taque.

Inclinou-se sobre a jaqueta que tinha largado no chão junto com as outras roupas na corrida entre a porta da rua e o quarto. No bolso, encontrou a fonte. O presente de despedida de Bjarne Møller. O vidro do relógio cintilou.

Ele o pôs na gaveta da mesa de cabeceira, mas o tique-taque o acompanhou durante toda a viagem à terra dos sonhos.

Ele limpou o óleo excedente das peças da arma com uma toalha branca do hotel.

O trânsito do lado de fora chegava até ele como um rugido constante, abafando o som do pequeno aparelho de TV no canto do quarto, que só tinha três canais com imagem granulada e em uma língua que ele supôs ser norueguês. A recepcionista tinha pegado seu paletó, prometendo que a lavanderia o entregaria na manhã seguinte. Pôs as peças da arma lado a lado em cima de um jornal. Depois de limpar todas elas, remontou a pistola, mirou no espelho e puxou o gatilho. Deu um clique macio e sentiu o movimento do aço se propagando pela mão até o braço. O clique seco. A falsa execução.

Foi assim que eles tentaram acabar com Bobo.

Em novembro de 1991, depois de três meses de cerco e bombardeios, Vukovar acabou capitulando. A chuva caía pesada quando os sérvios entraram marchando na cidade. Junto com os remanescentes da divisão de Bobo, cerca de oitenta prisioneiros de guerra croatas, famintos e exauridos, lhe mandaram ficar na fileira em frente às ruínas do que tinha sido a rua principal de sua cidade. Os sérvios ordenaram que ficassem ali quietos e se retiraram para suas barracas aquecidas. A chuva caíra tão forte que a lama espumou. Duas horas depois, os primeiros prisioneiros começaram a cair. Quando o tenente de Bobo saiu da fileira para ajudar um companheiro que havia caído na lama, um jovem soldado sérvio — um menino apenas — saiu da barraca e disparou um tiro na barriga do militar. Depois ninguém mais se mexeu, ficaram todos ali olhando fixamente para a chuva que apagara as colinas em torno, esperando que o tenente terminasse logo de gritar. Ele começou a chorar, mas ouviu a voz de Bobo atrás de si:

— Não chore. — E ele parou.

Já era crepúsculo quando chegou um jipe aberto. Os sérvios saíram correndo da barraca, fazendo continência. Ele entendeu que o homem no assento do passageiro devia ser o comandante, "A pedra com voz macia", como era chamado. No banco de trás havia outro homem, com trajes civis e a cabeça inclinada. O jipe estacionou em frente à divisão, e como ele estava na primeira fileira ouviu o comandante pedir ao homem que vigiasse os prisioneiros de guerra. Reconheceu-o de imediato quando do este, relutante, levantou a cabeça. Era Vukovar, pai de um menino da mesma escola que ele. O olhar do pai varreu as fileiras, chegou até ele, mas não houve nenhum sinal de reconhecimento e o olhar seguiu adiante. O comandante soltou um suspiro, levantou-se no jipe e gritou sem nenhuma maciez através da chuva:

— Quem de vocês tem o codinome "O pequeno redentor"?

Ninguém da divisão se mexeu.

— Não tem coragem de se mostrar, *Mali spasitelj?* Você, que explodiu 12 de nossos tanques, que deixou nossas mulheres sem maridos e as crianças sérvias, órfãs?

Ele esperou.

— Não? Quem de vocês é Bobo?

Ninguém se mexeu.

O comandante olhou para o homem no jipe, que com um dedo trêmulo apontou para Bobo na segunda fileira.

— Venha para a frente — gritou o comandante.

Com poucos passos, Bobo se aproximou do jipe e do motorista, que tinha descido e estava ao lado do carro. Quando Bobo bateu continência, o motorista derrubou seu boné, que caiu na lama.

— Nós captamos pelo rádio que o pequeno redentor está sob seu comando — disse o comandante. — Faça o favor de apontá-lo para mim.

— Nunca ouvi falar de um redentor — disse Bobo.

O comandante ergueu a pistola e bateu nele. Um filete de sangue jorrou do nariz de Bobo.

— Acabe logo com isso, estou todo molhado e o almoço está pronto.

— Sou Bobo, capitão do exército croata...

O comandante deu sinal ao motorista, que puxou Bobo pelo cabelo e forçou seu rosto para cima. A chuva limpou o sangue que escorria do nariz, fazendo-o descer até o lenço vermelho.

— Idiota! — disse o comandante. — Não há exército croata, apenas traidores! Você pode escolher entre ser executado aqui e agora ou poupar nosso tempo. Vamos encontrá-lo de qualquer maneira.

— E você vai nos executar de qualquer maneira — gemeu Bobo.

— É claro.

— Por quê?

O comandante destravou o gatilho da pistola. Gotas de chuva caíram do cano. Encostou-o na têmpora de Bobo.

— Porque eu sou um oficial sérvio. E um homem precisa respeitar seu trabalho. Está pronto para morrer?

Bobo cerrou os olhos. Gotículas de chuva pendiam de seus cílios.

— Onde está o pequeno redentor? Vou contar até três, então atiro.

— Um...

— Eu sou Bobo...

— Dois!

— ...o capitão do exército croata, eu...

— Três!

Mesmo com a chuva torrencial ouviu-se o clique seco, como um estampido.

— Desculpe, parece que esqueci de colocar o pente — disse o comandante.

O motorista lhe estendeu um pente. O militar o introduziu no cabo, destravou a pistola e a levantou outra vez.

— A última chance! Um!

— Eu... minha... divisão é...

— Dois!

— ... o primeiro batalhão da infantaria de... de...

— Três!

Outro clique seco. Um soluço escapou do pai no assento de trás.

— Epa! Pente vazio. Vamos experimentar um pente carregado com aquelas balas bacanas e cintilantes?

Tira carregador, bota carregador, puxão no gatilho.

— Onde está o pequeno redentor? Um!

Bobo murmurou o Pai Nosso: *Oče naš...*

— Dois!

O céu se abriu, a chuva caiu com um estrondo, como se fosse uma tentativa desesperada de interromper aquilo que os seres humanos estavam fazendo. Ele não aguentava mais ver Bobo ali, e abriu a boca para gritar que era ele, era ele o pequeno redentor, era ele que queriam, não Bobo, apenas ele, e podiam ficar com seu sangue. Mas no mesmo instante o olhar de Bobo passou por ele, e ele captou o pedido insistente e intenso nos olhos do capitão e o viu fazer um gesto negativo com a cabeça. Em seguida, Bobo se contraiu quando a bala rompeu a ligação entre corpo e alma, e ele viu o olhar se esvaziar e a vida se apagar.

— Você — gritou o comandante e apontou para um dos homens na primeira fileira. — Sua vez. Venha cá!

O jovem oficial sérvio que havia matado o tenente chegou correndo.

— Há um tiroteio ali perto do hospital — informou.

O comandante vociferou e fez sinal para o motorista. Com um rugido, o jipe desapareceu no crepúsculo. Ele poderia ter dito que não havia motivo para os sérvios se inquietarem. Porque não havia no hospital nenhum croata que pudesse atirar. Eles não tinham armas.

Os sérvios deixaram Bobo onde havia caído, com o rosto na lama preta. E quando estava tão escuro que os sérvios não podiam vê-los da barraca, ele deu um passo à frente, inclinou-se sobre o capitão morto, desatou o nó e pegou o lenço vermelho.

8

Terça-feira, 16 de dezembro. A refeição.

Eram 8 da manhã, e o que seria o mais frio 16 de dezembro em Oslo em 24 anos ainda estava escuro como a noite. Harry saiu da sede da Polícia depois de Gerd ter registrado a retirada da chave do apartamento de Tom Waaler. Ele estava com a gola do casaco levantada e, quando tossia, era como se o som desaparecesse em algodão, como se o frio tivesse tornado o ar pesado e compacto.

As pessoas no rush matinal se arrastavam pelas calçadas, não podiam chegar rápido o bastante, mas Harry caminhou com passos largos e lentos, preparando os joelhos caso as solas das botas perdessem o contato com o gelo no chão.

Quando abriu a porta do apartamento de Tom Waaler, o céu atrás da colina de Ekeberg estava começando a clarear. O apartamento permanecera interditado nas semanas seguintes a sua morte, mas a investigação não encontrara nenhuma pista que indicasse eventuais parceiros do contrabando de armas. Pelo menos era o que o chefe da Polícia Criminal dissera quando informou que seria dada prioridade mais baixa ao caso devido a "outras investigações mais urgentes".

Harry acendeu a luz da sala e constatou mais uma vez que as casas de pessoas que já morreram têm um silêncio característico. Na parede em frente aos móveis reluzentes de couro preto pendia um aparelho de TV de plasma ladeado de caixas de som de metro de altura, parte do sistema de áudio. Nas paredes havia vários quadros azuis em estilo cubista, o que Rakel chamava de arte de régua e compasso.

Entrou no quarto. Luz cinzenta vinha da janela. O quarto estava arrumado. Na mesa havia um monitor de computador, mas ele não encontrou o gabinete. Deviam ter retirado para procurar provas, mas ele não se lembrava de ter visto nada no material colhido pela Polícia. A ele fora negada qualquer ligação com o caso. A explicação oficial era que ele estava sendo investigado pela SEFO, a Comissão de Investigação Especial da Polícia, pelo assassinato de Waaler.

Mas ele não conseguia tirar da cabeça a ideia de que havia pessoas que não queriam ver todas as questões solucionadas.

Harry ia sair do quarto quando ouviu.

O apartamento do morto não estava mais em silêncio.

Um som, um tique-taque distante, fez sua pele se arrepiar. Vinha do guarda-roupa. Primeiro hesitou, depois se aproximou e abriu a porta. No chão havia uma caixa de papelão com o que ele imediatamente reconheceu ser a jaqueta que Waaler havia usado naquela noite em Kampen. Em cima da jaqueta havia um relógio, ainda funcionando. Era o mesmo tique-taque que ouviram depois que Tom Waaler enfiou o braço pela fresta do elevador onde eles estavam e o elevador começou a se mover, arrancando fora seu braço. Haviam ficado no elevador com o braço morto entre eles, como se fosse de cera, ou como um membro arrancado de um manequim, com o detalhe bizarro do relógio. Um relógio que fazia tique-taque, que se recusava a parar, que estava vivo, lembrando-o daquela história que seu pai havia lhe contado quando era pequeno sobre as batidas incessantes do coração de uma pessoa assassinada, que acabavam por enlouquecer o assassino.

Era um som distinto de tique-taque, enérgico, intenso. Um tique-taque que não se esquecia. Era um relógio Rolex. Pesado. Provavelmente tinha custado uma fortuna.

Harry bateu a porta. Foi até a saída com passos pesados, o eco reverberando entre as paredes. Balançou o molho de chaves ruidosamente na hora de trancar a porta e cantarolou freneticamente até chegar à rua, onde todos os sons eram abafados pelo bendito trânsito.

Às 15h, as sombras já cobriam o número quatro da praça Kommandør T.I. Øgrim, e as luzes já estavam começando a aparecer nas janelas da sede do Exército de Salvação. Às 17h estava escuro, e o termômetro mostrava 15 graus negativos. Alguns flocos de neve solitários caíam no teto do carro ridiculamente pequeno onde Martine Eckhoff esperava.

— Vamos logo, papai — murmurou ela enquanto olhava preocupada para o indicador de bateria.

Ela não sabia como o carro elétrico — que o Exército havia ganhado de presente da família real — se comportaria no frio. Lembrara-se de tudo antes de fechar o escritório: mandou as mensagens sobre novas reuniões da corporação e cancelou outras, atualizou a lista dos turnos do ônibus que distribui sopa na Egertorget e revisou a carta-resposta para o escritório do primeiro-ministro sobre o concerto anual na Sala de Concertos de Oslo.

A porta do carro se abriu, e entraram o frio e um homem com uma cabeleira densa e branca sob a boina do uniforme, os olhos mais límpidos e azuis que Martine conhecia. Pelo menos entre as pessoas que já haviam passado dos 60 anos. Depois de certa dificuldade, conseguiu por fim encaixar as pernas no pequeno espaço entre o assento e o painel.

— Então vamos — disse ele, tirando neve das medalhas que indicavam que ele era o comandante supremo do Exército de Salvação da Noruega. A ordem foi dada com a leveza e a autoridade natural das pessoas acostumadas a serem obedecidas.

— Está atrasado — disse ela.

— E você é um anjo. — Ele afagou o rosto dela com o dorso da mão, seus olhos azuis cintilando de energia e bom humor. — Vamos depressa.

— Papai...

— Um momento. — Ele baixou o vidro. — Rikard!

Um jovem estava em frente à entrada do templo que ficava ao lado da sede, compartilhando o mesmo teto. Surpreso, aproximou-se do carro com passos rápidos de pernas tortas e os braços rentes ao corpo. Escorregou, quase caiu, mas, balançando os braços, conseguiu manter o equilíbrio. Quando chegou ao lado do carro, estava ofegante.

— Sim, comandante?

— Me chame de David, como os outros, Rikard.

— Está bem, David.

— Mas, por favor, não em todas as frases.

O olhar de Rikard pulou do comandante Eckhoff à sua filha Martine. Passou dois dedos sobre o lábio superior suado. Martine muitas vezes se perguntava como era possível uma pessoa suar tão intensamente num lugar específico do corpo, independentemente das condições do tempo e do vento. Em especial quando vinha se sentar ao lado dela durante a missa ou em outras ocasiões, sussurrando-lhe algo que poderia ser engraçado se não fosse pelo nervosismo maldisfarçado, pela proximidade um pouco intensa demais, e, bem, pelo lábio superior suado. Às vezes, quando Rikard ficava muito perto dela e tudo estava quieto ao redor, ela podia ouvir um som rascante quando ele passava os dedos sobre o lábio. Porque, além de produzir suor, Rikard Nilsen produzia barba, barba em demasia. Ele podia chegar à sede de manhã com a pele recém-barbeada e lisa como a de um bebê, mas, depois do almoço, ela já estava com uma tonalidade azulada, e muitas vezes Martine notava que, quando chegava às reuniões à noite, ele havia se barbeado novamente.

— Estou brincando, Rikard — disse David Eckhoff sorrindo.

Martine sabia que as brincadeiras do pai não eram mal-intencionadas. Mas vez ou outra era como se ele não conseguisse perceber que intimidava as pessoas.

— Ah, sim — disse Rikard e conseguiu soltar um riso. Ele se inclinou.

— Olá, Martine.

— Oi, Rikard — respondeu ela e fez de conta que estava ocupada com o indicador de bateria.

— Queria saber se podia me fazer um favor — disse o comandante.

— Tem muito gelo nas ruas nesses últimos dias e meu carro só tem pneus de inverno sem tachas. Eu devia ter trocado, mas preciso ir ao Farol...

— Eu sei — respondeu Rikard animado. — Você vai almoçar com o ministro de Assuntos Sociais. Torcemos para que a imprensa venha em peso. Conversei com o chefe de relações públicas.

David Eckhoff sorriu indulgente.

— É bom que esteja a par dos acontecimentos, Rikard. Meu carro está na garagem aqui, e gostaria que estivesse com pneus de inverno com tachas quando eu voltar. Você entende...

— Os pneus estão no porta-malas?

— Estão. Mas é só se não tiver coisas mais importantes para fazer. Eu ia ligar para Jon, ele já disse que...

— Não, não — disse Rikard, e balançou a cabeça energicamente. — Deixe comigo, vou fazer já. Confie em mim, eer... David.

— Tem certeza?

Rikard olhou surpreso para o comandante.

— De que você pode confiar em mim?

— De que você não tem coisas mais importantes a fazer.

— Claro, é um prazer. Gosto de mexer com carros e... e...

— Trocar pneus?

Rikard engoliu em seco e assentiu para o largo sorriso do comandante.

Quando o vidro subiu e saíram da praça, Martine disse que achava que o pai não devia se aproveitar da bondade de Rikard.

— Você quer dizer subserviência — respondeu o pai. — Relaxe, querida, é apenas um teste.

— Um teste? De generosidade ou de medo de autoridade?

— O último — disse o comandante rindo. — Conversei com a irmã de Rikard, Thea, que por acaso me disse que ele está se esforçando para terminar o orçamento dentro do prazo, que é até amanhã. Nesse caso, ele devia dar prioridade ao trabalho e deixar Jon trocar os pneus.

— E daí? Talvez Rikard simplesmente seja bonzinho.

— Sim, Rikard é bonzinho e aplicado. Trabalhador e sério. Só quero ter certeza de que ele tem a firmeza e a coragem que um cargo de chefia importante exige.

— Todos dizem que o cargo será de Jon.

David Eckhoff olhou para as mãos com um leve sorriso.

— É mesmo? Aliás, aprecio que esteja defendendo Rikard.

Martine não desviou os olhos da rua, mas sentiu o olhar do pai quando ele continuou:

— Como sabe, nossas famílias são amigas há muitos anos. Ele é uma boa pessoa. Com uma boa base dentro do Exército.

Martine respirou fundo para deter a irritação.

Uma bala seria suficiente para o serviço.

Mesmo assim, enfiou todas no carregador. Primeiro porque a arma só tem equilíbrio perfeito quando o pente está cheio. E segundo porque isso minimizaria as chances de erro funcional. Seis balas no carregador e uma na câmara.

Em seguida vestiu o coldre de ombro. Comprara um usado, e o couro era macio e tinha o cheiro salgado e acre de pele, óleo e suor. A pistola se encaixou como devia. Ele se pôs em frente ao espelho, vestiu a jaqueta. Não dava para ver a pistola. As pistolas maiores tinham mais precisão, mas aquele não era um caso para um tiro desse tipo. Vestiu a capa de chuva e, por cima, o casaco. Colocou o gorro no bolso e tateou para se certificar de que o lenço vermelho estava no bolso de dentro.

Olhou o relógio.

— Firmeza — disse Gunnar Hagen. — E coragem. São as duas qualidades que considero as mais importantes em meus inspetores-chefes.

Harry não respondeu. Talvez não fosse uma pergunta, pensou. Preferiu dar uma olhada no escritório onde ele tantas vezes tinha se sentado, como agora. Mas, com exceção da cena familiar POB-informa-inspetor-de-como-são-as-coisas-de-fato, tudo estava diferente. Foram-se com Bjarne Møller as pilhas de papéis, os livros de coleção do Pato Donald espremidos entre documentos oficiais e instruções policiais na estante, a grande foto de família e uma maior ainda de um golden retriever que os filhos ganharam e esqueceram já há algum tempo, pois morrera há nove anos, mas de quem Bjarne ainda sentia saudade.

O que restou por cima da mesa era um monitor e um teclado de computador, uma base pequena de prata com um pedacinho de osso branco e os cotovelos de Gunnar Hagen, sobre os quais ele agora se apoiava ao olhar fixamente para Harry sob sobrancelhas grossas.

— Mas há uma terceira qualidade que considero ainda mais importante, Hole. Pode imaginar qual seja?

— Não — respondeu Harry sem modulação na voz.

— Disciplina. *Dis-ci-pli-na.*

A maneira de o chefe separar as sílabas da palavra fez com que Harry esperasse ouvir uma apresentação linguística sobre a origem do termo. Mas Hagen se levantou e começou a andar de um lado a outro com as mãos nas costas, uma forma de marcar território que Harry sempre achava cômica.

— Estou tendo essa conversa cara a cara com todos da seção para deixar claro quais são minhas expectativas.

— Divisão.

— Como?

— Nunca foi chamado de seção. Mesmo que antigamente houvesse um chefe de Seção Policial. Apenas uma informação.

— Obrigado, estou a par disso, inspetor-chefe. Onde estava?

— *Dis-ci-pli-na.*

Hagen fixou os olhos nos de Harry. Este, por sua vez, nem piscou, e o POB retomou sua marcha.

— Durante os últimos dez anos fui docente na Academia de Guerra. Minha especialidade era a Guerra da Birmânia. Imagino que seja surpreendente para você ouvir que isso tem grande relevância para o meu trabalho aqui, Hole.

— Bem. — Harry coçou a perna. — Você me lê como um livro aberto, chefe.

Hagen passou um dedo indicador sobre o peitoril da janela e estudou a ponta do dedo com desaprovação.

— Em outubro de 1942, cerca de 100 mil soldados japoneses conquistaram a Birmânia. O país tinha o dobro do tamanho do Japão e estava ocupado por tropas britânicas que eram bem superiores às japonesas, tanto em quantidade como em armamentos. — Hagen colocou a ponta do dedo sujo em riste. — Mas numa área os japoneses eram superiores, e com isso conseguiram colocar os soldados britânicos e os auxiliares indianos para correr. Disciplina. Quando os japoneses marcharam em direção a Rangoon, andavam por 45 minutos e dormiam 15. Deitavam-se na estrada no ponto onde estavam, sem tirar as mochilas e com os pés apontados na direção em que marchavam, para que não saíssem da estrada ou andassem em sentido contrário quando acordassem. Direção é importante, Hole. Está entendendo, Hole?

Harry adivinhou o que viria.

— Eles então chegaram a Rangoon, chefe?

— Chegaram. Todos eles. Porque seguiram as ordens. Acabei de ser informado que você registrou o uso da chave do apartamento de Tom Waaler. É verdade, Hole?

— Dei apenas uma olhada, chefe. Por motivo puramente terapêutico.

— Espero que sim. O caso está arquivado. Ficar farejando o apartamento de Waaler não é apenas desperdício de tempo, mas vai contra a ordem do chefe da Polícia Criminal, que eu agora estou reiterando. Não acho necessário detalhar as consequências da desobediência; basta mencionar que os oficiais japoneses mataram seus soldados por beberem água fora de hora. Não por sadismo, mas porque disciplina se trata de cortar os tumores cancerígenos de uma só vez. Estou sendo claro, Hole?

— Claro como... bem, como algo que está muito claro, chefe.

— Isso é tudo por ora, Hole. — Hagen se sentou na cadeira, retirou um papel da gaveta e começou a ler compenetradamente, como se Harry já tivesse saído da sala. E pareceu surpreso quando levantou o olhar e viu Harry ainda ali à sua frente.

— Algo mais, Hole?

— Bem, só uma pergunta. Os japoneses perderam a guerra, não foi?

Gunnar Hagen ficou olhando para a folha sem ver nada durante muito tempo depois de Harry ter saído.

O restaurante estava quase cheio. Exatamente como no dia anterior. Ele foi recebido por um garçom jovem e bonito com olhos azuis e cachos loiros. O rapaz se parecia tanto com Giorgi que ele por um momento ficou olhando-o fixamente. E achou que foi descoberto quando um sorriso largo se espalhou pelos lábios do garçom. Enquanto pendurava seu casaco e a capa de chuva na chapeleira, sentiu o olhar do garçom.

— *Your name?* — perguntou o garçom, e ele murmurou a resposta.

O garçom passou um dedo longo e fino sobre a lista de reservas antes de parar.

— *I got my finger on you now* — disse o garçom, e os olhos azuis sustentaram seu olhar até ele se sentir ruborizar.

Não parecia um restaurante especialmente exclusivo, mas, a menos que sua habilidade de fazer cálculos de cabeça o tivesse abandonado, os preços eram absurdos. Pediu massa e um copo d'água. Estava com fome. O coração batia de forma regular e tranquila. As outras pessoas conversavam, sorriam e riam como se nada pudesse fazer-lhes mal. Sempre se surpreendeu com o fato de não ser visível, de não ter uma aura negra, de não emanar frio de seu corpo — ou um fedor de apodrecimento.

Ou, para ser mais preciso, de mais ninguém perceber.

Lá fora, o relógio da prefeitura tocou seus três sons seis vezes.

— Lugar agradável — disse Thea, olhando ao redor. O restaurante era amplo e a mesa deles tinha vista para a rua de pedestres. Dos alto-falantes soava uma música New Age quase inaudível.

— Eu queria algo especial — disse Jon e olhou o cardápio. — O que você quer comer?

O olhar de Thea fixou o menu sem muito interesse.

— Primeiro preciso de água.

Thea bebia muita água. Jon sabia que tinha a ver com o diabetes e os rins.

— Não é nada fácil decidir — disse ela. — Tudo parece ser gostoso aqui.

— Mas não se pode ter tudo.

— Não...

Jon engoliu em seco. As palavras haviam escapado de sua boca. Levantou o olhar. Thea parecia não ter notado.

De repente ela o encarou.

— O que quer dizer com isso?

— Com o quê? — perguntou ele com voz suave.

— Tudo. Você tentou dizer alguma coisa. Eu conheço você, Jon. O que foi?

Ele deu de ombros.

— Concordamos que antes de ficarmos noivos contaríamos tudo um ao outro, não é?

— Sim.

— Tem certeza de que me contou... tudo?

Ela soltou um suspiro resignado.

— Tenho, Jon. Não estive com ninguém. Não... *dessa* maneira.

Mas ele viu algo em seu olhar, algo em seu rosto que não tinha visto antes. Um músculo que se contraía ao lado da boca, algo que escurecia o olhar, como o diafragma fotográfico que se fecha. E ele não conseguiu evitar:

— Nem com Robert?

— O quê?

— Robert. Eu me lembro de vocês flertando no primeiro verão em Østgård.

— Eu tinha 14 anos, Jon!

— E daí?

Ela inicialmente o encarou com incredulidade. Depois pareceu se encolher, se apagar e desaparecer diante dele. Jon pegou a mão dela entre as suas, inclinou-se para a frente e sussurrou:

— Desculpe, desculpe, Thea. Não sei o que me deu. Eu... Vamos esquecer?

— Vocês já se decidiram?

Os dois olharam para o garçom.

— Aspargos frescos de entrada — disse Thea, estendendo-lhe o cardápio. — Chateaubriand com cogumelos como prato principal.

— Boa escolha. Posso sugerir um vinho tinto delicioso com preço moderado que acabou de chegar?

— Pode sim, e água — disse com um largo sorriso. — Muita água.

Jon olhou para ela. Admirava sua maneira de esconder o que sentia. Quando o garçom se foi, Thea voltou-se para Jon.

— Se já terminou de me interrogar, e quanto a você?

Jon esboçou um sorriso e fez que não com a cabeça.

— Você nunca tinha namorada — observou ela. — Nem em Østgård.

— E sabe por quê? — perguntou Jon e pôs a mão sobre a sua.

Ela fez que não.

— Porque me apaixonei por uma garota naquele verão — disse Jon e reencontrou seu olhar. — Ela só tinha 14 anos. Desde então estou apaixonado por ela.

Os dois sorriam, e ele a viu ressurgir de seu esconderijo para vir ao seu encontro.

— Sopa deliciosa — disse o ministro de Assuntos Sociais ao comandante David Eckhoff. Em voz alta o suficiente para que o padre que estava ali também ouvisse.

— Receita da casa — disse o comandante. — Lançamos um livro de receitas há uns dois anos e pensamos que o ministro talvez... — Ao sinal de seu pai, Martine se aproximou da mesa e pôs o livro ao lado do prato de sopa do ministro. —...pudesse fazer bom uso dele quando quiser uma refeição saborosa e nutritiva em sua casa.

Os poucos jornalistas e fotógrafos que compareceram ao café do Farol riram. O quórum era escasso: dois idosos do albergue, uma mulher chorosa de casaco e um viciado machucado que sangrava na testa e tremia de medo de ir ao ambulatório, o pronto-socorro no segundo andar, como folhas soltas ao vento. Não era de se estranhar que fossem poucos. O Farol não costumava estar aberto àquela hora. Mas infelizmente uma visita matinal não caberia na agenda do ministro, e ele não pôde ver como o recinto costumava ficar cheio. Tudo havia sido explicado pelo comandante, que falou também sobre a administração eficaz e os custos. O ministro assentia com a cabeça enquanto, por obrigação, levava uma colher de sopa à boca.

Martine olhou o relógio. 18h45. O secretário do ministro tinha dito 19h. Hora de partir.

— Sopa deliciosa — repetiu o ministro. — Temos tempo de cumprimentar alguns dos fregueses?

O secretário fez um gesto positivo.

Coquetismo, pensou Martine. Claro que há tempo para uma rodada de cumprimentos, é por isso que estão aqui. Não para doar dinheiro, isso poderia ser feito pelo telefone. Mas para poder chamar a imprensa e mostrar um ministro de Assuntos Sociais atuante entre os necessitados, que toma sopa, cumprimenta os viciados e os escuta com empatia participativa.

A porta-voz sinalizou para os fotógrafos: já podiam tirar fotos. Ou melhor, ela gostaria que tirassem fotos.

O ministro se levantou, abotoou o paletó e observou o recinto. Martine podia vê-lo avaliando suas alternativas: os dois idosos pareciam moradores de um asilo e não serviam para o propósito de cumprimentar viciados aqui ou prostitutas acolá. O viciado machucado não parecia confiável, e aquilo seria ir longe demais. Mas a mulher... Ela parecia uma cidadã comum, uma pessoa com quem todos podiam se identificar e ajudar, de preferência depois de ter ouvido sua história triste.

— A senhora gosta daqui?— perguntou-lhe o ministro ao estender sua mão.

A mulher ergueu o olhar. O ministro disse seu nome.

— Pernille... — começou a mulher, mas foi interrompida.

— Seu primeiro nome é suficiente, Pernille. A imprensa está presente. Eles gostariam de tirar uma foto, tudo bem para você?

— Holmen — disse a mulher e fungou no lenço. — Pernille Holmen.
— Ela apontou para a mesa onde havia uma vela acesa em frente a uma
das fotos. — Estou aqui em memória de meu filho. Poderiam me deixar
em paz, por favor?

Martine ficou ao lado da mulher enquanto o ministro e sua comitiva
se retiravam depressa. Viu que iam abordar os dois velhos.

— Sinto muito pelo que aconteceu com Per — disse Martine baixinho.

A mulher a olhou com o rosto inchado de tanto chorar. E de tanto
tomar tranquilizantes, pensou Martine.

— Você conheceu Per? — sussurrou a mulher.

Martine preferia a verdade. Mesmo quando era difícil. Não devido a
sua educação, mas por ela ter descoberto que a longo prazo ela simpli-
ficava a vida. Contudo, na voz chorosa da mulher, Martine ouviu uma
súplica. Um apelo para que alguém dissesse que seu filho não era apenas
um zumbi viciado, um peso de que a sociedade agora estava livre, mas
um ser humano que algumas pessoas pudessem dizer que conheciam, de
quem foram amigas, e de quem talvez até tivessem gostado.

— Sra. Holmen — disse Martine, e engoliu em seco. — Eu o conheci.
Era um bom menino.

Pernille Holmen piscou duas vezes sem nada dizer. Esboçou um sorriso, que se transformou em uma careta. Ela mal conseguiu sussurrar
um agradecimento antes que as lágrimas começassem a escorrer pelo
rosto.

Martine viu que o comandante acenou para ela da mesa, mas preferiu
se sentar.

— Eles... levaram meu marido também — soluçou Pernille Holmen.

— Quem?

— A polícia. Dizem que foi ele.

Quando Martine deixou Pernille Holmen, esta pensou no inspetor
policial alto e loiro. Ele parecera tão sincero quando disse que se importava. Sentiu raiva. Mas estava confusa. Por não entender direito o motivo
de ficar com tanta raiva de uma pessoa totalmente desconhecida. Ela
olhou o relógio. Faltavam cinco minutos para as 19h.

Harry tinha feito sopa de peixe: um saco de sopa congelada ao qual mis-
turou leite e adicionou pedaços de peixe. E baguete. Tudo comprado na
Niasi, a pequena mercearia de sua rua que o vizinho do andar de baixo,
Ali, tinha junto com o irmão. Ao lado do prato de sopa na mesa da sala
havia um grande copo d'água.

Harry pôs um CD e aumentou o volume. Tirou todos os pensamentos da cabeça, concentrando-se na música e na sopa. Som e sabor. Nada mais.

O prato estava pela metade e ele ouvia a terceira faixa quando o telefone tocou. Decidiu deixar tocar. Mas no oitavo toque ele se levantou e abaixou a música.

— Harry. — Era Astrid. — O que está fazendo? — Mesmo sua voz baixinha conseguia produzir eco. Parecia estar trancada no banheiro de casa.

— Estou comendo. E ouvindo música.

— Vou sair. Estarei perto de você. Tem planos para o resto da noite?

— Tenho.

— E quais são?

— Ouvir música.

— Hum. Parece que não está muito interessado em companhia.

— Talvez.

Silêncio. Ela suspirou.

— Avise se mudar de ideia, então.

— Astrid?

— Sim?

— Não é você, tudo bem? Sou eu.

— Não precisa pedir desculpas, Harry. Quero dizer, no caso de você estar tendo a ilusão de que isso é vital para um de nós. Só pensei que seria bom.

— Outra hora, talvez.

— Quando?

— Outra hora.

— Uma hora totalmente aleatória?

— Por aí.

— Certo. Mas gosto de você, Harry. Não se esqueça disso.

Quando desligaram, Harry não percebeu o silêncio repentino. Estava surpreso. Visualizara um rosto quando o telefone tocou. Não estava surpreso com isso, mas com o fato de não ter sido o de Rakel. Nem o de Astrid. Deixou-se cair na cadeira e decidiu não pensar mais a respeito. Porque, se aquilo significasse que o tempo estava começando a curá-lo e que Rakel estava saindo de seu corpo, já era uma notícia boa. Boa o bastante para ele não querer complicar as coisas.

Aumentou o som e esvaziou a cabeça.

* * *

Já pagara a conta. Deixou o palito de dentes no cinzeiro e olhou o relógio. Faltavam três minutos para as 19h. O coldre arranhava o peito. Tirou a foto do bolso e deu uma última olhada. Estava na hora.

Nenhum dos outros comensais no restaurante, nem o casal na mesa vizinha, reparou quando ele se levantou para ir ao banheiro. Entrou em um dos reservados e trancou a porta. Esperou um minuto; conseguiu resistir à tentação de verificar se a pistola estava carregada. Foi Bobo quem lhe ensinou. Caso se acostumasse com o luxo de poder checar tudo duas vezes, perderia o jeito.

O minuto passou. Ele saiu e foi à chapeleira. Vestiu a capa de chuva, amarrou o lenço vermelho no pescoço e enfiou o gorro por cima das orelhas. Abriu a porta e saiu para a avenida Karl Johan.

A passos rápidos, dirigiu-se ao ponto mais alto da avenida. Não por estar com pressa, mas por ter observado as pessoas se movimentarem naquela velocidade, e ele não queria destoar. Passou pela lata de lixo sob o poste de luz, onde decidira jogar a pistola quando voltasse. Bem no meio da movimentada rua de pedestres. A polícia a encontraria, mas aquilo não era um problema. O importante era a arma não ser encontrada com ele.

Ouviu a música muito antes de chegar.

Cerca de duzentas pessoas estavam aglomeradas num semicírculo diante da banda que terminava uma música no momento em que ele chegou. Durante o aplauso, o despertador do relógio confirmou que ele estava no horário. Dentro do semicírculo, em frente à banda, pendia de um grande tripé a caçarola preta que servia de cofrinho para a arrecadação de fundos, e ao lado estava o homem da foto. Ele era iluminado apenas pela luz da rua e duas tochas, mas não havia dúvida. Principalmente por ele vestir o uniforme e a boina do Exército de Salvação.

O vocalista gritou algo no microfone e as pessoas bateram palmas. Um flash foi disparado quando recomeçaram. Tocavam alto. O baterista levantava a mão direita cada vez que ia fazer uma batida de marcação.

Caminhou entre a multidão até estar a apenas 3 metros do homem do Exército de Salvação. Certificou-se de que a rota de fuga estava livre. À sua frente havia duas adolescentes mascando chiclete e aspirando o ar gélido. Eram mais baixas que ele. Não pensou em nada em particular, não fez nada precipitadamente, apenas o que viera fazer, sem cerimônia: tirou a pistola e a segurou com o braço estendido. Reduziu a distância a 2 metros. Mirou. O homem perto da caçarola ficou fora de foco e se dividiu em dois. Parou de mirar e as duas figuras fundiram-se novamente numa pessoa.

— Saúde — disse Jon.

Os alto-falantes despejaram música como recheio de bolo.

— Saúde — disse Thea, e levantou obedientemente o copo ao encontro do dele.

Depois de beberem, se entreolharam, e ele formou as palavras com os lábios:

— *Eu amo você.*

Ruborizada, mas com um sorriso, ela baixou o olhar.

— Tenho um pequeno presente — disse ele.

— É? — O tom de voz estava alegre, galanteador.

Ele enfiou a mão no bolso da jaqueta. Embaixo do celular sentiu o plástico duro da caixinha do joalheiro na ponta dos dedos. O coração batia mais rápido. Como havia aguardado aquele dia, aquele momento, com expectativa e temor!

O telefone celular começou a vibrar.

— Algum problema? — perguntou Thea.

— Não, eu... desculpe. Já volto.

No toalete, pegou o telefone e olhou o display. Suspirou e atendeu.

— Olá, bonitão, como está?

A voz era alegre, como se tivesse acabado de ouvir algo engraçado, que a fez pensar nele e ligar num impulso. Mas o registro mostrava seis ligações não atendidas.

— Olá, Ragnhild.

— Que som estranho. Você está...

— Estou num banheiro. Num restaurante. Thea e eu saímos para jantar. Conversamos outra hora.

— Quando?

— Em outra hora.

Silêncio.

— Está bem.

— Eu devia ter ligado para você, Ragnhild. Preciso contar uma coisa. Talvez você já saiba o que é. — Ele respirou fundo. — Nós não podemos...

— Jon? Não consigo ouvir o que está dizendo.

Jon não duvidou que fosse verdade.

— Que tal eu passar na sua casa amanhã à noite? — perguntou Ragnhild. — Aí você pode explicar tudo.

— Não estarei sozinho amanhã à noite. Ou em nenhuma outra...

— Me encontre no Grand Hotel para o almoço, então. Posso mandar um torpedo com o número do quarto.

— Ragnhild, não...

— Não estou ouvindo. Me ligue amanhã, Jon. Aliás, estarei em reuniões o dia todo. Eu ligo. Deixe o celular ligado. Divirta-se, bonitão.

— Ragnhild?

Jon olhou o display. Ela havia desligado. Ele podia sair e telefonar. Resolver logo. Agora que havia começado. Seria a coisa certa a fazer. A única coisa sensata. Dar o golpe fatal, acabar de vez com aquela história.

Eles estavam bem em frente um do outro agora, mas o homem de uniforme do Exército de Salvação não parecia vê-lo. Respirou com calma, o dedo apertando o gatilho, empurrando-o bem devagar. De repente seus olhares se cruzaram. E passou pela sua cabeça que o soldado não mostrou nenhum sinal de surpresa, nenhum choque, nenhum medo. Ao contrário, um lampejo de compreensão passou pelo seu rosto, como se a visão da pistola lhe respondesse alguma dúvida que ele tivesse procurado esclarecer. Então ouviu-se o estampido.

Se o disparo tivesse acontecido no mesmo instante da marcação da bateria, ele teria sido abafado pela música, mas do jeito como foi, o som do tiro fez várias pessoas se virarem e olharem para o homem de capa de chuva. Para a pistola. E viram o soldado do Exército de Salvação, agora com um buraco logo abaixo do S no bico da boina, cair para trás, os braços jogados para a frente como um fantoche.

Harry sobressaltou-se na cadeira. Tinha caído no sono. A sala estava silenciosa. O que o acordara? Ele ficou escutando, mas não ouvia nada além do ruído baixo, calmo, regular e tranquilizador da cidade. Não, havia também outro som. Prestou atenção. Então ouviu. Era quase inaudível, mas agora que ele havia conseguido identificá-lo, o barulho aumentou de volume e ficou mais nítido. Era um tique-taque baixinho.

Harry continuou na cadeira com os olhos fechados.

De repente foi tomado por uma enorme raiva e, sem pensar, marchou para o quarto, abriu a gaveta da cabeceira, agarrou o relógio de Møller, abriu a janela e o jogou no escuro com toda a força. Ouviu o relógio bater contra o muro do prédio vizinho antes de seguir para o asfalto coberto de gelo na rua. Depois, fechou a janela, voltou para a sala e aumentou o volume do aparelho de som. Tão alto que as membranas dos alto-falantes vibraram, o agudo soou deliciosamente vivo em seus tímpanos e o os graves encheram sua boca.

A pequena multidão havia se virado e estava olhando para o homem deitado na neve. A boina do uniforme tinha voado para o lado, parando em frente da base do microfone do vocalista da banda, que ainda não havia compreendido o que acontecera e continuava tocando.

As duas garotas que estavam perto do homem na neve recuaram. Uma delas começou a gritar.

O vocalista, que cantava de olhos fechados, abriu-os e descobriu que não tinha mais a atenção do público. Ele se virou e viu o homem na neve. Seu olhar procurou um guarda, um assistente, um produtor, alguém que pudesse controlar a situação, mas aquele era apenas um simples concerto de rua; todos estavam esperando por alguém, e os músicos continuaram a tocar.

Houve então um movimento na multidão e as pessoas se afastaram diante de uma mulher que abria caminho a cotoveladas.

— Robert!

A voz era áspera e rouca. Ela estava pálida, vestindo uma jaqueta de couro preto com remendos nos cotovelos. Cambaleou até o rapaz inerte e caiu de joelhos a seu lado.

— Robert!

Ela colocou uma das mãos macérrimas em seu pescoço. Depois se virou para os músicos.

— Parem de tocar, pelo amor de Deus!

Um após o outro, os membros da banda pararam de tocar.

— Ele está morrendo. Chamem um médico. Depressa!

Ela colocou a mão no pescoço dele de novo. Continuava sem pulsação. Ela já vira situações parecidas muitas vezes. Às vezes dava tudo certo. Mas em geral não. Estava confusa. Não poderia ter sido uma overdose, um rapaz do Exército não se injetava. Começara a nevar e os flocos derretiam no rosto dele, nos olhos fechados e na boca semiaberta. Era um homem bonito. E ela pensou que, agora, com o rosto relaxado, parecia seu próprio filho quando dormia. Mas ela então descobriu o filete vermelho que escorria do pequeno furo preto na testa, descendo sobre a têmpora e entrando na orelha.

Ela foi agarrada por um par de braços e levada embora enquanto um homem se inclinava sobre o rapaz. Ela dirigiu um último olhar àquele rosto, depois ao furo na testa, e ocorreu-lhe com uma certeza dolorosa que aquele era o mesmo destino que aguardava seu filho.

Ele caminhou rápido. Não rápido demais; ele não estava fugindo. Olhou as costas de uma pessoa à sua frente, focalizou alguém que estava com pressa e seguiu em seu encalço. Ninguém havia tentado detê-lo. Claro que não. O estampido de uma pistola faz todos recuarem. Apenas a visão de uma arma de fogo faz com que elas fujam. E naquele caso a maioria nem entendeu o que viu.

O último serviço.

Podia ouvir que a banda continuava tocando.

Começara a nevar. Ótimo. Aquilo obrigava as pessoas a desviar a vista para baixo para proteger os olhos.

Centenas de metros adiante na avenida, viu o prédio amarelo da estação de trem. Foi tomado por um sentimento que às vezes o acometia, o de que tudo estava flutuando e nada podia atingi-lo, de que um tanque de guerra sérvio T-55 era apenas um colosso de ferro lerdo, cego e mudo, e sua cidade estaria intacta quando voltasse para casa.

Havia uma pessoa no lugar onde ele deveria jogar a arma.

As roupas pareciam novas e da moda, exceto pelos tênis azuis. Mas o rosto estava arranhado e queimado como o de um ferreiro. E o homem, ou rapaz, ou o que quer que fosse parecia que ia ficar algum tempo ali; estava com o braço direito todo enfiado na lata de lixo verde.

Sem diminuir o passo, olhou o relógio. Dois minutos desde o disparo e 11 minutos até o trem partir. E ele ainda estava com a arma. Passou pela lata de lixo e seguiu até o restaurante.

Um homem vinha em sua direção, olhando para ele. Mas não se virou quando eles se cruzaram.

Dirigiu-se à porta do restaurante e a abriu.

No vestiário havia uma mãe inclinada sobre um menino, mexendo com o zíper da jaqueta. Ninguém olhou para ele. O casaco bege de pele de camelo estava onde devia estar. A mala estava embaixo. Levou ambos para o banheiro masculino, trancou-se em um dos dois reservados, tirou a capa de chuva, enfiou o gorro no bolso e vestiu o casaco. Mesmo sem janelas podia ouvir as sirenes lá fora. Muitas sirenes. Olhou ao redor. Precisava se livrar da pistola. Não havia muitas opções. Subiu na privada, esticou-se até a janelinha de ventilação na parede e tentou empurrar a arma, mas havia uma grade no lado de dentro.

Desceu. Estava respirando com dificuldade, sentindo calor. O trem partiria em oito minutos. Podia pegar um trem mais tarde, sem problemas. O pior era que já haviam se passado nove minutos e ele não tinha se livrado da arma. E ele sempre dizia que possuí-la por mais de quatro minutos era um risco inaceitável.

Claro, podia simplesmente deixar a pistola no chão, mas eles sempre trabalharam respeitando o princípio de que a arma não devia ser encontrada até que ele estivesse em segurança.

Saiu do cubículo e foi até a pia. Lavou as mãos enquanto observava o recinto vazio. *Upomoc!* Seu olhar se deteve na saboneteira sobre a pia.

Jon e Thea saíram abraçados do restaurante na Torggata.

Thea soltou um grito quando deslizou na traiçoeira neve recém-caída na rua de pedestres. Ela quase levou Jon na queda, mas ele conseguiu salvar os dois. A gargalhada soou deliciosa em seu ouvido.

— Você disse sim! — gritou ele para o céu e sentiu flocos de neve derreterem em seu rosto. — Você disse sim!

Uma sirene soou na noite. Muitas sirenes. O som vinha da avenida Karl Johan.

— Vamos ver o que está acontecendo? — perguntou Jon e pegou a mão de Thea.

— Não, Jon — respondeu ela, franzindo a testa.

— Ah, vamos, venha!

Thea fincou os pés no chão, mas as solas lisas não conseguiram se fixar.

— Não, Jon.

Mas Jon só riu e a arrastou como um trenó atrás de si.

— Eu disse não!

Seu tom de voz fez Jon soltá-la de imediato. Surpreso, ele a olhou.

Ela soltou um suspiro.

— Não quero ver nenhum incêndio agora. Quero ir para a cama. Com você.

Jon estudou-a longamente.

— Estou tão feliz, Thea. Você me faz tão feliz.

Não ouviu o que ela respondeu. O rosto de Thea estava enterrado na jaqueta.

Segunda Parte

O REDENTOR

9

Terça-feira, 16 de dezembro. Neve.

A neve que caía na Egertorget estava manchada de amarelo pela luz da equipe criminalística.

Harry e Halvorsen estavam em frente ao boteco 3 Brødre, olhando os espectadores e o pessoal da imprensa que tentavam transpor a barreira policial. Harry tirou o cigarro da boca e soltou uma tosse forte e úmida.

— Muita imprensa.

— Chegaram depressa — disse Halvorsen. — Claro, com suas redações tão próximas daqui.

— Um prato cheio. Assassinato no meio do alvoroço natalino na avenida mais conhecida da Noruega. Com uma vítima que todos conhecem; o homem que fica ao lado da caçarola que coleta doações para o Exército de Salvação. Enquanto uma banda conhecida está tocando. O que mais podem querer?

— Uma entrevista com o famoso inspetor Harry Hole?

— Por enquanto vamos ficar por aqui — disse Harry. — Você tem a hora do crime?

— Logo depois das 19h.

Harry olhou o relógio.

— Foi há quase uma hora. Por que ninguém me ligou antes?

— Não sei. Recebi um telefonema do POB por volta das 19h30. Pensei que estivesse aqui quando cheguei...

— Então me ligou por iniciativa própria?

— O inspetor-chefe é você, por assim dizer.

— Por assim dizer — murmurou Harry e jogou o cigarro no chão. O objeto fez um furo na camada fofa de neve e desapareceu.

— Todas as pistas técnicas estarão logo cobertas por meio metro de neve — disse Halvorsen. — É típico.

— Não vai haver pistas técnicas — disse Harry.

Beate se aproximou deles com neve no cabelo loiro. Entre os dedos, segurava um saquinho plástico com um cartucho vazio.

— Errado — disse Halvorsen e sorriu triunfante para Harry.

— Nove milímetros — disse Beate e fez uma careta. — A munição mais comum que existe. E é tudo que temos.

— Esqueça o que temos ou não temos — disse Harry. — Qual é sua primeira impressão? Não pense, fale.

Beate sorriu. Ela conhecia Harry agora. Primeiro intuição, depois os fatos. Porque a intuição também é fato, é toda a informação que o local do crime fornece, mas que o cérebro não encontra linguagem para expressar.

— Pouca coisa. Egertorget é a praça mais movimentada de Oslo. Por isso encontramos o local do crime extremamente danificado, mesmo chegando apenas vinte minutos depois de o homem ser morto. Parece profissional. O legista está examinando a vítima agora, mas parece que foi atingido por apenas um tiro. Bem na testa. Profissional. É o que diz o meu instinto.

— Estamos trabalhando com instintos, inspetor-chefe?

Todos os três se viraram na direção da voz. Era Gunnar Hagen. Vestia uma jaqueta de uniforme militar verde e boina de lã preta. Um sorriso era visível apenas nos cantos da boca.

— Tentamos usar tudo que pode funcionar, chefe — respondeu Harry.

— O que o traz aqui?

— Não é aqui que as coisas acontecem?

— De certa forma.

— Ouvi dizer que Bjarne Møller preferia o escritório. Pessoalmente sou da opinião de que um chefe deve estar em campo. Foi disparado mais de um tiro? Halvorsen?

Halvorsen sobressaltou-se.

— Não de acordo com as testemunhas com quem falamos.

Hagen mexeu os dedos dentro das luvas.

— Descrição?

— Um homem. — O olhar de Halvorsen saltava do POB para Harry.

— Por enquanto é tudo que temos. As pessoas estavam assistindo à banda e tudo aconteceu muito rápido.

Hagen bufou.

— Com essa multidão, alguém deve ter visto a pessoa que atirou.

— É de se supor — respondeu Halvorsen. — Mas não sabemos exatamente onde o assassino estava na multidão.

— Entendo. — De novo aquele esboço de sorriso.

— Ele estava bem em frente ao morto — disse Harry. — Distância máxima de 2 metros.

— É? — Hagen e os outros dois se viraram para Harry.

— Nosso assassino sabia que para matar uma pessoa com uma arma leve é necessário atirar na cabeça — disse Harry. — Como fez apenas um disparo, tinha certeza do resultado. Devia, portanto, estar tão perto que viu o furo na testa, e soube então que não havia falhado. Se examinarem as roupas da vítima, devem encontrar algum resíduo do tiro que comprove o que estou dizendo. No máximo 2 metros.

— Um metro e meio — disse Beate. — A maioria das pistolas lança o cartucho à direita, mas não muito longe. Este foi encontrado pisoteado na neve, a 146 centímetros do corpo. E havia fios de lã queimados na manga do casaco da vítima.

Harry olhou para Beate. Ele apreciava não apenas sua capacidade inata de distinguir todos os rostos de pessoas, mas também sua inteligência, empenho e o fato de eles compartilharem a ideia idiota de que o trabalho que realizavam era importante.

Hagen batia com os pés na neve.

— Bom, Lønn. Mas quem neste mundo pode querer matar um oficial do Exército de Salvação?

— Ele não era oficial — disse Halvorsen. — Apenas um soldado comum. Os oficiais são empregados, os soldados são voluntários ou contratados. — Abriu o bloco de anotações. — Robert Karlsen. Vinte e nove anos. Solteiro, sem filhos.

— Mas aparentemente não sem inimigos — disse Hagen. — Ou o que acha, Lønn?

Beate não olhou para Hagen, mas para Harry, quando respondeu:

— Talvez o tiro não fosse direcionado ao indivíduo em si.

— É mesmo? — Hagen sorriu. — A quem mais podia ser direcionado?

— Ao Exército de Salvação, talvez.

— O que a faz pensar assim?

Beate deu de ombros.

— Pontos de vista controversos — disse Halvorsen. — Homossexualidade. Mulheres padres. Aborto. Talvez um ou outro fanático...

— A teoria está anotada — disse Hagen. — Mostrem o corpo.

Beate e Halvorsen olharam indagadores para Harry, que assentiu com a cabeça para Beate.

— Nossa! — disse Halvorsen depois de Hagen e Beate se afastarem.

— O POB está pensando em tomar a dianteira na investigação?

Harry esfregou o queixo pensativo e olhou para as fitas amarelas que os flashes da imprensa iluminaram na escuridão do inverno.

— Profissional — disse.

— O quê?

— Beate acha que o assassino é profissional. Vamos começar por aí. Qual é a primeira coisa que um profissional faz após um assassinato?

— Fugir?

— Não necessariamente. Ele se livra de tudo que possa ligá-lo ao crime.

— A arma.

— Correto. Quero que sejam checados todos os bueiros, contêineres, latas de lixo e pátios num raio de cinco quarteirões em volta da Egertorget. Agora. Se precisar, peçam reforços.

— Certo.

— E consigam os vídeos de todas as câmeras de segurança das lojas do perímetro a partir das 19h.

— Vou pedir a Skarre.

— E mais uma coisa. O jornal *Dagbladet* participa da organização dos concertos de rua e publica matérias a respeito. Verifique se o fotógrafo deles tirou fotos do público.

— Mas é claro. Não tinha pensado nisso.

— Mande as fotos para Beate dar uma olhada. E quero todos os investigadores na sala de reunião na zona vermelha às 10h amanhã. Você avisa a todos?

— Sim.

— Onde estão Li e Li?

— Interrogando testemunhas na sede da Polícia. Duas garotas que estavam bem ao lado do cara que atirou.

— Ótimo. Peça para Ola conseguir uma lista da família e dos amigos da vítima. Vamos inicialmente procurar por algum motivo óbvio aí.

— Achei que você tivesse dito que o assassino era um profissional.

— Precisamos trabalhar com várias teorias ao mesmo tempo, Halvorsen. E começamos a procurar onde há luz. Família e amigos são normalmente fáceis de encontrar. E oito entre dez assassinatos são cometidos...

— ... por alguém que conhece a vítima — suspirou Halvorsen.

Foram interrompidos por uma pessoa que chamava Harry Hole. Viraram-se a tempo de ver o pessoal da imprensa vir correndo na direção deles.

— O show acabou de começar — disse Harry. — Mande-os falar com Hagen. Vou dar uma passada na sede.

A mala já tinha sido entregue no guichê da companhia aérea, e ele se dirigiu ao controle de segurança. Sentia-se exultante. O último serviço fora feito. Ele estava de tão bom humor que decidiu testar o truque da passagem. A mulher da segurança fez um gesto negativo com a cabeça quando ele retirou do bolso o envelope azul da passagem.

— Celular? — perguntou ela em norueguês.

— *No.*

Deixou o envelope com a passagem na mesa entre o raio X e o detector de metais para tirar o casaco de pele de camelo, percebeu que ainda estava com o lenço em volta do pescoço, tirou-o e o pôs no bolso, colocou o casaco na bandeja à sua frente e atravessou o portal sob outros dois pares de olhos uniformizados e atentos. Incluindo o homem que examinava seu casaco através do monitor e o que estava posicionado na ponta da esteira, contou cinco seguranças cuja única tarefa era cuidar para que os passageiros não levassem nada que pudesse ser usado como arma a bordo do avião. No outro lado do portal, ele vestiu o casaco, voltou e pegou a passagem que estava sobre a mesa. Ninguém o parou, e ele passou pelos seguranças. Teria sido fácil contrabandear a lâmina de uma faca no envelope da passagem. Entrou no grande hall de embarque. De imediato se deparou com a enorme janela panorâmica à sua frente. Não havia ninguém. A neve deixara uma cortina branca sobre a paisagem lá fora.

Martine estava inclinada sobre os limpadores de para-brisa que afugentavam a neve.

— O ministro foi positivo — disse David Eckhoff, contente. — Muito positivo.

— Mas isso você já sabia — disse Martine. — Pessoas como ele não vêm comer sopa e convidam a imprensa pensando em recusar alguma coisa. Querem ser reeleitas.

— Sim — retrucou Eckhoff e soltou um suspiro. — Querem ser reeleitas. — Olhou pelo vidro. — Bom rapaz, Rikard, não é?

— Você está sendo repetitivo, papai.

— Ele só precisa de um pouco de orientação para se tornar um homem excelente para nós.

Martine dirigiu até a garagem que ficava no subsolo da sede do Exército, apertou o controle remoto e o portão de aço se levantou, rangendo.

Ao entrarem, podiam ouvir os pneus com tachas estalando contra o piso de cimento no estacionamento vazio.

Sob uma lâmpada, ao lado do Volvo azul do comandante, estava Rikard, usando macacão e luvas. Mas não foi ele que Martine viu. Foi o homem alto e loiro ao seu lado, o qual ela reconheceu de imediato.

Ela estacionou ao lado do Volvo, mas ficou no carro procurando algo na bolsa enquanto o pai descia. Ele deixou a porta aberta, e ela ouviu a voz do inspetor:

— Eckhoff? — O som ecoou nas paredes frias.

— Correto. Posso ajudar em alguma coisa, jovem?

A filha conhecia bem o tom de voz que o pai resolvera usar. Amigável, mas cheio de autoridade.

— Meu nome é Harry Hole, inspetor-chefe do distrito de Oslo. É sobre um empregado de vocês, Robert...

Martine percebeu que o inspetor a observava enquanto ela descia do carro.

— ...Karlsen — continuou Hole e se virou novamente para o comandante.

— Um irmão — disse David Eckhoff.

— Como?

— Gostamos de considerar nossos colegas como membros da família.

— Entendo. Nesse caso, devo, infelizmente, informá-lo de um falecimento na família, Eckhoff.

Martine sentiu um aperto no peito. O inspetor esperou um pouco, como se os deixasse assimilar a notícia antes de prosseguir.

— Robert Karlsen foi morto com um tiro na Egertorget hoje às 19h.

— Meu Deus — exclamou o pai. — Como?

— Só sabemos que um desconhecido na multidão atirou e fugiu.

O pai de Martine balançou a cabeça, incrédulo.

— Mas... está dizendo às 19h? Por que... por que não fui informado antes?

— Porque o procedimento de praxe nesses casos é informar a família mais próxima primeiro. E infelizmente não conseguimos localizar ninguém.

Pela maneira paciente de o policial responder, Martine entendeu que ele estava acostumado às perguntas irrelevantes que as pessoas faziam ao receber a notícia da morte de alguém.

— Entendo — disse Eckhoff e encheu as bochechas antes de soltar o ar pela boca. — Os pais de Robert não moram mais na Noruega. Mas o irmão, Jon, você não conseguiu contatar?

— Ele não está em casa e não atende o celular. Alguém me informou de que talvez estivesse aqui na sede do Exército trabalhando até tarde. Mas só encontrei este jovem. — Ele acenou com a cabeça para Rikard, que parecia um gorila triste com olhar vidrado, os braços com as grandes luvas pendendo inertes e o suor cintilando no lábio superior azul-escuro.

— Alguma ideia de onde eu poderia encontrar o irmão? — perguntou o inspetor.

Martine e o pai se entreolharam, fazendo que não com a cabeça.

— Alguma ideia de quem poderia querer matar Robert Karlsen?

De novo fizeram um gesto negativo.

— Bem. Agora estão informados. Estou com pressa, mas gostaria de voltar amanhã com mais perguntas.

— Claro, inspetor-chefe — disse o comandante e endireitou as costas.

— Mas antes de ir embora, peço que me dê mais detalhes sobre o que aconteceu.

— Tente saber pela televisão. Preciso correr.

Martine viu a cor do rosto do pai se alterar. Então se virou para o policial e encontrou seu olhar.

— Sinto muito — disse. — O tempo é um fator importante nessa fase da investigação.

— Você... você pode tentar na casa da minha irmã, Thea Nilsen. — Os três se viraram para Rikard. Ele engoliu em seco. — Ela mora no prédio do Exército na rua Gøteborg.

O inspetor acenou com a cabeça. Ele ia embora, mas se virou para David Eckhoff.

— Por que os pais não moram na Noruega?

— É uma longa história. Eles desistiram.

— Desistiram?

— Perderam a fé. Pessoas que crescem no Exército às vezes encontram dificuldades ao optarem por outro caminho.

Martine analisou o pai. Mas nem mesmo ela, a filha, foi capaz de detectar a mentira em seu rosto de granito. O inspetor deu as costas para eles, e ela sentiu as primeiras lágrimas brotarem. Quando os passos dele já tinham esvanecido, Rikard pigarreou:

— Coloquei os pneus de verão no porta-malas.

Quando a mensagem finalmente foi anunciada pelo sistema de som do aeroporto de Oslo, ele imaginou o conteúdo:

"Due to weather conditions, the airport has been temporarily closed."
Sem problemas, disse a si mesmo. Como dissera uma hora antes, quando a primeira mensagem informou que o voo estava adiado devido à neve.

Esperou enquanto a neve tecia tapetes felpudos sobre os aviões lá fora. Inconscientemente manteve a atenção nos funcionários uniformizados. Eles usariam uniforme em um aeroporto, pensou. E quando a mulher de azul atrás do balcão do portão 42 levantou o microfone, ele viu estampado em seu rosto. O voo para Zagreb estava cancelado. Ela lamentou e disse que haveria outro voo na manhã seguinte, às 10h40. Houve um suspiro coletivo, porém abafado, dos passageiros. Ela informou que a companhia aérea providenciaria o trem de volta a Oslo e um quarto no hotel SAS para passageiros em trânsito ou que estivessem viajando com passagem de ida e volta.

Sem problemas, repetiu enquanto o trem atravessava a paisagem escura da noite. O trem só parou num local antes de Oslo, perto de um grupo de casas no meio de um campo branco. Um cachorro tremia sob um dos bancos na plataforma enquanto via a neve cair diante dos feixes de luz. Parecia Tinto, o cachorro brincalhão sem dono que corria na vizinhança em Vukovar quando ele era pequeno. Giorgi e alguns dos garotos mais velhos colocaram nele uma coleira de couro com a inscrição: *Nome: Tinto. Dono: Svi.* Todos. Ninguém queria mal a Tinto. Ninguém. Mas às vezes aquilo não era o suficiente.

Jon havia se dirigido para o fundo da sala, que não era visível da entrada da casa de Thea, quando ela foi abrir a porta. Era Emma, a vizinha.

— Me desculpe, Thea, mas parece muito importante para esse homem encontrar Jon Karlsen.

— Jon?

Uma voz de homem.

— Sim. Me informaram que ele talvez estivesse na casa de Thea Nilsen, neste endereço. Não tinha nome nas campainhas lá embaixo, mas esta senhora me ajudou.

— Jon aqui? Não sei como...

— Sou da Polícia. Meu nome é Harry Hole. É sobre o irmão de Jon.

— Robert? — Jon foi até a porta. Um homem da mesma altura que ele com olhos azul-claros o olhou do vão da porta. — Robert fez alguma coisa errada? — perguntou e tentou ignorar a vizinha, que estava nas pontas dos pés para olhar por cima do ombro do policial.

— Não sabemos — disse o homem. — Posso entrar?

— Por favor — disse Thea.

O policial deu um passo para dentro e fechou a porta na cara desapontada da vizinha.

— Receio ter más notícias. Talvez seja melhor se sentarem.

Sentaram-se em volta da mesa da sala. Era como levar um soco no estômago, e Jon se inclinou automaticamente para a frente quando o policial contou o que havia acontecido.

— Morto? — ouviu Thea sussurrar. — Robert?

O policial pigarreou e continuou falando. As palavras chegavam a Jon como ruídos obscuros, crípticos, quase incompreensíveis. Ouviu o policial explicando a situação enquanto fixava o olhar em um ponto. Na boca semiaberta de Thea e seus lábios que brilhavam, úmidos e vermelhos. Sua respiração estava curta e rápida. Jon não percebeu que o policial terminara de falar até ouvir a voz de Thea:

— Jon? Ele fez uma pergunta.

— Desculpe. Eu... O que foi que perguntou?

— Eu sei que é um momento difícil, mas gostaria de saber se você conhece alguém que pudesse querer seu irmão morto.

— Robert? — Era como se tudo em torno de Jon se movesse em câmera lenta, até seu próprio balançar de cabeça.

— Não, certo — disse o policial sem fazer anotações no bloco em sua mão. — Existe algo em seu trabalho ou vida particular que possa ter causado inimizades?

Jon ouviu seu próprio riso inapropriado.

— Robert está no Exército de Salvação — respondeu. — Nosso inimigo é a pobreza. Material e espiritual. É raro sermos mortos por isso.

— Isso se refere ao trabalho. E quanto à vida particular?

— O que eu disse vale tanto para o trabalho quanto para a vida particular.

O policial esperou.

— Robert era bom — disse Jon e sentiu a voz começar a se desintegrar. — Leal. Todos gostavam dele. Ele... — Sua voz estava pastosa.

O olhar do policial vagueou pela sala. Não parecia gostar muito da situação, mas esperou. E esperou.

Jon engoliu em seco repetidas vezes.

— Ele podia ser um pouco tempestuoso às vezes. Um pouco... impulsivo. E algumas pessoas o achavam um tanto cínico. Mas era apenas sua maneira de ser. No fundo, Robert era um homem inofensivo.

O policial se virou para Thea e olhou para o bloco de anotações.

— Pelo que entendi, você é Thea Nilsen, irmã de Rikard Nilsen. Isso confere com sua impressão de Robert Karlsen?

Thea deu de ombros.

— Eu não conhecia Robert muito bem. Ele... — Ela cruzou os braços e evitou o olhar de Jon. — Pelo que sei, ele nunca fez mal a ninguém.

— Alguma vez Robert disse algo que pudesse indicar que tinha desavenças com alguém?

Jon balançou a cabeça energicamente, como se quisesse se livrar de algo que estivesse dentro dela. Robert estava morto. Morto.

— Robert devia dinheiro?

— Não. Sim, a mim. Um pouco.

— Tem certeza de que ele não devia a mais alguém?

— O que quer dizer?

— Ele usava drogas?

Jon olhou incrédulo para o policial antes de responder:

— Absolutamente não.

— Como pode ter tanta certeza? Não é sempre...

— Trabalhamos com viciados. Conhecemos os sintomas. Robert não usava drogas. Está bem?

O policial assentiu e fez anotações.

— Sinto muito, mas precisamos perguntar essas coisas. Não podemos ignorar a possibilidade de que o assassino seja mentalmente perturbado, e que Robert seja uma vítima escolhida por acaso. Ou que o crime tenha sido direcionado ao Exército de Salvação, uma vez que o soldado que fica ao lado da caçarola de coleta de doações natalinas na Egertorget praticamente se tornou um símbolo. Vocês têm conhecimento de algo que pudesse comprovar essa teoria?

Como se ensaiados, os dois jovens fizeram que não com a cabeça.

— Obrigado pela ajuda. — O policial enfiou o bloco de anotações no bolso do casaco e se levantou. — Não conseguimos os números de telefone dos seus pais...

— Eu cuido disso — disse Jon, olhando o vazio. — Vocês têm absoluta certeza?

— Certeza de quê?

— De que é Robert.

— Receio que sim.

— Mas também é tudo de que têm certeza — irrompeu Thea. — Além disso, não sabem de nada.

108

O policial parou em frente à porta, pensativo.

— Acho que esse é um resumo preciso da situação — disse.

Parou de nevar às 2h. As nuvens que antes cobriam a cidade como um pano preto e pesado foram puxados para o lado, e uma lua grande e amarela surgiu. Sob o céu limpo, a temperatura começou a cair novamente, fazendo as paredes rangerem e estalarem.

10

Quarta-feira, 17 de dezembro. O cético.

A semana anterior ao Natal começou com um frio tão gélido que as pessoas nas ruas de Oslo se sentiam esmagadas por uma luva de aço ao andarem apressadas em silêncio, apenas concentradas em chegar a seu destino e escapar das garras do frio.

Harry estava na sala de reunião, na zona vermelha da sede da Polícia, ouvindo as explicações desanimadoras de Beate Lønn enquanto tentava ignorar os jornais na mesa à sua frente. Todos traziam o assassinato na primeira página, com uma foto granulada da Egertorget na noite escura do inverno e uma referência a duas ou três páginas dentro do jornal. Os jornais *VG* e *Dagbladet* haviam conseguido montar algo que, com um pouco de boa vontade, poderia ser chamado de um perfil de Robert Karlsen, baseado em diálogos com amigos e conhecidos. "Um cara bacana." "Sempre pronto para ajudar." "Trágico." Harry havia lido todos minuciosamente sem encontrar nada valioso. Ninguém conseguira localizar os pais e o jornal *Aftenposten* era o único que citava Jon: "Incompreensível" era o comentário curto sob a foto de um rapaz despenteado e com uma expressão confusa em frente ao prédio da sede do Exército de Salvação. O artigo fora escrito por um velho conhecido, Roger Gjendem.

Harry coçou a coxa através de um rasgo na calça jeans e pensou que deveria ter vestido calças de lã por baixo. Quando chegou ao trabalho às 7h30, fora até a sala de Hagen e perguntara quem de fato estava liderando a investigação. Hagen olhara para ele e dissera que ele e o chefe da Polícia Criminal haviam decidido que era Harry. Por enquanto. Harry não pediu mais explicações sobre o "por enquanto", mas acenou com a cabeça antes de sair.

Desde as 10h, 12 investigadores da Homicídios — além de Beate Lønn e Gunnar Hagen, que só queriam "acompanhar" — estavam reunidos.

E o resumo que Thea Nilsen havia feito na noite anterior continuou valendo.

Primeiro, não tinham testemunhas. Ninguém que estivera na Egertorget havia visto algo relevante. Os vídeos das câmeras de segurança da área ainda estavam sendo examinados, mas por enquanto não revelavam nada. Nenhum dos empregados com quem conversaram nas lojas e nos restaurantes na avenida Karl Johan haviam notado algo de especial, e nenhuma outra testemunha tinha se apresentado. Beate, que recebera fotos do público tiradas pelo jornal *Dagbladet* na noite anterior, vira apenas close-ups de jovens sorridentes ou planos gerais tão granulados que não era possível distinguir traços faciais. Ela ampliou os recortes das fotos que mostravam o público em frente de Robert Karlsen, mas não conseguiu ver armas ou outro objeto que pudessem identificar a pessoa que estavam procurando.

Segundo, não tinham provas técnicas além da constatação do perito balístico de que o projétil que penetrara a cabeça de Robert Karlsen de fato pertencia ao cartucho que encontraram.

E terceiro, não sabiam o motivo.

Beate Lønn terminou e Harry deu a palavra a Magnus Skarre.

— Essa manhã conversei com a chefe da loja Fretex em Kirkeveien, onde Robert Karlsen trabalhava — disse Skarre, cujo sobrenome, com o típico senso de humor malicioso do destino, significava justamente "carregar nos erres", como ele de fato fazia. — Ela estava muito abalada e disse que todo mundo gostava de Robert, que ele era charmoso e bem-humorado. Talvez fosse um pouco imprevisível, ela disse. Não comparecia ao trabalho de vez em quando, coisas assim. Mas ela não conseguia imaginar que ele pudesse ter inimigos.

— Tive a mesma resposta das pessoas com quem conversei — disse Halvorsen.

Durante a exposição, Gunnar Hagen havia ficado com as mãos atrás da cabeça, olhando Harry com um leve sorriso esperançoso, como fosse um espectador de um show de mágica e estivesse esperando ver Harry tirar um coelho da cartola. Mas não havia nenhum coelho. Além dos suspeitos de sempre. As teorias.

— Ideias? — perguntou Harry em voz alta. — Vamos lá, agora é o momento em que vocês têm permissão para dizer absurdos. Quando a reunião terminar, essa permissão acaba.

— Morto por um tiro com todo mundo assistindo, numa das áreas mais movimentadas de Oslo — disse Skarre. — Só tem um ramo de negócio que faz esse tipo de coisa. É uma execução profissional para assustar e amedrontar outras pessoas que não pagam suas dívidas de drogas.

— Bem — disse Harry. — Nenhum dos detetives da Divisão de Drogas viu ou ouviu falar de Robert Karlsen. Ele tem ficha limpa, não há nada nos registros. Alguém aqui já ouviu falar de viciados que nunca foram presos por nada?

— Os legistas também não encontraram traços de substâncias ilegais nos exames de sangue — disse Beate. — Nem mencionaram algo sobre picadas de agulha ou outros indícios.

Hagen pigarreou, e os outros se viraram para ele.

— É claro que um soldado do Exército de Salvação não é envolvido nesse tipo de coisa. Prossigam.

Harry viu que Magnus Skarre ficara com manchas vermelhas na testa. Skarre era um baixinho robusto, ex-ginasta, com cabelo castanho liso partido para o lado. Era um dos mais novos investigadores, um carreirista arrogante e ambicioso que em muitas maneiras lembrava Tom Waaler, mas sem a inteligência especial e talento para o trabalho policial. Durante o último ano, contudo, Skarre havia baixado a bola um pouco, e Harry pensou que afinal não era completamente impossível que ele pudesse se tornar um policial razoável.

— Por outro lado, Robert Karlsen tinha certa inclinação para experimentar coisas — disse Harry. — E sabemos que nas lojas Fretex havia viciados trabalhando, cumprindo pena em liberdade. Curiosidade e acessibilidade são uma péssima combinação.

— Exato — disse Skarre. — E quando perguntei à mulher na Fretex se Robert era solteiro, ela disse que achava que sim. Uma mulher estrangeira havia passado lá algumas vezes perguntando por ele, mas ela parecia jovem demais. Ela achou que a garota era de algum lugar da antiga Iugoslávia. Aposto que era albanesa de Kosovo.

— Por quê? — perguntou Hagen.

— Albanês de Kosovo. Drogas.

— Alto lá. — Hagen riu e balançou a cadeira. — Isso soa preconceituoso demais, meu jovem.

— Correto — disse Harry. — E nossos preconceitos resolvem casos. Porque não estão baseados em falta de conhecimento, mas em fatos reais e experiência. Por isso, nesta sala nos reservamos o direito de discriminar todos, independentemente de raça, religião ou sexo. Nossa única defesa é que não são exclusivamente os mais fracos que são discriminados.

Halvorsen deu um largo sorriso. Já ouvira aquela norma antes.

— Homossexuais, ativistas religiosos e mulheres são estatisticamente mais obedientes à lei do que homens heterossexuais entre 18 e 60 anos. Mas se você for mulher, homossexual e albanesa de Kosovo com convicções religiosas, as chances de que você seja traficante de drogas são maiores do que se for um gordo chauvinista norueguês com tatuagem na testa. Então, se tivermos que escolher, e nós temos, iremos interrogar primeiro a albanesa de Kosovo. Injusto para as albanesas de Kosovo que seguem as leis? Sim. Mas como trabalhamos com probabilidades e recursos limitados, não podemos nos dar ao luxo de ignorar conhecimento onde podemos encontrá-lo. Se nossa experiência nos ensinasse que uma parte absurda daqueles que pegamos na alfândega no aeroporto de Gardermoen usasse cadeira de rodas e contrabandeasse drogas nos orifícios corporais, teríamos arrancado todos de suas cadeiras, enfiado luvas e vasculhado a dedo cada um deles. Só não comentamos o assunto quando falamos com a imprensa.

— Filosofia interessante, Hole. — Hagen olhou em volta para observar a reação dos outros, mas os rostos fechados não revelaram nada. — Mas, vamos voltar ao caso.

— Certo — disse Harry. — Continuaremos nesse mesmo ponto, procurando a arma do crime, mas aumentando a área de busca para um raio de seis quarteirões. Vamos prosseguir no interrogatório das testemunhas e visitar as lojas da área que estavam fechadas ontem à noite. Não vamos desperdiçar nosso tempo olhando mais vídeos de câmeras de segurança antes de termos algo concreto para procurar. Li e Li, vocês já têm o endereço e o mandado de busca do apartamento de Robert Karlsen. Rua Gørbitz, sim?

Li e Li confirmaram.

— Vasculhem o escritório dele também, pode ser que encontrem algo interessante. Tragam a correspondência e eventuais discos rígidos dos dois lugares para cá para verificarmos com quem ele esteve em contato. Acabei de falar com Kripos, que vai entrar em contato com a Interpol para saber se há casos na Europa parecidos com esse. Halvorsen, você vai me acompanhar até a sede do Exército de Salvação depois. Beate, quero falar com você depois da reunião. Vamos agir!

Som de cadeiras arranhando e pés se arrastando.

— Um momento, meus senhores!

Silêncio. Todos olharam para Gunnar Hagen.

— Vejo que alguns de vocês vêm trabalhar com jeans rasgados e roupas fazendo propaganda para o que eu imagino ser o Vålerengen Futebol

Clube. É possível que o chefe anterior aprovasse isso, mas eu não. A imprensa vai nos seguir com olhos de Argos. A partir de amanhã, quero ver roupas inteiras, sem rasgos, sem fazer propaganda do que quer que seja. Temos um público e queremos aparecer como servidores sérios e neutros. Quero também que todos que ocupam cargos de inspetor-chefe para cima fiquem.

Quando os outros saíram, restaram Harry e Beate.

— Vou elaborar um comunicado com a ordem de que todos os inspetores-chefes da divisão andem armados a partir da segunda-feira que vem — disse Hagen.

Harry e Beate olharam incrédulos para ele.

— A guerra está endurecendo lá fora — disse Hagen e levantou o queixo. — Temos que nos acostumar com a ideia da necessidade de armas em serviços futuros. E para isso os chefes têm que dar o exemplo. As armas não podem se tornar um elemento estranho, mas uma ferramenta natural na mesma linha de um celular e um computador. Correto?

— Bem — disse Harry. — Eu não tenho licença de porte de arma.

— Suponho que seja uma piada — disse Hagen.

— Perdi a prova de tiro no outono passado e tive que entregar minha arma.

— Então vou emitir uma licença. Tenho autoridade para isso. Vai receber uma requisição para ir buscar a arma. Ninguém será excluído. Ao trabalho.

Hagen saiu.

— Ele está maluco — disse Harry. — Que diabos vamos fazer com as armas?

— Hora de remendar as calças e comprar cinto de munição, não é? — disse Beate com um sorriso.

— Hum. Eu queria dar uma olhada na foto da Egertorget que o *Dagbladet* publicou.

— À vontade. — Ela lhe estendeu uma pasta amarela. — Posso fazer uma pergunta, Harry?

— Claro.

— Por que fez aquilo?

— O quê?

— Por que defendeu Magnus Skarre? Você sabe que ele é racista, e aquele discurso sobre discriminação não tem nada a ver com o que você pensa. É só para irritar o novo POB? Garantir sua impopularidade desde o primeiro dia?

Harry abriu o envelope.

— Devolvo as fotos depois.

Ele estava ao lado da janela do hotel Radisson SAS na praça Holberg, observando a cidade branca e congelada amanhecer. Os prédios eram baixos e modestos, e era estranho pensar que aquela era a capital do país mais rico do mundo. O Castelo Real era uma construção amarela, anônima, um compromisso entre uma democracia pietista e um reino sem dinheiro. Através dos galhos das árvores desfolhadas ele vislumbrou um balcão grande. Devia ser dali que o rei se dirigia aos súditos. Levantou um rifle imaginário ao ombro, fechou um olho e mirou. O balcão ficou borrado e se duplicou.

Ele tinha sonhado com Giorgi.

A primeira vez que encontrou Giorgi, ele estava de cócoras ao lado de um cachorro choramingando. Era Tinto, mas quem era aquele rapaz com olhos azuis e cabelo loiro encaracolado? Juntos conseguiram colocar Tinto em uma caixa de madeira e carregá-lo para o veterinário da cidade, que morava numa casinha de tijolos com um jardim coberto de capim perto do rio. O veterinário constatou que Tinto tinha dor de dente, e ele não era dentista. Além do mais, quem pagaria por um vira-lata velho sem dono que logo perderia o resto dos dentes? Seria melhor pô-lo para dormir logo, para evitar as dores e uma morte lenta devido à fome. Mas Giorgi havia começado a chorar. Um choro agudo, dilacerante, quase melódico. E quando o veterinário perguntou por que chorava, Giorgi disse que o cachorro talvez fosse Jesus, porque seu pai havia lhe dito que Ele estava entre nós, no ser mais humilde, quem sabe, talvez em um coitado de um cão miserável a quem ninguém dava comida nem abrigo. O veterinário então balançou a cabeça e ligou para o dentista. Quando voltaram da escola, ele e Giorgi encontraram Tinto abanando o rabo, e o veterinário mostrou-lhes as belas obturações pretas na boca dele.

Apesar de Giorgi estar uma série na frente dele, eles haviam brincado juntos várias vezes depois do incidente. Mas apenas por algumas semanas, até as férias. E quando a escola recomeçou no outono, era como se Giorgi o tivesse esquecido. Fingia que não o via, como se não quisesse ter mais nada a ver com ele.

Ele esquecera Tinto, mas nunca Giorgi. Vários anos mais tarde, durante o cerco, ele havia encontrado um cachorro faminto nas ruínas da zona sul da cidade. O cão aproximou-se dele cabisbaixo e lambeu-lhe o rosto. Não tinha mais coleira, e foi só ao ver as obturações pretas que ele percebeu se tratar de Tinto.

Olhou o relógio. O ônibus que ia levá-los ao aeroporto partiria em dez minutos. Ele pegou a mala, olhou o quarto pela última vez para se certificar de que não havia esquecido nada. Ouviu o farfalhar de um papel quando abriu a porta com um empurrão. Havia um jornal no chão. Ele olhou pelo corredor e viu que o mesmo jornal estava em frente de vários quartos. A foto do local do crime destacava-se na primeira página. Ele se inclinou e pegou o jornal grosso que tinha um nome ilegível em letras góticas.

Tentou ler enquanto esperava pelo elevador, mas mesmo que algumas palavras lembrassem um pouco o alemão, não entendeu praticamente nada. Abriu o jornal. No mesmo instante, as portas do elevador se abriram e ele decidiu jogar o jornal grande e de difícil manuseio na lata de lixo entre os dois elevadores. Mas o elevador estava vazio, por isso mudou de ideia e levou o jornal consigo, apertou o botão zero e se concentrou nas fotos. O texto sob uma das fotos chamou sua atenção. Primeiro não acreditou no que estava lendo. Mas quando o elevador se pôs em movimento, ele entendeu com uma clareza tão horrível que por um momento pensou que ia desmaiar e precisou se apoiar na parede. O jornal quase escorregou de suas mãos, e ele não notou as portas do elevador se abrirem.

Quando levantou o olhar, não viu nada além da escuridão e entendeu que estava no porão, não na recepção. Naquele país, por um estranho motivo, a recepção ficava no que se considerava o primeiro andar.

Saiu do elevador e deixou as portas se fecharem atrás de si. E no escuro mesmo se sentou para tentar organizar os pensamentos. Porque aquilo frustrava todos os seus planos. Faltavam oito minutos para o ônibus do aeroporto partir. Era o tempo que tinha para tomar uma decisão.

— Estou tentando olhar algumas fotos aqui — disse Harry resignado.

Halvorsen ergueu a vista de sua mesa, localizada em frente à mesa de Harry.

— Pois não.

— Pode então parar com esses estalos? O que está fazendo?

— Isso aqui? — Halvorsen olhou para seus dedos, fez outro estalo e riu levemente encabulado. — Um hábito antigo, apenas.

— É?

— Meu pai era fã de Lev Yashin, aquele goleiro russo dos anos 1960.

Harry esperou a continuação.

— É que meu pai queria que eu fosse goleiro no time de Steinkjer. Por isso, quando eu era pequeno, ele estalava os dedos entre os meus olhos. Assim. Para que eu me acostumasse e não tivesse medo dos chutes a gol. Parece que o pai de Yashin havia feito a mesma coisa. Se eu não piscasse, ganhava um cubo de açúcar.

Suas palavras foram seguidas por momentos de total silêncio no escritório.

— Está brincando — disse Harry.

— Não. Um daqueles marrons, gostoso.

— Pensei nos estalos. É verdade?

— Claro. Ele estalava os dedos para mim o tempo todo. Durante o jantar, quando assistíamos à televisão, mesmo quando meus amigos estavam lá. Por fim, comecei a estalar os dedos para mim mesmo. Escrevia Yashin em todas as minhas mochilas de escola e gravei o nome em minha mesa. Até agora uso o nome Yashin como senha em programas de computador. Mesmo sabendo que fui manipulado. Entende?

— Não. Os estalos ajudaram?

— Sim, não tenho medo de tiros.

— Então, você...

— Não. Com o tempo ficou claro que eu não tinha talento para a bola.

Harry apertou o lábio superior com dois dedos.

— Descobriu alguma coisa nas fotos? — perguntou Halvorsen.

— Não enquanto você fica aí estalando os dedos. E falando.

Halvorsen balançou a cabeça devagar.

— Não deveríamos estar a caminho da sede do Exército de Salvação?

— Assim que eu terminar. Halvorsen?

— O que é?

— Por que você tem que respirar de um jeito tão... *esquisito*?

Halvorsen fechou a boca com força e segurou a respiração. O olhar de Harry se ergueu rapidamente e depois voltou para a foto. Halvorsen achou ter visto um esboço de sorriso, mas não tinha certeza. O sorriso foi substituído por uma ruga profunda na testa do inspetor-chefe.

— Venha dar uma olhada nisso aqui, Halvorsen.

Halvorsen deu a volta na mesa. Havia duas fotos na frente de Harry, ambas do público na Egertorget.

— Está vendo o cara com gorro e lenço aí ao lado? — Harry apontou para um rosto granulado. — Está bem em frente de Robert Karlsen, ao lado da banda, certo?

— Sim...

— Mas olhe a outra foto. Ali. É o mesmo gorro e lenço, mas agora está no meio, em frente da banda.

— E isso é tão estranho? Ele deve ter ido para o meio para ver e ouvir melhor.

— E se ele fez isso na ordem contrária?

Halvorsen não respondeu, e Harry continuou:

— Não se troca o melhor lugar para ficar com a cabeça dentro do alto-falante sem poder ver a banda. A não ser que tenha um bom motivo.

— Como o de matar alguém.

— Pare com a brincadeira.

— Certo, mas você não sabe qual foto foi tirada primeiro. Aposto que ele se moveu para o meio.

— Quanto?

— Duzentas pratas.

— Feito. Olhe a luz por baixo da lâmpada nas duas fotos. — Harry estendeu uma lente de aumento a Halvorsen. — Está vendo alguma diferença?

Halvorsen assentiu lentamente com a cabeça.

— Neve — disse Harry. — Naquela foto onde ele está de lado, começou a nevar. Começou a nevar ontem à noite, e não parou até de madrugada. Então aquela foto foi tirada por último. Vamos ligar para Wedlog, do *Dagbladet*. Se usou uma máquina digital com relógio interno, ele talvez possa nos dizer o momento exato em que a foto foi tirada.

Hans Wedlog, do *Dagbladet*, era daqueles que ainda se agarravam às câmeras *reflex* de lente única e rolos de filmes. Por isso decepcionou o inspetor-chefe Hole quanto ao horário exato de cada foto.

— Certo — disse Hole. — Foi você que tirou as fotos durante o show anteontem?

— Fui. Eu e Rødberg cobrimos música de rua.

— Se usou filmes, deve então ter fotos do público daquela noite em algum lugar.

— Tenho. Se tivesse usado uma máquina digital, já teria apagado.

— Foi o que pensei. E pensei também em pedir um favor.

— Sim?

— Poderia dar uma olhada nas fotos e ver se encontra um cara com gorro e capa de chuva preta? E um lenço. Estamos com uma foto sua desse homem. Halvorsen pode escaneá-la e mandá-la para você.

Harry percebeu a hesitação de Wedlog.

— Posso mandar as fotos sem problema, mas checá-las parece trabalho policial, e como estou na imprensa não gostaria de misturar as coisas.

— Entenda bem, não temos tempo. Quer uma foto do suspeito neste caso ou não?

— Isso quer dizer que você vai nos deixar usar a foto?

— Correto.

A voz de Wedlog se animou.

— Estou no laboratório agora, vou ver já. Costumo tirar muitas fotos do público, temos boas chances. Cinco minutos.

Halvorsen escaneou e mandou a foto e Harry ficou esperando, batucando na mesa.

— O que lhe dá a certeza de que ele estava lá na noite anterior? — perguntou Halvorsen.

— Não tenho certeza de nada — respondeu Harry. — Mas se Beate estiver certa e ele for um profissional, deve ter feito um reconhecimento da área, de preferência numa circunstância próxima da hora planejada do assassinato. E havia show na rua no dia anterior.

Passaram-se cinco minutos. Só depois de 11 minutos o telefone tocou.

— Wedlog. Lamento. Nenhum gorro e nenhuma capa de chuva preta. Nem lenço.

— Merda — disse Harry em voz alta e clara.

— Lamento. Posso mandar as fotos para você ver. Virei um dos holofotes para o público daquela noite, para ver melhor os rostos.

Harry hesitou. Era importante priorizar o uso correto do tempo, especialmente durante as primeiras 24 horas críticas.

— Pode enviar, vamos olhá-las mais tarde — disse Harry, e estava prestes a dar seu e-mail para Wedlog quando teve uma ideia melhor. — Aliás, envie as fotos para Lønn, da perícia técnica. Ela tem uma coisa em relação a rostos, talvez consiga detectar alguma coisa. — Passou o e-mail a Wedlog. — E nada de me citar no jornal de amanhã, certo?

— Claro, será "fonte anônima da polícia". Foi um prazer negociar com o senhor.

Harry desligou e olhou para Halvorsen, que estava com os olhos arregalados.

— Certo, Júnior, vamos para a sede do Exército de Salvação.

Halvorsen olhou para Harry. O inspetor-chefe não conseguia esconder sua impaciência e ficou estudando o quadro com avisos sobre padres itinerantes, ensaios musicais e listas de turnos. Finalmente a recepcionista uniformizada e grisalha terminou de atender os telefonemas e se dirigiu a eles com um largo sorriso.

Harry relatou o motivo da visita de forma sucinta. Ela fez um gesto compreensivo, como se estivesse esperando por eles, e explicou-lhes o caminho.

Esperaram o elevador em silêncio, mas Halvorsen podia ver as gotas de suor na testa do inspetor-chefe. Ele sabia que Harry não gostava de elevadores. Dirigiram-se ao quinto andar e Halvorsen precisou correr atrás de Harry por um corredor amarelo que conduzia a uma porta de escritório aberta. Harry parou tão de repente que Halvorsen quase o atropelou.

— Olá — disse Harry.

— Olá — respondeu uma voz de mulher. — Você de novo?

Harry preencheu todo o vão da porta, impedindo Halvorsen de ver a pessoa que estava falando, mas ele notou a alteração na voz do inspetor-chefe.

— Parece que sim. O comandante?

— Está esperando por vocês. Podem entrar.

Halvorsen seguiu Harry através da minúscula antessala e acenou rápido para a jovem atrás da mesa. As paredes da sala do comandante estavam enfeitadas com escudos de madeira, máscaras e flechas. Nas prateleiras lotadas havia figuras africanas de madeira e fotos do que Halvorsen supôs ser a família do comandante.

— Obrigado por nos receber tão em cima da hora, Eckhoff — disse Harry. — Este é o policial Halvorsen.

— É trágico — disse Eckhoff, que havia se levantado de sua mesa. Indicou duas cadeiras com a mão. — A imprensa esteve aqui o dia todo. Conte-me o que vocês descobriram até agora.

Harry e Halvorsen se entreolharam.

— Não gostaríamos de dizer nada ainda, Eckhoff.

As sobrancelhas do comandante penderam de forma ameaçadora sobre seus olhos, e Halvorsen soltou um suspiro mudo, preparando-se para mais uma das brigas de galo de Harry. Mas então as sobrancelhas se levantaram de novo.

— Perdoe-me, Hole. Ossos do ofício. Como chefe da corporação, esqueço às vezes que nem todo mundo trabalha aqui. De que forma posso ser útil?

— Para ser direto, gostaria de saber se tem ideia do que motivou o ocorrido.

— Bem. É claro que já pensei na questão. E é difícil ver algum motivo. Robert era um encrenqueiro, mas um bom rapaz. Bem diferente do irmão.

— Jon não é um bom rapaz?

— Ele não é encrenqueiro.

— Em que tipo de encrenca Robert estava envolvido?

— Envolvido? Está insinuando algo de que desconheço? Só quis dizer que Robert não tinha rumo na vida, diferente do irmão. Também conheci bem o pai deles. Josef era um de nossos melhores oficiais. Mas ele perdeu a fé.

— Você disse que era uma longa história. Teria uma versão resumida?

— Boa pergunta. — O comandante soltou um suspiro pesado e olhou pela janela. — Josef estava trabalhando na China durante uma enchente. Lá, poucas pessoas haviam ouvido falar de Deus e elas morriam como moscas. De acordo com a interpretação que Josef fazia da Bíblia, quem não aceitasse Jesus não seria salvo e queimaria no inferno. Eles estavam na região de Hunan, distribuindo medicamentos. Por causa da enchente havia muitas víboras de Russel, e muitas pessoas foram picadas. Mesmo que Josef e o pessoal tivessem levado soro suficiente, eles normalmente chegavam tarde demais, porque essa víbora tem o veneno hemotoxina, que dissolve as paredes dos vasos sanguíneos e faz com que suas vítimas sangrem pelos olhos, orelhas e todos as outras aberturas do corpo, matando em questão de uma hora ou duas. Eu mesmo fui testemunha desse veneno quando trabalhei como missionário na Tanzânia, e vi muitas pessoas picadas por cobras. Uma visão terrível.

Eckhoff fechou os olhos por um instante.

— Numa das aldeias, Josef deu penicilina para seu enfermeiro ministrar em um par de gêmeos que havia contraído pneumonia. Enquanto trabalhava nisso, o pai das crianças entrou, tendo acabado de ser picado por uma víbora de Russel no campo de arroz. Restava a Josef Karlsen apenas uma dose de soro, que ele pediu para o enfermeiro colocar numa seringa e dar ao homem. Nesse meio-tempo, Josef foi ao banheiro, porque ele, como todos os outros, estava com diarreia e cólica. E enquanto estava ali de cócoras na água da enchente, foi mordido nos testículos e caiu para trás na água, gritando tão alto que todos entenderam o que havia acontecido. Quando entrou na casa, a enfermeira disse que o pagão chinês havia se recusado a tomar a injeção porque preferia que Josef recebesse o soro. Porque, se Josef sobrevivesse, ele poderia salvar outras crianças e ele era apenas um agricultor que nem terra tinha mais.

Eckhoff respirou fundo.

— Josef me contou que ele teve tanto medo que nem cogitou recusar a oferta, e deixou a enfermeira aplicar a injeção imediatamente. E depois começou a chorar enquanto o lavrador chinês tentou confortá-lo. Quando Josef finalmente se recompôs, pediu para a enfermeira perguntar ao pagão chinês se ele já tinha ouvido falar de Jesus. Mas ela nem teve tempo, porque as calças do lavrador ficaram vermelhas de repente. Ele morreu em questão de segundos.

Eckhoff olhou para eles, esperando que assimilassem a história. Uma pausa digna de um pregador experiente, pensou Harry.

— Então agora esse homem está queimando no inferno?

— De acordo com a interpretação de Josef Karlsen da Bíblia, sim. Mas Josef renunciou à religião.

— Então é essa a razão de ele ter perdido a fé e deixado o país?

— Foi o que ele me disse.

Harry assentiu e continuou, enquanto olhava o bloco de anotações que tirou do bolso:

— E agora Josef Karlsen também vai queimar no inferno porque não conseguiu aceitar esse... hum, paradoxo da fé. Entendi direito?

— Está tocando numa questão teologicamente problemática, Hole. Você é religioso?

— Não, sou investigador. Acredito em provas.

— E isso quer dizer...?

Harry olhou para seu relógio e hesitou antes de responder, rápido e sem emoção:

— Tenho problemas com uma religião que diz que a fé em si vale um ingresso para o céu. Isso quer dizer que o ideal é sua capacidade de manipular seu próprio juízo a aceitar algo que sua razão rejeita. É o mesmo modelo de submissão intelectual usado por todas as ditaduras ao longo da história, a ideia de uma razão mais elevada que não será sujeita à exigência da prova.

— Uma objeção refletida, inspetor-chefe. E obviamente você não é o primeiro a apresentá-la. Mesmo assim há outras pessoas mais inteligentes que eu e você e que têm fé. Isso não é um paradoxo?

— Não — respondeu Harry. — Encontro muitas pessoas que são bem mais inteligentes que eu. Algumas delas tiram vidas humanas por motivos que nem elas nem eu entendemos. Você acredita que o assassinato de Robert foi direcionado contra o Exército de Salvação?

Automaticamente, o comandante se endireitou na cadeira.

— Se você pensa em grupos de interesse político, eu duvido. A conduta do Exército de Salvação sempre foi se manter politicamente neutro. E nesse ponto temos sido bem coerentes. Mesmo durante a Segunda Guerra Mundial não condenamos oficialmente a ocupação alemã, mas tentamos ao máximo continuar nosso trabalho de sempre.

— Parabéns — disse Halvorsen, seco, e recebeu um olhar de advertência de Harry.

— O único convite que aceitamos foi em 1888 — disse Eckhoff, plácido. — Quando o Exército Sueco resolveu ocupar a Noruega, ganhamos o primeiro posto de distribuição de sopa em um dos bairros proletários mais pobres de Oslo, exatamente onde fica a sede da Polícia agora, rapazes.

— Mas creio que ninguém tem ressentimentos quanto a isso — disse Harry. — Para mim parece que o Exército de Salvação está mais popular do que nunca.

— Sim e não — respondeu Eckhoff. — É claro que percebemos que temos a confiança da população. Mas o recrutamento podia ser melhor. Nesse outono só tivemos 11 cadetes na escola de oficiais de Asker, onde o internato tem lugar para hospedar sessenta. E como sempre foi nossa linha manter a interpretação conservadora da Bíblia em questões como a homossexualidade, não somos igualmente populares em todos os campos. Mas vamos chegar lá também, só um pouco mais lentamente do que as sociedades cristãs mais liberais. Mas sabe de uma coisa? Acho que em nossa época tão instável não faz mal que algumas coisas se transformem mais devagar. — Ele sorriu para Halvorsen e Harry como se eles houvessem concordado. — De qualquer maneira, as forças mais jovens estão assumindo. Com uma visão mais renovada dessas questões, imagino. No momento, estamos contratando um novo chefe administrativo e temos candidatos muito jovens. — Ele pôs a mão na barriga.

— Robert era um deles?

O comandante fez que não com a cabeça, sorrindo.

— Posso afirmar que não. Mas seu irmão Jon é. A pessoa escolhida vai administrar valores consideráveis, além de nossas propriedades, e Robert não era do tipo a quem se dava esse tipo de responsabilidade. Ele nem tinha cursado a escola de oficiais.

— Essas propriedades são aquelas na rua Gøteborg?

— Temos várias. Na rua Gøteborg moram os empregados do Exército, enquanto em outros lugares, como na rua Jacob Aall, hospedamos refugiados de Eritreia, Somália e Croácia.

— Hum. — Harry olhou o bloco de anotações, bateu a caneta no braço da cadeira e se levantou. — Acho que por ora já tomamos bastante do seu tempo, Eckhoff.

— Ah, não foi tanto assim. E esse é um caso que nos atinge.

O comandante os acompanhou até a porta.

— Posso fazer uma pergunta pessoal, Hole? — indagou. — Onde foi que vi você antes? Nunca esqueço um rosto, entende.

— Talvez na TV ou nos jornais — respondeu Harry. — Houve certo rebuliço em torno da minha pessoa em relação a um assassinato na Austrália.

— Não, esses rostos eu esqueço, devo tê-lo visto ao vivo, entende?

— Pode ir pegar o carro — disse Harry a Halvorsen. Depois de ele sair, Harry se virou para o comandante. — Eu não sei. Mas vocês me ajudaram uma vez — disse. — Recolheram-me da rua um dia no inverno quando eu estava tão bêbado que não podia cuidar de mim mesmo. O soldado que me encontrou queria primeiro ligar para a polícia, pois achava que eles podiam cuidar melhor de mim. Mas expliquei que trabalhava na polícia e que aquilo me botaria no olho da rua. Então me levou ao ambulatório, onde me deram uma injeção e dormi. Gostaria de mostrar minha gratidão a vocês.

David Eckhoff assentiu.

— Pensei que fosse algo assim, mas não queria dizer. E a respeito de gratidão, por enquanto vamos deixar assim mesmo. E dizer que seremos nós a querer mostrar gratidão a você se encontrar quem matou Robert. Deus abençoe você e seu trabalho, Hole.

Harry assentiu e saiu para a antessala, onde ficou um momento olhando a porta fechada da sala de Eckhoff.

— Vocês são bastante parecidos — disse ele.

— É? — retrucou a voz feminina. — Ele foi rígido?

— Quis dizer na foto lá dentro.

— Nove anos — disse Martine Eckhoff. — Bom trabalho em ter me reconhecido.

Harry balançou a cabeça.

— Eu ia entrar em contato antes. Gostaria de falar com você.

— É?

Harry percebeu como aquilo soava e emendou depressa:

— Sobre o caso Per Holmen.

— Falar o que sobre isso? — Ela deu de ombros com um gesto indiferente, mas a temperatura da voz caíra. — Você faz o seu trabalho. E eu faço o meu.

— Talvez. Mas eu... sim, eu queria explicar que não foi bem como pareceu.

— E como pareceu?

— Eu lhe disse que me importava com Per Holmen. E acabei destruindo o que restava da família dele. É assim que meu trabalho é, às vezes.

Ela ia responder, mas o telefone tocou. Tirou-o do gancho e ficou ouvindo.

— Igreja de Vestre Aker — respondeu. — Segunda-feira dia vinte, ao meio-dia. Sim.

Ela desligou.

— Todos vão ao enterro — disse ela, folheando alguns papéis. — Os políticos, o clero e as celebridades. Todos querem um pedaço de nós na hora do pranto. Ontem ligou o agente de uma de nossas novas cantoras dizendo que ela poderia cantar no enterro.

— Bem — disse Harry, pensando em algo para dizer. — É...

Mas o telefone tocou de novo, e ele não precisou pensar demais. Achou que estava na hora de se retirar, acenou e foi até porta.

— Convoquei Ole para a Egertorget na quinta. — Ouviu a jovem dizer atrás de si. — Sim, para Robert. Então queria saber se você pode me acompanhar no ônibus da sopa comigo hoje à noite.

No elevador, vociferou e passou as mãos sobre o rosto. Depois soltou um riso resignado. Do jeito que se ri de palhaços ruins.

O escritório de Robert parecia ainda menor. E igualmente caótico. A bandeira do Exército estava no lugar de honra ao lado dos cristais de gelo na janela, e o canivete, cravado na mesa ao lado de uma pilha de papéis e envelopes ainda não abertos. Jon estava ao lado da mesa e passou o olhar pelas paredes. Deteve-se numa foto dele com Robert. De quando seria? Fora tirada em Østgård, claro, mas em que verão? Robert parecia estar fazendo um esforço para ficar sério, sem conseguir conter um sorriso. Um sorriso que parecia forçado.

Tinha lido os jornais. Parecia irreal, mesmo que ele conhecesse todos os detalhes, como se aquilo tivesse acontecido com outra pessoa e não Robert.

A porta se abriu. Do lado de fora havia uma mulher alta e loira usando jaqueta de piloto verde-oliva. Ela tinha uma boca fina e pálida, olhos duros e neutros e rosto inexpressivo. Atrás dela havia um homem baixinho e ruivo, com rosto roliço de menino e o tipo de sorriso que parecia para sempre gravado em alguns rostos.

— Quem é você? — perguntou a mulher.

— Jon Karlsen. — E emendou quando viu os olhos da mulher endurecerem ainda mais: — Sou o irmão de Robert.

— Lamento — disse a mulher, sem emoção na voz. Ela entrou na sala e estendeu a mão. — Toril Li. Policial da Homicídios. — Sua mão era ossuda, mas quente. — Este é o policial Ola Li.

O homem acenou com a cabeça e Jon retribuiu.

— Sentimos muito pelo que aconteceu — disse a mulher. — Mas como é um homicídio, temos, infelizmente, que interditar esta sala.

Jon fez um gesto de concordância com a cabeça, seu olhar voltando-se para a foto.

— Isso quer dizer que temos que pedir a você que...

— Ah, claro — disse Jon. — Desculpe, estou um pouco distraído.

— É compreensível — respondeu Toril Li com um sorriso. Não um sorriso largo e caloroso, mas curto, amigável, apropriado para a situação. Jon pensou que eles deviam ter experiência com essas situações, esses policiais que trabalhavam com assassinatos e coisas assim. Como os padres. Como papai.

— Você mexeu em alguma coisa? — perguntou ela.

— Mexer? Não, por que mexeria? Só fiquei sentado na cadeira.

Jon se levantou e, sem saber por quê, arrancou o canivete da mesa, dobrou-o e enfiou-o no bolso.

— Fiquem à vontade — disse e saiu da sala.

A porta se fechou silenciosamente atrás dele. Já estava perto da escada quando percebeu que dar sumiço no canivete era uma atitude estúpida, e voltou para devolvê-lo. Em frente à porta fechada, parou e ouviu a voz sorridente da mulher do lado de dentro:

— Nossa, levei um susto! Ele é a cara do irmão, pensei que estivesse vendo um fantasma.

— Eles não são nada parecidos — disse o homem.

— Você só viu uma foto...

Um pensamento terrível ocorreu a Jon.

O voo SK-655 para Zagreb decolou do aeroporto de Oslo às 10h40 em ponto e fez uma curva à esquerda sobre o lago de Hurdalen antes de entrar na rota em direção ao sul para a torre de controle aéreo de Ålborg. Fazia um frio intenso, fora do normal, e a camada de ar chamada de tropopausa havia baixado tanto que o avião MD-81 já a havia ultrapassado ao sobrevoar o centro de Oslo. Como é justo na tropopausa que os aviões deixam faixas de condensação na atmosfera, ele teria visto — se tivesse olhado para o céu do local onde tremia de frio, em frente aos telefones públicos em Jernbanetorget — o avião para o qual estava com uma passagem comprada no bolso do seu casaco de pele de camelo.

Ele havia guardado sua bagagem num depósito de volumes na Estação Central de Oslo. Agora precisava de um quarto de hotel. E terminar seu serviço. Isso significava que ele precisava de uma arma. Mas como conseguir uma arma numa cidade onde ele não tinha um único contato?

Ouviu a telefonista, que, no inglês cantado típico dos escandinavos, explicou que havia 17 registros em Oslo de pessoas com o nome de Jon Karlsen e que ela infelizmente não podia informar o endereço de todos. Porém, sim, podia dar-lhe o telefone do Exército de Salvação.

A atendente na sede do Exército respondeu que lá havia um Jon Karlsen, mas que estava de folga naquele dia. Ele explicou que queria mandar-lhe um presente de Natal e perguntou se ela teria o endereço da casa dele.

— Vamos ver, rua Gøteborg 4, CEP 0566. Que bom que alguém pensa nele nesse momento, coitado.

— Coitado?

— É, seu irmão foi assassinado ontem.

— Irmão?

— Sim, na Egertorget. Está no jornal de hoje.

Ele agradeceu pela ajuda e desligou.

Alguém deu um tapa em seu ombro e ele deu meia-volta.

Foi pelo copo de papel que ele entendeu o que o jovem queria. Sua jaqueta jeans estava um pouco suja, mas o rapaz estava recém-barbeado, tinha um corte de cabelo moderno, roupas em bom estado e um olhar claro e atento. O jovem disse algo, mas quando deu de ombros para mostrar que não falava norueguês, ele passou a falar num inglês perfeito:

— *I'm Kristoffer. I need money for a room tonight. Or else I'll freeze to death.*

Parecia algo que ele havia aprendido num curso de marketing, uma mensagem curta e concisa com seu próprio nome, o que dava uma proximidade emocional eficaz. O pedido foi seguido por um largo sorriso.

Ele fez que não com a cabeça e queria ir embora, mas o pedinte se pôs à sua frente com o copo de papel.

— *Mister?* Já teve que dormir ao relento sentindo tanto frio que chorou a noite inteira?

— *Yes, in fact I have.*

Por um momento insano teve vontade de contar que já estivera numa trincheira inundada durante quatro noites esperando um tanque sérvio.

— Então sabe do que estou falando, *mister*.

Ele fez um demorado sim com a cabeça. Enfiou a mão no bolso, tirou uma nota e deu a Kristoffer sem olhá-la.

— Você vai dormir na rua do mesmo jeito, não é?

Kristoffer guardou a nota no bolso antes de dar um sorriso de desculpa.

— É preciso dar prioridade ao meu remédio, *mister*.

— Onde costuma dormir, então?

— Lá embaixo. — O viciado apontou e ele seguiu o dedo indicador longo e fino com uma unha bem-cuidada. — No terminal de contêineres. No verão vão começar a construir uma casa de espetáculos lá. — Kristoffer deu outro amplo sorriso. — E eu amo ópera.

— Não é um pouco frio lá agora?

— Hoje à noite pode ser que eu durma no Exército de Salvação. Eles sempre têm uma cama vaga no albergue.

— É?

Olhou para o jovem. Ele parecia bem-cuidado, e os dentes reluziam quando sorria. Mesmo assim cheirava a putrefação. E, pensou ele, se prestasse atenção, poderia ouvir o som triturador de mil maxilares, de carne sendo devorada lá dentro.

11

Quarta-feira, 17 de dezembro. O croata.

Halvorsen estava no volante, esperando pacientemente um carro com placa de Bergen que estava na sua frente. O motorista pisava fundo no acelerador e as rodas rodopiavam no gelo. Harry falava com Beate no celular.

— O que quer dizer? — perguntou Harry em voz alta para abafar o barulho do motor.

— Que não parece ser a mesma pessoa que está nas duas fotos — repetiu Beate.

— Elas têm o mesmo gorro, a mesma capa de chuva e o mesmo lenço. Tem que ser a mesma pessoa, não é?

Ela não respondeu.

— Beate?

— Os rostos têm pouca nitidez. Há alguma coisa estranha, não sei o que é. Talvez tenha algo a ver com a luz.

— Hum. Você acha que estamos na pista errada?

— Não sei. Sua posição bem na frente de Karlsen se encaixa com as provas técnicas. O que é esse barulho todo?

— Bambi no gelo. A gente se fala.

— Espere!

Harry esperou.

— Tem mais uma coisa — disse Beate. — Dei uma olhada nas outras fotos do dia anterior.

— E?

— Não encontrei nenhum rosto que esteja nas fotos da noite do crime. Mas tem um pequeno detalhe. Havia um homem com um casaco meio bege, pode ser de pele de camelo. Ele está usando um cachecol...

— Um lenço, quer dizer?

— Não, parece um cachecol de lã comum. Mas amarrado da mesma maneira que aquele, ou aqueles, amarraram o lenço. O lado direito desponta do nó. Já viu?

— Não.

— Nunca vi ninguém amarrar um cachecol dessa maneira — disse Beate.

— Mande as fotos por e-mail para eu dar uma olhada.

A primeira coisa que Harry fez ao chegar ao escritório foi imprimir as fotos de Beate.

Quando foi buscar as fotos na sala da impressora, Gunnar Hagen estava lá.

Harry o cumprimentou com a cabeça e os dois ficaram em silêncio olhando a máquina cinza expelir folha após folha.

— Algo novo? — perguntou por fim Hagen.

— Sim e não — respondeu Harry.

— A imprensa está em cima de mim. Seria bom ter algo para dar a eles.

— Ah, sim, quase esqueci, chefe. Vazei para eles que estamos atrás desse cara. — Harry pegou uma folha da pilha que estava sendo impressa e apontou para o homem com o lenço.

— Você fez o quê? — perguntou Hagen.

— Dei uma dica à imprensa. Ao *Dagbladet*, para ser exato.

— Sem me consultar?

— É rotina, chefe. Chamamos isso de vazamento construtivo. Dizemos que as informações vêm de fonte policial anônima, para que o jornal possa insinuar que há um trabalho jornalístico por trás. Eles gostam disso, e dá maior espaço à matéria do que se pedíssemos para publicar fotos. Agora teremos ajuda do público para identificar o homem. E todos ficam contentes.

— Menos eu, Hole.

— Sinto realmente por isso, chefe — disse Harry e realçou a veracidade com uma expressão preocupada.

Hagen olhou fixo para ele enquanto os maxilares superior e inferior se moviam para lados opostos, fazendo Harry pensar num ruminante.

— E o que há com este homem? — perguntou Hagen e arrancou a folha da mão de Harry.

— Ainda não sabemos direito. Talvez sejam vários. Beate Lønn acha que... bem, que amarraram o lenço de um jeito bem especial.

— É um nó de gravata. — Hagen olhou a foto outra vez. — O que tem o nó?

— O que disse que era, chefe?

— Um nó de gravata.

— Quer dizer que é simplesmente um nó de gravata?

— Um nó croata.

— O quê?

— Isso não é conhecimento básico de história?

— Ficaria grato se pudesse esclarecer, chefe.

Hagen pôs as mãos nas costas.

— O que sabe sobre a Guerra dos Trinta Anos?

— Provavelmente não o suficiente.

— Durante a Guerra dos Trinta Anos, quando Gustavo Adolfo, o rei sueco, entrou na Alemanha marchando, ele suplementou seu exército disciplinado, porém pequeno, com os que eram considerados os melhores soldados da Europa. Eles eram melhores simplesmente por serem destemidos. Ele contratou soldados croatas. Você sabia que a palavra norueguesa *krabat*, que significa garoto, vem do sueco, mas seu significado original era *croata*, em outras palavras, destemido?

Harry fez que não com a cabeça.

— Mesmo que os croatas estivessem lutando num país estranho e tivessem que vestir o uniforme do rei Gustavo Adolfo, eles tinham permissão para manter algo que os distinguisse dos outros: o lenço de cavalaria. Era um lenço que os croatas amarravam de forma especial. A peça foi adotada e desenvolvida pelos franceses, mas eles mantiveram o nome croata e se tornou então *cravate*.

— *Cravate*. Gravata.

— Exatamente.

— Obrigado, chefe. — Harry pegou a última folha com fotos da prateleira da impressora e olhou a imagem do homem com o lenço que Beate havia marcado com um círculo. — Pode ser que você tenha acabado de nos dar uma pista.

— Não temos que agradecer um ao outro por fazermos nosso trabalho, Hole. — Hagen pegou o restante das folhas e saiu marchando.

Halvorsen levantou a cabeça quando Harry irrompeu na sala.

— Achei o fio da meada — disse Harry.

Halvorsen suspirou. Aquela expressão normalmente queria dizer um monte de trabalho e nenhum resultado.

— Vou ligar para Alex na Europol — continuou Harry.

Halvorsen sabia que a Europol era a irmãzinha da Interpol em Haia, estabelecida pelos países da União Europeia em 1998 depois dos atos terroristas em Madri. Terrorismo internacional e crime organizado eram suas especialidades. O que ele não entendia era por que Alex se dispunha a ajudar o inspetor-chefe, já que a Noruega não fazia parte da União Europeia.

— *Alex? Harry in Oslo. Could you check something out for me, please?*

Halvorsen ouviu Harry pedir, em seu inglês entrecortado mas eficaz, que Alex checasse sua base de dados sobre assassinatos na Europa supostamente cometidos por criminosos internacionais durante os últimos dez anos. Palavras-chave: "assassinato encomendado" e "croata".

— *I'll wait* — disse Harry e esperou. E então, surpreso: — *That many?* — Ele coçou o queixo, pediu para Alex adicionar "pistola" e "nove milímetros" à busca.

— Vinte e três resultados, Alex? Vinte e três assassinatos com um possível croata como autor? *Nossa!* Claro, sei que as guerras criam assassinos profissionais, mas mesmo assim. Tente "Escandinávia". Nada? Certo, tem algum nome, Alex? Nenhum? *Hang on a sec.*

Harry olhou para Halvorsen como se esperasse que ele dissesse algo revelador, mas Halvorsen apenas deu de ombros.

— Certo, Alex — disse Harry. — A última tentativa.

Ele pediu para o agente da Europol adicionar "lenço" ou "cachecol vermelho".

Halvorsen podia ouvir a risada de Alex.

— Obrigado. A gente se fala.

Harry desligou.

— Então? — perguntou Halvorsen. — Perdeu o fio da meada?

Harry fez que sim com a cabeça. Ele estava afundado em sua cadeira, mas de repente se endireitou.

— Precisamos elaborar outra linha de pensamento. O que temos? Nada? Ótimo, adoro folhas em branco.

Halvorsen lembrou que Harry certa vez dissera que o que separa um bom investigador de um mediano é sua capacidade de esquecer. Um bom investigador se esquece de todas as vezes que sua intuição falhou, esquece todas as pistas que levou a sério, mas que o conduziram ao caminho errado. E recomeça, ingênuo e esquecido, com o mesmo entusiasmo de sempre.

O telefone tocou. Harry arrancou o fone.

— Harr... — Mas a voz do outro lado já estava falando.

Harry se levantou e Halvorsen viu os nós dos dedos que seguravam o fone ficarem brancos.

— *Wait, Alex.* Vou pedir para Halvorsen anotar.

Harry cobriu o fone com a mão e gritou para Halvorsen:

— Ele fez uma última tentativa só de brincadeira. Cortou "croata" e "nove milímetros" e outras palavras-chave e buscou apenas "lenço vermelho". Teve quatro respostas. Quatro assassinatos executados de forma profissional com pistola em que há testemunhas mencionando um possível autor com lenço vermelho. Anote: Zagreb em 2000 e 2001. Munique em 2002 e Paris em 2003.

Harry baixou a voz e falou ao telefone:

— *This is our man, Alex.* Não, eu não tenho certeza, mas minha intuição tem. E minha cabeça diz que dois assassinatos na Croácia não são coincidência. Tem uma descrição mais detalhada para Halvorsen anotar?

Halvorsen viu Harry ficar boquiaberto.

— Como assim *no description*? Se eles lembraram do cachecol, devem ter notado mais alguma coisa. O quê? Altura mediana? Só isso?

Harry balançava a cabeça enquanto ouvia.

— O que ele está dizendo? — sussurrou Halvorsen.

— Que há muita discrepância entre os depoimentos — respondeu Harry também sussurrando.

Halvorsen anotou "discrepâncias".

— Sim, ótimo, me mande os detalhes por e-mail. Bem, por ora, obrigado, Alex. Se conseguir mais alguma coisa, um esconderijo suspeito ou outra informação, ligue, certo? O quê? Ha ha. Claro, em breve mando pra você uma gravação minha com minha mulher.

Harry desligou e notou o olhar indagador de Halvorsen.

— Uma velha piada — disse Harry. — Alex acredita que todos os casais escandinavos fazem filmes pornôs particulares.

Harry digitou outro número, viu que Halvorsen ainda estava olhando para ele e suspirou.

— Nunca fui casado, Halvorsen.

Magnus Skarre teve que gritar para abafar o barulho da cafeteira, que parecia sofrer de uma séria doença de pulmão:

— Talvez sejam assassinos diferentes que usam lenços vermelhos como uma espécie de uniforme de uma liga até agora desconhecida.

— Bobagem — disse Toril Li secamente, entrando na fila do café atrás de Skarre. Na mão, segurava uma caneca com a inscrição "A melhor mãe do mundo".

Ola Li soltou uma risada e se sentou à mesa da pequena cozinha que funcionava como cantina na Divisão de Combate à Violência.

— Bobagem? — disse Skarre. — Pode ser terrorismo, não é? Guerra Santa contra os cristãos? Muçulmanos. Então o inferno estaria à solta. Ou talvez sejam os *dagos*, eles usam lenços vermelhos.

— Eles preferem ser chamados de espanhóis — disse Toril Li.

— Bascos — completou Halvorsen, que estava à mesa bem em frente a Ola Li.

— Hein?

— Corrida de touros. San Fermin, Pamplona. País Basco.

— ETA! — gritou Skarre. — Merda, por que não pensamos neles?

— Você devia escrever para o cinema — disse Toril Li. Ola Li riu alto, mas não disse nada, como sempre.

— E vocês dois deviam cuidar de ladrões de banco tomando Rohypnol — murmurou Skarre, insinuando que Toril Li e Ola Li, que nem eram casados ou da mesma família, tivessem vindo da Divisão de Roubos e Furtos.

— Só um detalhe — interrompeu Halvorsen. — Os terroristas costumam assumir a culpa. Os quatro casos que a Europol nos mandou eram de assassinatos sem desdobramentos. E em geral as vítimas estiveram envolvidas em alguma coisa. Ambas as vítimas de Zagreb eram homens sérvios absolvidos da acusação de crimes de guerra, e a de Munique havia ameaçado a hegemonia de um rei local envolvido em tráfico de pessoas. O de Paris tinha duas condenações por pedofilia.

Harry Hole entrou com uma caneca na mão. Skarre, Li e Li se serviram de café e, em vez de se sentarem, saíram. Halvorsen sabia que Harry podia ter esse efeito nos colegas. O inspetor-chefe se sentou, e Halvorsen notou a ruga profunda em sua testa.

— Já se passaram quase 24 horas — disse Halvorsen.

— Pois é — disse Harry e olhou para sua caneca vazia.

— Algum problema?

Harry hesitou.

— Não sei. Liguei para Bjarne Møller em Bergen. Para ele me passar algumas sugestões construtivas.

— E o que ele disse?

— Na verdade, nada. Ele parecia... — Harry procurou pela palavra.

— Sozinho.

— Ele não está com a família?

— Era para eles irem depois.

— Problemas?

— Não sei. Não sei de nada.

— O que está perturbando você, então?

— Ele estava bêbado.

Halvorsen bateu a caneca e derramou o café.

— Møller? Bêbado no trabalho? Só pode estar brincando.

Harry não respondeu.

— Talvez ele só estivesse passando mal ou algo assim — emendou Halvorsen depressa.

— Eu sei reconhecer um homem bêbado. Vou ter que ir a Bergen.

— Agora? Você está à frente de uma investigação de assassinato, Harry.

— Vou e volto no mesmo dia. Enquanto você segura as pontas.

Halvorsen sorriu.

— Está ficando velho, Harry?

— Velho? Como assim?

— Velho e humano. É a primeira vez que vejo você dar prioridade aos vivos em vez de aos mortos. — Halvorsen se arrependeu no mesmo instante quando viu a expressão de Harry. — Eu não quis...

— Tudo bem — disse Harry, levantando-se. — Quero que consiga as listas de todos os passageiros de todos os voos que vieram da Croácia ou que partiram para lá nos últimos dias. Pergunte à Polícia do Aeroporto de Oslo se vai precisar de uma requisição legal. Se precisar de uma ordem judicial, passe no tribunal e faça com que emitam uma na hora. Quando tiver as listas, ligue para Alex na Europol e peça que ele cheque os nomes para nós. Diga que é para mim.

— E tem certeza de que ele vai ajudar?

Harry apenas fez que sim com a cabeça.

— Enquanto isso, eu e Beate vamos levar um papo com Jon Karlsen.

— É?

— Até agora, só ouvimos belas histórias sobre Robert Karlsen. Acho que tem mais coisa aí.

— E por que não me leva junto?

— Porque, ao contrário de você, Beate sabe quando as pessoas mentem.

* * *

Ele respirou fundo antes de subir os degraus para o restaurante Biscuit.

Ao contrário do dia anterior, quase não havia fregueses. Mas o mesmo garçom estava encostado no vão da porta que levava ao salão. Aquele com os cachos de Giorgi e os olhos azuis.

— *Hello there* — disse o garçom. — Não o reconheci.

Ele piscou duas vezes, surpreso pelo fato de que *fora* reconhecido.

— Mas reconheci o casaco — prosseguiu o garçom. — Muito bom gosto. É de camelo?

— Espero que sim — gaguejou com um sorriso.

O garçom riu e pôs a mão sobre seu braço. Ele não viu um pingo de medo nos olhos do funcionário do restaurante e concluiu que ele não suspeitava de nada. O que lhe deu a esperança de que a polícia ainda não havia passado por ali e encontrado a arma.

— Não vou comer — disse. — Só quero usar o toalete.

— O toalete? — perguntou o garçom, e ele notou os olhos azuis procurarem os seus. — Veio até aqui só para usar o toalete? Sério?

— Uma visita rápida — respondeu e engoliu em seco. A presença do garçom o incomodava.

— Uma visita rápida — repetiu o garçom. — *I see.*

O toalete masculino estava vazio e cheirava a sabonete. Mas não a liberdade.

O cheiro de sabonete ficou ainda mais forte quando ele tirou a tampa da saboneteira localizada em cima da pia. Ergueu a manga da jaqueta e enfiou a mão na pasta verde e fria. Por um momento, um pensamento passou por sua cabeça: a saboneteira poderia ter sido abastecida. Mas então a encontrou. Ele a tirou devagar e longos dedos verdes de sabonete caíram na porcelana branca da pia. Depois de uma limpeza e um pouco de óleo, a arma estaria como antes. E ainda tinha seis balas no cartucho. Passou a pistola rapidamente na água e ia enfiá-la no bolso da jaqueta quando a porta se abriu.

— *Hello again* — sussurrou o garçom com um largo sorriso. Ao ver a arma, o sorriso congelou.

Ele deixou a pistola cair no bolso, murmurou *goodbye* e passou pelo garçom no estreito vão da porta. Sentiu a respiração acelerada em seu rosto e a ereção do outro contra sua coxa.

Foi só quando voltou para o frio lá fora que teve consciência de seu próprio coração. Batia forte. Como tivesse sentido medo. O sangue fluía rápido em seu corpo, deixando-o quente e leve.

* * *

Jon Karlsen estava de saída quando Harry chegou à rua Gøteborg.

— Já é tão tarde? — perguntou Jon confuso, olhando para o relógio.

— Cheguei um pouco cedo — disse Harry. — Minha colega vai chegar daqui a pouco.

— Dá tempo de comprar leite? — Ele vestia uma jaqueta fina e seu cabelo estava recém-penteado.

— Fique à vontade.

A mercearia ficava na esquina do outro lado da rua, e enquanto Jon procurava o preço de um litro de leite desnatado, Harry olhou fascinado a farta seleção de enfeites natalinos entre o papel higiênico e as caixas de cereal. Não falaram sobre o estande de jornais em frente ao caixa com a enorme manchete do assassinato na Egertorget. A primeira página do *Dagbladet* trazia a foto granulada e sem foco do público com um círculo vermelho em volta da cabeça da pessoa de cachecol e a frase: A POLÍCIA ESTÁ À PROCURA DESSE HOMEM.

Eles saíram e Jon parou em frente a um pedinte ruivo com cavanhaque estilo anos 1970. Ele mexeu demoradamente no fundo do bolso até encontrar algo para colocar no copo de papel marrom.

— Não tenho muito para oferecer — disse Jon para Harry. — E o café já está na cafeteira há algum tempo. Deve estar com gosto de asfalto.

— Ótimo, é assim que eu gosto.

— Você também? — Jon Karlsen esboçou um sorriso. — Ai! — Jon colocou a mão na cabeça e se virou para o pedinte. — Está jogando dinheiro em mim? — perguntou, surpreso.

O pedinte bufou no bigode com raiva e gritou:

— Aqui só se aceita moeda corrente, obrigado!

O apartamento de Jon Karlsen era idêntico ao de Thea Nilsen. Estava limpo e arrumado, mas pela decoração, era inconfundivelmente um apartamento de solteiro. Harry fez três rápidas suposições: os móveis velhos mas bem-conservados vieram do mesmo lugar que os seus, da Elevator, a loja de móveis usados na rua Ullevål; Jon não tinha visitado a exposição de arte que o solitário pôster na parede de sala anunciava; e mais refeições eram consumidas sobre a mesa baixa em frente da TV do que na mesinha da cozinha. Na estante de livros vazia havia uma foto de um homem com uniforme do Exército de Salvação olhando para a frente com um olhar autoritário.

— Seu pai? — perguntou Harry.

— Sim — respondeu Jon, tirando duas canecas do armário da cozinha e servindo café de uma cafeteira encardida.

— Vocês se parecem.

— Obrigado — disse Jon. — Espero que seja verdade. — Ele levou as canecas e as colocou na mesa da sala, onde também pôs a recém-comprada caixa de leite, no meio de uma coleção de círculos no verniz que indicava onde ele costumava fazer suas refeições. Harry ia perguntar como os pais receberam a notícia da morte de Robert, mas mudou de ideia.

— Vamos começar com a hipótese — disse Harry — de que seu irmão foi morto por ter feito alguma coisa contra alguém. De que os enganou, pegou dinheiro emprestado deles, ofendeu-os, machucou-os, o que for. Todos dizem que seu irmão era um cara legal. E é o que sempre ouvimos em casos de assassinato, as pessoas gostam de destacar os lados positivos. Mas a maioria de nós tem seus aspectos sombrios. Ou não?

Jon fez um movimento com a cabeça, mas não ficou claro para Harry se ele estava de acordo ou não.

— O que precisamos é lançar uma luz sobre o lado sombrio de Robert.

Jon olhou para ele sem entender.

Harry pigarreou.

— Vamos começar com dinheiro. Robert tinha problemas com dinheiro?

Jon deu de ombros.

— Não. E sim. Ele não vivia esbanjando dinheiro, por isso não posso imaginar que ele tenha contraído altas dívidas, se é isso que você quer dizer. Em geral, pegava dinheiro emprestado só de mim. Se bem que não se pode chamar isso de empréstimo... — Jon sorriu triste.

— De que valores estamos falando?

— Pouco. Exceto neste outono.

— Quanto?

— Hum... 30 mil.

— Para quê?

Jon coçou a cabeça.

— Era um projeto, mas ele não queria contar o que era. Apenas dizia que ia precisar viajar para fora do país. Eu ia descobrir logo, ele dizia. Sim, achei que era bastante dinheiro, mas gasto pouco e não tenho carro. E pela primeira vez na vida ele parecia entusiasmado. Eu estava curioso para saber do que se tratava, mas então... bem, aconteceu isso.

Harry fez anotações.

— Hum. E o lado sombrio de Robert como pessoa?

Harry esperou. Olhou para a mesa e deixou Jon pensar enquanto o vácuo do silêncio surtia efeito, aquele vácuo que cedo ou tarde sempre trazia algo à tona; uma mentira, uma digressão desesperada ou, na melhor das hipóteses, a verdade.

— Quando Robert era jovem, ele era... — começou Jon, mas parou.

Harry não disse nada, nem se mexeu.

— Ele não tinha... inibições.

Harry fez um gesto de compreensão, sem erguer o olhar. Incentivou-o a continuar sem romper o vácuo.

— Eu costumava ter medo das coisas que ele inventava. Ele era impetuoso. Parecia existir duas pessoas dentro dele. Uma era de natureza investigativa, fria e controlada, curiosa com relação a... como vou explicar? Reações. Sentimentos. Sofrimento, também, talvez. Coisas assim.

— Pode exemplificar? — perguntou Harry.

Jon engoliu em seco.

— Uma vez, quando voltei para casa, ele disse que queria me mostrar uma coisa na lavanderia no porão. Ele havia posto nosso gato num pequeno aquário vazio, com uma tampa de madeira, sob a qual tinha enfiado a mangueira do jardim. Então abriu a torneira ao máximo. O aquário encheu tão rápido que eu mal tive tempo de tirar a tampa e salvar o gato. Robert disse que ele só queria ver como o gato ia reagir, mas às vezes penso que ele, na verdade, queria ver a minha reação.

— Hum. Se ele era assim, é estranho que ninguém tenha mencionado nada parecido.

— Poucas pessoas conheciam esse lado de Robert. Em parte, graças a mim. Desde que éramos pequenos, tive que prometer a meu pai que ia cuidar de Robert para ele não inventar loucuras demais. Fiz o melhor que pude. E, como disse, Robert tinha controle sobre seus atos. Ele podia ser caloroso e frio ao mesmo tempo, entende? Então, só as pessoas mais próximas ficaram conhecendo... o outro lado de Robert. Sim, e um sapo aqui e ali. — Jon sorriu. — Ele os lançava para o espaço com balões de hélio. Quando papai o flagrou fazendo isso, ele explicou que parecia tão triste ser sapo e nunca poder ver as coisas como os pássaros. E eu... — Jon olhou o vazio e Harry viu que ele estava com os olhos marejados. — Eu comecei a rir. Papai ficou furioso, mas não consegui me controlar. Só Robert podia me fazer rir daquele jeito.

— Hum. Quando cresceu, ele parou de fazer essas coisas?

Jon deu de ombros.

— Para dizer a verdade, não estou a par de tudo que Robert andou fazendo durante os últimos anos. Depois que mamãe e papai se mudaram para a Tailândia, Robert e eu quase perdemos o contato.

— Por quê?

— Isso é normal acontecer entre irmãos. Sem que haja algum motivo específico.

Harry não respondeu, apenas esperou. Uma porta bateu no corredor do prédio.

— Havia algumas histórias com garotas — disse Jon.

O som distante de sirenes de ambulância. Um elevador com zumbido metálico. Jon respirou fundo e soltou um suspiro.

— Jovens.

— Que idade?

— Não sei. Mas se Robert não mentia, deviam ser bem jovens.

— Por que mentiria?

— Como eu disse, acho que ele gostava de ver como eu reagia.

Harry se levantou e foi à janela. Um homem estava atravessando o parque Sofienberg seguindo um atalho que parecia um traço marrom irregular, desenhado por uma criança numa folha branca. No lado norte da igreja havia um pequeno cemitério da comunidade mosaica. O psicólogo Ståle Aune uma vez lhe contou que há cem anos todo o parque Sofienberg era um cemitério.

— Ele era violento com algumas dessas moças? — perguntou Harry.

— Não! — O grito de Jon ecoou pelas paredes nuas. Harry não disse nada. O homem tinha saído do parque e estava atravessando a rua Helgesen, vindo em direção ao prédio. — Pelo que eu saiba, não — continuou ele. — E se me contasse que tinha sido violento, eu não teria acreditado.

— Você conhece alguma dessas garotas com quem ele se encontrava?

— Não. Ele nunca ficava muito tempo com elas. Só tinha uma garota que sei que o interessava seriamente.

— Quem?

— Thea Nilsen. Ele era louco por ela desde que éramos jovens.

— Sua namorada?

Jon olhou pensativo para sua xícara de café.

— Você deve achar que eu conseguiria ficar longe da única garota que meu irmão queria, não é? Deus sabe que já me perguntei por que não.

— E...?

— Só sei que Thea é a pessoa mais fantástica que conheço.

O zumbido do elevador parou de repente.

— Seu irmão sabia sobre você e Thea?

— Ele descobriu que nós nos encontramos algumas vezes. Ele tinha suas suspeitas, mas Thea e eu fizemos tudo para manter segredo.

Alguém bateu à porta.

— É Beate, minha colega — disse Harry. — Deixe que eu abro.

Ele virou o bloco de anotações, deixou a caneta ao lado dele e deu poucos passos até a porta de entrada. Ele se atrapalhou um pouco até entender que a porta abria para dentro, e abriu. O rosto do lado de fora ficou tão surpreso quanto o dele, e por um instante ficaram ali se encarando. Harry sentiu um cheiro adocicado e perfumado, como se a outra pessoa houvesse acabado de usar um desodorante forte.

— Jon? — perguntou o homem, baixinho.

— Claro — disse Harry. — Desculpe, estávamos esperando outra pessoa. Um momento.

Harry voltou para o sofá.

— É para você.

No instante em que se deixou cair no móvel macio, ocorreu a Harry que algo havia acontecido nos últimos segundos. Ele checou para ver se a caneta estava ainda ao lado do bloco. Não fora tocada. Mas havia algo, o cérebro havia registrado algo que ele ainda não compreendia.

— Boa noite? — ouviu Jon dizer atrás de si. Educado, reservado.

Tom de voz indagador. Como se cumprimenta um desconhecido. Ou quando não se sabe o que o outro quer. A sensação voltou. Algo que acontecia, algo errado. Havia algo com aquela pessoa. Ele havia usado o nome de Jon ao perguntar por ele, mas Jon não parecia conhecê-lo.

— *What message?* — perguntou Jon.

No mesmo instante caiu a ficha. O pescoço. O homem tinha algo no pescoço. Um lenço. Nó de gravata. Harry bateu com os joelhos na mesa ao se levantar, e as xícaras de café tombaram quando ele gritou:

— Feche a porta!

Mas Jon permaneceu no vão da porta, como se estivesse hipnotizado. Com as costas curvadas, esforçando-se para ouvir.

Harry deu um passo para trás, pulou por cima do sofá e correu à porta.

— *Don't* — disse Jon.

Harry se lançou para a frente. Então, tudo pareceu congelar. Harry já tivera essa experiência antes, quando a adrenalina sobe e altera a noção do tempo. Era como se mover na água. E ele sabia que era tarde demais. Seu ombro direito bateu na porta, o esquerdo bateu no quadril de Jon e o tímpano recebeu as ondas de som de pólvora explodindo e de uma bala disparada de uma pistola.

Depois, o estrondo. A bala. O som da porta sendo fechada e trancada. Jon lançado primeiro contra o guarda-roupa, depois na quina da bancada da cozinha. Harry voltou-se e olhou para cima. O trinco da porta estava cedendo.

— Merda — sussurrou ele, ficando de joelhos.

A porta foi empurrada com força duas vezes.

Harry agarrou o cinto de Jon e puxou-o, inerte, pelo assoalho até o quarto.

Ouviu um som de raspagem do outro lado da porta. E outro estrondo. Farpas voaram do meio da porta, uma almofada sacudiu no sofá, plumas cinzentas subiram ao teto e a caixa de leite na mesa começou a gorgolejar. O jato de leite desenhou uma frouxa parábola branca ao escorrer para a mesa.

As pessoas subestimam o estrago que um projétil de nove milímetros pode causar, pensou Harry, e virou Jon de costas. Uma gota de sangue escorreu de um buraco na testa.

Outro estrondo. Vidro tinindo.

Harry pegou o celular no bolso e digitou o número de Beate.

— Já estou indo, não amole — disse Beate no primeiro toque. — Estou em fren...

— Preste atenção — interrompeu Harry. — Avise pelo rádio que queremos todos os carros da patrulha aqui, agora. Uma pessoa está do lado de fora do apartamento nos bombardeando com balas. E você fique longe. Entendido?

— Entendido. Fique na linha.

Harry colocou o celular à sua frente, no chão. Ouviu arranharem a parede. Será que ele podia ouvi-los? Harry ficou imóvel. O som chegou mais perto. Que tipo de parede é essa? Um projétil que era capaz de atravessar uma porta à prova de som não teria problemas com uma parede fina de gesso e fibra de vidro. Ainda mais perto. Parou. Harry prendeu a respiração. Foi então que ouviu. Jon estava respirando.

Do murmúrio urbano subiu um som que era como música nos ouvidos de Harry. Uma sirene da polícia. Duas sirenes.

Harry tentou ouvir mais uma vez. Nada. Fuja, ele rezou. Vá embora. E foi atendido. Passos correram pelo corredor e escada abaixo.

Harry encostou a cabeça no chão frio e olhou para o teto. Sentiu um golpe de ar por baixo da porta. Fechou os olhos. Dezenove anos. Meu Deus. Dezenove anos até poder se aposentar.

12

Quarta-feira, 17 de dezembro. Hospital e cinzas.

Pela vitrine, viu o reflexo de uma viatura policial que passava atrás dele. Continuou andando, controlando-se para não correr. Como fizera minutos antes, quando desceu rapidamente a escada do prédio de Jon Karlsen, chegou na calçada em frente, quase derrubou uma jovem com um celular na mão e atravessou o parque correndo para o oeste, em direção às ruas mais movimentadas, onde estava agora.

A viatura policial mantinha a mesma velocidade que ele. Viu uma porta, abriu-a e ficou com a sensação de ter entrado num filme. Um filme americano com Cadillacs, gravatas de cowboy e jovens Elvis. A música que saía dos alto-falantes parecia country, mas era tocada numa velocidade três vezes mais rápida que a normal, e o terno do garçom parecia ter saído da capa de um disco.

Ele olhava para o bar surpreendentemente cheio e minúsculo quando percebeu que o garçom estava falando com ele.

— *Sorry?*

— *A drink, Sir?*

— Por que não? O que você tem?

— Bem, um *Slow Comfortable Screw-up,* talvez. Ou, aliás, talvez você esteja precisando de um uísque das ilhas Orkney.

— Obrigado.

Uma sirene policial soou. O calor do bar fez o suor fluir livremente por seus poros. Arrancou o lenço e enfiou-o no bolso do casaco. A fumaça de cigarro camuflava o cheiro da pistola dentro do bolso.

Serviram o drinque e ele encontrou um lugar perto da parede e virado para a janela.

Quem seria a outra pessoa no apartamento? Um amigo de Jon Karlsen? Um parente? Ou apenas alguém com quem Jon Karlsen dividia o apartamento? Tomou um gole do uísque. Tinha gosto de hospital e cinzas. E por que ele se fazia aquelas perguntas tão estúpidas? Só um policial poderia ter reagido daquela forma. Só um policial poderia pedir reforços com tanta rapidez. E agora eles sabiam quem era seu alvo. Isso tornaria seu trabalho bem mais complicado. Precisava considerar uma retirada. Tomou outro gole.

O policial havia visto o casaco de pele de camelo.

Foi ao toalete, mudou a pistola, o lenço e o passaporte para os bolsos da jaqueta e enfiou o casaco na lata de lixo embaixo da pia. Na calçada do lado de fora, espiou a rua nos dois sentidos, esfregando as mãos e tremendo de frio.

O último serviço. O mais importante. Tudo dependia dele.

Calma, disse a si mesmo. Não sabem quem você é. Volte para o começo. Pense de maneira construtiva.

Contudo, ele não conseguia reprimir aquele pensamento que ruminava em sua cabeça:

Quem era o homem do apartamento?

— Não sabemos — disse Harry. — Só sabemos que pode ser o mesmo homem que matou Robert.

Ele recolheu as pernas para dar espaço para a enfermeira poder empurrar a cama vazia pelo longo corredor.

— P...*Pode* ser? — gaguejou Thea Nilsen. — Há mais de um? — Ela estava levemente inclinada para a frente, agarrando o assento de madeira da cadeira como se tivesse medo de cair.

Beate Lønn se inclinou e pôs uma mão tranquilizadora no joelho de Thea.

— Não sabemos. O mais importante é que ele escapou dessa. O médico diz que é apenas uma concussão.

— Que *eu* infligi — disse Harry. — Além da quina da bancada da cozinha ter feito um belo furo em sua testa. O tiro não o atingiu, encontramos a bala na parede. A outra bala parou dentro da caixa de leite. Imagine. *Dentro* da caixa de leite. E a terceira no armário da cozinha, entre uvas-passas e...

Beate lançou um olhar a Harry, e ele entendeu que naquele momento Thea não estava interessada em curiosidades balísticas.

— De qualquer maneira, Jon está bem, mas ele esteve inconsciente por um tempo, por isso os médicos querem que fique em observação por enquanto.

— Tudo bem. Posso vê-lo agora?

— Claro — disse Beate. — Gostaríamos apenas que olhasse essas fotos antes. E dissesse se já viu algum desses homens.

Ela retirou três fotos de uma pasta e estendeu-as a Thea. As fotos da Egertorget estavam tão ampliadas que os rostos pareciam um mosaico de pontos pretos e brancos.

Thea fez que não com a cabeça.

— É difícil. Nem consigo diferenciá-los.

— Nem eu — disse Harry. — Mas Beate é especialista em reconhecer rostos, e ela diz que estas aqui são duas pessoas diferentes.

— Eu *acho* que são — corrigiu Beate. — Além disso, fui quase atropelada pelo homem que saiu correndo do prédio na rua Gøteborg. E para mim não parecia ser nenhuma das pessoas nessas fotos.

Harry estranhou. Ele nunca tinha ouvido Beate ter dúvida sobre esse tipo de coisa antes.

— Meu Deus — sussurrou Thea. — Quantos serão?

— Calma — disse Harry. — Temos um guarda na porta do quarto de Jon.

— O quê? — Thea arregalou os olhos e Harry entendeu que ela nem tinha pensado que Jon poderia estar em perigo ali no hospital Ullevål. Até agora. Maravilha.

— Venha, vamos ver como ele está — disse Beate em tom amigável.

Sim, pensou Harry. E deixem o idiota ficar aqui refletindo sobre como lidar com pessoas.

Ele se virou quando ouviu passos correndo na outra ponta do corredor.

Era Halvorsen, que vinha correndo em zigue-zague entre pacientes, visitas e enfermeiras que faziam a ronda. Ofegante, parou na frente de Harry e estendeu-lhe uma folha com uma caligrafia preta pálida. O papel brilhante fez o inspetor-chefe entender que vinha do fax da Homicídios.

— Uma página de uma lista de passageiros. Tentei ligar para você...

— Os celulares têm que ficar desligados aqui — disse Harry. — Algo interessante?

— Então, consegui a lista dos passageiros, sem problema. E enviei para Alex, que atendeu de imediato. Dois dos passageiros têm pequenas coisas na ficha criminal, mas nada que dê motivo para suspeitar deles. Mas tem algo estranho...

— É?

— Um dos passageiros da lista chegou a Oslo faz dois dias e tinha passagem de volta em um voo que ia sair ontem, mas que foi adiado para hoje. Christo Stankic. Ele não apareceu. O que é estranho, porque ele tinha uma passagem promocional que não pode ser reaproveitada. Na lista de passageiros, é registrado como cidadão croata, por isso pedi para Alex conferir com o registro geral da Croácia. A Croácia não é membro da Europol, mas como querem entrar na União Europeia, estão cooperativos com relação a...

— Vamos ao que interessa, Halvorsen.

— Christo Stankic não existe.

— Interessante — Harry coçou o queixo. — Mesmo que Christo Stankic não tenha nada a ver com nosso caso.

— Claro.

Harry olhou para o nome na lista. Christo Stankic. Era apenas um nome. Mas um nome que necessariamente teria que constar no passaporte que a companhia aérea exigiria na hora do check-in, uma vez que o nome constava na lista de passageiros. O mesmo passaporte que os hotéis também exigiam de seus hóspedes.

— Quero que verifique as listas de hóspedes de todos os hotéis em Oslo — disse Harry. — Vamos ver se Christo Stankic esteve em algum deles nos últimos dias.

— Vou começar já.

Harry endireitou as costas e fez um sinal com a cabeça na esperança de que o gesto mostrasse o que ele queria dizer. Que estava satisfeito.

— Estou indo ver meu psicólogo, então — disse Harry.

O consultório de Ståle Aune ficava na parte da rua chamada *Sporveisgata*, a rua do Bonde, pela qual não passava qualquer linha de bonde. Porém, suas calçadas eram uma interessante vitrine de maneiras de caminhar: o andar autoconfiante e saltitante das donas de casa saradas que vinham da academia, o andar cuidadoso dos donos de cães-guia do prédio da Associação dos Cegos e o andar despreocupado da clientela abatida, mas intrépida, do abrigo dos viciados.

— Então esse Robert Karlsen gostava de garotas menores de idade — disse Aune, depois de pendurar sua jaqueta de tweed sobre o encosto da cadeira e descansar o queixo duplo na gravata-borboleta. — Isso pode ter muitas causas, claro, mas suponho que ele cresceu num meio pietista do Exército de Salvação?

— Correto — respondeu Harry, olhando para a estante de livros abarrotada e caótica de seu conselheiro particular e profissional. — Mas isso não passa de um mito, a ideia de que as pessoas se tornam perversas por crescerem num meio religioso fechado e rígido?

— Não — respondeu Aune. — É muito comum encontrar casos de abuso sexual no ambiente de seitas cristãs.

— Por quê?

Aune juntou as pontas dos dedos e estalou a língua, contente.

— Se alguém é punido ou humilhado durante a infância ou juventude, por exemplo pelos pais, por expor sua sexualidade natural, essa parte é reprimida em sua personalidade. O amadurecimento sexual natural é interrompido, e as preferências sexuais ficam à deriva, por assim dizer. Quando adultas, muitas dessas pessoas procuram então voltar ao estágio de quando ainda era permitido agir de forma natural, encontrando uma maneira de viver sua sexualidade.

— Como andar de fraldas.

— É. Ou brincar com excrementos. Lembro-me de um caso da Califórnia sobre um senador que...

Harry pigarreou.

— Ou, quando adultos, procurando voltar ao chamado *core-event* — prosseguiu Aune. — Que muitas vezes corresponde à última vez que tiveram êxito em seu desempenho sexual, a última vez que o sexo funcionou com elas. Pode ter sido uma paixão adolescente ou alguma forma de contato sexual que passou sem que fosse descoberta ou punida.

— Ou uma violação sexual?

— Correto. Uma situação em que estiveram no controle e por isso se sentiram fortes, o oposto da humilhação. Então passam o resto da vida procurando recriar essa situação.

— Não deve ser tão fácil se tornar um molestador sexual.

— Não é mesmo. Muitos apanham até ficarem com marcas por terem sido descobertos com uma revista pornô na adolescência e desenvolvem uma sexualidade saudável e totalmente normal. Mas se quiser aumentar a chance de uma pessoa se tornar um molestador, deve dar-lhe um pai violento, uma mãe invasora ou sexualmente inoportuna e um meio repleto de proibições e da promessa de queimar no inferno pelos desejos carnais.

O celular de Harry tocou uma vez. Ele tirou do bolso e leu a mensagem de Halvorsen. Um Christo Stankic tinha se hospedado no hotel Scandia perto da Estação Central de Oslo na noite anterior ao assassinato.

— Como está indo no AA? — perguntou Aune. — Está ajudando a se manter em abstinência?

— Bem — disse Harry e se levantou. — Sim e não.

* * *

Um grito sobressaltou-o.

Ele se virou e olhou para um par de olhos arregalados e o buraco preto de uma boca escancarada a poucos centímetros do seu rosto. A criança apertou o nariz contra a parede de vidro no parquinho do Burger King antes de se jogar na piscina de bolas de plástico vermelhas, amarelas e azuis com um gritinho alegre.

Ele limpou os restos de ketchup da boca, esvaziou a bandeja na lata de lixo e saiu para a avenida Karl Johan. Tentou se aconchegar dentro do paletó fino, mas o frio estava impiedoso. Resolveu comprar um novo casaco assim que conseguisse um quarto barato no hotel Scandia.

Seis minutos mais tarde atravessou a porta do lobby do hotel e entrou na fila, atrás de um casal que parecia estar fazendo o check-in. A recepcionista lançou-lhe um olhar sem sinal de reconhecimento e voltou a se inclinar sobre os papéis preenchidos pelos novos hóspedes, falando com eles em norueguês. A mulher se virou para ele. Uma loira jovem. Ela sorriu. Bonita, constatou. Mesmo que de maneira comum. Ele mal conseguiu retribuir o sorriso, porque já tinha visto a mulher antes. Há poucas horas. Em frente ao prédio da rua Gøteborg.

Sem sair do lugar, baixou a cabeça e enfiou as mãos nos bolsos do paletó. A mão em volta da pistola era tranquilizadora. Ele ergueu a vista com cuidado e encontrou o espelho atrás da recepcionista. Mas a imagem ficou embaçada, duplicada. Ele fechou os olhos, respirou fundo e abriu-os de novo. Lentamente, o homem alto entrou em foco. Cabelo curto, pele pálida e nariz vermelho, traços duros e marcantes contrariados pela boca sensual. Era ele. O homem no apartamento. O policial. Ele lançou um rápido olhar pelo saguão. Não havia mais ninguém. E, como para afastar a última sombra de dúvida, ouviu duas palavras familiares entre todas as outras norueguesas. Christo Stankic. Obrigou-se a ficar calmo. Ele não fazia ideia de como haviam conseguido aquele nome, mas ele estava começando a se dar conta das consequências.

A loira recebeu uma chave da recepcionista, pegou algo parecido com uma caixa de ferramentas e foi até o elevador. O grandalhão disse algo à recepcionista e ela anotou. Então, o policial se virou e seus olhares se cruzaram brevemente antes de ele se dirigir à saída.

A recepcionista sorriu, disse algo amigável e ensaiado em norueguês e olhou para ele, solícita. Ele perguntou se ela tinha um quarto para não fumantes no andar mais alto.

— Deixe-me ver, *Sir*. Ela digitou algo no computador.

— *Excuse me*. Aquele homem com quem acabou de conversar, não era o policial que estava no jornal de hoje?

— Não sei. — Ela sorriu.

— Sim, é conhecido, como é seu nome...?

Ela olhou o bloco de anotações.

— Harry Hole. Ele é conhecido?

— Harry Hole?

— Sim.

— Nome errado. Devo ter me enganado.

— Tenho um quarto vago. Se o senhor o quiser, deve preencher este cartão e mostrar seu passaporte. Qual seria a forma de pagamento?

— Qual é o preço?

Ela disse o preço.

— Sinto muito. — Ele sorriu. — Caro demais.

Ele saiu do hotel e entrou na estação de trem, encontrou o toalete e se trancou num cubículo. Sentou-se e tentou organizar os pensamentos. Eles já tinham seu nome. Ele precisava encontrar um lugar para dormir onde não exigissem passaporte. E Christo Stankic não podia mais fazer reservas em voos, navios, trens ou cruzar qualquer fronteira. O que faria agora? Precisava ligar para Zagreb e falar com ela.

Saiu para a praça em frente à estação. Um vento paralisante varreu a área ampla, e ele bateu os dentes enquanto observava os telefones públicos. Um homem estava encostado em um carro branco que vendia cachorro-quente no meio da praça. Ele usava um casaco acolchoado de pluma que o fazia ficar parecido com um astronauta. Seria apenas sua imaginação ou o homem estava vigiando os telefones públicos? Será que eles já tinham rastreado suas conversas e estavam esperando que ele voltasse? Impossível. Hesitou. Se tivessem grampeado os telefones públicos, ele poderia entregá-la. Tomou uma decisão. O telefonema podia esperar, ele precisava agora de um quarto com uma cama e calefação. No tipo de abrigo que ele estava procurando pediriam pagamento em espécie, e seu último dinheiro fora gasto no hambúrguer.

Dentro do amplo hall, entre lojas e plataformas de trem, encontrou um caixa eletrônico. Pegou o cartão Visa, leu as instruções em inglês que diziam para ele segurar a faixa magnética à direita, e quase introduziu o cartão na máquina. A mão parou. O cartão também fora emitido em nome de Christo Stankic. A operação seria registrada, e um alarme soaria em algum lugar. Hesitou. E devolveu o cartão à carteira. Atravessou o hall a passos lentos. As lojas estavam fechando. Ele nem tinha dinheiro para comprar uma jaqueta quente. Um vigia o seguiu com o olhar. Ele saiu de novo para a Jernbanetorget. Um vento norte varreu a praça. O vendedor de cachorros-quentes havia sumido. Mas havia outro homem perto da escultura de tigre.

— Preciso de algum dinheiro para encontrar um lugar onde possa passar a noite.

Não era preciso saber norueguês para entender o que o homem à sua frente estava pedindo. Porque era o mesmo jovem viciado a quem ele dera dinheiro há algumas horas. Dinheiro de que ele agora estava precisando. Balançou a cabeça e lançou um olhar para o grupo de viciados que tremia de frio e que continuava onde ele inicialmente pensara ser um ponto de ônibus. Chegou um ônibus branco.

O peito e os pulmões de Harry doíam. A boa dor. As coxas queimavam. A boa queimação.

Quando estava empacado em um caso, ele sempre descia à academia no porão da sede da Polícia para pedalar. Não por fazê-lo pensar melhor, mas para fazê-lo parar de pensar.

— Me disseram que você estava aqui. — Gunnar Hagen subiu na bicicleta ergométrica a seu lado. A camiseta amarela apertada e as calças justas destacavam mais do que cobriam os músculos do corpo magro, quase castigado, do chefe. — Que programa está seguindo?

— Número nove — respondeu Harry.

Hagen regulou a altura do assento enquanto pisava nos pedais. Fez rapidamente os ajustes necessários no computador da bicicleta.

— Parece que teve um dia um tanto dramático hoje.

Harry assentiu.

— Vou entender se quiser tirar uma licença médica — disse Hagen. — Afinal de contas, estamos em tempo de paz.

— Obrigado, mas estou me sentindo muito bem, chefe.

— Ótimo. Acabei de conversar com Torleif.

— O chefe da Polícia Criminal?

— Gostaríamos de saber em que pé está o caso. Houve ligações. O Exército de Salvação é popular, e pessoas influentes da cidade gostariam de saber se vamos conseguir solucionar o crime antes do Natal. A paz natalina e todas aquelas coisas.

— Os políticos lidaram bem com seis mortes por overdose no Natal passado.

— Perguntei como está o caso, Harry.

Harry sentiu o suor queimar seu peito.

— Nenhuma testemunha se apresentou, apesar das fotos no *Dagbladet* de hoje. E Beate Lønn diz que as imagens indicam que não estamos enfrentando apenas um, mas pelo menos dois assassinos. Sou da mesma opinião. O homem que foi até a casa de Jon Karlsen usava um casaco de pele de camelo e lenço, e as roupas conferem com a foto de um homem que estava na Egertorget na noite anterior ao crime.

— São apenas as roupas que conferem?

— Não deu tempo de estudar melhor o rosto. E Jon Karlsen não se lembra de muita coisa. Um dos moradores admitiu que deixou entrar no prédio um inglês que queria deixar um presente de Natal em frente à porta de Jon Karlsen.

— Está bem — disse Hagen. — Mas a teoria sobre vários assassinos fica entre nós. Continue.

— Não há muito mais o que dizer.

— Nada?

Harry olhou o velocímetro enquanto, com calma determinação, aumentava a velocidade para 35 quilômetros por hora.

— Temos um passaporte falso de um croata, um Christo Stankic que não estava no voo que devia ter pegado para Zagreb hoje. Descobrimos que se hospedou no hotel Scandia. Lønn checou o quarto dele para coletar DNA. Não há tantos hóspedes, por isso tivemos a esperança de que a recepcionista reconhecesse o homem nas fotos.

— E...?

— Infelizmente, nada.

— O que temos para afirmar que esse Stankic é o nosso homem, então?

— Na verdade, apenas o passaporte falso — disse Harry e lançou um olhar para o velocímetro de Hagen. Quarenta quilômetros por hora.

— E como quer encontrá-lo?

— Na era da informática, nomes deixam rastros, e já colocamos nossos contatos de sempre em alerta. Se alguém com o nome Christo Stankic fizer um check-in em algum hotel de Oslo, comprar uma passagem de avião ou usar seu cartão de crédito, saberemos de imediato. De acordo com a recepcionista, ele perguntou por um telefone público, e ela indicou os que ficam em frente à estação de trem. A Telenor nós enviará uma lista de chamadas feitas daqueles telefones nos dois últimos dias.

— Então tudo que você tem é um croata com passaporte falso que não pegou o avião — disse Hagen. — Está empacado, não está?

Harry não respondeu.

— Tente pensar de forma alternativa — disse Hagen.

— Certo, chefe — respondeu Harry secamente.

— Sempre há alternativas — disse Hagen. — Já lhe contei sobre a tropa japonesa quando estourou a cólera?

— Não acho que tive esse prazer, chefe.

— Eles estavam na selva ao norte de Rangoon e botavam pra fora tudo o que comiam ou bebiam. Estavam ficando desidratados, mas o chefe da tropa se recusou a simplesmente deitar e morrer, por isso ordenou que todos esvaziassem suas injeções de morfina e usassem a seringa para injetar água dos cantis em si mesmos.

Hagen aumentou a frequência e Harry tentou em vão detectar algum sinal de falta de ar.

— Funcionou. Mas depois de alguns dias, havia sobrado apenas um barril de água repleto de larvas de mosquitos. Então ocorreu ao subcomandante que podiam usar as seringas para extrair o suco das frutas que cresciam nos arredores e injetá-lo diretamente no sangue. Suco de fruta contém noventa por cento de água, e o que tinham a perder? Fantasia e coragem. Salvou a tropa, Hole. Imaginação e coragem.

— Imaginação e coragem — arfou Harry. — Obrigado, chefe.

Ele pedalou o mais rápido possível, e era capaz de ouvir sua própria respiração chiar, como fogo através de uma porta de forno aberta. O velocímetro mostrava 42. Olhou de soslaio para o da bicicleta de seu chefe. Quarenta e sete. E respiração calma.

Harry se lembrou de uma frase de um livro milenar que ganhara de um ladrão de banco, *A arte da guerra*: "Escolha suas batalhas". E ele sabia que devia renunciar àquela. Ele ia perder, independentemente do que fizesse.

Harry diminuiu a velocidade. O velocímetro mostrou 35. E para sua surpresa, não sentiu frustração, apenas resignação e cansaço. Talvez estivesse se tornando adulto, talvez já tivesse passado o tempo de ser o idiota que baixava os chifres e atacava qualquer um que abanasse um paninho vermelho. Olhou para o lado. As pernas de Hagen continuavam como pistões, e o rosto ganhara uma camada lisa de suor que brilhava à luz das lâmpadas brancas.

Harry enxugou o suor. Respirou fundo duas vezes. E retornou com toda força. A dor deliciosa voltou em instantes.

13

Quarta-feira, 17 de dezembro. O tique-taque.

À s vezes, Martine pensava que a praça chamada Plata era a escada que conduzia ao Inferno. Ainda assim, ficou apavorada com os rumores de que a Assembleia Municipal iria acabar com um lugar livre para a venda de drogas. O argumento oficial usado pelos opositores da Plata era que o local atraía os jovens para as drogas. Na opinião de Martine, se alguém achasse que a vida que se via na Plata podia ser atraente, ou estaria louco, ou nunca tinha posto os pés lá.

O motivo real era que a área delimitada por uma faixa branca no asfalto ao lado da Jernbanetorget, como uma fronteira, desonrava a imagem da cidade. E não seria também uma gritante confissão de falha da social-democracia mais bem-sucedida do mundo — pelo menos a mais rica — permitir que drogas e dinheiro trocassem de mãos abertamente, bem no meio do coração da capital?

Martine concordava com isso. Que houve falha. Que a batalha por uma sociedade sem drogas estava perdida. Por outro lado, se quisessem impedir que as drogas ganhassem mais terreno, era melhor o narcotráfico permanecer sob as lentes sempre vigilantes das câmeras de monitoramento do que embaixo das pontes ao longo do rio Aker, nos fundos escuros de prédios ao longo da Rådhusgata e no lado sul da Fortaleza de Akershus. E Martine sabia que a maioria dos envolvidos com a Narco-Oslo — a polícia, os assistentes sociais, os viciados, os padres de rua e as prostitutas — eram todos da mesma opinião: a Plata era melhor que as outras alternativas.

Mas não era um belo cenário.

— Langemann! — gritou ela para o homem que estava do lado de fora do ônibus. — Não vai querer sopa hoje?

Mas Langemann se afastou. Devia ter comprado sua dose e estava se afastando para injetá-la.

Martine estava concentrada em servir sopa a um rapaz do sul de jaqueta azul quando ouviu dentes batendo a seu lado e viu um homem de paletó fino esperando sua vez.

— Aqui está — disse ela, estendendo-lhe a sopa.

— Olá, querida — disse uma voz rascante.

— Wenche!

— Venha aqui aquecer uma coitada — riu a prostituta calorosamente e abraçou Martine. O odor da pele perfumada e do corpo que ondulava dentro de um conjunto justo com estampa de leopardo era avassalador. Mas havia também outro cheiro, um que ela reconheceu, um cheiro que sentira antes que o bombardeio das fragrâncias de Wenche abafasse tudo ao seu redor.

Elas se sentaram a uma mesa vazia.

Mesmo que algumas das prostitutas estrangeiras que haviam inundado a área nos últimos anos também usassem drogas, o consumo não era tão comum quanto entre as concorrentes norueguesas. Wenche era uma das poucas norueguesas que não se drogavam. Além disso, ela disse que tinha começado a trabalhar em casa com uma clientela fixa, por isso Martine a via cada vez menos.

— Estou aqui para procurar o filho de uma amiga — disse Wenche. — Kristoffer. Dizem que está se drogando.

— Kristoffer? Não conheço.

— Deixa pra lá. — Ela fez um gesto com a mão. — Esqueça, estou vendo que você tem outras coisas na cabeça.

— Tenho?

— Não minta. Eu sei quando uma mulher está apaixonada. É aquele ali?

Wenche indicou com a cabeça o homem de uniforme do Exército que, com a Bíblia na mão, se sentou ao lado do homem de paletó.

Martine bufou.

— Rikard? Não, obrigada.

— Tem certeza? Ele não tirou os olhos de você desde que cheguei.

— Rikard é legal. — Ela suspirou. — Pelo menos se ofereceu voluntariamente para pegar esse turno na última hora. A pessoa que devia estar aqui foi assassinada.

— Robert Karlsen?

— Você o conheceu?

Wenche assentiu com uma expressão triste antes de se animar de novo.

— Mas esqueça os mortos e conte pra mamãe aqui quem é sua paixão. Aliás, já estava na hora.

Martine sorriu.

— Nem sabia que eu estava apaixonada.

— Vamos.

— Não, é tolice, eu...

— Martine? — perguntou outra voz.

Ela ergueu a vista e encontrou os olhos suplicantes de Rikard.

— O homem sentado ali diz que não tem roupas, dinheiro ou lugar para ficar. Sabe se o albergue tem vaga?

— Ligue e pergunte — respondeu Martine. — Sei que eles têm pelo menos roupas de inverno.

— Está bem. — Rikard continuou ali em pé mesmo depois de Martine ter se voltado para Wenche. Ela não precisou olhar para ele para saber que havia suor acima de seu lábio superior.

Então ele murmurou "obrigado" e voltou para o homem de paletó.

— Então, conte — sussurrou Wenche animada.

Lá fora, o vento norte havia se munido de artilharia de baixo calibre.

Harry estava caminhando com a mochila sobre o ombro e precisou cerrar os olhos contra o vento que fazia flocos de neve fininhos, quase invisíveis, darem pequenas agulhadas em sua córnea. Quando passou pelo Blitz, o prédio ocupado por sem-tetos na rua Pilestredet, o telefone tocou. Era Halvorsen.

— Durante as últimas 48 horas houve duas ligações para Zagreb do telefone público da Jernbanetorget. O mesmo número. Disquei e atenderam numa recepção de hotel. Não podiam me dizer quem havia ligado de Oslo, ou com quem a pessoa queria falar. Tampouco tinham ouvido falar de Christo Stankic.

— Hum.

— Quer seguir a pista?

— Não — suspirou Harry. — Vamos deixá-la até que alguma eventualidade nos diga que esse Stankic é interessante. Apague as luzes antes de ir embora, nos falamos amanhã.

— Espere!

— Não vou a lugar algum.

— Tem mais. Os policiais de plantão acabaram de receber uma ligação de um garçom do restaurante Biscuit. Ele disse que foi ao toalete hoje de manhã e se deparou com um dos fregueses.

— O que ele fazia lá?

— Vou chegar a isso. Acontece que o freguês estava segurando algo...

— O garçom, quero dizer. Os empregados dos restaurantes sempre têm seus próprios toaletes.

— Não perguntei — disse Halvorsen impaciente. — Escute. Esse freguês tinha algo verde pingando na mão.

— Devia então procurar um médico.

— Engraçadinho. O garçom jurou que era uma pistola coberta de sabão. A saboneteira estava destampada.

— Biscuit — repetiu Harry, assimilando a informação. — Fica na Karl Johan.

— A 200 metros do local do crime. Aposto uma caixa de cerveja que é nossa pistola. Hum... desculpe, aposto...

— Já está me devendo 200 coroas. Conte o resto.

— Aqui vem a cereja do bolo. Pedi uma descrição. Ele não conseguiu dar nenhuma.

— Parece ser comum nesse caso.

— Só que ele reconheceu o cara por causa do casaco. Um casaco horroroso de pele de camelo.

— Isso! — exclamou Harry. — O cara com lenço na foto da Egertorget tirada na noite anterior ao assassinato de Robert.

— Aliás, o garçom aposta que é imitação de pele de camelo. E parecia ser entendido no assunto.

— Como assim?

— Você sabe. A maneira como eles falam.

— Quem são "eles"?

— Alô! Os gays. Bem, o homem se mandou com a pistola. É tudo que tenho por enquanto. Estou indo para o Biscuit mostrar as fotos para o garçom.

— Ótimo — disse Harry.

— O que está pensando?

— Pensando?

— Estou começando a sacar você, Harry.

— Hum. Estou querendo saber por que o garçom não ligou para a polícia de imediato pela manhã. Pergunte a ele, certo?

— Eu já tinha pensado em fazer isso, Harry.

— Claro que sim, desculpe.

Harry desligou, mas cinco minutos depois o telefone tocou de novo.

— Esqueceu alguma coisa? — perguntou Harry.

— Como?

— Ah, é você, Beate. Então?

— Boas notícias. Terminei no hotel Scandia.

— Encontrou algum DNA?

— Ainda não sei, só tenho alguns cabelinhos que também podem ser do pessoal da limpeza ou de um hóspede anterior. Mas recebi o resultado dos rapazes da balística há meia hora. A bala na caixa de leite no apartamento de Jon Karlsen é da mesma arma que a bala que encontramos na Egertorget.

— Hum. Quer dizer que a teoria de vários assassinos se enfraquece.

— Sim. E tem mais. A recepcionista no hotel Scandia se lembrou de algo depois que você foi embora. Que esse Christo Stankic tinha um casaco horroroso. Ela achou que era um tipo de imitação...

— Deixe-me adivinhar. De pele de camelo?

— Foi o que ela disse.

— É esse o caminho! — gritou Harry, tão alto que a parede grafitada no Blitz lançou ecos na rua deserta.

Harry desligou e ligou para Halvorsen.

— Sim, Harry?

— Christo Stankic é o nosso homem. Passe a descrição do casaco de pele de camelo ao plantão e ao centro operacional e peça para avisarem a todas as viaturas. E... — Harry sorriu para uma mulher idosa que cambaleava em sua direção com o ruído rascante dos ganchos de ferro presos às botas para andar no gelo — ...Quero monitoramento contínuo da rede de telefonia para sabermos caso alguém ligue de Oslo para o Hotel Internacional em Zagreb. E de que número a pessoa liga. Fale com Klaus Torkildsen, do centro de operações da Telenor, região de Oslo.

— Isso é grampear telefones. Precisamos de uma ordem judicial e isso pode levar dias.

— Não é grampear, só queremos o endereço de quem vai fazer a ligação.

— Receio que a Telenor não veja a diferença.

— Apenas diga a Torkildsen que você falou comigo. Certo?

— Posso perguntar por que ele estaria disposto a arriscar o emprego por sua causa?

— História antiga. Eu o salvei de ser espancado até virar suco na prisão há alguns anos. Tom Waaler e seus comparsas. Você sabe como é quando prendem exibicionistas e pessoas assim.

— Um exibicionista, então?

— Aposentado, pelo menos. Que de bom grado troca serviços pelo silêncio.

— Entendo.

Harry desligou. Estavam em ação, e ele não sentia mais o vento norte ou o ataque das agulhas feitas de neve. De vez em quando, seu trabalho o enchia de felicidade. Ele se virou e voltou caminhando para a sede da Polícia.

No quarto particular no hospital Ullevål, Jon sentiu o telefone vibrar no lençol e atendeu de imediato.

— Sim?

— Sou eu.

— Ah, oi — disse, sem conseguir esconder o desapontamento.

— Parece que esperava ouvir outra pessoa — disse Ragnhild com a voz exageradamente alegre que revela uma mulher ferida.

— Não posso falar muito — respondeu Jon e olhou para a porta.

— Só queria dizer como é terrível o que aconteceu com Robert — disse Ragnhild. — E que sinto muito por você.

— Obrigado.

— Deve ser terrível. Onde você está? Tentei ligar para sua casa.

Jon não respondeu.

— Mads está trabalhando até tarde, e se quiser posso passar na sua casa.

— Não obrigado, Ragnhild. Estou bem.

— Estava pensando em você. Está tão escuro e frio. Estou com medo.

— Você nunca está com medo, Ragnhild.

— Às vezes, sim. — Ela fingia estar zangada. — Aqui tem tantos quartos e nenhuma pessoa.

— Então se mude para uma casa menor. Tenho que desligar, não me deixam usar o celular aqui.

— Espere! Onde você está, Jon?

— Tive uma leve concussão. Estou no hospital.

— Que hospital? Que unidade?

Jon se espantou.

— A maioria das pessoas teria perguntando como me acidentei.

— Você sabe que odeio não saber onde você está.

Jon imaginou Ragnhild entrando com um grande buquê de rosas no horário de visita no dia seguinte. E o olhar indagador de Thea, primeiro para ela, depois para ele.

— Estou ouvindo a enfermeira chegar — sussurrou. — Tenho que desligar.

Ele apertou o botão *off* e olhou para o teto até o telefone tocar a musiquinha de despedida e a luz do display apagar. Ela tinha razão. *Estava* escuro. Mas quem estava com medo era *ele*.

Ragnhild Gilstrup estava em frente à janela com os olhos fechados. Ela olhou o relógio. Mads havia avisado que tinha trabalho a fazer antes da reunião da diretoria e chegaria tarde. Ultimamente começara a falar daquela maneira. Antes sempre dizia um horário e chegava pontualmente, ou até alguns minutos antes. Não que ela quisesse que ele chegasse mais cedo, era apenas um pouco estranho. Um pouco estranho, nada mais. Da mesma forma que fora estranho receber todas as ligações que fizera discriminadas na conta do telefone fixo sem ter solicitado o serviço. Mas ali estavam cinco páginas de folhas A4 com informação demais. Ela devia ter parado de ligar para Jon, mas não conseguiu. Porque ele tinha aquele olhar. O olhar de Johannes. Não era um olhar bom, ou sábio, ou suave, ou nada assim. Mas era um olhar que podia ler o que ela pensava antes de ela sequer ter pensado. Que a via como era. E que gostava dela mesmo assim.

Ela abriu os olhos e estudou o terreno de 5 mil metros quadrados de pura natureza lá fora. A vista a lembrava do internato na Suíça. O sol entrou no quarto grande, banhando o teto e as paredes numa luz branco-azulada.

Fora ela que havia insistido em construir naquele ponto, bem no alto da cidade, na floresta mesmo. Isso a deixaria menos presa e oprimida, ela dissera. E seu marido, Mads Gilstrup, que pensou que ela se referia à opressão da cidade, gastou de bom grado um pouco de seu dinheiro na construção de uma casa. A extravagância havia custado 20 milhões de coroas. Quando se mudaram para lá, Ragnhild se sentiu como tivesse saído de uma cela para o pátio da prisão. Sol, ar e espaço. Porém, ainda estava confinada. Como no internato.

De vez em quando — como naquela noite — ela se perguntava como tinha ido parar naquele lugar. A história superficial podia ser resumida assim: Mads Gilstrup era herdeiro de uma das maiores fortunas de Oslo. Ela o conheceu nos arredores de Chicago, nos Estados Unidos, onde ambos haviam estudado administração de empresas em universidades medianas, o que lhes dava mais prestígio do que estudar em boas instituições de ensino na Noruega, além de ser bem mais divertido. Ambos vinham de famílias ricas, mas a dele era mais abastada — enquanto a família de Mads era de cinco gerações de armadores, a família dela descendia de lavradores e seu dinheiro ainda cheirava a tinta e criação de peixe. Tinham vivido entre subsídios agrícolas e orgulho ferido até o pai e o tio venderem cada um o seu trator e investirem numa pequena criação marinha no fiorde em frente à janela da sala, num penhasco varrido pelo vento no extremo sul da Noruega. O momento era perfeito, a concorrência, mínima, o preço por quilo, astronômico, e em quatro anos lucrativos tornaram-se multimilionários. A casa no penhasco fora derrubada e substituída por uma casa de cinema, maior que o celeiro e com oito sacadas e garagem dupla.

Ragnhild tinha acabado de completar 16 anos quando a mãe a mandou de um penhasco para outro: a escola particular Aron Schüster para meninas, 900 metros acima do mar, em uma vila da Suíça que tinha uma estação ferroviária, seis igrejas e um *bierstube*. O motivo alegado era que Ragnhild aprenderia francês, alemão e história da arte, disciplinas que podiam ser úteis, uma vez que o preço por quilo do peixe alcançava novos recordes a todo instante.

Mas o verdadeiro motivo daquele exílio era obviamente seu namorado, Johannes. Johannes com as mãos calorosas, Johannes com a voz macia e o olhar que podia ver seus pensamentos antes de ela sequer ter pensado. Tudo mudou depois de Johannes. Ela mudou depois de Johannes.

Na escola particular Aron Schüster, ela se libertou dos pesadelos, do sentimento de culpa e do cheiro de peixe e aprendeu tudo o que jovens senhoritas precisam saber para arrumar um marido da mesma classe social ou até mais alta. E com o instinto que possibilitou sua sobrevivência no penhasco na Noruega, ela aos poucos foi enterrando aquela Ragnhild que Johannes tinha visto e se transformou na Ragnhild que ia aos lugares, que se arranjava sozinha e não se deixava deter por ninguém, principalmente pelas jovens francesas das classes altas ou dinamarquesas devassas e mimadas que sussurravam pelos cantos que não importava o quanto meninas como ela tentassem, sempre seriam provincianas e vulgares.

Sua pequena vingança foi seduzir o Sr. Brehme, o jovem professor de alemão por quem todas eram um pouco apaixonadas. O professor morava em um prédio em frente ao das alunas e ela simplesmente cruzou a praça de paralelepípedos e bateu à porta de seu pequeno quarto. Ela o visitou quatro vezes. E quatro noites voltou cruzando a praça, fazendo clique-claque sobre as pedras, seus saltos altos ecoando pelas paredes.

Os rumores começaram, e ela fez pouco ou nada para silenciá-los. Quando foi noticiado que Herr Brehme havia pedido demissão e assumira rapidamente outro posto de professor em Zurique, Ragnhild mostrara um sorriso triunfante a todos os rostos enlutados das colegas.

Depois do último ano da escola na Suíça, ela voltou para casa. Finalmente em casa, pensou. Mas então o olhar de Johannes também voltou. No fiorde prateado, nas sombras da floresta esverdeada, atrás das janelas pretas da capela ou em carros que passavam em alta velocidade, soltando uma nuvem de poeira que grudava nos dentes, deixando um gosto amargo. E quando a carta veio de Chicago oferecendo uma vaga no curso de *business administration*, três anos para o bacharelado, cinco para o mestrado, ela pediu ao pai que transferisse de imediato o valor exigido pela escola.

Foi um alívio ir embora. Um alívio ser a nova Ragnhild outra vez. Ela ansiava para esquecer, mas para isso precisava de um projeto, uma meta. Encontrou sua meta em Chicago. Mads Gilstrup.

Ela achou que seria fácil. Afinal, ela já tinha a base teórica e prática para seduzir rapazes da alta sociedade. E era bonita. Johannes e vários outros homens haviam dito isso. Acima de tudo, seus olhos. Ela fora abençoada com as íris azul-claras de sua mãe, rodeadas por uma esclera branca incomum, que, segundo a ciência comprovou, atraía o sexo oposto por sinalizar boa saúde e genes saudáveis. Por isso, era difícil ver Ragnhild de óculos escuros. Ao não ser que tivesse planejado o efeito de tirá-los em algum momento especialmente favorável.

Uns diziam que ela se parecia com Nicole Kidman. Ela entendia o que queriam dizer. Bonita de uma forma inflexível e austera. Talvez fosse esse o motivo. A rigidez. Porque quando ela tentara fazer contato com Mads Gilstrup nos corredores ou na cantina do campus, ele havia se comportado como um cavalo selvagem assustado: desviara o olhar, mexera nervoso no cabelo e se afastara para uma área segura.

Por isso ela decidira apostar tudo numa única cartada.

Na véspera de uma das muitas festas anuais tradicionais, Ragnhild dera dinheiro a sua colega de quarto para um par de sapatos novos e um quarto de hotel na cidade e passara três horas em frente ao espelho. Pela primeira vez chegou cedo a uma festa. Por saber que Mads Gilstrup chegava cedo a todas as festas e para se antecipar às eventuais rivais.

Ele havia balbuciado e gaguejado e mal conseguira encará-la, apesar das íris azul-claras e da esclera branquíssima. E olhara menos ainda para o decote tão cuidadosamente arrumado. Então ela pôde constatar —

contrariando sua opinião anterior — que autoestima nem sempre era a fiel escudeira do dinheiro. Mais tarde constatou também que a culpa da baixa autoestima de Mads tinha a ver com seu brilhante e exigente pai que detestava fraqueza, que não conseguia compreender por que não fora agraciado com um filho mais parecido com ele.

Mas ela não desistiu e posicionou-se como uma isca em frente de Mads. Ela se colocou tão visivelmente à disposição que notou que as colegas começaram a cochichar. Por fim — depois de seis chopes e uma suspeita crescente de que Mads Gilstrup fosse homossexual —, o cavalo selvagem aventurou-se em campo aberto e, duas cervejas mais tarde, deixaram a festa.

Ela o deixou montar nela, mas na cama de sua companheira de quarto. Afinal de contas, os sapatos não foram baratos. E quando Ragnhild, três minutos depois, limpou-o com a colcha de crochê da amiga, sabia que havia conseguido colocá-lo no cabresto. Os arreios e a sela viriam aos poucos.

Quando terminaram os estudos, voltaram noivos para casa. Mads Gilstrup passou a administrar sua parte dos bens da família, confiante por saber que nunca teria que ser colocado à prova em uma competição acirrada. Seu trabalho consistia em encontrar os consultores certos.

Ragnhild se candidatou e conseguiu um emprego com um gerente de fundos que não conhecia a universidade onde ela estudou, mas tinha ouvido falar de Chicago e gostou do que ouviu. E viu. Ele não era brilhante, mas era rigoroso e, nesse sentido, encontrou uma alma gêmea em Ragnhild. Por isso, após relativamente pouco tempo ela foi promovida de um cargo intelectualmente exigente demais como analista de ações e colocada atrás de um monitor e telefone numa das mesas da "cozinha", como chamavam a sala de negociações. E foi ali que Ragnhild Gilstrup (ela mudara seu nome de solteira para Gilstrup assim que noivou, por ser mais "prático") realmente encontrou seu lugar. Além de *aconselhar* os investidores presumidamente profissionais a comprar ações da Opticum, ela podia flertar, assobiar, manipular, mentir e chorar. Ragnhild Gilstrup tinha uma maneira de se esfregar pelas pernas de um homem — e, quando preciso, de uma mulher — que fazia ações trocarem de mãos de forma muito mais eficaz do que qualquer uma de suas análises havia conseguido. Sua maior qualidade, contudo, era ter uma profunda compreensão da motivação mais importante do mercado de ações: a cobiça.

De repente, engravidou. E para sua própria surpresa descobriu que pensou em abortar. Até então acreditara sinceramente que desejava filhos, pelo menos um. Oito meses depois deu à luz Amalie. Ela sentiu uma felicidade tão grande que logo reprimiu a lembrança de ter pensado em aborto. Duas semanas mais tarde, o bebê foi internado com febre alta. Ragnhild percebeu que os médicos estavam preocupados, mas não podiam lhe dizer o que havia de errado com sua filhinha. Ragnhild um dia até pensou em pedir ajuda a Deus, mas desistiu. Na noite seguinte, às 23h, a pequena Amalie morreu de pneumonia. Ragnhild se trancou em casa e chorou por quatro dias seguidos.

— Fibrose cística — explicou o médico quando estavam a sós. — É genético, o que significa que ou você ou seu marido tem a doença. Você sabe se mais alguém da sua família ou da dele é portador da doença? Ela pode se manifestar através de frequentes crises de asma ou algo parecido.

— Não — respondeu Ragnhild. — E suponho que você esteja ciente do seu dever de confidencialidade.

O luto foi superado com ajuda profissional. Depois de dois meses, ela conseguiu voltar a conversar com outras pessoas. Quando chegou o verão, foram à casa de veraneio de Gilstrup no litoral oeste da Suécia e tentaram fazer outro filho. Uma noite, Mads Gilstrup encontrou a esposa chorando em frente ao espelho no quarto. Ela disse que aquela era a punição por ela ter pensado em abortar. Ele a consolou, mas quando seus carinhos ficaram mais ousados, ela o afastou, dizendo que aquela seria a última vez por um bom tempo. Mads achou que ela se referia a ter outro filho e concordou de imediato. Por isso ficou decepcionado e desconsolado quando ela esclareceu que ela queria uma pausa do ato em si. Mads Gilstrup aprendera a apreciar a união carnal e em particular a autoestima que sentia ao dar-lhe o que ele entendia como orgasmos pequenos, mas distintos. Contudo, ele interpretou aquilo como um efeito secundário do luto e das alterações hormonais pós-parto. Ragnhild achou por bem não lhe contar que os dois últimos anos haviam sido puro dever de sua parte, e que qualquer resquício de prazer que ele havia conseguido provocar nela desapareceu na sala de parto, quando ela se deparou com o rosto estúpido, boquiaberto e apavorado do marido. E quando ele chorou de felicidade e deixou cair a tesoura na hora de cortar o cordão da vitória de todos os pais de primeira viagem, ela teve vontade de lhe dar um tapa. Tampouco achou que podia lhe contar que durante o último ano ela e seu chefe não muito brilhante haviam satisfeito as altas exigências um do outro na área sexual.

Ragnhild foi a única corretora de ações em Oslo que recebeu uma oferta de sociedade quando ela saiu da licença pós-parto. Porém, para a surpresa de todos, ela pediu demissão. Tinha recebido outra proposta: gerenciar os bens da família de Mads Gilstrup.

Na noite de despedida, ela explicou ao chefe que achava que estava na hora de os corretores a bajularem, e não o contrário. E não disse uma palavra sobre o motivo verdadeiro: Mads Gilstrup infelizmente não teve êxito em sua única empreitada, a de encontrar bons consultores, e que os bens da família haviam encolhido numa velocidade tão alarmante que seu sogro, Albert Gilstrup, e Ragnhild tiveram de intervir. Foi a última vez que Ragnhild encontrou-se com seu chefe. Alguns meses depois, ela descobriu que ele estava de licença médica após anos sofrendo de asma.

Ragnhild não gostava do círculo social de Mads, e percebeu que o próprio marido partilhava de sua opinião. Mas iam às festas quando eram convidados, porque a alternativa, ser excluído do meio em que circulam pessoas importantes ou de posses, seria ainda pior. Uma coisa era passar seu tempo com homens pomposos e orgulhosos que achavam que o dinheiro lhes dava o direito de serem assim. Piores ainda eram suas esposas, ou as "megeras", como Ragnhild as chamava em segredo. As dondocas linguarudas, consumidoras compulsivas, fanáticas por saúde, com peitos que *pareciam* verdadeiros e um bronzeado de fato verdadeiro, uma vez que elas e os filhos tinham acabado de passar duas semanas em Saint Tropez para "relaxar'" das governantas e operários barulhentos em casa, que nunca terminavam a piscina e a cozinha nova. Elas falavam com preocupação sincera sobre como foi péssimo fazer compras na Europa no ano que passou, mas seus horizontes nunca se estendiam além dos seus bairros, de Slemdal a Bogstad e, em último caso, a Kragerø no verão. Roupas, cirurgias plásticas e aparelhos de musculação eram os temas das conversas, pois eram o meio de continuar com seus homens ricos e pomposos, sua única e verdadeira missão aqui na Terra.

Quando Ragnhild pensava assim, às vezes se surpreendia. Seriam tão diferentes dela? Talvez a diferença consistisse no fato de ela ter um emprego. Seria por isso que ela não suportava seus rostos presunçosos nos almoços em Vinderen, quando reclamavam do abuso da previdência social e da prevaricação do que elas com leve desdém chamavam de "a sociedade"? Ou seria outra coisa? Porque algo havia acontecido. Uma revolução. Ela começara a se preocupar com outra pessoa além dela mesma. Ela não havia sentido isso desde Amalie. E Johannes.

Tudo tinha começado com um plano. Os valores das ações continuavam em queda brusca devido aos investimentos infelizes de Mads, e algo teria que ser feito. Não se tratava apenas de reinvestir os recursos a um risco menor; haviam contraído dívidas que precisavam ser sanadas. Em suma, precisavam de um golpe financeiro. Foi o sogro que lançou a ideia. E de fato tinha cheiro de golpe, ou melhor, de roubo. E não de roubo a bancos bem vigiados, mas um simples assalto a uma senhora. A "senhora" era o Exército de Salvação. Ragnhild havia examinado o portfólio de propriedades da "senhora", que era nada menos que impressionante. Os prédios não estavam muito bem conservados, mas o potencial e a localização eram ótimos. Principalmente os prédios urbanos no centro de Oslo, sobretudo os que ficavam no bairro de Majorstua. A contabilidade do Exército de Salvação mostrou-lhe duas coisas: que o Exército estava precisando de dinheiro e que o valor dos prédios era bastante subestimado. Provavelmente não tinham ideia dos bens que possuíam, porque ela duvidava que aqueles que tomavam as decisões na organização fossem as facas mais afiadas da gaveta. Além do mais, era provavelmente o momento perfeito para comprar, pois o mercado de imóveis havia caído ao mesmo tempo em que os valores das ações e outros indicadores de tendência voltaram a subir.

Uma ligação e a reunião estava marcada.

Foi num lindo dia de primavera que ela estacionou em frente à sede do Exército de Salvação.

O comandante David Eckhoff a recebeu, e em três segundos ela desmascarou sua jovialidade. Por trás havia um líder dominador, do tipo que ela tinha um talento especial para driblar, e pensou consigo mesma que ia dar tudo certo. Ele a levou para uma sala de reunião com waffles, café surpreendentemente ruim e três colegas, um mais velho e dois jovens. O mais velho era o chefe administrativo, um tenente-coronel que em breve ia se aposentar. Os dois jovens eram Rikard Nilsen, um jovem tolhido que à primeira vista tinha semelhanças com Mads Gilstrup. Mas esse reconhecimento não foi nada comparado ao choque que levou quando cumprimentou o outro jovem. Com um sorriso meigo, pegou sua mão e se apresentou como Jon Karlsen. Não foi a figura alta de costas curvadas, o rosto aberto e juvenil e a voz calorosa, mas o olhar. Ele olhou diretamente para ela. Para dentro dela. Como o olhar *dele* fazia. Era o olhar de Johannes.

Durante a primeira parte da reunião — uma exposição do chefe administrativo sobre o volume de negócios do Exército de Salvação Norueguês, estimado em 1 bilhão de coroas, dos quais boa parte consistia em rendas de aluguel das 230 propriedades que o Exército possuía no país todo —, ela ficou como que em um estado de transe, se esforçando para não olhar para o rapaz. Para seu cabelo, suas mãos calmamente descansando na mesa. Seus ombros que não preenchiam por completo o uniforme preto, um uniforme que Ragnhild desde criança associava a homens e mulheres idosos que, mesmo sem acreditar numa vida após a morte, cantavam canções simples com um sorriso. Ela imaginava — sem pensar muito — que o Exército de Salvação era destinado àqueles que não tinham outras oportunidades, aos parvos, aos sem brilho e sem talento com quem ninguém queria se relacionar, mas que entendiam que no Exército havia uma irmandade onde até eles podiam satisfazer as exigências: cantar em segunda voz.

Quando o chefe administrativo terminou, Ragnhild agradeceu, abriu sua pasta e empurrou uma folha simples sobre a mesa para o comandante.

— Esta é a nossa oferta — disse. — As propriedades que nos interessam estão destacadas.

— Obrigado — disse o comandante e olhou para a folha.

Ragnhild tentou interpretar sua expressão. Mas sabia que não significava grande coisa. Um par de óculos de leitura estava na mesa à frente dele.

— Nosso perito vai fazer os cálculos e apresentar uma avaliação — disse o comandante com um sorriso e passou a folha adiante. Para Jon Karlsen. Ragnhild viu o rosto de Rikard contrair-se.

Ela passou seu cartão de visitas para Jon Karlsen.

— Se houver qualquer dúvida, é só me ligar — disse ela e sentiu seu olhar como se fosse um toque físico.

— Obrigado pela visita, Sra. Gilstrup — disse o comandante Eckhoff e bateu as palmas das mãos, encerrando o encontro. — Prometemos dar uma resposta em... Jon?

— Pouco tempo.

O comandante mostrou um sorriso jovial.

— Em pouco tempo.

Os quatro a acompanharam até o elevador. Esperaram em silêncio. As portas se abriram e ela se inclinou para Jon Karlsen e disse baixinho:

— Qualquer hora. Ligue para meu celular.

Ela havia tentado captar seu olhar para senti-lo outra vez, mas não deu tempo. Ao descer sozinha no elevador, Ragnhild Gilstrup sentiu o sangue latejar em golpes repentinos e dolorosos e não conseguiu controlar a tremedeira.

Passaram-se três dias antes de ele ligar para dizer não. Haviam avaliado a oferta, mas chegaram à conclusão de que não queriam vender. Ragnhild defendeu o preço com veemência, apontou que a posição do Exército de Salvação no mercado imobiliário estava vulnerável, que as propriedades não eram administradas de forma profissional, que estavam perdendo dinheiro com os aluguéis baixos e que a instituição deveria diversificar seus investimentos. Jon Karlsen ouviu sem interromper.

— Obrigado — disse ele quando ela terminou. — Por ter estudado o caso a fundo, Sra. Gilstrup. E como economista não discordo do que disse. Mas...

— Mas então? Os cálculos são unânimes... — Ela ouviu sua respiração exaltada no telefone.

— Mas tem um aspecto humano.

— Humano?

— Os inquilinos. Pessoas. Idosos que moraram a vida inteira ali, soldados aposentados do Exército de Salvação, refugiados, pessoas que precisam de segurança. Eles são o aspecto humano. Vocês vão colocá-los na rua para reformar os apartamentos e alugá-los ou vendê-los com lucro. Os cálculos são, como você disse, unânimes. Seu aspecto é predominantemente econômico, e eu o aceito. Você aceita o meu?

Ela prendeu a respiração.

— Eu... — começou.

— Eu teria prazer em levá-la para conhecer algumas dessas pessoas — disse ele. — Talvez você possa compreender melhor.

Ela fez que não com a cabeça.

— Eu gostaria de esclarecer alguns possíveis mal-entendidos a respeito das nossas intenções. Está ocupado na quinta à noite?

— Não. Mas...

— Vamos nos encontrar no Feinschmecker às oito.

— O que é Feinschmecker?

Ela teve que sorrir.

— Um restaurante em Frogner. O taxista vai saber onde fica.

— Se é em Frogner, vou de bicicleta.

— Ótimo. Até lá, então.

Ela chamou Mads e seu sogro para uma reunião e contou o resultado.

— Parece que a chave é esse conselheiro — disse o sogro. — Se conseguirmos trazê-lo para o nosso lado, as propriedades serão nossas.

— Mas estou dizendo que ele não está interessado em saber o quanto poderíamos pagar.

— Ah, está sim — retrucou o sogro.

— Não está não.

— Não para o Exército de Salvação. Deixe-o acenar com sua bandeira moralista. Temos que apelar para sua cobiça pessoal.

Ragnhild apenas balançou a cabeça.

— Não com essa pessoa, ele... ele não parece aceitar esse tipo de coisa.

— Todos têm um preço — disse Albert Gilstrup com um sorriso triste, balançando o dedo indicador como um metrônomo em frente ao rosto de Ragnhild. — O Exército de Salvação já saiu do pietismo, e o pietismo era a maneira de as pessoas práticas se aproximarem da religião. É por isso que fez tanto sucesso aqui nesse norte improdutivo; primeiro pão, depois a prece. Proponho 2 milhões.

— Dois milhões? — arfou Mads Gilstrup. — Para... dar uma recomendação para vender?

— Só se a venda se concretizar, é claro. *No cure, no pay.*

— Mesmo assim é um valor absurdo — protestou o filho.

Albert respondeu sem olhar para ele.

— A única coisa absurda aqui é você ter conseguido dizimar uma fortuna familiar, enquanto todo o resto se valorizou.

Por duas vezes, Mads Gilstrup abriu a boca como um peixe de aquário, sem que nada saísse.

— O consultor deles não terá estômago para negociar o preço se achar a primeira oferta baixa demais — disse o sogro. — Temos que levá-lo a nocaute na primeira investida. Dois milhões. O que acha, Ragnhild?

Ragnhild concordou e fixou o olhar em algo do lado de fora por não aguentar olhar para o marido, sentado cabisbaixo à sombra do abajur.

Jon Karlsen já estava esperando na mesa quando ela chegou. Ele parecia mais baixo do que ela lembrava, mas talvez fosse por ele ter trocado o uniforme por um terno barato que ela supôs ter sido comprado na Fretex. Ou talvez parecesse meio perdido no restaurante elegante. Ele derrubou o vaso de flores quando se levantou para cumprimentá-la. Salvaram as flores numa ação conjunta e riram. Depois falaram de tudo um pouco. Quando ele perguntou se ela tinha filhos, ela apenas negou com um gesto.

Se ele tinha filhos? Não. Certo, mas talvez tivesse...? Não, também não.

A conversa passou para as propriedades do Exército de Salvação, mas ela sentiu que estava argumentando sem seu ânimo habitual. Ele sorria educadamente e bebericava o vinho. Ela aumentou a oferta em dez por cento. Ele fez que não com a cabeça, ainda sorrindo, e a elogiou pelo colar que ela sabia que ficava bem em sua pele.

— Um presente da minha mãe — mentiu sem esforço, pensando que na verdade eram seus olhos que ele estava admirando. As íris azul-claras e a esclera límpida.

Ela introduziu a oferta de uma compensação pessoal de 2 milhões entre o prato principal e a sobremesa. Foi poupada de olhar em seus olhos, porque ele ficou em silêncio olhando a taça de vinho, subitamente pálido.

Por fim perguntou baixinho:

— Essa ideia foi sua?

— Minha e do meu sogro. — Ela sentiu falta de ar.

— Albert Gilstrup?

— Sim. Além de nós dois e meu marido, ninguém nunca terá conhecimento disso. Temos tanto a perder se essa informação vazar quanto... hum, quanto você.

— Foi algo que eu disse ou fiz?

— Como assim?

— O que fez você e seu sogro acreditarem que eu aceitaria um punhado de prata?

Ele levantou o olhar e Ragnhild sentiu o rubor inundar seu rosto. Ela não se lembrava de ter ruborizado desde a adolescência.

— Vamos pular a sobremesa? — Ele tirou o guardanapo do colo e deixou-o na mesa ao lado do prato.

— Pare um pouco e pense bem antes de responder, Jon — gaguejou ela. — Por você mesmo. Isso pode lhe dar a chance de realizar alguns sonhos.

As palavras soavam falsas e feias em seus próprios ouvidos. Jon acenou para o garçom, pedindo a conta.

— E que sonhos seriam esses? O sonho de ser um servidor corrupto, um desertor miserável? Passear num carro bacana enquanto tudo que você tentou realizar como ser humano está em ruínas à sua volta? — A raiva fez sua voz tremer. — São sonhos assim que você tem, Ragnhild Gilstrup?

Ela não conseguiu responder.

— Devo ser cego — prosseguiu. — Pois sabe de uma coisa? Quando conheci, você, pensei que tinha visto... outra pessoa, totalmente outra.

— Você me viu — sussurrou ela e sentiu que ia começar a tremedeira, a mesma que sentira no elevador.

— O quê?

Ela limpou a voz.

— Você me viu. E agora eu o ofendi. Sinto muito por isso.

No silêncio que seguiu, ela sentiu como se afundasse em camadas de água quente e fria.

— Vamos esquecer tudo isso — disse Ragnhild quando o garçom veio e pegou o cartão que ela estendeu. — Não é importante. Para nenhum de nós. Quer caminhar comigo no parque Frogner?

— Eu...

— Por favor?

Ele a observou com surpresa.

Ou não?

Como podia aquele olhar — que tudo via — ficar surpreso?

Ragnhild Gilstrup olhou da sua janela de Holmenkollen para o quadrado escuro lá embaixo. O parque Frogner. Foi ali que a loucura começara.

Já passava da meia-noite, o ônibus da sopa estava estacionado na garagem e Martine se sentia agradavelmente exausta, mas também abençoada. Estava na calçada em frente ao albergue na estreita e escura Heimdalsgata, esperando por Rikard, que tinha ido pegar o carro, quando ouviu a neve fazer um ruído atrás de si.

— Olá.

Ela se virou e sentiu o coração parar de bater quando viu a silhueta de uma figura alta à luz do solitário poste.

— Não está me reconhecendo?

O coração deu uma batida forte. Duas. Então três e quatro. Ela reconhecera a voz.

— O que está fazendo aqui? — perguntou ela, na esperança de que sua voz não revelasse o susto que tinha levado.

— Descobri que você estava trabalhando no ônibus e que chegava aqui à meia-noite. Houve um avanço no caso, como se diz. Andei pensando bastante. — Ele deu um passo para a frente e a luz iluminou seu rosto. Estava mais duro, mais velho do que se lembrava. É estranho o quanto se pode esquecer em 24 horas. — E tenho algumas perguntas.

— Que não podiam esperar? — perguntou com um sorriso, e viu que aquilo deixou o rosto do policial menos tenso.

— Está esperando alguém? — perguntou Harry.

— Estou. Rikard vai me levar para casa.

Ela olhou para a mochila que o policial tinha sobre o ombro. No lado estava escrito "Jette", mas parecia velha demais para ser o modelo retrô da marca.

— Devia comprar um par de solas novas para os tênis que carrega aí dentro — disse ela, apontando. Ele a fitou com surpresa. — Não é preciso ser Jean-Baptiste Grenouille para sentir o cheiro — continuou.

— Patrick Süskind — disse ele. — *O perfume.*

— Um policial que lê.

— Um soldado do Exército de Salvação que lê sobre assassinatos — disse ele. — O que nos traz de volta à razão de eu estar aqui, receio.

Um Saab 900 parou ao lado. O vidro desceu silencioso.

— Vamos, Martine?

— Um momento, Rikard. — Ela se virou para Harry. — Para onde está indo?

— Para Bislett. Mas prefiro...

— Rikard, tudo bem dar uma carona para Harry até Bislett? Já que você também mora por lá.

Rikard lançou um olhar na escuridão antes de responder com voz arrastada:

— Claro.

— Venha — disse Martine e estendeu a mão para Harry.

Ele lançou-lhe um olhar surpreso.

— Sapatos de solas lisas — sussurrou ela, e pegou a mão dele. Ela sentiu a mão quente e seca automaticamente apertando a sua, como se ele estivesse com medo de que ela fosse cair no mesmo instante.

Rikard dirigiu com cuidado, seu olhar pulando sem parar de um espelho para outro, como se esperasse uma emboscada.

— Então? — disse Martine do banco da frente.

Harry pigarreou.

— Tentaram assassinar Jon Karlsen hoje.

— O quê? — sobressaltou-se Martine.

Harry encontrou o olhar de Rikard no espelho.

— Você já sabia?

— Não — disse Rikard.

— Quem... — começou Martine.

— Não sabemos — respondeu Harry.

— Mas... os dois, Robert e Jon. Tem algo a ver com a família Karlsen?

— Acho que eles só estavam atrás de um — disse Harry.

— Como assim?

— O assassino adiou sua viagem de volta. Acho que descobriu que tinha matado o homem errado. Não era Robert que estava na mira.

— Não era Robert...

— É por isso que eu precisava falar com você. Acho que pode me dizer se minha teoria está certa.

— Que teoria?

— Que Robert morreu porque teve o azar de ter trocado de turno com Jon na Egertorget.

Martine deu meia-volta no banco e olhou assustada para Harry.

— Você tem a escala de turnos — disse Harry. — Quando visitei vocês pela primeira vez reparei na escala de turnos no mural da recepção. Qualquer um podia ver quem estava escalado para o turno daquela noite na Egertorget. E era Jon Karlsen.

— Como...

— Passei por lá depois do hospital e verifiquei. O nome de Jon está lá. Mas Robert e Jon trocaram de turno depois que a lista foi impressa, certo?

Rikard entrou na rua Stensberg em direção a Bislett.

Martine mordeu o lábio inferior.

— Os turnos são trocados o tempo todo, e nem sempre fico sabendo quando os soldados trocam entre si.

Rikard entrou na rua Sofie. Os olhos de Martine se arregalaram.

— Aliás, estou lembrando agora! Robert me ligou e disse que eles tinham trocado, por isso eu não precisava fazer nada. Deve ser por isso que não pensei no assunto. Mas... mas isso quer dizer que...

— Jon e Robert são bastante parecidos — disse Harry. — E de uniforme...

— E era noite, e estava nevando... — disse Martine baixinho, como que para si mesma.

— O que eu queria saber era se alguém ligou para você perguntando sobre a escala. Especialmente a daquela noite.

— Não que me lembre — respondeu Martine.

— Pode fazer um esforço para lembrar? Eu ligo para você amanhã.

— Claro — disse Martine.

Harry sustentou seu olhar, e à luz de um poste reparou novamente nas irregularidades de suas pupilas.

Rikard encostou no meio-fio.

— Como sabia? — perguntou Harry.

— Sabia o quê? — perguntou Martine depressa.

— Estava me dirigindo ao rapaz — disse Harry. — Como sabia que eu morava aqui?

— Você falou — respondeu Rikard. — Conheço bem a cidade. Como Martine disse, eu também moro em Bislett.

Harry ficou na calçada olhando o carro se afastar.

Era óbvio que o rapaz estava apaixonado. Ele tinha ido até ali primeiro para depois estar sozinho com Martine por alguns minutos. Para falar com ela. Para ter o silêncio e a calma necessários quando se tem algo a dizer, para mostrar quem é, desnudar a alma, descobrir a si mesmo e tudo aquilo que faz parte da juventude, período que Harry por sorte já tinha deixado para trás. Tudo por uma palavra amigável, um abraço e a esperança de um beijo antes de ela ir embora. Implorar por amor, como fazem os idiotas apaixonados. De todas as idades.

Harry se aproximou da porta de entrada, automaticamente procurando pelas chaves no bolso da calça enquanto seus pensamentos procuravam por algo que ele repelia toda vez que chegava em casa. E seu olhar buscou algo que ele quase não conseguia ouvir. Um som bem fraquinho, mas era tarde e a rua Sofie estava silenciosa. Harry olhou para o gelo amontoado. Ouviu um ruído de neve derretendo. Impossível, estava fazendo 18 graus negativos.

Pôs a chave na fechadura.

E ouviu que não era a neve que derretia. Era algo que fazia tique-taque.

Ele se virou devagar e olhou para os montes brancos que ladeavam a rua. Viu algo refletir no vidro.

Harry voltou, inclinou-se e pegou o relógio. O vidro do presente de Møller brilhava como um espelho d'água, sem um arranhão sequer. E a hora estava no segundo correto. Dois minutos adiantado. O que Møller tinha dito? Para conseguir chegar a tempo nos compromissos para os quais pensou estar atrasado.

14

Noite de quarta-feira, 17 de dezembro. A escuridão.

O aquecedor na sala de estar do albergue estalava, como se alguém estivesse jogando pedras nele. O ar quente estremecia por cima das manchas de queimado na juta, revestindo a parede que exalava nicotina, cola e o cheiro seboso de pessoas que haviam passado por ali. O tecido do sofá o arranhava através de suas calças.

Apesar do calor seco do aquecedor, ele tremia enquanto assistia ao noticiário na TV que ficava sobre um suporte no alto da parede. Reconheceu as imagens da praça, mas não entendeu nada do que falavam. No outro canto da sala havia um velho numa poltrona fumando um cigarro muito fino. Quando ele estava quase no final e já queimava a ponta preta de seus dedos, o homem tirou depressa dois palitos da caixa de fósforos e prendeu a guimba no meio, inalando-a até queimar os lábios. Um pinheiro enfeitado estava numa mesa do canto, tentando reluzir.

Pensou na ceia de Natal em Dalj.

Foi dois anos depois do fim da guerra e os sérvios tinham se retirado do que uma vez fora Vukovar. As autoridades croatas haviam reunido todos no hotel Internacional de Zagreb. Ele perguntou a várias pessoas se sabiam onde a família de Giorgi poderia estar, e um dia encontrou um refugiado que disse que a mãe de seu colega de escola tinha morrido durante o cerco e que ele, junto com o pai, havia fugido para Dalj, uma pequena cidade na fronteira, não muito longe de Vukovar. Dois dias depois do Natal, pegou o trem para Osijek e de lá continuou até Dalj. Falou com o condutor, que confirmou que o trem seguiria até o ponto final em Borovo, retornando a Dalj às 18h30. Eram 14h quando desceu em Dalj. Perguntou o caminho e encontrou o endereço, um prédio urbano baixo, tão cinzento quanto o resto da cidade. Subiu as escadas, encontrou a porta e rezou em silêncio para que estivessem em casa antes de tocar a campainha. Seu coração disparou ao ouvir passos leves lá dentro.

Giorgi abriu. Ele não havia mudado muito. Estava mais pálido, mas tinha os mesmo cachos loiros, olhos azuis e a boca em forma de coração que sempre o faziam parecer um jovem deus. Mas o sorriso em seus olhos havia se apagado, como uma lâmpada quebrada.

— Não me reconhece, Giorgi? — perguntou depois de algum tempo.

— Morávamos juntos na mesma cidade, íamos à mesma escola.

Giorgi franziu a testa.

— É mesmo? Espere. Essa voz. Você tem que ser Serg Dolac. Claro, era você que corria tão rápido. Nossa, como mudou. Que bom rever conhecidos de Vukovar. Todos já se foram.

— Eu não.

— Não, você não, Serg.

Giorgi o abraçou por tanto tempo que ele era capaz de sentir o calor começar a percorrer aquele corpo frio. Depois o levou para dentro do apartamento.

A noite caiu enquanto conversavam na sala espartanamente mobiliada sobre os acontecimentos e os conhecidos de Vukovar e que rumo haviam tomado. Quando perguntou se Giorgi se lembrava de Tinto, o cachorro, ele sorriu um pouco confuso.

Giorgi disse que o pai chegaria dali a pouco e perguntou se Serg gostaria de ficar para o jantar.

Ele olhou para o relógio. O trem estaria de volta à estação em três horas.

O pai ficou muito surpreso ao encontrar uma visita de Vukovar.

— É Serg — disse Giorgi. — Serg Dolac.

— Serg Dolac? — perguntou o pai e deteve o olhar nele. — Sim, tem algo familiar em você. Hum. Eu conhecia seu pai? Não?

Já estava escuro, e quando se sentaram à mesa o pai lhes deu grandes guardanapos brancos, desatou seu lenço vermelho e amarrou o guardanapo em volta do pescoço. O pai fez a oração de ação de graças, o sinal da cruz e inclinou sua cabeça em direção ao único quadro da sala, uma foto emoldurada de uma mulher.

Quando Giorgi e seu pai pegaram os talheres, ele abaixou a cabeça e entoou:

— Quem é aquele que vem de Edom, de Bosra, as vestes tintas, envolvido num traje magnífico, altaneiro na plenitude de sua força? Sou eu, que luto pela justiça e sou poderoso para salvar.

O pai o olhou surpreso. Depois passou a travessa com grandes pedaços de carne pálida.

A refeição foi consumida em silêncio. O vento fez as janelas finas rangerem.

Depois da carne havia sobremesa. *Palacinka,* panquecas finas recheadas com geleia e cobertura de chocolate. Ele não comia *palacinka* desde que era criança em Vukovar.

— Pegue mais uma, querido Serg — disse o pai. — É Natal.

Olhou o relógio. Faltava meia hora para o trem partir. Aquele era o momento. Ele pigarreou, deixou o guardanapo na mesa e se levantou.

— Giorgi e eu conversamos sobre tudo que lembramos de Vukovar. Mas há uma pessoa sobre a qual ainda não falamos.

— Está bem — disse o pai curioso e sorriu. — E quem é, Serg? —

O pai virou um pouco a cabeça e se voltou para ele, observando-o como se tentasse identificar algo que não pudesse ser tocado.

— Ele se chamava Bobo.

Viu nos olhos do pai de Giorgi que ele entendia agora. Que ele talvez estivesse esperando por aquilo. Ouviu o som da sua própria voz entre as paredes nuas.

— Você estava no jipe e apontou-o para o comandante sérvio. — Ele engoliu em seco. — Bobo morreu.

A sala ficou em silêncio. O pai abaixou os talheres.

— Era guerra, Serg. Nós todos vamos morrer — disse ele com calma. Quase resignado.

O pai e Giorgi ficaram imóveis quando ele tirou a pistola da calça, soltou a trava, mirou sobre a mesa e atirou. O estalo foi curto e seco, e o corpo do pai se contraiu ao som da cadeira batendo no chão. O pai abaixou a cabeça e olhou para o buraco no guardanapo que pendia sobre seu tórax. Em seguida, o guardanapo foi absorvido pelo seu peito no mesmo instante em que o sangue se espalhava pelo tecido branco, como uma flor vermelha.

— Olhe para mim — disse, e o pai levantou automaticamente a cabeça.

O segundo tiro fez um pequeno buraco preto em sua testa, que caiu para a frente sobre o prato de *palacinka* com um baque macio.

Ele se virou para Giorgi, que estava olhando boquiaberto, com um filete vermelho escorrendo pelo rosto. Levou um segundo para entender que era a geleia da *palacinka* do pai. Ele enfiou a pistola no cinto.

— Vai ter que me matar também, Serg.

— Não tenho contas a acertar com você. — Ele saiu da sala e pegou a jaqueta pendurada perto da porta.

Giorgi foi atrás dele.

— Vou me vingar! Vou encontrá-lo e matá-lo se você não me matar!

— E como vai me encontrar, Giorgi?

— Você não pode se esconder. Sei quem é você.

— É mesmo? Você acha que sou Serg. Mas Serg Dolac era ruivo e mais alto que eu. E eu não corro rápido quanto ele, Giorgi. Mas fiquemos felizes por você não me reconhecer. Significa que posso poupar sua vida.

Então se inclinou para a frente, beijou Giorgi com força na boca, abriu a porta e saiu.

Os jornais relataram a morte, mas não houve investigação. E três meses mais tarde, num domingo, a mãe lhe contou sobre um croata que a procurara para pedir ajuda. O homem não podia pagar muito, mas a família havia juntado um pouco de dinheiro. Tinham descoberto que o sérvio que havia torturado seu irmão, morto durante a guerra, morava na vizinhança. E alguém mencionara algo sobre o pequeno redentor.

O velho queimava os dedos segurando o cigarro fino e soltou palavrões em voz alta.

Ele se levantou e foi à recepção. Atrás do rapaz do outro lado da parede de vidro havia a bandeira do Exército de Salvação.

— *Could I use the phone, please?*

O rapaz o olhou, cético.

— Só se for uma ligação local.

— É sim.

O rapaz apontou para um escritório apertado atrás de si, e ele entrou. Sentou-se à mesa e olhou para o telefone. Pensou na voz de sua mãe. Em como podia demonstrar preocupação e medo, e ao mesmo tempo ser macia e calorosa. Era como um abraço. Ele se levantou, fechou a porta para a recepção e discou rapidamente o número do hotel Internacional. Ela não estava. Ele não deixou recado. A porta se abriu.

— É proibido fechar a porta — disse o rapaz. — Certo?

— *OK. Sorry.* Tem uma lista telefônica?

O rapaz revirou os olhos, apontou para um livro grosso ao lado do telefone e saiu.

Ele folheou até encontrar Jon Karlsen na rua Gøteborg, número 4, e discou o número.

Thea Nilsen olhou para o telefone, que tocava.

Ela tinha acabado de entrar no apartamento de Jon com a chave que ele lhe dera.

Disseram que havia um buraco de bala em algum lugar. Ela procurou e o encontrou na porta do armário.

O homem havia atirado em Jon. Para matá-lo. O pensamento deixou-a agitada. Não assustada. Às vezes ela pensava que jamais sentiria medo novamente, não assim, não por isso, não medo de morrer.

A polícia estivera ali, mas não ficou muito tempo. Nenhuma pista além das balas, disseram.

No hospital ela tinha ouvido a respiração de Jon enquanto ele olhava para ela. Ele parecera tão desamparado naquela grande cama de hospital. Como se ela apenas pudesse colocar um travesseiro em seu rosto, e ele estaria morto. E ela gostou daquilo, gostou de vê-lo fraco. Talvez o diretor da escola em *Victoria*, de Hamsun, tivesse razão: a necessidade que algumas mulheres têm de sentir compaixão faz com que elas odeiem seus maridos saudáveis e fortes, e secretamente desejem que eles fossem aleijados e dependentes de sua bondade.

Mas agora estava sozinha no apartamento dele e o telefone estava tocando. Olhou o relógio. Noite. Ninguém ligaria àquela hora. Ninguém com intenções honestas. Thea não tinha medo de morrer. Mas tinha medo daquilo. Será que era a outra, a que Jon pensava que ela não sabia que existia?

Deu dois passos em direção ao telefone. Parou. O quarto toque. Ia parar depois do quinto. Ela hesitou. Outro toque. Avançou rapidamente e pegou o fone.

— Sim?

Por um segundo houve silêncio no outro lado da linha, até um homem começar a falar em inglês:

— *Sorry for calling so late.* Meu nome é Edom, o Jon está?

— Não — respondeu ela aliviada. — Ele está no hospital.

— Ah, sim, soube o que aconteceu hoje. Sou um velho amigo e gostaria de visitá-lo. Em que hospital está?

— Ullevål.

— Ullevål?

— Sim. Não sei como se chama o setor em inglês, mas em norueguês se chama Nevrokirurgisk. Mas tem um policial na porta do quarto e ele não vai deixar você entrar. Consegue entender o que estou dizendo?

— Entender?

— Meu inglês... não é muito...

— Estou entendendo tudo. Muito obrigado.

Ela desligou e ficou um bom tempo olhando para o telefone.

Depois recomeçou a busca. Disseram que havia outros buracos de bala.

Ele disse ao rapaz na recepção do albergue que ia dar um passeio e deixou a chave do quarto com ele.

O rapaz deu uma olhada no relógio da parede que mostrava 23h45 e pediu para ele levar a chave. Explicou que já ia fechar e dormir, mas que a chave do quarto servia também para a porta da entrada.

O frio o atacou, mordendo-o e arranhando-o assim que ele colocou os pés na rua. Ele abaixou a cabeça e começou a andar com passos largos e decididos. Era arriscado. Bem arriscado. Mas era preciso.

Ola Henmo, o gerente de operações da Hafslund Energi, estava na sala de controle da central de operações em Montebello, Oslo, e pensou que seria maravilhoso fumar um cigarro enquanto olhava para um dos quarenta monitores espalhados pela sala. De dia havia 12 pessoas ali dentro, mas agora à noite eram apenas três. Normalmente, cada um ficava em seu lugar de trabalho, mas naquela noite o frio lá fora parecia tê-los reunido em volta de uma mesa no meio da sala.

Como sempre, Geir e Ebbe discutiam sobre cavalos e a lista V75 com os resultados da corrida. Faziam isso há oito anos, e nunca tiveram a ideia de fazer apostas separadas, cada um por si.

Ola estava mais preocupado com a subestação em Kirkeveien, entre Ullevålsveien e Sognsveien.

— Sobrecarga de 36 por cento na T1. Vinte e nove da T2 à T4 — disse ele.

— Meu Deus, como as pessoas estão gastando energia lá fora — constatou Geir. — Estão com medo de congelar? Já é noite, não podem se enfiar embaixo do edredom? Sweet Revenge em terceiro? Enlouqueceu?

— As pessoas não diminuem a calefação por isso — disse Ebbe. — Não neste país. Elas cagam dinheiro.

— Isso não vai dar certo — replicou Ola.

— Vai sim — disse Ebbe. — A gente só bombeia mais óleo.

— Estou pensando na T1 — disse Ola, apontando para o monitor.

— Agora está passando de 680 ampères. A capacidade é de 500 ampères com carga nominal.

— Relaxe — disse Ebbe no instante em que disparou o alarme.

— Merda — disse Ola. — Lá se foi. Cheque a lista e ligue para os rapazes de plantão.

— Veja — disse Geir. — T2 também parou. E agora T3.

— Bingo — retrucou Ebbe. — Vamos apostar que T4...

— Tarde demais, já se foi — respondeu Geir.

Ola estudou o mapa geral.

— OK — suspirou. — Então acabou a energia nos bairros de baixo Sogn, Fagerborg e Bislett.

— Aposto que sei o que aconteceu — disse Ebbe. — Mil coroas que foi a caixa de ligação.

Geir piscou com um olho.

— O transformador de medição. E 500 coroas são suficientes.

— Parem — resmungou Ola. — Ebbe, ligue para a estação dos bombeiros, aposto que está pegando fogo lá em cima.

— Feito — disse Ebbe. — Duzentas coroas?

Quando a luz acabou no quarto do hospital, a escuridão era tão intensa que o primeiro pensamento de Jon foi que havia ficado cego. Que o nervo óptico fora danificado e que a reação só tinha se manifestado agora. Mas então ouviu gritos do corredor, vislumbrou o contorno da janela e entendeu que havia faltado luz.

Ouviu ranger a cadeira do lado de fora e a porta sendo aberta.

— Olá, está aí? — perguntou uma voz.

— Estou — respondeu Jon com uma voz mais aguda do que esperava.

— Vou apenas checar o que houve. Não vá a lugar algum, certo?

— Não, mas...

— Sim?

— Aqui não tem gerador de emergência?

— Acho que só para as salas de cirurgia e a UTI.

— Entendo...

Jon ouviu os passos do policial se afastarem e ficou olhando a placa iluminada com uma luz verde que indicava a saída, localizada acima da porta. A placa o fez pensar em Ragnhild. Aquilo também havia começado no escuro. Depois do jantar, foram no breu noturno até o parque Frogner e ficaram na praça deserta em frente ao monólito, olhando para o oeste e para o centro. E ele lhe contou a história de Gustav Vigeland, o artista ímpar de Mandal que, para enfeitar o Frogner com suas esculturas, havia exigido que aumentassem a área do parque, de forma que o monólito pudesse ficar simétrico em relação às igrejas ao redor e que o portão principal se posicionasse bem em frente à igreja de Uranienborg. E quando o representante da prefeitura explicara que não era possível mudar o parque de lugar, Vigeland exigira que mudassem então as igrejas.

Enquanto ele falava, ela o observara com uma expressão séria, e Jon pensou que aquela mulher era tão forte e inteligente que chegava a ser assustador.

— Estou com frio — disse Ragnhild, e tremeu dentro do casaco.

— Talvez devamos voltar... — começou ele, mas ela pôs a mão em sua nuca e virou seu rosto para encará-lo. Os olhos dela eram tão especiais, ele nunca tinha visto nada igual. Azul-claros, quase turquesa, com uma brancura que deixava sua pele pálida parecer corada. E ele fez o que sempre fazia; inclinou-se para a frente. A língua dela entrou em sua boca, quente e molhada, um músculo insistente, uma anaconda misteriosa que girava em volta da língua dele, procurando dominá-la. Jon sentiu o calor através do tecido grosso de lã das calças baratas quando a mão de Ragnhild, com uma precisão impressionante, estacionou ali.

— Venha — sussurrou ela em seu ouvido, apoiando um dos pés na cerca, e ao olhar para baixo ele viu de relance a pele branca onde as meias dela terminavam.

— Não posso — disse ele.

— Por que não? — gemeu Ragnhild.

— Fiz uma promessa. A Deus.

E ela o fitou, primeiro sem entender. Depois seus olhos se encheram de lágrimas, e ela começou a chorar baixinho, encostando a cabeça em seu peito, dizendo que ela nunca havia acreditado que iria reencontrá-lo. Ele não entendeu o que ela quis dizer, mas afagou sua cabeça e foi assim que começou. Sempre se encontravam no apartamento dele e sempre depois de ela ter tomado a iniciativa. Nas primeiras vezes, ela tentou fazê-lo quebrar seu voto de castidade, mas depois parecia se contentar em ficar aconchegada a ele na cama, dando e recebendo afagos. Vez ou outra, por motivos que ele não compreendia, ela se desesperava e dizia que ele nunca podia deixá-la. Não conversavam muito, mas ele tinha a sensação de que a abstinência a ligava ainda mais a ele. Seus encontros chegaram a um fim brusco quando ele reencontrou Thea. Não tanto por não querer encontrá-la, mas porque Thea queria que ela e Jon tivessem as chaves dos apartamentos um do outro. Ela disse que era uma questão de confiança, e ele não conseguiu inventar nada para contrariá-la.

Jon se virou na cama do hospital e fechou os olhos. Agora queria sonhar. Sonhar e esquecer. Se possível. O sono estava vindo quando ele sentiu uma leve corrente de ar no quarto. Instintivamente abriu os olhos e se virou. À luz fraca da placa de saída ele viu que a porta estava fechada. Perscrutou as sombras ao prender a respiração para ouvir.

Martine estava na janela do seu apartamento na rua Sorgenfri, que também ficara às escuras. Mas ela conseguiu ver o carro lá embaixo. Parecia o de Rikard.

Ele não tentara beijá-la quando ela desceu do carro. Só olhou para ela com aquele olhar de cachorrinho e disse que seria o novo chefe administrativo. Havia sinais positivos nesse sentido. Seria ele. Rikard ficara com uma dureza esquisita no olhar. Ela também não achava que ia ser ele?

Ela respondeu que ele com certeza seria um excelente gerente e procurou pela maçaneta, esperando o toque dele. Que não veio. E desceu do carro.

Martine suspirou, pegou o celular e discou o número que lhe fora entregue.

— Fale. — A voz de Harry Hole soou totalmente diferente no telefone. Talvez era por ele estar em casa; provavelmente aquela era sua voz normal.

— É Martine — disse ela.

— Olá. — Impossível saber se ele tinha ficado feliz ou não.

— Você me pediu para tentar lembrar. Perguntou se eu conseguia lembrar se alguém ligou perguntando sobre a escala. Sobre o turno de Jon.

— Sim?

— Pensei.

— E...?

— Ninguém ligou.

Longo silêncio.

— E você me ligou para contar isso? — Sua voz era calorosa e rouca. Como se tivesse acabado de acordar.

— Sim. Não devia?

— Sim. Sim, claro. Obrigado pela ajuda.

— De nada.

Ela fechou os olhos e esperou até ouvir sua voz de novo.

— Chegou... bem em casa?

— Ahã. Faltou luz aqui.

— Aqui também — disse ele. — Deve voltar logo.

— E se não voltar?

— Como assim?

— Seremos lançados ao caos?

— Sempre pensa em coisas assim?

— Às vezes. Acho que a infraestrutura na qual a civilização se apoia é muito mais frágil do que gostaríamos de acreditar. O que você acha?

Ele ficou em silêncio antes de responder.

— Bem. Acho que todos os sistemas em que confiamos podem vir a ter um curto-circuito a qualquer momento e nos lançar no breu da noite, em que leis e regulamentos não mais nos protegem, o frio e os predadores reinam e cada um tem que salvar sua própria pele.

— Isso — disse ela quando ele se calou. — Foi pouco apropriado para colocar menininhas para dormir. Acho que você é um distopista, Harry.

— Claro. Sou policial. Boa noite.

Ele desligou antes de ela ter tido a chance de responder.

Harry voltou para baixo do edredom e olhou fixo para a parede.

A temperatura havia despencado no apartamento.

Harry pensou no céu lá fora. Em Åndalsnes. No avô. E na mãe. No enterro. E na prece noturna que ela sussurrava com sua voz tão macia. "Deus é o nosso refúgio e fortaleza." Mas antes de dormir, quando não sentia mais a força da gravidade, pensou em Martine e em sua voz, que ainda ressoava em sua cabeça.

A TV da sala voltou à vida com um gemido e começou a chiar. A lâmpada no corredor acendeu e lançou luz através da porta do quarto aberta direto no rosto de Harry. Mas ele já estava dormindo.

Vinte minutos mais tarde, o telefone tocou. Ele abriu os olhos e vociferou. Cambaleou até o corredor e tirou o fone:

— Fale. Baixo.

— Harry?

— Talvez. O que foi, Halvorsen?

— Aconteceu uma coisa.

— Uma coisa ou muita coisa?

— Muita.

— Merda.

15

Madrugada de quinta-feira, 18 de dezembro. A batida.

Sail estava tremendo de frio na trilha que beirava o rio Aker. Para o inferno com aquele canalha albanês! Apesar do frio, o rio estava sem gelo e negro, reforçando a escuridão por baixo da ponte de ferro modesta. Sail tinha 16 anos e havia chegado da Somália junto com sua mãe quando tinha 12. Começou a vender haxixe quando tinha 14 e heroína na primavera passada. E agora Hux o estava deixando na mão de novo e ele não podia se arriscar, ficando ali a noite inteira com sua mercadoria sem vender nada. Dez doses. Se tivesse 18 anos poderia vendê-las na Plata. Mas a polícia prendia traficantes menores de idade lá. O território deles era ali mesmo, na beira do rio. A maioria era de jovens da Somália que vendiam para clientes também menores de idade ou que tinham outros motivos para não quererem ser vistos na Plata. Merda de Hux, ele estava precisando daquelas coroas desesperadamente!

Um homem veio caminhando pela trilha. Com certeza não era Hux, que ainda coxeava depois de ser espancado pela gangue B por vender anfetamina diluída. Como se existisse outra. O homem também não parecia policial. Ou viciado, mesmo que tivesse uma jaqueta azul do tipo que já tinha visto muitos viciados usarem. Sail olhou em torno. Estavam sozinhos.

Quando o homem chegou perto o suficiente, Sail deixou as sombras sob a ponte.

— Quer uma dose?

O homem esboçou um sorriso, fez que não com a cabeça e ia continuar. Mas Sail se pôs no meio do caminho. Ele era grande para a idade. Para qualquer idade. Assim como sua faca. Uma Rambo com espaço para bússola e linha de pescar. Custava cerca de mil pratas na Army Shop, mas ele a conseguira por trezentos de um colega.

— Quer comprar ou só pagar? — perguntou Sail e segurou a faca de forma que a lâmina refletisse a luz pálida do poste.

— *Excuse me?*

Língua estrangeira. Não era o forte de Sail.

— *Money.* — Sail ouviu sua voz subir um tom. Ele sempre ficava com raiva quando assaltava as pessoas, mas não fazia ideia do por quê. — *Now!*

O estrangeiro levantou a mão esquerda em defensiva, enfiando com calma a mão direita por dentro da jaqueta. Então retirou a mão tão rápido quanto um raio. Sail não teve tempo de reagir: sussurrou apenas um palavrão quando percebeu que estava olhando para um cano de pistola. Ele queria correr, mas era como se seus pés estivessem congelados pelo olho metálico preto.

— Eu... — começou ele.

— *Run* — disse o homem. — *Now!*

E Sail correu. Correu com o ar frio e úmido do rio queimando nos pulmões e as luzes do hotel Plaza e do prédio dos correios saltitando em suas retinas; correu até o rio desembocar no fiorde e ele não poder mais correr, e então gritou às cercas que contornavam o terminal de contêineres que um dia ele mataria todos.

Haviam se passado 15 minutos desde que Harry fora acordado pelo telefonema de Halvorsen quando o carro da polícia encostou no meio-fio na rua Sofie. Harry entrou no banco de trás ao lado do colega e murmurou um boa-noite aos policiais fardados na frente.

O motorista, um homem volumoso com cara fechada, seguiu com calma.

— Pise no acelerador, cara — disse o jovem policial pálido e espinhento no assento do passageiro.

— Quantos somos? — perguntou Harry e olhou para o relógio.

— Dois carros além desse — respondeu Halvorsen.

— Seis além de nós dois, então. Não quero sirene, vamos tentar resolver isso em silêncio e com calma. Vamos ser você, eu, um fardado e uma arma. Os outros cinco vão cobrir rotas de fuga em potencial. Você está armado?

Halvorsen bateu no bolso do paletó.

— Ótimo, porque eu não estou — disse Harry.

— Ainda não resolveu o lance do porte de arma?

Harry inclinou-se entre os assentos da frente.

— Qual de vocês está mais a fim de ajudar a prender um assassino profissional?

— Eu! — foi a resposta imediata do jovem no assento do passageiro.

— Então será você — disse Harry ao motorista, que assentiu pelo retrovisor.

Seis minutos mais tarde estavam estacionados no fim da rua Heimdals em Grønland, vigiando a porta de entrada onde Harry estivera mais cedo naquela noite.

— Então nosso homem da Telenor estava certo? — perguntou Harry.

— Sim — confirmou Halvorsen. — Torkildsen diz que um número interno do albergue tentou ligar para o hotel Internacional há cinquenta minutos.

— Não pode ser uma coincidência — disse Harry e abriu a porta do carro. — Isso é território do Exército de Salvação. Vou fazer um rápido reconhecimento e volto num minuto.

Quando ele voltou, o motorista estava com uma metralhadora MP5 no colo, arma que, segundo o último regulamento, podia ser mantida no porta-malas das viaturas.

— Não tem nada mais discreto? — perguntou Harry.

O homem fez que não com a cabeça. Harry se virou para Halvorsen.

— E você?

— Só uma pequena Smith & Wesson 38.

— Pode usar a minha — disse o jovem policial com voz animada. — Jericho 941. Poderosa. A mesma que a polícia de Israel usa para estourar os miolos da escória árabe.

— Jericho? — repetiu Harry. Halvorsen podia vê-lo semicerrar os olhos. — Não vou perguntar onde arrumou essa pistola. Mas acho que devo informar que ela provavelmente vem de uma rede de contrabando. Liderada por um de seus ex-colegas, Tom Waaler.

O policial no assento do passageiro virou-se. Seus olhos azuis disputavam a atenção com suas espinhas.

— Eu me lembro de Tom Waaler. E sabe de uma coisa, inspetor-chefe? A maioria acha que ele era um cara bacana.

Harry engoliu em seco e olhou pelo vidro.

— A maioria está enganada — disse Halvorsen.

— Passe o rádio — pediu Harry.

Ele passou ordens para os outros carros. Disse a posição em que queria cada carro, sem mencionar nomes de ruas ou prédios que podiam ser identificados por outras pessoas: jornalistas na área criminal, bandidos e curiosos que sintonizavam a frequência da polícia, provavelmente já farejando que havia algo no ar.

— Então vamos começar — decidiu Harry e se virou para o assento do passageiro. — Você fica aqui mantendo o contato com a central de operações. Chame-nos pelo walkie-talkie do seu colega se precisar. Certo?

O jovem deu de ombros.

Só depois de Harry tocar três vezes a campainha do albergue um rapaz surgiu arrastando os pés. Ele entreabriu a porta e olhou para eles sonolento.

— Polícia — disse Harry e tateou os bolsos. — Droga, parece que deixei o distintivo em casa. Mostre o seu, Halvorsen.

— Não podem entrar — disse o rapaz. — Vocês sabem disso.

— Trata-se de assassinato, não de drogas.

— Como?

O rapaz arregalou os olhos ao ver, por sobre o ombro de Harry, o policial com sua MP5 em riste. Então abriu a porta e os deixou entrar sem se deter no distintivo de Halvorsen.

— Há algum Christo Stankic aqui? — perguntou Harry.

O rapaz fez que não com a cabeça.

— Um estrangeiro com casaco de pele de camelo, então? — tentou Halvorsen enquanto Harry se dirigia para trás do balcão da recepção e abria o livro de hóspedes.

— O único estrangeiro aqui chegou hoje à noite com o ônibus da sopa — gaguejou o rapaz. — Mas ele não tinha casaco de pele de camelo. Só um paletó. Rikard Nilsen lhe arranjou uma jaqueta de inverno no depósito.

— Ele fez alguma ligação daqui? — perguntou Harry atrás do balcão.

— Ele usou o telefone na sala atrás de você.

— A que horas?

— Em torno de 23h30.

— Confere com o telefonema de Zagreb — disse Halvorsen baixinho.

— Ele está aqui?

— Não sei. Ele levou a chave, e eu fui dormir.

— Tem uma chave mestra?

O rapaz fez que sim, tirou uma chave do molho que tinha no cinto e a colocou na mão estendida de Harry.

— Quarto?

— 26. Subindo a escada ali. No fim do corredor.

Harry já estava a caminho. O policial fardado o seguiu com as duas mãos na metralhadora.

— Fique em seu quarto até isso acabar — disse Halvorsen ao rapaz ao tirar sua Smith & Wesson. Depois piscou e deu-lhe um tapinha no ombro.

Ele abriu a porta e notou que a recepção estava vazia. Natural. Tão natural quanto uma viatura da polícia com um policial estacionado mais adiante na rua. Afinal, ele havia acabado de descobrir que aquela era uma área com alto índice de criminalidade.

Ele subiu a escada e, assim que virou o corredor, ouviu um chiado que reconheceu do bunker de Vukovar: um walkie-talkie.

Olhou para cima. No fim do corredor, na frente da porta do seu quarto, estavam dois homens em trajes civis e um policial fardado segurando uma metralhadora. Ele logo reconheceu um dos civis, que estava com a mão na maçaneta. O policial fardado levantou o walkie-talkie e falou baixinho nele.

Os outros dois haviam se virado. Tarde demais para recuar.

Ele acenou para eles, parou em frente ao quarto 22 e balançou a cabeça, como que para mostrar sua resignação diante do aumento da criminalidade na vizinhança, fingindo que estava procurando meticulosamente a chave do quarto. De soslaio viu o policial que outrora encontrara na recepção do hotel Scandia abrir a porta do seu quarto sem fazer barulho e entrar, seguido de perto pelos outros dois.

Assim que sumiram de vista, voltou por onde tinha vindo. Desceu a escada em dois pulos. Havia localizado todas as saídas quando chegou com o ônibus mais cedo naquela noite. Considerou por um momento se deveria pegar a porta dos fundos para o jardim, mas era óbvio demais. Com certeza haviam colocado um policial lá. Sua melhor chance era a porta principal. Ele saiu e virou à esquerda, em direção à viatura da polícia. Pelo menos sabia que ali só havia um deles. Se ele conseguisse passar, podia chegar até o rio e a escuridão.

— Merda, que merda! — gritou Harry quando constatou que o quarto estava vazio.

— Talvez tenha ido fazer uma caminhada — sugeriu Halvorsen.

Os dois se viraram para o motorista. Ele não disse nada, mas o walkie-talkie em seu peito falou:

— É o mesmo cara que eu vi entrar há pouco. Está saindo de novo. E está vindo na minha direção.

Harry parou. Respirou fundo. E vagamente reconheceu um perfume.

— É ele — disse Harry. — Ele conseguiu nos enganar.

— É ele — falou o motorista no walkie-talkie, correndo atrás de Harry, que já havia saído pela porta.

— Legal, eu o pego. — O rádio estalou. — Câmbio e desligo.

— Não! — gritou Harry correndo pelo corredor. — Não tente detê-lo. Espere por nós!

O motorista repetiu a ordem no walkie-talkie, mas só recebeu um chiado em resposta.

Ele viu a porta do carro se abrir e um jovem policial de uniforme e pistola aparecer sob a luz da rua.

— Pare! — gritou o homem, posicionando-se com as pernas afastadas e a pistola apontada para ele. Inexperiente, pensou. Havia quase 50 metros de rua escura entre eles, e ao contrário do assaltante jovem embaixo da ponte, aquele policial não era astuto o bastante para esperar até que a rota de fuga da vítima estivesse obstruída. Pela segunda vez naquela noite ele pegou sua Llama MiniMax. E em vez de fugir, começou a correr direto para o carro da polícia.

— Pare! — repetiu o policial.

A distância diminuiu para 30 metros. Vinte metros.

Ele levantou a pistola e atirou.

As pessoas tendem a superestimar as chances de acertar outra pessoa em distâncias acima de 10 metros. Por outro lado, subestimam o efeito psicológico do ruído, da explosão combinada ao impacto do chumbo contra algo por perto. Quando a bala acertou o para-brisa, que embranqueceu antes de desmoronar, a mesma coisa aconteceu com o policial. Ele empalideceu e caiu de joelhos, enquanto seus dedos tentavam se agarrar ao seu pesado Jericho 941.

Harry e Halvorsen chegaram à rua ao mesmo tempo.

— Ali! — disse Halvorsen.

O jovem policial ainda estava de joelhos ao lado do carro, com a pistola apontada para o céu. Mais adiante na rua entreviram as costas da jaqueta azul que haviam visto no corredor.

— Está correndo para Eika — disse Halvorsen.

Harry se virou para o motorista, que já estava ali.

— Me dê a MP5.

O policial estendeu a arma para Harry.

— Não está...

Mas Harry já tinha começado a correr. Ele ouviu Halvorsen logo atrás, mas as solas de borracha de suas botas agarravam melhor no gelo liso. O homem à sua frente já estava a uma boa distância, dobrando a esquina para a rua Vahl, que beirava o parque. Harry segurou a metralhadora numa das mãos e se concentrou em respirar, tentando correr com leveza e eficácia. Diminuiu a velocidade e pôs a metralhadora em posição de atirar antes de chegar à esquina. Tentou não pensar demais e esticou a cabeça para a frente e à direita.

Não havia ninguém esperando por ele.

Ninguém na rua.

Mas um homem como Stankic não seria estúpido ao ponto de ter entrado nos fundos de um prédio, armadilha certa com suas portas trancadas. Harry perscrutou o parque onde a grande área branca de neve refletia as luzes dos prédios em volta. Não havia algo ali se mexendo? Uns 60, 70 metros adiante, um vulto se movia para a frente bem devagar na neve funda. Jaqueta azul. Harry atravessou a rua correndo, pegou impulso e voou por cima do monte de neve, lançando-se para a frente e mergulhando na neve fofa e recente.

— Droga!

Ele tinha deixado a metralhadora cair. O vulto à sua frente se virou antes de voltar a forçar seu caminho na neve. As mãos de Harry vasculharam por baixo do gelo à procura da arma, ao mesmo tempo observando como Stankic febrilmente lutava na neve fofa para poder avançar. Seus dedos encostaram em algo duro. Ali. Harry pegou a arma e se lançou para a frente de novo. Levantou uma perna, esticou-a o máximo possível, inclinou o torso para a frente, puxou a outra perna, esticou-a de novo. Depois de 20 metros, o ácido lático queimava em suas coxas, mas a distância havia diminuído. O outro estava chegando à trilha, livre daquele pântano de neve. Harry trincou os dentes e conseguiu aumentar a velocidade. Calculou a distância em 15 metros. Perto o suficiente. Harry se deixou cair de bruços na neve e posicionou a arma. Soprou a neve da mira, soltou a trava de segurança, selecionou o modo de tiro único e esperou o homem ficar sob o cone de luz do poste.

— *Polícia!* — Harry não pensou no lado cômico da palavra até ter gritado: — *Pare!*

O homem continuou abrindo caminho na neve. Harry apertou o gatilho.

— Pare, senão atiro!

Faltavam 5 metros para o homem chegar à trilha.

— Estou mirando em sua cabeça! — gritou Harry. — E não vou errar.

Stankic se jogou para a frente, agarrou o poste com as duas mãos e içou-se para fora da neve. Harry viu a jaqueta azul ao alcance da mira. Prendeu a respiração e dominou o impulso no córtex sensorial que, com a lógica da evolução, diz que não podemos matar ninguém de nossa própria espécie; concentrou-se na técnica, em puxar o gatilho sem tremer. Harry sentiu o mecanismo de mola ceder e ouviu um clique metálico, mas não sentiu nenhum coice no ombro. Falha técnica? Harry atirou outra vez. Novo clique seco.

O homem se ergueu, a neve caindo como confete à sua volta, pisou na trilha e bateu os pés. Ele se virou e olhou para Harry. O inspetor-chefe não se mexeu. Os braços do homem pendiam na lateral do corpo. Como um sonâmbulo, pensou Harry. Stankic levantou a mão. Harry viu a pistola e sabia que estava perdido ali na neve. A mão de Stankic continuou até a testa, fazendo uma continência irônica. Em seguida deu meia-volta e começou a correr.

Harry fechou os olhos e sentiu seu coração martelar contra as costelas.

Quando Harry chegou à trilha, o homem tinha sido engolido pela escuridão. Soltou o pente da MP5 para verificar. Como desconfiara. Num ataque de fúria jogou a arma, que voou como um pássaro preto e feio em frente à fachada do hotel Plaza antes de cair ruidosamente na água negra.

Quando Halvorsen o alcançou, Harry estava sentado na neve com um cigarro entre os lábios.

Halvorsen estava ofegante e apoiou-se nos joelhos para tomar ar.

— Caramba, como você corre — arfou. — Sumiu?

— Desapareceu — disse Harry. — Vamos voltar.

—Onde está a MP5?

— Não foi o que acabou de me perguntar?

Halvorsen olhou para Harry e decidiu não fazer mais perguntas.

Na frente do albergue havia duas viaturas policiais com a luz azul girando. Um grupo de homens tremendo de frio com lentes compridas despontando de seus peitos amontoava-se em frente à porta da entrada, que estava fechada. Harry e Halvorsen vinham andando pela rua Heimdals. Halvorsen estava terminando uma conversa no celular.

— Por que sempre penso numa fila para um filme pornô quando vejo aquilo? — perguntou Harry.

— Jornalistas — disse Halvorsen. — Como conseguem farejar?

— Pergunte ao novato no walkie-talkie — disse Harry. — Aposto que foi ele que soltou a língua. O que disseram na central de operações?

— Já estão mandando todas as viaturas até o rio. A divisão uniformizada está enviando uma dúzia de soldados. O que acha?

— Ele é bom. Nunca vão encontrá-lo. Ligue para Beate e peça para ela vir pra cá.

Um dos jornalistas se aproximou.

— E então, Harry?

— Trabalhando tão tarde, Gjendem?

— O que se passa?

— Pouca coisa.

— É mesmo? Vejo que alguém mandou uma bala no para-brisa de um dos seus carros.

— E quem disse que não foi quebrado com um pau? — perguntou Harry ao jornalista, que o seguia.

— O policial que estava no carro. Ele disse que alguém atirou nele.

— Então vou ter que falar com ele — disse Harry. — Com licença, senhores!

A contragosto, a multidão abriu caminho e Harry bateu à porta. Ouviu-se os chiados e cliques de câmeras e flashes.

— Isso tem alguma ligação com o assassinato na Egertorget? — gritou um dos jornalistas. — Tem gente do Exército de Salvação envolvida?

A porta se entreabriu e o rosto do motorista apareceu. Ele se afastou e deixou Harry e Halvorsen passarem. Entraram na recepção, onde o jovem policial estava numa cadeira olhando o vazio, enquanto um colega estava agachado à sua frente, falando baixinho.

No segundo andar, a porta do quarto 26 ainda estava aberta.

— Toque no mínimo de coisas possível — disse Harry ao motorista. A Srta. Lønn vai gostar de encontrar impressões digitais e DNA.

Examinaram o quarto, abrindo as portas do guarda-roupa e olhando embaixo da cama.

— Nossa — disse Halvorsen. — Nem um único objeto. O cara não tinha nada além da roupa no corpo.

— Deve ter tido uma mala ou algo parecido para entrar com uma arma no país — disse Harry. — Mas pode ter se livrado dela. Ou guardado em algum depósito.

— Hoje em dia não há tantos depósitos em Oslo.

— Pense.

— O depósito num dos hotéis onde se hospedou? E claro, o guarda-volumes na Estação Central.

— Siga seu pensamento.

— Que pensamento?

— De que ele está lá fora na noite e tem uma bagagem em algum lugar.

— Deve precisar dela agora, claro. Vou ligar para a central de operações para mandarem alguém para o Scandia e a Estação Central e... qual era o outro hotel onde Stankic constava na lista de hóspedes?

— Radisson SAS na praça Holberg.

— Obrigado.

Harry se virou para o motorista e perguntou se queria sair com ele para fumar um cigarro. Desceram e saíram pela porta dos fundos. No pequeno jardim coberto de neve, um velho estava fumando, contemplando o céu amarelo sujo, e não ligou para eles.

— Como está seu colega? — perguntou Harry ao acender dois cigarros.

— Vai ficar bem. Lamento pela presença dos jornalistas.

— Não é culpa sua.

— É sim. Quando ele me chamou no rádio, ele disse que uma pessoa tinha acabado de entrar no albergue. Eu devia tê-lo preparado melhor para situações assim.

— Você é quem devia ter melhor preparo em outras coisas.

O motorista arregalou os olhos. E piscou duas vezes, bem rápido.

— Sinto muito. Tentei avisá-lo sobre a arma, mas você já estava longe.

— Certo. Mas por quê?

A luz da brasa do cigarro reluziu vermelha e alarmante quando o motorista deu uma forte tragada.

— A maioria se entrega quando tem uma MP5 apontada para si — explicou.

— Não foi o que perguntei.

Os músculos dos maxilares se contraíram e relaxaram.

— É uma velha história.

— Hum. — Harry olhou para o policial. — Todos nós temos velhas histórias a contar. Mas isso não quer dizer que podemos colocar a vida de colegas em risco com pentes vazios numa arma.

— Tem razão. — O homem deixou cair o resto do cigarro, que afundou na neve recente com um chiado. Ele respirou fundo. — E isso não vai criar problemas para você, Hole. Vou confirmar seu relatório.

Harry apoiou o peso do corpo no outro pé. Observou seu cigarro. O policial devia ter em torno de 50 anos. Não havia tantos policiais daquela idade ainda numa viatura.

— A velha história, eu vou gostar de ouvir?

— Você já a conhece.

— Hum. Jovem?

— Vinte e dois, sem ficha criminal.

— Morreu?

— Paralítico do peito para baixo. Acertei-o na barriga, mas a bala saiu pelo outro lado.

O velho ao lado tossiu. Harry olhou para ele. Estava segurando o cigarro entre dois palitos de fósforo.

Na recepção, o jovem policial ainda estava na cadeira sendo confortado. Harry deu sinal para o colega zeloso se afastar e agachou-se.

— Tratamento psicológico não ajudará — disse Harry para o jovem policial pálido. — Resolva você mesmo.

— Como?

— Você está assustado porque acha que o cara errou, e por isso você não morreu. Não foi assim. Ele não mirou em você, ele mirou no carro.

— Como? — repetiu o novato com a mesma voz apática.

— Esse cara é profissional. Ele sabe que se matasse um policial não teria chance de escapar. Ele atirou para assustá-lo.

— Como você sabe...

— Ele também não atirou em mim. Diga isso a você mesmo e vai conseguir dormir. E não vá a um psicólogo, há outras pessoas precisando deles. — Os joelhos de Harry estalaram quando ele se levantou. — Não se esqueça de que as pessoas em cargos acima do seu são, por definição, mais espertas que você. Por isso, da próxima vez, obedeça às ordens. Certo?

Seu coração disparou como o de um animal sendo caçado. Um golpe de vento mexeu as lâmpadas penduradas em cabos finos sobre a rua, e sua sombra dançava na calçada. Ele gostaria de poder dar passos mais largos, mas o gelo escorregadio o obrigava a manter as pernas próximas de si.

Devia ter sido a ligação para Zagreb que ele fizera do escritório que levou a polícia ao albergue. E com que rapidez! Aquilo queria dizer que ele de agora em diante estava impedido de ligar para ela. Ouviu um carro atrás de si e teve que se controlar para não se virar. Em vez disso, prestou atenção ao som. Não diminuiu a marcha. Passou, deixando um rastro empoeirado de neve que se acumulou em sua nuca, no pequeno vão que a jaqueta azul não cobria. A mesma jaqueta que o policial o havia visto usar, e por isso ele não estava mais invisível. Tinha pensado em se desfazer dela, mas um homem só de camisa não ia apenas parecer suspeito, mas também morreria de frio. Olhou o relógio. Ainda faltavam muitas horas para a cidade acordar, para os cafés e lojas, locais onde ele poderia entrar, abrirem. Precisava encontrar um lugar antes. Um esconderijo, um lugar onde pudesse se aquecer e descansar até o dia nascer.

Passou por uma fachada amarela suja com grafite. Chamou sua atenção uma palavra pintada: *Vestbredden*. A margem oeste? Um pouco mais adiante havia um homem curvado em frente a um portão. À distância, parecia que estava encostando a cabeça nele. Quando chegou mais perto, viu que o homem estava com o dedo numa campainha.

Ele parou e esperou. Podia ser sua salvação.

Uma voz estrondeou no alto-falante e o homem curvado se endireitou, cambaleou e começou a berrar furioso uma resposta. Sua pele avermelhada, maltratada pela bebida, pendia frouxa como as dobras de um cachorro shar pei. O homem se calou de repente e os ecos esvaneceram entre as fachadas da cidade que dormia. Houve um baixo ruído eletrônico e, com certa dificuldade, o homem conseguiu mudar o ponto de equilíbrio de seu corpo para a frente, empurrar o portão e cambalear para dentro.

O portão começou a se fechar e ele reagiu depressa. Depressa demais. A sola do sapato escorregou no gelo duro e ele só conseguiu meter as palmas das mãos no gelo antes que o restante de seu corpo batesse na calçada. Ele se debateu e viu que o portão estava quase fechando; se jogou para a frente, travou-o com o pé e sentiu o peso apertar o tornozelo. Entrou furtivamente e parou para escutar. Passos arrastados. Que pareciam se deter por um momento antes de continuarem penosamente. Batidas. Uma porta se abriu e uma voz feminina gritou algo naquela estranha língua cantada. Parou de repente, como se alguém houvesse cortado sua garganta. Após alguns segundos de silêncio ele ouviu um chiado baixo, o som que crianças fazem depois de se recuperarem do choque de terem caído. Então, a porta bateu e tudo ficou quieto.

Ele deixou o portão fechar atrás de si. Entre o lixo embaixo da escada havia alguns jornais. Em Vukovar eles haviam usado papel de jornal nos sapatos, porque isolava e absorvia a umidade. Ele ainda expirava uma fumaça gélida, mas por enquanto estava a salvo.

* * *

Harry estava no escritório do albergue e aguardava com o fone ao ouvido, tentando visualizar o apartamento para onde estava ligando. Viu fotos de amigos presas ao espelho acima do telefone. Sorrindo, festeiros, talvez em uma viagem ao exterior. Mulheres, em sua maioria. Ele viu um apartamento com móveis simples, mas aconchegante. Ditados sábios na porta da geladeira. Pôster de Che Guevara no banheiro. As pessoas ainda faziam isso?

— Alô? — respondeu uma voz de sono.

— Sou eu de novo.

— Papai?

Papai? Harry respirou fundo e se sentiu enrubescer.

— O policial.

— Ah, sim. — Riso baixinho. Claro e profundo ao mesmo tempo.

— Desculpe por acordá-la, mas nós...

— Não faz mal.

Surgiu um dos silêncios que Harry queria evitar.

— Estou no albergue — disse ele. — Tentamos prender uma pessoa suspeita. O recepcionista diz que você e Rikard o trouxeram hoje à noite.

— Aquele coitado sem roupas quentes?

— Sim.

— O que ele fez?

— Ele é suspeito pela morte de Robert Karlsen.

— Meu Deus!

Harry notou que ela pronunciou as duas palavras com a mesma ênfase.

— Se for tudo bem para você, vou mandar um policial lhe fazer perguntas. Enquanto isso, talvez possa tentar se lembrar de algo que ele tenha dito.

— Está bem. Mas não pode ser v...

Silêncio.

— Alô? — disse Harry.

— Ele não disse nada — continuou ela. — Era como um refugiado de guerra. Dá para ver pela maneira como eles se movem. Como sonâmbulos. Como se fossem guiados por um piloto automático. Como se já estivessem mortos.

— Hum. Rikard falou com ele?

— Talvez. Quer o telefone?

— Seria bom.

— Um momento.

Ela sumiu. Tinha razão. Harry relembrou o momento em que o homem se levantou da neve. Como ela caía como confete, os braços dele pendentes e o rosto inexpressivo, parecendo um zumbi se levantando do túmulo em *A noite dos mortos-vivos*.

Harry ouviu alguém pigarrear e deu meia-volta na cadeira. Na porta do escritório estavam Gunnar Hagen e David Eckhoff.

— Estamos incomodando? — perguntou Hagen.

— Entrem — disse Harry.

Os dois homens entraram e se sentaram do outro lado da mesa.

— Gostaríamos de receber um relatório — disse Hagen.

Antes que Harry tivesse tempo de perguntar o que ele queria dizer com "nós", a voz de Martine voltou com o número. Harry anotou.

— Obrigado — disse ele. — Boa noite.

— Eu queria saber...

— Tenho que desligar — disse Harry.

— Claro. Boa noite.

Ele desligou.

— Chegamos o mais rápido que pudemos — disse o pai de Martine. — Isso é terrível. O que aconteceu?

Harry olhou para Hagen.

— Tudo bem, pode contar — disse Hagen.

Harry descreveu brevemente a apreensão malsucedida, o tiro no carro e a perseguição no parque.

— Mas se você estava tão perto e tinha uma MP5, por que não atirou nele?

Harry pigarreou, mas se calou. Olhou para Eckhoff.

— Então? — perguntou Hagen com uma pontada de irritação na voz.

— Estava escuro demais — respondeu Harry.

Hagen olhou longamente para o inspetor-chefe antes de prosseguir.

— Então ele estava lá fora quando vocês abriram a porta do quarto. Alguma ideia de por que um assassino estaria lá fora no meio da noite em Oslo com 20 graus negativos? — O POB baixou a voz. — Suponho que esteja dando a Jon Karlsen proteção 24 horas.

— Jon? — perguntou David Eckhoff. — Mas ele está no hospital Ullevål.

— Tenho um policial vigiando o quarto dele — disse Harry, com a esperança de que sua voz desse a impressão de que ele tinha o controle que gostaria de ter. — Eu estava prestes a ligar para saber se está tudo bem.

Os quatro primeiro acordes de "London Calling", da banda The Clash, soaram entre as paredes nuas do corredor no setor de neurocirurgia no hospital Ullevål. Um homem com cabelo liso e roupão, andando com o saco de soro num suporte, lançou um olhar repreensivo ao policial. Ele estava atendendo o telefone, indo contra a proibição de usar celular no hospital.

— Stranden.

— Hole. Algo a relatar?

— Pouca coisa. Um homem insone está passeando pelo corredor. Aparência meio sinistra, mas de resto parece inofensivo.

O homem do soro bufou e continuou arrastando os pés.

— E mais cedo?

— Bem. Tottenham apanhou do Arsenal no White Hart. E a luz acabou.

— E o paciente?

— Sem um pio.

— Verificou se está tudo em ordem?

— Além das hemorroidas, parecia tudo bem.

Stranden ouviu o silêncio impaciente.

— Brincadeira. Vou entrar já para verificar. Fique na linha.

No quarto havia o cheiro de algo doce. Balas, pensou. A luz do corredor varreu o cômodo e sumiu quando a porta se fechou atrás dele, mas o policial vislumbrou um rosto no travesseiro branco. Chegou mais perto. Estava quieto. Quieto demais. Como se faltasse som. Um som.

— Karlsen?

Nenhuma reação.

Stranden pigarreou e repetiu um pouco mais alto:

— Karlsen!

O quarto estava tão quieto que a voz de Harry pelo celular soou alta e clara.

— O que houve?

Stranden pôs o celular no ouvido.

— Está dormindo feito uma criança.

— Tem certeza?

Stranden olhou para o rosto no travesseiro. E entendeu que era aquilo que o perturbara. Karlsen dormia feito uma criança. Homens adultos costumam fazer mais barulho. Ele se inclinou sobre o rosto para ouvir a respiração.

— Alô! — O grito de Harry no celular soou distante. — Alô!

16

Quinta-feira, 18 de dezembro. O refugiado.

O sol esquentou e a brisa leve fez as hastes das plantas nas dunas de areia ondularem e acenarem contentes. Ele devia ter nadado, pois a toalha em que estava deitado encontrava-se molhada.

— Olhe — disse sua mãe, apontando.

Ele colocou uma das mãos sobre os olhos, fazendo sombra, e olhou para o mar Adriático, incrivelmente azul e cintilante. E viu um homem emergindo da água com um largo sorriso. Era seu pai. Atrás dele vinha Bobo. E Giorgi. Um cachorrinho nadava a seu lado com o rabinho para cima, como um mastro. E enquanto ele olhava para eles, outras pessoas também emergiram do mar. Algumas ele conhecia bem, como o pai de Giorgi. Outras, ele reconheceu aos poucos. Um rosto num vão de porta em Paris. Os traços estavam distorcidos e irreconhecíveis, e se transformavam em máscaras grotescas que faziam caretas para ele. O sol desapareceu atrás de uma nuvem e a temperatura despencou. As máscaras começaram a gritar.

Ele acordou com uma dor dilacerante na lateral do corpo e abriu os olhos. Estava em Oslo. No chão embaixo da escada de um prédio. Um vulto estava inclinado sobre ele, boquiaberto, berrando alguma coisa. Ele reconheceu uma palavra que era quase a mesma em sua própria língua. *Narkoman.*

Então, o vulto, um homem de jaqueta curta de couro, deu um passo para trás e levantou o pé. O chute o acertou onde já doía, e ele se virou, gemendo. Havia outro homem atrás do de jaqueta de couro, rindo e tampando o nariz com os dedos. O de jaqueta de couro apontou para a porta.

Ele olhou para os dois. Tateou o bolso da jaqueta e sentiu que estava molhado. E que ainda tinha a pistola. Duas balas no pente. Mas se ele os ameaçasse com a arma, poderiam chamar a polícia.

O de jaqueta de couro berrou e ergueu a mão.

Ele levantou o braço para proteger a cabeça e conseguiu se pôr de pé. O homem que segurava o nariz abriu o portão com um largo sorriso e o chutou na bunda para que ele saísse.

O portão se fechou atrás dele, e ele ouviu os dois subirem a escada com fortes pisadas. Olhou o relógio. Quatro horas da madrugada. Ainda estava escuro e até seus ossos pareciam congelados. E estava molhado. Sentiu com a mão que as costas da jaqueta estavam molhadas e as pernas das calças ensopadas. Ele fedia a mijo. Era dele? Não, devia ter se deitado em urina. Em uma poça. No chão. Urina congelada que ele havia derretido com o calor de seu corpo.

Enfiou as mãos nos bolsos e começou a correr. Mal ligava para os poucos carros que passavam por ele.

O paciente murmurou um agradecimento e Mathias Lund-Helgesen fechou a porta do consultório atrás de si e se deixou cair na cadeira. Bocejou e olhou o relógio. Seis horas. Faltava uma hora para a troca de turno da manhã. Para poder ir para casa, dormir algumas horas e então ir para a casa de Rakel. Àquela hora, ela estaria embaixo do edredom na grande residência feita de toras de madeira em Holmenkollen. Ele ainda não tinha acertado o tom com o menino, mas aquilo viria com o tempo. Como era de costume para Mathias Lund-Helgesen. Não que Oleg não gostasse dele, mas o menino havia criado fortes laços com o ex. O policial. Era estranho como uma criança, sem mais nem menos, podia elevar um bêbado visivelmente perturbado à figura de pai ideal.

Durante algum tempo pensara tocar no assunto com Rakel, mas acabou desistindo. Só faria com que ele parecesse um babaca impotente. Ou que ela tivesse dúvidas de que ele era a pessoa certa para os dois. E era o que queria. Ser a pessoa certa. Estava disposto a ser quem fosse preciso para ficar com ela. E para saber quem ele seria, tinha que perguntar. Então perguntou. O que havia com o policial. E ela respondeu que não havia nada em particular. Salvo que ela o amara. E se ela não tivesse se expressado daquela forma, talvez ele não tivesse refletido sobre o fato de ela nunca ter usado aquela palavra com relação a ele.

Mathias Lund-Helgesen descartou os pensamentos inúteis, verificou o nome do próximo paciente no computador e foi ao corredor central, onde as enfermeiras costumavam recebê-los. Àquela hora da noite o local estava vazio, por isso prosseguiu até a sala de espera.

Cinco pessoas olharam para ele, na esperança de aquela ser a vez delas de serem atendidas. Além de um homem no canto que dormia com a boca aberta e a cabeça encostada à parede. Só podia ser um viciado. A jaqueta azul e o fedor de urina que vinha em ondas eram sinais certeiros. Tanto quanto o fato de que ele iria reclamar de dores e pedir comprimidos.

Mathias se aproximou e franziu o nariz. Coçou-o com força e deu um passo para trás. Muitos viciados, após anos sofrendo roubos de drogas e dinheiro quando estavam dopados, reagiam automaticamente quando eram acordados: dando um soco ou enfiando a faca.

O homem abriu os olhos e olhou para Mathias de maneira surpreendentemente sóbria.

— Como posso ajudar? — perguntou o médico. O costume era obviamente nunca fazer aquela pergunta a um paciente antes de estarem a sós, mas Mathias estava exausto e de saco cheio de viciados e bêbados que tomavam tempo e atenção dos outros pacientes.

O homem apertou a jaqueta em torno de si, sem responder.

— Ei! Acho que vai ter que me contar por que está aqui.

O homem fez que não com a cabeça e apontou para uma das outras pessoas, como se para explicar que não era sua vez.

— Você não pode ficar aqui — disse Mathias. — Não é permitido dormir aqui. Vá embora. Agora.

— *I don't understand* — disse o homem.

— *Leave* — disse Mathias. — *Or I'll call the police.*

Para sua própria surpresa, Mathias podia sentir que precisava se controlar para não puxar aquele viciado fedorento da cadeira. Outras pessoas já tinham se virado para ver.

O homem assentiu e se levantou devagar. Mathias o seguiu com o olhar até a porta de vidro se fechar.

— É bom botarem esse pessoal pra fora — disse uma voz atrás dele.

Mathias fez que sim, distraído. Talvez não tivesse dito vezes suficientes. Que a amava. Talvez fosse isso.

Eram 7h30 e ainda estava escuro do lado de fora da ala de neurocirurgia e no quarto 19, onde o policial Stranden olhava para a cama arrumada e vazia sobre a qual Jon Karlsen antes estivera. Logo outro paciente ocuparia o lugar. Estranho pensar naquilo. Mas agora ele precisava de uma cama onde deitar. Por muito tempo. Bocejou e verificou se não tinha deixado nada na mesa de cabeceira, pegou o jornal que estava na cadeira e se virou para sair.

Um homem estava na porta. Era o inspetor-chefe. Hole.

— Onde ele está?

— Já se foi — respondeu Stranden. — Vieram buscá-lo de carro faz uns 15 minutos. Levaram-no embora.

— É mesmo? Quem deu ordens para isso?

— O cirurgião-chefe. Não o queriam mais aqui.

— Eu queria saber quem o levou. E para onde.

— Foi seu novo chefe na Homicídios quem ligou.

— Hagen? Pessoalmente?

— Isso mesmo. E levaram Jon Karlsen para o apartamento do irmão.

Hole balançou a cabeça, devagar. E foi embora.

O dia estava clareando ao leste quando Harry subiu a escada do prédio de tijolos vermelhos na rua Gørbitz, um pedacinho de asfalto esburacado entre Kirkeveien e Fagerborggata. Ele parou no primeiro andar, como foi instruído pelo interfone. Em relevo branco, numa tirinha de plástico azul-pálido na porta entreaberta, estava escrito: Robert Karlsen.

Harry entrou e deu uma olhada geral. Era um pequeno apartamento de um quarto, e a desarrumação confirmava a impressão que ele tivera de Robert Karlsen depois de visitar seu escritório. Porém, podia ser que Li e Li houvessem contribuído para a desarrumação quando estiveram ali para procurar por cartas ou outros documentos que pudessem ajudá-los. Uma gravura de Jesus destacava-se numa parede, e ocorreu a Harry que se a coroa de espinhos fosse trocada por uma boina, aquela seria a imagem de Che Guevara.

— Então Gunnar Hagen decidiu que era para trazer você para cá? — perguntou para as costas posicionadas em frente à janela.

— Sim — respondeu Jon Karlsen, dando meia-volta. — Uma vez que o assassino sabe meu endereço, ele disse que eu estaria mais seguro aqui.

— Hum — disse Harry, dando outra olhada em volta. — Dormiu bem?

— Nem tanto. — Jon Karlsen sorriu encabulado. — Fiquei ouvindo sons que não existiam. E quando finalmente peguei no sono, chegou Stranden, o guarda, e quase me matou de susto.

Harry tirou uma pilha de gibis da cadeira e deixou-se cair nela.

— Entendo que esteja com medo, Jon. Já pensou sobre quem poderia querer matá-lo?

Jon soltou um suspiro.

— Não penso em outra coisa. Mas a resposta é a mesma: realmente não sei.

— Já foi a Zagreb alguma vez? — perguntou Harry. — Ou à Croácia?
Jon fez que não com a cabeça.

— Nunca fui além da Suécia e da Dinamarca. E isso quando eu era menino.

— Você conhece algum croata?

— Apenas os refugiados que aparecem em nosso abrigo.

— Certo. Os policiais explicaram por que trouxeram você justamente para cá?

Jon deu de ombros.

— Eu disse que tinha a chave do apartamento. E está vazio, então...

Harry passou a mão pelo rosto.

— Tinha um computador aqui — prosseguiu Jon, apontando para a mesa.

— Nós o pegamos — disse Harry e se levantou.

— Já vai?

— Tenho que pegar um voo para Bergen.

— Certo — disse Jon, com um olhar vazio.

Harry sentiu vontade de pôr a mão no ombro estreito daquele rapaz desengonçado.

O trem para o aeroporto estava atrasado. Era a terceira vez seguida. "Devido a panes" era a mensagem curta e vaga. O taxista Øystein Eikeland, seu único amigo da juventude, havia explicado a Harry que o motor de um trem é uma das coisas mais simples que existem, que até sua irmãzinha podia fazê-lo funcionar. E que se a SAS e a Companhia Ferroviária trocassem as equipes técnicas por um dia, todos os trens estariam no horário e nenhum avião ia decolar. Harry preferia as coisas do jeito que estavam.

Quando saiu do túnel antes de Lillestrøm, ligou para o número direto de Gunnar Hagen.

— É Hole.

— Eu sei.

— Dei ordens para que Jon Karlsen tivesse segurança 24 horas. E não autorizei sua remoção do hospital.

— A última parte é decidida pelo hospital — respondeu Hagen. — E a primeira parte sou eu quem decide.

Harry contou três casas na paisagem branca antes de falar.

— Foi você que me encarregou de conduzir essa investigação, Hagen.

— Sim, mas não o orçamento com gastos extras. Que, você devia saber, estourou faz tempo.

— O rapaz está morrendo de medo — disse Harry. — E então você o manda para o apartamento da primeira vítima do assassino, seu próprio irmão. Para economizar os trocados que custaria um quarto de hotel.

O alto-falante anunciou a próxima parada.

— Lillestrøm? — Hagen parecia surpreso. — Está no trem do aeroporto?

Harry praguejou em silêncio.

— Uma rápida visita a Bergen.

— Agora?

Harry engoliu em seco.

— Volto à tarde.

— Pirou de vez, cara? Estão em cima da gente nesse caso. A imprensa...

— Estou entrando num túnel — disse Harry e apertou o botão de desligar.

Ragnhild Gilstrup acordou lentamente de um sonho. Estava escuro no quarto. Ela percebeu que era de manhã, mas não compreendeu o ruído. Parecia um grande relógio mecânico. Mas eles não tinham relógios daquele tipo no quarto. Então se virou na cama e levou um susto. No lusco-fusco, viu um vulto nu imóvel ao pé da cama olhando para ela.

— Bom dia, querida — disse ele.

— Mads! Você me assustou.

— Verdade?

Ele tinha acabado de tomar banho. A porta do banheiro estava aberta e gotas d'água pingavam de seu corpo molhado, caindo no assoalho com sons macios.

— Faz tempo que está aí desse jeito? — perguntou ela e puxou o edredom até o queixo.

— Como assim?

Ela deu de ombros, mas estranhou. Havia algo oculto na maneira de ele falar. Animado, quase provocante. E aquele sorrisinho. Ele nunca foi assim. Ela se espreguiçou e bocejou. Exageradamente, ela mesma notou.

— A que horas chegou em casa ontem? — perguntou ela. — Não acordei.

— Você devia estar dormindo o sono dos inocentes. — De novo aquele sorrisinho.

Ela olhou melhor para ele. Ele havia mesmo mudado durante os últimos meses. Sempre foi magro, mas agora parecia mais forte. E havia algo em sua postura; ele parecia mais ereto. Claro, já passara pela sua cabeça que ele pudesse ter uma amante, mas a ideia não chegou a perturbá-la demais. Ela pensou um pouco.

— Onde você estava? — perguntou.

— Em um jantar com Jan Peter Sissener.

— O corretor de ações?

— Sim. Ele acha as perspectivas de mercado ótimas. Também para imóveis.

— Não seria meu trabalho falar com ele?

— Apenas gosto de me manter bem-informado.

— Você acha que não estou mantendo-o informado, querido?

Ele olhou para ela. Sustentou seu olhar até que ela sentisse o que nunca sentia quando conversava com Mads: o sangue subindo-lhe ao rosto.

— Tenho certeza de que você me conta o que eu devo saber, querida.

Ele voltou ao banheiro, de onde ela ouviu a torneira sendo aberta.

— Estudei algumas propriedades interessantes — ela quase gritou, mais para dizer alguma coisa, para quebrar aquele silêncio esquisito que sucedeu à sua última frase.

— Eu também — retrucou Mads no mesmo tom de voz. — Ontem fui olhar um prédio na rua Gøteborg. Daqueles do Exército de Salvação, sabe?

Ela congelou. O prédio de Jon.

— Ótimo prédio. Mas tinha aquela fita da polícia na porta de um dos apartamentos. Um dos moradores me contou que houve um tiroteio por lá. Já imaginou?

— Não! — gritou ela. — Para que servia a fita?

— É assim que a polícia faz: interdita o apartamento enquanto vira tudo de pernas para o ar para procurar impressões digitais e DNA e descobrir quem passou por lá. De qualquer maneira, pode ser que o Exército aceite baixar o preço depois do tiroteio no prédio, não acha?

— Eles não querem vender, já disse.

— Eles não *queriam* vender, querida.

Ocorreu-lhe um pensamento.

— Por que a polícia foi vasculhar o apartamento se os tiros vieram do corredor?

Ela ouviu Mads fechar a torneira e levantou o olhar. Ele estava no vão da porta com um sorriso amarelo na espuma de barbear, a lâmina solta na mão. E logo ia se borrifar com aquela loção pós-barba que ela detestava.

— Do que está falando? — perguntou ele. — Eu não disse nada sobre corredores. E por que ficou tão pálida de repente, querida?

O dia nasceu tarde e ainda havia camadas de neblina de gelo transparente sobre o parque Sofienberg quando Ragnhild subiu a passos largos a rua Helgesen, respirando dentro do seu cachecol bege Bottega Veneta. Nem mesmo lã adquirida por 9 mil coroas em Milão conseguia deter o frio, mas pelo menos cobria seu rosto.

Impressões digitais. DNA. Saber quem esteve lá. Não podia acontecer, as consequências seriam catastróficas.

Ela dobrou a esquina da rua Gøteborg. Pelo menos não havia nenhum carro da polícia em frente ao prédio.

A chave deslizou para dentro da fechadura e ela foi direto ao elevador. Fazia tempo que estivera ali. E era a primeira vez que vinha sem avisar, naturalmente.

Seu coração batia forte enquanto o elevador a levava para cima e ela pensava em seus cabelos no ralo do banheiro, fibras de roupas no tapete, impressões digitais em todo lugar.

O corredor estava vazio. A fita laranja estendida sobre o umbral da porta mostrava que não havia ninguém em casa, mas ela bateu mesmo assim, e esperou. Tirou então a chave da bolsa e enfiou na fechadura. Não entrou. Tentou de novo, mas só conseguiu enfiar a pontinha no cilindro. Meu Deus, será que Jon havia trocado a fechadura? Ela respirou fundo, virou a chave e rezou.

A chave entrou e a fechadura deu um clique suave quando abriu.

Ela inalou o cheiro do apartamento que conhecia tão bem e foi direto ao guarda-roupa, onde sabia que Jon guardava o aspirador de pó. Era um Siemens VS08G2040 preto, o mesmo modelo que ela tinha em casa, 2000 watts, o mais potente do mercado. Jon gostava de manter tudo limpo. O aspirador soltou um rugido rouco quando Ragnhild enfiou o plug na tomada na parede. Eram 10h. Ela devia conseguir aspirar todos os pisos e passar pano em todas as paredes e superfícies em uma hora. Olhou para a porta fechada do quarto e pensou em começar por lá. Onde as lembranças eram mais fortes, as pistas mais abundantes. Não. Ela encostou o bocal do aspirador no antebraço. Parecia uma mordida. Arrancou o bocal e viu que o sangue já havia formado uma mancha azul na pele.

Ela só tinha aspirado durante alguns minutos quando se lembrou. As cartas! Meu Deus, quase esqueceu que as cartas que ela tinha escrito podiam ser encontradas. Tanto as primeiras, nas quais ela descrevia seus mais íntimos sonhos e desejos, quanto as últimas, desesperadas e reveladoras, em que ela havia suplicado a ele para entrar em contato. Deixou o aspirador ligado, a mangueira em cima de uma cadeira, e correu até a escrivaninha de Jon. Começou a abrir as gavetas. Na primeira havia canetas, fita adesiva, furador. Na segunda, listas telefônicas. A terceira estava trancada. Claro.

Ela agarrou o abridor de cartas, enfiou-o bem em cima da fechadura e inclinou-se com toda a força sobre o cabo. A madeira velha e seca rangeu. E quando pensou que o abridor ia quebrar, a parte da frente da gaveta rachou. Ela puxou a gaveta para fora, removeu as lascas de madeira e viu os envelopes. Pilhas de envelopes. Seus dedos folhearam depressa. Hafslund Energi. DnB. If. Exército de Salvação. Um em branco. Ela abriu. "Querido filho", estava escrito na parte de cima da folha. Continuou folheando. Ali! O envelope tinha o nome da fundação, Gilstrup Invest, em letras azul-claras no canto direito inferior.

Aliviada, pegou a carta.

Quando terminou de ler, deixou a carta na mesa e sentiu as lágrimas escorrerem pelo rosto. Era como se seus olhos tivessem sido abertos novamente, como se ela estivesse cega e agora houvesse recuperado a visão e tudo estivesse igual. Como se tudo em que ela havia acreditado e uma vez renegado tivesse se tornado verdade outra vez. A carta era curta, mas, agora que ela a lera, tudo mudara.

O aspirador uivava insistentemente e abafou tudo, menos as frases simples e explícitas naquela folha de papel, seu caráter absurdo e ao mesmo tempo sua lógica óbvia. Ela não ouviu o trânsito da rua, o ranger da porta ou a pessoa que estava logo atrás da cadeira. Foi só quando sentiu o cheiro dela que os pelos em sua nuca se eriçaram.

O avião da SAS aterrissou em Flesland com rajadas de vento a oeste. No táxi para o centro de Bergen, os limpadores de para-brisa competiram ruidosamente com os pneus de tachas estalando contra o escuro asfalto molhado que serpenteava entre colinas com relva rala e árvores desnudas. Inverno no Oeste.

Quando chegaram ao Vale de Fylling, Skarre ligou.

— Encontramos algo.

— Desembuche.

— Revistamos o disco rígido de Robert Karlsen. A única coisa de caráter duvidoso são cookies de páginas pornô na internet.

— Encontraríamos isso no seu computador também, Skarre. Vá logo ao que interessa.

— Também não encontramos nenhuma pessoa suspeita nos papéis ou cartas.

— Skarre... — avisou Harry.

— Por outro lado, encontramos um canhoto interessante de uma passagem de avião — disse Skarre. — Imagine para onde.

— Vai levar uma surra.

— Para Zagreb — disse Skarre depressa. E emendou com cuidado quando Harry não respondeu: — Croácia.

— Obrigado. Quando foi isso?

— Em outubro. Saída dia 12 e retorno no mesmo dia à noite.

— Hum. Um único dia de outubro em Zagreb. Não parece viagem de férias.

— Verifiquei com a chefe dele no Fretex em Kirkeveien, e ela diz que Robert nunca foi ao exterior a trabalho para eles.

Ao desligar, Harry se perguntou por que não tinha dito a Skarre que estava contente com o trabalho dele. Podia ter dito. Será que estava ficando mesquinho com os anos? Não, pensou ao receber quatro coroas de troco do taxista; sempre fora mesquinho.

Harry desceu e entrou num aguaceiro triste e gonorreico típico de Bergen, que, de acordo com o mito, começa numa tarde em setembro e para numa tarde em março. Caminhou poucos passos até a porta de entrada do Børs Kafé e parou lá dentro, varrendo o recinto com o olhar e perguntando-se o que a nova lei antifumo faria com lugares como aquele. Harry já estivera no Børs duas vezes; era um lugar onde ele instintivamente se sentia em casa e, ao mesmo tempo, pouco à vontade. Os garçons rodopiavam com jaquetas vermelhas e expressões faciais típicas de quem trabalha num lugar de alto luxo, enquanto serviam chope e petiscos ressecados a forasteiros, pescadores aposentados, marinheiros de guerra tenazes e outras pessoas que já haviam naufragado. Na primeira vez em que Harry esteve ali, uma celebridade caduca havia dançado tango com um pescador entre as mesas, enquanto uma velha superarrumada havia cantado canções românticas alemãs acompanhada por um acordeonista, soltando obscenidades rítmicas com erres carregados nas pausas instrumentais.

O olhar de Harry encontrou o que estava procurando, e ele se dirigiu à mesa onde um homem alto e magro curvava-se sobre um copo vazio e outro quase vazio de chope.

— Chefe.

A cabeça do homem voltou-se para cima ao ouvir a voz de Harry. Seus olhos a seguiram com um ligeiro atraso. Atrás da névoa de embriaguez, suas pupilas se contraíram.

— Harry. — Sua voz era surpreendentemente clara e nítida.

Harry pegou uma cadeira vazia da mesa vizinha.

— De passagem? — perguntou Bjarne Møller.

— Sim.

— Como me encontrou?

Harry não respondeu. Estava preparado, mas mesmo assim mal podia acreditar no que estava vendo.

— Então estão fofocando na delegacia? Pois é. — Møller tomou um grande gole de chope. — Estranha troca de papéis, não? Era eu quem costumava encontrar você nesse estado. Um chope?

Harry se inclinou sobre a mesa.

— O que houve, chefe?

— O que pode ter acontecido quando um homem da minha idade fica bebendo no meio do expediente, Harry?

— Ou foi demitido ou a mulher o deixou.

— Eu ainda não fui demitido. Até onde sei. — Møller riu quieto. Os ombros chacoalharam, mas nenhum som saiu.

— Kari... — Harry se calou. Não sabia como formular as palavras.

— Ela e as crianças não vieram como o planejado. Tudo bem. Foi decidido de antemão.

— O quê?

— Sinto falta dos meninos, claro. Mas vou sair dessa. É só... como dizem... uma fase que vai passar? Sim, mas há palavras melhores. Trans... não...

A cabeça de Bjarne Møller voltou a se inclinar sobre o copo.

— Vamos passear um pouco — disse Harry e pediu a conta.

Vinte e cinco minutos mais tarde, Harry e Bjarne Møller estavam sob a mesma nuvem de chuva em frente a uma balaustrada na montanha de Fløien, olhando o que possivelmente era Bergen. Haviam saído do centro da cidade por um teleférico puxado por grossos cabos de aço.

— Foi por isso que veio para cá? — perguntou Harry. — Porque você e Kari iam se separar?

— Aqui chove tanto quanto dizem — disse Møller.

Harry soltou um suspiro.

— Não adianta beber, chefe. Só torna as coisas piores.

— Essa é minha fala, Harry. Como está se entendendo com Gunnar Hagen?

— Bem. Ele é um bom palestrante.

— Cuidado para não subestimá-lo, Harry. Ele é mais do que um palestrante. Gunnar Hagen trabalhou no FSK durante sete anos.

— O Comando Especial das Forças Armadas? — perguntou Harry surpreso.

— Isso mesmo. Fiquei sabendo pelo chefe da Polícia Criminal. Hagen foi transferido para o FSK em 1981, quando a corporação foi estabelecida para proteger nossas plataformas no Mar do Norte. Como se trata de serviço secreto, nunca constou em nenhum currículo.

— As forças especiais — disse Harry e sentiu que a chuva gélida estava penetrando no tecido dos ombros da jaqueta. — Ouvi dizer que a lealdade é algo extremamente forte lá.

— É como uma irmandade — disse Møller. — Impenetrável.

— Sabe de outros que estiveram lá?

Møller fez que não com a cabeça. Ele já parecia sóbrio.

— Alguma novidade sobre a investigação? Recebi informações confidenciais.

— Nem temos um motivo.

— O motivo é dinheiro — disse Møller e limpou a garganta. — Ganância, a ilusão de que as coisas vão mudar se você tiver dinheiro. De que você pode se transformar.

— Dinheiro. — Harry olhou para Møller de soslaio. — Talvez — disse hesitante.

Møller cuspiu com asco na sopa cinzenta na frente deles.

— Encontre o dinheiro. Encontre o dinheiro e siga seu rastro. Sempre o guiará para a resposta.

Harry nunca o ouvira falar daquela maneira, não com aquela certeza amarga, como se tivesse uma sabedoria que ele preferia não ter.

Harry respirou fundo e arriscou:

— Você sabe que não gosto de rodeios, chefe, então lá vai. Você e eu somos o tipo de cara que não tem muitos amigos. E mesmo que você talvez não me considere um amigo, sou pelo menos algo parecido com isso.

Harry olhou para Møller, mas ele nada disse.

— Vim até aqui para saber se há algo que eu possa fazer. Se você gostaria de conversar sobre alguma coisa ou...

Ainda sem reação.

— Sei lá, chefe. Mas agora estou aqui.

Møller virou o rosto para o céu.

— Você sabia que os moradores locais chamam isso aqui atrás de nós de montanhas? E de fato são. Montanhas reais. A seis minutos de teleférico do centro da segunda maior cidade da Noruega tem gente que se perde e morre. Esquisito, não é?

Harry deu de ombros. Møller soltou um suspiro.

— Essa chuva não parece querer parar. Vamos pegar aquela lata velha e descer.

Lá embaixo foram juntos ao ponto de táxi.

— Só leva vinte minutos para o aeroporto agora antes do rush — disse Møller.

Harry fez que sim com a cabeça e esperou um pouco antes de entrar. Sua jaqueta estava ensopada.

— Siga o dinheiro — disse Møller e pôs a mão no ombro de Harry. — Faça o que tem que fazer.

— Você também, chefe.

Møller acenou e começou a andar, mas se virou quando Harry entrou no táxi e gritou algo que foi abafado pelo trânsito. Harry ligou o celular quando atravessaram a Danmarks Plass. Havia uma mensagem de Halvorsen para retornar a ligação. Harry discou o número.

— Temos o cartão de crédito de Stankic — disse Halvorsen. — Foi engolido e retido num caixa eletrônico em Youngstorvet pouco antes da meia-noite.

— Então era de lá que ele vinha quando invadimos o albergue — disse Harry.

— Sim.

— É provável que ele tenha feito o longo caminho a pé, por medo de que rastreássemos o cartão em algum lugar perto do albergue. Ele deve estar precisando desesperadamente de dinheiro.

— Ainda tem mais — disse Halvorsen. — O caixa tem câmeras de segurança.

— Sim?

Halvorsen fez uma pausa retórica.

— Vamos — disse Harry. — Ele não esconde o rosto, é isso?

— Ele ri direto para a câmera, como um ator — disse Halvorsen.

— Beate já recebeu a gravação?

— Ela está na Casa da Dor analisando o filme agora.

* * *

Ragnhild Gilstrup pensou em Johannes. Em como tudo poderia ter sido diferente. Se ela apenas tivesse seguido seu coração, sempre muito mais sábio que sua cabeça. Era estranho, mas ela nunca fora tão infeliz e ao mesmo tempo nunca teve tanta vontade de viver como naquele momento.

Viver só mais um pouco.

Porque agora tudo fazia sentido.

Ela olhou para dentro de um cano preto e entendeu o que viu.

E o que ia acontecer.

Seu grito foi abafado pelo som do simples motor de um Siemens VS08G2040. Uma cadeira tombou. O bocal com a poderosa sucção estava chegando mais perto de seu olho. Com força, tentou fechar as pálpebras, mas elas eram mantidas abertas por dedos fortes que queriam que ela olhasse. E ela olhou. E sabia, sabia o que ia acontecer.

17

Quinta-feira, 18 de dezembro. O rosto.

O grande relógio de parede sobre o balcão da farmácia mostrava 9h30. Nos bancos ao longo das paredes havia pessoas tossindo, de olhos fechados e sonolentos, alternando olhares entre o número digital vermelho no display e sua senha, como se esta fosse o bilhete da loteria e cada tinido, um novo prêmio.

Ele não havia pegado uma senha. Só queria ficar perto dos aquecedores da farmácia, mas sentiu que a jaqueta azul atraía atenção indesejada, porque os funcionários já estavam começando a lançar olhares em sua direção. Olhou pela janela. Por trás da cerração vislumbrou os contornos de um sol pálido e impotente. Uma viatura policial passou. Havia câmeras de segurança ali dentro. Ele precisava se mandar dali, mas para onde? Sem dinheiro, não poderia ficar em cafés e bares. Agora nem tinha mais o cartão de crédito. Ontem à noite decidira sacar dinheiro mesmo correndo o risco de o cartão ser rastreado. Tinha saído do albergue à noite, e por fim encontrara um caixa eletrônico bem longe de lá. Mas a máquina engolira seu cartão sem lhe dar nada além da confirmação do que já sabia: eles o haviam encontrado. Estava cercado outra vez.

O salão semideserto do Biscuit encontrava-se mergulhado no som de uma flauta de Pã. Era o período calmo entre o almoço e o jantar, e Tore Bjørgen estava em frente à janela, olhando para a avenida Karl Johan, perdido em devaneios. Não porque a vista fosse tão atraente, mas porque os aquecedores ficavam embaixo das janelas e ele tinha a sensação de não conseguir se aquecer direito. Estava de mau humor. Teria que buscar as passagens de avião para a Cidade do Cabo dentro de dois dias e acabava de constatar o que já sabia fazia tempo: não tinha dinheiro suficiente. Mesmo depois de tanto trabalho, o dinheiro parecia evaporar. Claro, tinha o espelho rococó que ele havia comprado para o apartamento no ɷutono; andara gastando demais em champanhe, pó e outros divertimentos caros. Não que ele tivesse perdido o controle das coisas, mas, para ser sincero, estava na hora de sair do círculo vicioso de pó para festas, pílulas para dormir e mais pó para aguentar as horas extras que fazia para financiar os maus hábitos. E justo agora sua conta estava mais do que no vermelho. Nos últimos cinco anos havia passado o Natal e o Réveillon na Cidade do Cabo, em vez de ir para sua cidade natal no povoado interiorano de Vegårdshei, para a rigidez religiosa, as acusações silenciosas de seus pais e a maldisfarçada repulsa dos tios e primos. Ele trocava três semanas de frio intolerável, escuridão inconsolável e tédio por sol, pessoas bonitas e uma vida noturna efervescente. E jogos. Jogos perigosos. Em dezembro e janeiro, a Cidade do Cabo era invadida por agências de propaganda europeias, equipes de filmagem e modelos, homens e mulheres. E nesse meio ele encontrava seus semelhantes. O jogo de que mais gostava era o encontro às escuras. Num lugar como a Cidade do Cabo, sempre havia certo perigo implícito, mas encontrar um homem na escuridão no meio das choupanas do Cape Flats era simplesmente arriscar a vida. Mesmo assim ele ia. Nem sempre sabia por que fazia aquelas idiotices, sabia apenas que o perigo era necessário para que ele se sentisse bem. O jogo precisava ter uma penalidade em potencial para ser interessante.

Tore Bjørgen fungou. O devaneio foi interrompido por um cheiro que ele esperava não vir da cozinha. Virou-se.

— *Hello again* — disse o homem que havia se posto bem atrás dele.

Se Tore Bjørgen fosse um garçom menos profissional, teria mostrado uma expressão desaprovadora. O homem à sua frente não só vestia aquela horrível jaqueta de inverno que parecia estar na moda entre os viciados da avenida Karl Johan como também tinha a barba por fazer, os olhos injetados e fedia como um mictório.

— *Remember me?* — perguntou o homem. — *At the men's room?*

Tore Bjørgen achou que ele fazia referência à boate com o mesmo nome antes de entender que o homem se referia, na verdade, ao toalete. E foi só então que o reconheceu. Quer dizer, ele reconheceu a voz. E pensou em como era incrível o que 24 horas sem as necessidades básicas como uma lâmina de barbear, um banho e oito horas de sono podiam fazer com a aparência de um homem.

Após seu intenso devaneio ter sido interrompido, duas reações notavelmente diferentes vieram na sequência: primeiro a doce pontada de desejo. O motivo de o homem voltar era óbvio depois do flerte e o efêmero, mas íntimo, contato físico que tiveram. Depois, o susto quando a imagem do homem com a pistola pingando sabão surgiu na memória. Além do fato de que o policial que aparecera no restaurante havia mencionado uma ligação com o assassinato do pobre soldado do Exército de Salvação.

— Preciso de um lugar para ficar — disse o homem.

Tore Bjørgen piscou duas vezes, surpreso. Não podia acreditar. Ali estava ele, bem na frente de um homem que podia ser um assassino, um homem suspeito de ter matado um rapaz a sangue-frio na rua. Então por que já não tinha largado tudo o que tinha nas mãos e corrido para fora, gritando pela polícia? O policial dissera que havia uma recompensa para informações que levassem à prisão do suspeito. Bjørgen olhou para o fundo do salão, onde o maître folheava o livro de reservas. Por que então ele sentiu esse estranho formigamento de prazer em seu plexo solar propagar-se pelo corpo, deixando-o arrepiado e trêmulo ao procurar algo sensato para dizer?

— É só por uma noite — disse o homem.

— Estou trabalhando hoje — disse Tore Bjørgen.

— Posso esperar.

Tore Bjørgen olhou para o homem. É loucura, pensou enquanto seu cérebro, lenta e inexoravelmente, ligava sua vontade de se divertir com a possível solução de um problema. Engoliu em seco e trocou o peso de pé.

Harry desceu do trem na Estação Central de Oslo e caminhou com passos largos até a sede da Polícia, pegou o elevador para o setor de Roubos e Furtos e continuou com passos acelerados até a Casa da Dor: a sala de vídeo.

Estava escuro, quente e abafado na salinha sem janelas. Ele ouviu dedos rápidos correrem sobre o teclado do computador.

— O que está vendo? — perguntou à silhueta delineada contra as imagens bruxuleantes na tela na parede.

— Algo muito interessante — respondeu Beate Lønn sem se virar, mas Harry sabia que ela estava com os olhos injetados. Ele já tinha visto como Beate trabalhava. Como ela podia ficar olhando para a tela horas a fio, rebobinando, parando, focando, aumentando, salvando. Às vezes não entendia o que ela procurava. Ou o que via. Aquele era o território dela. — E possivelmente esclarecedor — emendou.

— Sou todo ouvidos — Harry tateou no escuro, chutou a perna de uma cadeira e sentou-se praguejando.

— Pronto?

— Desembuche.

— Certo. Deixe-me apresentar Christo Stankic.

Na tela, um homem se aproximou de um caixa eletrônico.

— Tem certeza? — perguntou Harry.

— Não está reconhecendo?

— Reconheço a jaqueta azul, mas... — disse Harry e ouviu a confusão em sua própria voz.

— Espere — disse Beate.

O homem enfiou um cartão no caixa e esperou. Então virou o rosto para a câmera e fez uma careta. Um sorriso irônico.

— Ele descobriu que não pode sacar dinheiro — disse Beate.

O homem na tela apertou os botões várias vezes e, por fim, deu um soco no teclado.

— E agora descobriu que nem vai ter o cartão de volta — disse Harry.

O homem ficou parado por um longo momento olhando a tela do caixa eletrônico. Depois subiu a manga do casaco, olhou o relógio, virou-se e sumiu.

— Que tipo de relógio? — perguntou Harry.

— O vidro refletia — disse Beate. — Mas aumentei o negativo. Está escrito Seiko SQ50 no mostrador.

— Boa menina. Mas não vi nada esclarecedor.

— Veja.

Beate digitou algo e duas fotos do homem que eles tinham acabado de ver apareceram na tela. Uma quando tirou o cartão do bolso, outra quando olhou para o relógio.

— Escolhi essas duas fotos porque ele está com o rosto quase na mesma posição e é mais fácil perceber. Essas duas fotos foram tiradas num intervalo de pouco mais de cem segundos. Está vendo?

— Não — disse Harry, que de fato não via nada. — Parece que não sou bom nisso. Não consigo nem ver que é a mesma pessoa nas duas fotos. Ou que seja a pessoa que eu vi perto do rio Aker.

— Ótimo, então já viu.

— Vi o quê?

— Aqui está a foto dele do cartão de crédito — disse Beate e clicou. Um homem com cabelo curto e gravata apareceu.

— E aqui está a foto tirada pelo *Dagbladet* na Egertorget.

Duas fotos novas.

— Está vendo que são a mesma pessoa? — perguntou Beate.

— Na verdade, não

— Nem eu.

— Nem *você?* Se *você* não vê, então quer dizer que não é a mesma pessoa.

— Não — disse Beate. — Quer dizer que estamos vendo um caso conhecido como hipermobilidade. O que os especialistas chamam de *visage du pantomime.*

— Do que está falando?

— De uma pessoa que pode mudar sua aparência sem precisar de maquiagem, roupas ou cirurgia plástica.

Na reunião na zona vermelha, Harry esperou todos do grupo de investigadores se sentarem antes de falar.

— Agora sabemos que estamos procurando apenas um homem. Por enquanto o chamamos de Christo Stankic. Beate?

Beate ligou o projetor e a imagem de um rosto com olhos fechados e uma máscara de algo parecido com espaguete vermelho apareceu na tela.

— O que estão vendo aqui é uma ilustração dos nossos músculos faciais — começou ela. — Músculos que usamos para formar expressões e, com isso, alterar nossa aparência. Os mais importantes estão na testa, em volta dos olhos e da boca. Este, por exemplo, é o *musculus frontalis,* que junto com o *musculus corrugator supersilii* é usado para levantar ou contrair as sobrancelhas. O *orbicularis oculi* é usado para fechar as pálpebras ou criar dobras na região em volta dos olhos. E daí por diante.

Beate pressionou o botão do controle remoto. A foto foi trocada por uma imagem de um palhaço com grandes bochechas infladas.

— Temos centenas de músculos desse tipo no rosto, e mesmo aqueles cuja função é criar expressões usam apenas uma parte mínima desse potencial. Atores e ilusionistas treinam os músculos da face para maximizar os movimentos que nós em geral perdemos ainda jovens. Mas mesmo os atores e artistas de pantomima usam o rosto para movimentos de mímica a fim de expressar certos sentimentos. E mesmo que sejam importantes, são bastante universais e poucos. Raiva, alegria, paixão, surpresa, um sorriso, uma gargalhada e daí por diante. Mas a natureza nos equipou com essa máscara de músculos que é capaz de fazer milhões de expressões faciais, na verdade um número quase ilimitado. Pianistas treinam a ligação entre o cérebro e a musculatura dos dedos até o ponto de eles poderem executar dez diferentes tarefas simultaneamente, totalmente independentes um do outro. E nem temos tantos músculos nos dedos. O que não podemos fazer com o rosto, então?

Beate passou para a foto de Christo Stankic em frente ao caixa eletrônico.

— Bem, podemos, por exemplo, fazer isso.

O filme avançou em câmera lenta.

— As mudanças são quase imperceptíveis. Músculos minúsculos que se contraem e relaxam. Pequenos movimentos musculares resultam em outra expressão facial. O rosto se altera muito? Não, mas a parte do cérebro que reconhece rostos, o *gyrus fusiforme*, é extremamente sensível até a pequenas mudanças, pois sua função é distinguir entre milhares de rostos fisiologicamente iguais. Através desse ajuste gradativo dos músculos faciais temos por fim algo que aparentemente é outra pessoa. Como essa aqui.

A imagem congelou no último quadro da gravação.

— Alô! Terra chamando Marte.

Harry reconheceu a voz de Magnus Skarre. Houve risos e Beate ficou vermelha.

— Desculpe. — Skarre riu e olhou contente em volta. — Esse aí ainda é o Stankic. Ficção científica é divertido, mas rostos que relaxam e contraem alguns músculos aqui e ali e se tornam irreconhecíveis é um tanto exagerado, se querem saber minha opinião.

Harry ia se intrometer, mas mudou de ideia. Em vez disso observou Beate com interesse. Há dois anos, um comentário daqueles a teria esmagado na hora e sobraria para ele catar os cacos.

— Mas por enquanto ninguém perguntou nada a você — disse Beate, ainda com o rosto vermelho-pimenta. — E já que se sente assim, deixe-me dar um exemplo. Tenho certeza de que vai entender.

— Epa! — disse Skarre e levantou as mãos. — Não é nada pessoal, Lønn.

— Quando as pessoas morrem, ocorre o que chamamos de *rigor mortis* — continuou Beate aparentemente impassível, mas Harry podia ver suas narinas dilatadas. — Os músculos do corpo e do rosto enrijecem. É como se estivessem contraídos. E qual é a reação típica de familiares que têm que identificar os mortos?

No silêncio que seguiu, só se ouvia a ventoinha do projetor. Harry já estava sorrindo.

— Eles não os reconhecem — disse alguém em voz alta e clara. Harry não tinha notado a entrada de Gunnar Hagen. — Um problema nada incomum na hora de identificar soldados mortos. Eles estão de uniforme, mas às vezes colegas da mesma tropa têm que olhar a placa identificadora para ter certeza.

— Obrigada — disse Beate. — Ajudou sua compreensão, Skarre?

Skarre deu de ombros e Harry ouviu alguém rir alto. Beate desligou o projetor.

— A plasticidade ou mobilidade da face é muito pessoal. Em parte pode ser treinada e em parte devemos supor que seja genética. Algumas pessoas não são capazes de distinguir o lado direito e o esquerdo de sua face, outras conseguem, com a prática, controlar todos os músculos independentes um do outro. Como um pianista. Isso se chama hipermobilidade ou *visage du pantomime*. Os casos conhecidos indicam que é altamente hereditário. A habilidade é desenvolvida na juventude ou na infância, e aqueles com um grau extremo de hipermobilidade muitas vezes sofrem de distúrbios de personalidade ou tiveram experiências traumáticas quando crianças.

— Então está dizendo que estamos lidando com um louco? — perguntou Gunnar Hagen.

— Minha especialidade é rostos, não psicologia — disse Beate. — Mas não podemos descartar a possibilidade. Harry?

— Obrigado, Beate. — Harry se levantou. — Então pessoal, agora sabem melhor o que estamos enfrentando. Perguntas? Li?

— Como pegamos uma criatura dessas?

Harry e Beate se entreolharam. Hagen pigarreou.

— Não faço ideia — respondeu Harry. — Só sei que isso não vai acabar até ele terminar o serviço. Ou nós terminarmos o nosso.

Havia um recado de Rakel quando Harry voltou para o escritório. Ele ligou imediatamente para não ficar pensando no assunto.

— Como vai? — perguntou ela.

— Direto à Suprema Corte — respondeu Harry. Era uma expressão que o pai de Rakel costumava usar. Uma piada interna entre os combatentes do front que enfrentavam um julgamento depois da guerra. Rakel riu. Sua risada suave, pela qual ele já esteve disposto a sacrificar tudo apenas para ouvi-la todo dia. Ainda funcionava.

— Está sozinho? — perguntou ela.

— Não. Halvorsen está aqui na escuta como sempre.

Halvorsen ergueu o olhar dos relatórios das testemunhas da Egertorget fazendo uma careta.

— Oleg está precisando de alguém com quem conversar — disse Rakel.

— É mesmo?

— Estou me expressando mal. Ele precisa falar com você.

— Precisa?

— Outra correção. Ele *disse* que quer falar com você.

— E pediu para você ligar?

— Não. Não, ele nunca faria isso.

— Não. — Harry sorriu com a ideia.

— Então... Acha que teria tempo uma noite dessas?

— Claro.

— Ótimo. Você podia vir jantar com a gente.

— A gente?

— Oleg e eu.

— Hum.

— Sei que encontrou Mathias...

— É — disse Harry depressa. — Parece um cara legal.

— Sim.

Harry não sabia como devia interpretar o tom de voz dela.

— Ainda está aí?

— Estou — disse ele. — Escute, temos um caso de assassinato e as coisas estão ficando quentes por aqui. Posso pensar e ligar quando tiver um dia livre?

Silêncio.

— Rakel?

— Sim, seria ótimo. E de resto?

A pergunta era tão fora de contexto que Harry por um momento se perguntou se ela estava sendo irônica.

— Os dias passam — disse Harry.

— Não há nada de novo na sua vida desde que nos falamos pela última vez?

Harry respirou fundo.

— Preciso ir, Rakel. Ligo assim que puder. Dê um abraço em Oleg. Certo?

— Certo.

Harry desligou.

— Então? — disse Halvorsen. — "Um dia livre"?

— É só um jantar. Algo com Oleg. O que Robert foi fazer em Zagreb?

Halvorsen ia dizer algo, mas ouviram alguém bater com cuidado à porta. Os dois se viraram. Skarre estava no batente.

— A polícia de Zagreb acabou de ligar — informou. — O cartão de Stankic foi emitido com base em um passaporte falso.

— Hum. — Harry se inclinou para trás na cadeira com os braços atrás da cabeça. — O que Robert foi fazer em Zagreb, Skarre?

— Vocês sabem o que acho.

— Droga — disse Halvorsen.

— Você não mencionou uma garota que perguntou por Robert na Fretex em Kirkeveien, Skarre? No supermercado acharam que ela era da Iugoslávia, não foi?

— Sim. Foi a gerente de lá que...

— Ligue para a Fretex, Halvorsen.

O escritório ficou em silêncio enquanto Halvorsen folheava as Páginas Amarelas e discava um número. Harry começou a dedilhar na mesa, perguntou-se como poderia dizer que estava contente com Skarre. Limpou a garganta. Mas então Halvorsen lhe estendeu o fone.

A tenente-coronel Rue escutou, falou e agiu. Uma mulher eficiente, constatou Harry, quando desligou o telefone e pigarreou de novo, dois minutos mais tarde.

— Foi um dos rapazes parágrafo 12 dela, um sérvio, que se lembrou da garota. Ele acha que se chama Sofia, mas não tem certeza. Mas disse que ela era de Vukovar.

Harry encontrou Jon na cama do apartamento de Robert com uma Bíblia aberta sobre a barriga. Tinha a aparência angustiada de quem não dormiu o suficiente. Harry acendeu um cigarro, sentou na frágil cadeira da cozinha e perguntou o que Jon achava que Robert tinha ido fazer em Zagreb.

— Não faço ideia, ele não me disse nada. Talvez tenha a ver com o projeto secreto para o qual eu emprestei o dinheiro.

— Certo. Está sabendo que ele tinha uma namorada, uma jovem croata chamada Sofia?

— Sofia Miholjec? Está brincando!

— Não. Você sabe quem é?

— Sofia mora num dos nossos prédios na rua Jacob Aall. Sua família estava entre os refugiados croatas de Vukovar que o comandante conseguiu trazer para cá. Mas Sofia... Sofia tem 15 anos.

— Talvez ela estivesse apaixonada por Robert? Uma garota. Um rapaz bacana, mais velho. Não é tão incomum, você sabe.

Jon ia responder, mas calou-se.

— Você mesmo disse que Robert gostava de mulheres mais jovens — disse Harry.

Jon olhou para o chão.

— Posso dar o endereço da família, para você averiguar pessoalmente.

— Ótimo. — Harry olhou para o relógio. — Está precisando de alguma coisa?

Jon olhou em torno.

— Eu queria passar no meu apartamento. Pegar roupas e coisas de toalete.

— Está bem, eu levo você. Pegue sua jaqueta e um gorro. Esfriou bastante.

Levaram vinte minutos. No caminho passaram em frente ao velho e dilapidado Estádio de Bislett, que estava prestes a ser demolido, e o restaurante Schrøder, onde, do lado de fora, havia uma pessoa de casaco grosso de lã e gorro que Harry reconheceu. Estacionou ilegalmente em frente à entrada do número 4 da rua Gøteborg; eles entraram e foram para o elevador. Harry viu pelo painel vermelho sobre a porta que o elevador estava no terceiro andar, onde ficava o apartamento de Jon. Antes de apertar o botão, ouviram o elevador se pôr em movimento e, pelos números, viram que ele estava descendo. Harry esfregou as mãos nas coxas.

— Você não gosta de elevadores — disse Jon.

Harry olhou surpreso para ele.

— É tão óbvio?

Jon sorriu.

— Meu pai também não gosta. Venha, vamos pela escada.

Foram andando, e no meio da escada Harry ouviu a porta do elevador se abrir no térreo.

Entraram no apartamento e Harry ficou perto da porta enquanto Jon entrava no banheiro para pegar suas coisas.

— Estranho — disse Jon franzindo a testa. — Parece que alguém esteve aqui.

— Os técnicos estiveram aqui e encontraram as balas — disse Harry.

Jon foi para o quarto e voltou com uma bolsa.

— Estou sentindo um cheiro esquisito — disse ele.

Harry olhou em volta. Na pia da cozinha havia dois copos, mas sem leite ou outra bebida visível. Não havia nenhuma marca molhada de neve derretida no chão, apenas algumas lascas de madeira na frente da escrivaninha. Deviam ser da gaveta, que parecia ter rachado.

— Vamos embora — disse Harry.

— Por que meu aspirador está ali? — perguntou Jon e apontou. — Foi usado pelo seu pessoal?

Harry conhecia os procedimentos técnicos, e nenhum incluía o uso do aspirador no local do crime.

— Mais alguém além de você tem a chave daqui? — perguntou Harry. Jon hesitou.

— Thea, minha namorada. Mas ela nunca teria passado o aspirador por iniciativa própria.

Harry examinou as lascas de madeira em frente à escrivaninha, o que seria a primeira coisa que o aspirador teria engolido. Foi até o aspirador. O bocal havia sido removido do cabo de plástico que se prendia à ponta da mangueira. Um calafrio percorreu suas costas. Ele levantou o cabo e olhou para dentro da abertura preta. Passou um dedo na borda e olhou para a ponta do dedo.

— O que é? — perguntou Jon.

— Sangue — respondeu Harry. — Veja se a porta está trancada.

Harry já sabia. Estava no limiar da situação que ele mais odiava e da qual ainda assim nunca conseguia se manter longe. Tirou a tampa de plástico no meio do aspirador. Soltou o saco amarelo de poeira e retirou-a, pensando que aquela era a verdadeira Casa da Dor. O local onde ele sempre era obrigado a usar sua capacidade de compreender o mal. Uma capacidade que ele cada vez mais pensava ter desenvolvido além da conta.

— O que está fazendo? — perguntou Jon.

O saco estava inchado de tão cheio. Harry pegou o papel grosso e macio com as duas mãos. Rasgou o saco e uma nuvem de poeira preta saiu como um gênio da lâmpada. Ela subiu levemente em direção ao teto enquanto Jon e Harry olhavam para o que tinha caído no assoalho.

— Misericórdia — sussurrou Jon.

18

Quinta-feira, 18 de dezembro. O duto.

— Meu Deus — gemeu Jon, e procurou uma cadeira. — O que aconteceu aqui? Aquilo é um... aquilo é...

— É... — disse Harry agachado ao lado do aspirador, concentrando-se em respirar com calma. — É um olho.

O globo ocular parecia uma água-viva naufragada e ensanguentada. A poeira se grudava à superfície lisa. No parte de trás, permeada de sangue, Harry podia distinguir os ligamentos e o nervo óptico, um apêndice branco e mais grosso, parecido com um verme.

— Queria saber como passou ileso pelo filtro e chegou ao saco do aspirador. Se é que foi aspirado, quero dizer.

— Eu tirei o filtro — disse Jon com voz trêmula. — Aspira melhor assim.

Harry tirou uma caneta do bolso da jaqueta e usou-a para virar o olho cuidadosamente. A consistência parecia macia, mas havia um cerne firme. Mudou de posição para lançar luz sobre a pupila, que era grande, preta e com a borda borrada, agora que a musculatura do olho não a mantinha mais redonda. A íris clara, quase turquesa, que emoldurava a pupila brilhou como as nuances foscas de uma bola de gude. Harry ouviu Jon arfar atrás de suas costas.

— Uma íris azul-clara fora do comum — disse Harry. — Alguém que você conheça?

— Não, eu... não sei.

— Escute aqui, Jon — disse Harry sem se virar. — Não sei se tem prática em mentir, mas não é muito bom nisso. Não posso obrigá-lo a contar detalhes picantes da vida do seu irmão, mas isso... — Harry apontou para o glóbulo ocular ensanguentado — ...posso obrigá-lo a me contar de quem é.

Ele deu meia-volta. Jon estava em uma das duas cadeiras da cozinha com a cabeça baixa.

— Eu... ela... — Sua voz estava rouca de emoção.

— *Ela*, então — ajudou Harry.

Jon balançou a cabeça com força, ainda olhando para baixo.

— Ela se chama Ragnhild Gilstrup. Ninguém tem olhos como esses.

— E como o olho dela veio parar aqui?

— Não faço ideia. Ela... nós... a gente se encontrava aqui. Ela tinha a chave. O que foi que eu fiz, Harry? Por que aconteceu isso?

— Não sei, Jon. Mas tenho um trabalho a fazer aqui, e precisamos achar um lugar para você primeiro.

— Posso voltar à rua Gørbitz.

— Não! — exclamou Harry. — Tem as chaves do apartamento de Thea?

Jon fez que sim com a cabeça.

— Certo. Vá para lá. Mantenha a porta trancada e não abra para ninguém além de mim.

Jon foi até a porta, mas parou.

— Harry?

— Sim?

— Isso vai ter que vazar, sobre Ragnhild e eu? Parei de encontrá-la quando Thea e eu começamos a namorar.

— Então não faz mal.

— Você não está entendendo — disse Jon. — Ragnhild Gilstrup era casada.

Harry balançou a cabeça devagar.

— O oitavo mandamento?

— O décimo — disse Jon.

— Não vou poder manter segredo, Jon.

Jon olhou para Harry com um olhar surpreso.

— O que foi?

— Não posso acreditar no que acabei de fazer — disse Jon. — Ragnhild está morta e só penso em como salvar minha própria pele.

Lágrimas encheram os olhos de Jon. E num momento vulnerável, Harry sentiu apenas compaixão. Não a mesma compaixão que podia sentir por uma vítima ou seus familiares, mas por uma pessoa que, num momento dilacerante, se dá conta da própria humanidade patética.

Havia momentos em que Sverre Hasvold se arrependia de ter desistido da vida de marinheiro mercante para ser porteiro no prédio novo da rua Gøteborg. Especialmente em dias gelados como aquele, quando ligavam para reclamar que o duto da lixeira estava entupido de novo. Acontecia em média uma vez por mês, e a razão era simples: as aberturas de cada andar tinham a mesma dimensão do próprio duto. Os prédios antigos eram melhores nesse sentido. Mesmo nos anos 1930, quando surgiram os primeiros dutos, os arquitetos eram inteligentes o suficiente para projetar aberturas com diâmetro menor para que as pessoas não enfiassem coisas que podiam ficar presas mais abaixo. Hoje em dia só pensavam em estilo e iluminação.

Hasvold abriu a portinhola do duto da lixeira do terceiro andar, enfiou a cabeça e acendeu a lanterna. A luz refletiu em sacos plásticos brancos e ele constatou que o problema era o mesmo de sempre, entre o térreo e o primeiro andar, onde o duto se estreitava.

Abriu a porta do depósito de lixo no porão e acendeu a luz. Estava tão úmido e frio que seus óculos embaçaram. Tremendo de frio, pegou a barra de ferro de quase 3 metros de comprimento que deixava encostada na parede justamente para essa finalidade. Ele tinha até colocado uma bola de plástico na ponta para evitar furar os sacos de lixo enquanto desentupia o duto. Gotas pingavam dele, acertando o plástico dos sacos na lixeira e fazendo pequenos estalos. O estatuto do condomínio deixava bem claro que o duto só podia ser usado para lixo seco bem ensacado, mas ninguém — nem mesmo aqueles malditos cristãos que moravam no prédio — levava isso a sério.

Cascas de ovo e caixas de leite estalaram sob seus pés quando ele se dirigiu à abertura redonda no teto. Olhou para cima no buraco, mas só viu breu. Enfiou a barra de ferro. Esperou acertar a costumeira massa mole de sacos de lixo, mas em vez disso a barra encostou em algo duro. Ele usou mais força. Não saiu do lugar. Alguma coisa estava bem encravada no duto.

Ele pegou a lanterna que estava presa no cinto e iluminou o duto. Uma gota caiu na lente dos óculos. Cego e praguejando, arrancou os óculos e limpou o vidro no jaleco azul, colocando a lanterna embaixo do braço. Mudou de posição e deu uma olhada míope para cima. Estranhou. Direcionou a lanterna para cima, imaginando coisas. O coração quase parou. Incrédulo, voltou a pôr os óculos. Então seu coração parou de vez.

A barra de ferro deslizou, arranhando a parede até cair no chão com um clangor. Sverre Hasvold percebeu que havia se sentado no meio da lixeira. A lanterna devia ter escorregado entre os sacos de lixo. Outro pingo caiu no saco plástico entre suas coxas. Assustado, deu um pulo para trás, como se fosse ácido. Então se levantou e correu para fora.

Estava precisando de ar fresco. Tinha visto coisas no mar, mas nada parecido com aquilo, aquilo não era... normal. Só podia ser doença. Empurrou a porta de entrada e cambaleou até a calçada sem perceber os dois homens altos que ali estavam nem o frio gélido. Tonto e ofegante, encostou-se na parede e pegou o celular. Olhou-o, sem saber o que fazer. Há alguns anos tinham trocado o número de emergência, para ser mais fácil de lembrar, mas ele só se recordava do antigo, claro. Então viu os dois homens. Um estava falando no celular, o outro ele reconheceu como um dos moradores.

— Desculpe, mas sabe como ligar para a polícia? — perguntou Hasvold e notou que havia ficado rouco, como se tivesse gritado por muito tempo.

O morador lançou um rápido olhar para o homem a seu lado, que, por sua vez, lançou um olhar ao porteiro antes de falar ao celular.

— Espere aí, pode ser que a gente não precise do Ivan com a patrulha de cães. — O homem baixou o celular e se virou para Sverre Hasvold. — Sou o inspetor-chefe Hole, da polícia de Oslo. Deixe-me adivinhar...

Num apartamento em Vestkanttorget, Tore Bjørgen olhou pela janela do quarto para os fundos do prédio. Estava tão silencioso lá fora como ali dentro; não havia crianças correndo e berrando ou brincando na neve. Devia estar frio e escuro demais. E além disso, fazia anos desde que vira crianças brincando lá fora no inverno. Da sala ouviu o âncora do noticiário da TV avisar sobre o frio recorde e que o ministro de Assistência Social tomaria medidas extras para recolher o pessoal da rua e convencer idosos que moravam sozinhos a aumentar a calefação em seus apartamentos. A polícia estava procurando um cidadão croata chamado Christo Stankic. Havia uma recompensa para informações que levassem à captura. O locutor não mencionou o valor, mas Tore Bjørgen supunha que seria o bastante para uma passagem de avião e uma estada de três semanas na Cidade do Cabo.

Tore Bjørgen secou as narinas e esfregou o resto do pó de cocaína na gengiva. Assim tirou o gosto de pizza que tinha na boca.

Ele tinha dito ao chefe no Biscuit que estava com dor de cabeça e saíra cedo do trabalho. Christo — ou Mike, como ele disse se chamar — estava esperando por ele num banco na Vestkanttorget, conforme combinado. Ele deve ter apreciado sua pizza Grandiosa, devorando tudo sem perceber o gosto de 15 miligramas de comprimidos picados de Stesolid.

Tore Bjørgen observou Christo dormindo na cama, nu e de barriga para baixo. A respiração dele estava regular e profunda, apesar da mordaça. Não tinha dado sinal de acordar enquanto Tore preparava seu pequeno arranjo. Havia comprado os tranquilizantes de um viciado na rua em frente ao Biscuit por 15 coroas cada. Também não gastou muito com o restante. As algemas, os prendedores dos pés, a mordaça com arreio para a cabeça e o fio com bolas anais reluzentes vieram num assim chamado "kit para iniciantes" que havia comprado na internet por apenas 599 coroas.

O edredom estava no chão e a pele de Christo fulgurava à luz das chamas bruxuleantes das velas que Tore havia espalhado pelo quarto todo. O corpo formava um Y contra o lençol branco, suas mãos presas à sólida cabeceira metálica, os pés afastados e presos aos pés da cama. Tore havia colocado um travesseiro por baixo da barriga de Christo para levantar suas nádegas.

Tore destampou a lata de vaselina, pegou um pouco com o dedo indicador e separou os glúteos de Christo com a outra mão. Então ocorreu-lhe de novo. Aquilo era quase um estupro. Seria difícil chamar de outra coisa. E o pensamento, a palavra "estupro", o deixou com tesão.

De fato, não tinha certeza se Christo teria objeção a servir de brinquedo. Os sinais haviam sido confusos. De qualquer maneira, era perigoso brincar com um assassino. Deliciosamente perigoso. Mas não a ponto de ser estúpido. Afinal, o homem embaixo dele ficaria trancafiado pelo resto da vida.

Olhou para a própria ereção. Então retirou as bolinhas anais da caixa e com força puxou as duas pontas do fio de náilon fino, mas resistente, que passava por dentro das bolas como um colar de pérolas: as primeiras esferas eram pequenas, mas cresciam gradualmente em tamanho; a maior tinha as dimensões de uma bola de golfe. De acordo com o manual de instruções, as bolinhas deveriam ser introduzidas na abertura anal e depois puxadas para fora bem devagar, para estimular ao máximo os nervos dentro e ao redor da entrada sensível do ânus. Elas eram de cores distintas, e quem não soubesse o que eram bolas anais facilmente acreditaria que se tratava de algo bem diferente. Tore sorriu para seu reflexo distorcido na esfera maior. Papai talvez estranhasse um pouco quando desembrulhasse o presente de Natal, enviado por ele junto com lembranças da Cidade do Cabo e o desejo de que o presente enfeitasse ainda mais sua árvore natalina. Porém, na hora de cantar e dançar de mãos dadas em volta da árvore, ninguém na família de Vegårdshei teria a mínima ideia de que tipo de bolas eram aquelas que brilhavam à sua frente. Ou de por onde elas haviam passado.

Harry guiou Beate e os dois assistentes escada abaixo para o porão, onde o porteiro destrancou a porta de acesso ao depósito de lixo. Uma das assistentes era nova, uma garota com um nome que Harry reteve em sua mente por exatos três segundos.

— Lá em cima — disse ele. Os outros três, em trajes brancos parecidos com os usados por criadores de abelhas, deram alguns passos cuidadosos para a frente até ficarem embaixo da abertura do duto e os feixes de luz das lanternas em suas cabeças desaparecerem na escuridão. Harry estudou a nova assistente, esperando pela reação em seu rosto. Quando veio, Harry pensou nos pólipos de corais, que instintivamente se contraem ao serem tocados pelos dedos dos mergulhadores. Beate balançou quase imperceptivelmente a cabeça, como um encanador que, com frieza, estuda um dano causado pela geada.

— Enucleação — disse ela. A voz ressoou no duto. — Está anotando, Margaret?

A assistente respirou fundo enquanto procurava caneta e bloco no interior da roupa de apicultor.

— Como é? — perguntou Harry.

— O globo ocular esquerdo está faltando. Margaret?

— Entendido — disse a assistente e anotou.

— A mulher está presa de cabeça para baixo. Provavelmente presa no duto. Está pingando sangue da cavidade ocular e ali dentro vejo algumas áreas brancas que devem ser o interior do crânio reluzindo através do tecido. Sangue vermelho-escuro, ou seja, já faz algum tempo desde que coagulou. O médico-legista vai verificar temperatura e rigidez assim que chegar. Falei muito rápido?

— Não, já anotei tudo — disse Margaret.

— Encontramos traços de sangue perto do duto no terceiro andar, o mesmo onde foi encontrado o olho. Imagino que o corpo tenha sido empurrado de lá para dentro do duto. É uma abertura estreita, e daqui parece que o ombro direito está deslocado. Isso pode ter acontecido quando foi forçado para dentro ou na hora da queda. Desse ponto é um pouco difícil de ver, mas acho que há hematomas no pescoço, o que pode indicar estrangulamento. O legista vai ver o ombro e determinar a causa da morte. De resto, não temos muito a fazer aqui. É toda sua, Gilberg.

Beate deu um passou para o lado e o assistente tirou várias fotos com flash.

— O que é a parte branco-amarelada dentro da cavidade ocular? — quis saber.

— Gordura — respondeu Beate. — Vasculhe a lixeira e procure objetos que possam ser da vítima ou do assassino. Depois, os policiais lá fora vão dar uma ajuda para retirá-la. Margaret, você vem comigo.

Foram para o corredor. Margaret dirigiu-se à porta do elevador e apertou o botão de descer.

— Vamos pelas escadas — disse Beate, casualmente. Margaret olhou-a com surpresa e seguiu seus dois colegas mais velhos. — Estão chegando mais três do meu pessoal — continuou Beate como resposta à pergunta não pronunciada por Harry. Apesar de ele subir os degraus de dois em dois com suas pernas longas, ela, mais baixa, não ficou para trás. — Testemunhas?

— Por enquanto nenhuma — respondeu Harry. — Mas estamos fazendo a ronda. Três policiais estão batendo às portas. E depois irão aos prédios vizinhos.

— Levando a foto de Stankic?

Harry olhou para ela para ver se estava sendo irônica. Foi difícil dizer.

— Qual é a sua primeira impressão? — perguntou Harry.

— Homem — respondeu Beate.

— Porque a pessoa deve ter sido forte o bastante para colocar o corpo no duto?

— Talvez.

— Mais alguma coisa?

— Harry, temos dúvidas a respeito de quem foi? — Ela soltou um suspiro.

— Sim, Beate, temos. Em princípio temos dúvidas até termos certeza.

Harry se virou para Margaret, que vinha ofegante atrás deles.

— E a sua primeira impressão?

— O quê?

Entraram no corredor do quarto andar. Um homem corpulento com um terno de tweed sob um casaco do mesmo tecido estava em frente à porta do apartamento de Jon Karlsen. Devia estar esperando por eles.

— Eu queria saber o que sentiu quando entrou no apartamento há pouco — disse Harry. — E quando olhou para cima no duto.

— Sentiu? — perguntou Margaret com um sorriso confuso.

— É, sentiu! — bramiu Ståle Aune e estendeu a mão, que Harry apertou sem demora. — Acompanhem e aprendam, pessoal, porque esse é o famoso evangelho de Hole. Antes de entrar num local de crime, esvazie sua cabeça de todos os pensamentos, torne-se uma criança recém-nascida, sem linguagem, abra-se para a primeira impressão, os importantes primeiros minutos que são sua única e grande chance de ver o que houve sem ter um nadinha de fato. Parece um exorcismo, não é? Belo vestido, Beate. E quem é sua charmosa colega?

— Esta é Margaret Svendsen.

— Ståle Aune — disse o homem, pegou a mão enluvada de Margaret e beijou-a. — Meu Deus, você tem gosto de borracha, querida.

— Aune é psicólogo — explicou Beate. — Ele costuma nos ajudar.

— Ele costuma *tentar* ajudar — disse Aune. — Infelizmente, a psicologia é uma ciência que ainda está de calças curtas e à qual não deve ser atribuído valor expressivo até daqui a cinquenta ou cem anos. E qual é a resposta à pergunta do inspetor Hole, querida?

Margaret olhou para Beate como que para pedir ajuda.

— Eu... não sei — disse ela. — Aquele olho foi um pouco sinistro, é claro.

Harry abriu a porta.

— Você sabe que não aguento ver sangue — avisou Aune.

— Imagine que é um olho de vidro — disse Harry, abriu a porta e deu um passo para o lado. — Pise no plástico e não toque em nada.

Aune entrou com cuidado na trilha de plástico preto que cruzava o chão. Agachou-se ao lado do olho que ainda estava no monte de poeira ao lado do aspirador, que àquela altura havia ganhado uma película cinzenta.

— Parece que se chama enucleação — disse Harry.

Aune ergueu uma sobrancelha.

— Executada com um aspirador colocado no olho?

— Não é possível arrancar um olho da cabeça apenas com um aspirador de pó — disse Harry. — O autor do crime deve ter aspirado o bastante para conseguir pôr um dedo ou dois para dentro. Os músculos e os nervos ópticos são resistentes.

— Você sabe de cada coisa, Harry.

— Uma vez prendi uma mulher que havia afogado o filho na banheira. Quando ela estava em prisão preventiva, arrancou um dos próprios olhos. O médico me descreveu a técnica.

Ouviram Margaret respirar fundo atrás deles.

— Remover um olho não é necessariamente fatal — disse Harry. — Beate acha que a mulher pode ter sido estrangulada. Qual é sua primeira impressão?

— Foi obviamente executada por uma pessoa em estado de desequilíbrio emocional ou mental — disse Aune. — A mutilação indica raiva incontrolável. Logicamente pode haver razões práticas para a pessoa escolher jogar o corpo na lixeira...

— Acho que não — disse Harry. — Se fosse para o corpo não ser encontrado por algum tempo, teria sido mais inteligente deixá-lo no apartamento vazio.

— Nesse caso, são ações simbólicas mais ou menos conscientes.

— Hum. Arrancar um olho e tratar o resto como lixo?

— Sim.

Harry olhou para Beate.

— Não parece trabalho de um assassino profissional — disse ele.

Aune deu de ombros.

— Talvez um assassino profissional com raiva.

— Os profissionais costumam seguir um método em que confiam. Até agora, o método de Christo Stankic foi matar suas vítimas com uma bala.

— Talvez ele tenha um repertório maior — disse Beate. — Ou talvez a vítima o tenha surpreendido quando ele estava no apartamento.

— Talvez ele não quisesse atirar porque podia atrair a atenção dos vizinhos — disse Margaret.

Os três se viraram para ela.

Ela sorriu intimidada.

— Quero dizer... talvez ele estivesse precisando de tempo e paz no apartamento. Talvez estivesse procurando algo.

Harry notou que Beate começou a respirar mais forte pelo nariz e ficou ainda mais pálida que o normal.

— O que você acha? — perguntou ele a Aune.

— É como psicologia — respondeu Aune. — Um monte de perguntas. E apenas respostas hipotéticas.

Já do lado de fora, Harry perguntou a Beate se havia algo errado.

— Fiquei um pouco enjoada — respondeu ela.

— Jura? Você está proibida de ficar doente justo agora. Entendido?

Um sorriso enigmático foi sua resposta.

* * *

Ele acordou, abriu os olhos e viu luz bruxuleando no teto branco. O corpo e a cabeça doíam e ele estava sentindo frio. Tinha alguma coisa na boca. E quando tentou se mexer, sentiu que as mãos e os pés estavam presos. Levantou a cabeça. No espelho em frente da cama, iluminado pelas velas acesas, viu a si mesmo, nu. E ele tinha algo na cabeça, algo preto, como o cabresto de um cavalo. Um dos arreios passava sobre seu rosto e sua boca, que estava bloqueada por uma bola preta. As mãos estavam algemadas, os pés presos com algo preto, parecendo tiras de couro. Olhou pelo espelho. No lençol entre suas pernas havia a ponta de um fio que desaparecia entre suas nádegas. E havia alguma coisa branca na barriga. Parecia sêmen. Deixou a cabeça cair no travesseiro e fechou os olhos. Queria gritar, mas sabia que a bola impediria qualquer tentativa.

Ouviu uma voz da sala.

— Alô? *Politi?*

Politi? Polizei? Police? Polícia! Debateu-se na cama, puxando os braços e gemendo de dor quando as algemas se encravaram embaixo do polegar, rasgando a pele. Girou as mãos de forma que os dedos alcançassem a corrente entre as algemas. Algemas. Barras de ferro. Seu pai lhe ensinara que material de construção sempre era feito para aguentar o peso em uma direção, e que a arte de retorcer ferro se trata apenas de saber em que local e direção ele oferece menos resistência. A corrente entre as algemas era feita para que elas não pudessem ser separadas.

Ouviu o outro falar rápido no telefone na sala, depois ficou quieto.

Pressionou o ponto entre o último elo da corrente e uma das algemas contra a grade da cabeceira, mas em vez de puxar, começou a torcer. Deu um quarto de volta, o elo travou contra a barra. Tentou torcer mais, porém a corrente não se mexeu. Tentou outra vez, mas as mãos escorregaram.

— Alô? — Ouviu dizer uma voz da sala.

Respirou fundo. Fechou os olhos e viu seu pai com os antebraços enormes na camisa de manga curta diante de um monte de barras de ferro no canteiro de obras. Ele sussurrava para o menino:

— Rejeite qualquer dúvida. Só há espaço para o poder da vontade. O ferro não tem o poder da vontade e, por isso, sempre perde.

Tore Bjørgen tamborilou impaciente os dedos no espelho rococó decorado com conchas de pérolas acinzentadas. O dono da loja de antiguidades lhe contara que a palavra "rococó" era originalmente um palavrão derivado do francês *rocaille*, que quer dizer grotesco. Mais tarde, Tore compreendera que fora isso o que mais pesara quando decidiu fazer um empréstimo para poder arcar com as 12 mil coroas que custara o espelho.

A central da sede da Polícia tentou transferi-lo para a Homicídios, mas ninguém atendeu, por isso estavam tentando o plantão.

Ouviu barulho vindo do quarto. O ranger de correntes contra a cama. Talvez o Stesolid não fosse dos sedativos mais eficazes.

— Plantão. — A voz profunda e calma assustou Tore.

— Sim, é... é sobre aquela recompensa. Por... hum, aquele cara que matou o rapaz do Exército de Salvação.

— Com quem estou falando e de onde está ligando?

— Tore. De Oslo.

— Pode ser mais específico?

Tore engoliu em seco. Ele tinha, por vários bons motivos, lançado mão do direito de não revelar seu número de telefone, por isso sabia que agora os dizeres "número desconhecido" estavam piscando no painel do telefone do plantão.

— Posso ajudá-los. — O tom de voz de Tore subiu uma nota.

— Primeiro preciso saber...

— Ele está aqui. Acorrentado à cama.

— Está dizendo que você acorrentou alguém?

— É um assassino, não é? Ele é perigoso, eu mesmo o vi com uma pistola no restaurante. Chama-se Christo Stankic. Vi o nome no jornal.

Houve silêncio do outro lado da linha. Então a voz voltou, profunda como antes, mas com um tom menos controlado.

— Fique calmo. Conte-me quem é você e onde está, e vamos para aí agora mesmo.

— E sobre a recompensa?

— Se isso levar à captura da pessoa certa, vou confirmar que você nos ajudou.

— E então recebo a recompensa de imediato?

— Sim.

Tore pensou. Na Cidade do Cabo. No Papai Noel embaixo de um sol escaldante. Ouviu um chiado no telefone. Respirou fundo, pronto para responder, e olhou para seu espelho rococó de 12 mil coroas. Nesse instante, Tore percebeu três coisas. Que o ruído não viera do telefone Que não se consegue algemas de boa qualidade por encomenda postal num kit para iniciantes de 599 coroas. E que ele provavelmente já havia celebrado seu último Natal.

— Alô? — disse a voz no telefone.

Tore Bjørgen teria gostado de responder, mas um fino fio de náilon com bolas lisas, que pareciam enfeites natalinos, havia bloqueado suas vias aéreas, essenciais para as cordas vocais produzirem som.

19

Quinta-feira, 18 de dezembro. O contêiner.

Quatro pessoas estavam no carro que atravessava a escuridão e a nevasca entre os montes de neve acumulados à beira da estrada.

— Østgård fica ali à esquerda — disse Jon do banco de trás, onde estava com o braço em volta da figura encolhida de Thea.

Halvorsen saiu da estrada. Harry viu pequenas fazendas espalhadas, reluzindo como faróis no topo das colinas ou entre grupos de árvores.

Quando Harry disse que o apartamento de Robert não seria um esconderijo seguro, Jon sugeriu Østgård. E insistira para que Thea o acompanhasse.

Halvorsen entrou no pátio entre a grande casa branca e um celeiro vermelho.

— Precisamos ligar para o vizinho e pedir que venha tirar um pouco dessa neve com seu trator — disse Jon enquanto abriam caminho até a casa, com neve pelos joelhos.

— Não — disse Harry. — Ninguém pode saber que estamos aqui. Nem a polícia.

Jon foi até a parede ao lado da escada, contou cinco tábuas e enfiou a mão na neve e por baixo da madeira.

— Aqui — disse e mostrou uma chave.

Dentro estava ainda mais frio. Era como se as paredes de madeira pintada tivessem virado gelo, tornando roucas suas vozes. Bateram as pernas para tirar a neve dos sapatos antes de entrarem numa grande cozinha, onde havia uma mesa enorme, armários, um banco comprido e uma estufa Jøtul no canto.

— Vou acender a estufa. — Jon soprou fumaça gélida e esfregou as mãos. — Deve ter alguma lenha embaixo do banco, mas vamos precisar pegar mais lá fora.

— Eu vou pegar — disse Halvorsen.

— Terá que abrir uma trilha. Tem duas pás no alpendre.

— Vou com você — murmurou Thea.

A neve havia parado de cair e o céu clareou. Harry estava fumando perto da janela enquanto olhava Halvorsen e Thea tirando a neve recém-caída sob a luz branca da lua. Ouviam-se estalos da estufa quente, e Jon estava agachado olhando para dentro das chamas.

— Como sua namorada reagiu ao saber de Ragnhild Gilstrup? — perguntou Harry.

— Ela me perdoou — respondeu. — Como disse, foi antes do nosso namoro.

Harry olhou para a brasa de seu cigarro.

— Ainda não faz ideia do que Ragnhild Gilstrup pode ter ido fazer em seu apartamento?

Jon fez que não com a cabeça.

— Não sei se você notou — disse Harry. — Mas a última gaveta da sua escrivaninha parece ter sido arrombada. O que guardava lá?

Jon deu de ombros.

— Coisas pessoais. Cartas.

— Cartas de amor? De Ragnhild, por exemplo?

Jon ficou vermelho.

— Eu... não lembro. Joguei a maioria fora, mas devo ter ficado com uma ou duas. Eu mantinha aquela gaveta trancada.

— Para que Thea não as encontrasse se estivesse sozinha no apartamento?

Jon fez um demorado gesto afirmativo com a cabeça.

Harry saiu para a escada em frente ao pátio, deu a última tragada no cigarro, jogou-o na neve e pegou o celular. Gunnar Hagen respondeu no terceiro toque.

— Mudei Jon Karlsen de lugar — disse Harry.

— Especifique.

— Não será preciso.

— Como?

— Ele está num lugar bem mais seguro do que antes. Halvorsen vai ficar aqui esta noite.

— Onde, Hole?

— Aqui.

Pelo silêncio no telefone, Harry já fazia ideia do que viria. Então a voz de Hagen voltou, não muito alta, mas bem clara:

— Hole, seu superior acabou de fazer uma pergunta concreta. Não responder é considerado insubordinação. Estou me expressando com clareza?

Muitas vezes, Harry desejava ser diferente, ter um pouco do instinto de sobrevivência social que a maioria das pessoas tem. Mas não tinha, nem nunca tivera.

— Por que é importante para você saber, Hagen?

A voz de Hagen tremeu de raiva:

— Avisarei quando você puder me fazer perguntas, Hole. Entendido?

Harry esperou. E esperou. E então, ao ouvir Hagen respirar fundo, disse:

— A fazenda de Skansen.

— O que disse?

— Fica bem ao leste de Strømmen. O campo de treinamento da polícia de Lørenskog.

— Certo — disse Hagen por fim.

Harry desligou e discou outro número enquanto observava Thea, que, iluminada pela lua, olhava em direção à casinha do banheiro externo. Tinha parado de tirar a neve, e sua figura estava como que congelada numa pose estranha.

— Skarre.

— Aqui é Harry. Algo novo?

— Não.

— Nenhuma dica?

— Nenhuma séria.

— Mas as pessoas estão ligando?

— Nossa, demais, agora que foi oferecida uma recompensa. Péssima ideia, se quer saber. É só um monte de trabalho extra para nós.

— E o que dizem?

— Bem, o que dizem? Descrevem rostos que viram e que acham parecidos com o do suspeito. A ligação mais engraçada foi de um cara que ligou para o plantão alegando que estava com Stankic acorrentado à sua cama e queria saber se isso o qualificava para a recompensa.

Harry esperou até a gargalhada de Skarre acabar.

— E como descobriram que não era verdade?

— Não precisaram, ele desligou. Obviamente confuso. Alegou que tinha visto Stankic antes. Com uma pistola num restaurante. E o que vocês estão fazendo?

— Nós... O que foi que você disse?

— Eu perguntei...

— Não. A parte de ele ter visto Stankic com uma pistola.

— Ha ha. As pessoas têm uma imaginação fértil, não é?

— Transfira para a pessoa do plantão com quem você falou.

— Bem...

— Agora, Skarre.

Harry foi transferido, conseguiu falar com o chefe do plantão e depois de trocar três frases, pediu que ele ficasse na linha.

— Halvorsen! — A voz de Harry ressoou pelo pátio.

— Sim? — Halvorsen apareceu sob o luar em frente ao celeiro.

— Como era o nome daquele garçom que tinha visto um homem no banheiro com uma pistola coberta de sabão?

— Como vou me lembrar?

— Não quero saber como, apenas lembre.

No silêncio da noite, os ecos ressoavam entre as paredes da casa e do celeiro.

— Tore qualquer coisa. Talvez.

— Ótimo! Tore é o nome que me informaram no telefone. Agora se lembre do sobrenome, por favor.

— Hum... Bjørg? Não. Bjørang? Não...

— Vamos, Lev Yashin!

— Bjørgen. É isso. Bjørgen.

— Largue a pá. Você tem permissão para dirigir como um louco.

Uma viatura estava esperando quando, 28 minutos depois, Halvorsen e Harry passaram pela Vestkanttorget e entraram na rua Schives até o endereço de Tore Bjørgen que o policial de plantão havia conseguido com o maître do Biscuit.

Halvorsen parou ao lado da viatura e abaixou o vidro.

— Segundo andar — disse a policial do banco do motorista e apontou para uma janela acesa na fachada cinzenta.

Harry se inclinou por cima de Halvorsen.

— Halvorsen e eu vamos subir. Um de vocês deve ficar aqui mantendo o contato com o plantão, e o outro vai aos fundos para vigiar a escada da cozinha. Tem alguma arma no porta-malas que eu possa usar?

— Tem sim — disse a policial.

Seu colega se inclinou.

— Você é Harry Hole, certo?

— Correto, policial.

— Alguém do plantão disse que você não tem porte de arma.

— Não *tinha.*

— Verdade?

Harry sorriu.

— Dormi demais e perdi a primeira prova de tiro no outono. Mas você vai ficar feliz em saber que na segunda prova tive o terceiro melhor resultado da corporação. Tudo bem?

Os dois policiais se entreolharam.

— Tudo bem — murmurou o policial.

Harry deu um empurrão na porta do carro e os frisos de borracha velha rangeram.

— Certo, vamos ver o que encontramos.

Pela segunda vez em dois dias, Harry segurava uma MP5 ao tocar o interfone de alguém chamado Sejerstedt e explicar a uma voz feminina assustada que eles eram da polícia. Ela podia ir até a janela para ver a viatura antes de abrir a porta para eles. Ela fez como ele pediu. A policial foi aos fundos e Halvorsen e Harry subiram as escadas.

O nome Tore Bjørgen estava gravado em preto numa placa de metal sobre a campainha. Harry pensou em Bjarne Møller, que, na primeira vez que entraram em ação juntos, ensinara a Harry o método mais simples e eficaz para descobrir se havia alguém em casa. Ele encostou a orelha no vidro da porta. Nenhum som vinha lá de dentro.

— Carregada e destravada? — perguntou Harry.

Halvorsen havia tirado sua pistola e estava encostado à parede no lado esquerdo da porta.

Harry tocou a campainha.

Prendeu a respiração. Escutou.

Tocou outra vez.

— Arrombar ou não arrombar — sussurrou Harry. — Eis a questão. Nesse caso devíamos ter pedido um mandado de busca...

Halvorsen foi interrompido pelo tinir de vidro quando a MP5 de Harry acertou a porta. Harry enfiou a mão e abriu.

Entraram quietos no corredor e Harry apontou para as portas que Halvorsen devia checar. Entrou na sala. Vazia. Mas de imediato notou que o espelho sobre a mesa do telefone fora atingido por um objeto duro. Um pedaço redondo de vidro no meio havia caído e riscos pretos irradiavam como de um sol negro em direção à moldura dourada e ornamentada. Harry se concentrou na porta entreaberta no fundo da sala.

— Ninguém na cozinha ou no banheiro — sussurrou Halvorsen atrás dele.

— Certo. Prepare-se.

Harry se moveu até a porta. Já pressentira. Se houvesse algo no apartamento, estaria ali dentro. De fora vinha o ronco de um escapamento defeituoso. O chiado dos freios de um bonde. Harry notou que por instinto havia se encolhido. Para se tornar o menor alvo possível.

Empurrou a porta com o cano da metralhadora e deu um passo rápido para dentro e outro para o lado, para não ficar visível no vão. Manteve-se rente à parede com o dedo no gatilho e esperou até que os olhos se acostumassem ao escuro.

À luz que entrava pelo vão da porta, viu uma cama grande com cabeceira metálica. Um par de pernas nuas despontava por baixo do edredom. Ele deu um passo para a frente, pegou o edredom e arrancou-o.

— Meu Deus! — exclamou Halvorsen. Ele estava no vão da porta e abaixou lentamente a mão com a pistola enquanto olhava para a cama, incrédulo.

Ele mediu a altura da cerca com o olhar. Deu alguns passos para trás, pegou impulso e saltou. Subiu com movimentos de lagarta, como Bobo lhe ensinara. Sentiu a pistola no bolso bater contra o estômago ao se jogar por cima. Já do outro lado, no asfalto coberto de gelo, descobriu à luz do poste que a jaqueta estava rasgada e o grosso forro branco saía por um buraco.

Um ruído o fez sair da luz e entrar na sombra dos contêineres empilhados em fileira na grande área portuária. Parou quieto para escutar e olhou ao redor. O vento assobiava baixinho entre os vidros quebrados no barracão abandonado.

Ele não sabia por quê, mas sentiu que estava sendo observado. Não, não observado; ele havia sido descoberto, pego. Alguém sabia que ele estava ali, mas talvez ainda não o tivesse visto. Examinou a cerca iluminada procurando eventuais alarmes. Nada.

Passou ao longo de duas fileiras de contêineres antes de encontrar um que estivesse aberto. Ele entrou no breu impenetrável e entendeu de imediato que aquilo não daria certo: ele literalmente morreria de frio se adormecesse ali. Ao fechar a porta atrás de si, sentiu o ar se mover, como se estivesse dentro de um bloco que estava sendo transportado.

Houve um ruído quando ele pisou em folhas de jornal. Precisava se esquentar.

Lá fora teve novamente a sensação de ser observado. Foi até o barracão, agarrou uma das tábuas e puxou. Ela se soltou com um estrondo seco. Pensou ter visto algo se mover e deu meia-volta. Mas não viu nada além das luzes bruxuleantes dos hotéis convidativos ao redor da Estação Central e o breu no vão da porta de seu próprio alojamento naquela noite. Depois de arrancar mais duas tábuas, voltou para o contêiner. Havia pegadas onde a neve tinha caído. De patas. Patas grandes. Um cão de guarda. Estiveram lá antes? Ele quebrou lascas de tábuas, que encostou à parede de aço dentro da entrada do contêiner. Deixou a porta entreaberta na esperança de que uma parte da fumaça saísse. A caixa de fósforos do albergue estava no mesmo bolso da pistola. Acendeu os jornais e os colocou por baixo das lascas, posicionando as mãos sobre o fogo. Pequenas chamas lambiam a parede vermelho-ferrugem.

Ele pensou nos olhos apavorados do garçom fitando o cano da pistola enquanto ele esvaziava seus bolsos à procura de dinheiro. Era tudo que tinha, dissera. Foi o suficiente para um hambúrguer e uma passagem de metrô. Não foi o suficiente para um lugar onde se esconder, se aquecer e dormir. Então o garçom fora estúpido o bastante para dizer que a polícia já havia sido avisada e que estavam a caminho. E ele fez o que tinha que fazer.

As chamas iluminaram a neve lá fora. Reparou que havia outras pegadas de patas bem em frente à entrada. Estranho não tê-las visto quando foi ao contêiner da primeira vez. Escutou sua própria respiração fazendo eco naquela lata de ferro, como se houvesse duas pessoas lá dentro, enquanto seguia as pegadas com o olhar. Sentiu o sangue gelar. Suas próprias pegadas cruzavam com as do animal. E no meio da marca da pisada do seu sapato viu a pegada de uma pata.

Fechou a porta com força e as chamas se apagaram no estrondo abafado. A única luz vinha dos cantos dos jornais em brasa. Sua respiração já estava ofegante. Havia algo lá fora, caçando-o, farejando e reconhecendo seu cheiro. Ele prendeu a respiração. E foi naquele instante que a ficha caiu: a coisa que o caçava não estava lá fora. O que ele ouvia não era o eco de sua respiração. Vinha dali de dentro. Quando em desespero enfiou a mão no bolso para pegar a pistola, teve tempo de pensar em como era estranho o bicho não ter rosnado ou feito um único som. Até agora. E mesmo agora não era mais que um baixo arrastar de unhas contra o piso de ferro na hora do salto. Só conseguiu levantar a mão antes que os maxilares se cravassem em torno dela, e as dores fizeram sua mente explodir numa chuva de fragmentos.

Harry examinou a cama e o que supôs ser Tore Bjørgen.

Halvorsen chegou mais perto e se pôs ao seu lado.

— Meu Deus — sussurrou. — O que houve aqui?

Sem responder, Harry abriu o zíper da máscara preta do homem à sua frente e puxou a aba para o lado. Os lábios pintados de vermelho e a maquiagem nos olhos o fizeram pensar em Robert Smith, o vocalista do The Cure.

— É esse o garçom com quem conversou no Biscuit? — perguntou Harry, vasculhando o quarto com o olhar.

— Acho que é. O que é essa coisa esquisita que ele está vestindo?

— Látex — disse Harry, passando as pontas dos dedos por cima de alguns estilhaços de metal no lençol. Depois pegou algo que estava ao lado de um copo de água na mesa de cabeceira. Era um comprimido. Ele o examinou.

Halvorsen gemeu.

— Que coisa mais doentia.

— É uma forma de fetichismo — disse Harry. — Por si só não é mais doentio do que gostar de mulheres de minissaia e cinta-liga ou sei lá o que deixa você com tesão.

— Uniformes — disse Halvorsen. — Todo tipo. Enfermeiras, guardas de trânsito...

— Obrigado — disse Harry.

— O que acha? — perguntou Halvorsen. — Suicídio com comprimidos?

— Pergunte a ele — disse Harry, e levantou o copo de água da mesinha e despejou sobre o rosto na cama. Boquiaberto, Halvorsen olhou para o inspetor-chefe. — Se você não fosse tão preconceituoso, teria ouvido a respiração dele — disse Harry. — Isso é Stesolid. Não muito pior que Valium.

O homem na cama arfou. O rosto se contraiu, seguido por uma crise de tosse.

Harry se sentou na beira da cama e esperou até que um par de pupilas apavoradas, mas mesmo assim minúsculas, finalmente conseguisse focar nele.

— Somos da polícia, Bjørgen. Lamento por aparecer aqui desse jeito, mas entendemos que você tinha algo que queremos. Mas você pelo visto não o tem mais.

Os olhos à sua frente piscaram duas vezes.

— Do que está falando? — perguntou uma voz enrolada. — Como entraram aqui?

— Pela porta — disse Harry. — Você já teve outra visita essa noite.

O homem fez que não com a cabeça.

— Foi o que disse à polícia — insistiu Harry.

— Ninguém esteve aqui. E eu não liguei para a polícia. Tenho um número desconhecido. Vocês não podem rastreá-lo.

— Podemos. E *eu* não disse nada sobre você ter ligado. Você disse no telefone que tinha acorrentado alguém à cama e estou vendo estilhaços de metal da cabeceira no lençol. Parece que o espelho ali fora sofreu um bocado também. Ele fugiu, Bjørgen?

O homem olhou pasmado para Harry e depois para Halvorsen e de novo para Harry.

— Ele o ameaçou? — falou Harry com a mesma voz baixa e monótona. — Disse que voltaria se você nos contasse qualquer coisa? Foi isso? Está com medo?

A boca do homem se abriu. Talvez fosse por causa da máscara de couro, mas ele lembrava a Harry um piloto espacial. Robert Smith perdido no espaço.

— É o que costumam dizer — disse o inspetor-chefe. — Mas sabe de uma coisa? Se fosse sério, você já estaria morto.

O homem olhou para Harry.

— Sabe para onde ele ia, Bjørgen? Ele levou alguma coisa? Dinheiro? Roupas?

Silêncio.

— Vamos, é importante. Ele quer matar uma pessoa aqui em Oslo.

— Não sei do que está falando — sussurrou Tore Bjørgen sem tirar os olhos de Harry. — Podem por gentileza ir embora agora?

— Claro. Mas devo esclarecer que você corre o risco de ser acusado de ter ajudado um assassino a fugir. Que o tribunal, na pior das hipóteses, pode considerá-lo cúmplice de assassinato.

— Com que provas? Certo, talvez eu tenha ligado. Era um blefe. Só queria me divertir. E daí?

Harry se levantou da cama.

— Como quiser. Estamos saindo. Faça uma malinha. Vou enviar dois policiais para buscarem você, Bjørgen.

— Buscar?

— Prender. — Harry fez sinal a Halvorsen para eles saírem.

— Me *prender*? — A voz de Bjørgen não estava mais embargada. — Por quê? Vocês não podem provar merda nenhuma.

Harry mostrou o que estava segurando entre o polegar e o indicador.

— Stesolıd e uma droga vendida apenas sob prescrição médica, como anfetamina e cocaína, Bjørgen. Então, a não ser que tenha uma receita disso, infelizmente teremos que prendê-lo por posse de drogas. Pena de uns dois anos.

— Está brincando. — Bjørgen se levantou da cama e tentou pegar o edredom do chão. Só agora parecia notar como estava vestido.

Harry foi até a porta.

— Pessoalmente concordo com você e acho que a legislação norueguesa sobre narcóticos é para lá de rígida em relação a drogas mais brandas, Bjørgen. E sob outras circunstâncias eu talvez ignorasse esta apreensão. Boa noite.

— Espere!

Harry parou. E esperou.

— Os i-i-irmãos dele... — gaguejou Tore Bjørgen.

— Irmãos?

— Ele disse que ia mandar os irmãos atrás de mim se algo acontecesse com ele aqui em Oslo. Se fosse preso ou morto, eles viriam atrás de mim, não importa de que jeito. Ele disse que os irmãos costumavam usar ácido.

— Ele não tem irmãos — disse Harry.

Tore Bjørgen levantou a cabeça, olhou para o policial alto e perguntou com surpresa sincera na voz:

— Não tem?

Harry fez um demorado não com a cabeça.

Bjørgen esfregou as mãos.

— Eu... eu só tomei aqueles comprimidos porque estava muito perturbado. É para isso que servem, não é?

— Aonde ele foi?

— Ele não disse.

— Deu dinheiro a ele?

— Só uns trocados que eu tinha. Então ele se mandou. E eu... eu estava aqui com tanto medo... — Um soluço repentino interrompeu o discurso e ele se encolheu por baixo do edredom. — Estou com *tanto* medo.

Harry olhou o homem choramingando.

— Se quiser pode dormir na delegacia hoje.

— Vou ficar aqui — fungou Bjørgen.

— Certo. Amanhã de manhã outros policiais virão falar com você.

— Está bem. Espere! Se você o pegar...

— Sim?

— Aquela recompensa ainda está valendo, não é?

* * *

Conseguiu finalmente fazer um fogo bom. As chamas oscilavam em um pedaço de vidro triangular que ele havia pegado da janela quebrada do barracão. Ele já havia buscado mais lenha e sentiu que o corpo estava começando a descongelar. À noite seria pior, mas ele estava vivo. Tinha enfaixado os dedos ensanguentados com tiras da camisa que cortou com o pedaço de vidro. Os maxilares do animal haviam se cravado em volta da mão que segurava a pistola. E da pistola.

A sombra de um metzner preto pendurado entre o teto e o chão tremeluzia na parede do contêiner. A boca estava aberta e o corpo, estendido e imobilizado num último ataque mudo. As pernas traseiras estavam amarradas com um fio de aço enfiado em um entalhe de ferro no teto. O sangue da boca e do furo atrás da orelha, por onde a bala saíra, pingava em intervalos regulares no chão de aço. Ele nunca ia saber se foram seus músculos do antebraço ou a mordida do cão que apertou o dedo no gatilho, mas tinha a impressão de ainda sentir a vibração das paredes depois do disparo. O sexto desde que chegara àquela maldita cidade. E agora restava apenas uma bala.

Uma bala seria suficiente, mas como ia encontrar Jon Karlsen agora? Estava precisando de alguém que pudesse levá-lo ao caminho certo. Pensou no policial. Harry Hole. Não parecia ser um nome comum. Talvez não fosse tão difícil encontrá-lo.

Terceira Parte

CRUCIFICAÇÃO

20

Quinta-feira, 18 de dezembro. O templo.

A placa de neon em frente ao Vika Atrium mostrava 18 graus negativos, e o relógio em seu interior, 21h, quando Harry e Halvorsen subiram pelo elevador panorâmico, vendo a água do chafariz e as plantas tropicais diminuírem de tamanho embaixo deles.

Halvorsen fez menção de falar, mas mudou de ideia. Tentou de novo.

— Tudo bem com elevadores panorâmicos — interrompeu Harry. — Não tenho problemas com altura.

— Que bom.

— Quero que você faça a introdução e as perguntas. Eu entro aos poucos. Combinado?

Halvorsen assentiu.

Haviam acabado de entrar no carro depois da visita a Tore Bjørgen quando Gunnar Hagen ligou pedindo para se encaminharem ao Vika Atrium, onde Albert e Mads Gilstrup, pai e filho, esperavam por eles para prestar depoimento. Harry alegou que não era procedimento normal chamar a polícia para isso e que já pedira para Skarre cuidar do caso.

— Albert é um velho conhecido do chefe da Polícia Criminal — explicou Hagen. — Ele acabou de me ligar dizendo que resolveram não prestar depoimento a ninguém, exceto ao chefe da investigação. O lado positivo é que dessa forma não haverá advogado presente.

— Bem...

— Ótimo. Agradeço por isso.

Então, nenhuma ordem dessa vez.

Um baixinho de paletó azul estava esperando por eles em frente ao elevador.

— Albert Gilstrup — disse, com um movimento mínimo de uma boca sem lábios ao apertar a mão de Harry de forma breve, mas firme. Gilstrup tinha o cabelo branco e um rosto cheio de sulcos, castigado pelo tempo, mas com olhos jovens e vigilantes que estudaram Harry ao levá-lo até uma porta com uma placa indicando que aquela era a sede da Gilstrup Investimentos.

— Gostaria que soubesse que meu filho está muito abalado — prosseguiu ele. — O corpo estava terrivelmente mutilado, e receio que Mads seja muito sensível.

Pela maneira como Albert Gilstrup se expressou, Harry concluiu que ou ele era um homem prático que sabia que há pouco a fazer pelos mortos, ou que sua nora não tinha lugar especial em seu coração.

Na recepção pequena, porém finamente decorada, havia quadros famosos com motivos românticos noruegueses que Harry já havia visto inúmeras vezes. Um homem e um gato no pátio. O Castelo de Soria Moria. A diferença era que daquela vez Harry não tinha tanta certeza de que estava olhando para reproduções.

Quando entraram na sala de reuniões, Mads Gilstrup estava sentado, olhando pela parede de vidro para o átrio do edifício. O pai pigarreou e o filho se virou devagar, como se tivesse sido acordado no meio de um sonho do qual não gostaria de sair. A primeira impressão de Harry foi que o filho em nada parecia com o pai. Seu rosto era estreito, mas os traços suaves e curvos e o cabelo encaracolado faziam Mads Gilstrup parecer mais jovem que os 30 e poucos anos que Harry imaginou que ele teria. Ou talvez fosse o olhar, o desamparo infantil nos olhos castanhos que finalmente focavam neles ao se levantar.

— Obrigado por vir — sussurrou Mads Gilstrup com uma voz pastosa, apertando a mão de Harry com uma intensidade que fez o inspetor-chefe se perguntar se ele por acaso achava que era o padre, e não a polícia, que havia chegado.

— De nada — respondeu Harry. — Íamos procurá-lo de qualquer maneira.

Albert Gilstrup pigarreou e sua boca se abriu minimamente, parecendo uma fenda num rosto de madeira.

— Mads quer dizer que está agradecido por vocês virem aqui a nosso pedido. Talvez preferissem a delegacia.

— E eu pensei que você talvez preferisse nos encontrar em sua casa, já que é tão tarde — disse Harry a Mads.

Inseguro, Mads olhou para o pai e só depois de ver um leve assentimento com a cabeça respondeu:

— Não aguento mais ficar lá. Está tão... vazio. Vou dormir em casa essa noite.

— Em nossa casa — emendou o pai, fitando Mads com um olhar que Harry pensou ser de compaixão, mas era mais parecido com desdém.

Eles se sentaram e pai e filho empurraram cada um seu cartão de visita sobre a mesa para Harry e Halvorsen. Este último retribuiu com dois dos seus. Gilstrup pai olhou indagador para Harry.

— Ainda não mandei fazer os meus — disse Harry. O que era verdade, ele nunca mandara imprimir seus cartões. — Mas Halvorsen e eu trabalhamos juntos, é só ligar para ele.

Halvorsen pigarreou.

— Temos algumas perguntas.

As perguntas de Halvorsen tentavam mapear os movimentos de Ragnhild na manhã daquele dia, o que ela estava fazendo no apartamento de Jon Karlsen e eventuais inimigos. Todas as respostas eram inconclusivas.

Harry procurou leite para seu café. Ultimamente havia começado com aquilo, sinal claro de que estava ficando velho. Algumas semanas antes, colocara para tocar a indiscutível obra-prima dos Beatles "Sgt. Pepper's Lonely Hearts Club Band" e se decepcionou. O disco também havia envelhecido.

Halvorsen lia as perguntas do seu bloco e tomava notas sem fazer contato visual. Pediu para Mads Gilstrup esclarecer onde esteve entre 9h e 10h, que, segundo o legista era a hora da morte.

— Ele estava aqui — respondeu Albert Gilstrup. — Nós trabalhamos o dia todo. Estamos fazendo um grande esforço para salvar a empresa — Ele se virou para Harry. — Sabíamos que ia fazer essa pergunta. Li que o marido sempre é o primeiro suspeito da polícia em casos de assassinato.

— Com bons motivos — disse Harry. — Estatisticamente falando.

— Certo — disse Albert Gilstrup. — Mas isso não é estatística, meu jovem. Isso é a realidade.

Harry encarou o olhar azul faiscante de Albert Gilstrup. Halvorsen olhou o inspetor-chefe de soslaio, como se receasse algo.

— Então vamos nos ater à realidade — disse Harry. — Negar menos e contar mais. Mads?

A cabeça de Mads Gilstrup deu um tranco, como se ele tivesse acabado de acordar de uma soneca. Harry esperou até poder encará-lo.

— O que você sabia sobre Jon Karlsen e sua esposa?

— Pare! — rosnou a boca de boneca de madeira de Albert Gilstrup. — Esse tipo de atrevimento talvez seja aceitável para a clientela com quem vocês lidam no dia a dia, mas não aqui.

Harry soltou um suspiro.

— Se quiser, seu pai pode ficar aqui, Mads. Mas se for preciso, boto ele para fora.

Albert Gilstrup riu. Era o riso de um homem acostumado a vencer que finalmente encontra um oponente à altura.

— Diga-me, inspetor-chefe, vou ter que ligar para meu amigo chefe da Polícia Criminal e contar como seu pessoal trata um homem que acabou de perder a esposa?

Harry ia responder, mas foi interrompido por Mads, que levantou a mão com um estranho movimento lento e gracioso.

— Temos que encontrá-lo, pai. Temos que ajudar um ao outro.

Esperaram um instante, mas o olhar de Mads havia voltado para a parede de vidro e ele nada mais disse.

— *All right* — disse Albert Gilstrup com pronúncia britânica. — Vamos falar sob uma condição. Que seja apenas com você, Hole. Seu assistente pode esperar lá fora.

— Não trabalhamos dessa forma — respondeu Harry.

— Estamos tentando cooperar aqui, Hole, mas essa exigência não é objeto de discussão. A alternativa é falar com a gente através de nosso advogado. Entendido?

Harry esperou a raiva aumentar. E quando isso não aconteceu, não tinha mais dúvidas: estava mesmo ficando velho. Fez um sinal para Halvorsen, que parecia surpreso, mas se levantou. Albert Gilstrup esperou até o policial fechar a porta atrás de si.

— Sim, conhecemos Jon Karlsen. Mads, Ragnhild e eu estivemos com ele, enquanto conselheiro econômico do Exército de Salvação. Fizemos uma oferta que seria bastante vantajosa para ele pessoalmente, e ele a rejeitou. Sem dúvida uma pessoa com moralidade e integridade. Por outro lado, pode muito bem ter flertado com Ragnhild, e não teria sido o primeiro. Sei que aventuras extraconjugais não são mais manchetes nos jornais. Mas o que torna suas alegações impossíveis é Ragnhild. Acredite, conheço aquela mulher há muito tempo. Além de ser um membro muito estimado da família, também é uma pessoa de caráter.

— E se eu disser que ela tinha as chaves do apartamento de Jon Karlsen?

— Não quero ouvir mais nada dessa história! — exclamou Albert Gilstrup.

Harry deu uma olhada para a parede de vidro e captou o reflexo do rosto de Mads Gilstrup enquanto seu pai continuava:

— Vamos chegar ao motivo de querer uma reunião com você pessoalmente, Hole. Você está à frente da investigação e pensamos em oferecer um bônus se prender o culpado pelo assassinato de Ragnhild. Mais especificamente 200 mil coroas. Discrição total.

— Como é? — perguntou Harry.

— *All right* — disse Gilstrup. — O valor pode ser discutido. Para nós, o importante é que esse caso tenha prioridade máxima para vocês.

— Diga-me, está tentando me subornar?

Albert Gilstrup mostrou um sorriso ácido.

— Não seja tão dramático, Hole. Deixe a ficha cair. Não vamos reclamar se você doar o dinheiro ao fundo das viúvas da polícia.

Harry não respondeu. Albert Gilstrup bateu a palma da mão na mesa.

— Então, acho que essa reunião acabou. Vamos manter os canais abertos, inspetor-chefe.

Halvorsen bocejou no elevador panorâmico que descia, silencioso e suave, do jeito que, ele imaginava, os anjos que tocavam canções natalinas desceram para a Terra.

— Por que não botou o pai para fora logo de início? — perguntou.

— Porque ele é interessante — respondeu Harry.

— O que ele disse enquanto fiquei lá fora?

— Que Ragnhild era uma pessoa maravilhosa que não podia ter tido uma relação com Jon Karlsen.

— E eles acreditam nisso?

Harry deu de ombros.

— Falaram outra coisa?

Harry hesitou.

— Não — disse, admirando o oásis verde com chafariz no meio do deserto marmorizado.

— Em que está pensando? — perguntou Halvorsen.

— Não tenho certeza. Vi Mads Gilstrup sorrir.

— Hein?

— Vi o reflexo dele no vidro. Você notou que Albert Gilstrup parece uma boneca de madeira? Uma dessas que os ventríloquos usam?

Halvorsen fez que não com a cabeça.

Estavam descendo a Munkedamsveien em direção à Sala de Concertos de Oslo, passando por pessoas que se apressavam pela calçada cheias de bolsas de compras natalinas.

— Está fresco — disse Harry tiritando. — Pena que o frio faz a poluição se manter perto do chão. Está asfixiando a cidade.

— Ainda assim é melhor do que aquele cheiro nauseante de pós-barba da sala de reuniões — disse Halvorsen.

Ao lado da entrada de serviço da Sala de Concertos havia um pôster anunciando o concerto natalino do Exército de Salvação. Na calçada, embaixo do pôster, um rapaz segurava um copo de papel com a mão arranhada.

— Você mentiu para Bjørgen — disse Halvorsen.

— É mesmo?

— Pena de dois anos por porte de um Stesolid? E pelo que sabemos, Stankic pode ter nove irmãos vingativos.

Harry deu de ombros e olhou o relógio. Estava tarde demais para a reunião no AA. Decidiu que era hora de ouvir a palavra de Deus.

— Mas quando Jesus voltar à Terra, quem será capaz de reconhecê-lo? — gritou David Eckhoff, e a chama da vela à sua frente oscilou. — Talvez o Redentor esteja entre nós aqui, nesta cidade?

Um murmúrio passou pela assembleia na grande sala branca e espartanamente mobiliada. O templo não tinha retábulo nem balaustrada, apenas um banco de penitentes entre a assembleia e o altar, e o pódio onde se podia ajoelhar e confessar seus pecados.

O comandante olhou para a assembleia e fez uma pausa retórica antes de continuar:

— Porque mesmo que Mateus tenha dito que o Redentor virá em toda a sua glória e todos os anjos o acompanharão, também está escrito: "Porque tive fome e não me destes de comer; tive sede e não me destes de beber; era peregrino e não me acolhestes; nu e não me vestistes; enfermo e na prisão e não me visitastes."

David Eckhoff respirou fundo, virou a página e levantou o olhar para a congregação. E continuou, sem olhar as escrituras:

— E estes lhe perguntarão: "Senhor, quando foi que te vimos com fome, com sede, peregrino, nu, enfermo ou na prisão e não te socorremos?'" Então o Rei lhes responderá: ' Em verdade eu vos declaro: todas as vezes que deixastes de fazer isso a um destes pequeninos, foi a mim que o deixastes de fazer!" Portanto, estes irão para o castigo eterno, e os justos, para a vida eterna. — O comandante bateu no púlpito. — O que Mateus faz aqui é uma convocação, uma declaração de guerra contra o egoísmo e a desumanidade! — bramiu. — E nós, salvacionistas, acreditamos que haverá um juízo final e que os justos serão eternamente abençoados, e os descrentes serão punidos.

Quando o discurso do comandante acabou, a sessão foi aberta para testemunhos pessoais. Um senhor de idade avançada contou sobre a batalha na praça da Catedral de Oslo, que haviam ganhado com a palavra de Deus proferida em nome de Jesus e da sinceridade. Depois, apresentou-se um jovem informando que iriam encerrar a reunião da noite entoando o canto 617 do livro. Ele tomou lugar em frente à orquestra uniformizada de oito músicos de sopro e Rikard Nilsen no bumbo e começou a cantar. Eles tocaram a introdução, então o dirigente se virou para a assembleia e todos entoaram. O canto ressoou poderoso na sala: "Deixe a bandeira da redenção esvoaçar, vamos à guerra santa!"

Quando a música terminou, David Eckhoff voltou ao púlpito.

— Queridos amigos, deixem-me terminar esta reunião informando que o escritório do primeiro-ministro confirmou hoje que ele estará presente em nosso concerto de Natal na Sala de Concertos de Oslo.

A notícia foi recebida com aplausos espontâneos. A congregação se levantou, dirigindo-se sem pressa à saída enquanto a sala se enchia com uma conversa animada. Apenas Martine Eckhoff parecia atarefada. Harry estava no último banco e observou-a vir pela nave em sua direção. Ela estava usando uma saia de lã, meias pretas, botas parecidas com as dele e um gorro de tricô. Ela olhou diretamente para ele sem sinal de reconhecimento. Mas então seu rosto se iluminou. Harry se levantou.

— Olá — disse ela, inclinando a cabeça e sorrindo. — Trabalho ou sede espiritual?

— Seu pai é um orador e tanto.

— Se fosse pentecostal teria sido uma estrela mundial.

De relance, Harry viu Rikard entre as pessoas atrás dela.

— Escute, tenho algumas perguntas. Se quiser andar um pouco no frio, posso acompanhá-la até em casa.

Martine parecia ter dúvidas.

— Se é que vai para lá — emendou Harry depressa.

Martine olhou em volta antes de responder.

— Em vez disso, posso acompanhá-lo. Sua casa é caminho para mim.

O ar lá fora estava úmido, espesso e tinha gosto de poluição: seboso e salgado.

— Vou direto ao assunto — disse Harry. — Você conhece tanto Jon como Robert. É possível que Robert possa ter tido o desejo de matar o irmão?

— O que está dizendo?

— Pense um pouco antes de responder.

Eles andaram com passos curtos sobre o gelo, passando pelo teatro Edderkoppen e continuando pelas ruas desertas. A época de celebrações e jantares pré-natalinos estava no fim, mas na Pilestredet os táxis ainda iam e vinham com passageiros com roupas de festa e olhar ébrio.

— Robert era um pouco selvagem — disse Martine. — Mas matar? — Ela fez um enérgico não com a cabeça.

— Talvez mandasse outra pessoa fazê-lo?

Martine deu de ombros.

— Eu não era tão ligada a Jon e Robert.

— Por que não? Vocês praticamente cresceram juntos.

— Sim. Mas eu não era ligada a ninguém, na verdade. Preferia ficar sozinha. Como você.

— Eu? — exclamou Harry surpreso.

— Um lobo solitário reconhece outro, não é?

Harry a olhou de soslaio e encontrou seu olhar provocador.

— Com certeza você devia ser um daqueles meninos que seguia seus próprios caminhos. Interessante e inacessível.

Harry sorriu e negou com um gesto. Eles passaram pelos tanques de óleo em frente à fachada malconservada e colorida da Blitz. Ele apontou.

— Lembra quando ocuparam esse prédio em 1981 e fizeram um show punk com Kjøtt, The Aller Værste e todas as outras bandas?

Martine riu.

— Não. Eu tinha acabado de entrar na escola naquela época. E a Blitz não era exatamente o tipo de lugar que nós do Exército de Salvação frequentávamos.

Harry esboçou um sorriso.

— Claro que não. Mas eu ia lá de vez em quando. Pelo menos no início, quando pensei que pudesse ser um lugar para *outsiders* como eu. Mas nem ali me enquadrei. Porque, no final das contas, até na Blitz as pessoas eram todas iguais. Os demagogos tinham exatamente a mesma liberdade lá que...

Harry se calou, mas Martine completou:

— Que meu pai no templo hoje à noite?

Harry afundou as mãos nos bolsos.

— Só quis dizer que não se demora muito para ficar solitário quando se quer usar a própria cabeça para encontrar as respostas.

— E qual é a resposta que sua cabeça solitária encontrou até agora?

— Martine pôs a mão por baixo do braço dele.

— Parece que tanto Jon como Robert tiveram algumas histórias com mulheres. O que há de tão especial em Thea para os dois quererem justamente ela?

— Robert estava interessado em Thea? Não parecia.

— É o que Jon diz.

— Bem, como disse, eu não era muito ligada a eles. Mas é claro que me lembro de que Thea era popular entre os meninos nos verões que passamos em Østgård. A rivalidade começa cedo, não é?

— A rivalidade?

— Sim, meninos que querem ser oficiais precisam encontrar uma garota nas fileiras do Exército.

— Precisam?

— Você não sabia? Se você se casar com alguém de fora, a princípio perde seu emprego no Exército. Todo o sistema é baseado em oficiais casados, que moram e trabalham juntos. Eles devem ter uma vocação conjunta.

— Parece rigoroso.

— Somos uma organização militar — falou Martine sem nenhuma pontada de ironia.

— E os meninos sabiam que Thea queria ser oficial? Mesmo sendo uma garota?

Martine sorriu e fez que não com a cabeça.

— Pelo jeito, você não sabe muita coisa sobre o Exército de Salvação. Dois terços dos oficiais são mulheres.

— Mas o comandante é homem? E o chefe administrativo?

— Nosso fundador, William Booth, dizia que seus melhores homens eram mulheres. Mesmo assim, o Exército é como o restante da sociedade. Homens tolos e autoconfiantes conduzindo mulheres inteligentes com medo de altura.

— Então os meninos rivalizavam todo verão para ficar com Thea?

— Por algum tempo. Mas de repente Thea parou de ir a Østgård. Problema resolvido.

— Por que ela parou de ir?

Martine deu de ombros.

— Talvez não estivesse mais a fim. Ou talvez seus pais não quisessem. Com tantos jovens juntos dia e noite naquela idade... você sabe.

Harry fez que sim. Mas não sabia. Não frequentara sequer um retiro da Crisma. Subiram a Stensberggata.

— Nasci aqui — disse Martine apontando para o muro que cercava os escombros de Rikshospitalet. Naquele local, em breve, estaria pronto um novo projeto residencial, Pilestredet Park.

— Eles mantiveram o prédio da maternidade e transformaram em apartamentos — disse Harry.

— Mora gente ali? Imagine tudo que já aconteceu. Abortos e...

Harry concordou.

— Se você passar por aqui lá pela meia-noite, ainda pode ouvir gritos de crianças.

Martine arregalou os olhos.

— Está brincando! É assombrado?

— Bem — disse Harry e entrou na rua Sofie. — Talvez porque famílias com crianças morem ali.

Martine bateu no ombro dele, rindo.

— Não caçoe dos fantasmas. Eu acredito neles.

— Eu também — disse Harry. — Eu também.

Martine parou de rir.

— Moro aqui — disse Harry apontando para um portão azul-claro.

— Não tinha outras perguntas?

— Tenho, mas podem esperar até amanhã.

Ela inclinou a cabeça.

— Não estou com sono. Você tem chá?

Um carro veio chiando pela neve e encostou no meio-fio a 50 metros deles, cegando-os com luz branco-azulada. Harry olhou pensativo para ela ao procurar as chaves.

— Só café solúvel. Escute, eu ligo...

— Café solúvel é ótimo — disse Martine. Harry ia pôr a chave na fechadura, mas ela foi mais rápida e empurrou o portão azul-claro. Harry viu o portão se fechar, mas a fechadura não travou.

— É o frio — murmurou. — O prédio está se encolhendo.

Harry bateu o portão com força antes de subir as escadas.

— É arrumado aqui — disse Martine ao tirar as botas no corredor.

— Não tenho muita coisa — disse Harry da cozinha.

— E do que gosta mais?

Harry pensou.

— Dos discos.

— Não do álbum de fotos?

— Não acredito em álbuns de fotos — disse Harry.

Martine entrou na cozinha. De soslaio, Harry notou como ela dobrou as pernas por baixo de si ao se sentar, com a agilidade de um gato.

— Não *acredita*? — perguntou ela. — O que quer dizer?

— Eles destroem a habilidade de esquecer. Leite?

Ela fez que não.

— Mas você acredita em discos.

— Sim. Eles mentem de maneira mais verídica.

— Mas eles também não destroem a habilidade de esquecer?

Harry parou enquanto servia o café. Martine riu baixinho.

— Eu não acredito nesse inspetor-chefe durão e desiludido. Acredito que seja um romântico, Hole.

— Vamos para a sala — disse Harry. — Acabei de comprar um disco muito bom. Por enquanto não tenho memórias ligadas a ele.

Martine esgueirou-se no sofá enquanto Harry colocava o primeiro disco de Jim Stärk. Então, ele sentou-se na bergère verde e passou a mão sobre o tecido grosso de lã acompanhando os primeiros acordes da guitarra. Lembrou que a cadeira fora comprada na Elevator, a loja de coisas usadas do Exército de Salvação. Pigarreou.

— Robert pode ter tido uma relação com uma garota muito mais jovem que ele. O que acha disso?

— O que acho de relações entre jovens garotas e homens mais velhos? — Ela soltou uma risada curta, mas seu rosto enrubesceu no silêncio que se seguiu. — Ou se eu acredito que Robert gostava de garotas menores de idade?

— Eu não disse isso, mas talvez adolescente. Croata.

— *Izgubila sam se.*

— Como é?

— É croata. Ou servo-croata. Costumávamos passar o verão na Dalmácia quando eu era pequena, antes que o Exército comprasse Østgård. Quando papai tinha 18 anos, foi para a Iugoslávia para ajudar na reconstrução depois da Segunda Guerra Mundial. Ele conheceu as famílias de vários trabalhadores de construção civil. Foi por isso que se engajou no acolhimento de refugiados de Vukovar.

— Falando em Østgård, você se lembra de Mads Gilstrup, neto do antigo proprietário?

— Ah, sim. Ele passou alguns dias lá no verão em que tomamos posse. Eu não falava com ele. Lembro que ninguém falava com ele. Ele parecia tão nervoso e fechado. Mas acho que ele também gostava de Thea.

— O que faz você pensar isso? Se ele não falava com ninguém, quero dizer.

— Eu via como ele a olhava. E quando a gente estava junto com Thea ele surgia de repente. Sem dizer uma palavra. Achava ele bastante esquisito. Meio sinistro.

— Verdade?

— Sim. Ele dormia na casa dos vizinhos quando passava os dias lá, mas uma noite acordei na sala onde algumas das garotas dormiam e vi um rosto pressionado contra a janela. Depois desapareceu. Tenho quase certeza de que era ele. Quando contei às outras garotas, disseram que eu estava vendo fantasmas. Elas estavam convencidas de que tinha algo errado com minha vista.

— Por quê?

— Você não percebeu?

— O quê?

— Sente aqui — disse Martine, dando tapinhas no sofá ao lado dela. — Vou lhe mostrar.

Harry deu a volta na mesa.

— Está vendo minhas pupilas?

Harry se inclinou e sentiu a respiração dela no rosto. E então viu. As pupilas pareciam escorrer para dentro das íris castanhas, ganhando o formato de uma fechadura.

— É congênito — explicou ela. — Chama-se íris coloboma. Mas é possível ter uma visão totalmente normal mesmo assim.

— Interessante. — Seus rostos estavam tão próximos que ele podia sentir o cheiro da sua pele e do seu cabelo. Respirou fundo e teve a sensação trêmula de afundar numa banheira cheia de água quente. Ouviu um zunido forte e curto.

Harry levou alguns instantes até entender que era a campainha. Não o interfone. Alguém estava à sua porta.

— Deve ser Ali — disse Harry e se levantou do sofá. — O vizinho.

Nos seis segundos que Harry levou para se levantar do sofá, ir ao corredor e abrir, teve tempo de pensar que era tarde demais para ser Ali. E que Ali costumava bater. E se alguém tivesse entrado ou saído do prédio depois dele e Martine, o portão devia ter ficado aberto de novo.

Foi só no sétimo segundo que ele entendeu que nunca devia ter aberto a porta. Viu a pessoa na sua frente e teve uma ideia do que o esperava.

— Agora está feliz, imagino — disse Astrid, balbuciando de leve.

Harry não respondeu.

— Estou vindo de um jantar pré-natalino, não vai me convidar para entrar, Harry querido? — Seus lábios pintados pressionavam os dentes quando sorria, e os saltos altos estalaram no chão quando perdeu o equilíbrio.

— Não é uma boa hora — disse Harry.

Ela semicerrou os olhos e estudou seu rosto. Depois olhou por cima do seu ombro.

— Tem uma mulher aqui? É por isso que não foi à nossa reunião hoje?

— Vamos nos falar outro dia, Astrid. Você está bêbada.

— Discutimos o passo três na reunião hoje. "Decidimos entregar nossa vontade e nossa vida aos cuidados de Deus." Mas sabe, Harry, eu não vejo Deus nenhum. — Deu umas batidinhas nele de brincadeira com a bolsa.

— Não existe passo três, Astrid. Todos têm que salvar a si mesmos.

Ela congelou e olhou para ele, de repente com lágrimas nos olhos.

— Deixe-me entrar, Harry — sussurrou ela.

— Não vai adiantar, Astrid. — Ele pôs a mão em seu ombro. — Vou chamar um táxi para levá-la para casa.

Sua mão foi afastada com uma força surpreendente. Sua voz guinchou:

— Para casa? Eu não vou para casa, seu canalha impotente.

Ela deu meia-volta e saiu cambaleando escada abaixo.

— Astrid...

— Fique longe de mim! Vá trepar com sua outra puta!

Harry ficou observando-a até ela desaparecer. Ouviu-a brigar com o portão e praguejar, o ranger das dobradiças e depois o silêncio.

Quando se virou, Martine estava logo atrás dele, abotoando o casaco devagar.

— Eu... — começou ele.

— Está tarde. — Ela mostrou um breve sorriso. — Estou um pouco cansada.

Eram 3h da madrugada e Harry ainda estava na bergère. Tom Waits cantava baixinho sobre Alice e as baquetas vassourinhas raspavam a caixa da bateria.

It's dreamy weather we're on. You wave your crooked wand along an icy pond.

Os pensamentos vieram sem ele querer. Todos os bares estavam fechados. Ele não tinha enchido o cantil depois de esvaziá-lo na goela do cão no terminal de contêineres. Mas podia ligar para Øystein. Øystein dirigia seu táxi quase toda noite e tinha sempre meia garrafa de gim guardada embaixo do banco.

— Não vai ajudar.

A não ser que acreditasse em fantasmas, claro. Que acreditasse naqueles que rondavam sua cadeira, olhando para ele com cavidades oculares escuras e vazias. Em Birgitta, que surgiu do mar com a âncora amarrada em volta do pescoço; em Ellen dando gargalhadas com o taco de beisebol saindo da cabeça; em William, que pendia como um boneco do varal; na mulher dentro do colchão d'água olhando através da borracha azul e em Tom, que veio para pegar de volta seu relógio, balançando o toco do braço ensanguentado.

O álcool não podia libertá-lo, apenas dar-lhe alívio temporário. E naquele exato momento estava disposto a pagar bastante por isso.

Tirou o fone do gancho e discou um número. Foi atendido no segundo toque.

— Como está, Halvorsen?

— Com frio. Jon e Thea estão dormindo. Estou na sala com vista para a rua. Vou precisar tirar uma soneca amanhã.

— Hum.

— Teremos que ir ao apartamento de Thea amanhã para pegar mais insulina. Ela é diabética.

— Certo, mas leve Jon. Não quero que ele fique aí sozinho.

— Posso pedir a alguém para vir para cá.

— Não! — disse Harry de forma brusca. — Por enquanto não quero envolver mais ninguém.

— Tudo bem.

Harry suspirou.

— Escute, sei que não faz parte do seu trabalho ficar de babá. Avise se tiver algo que eu possa fazer em retribuição.

— Bem...

— Diga.

— Prometi levar Beate para sair uma noite antes do Natal para ela comer *lutefisk*. Ela nunca experimentou, coitada.

— É uma promessa.

— Obrigado.

— E Halvorsen?

— Sim?

— Você é... — Harry respirou fundo. — ...legal.

— Obrigado, chefe.

Harry desligou. Waits cantava que os patins na lagoa congelada escreviam Alice.

21

Sexta-feira, 19 de dezembro. Zagreb.

Ele estava tremendo de frio sentado num pedaço de papelão na calçada ao lado do parque Sofienberg. Estava na hora do rush matinal e as pessoas passavam apressadas. Mas ainda assim algumas deixavam cair dinheiro no copo de papel na sua frente. Logo seria Natal. Seus pulmões doíam porque ele tinha respirado fumaça a noite toda. Levantou a cabeça e olhou para a rua Gøteborg.

Era a única coisa que podia fazer naquele momento.

Ele pensou no rio Danúbio, que passava em Vukovar. Paciente e incansável. Como ele tinha que ser. Esperar pacientemente até chegar o tanque de combate, até o dragão botar a cabeça para fora da caverna. Até Jon Karlsen voltar para casa. Viu um par de joelhos que havia parado bem na sua frente.

Ergueu a cabeça e viu um homem com bigode ruivo e um copo de papel na mão. Ele dizia alguma coisa. Alto e com raiva.

— *Excuse me?*

O homem respondeu algo em inglês. Algo sobre território.

Sentiu a pistola no bolso. Com uma bala. Em vez disso, tirou o caco de vidro grande e afiado que tinha no outro bolso. O pedinte deu uma encarada furiosa e se mandou.

Ele descartou a ideia de que Jon Karlsen talvez não viesse. Tinha que vir. Enquanto isso, ele seria o Danúbio. Paciente e incansável.

— Entre — ordenou a robusta e sorridente mulher no apartamento do Exército de Salvação na rua Jacob Aall. Ela pronunciou o "n" com a ponta da língua no céu da boca, como é comum quando se aprende a língua já adulto.

— Esperamos não atrapalhar — disse Harry, e ele e Beate Lønn entraram no corredor. O chão estava praticamente coberto por calçados, grandes e pequenos.

A mulher fez que não enquanto eles tiravam as botas.

— Está frio — disse. — Estão com fome?

— Obrigada, acabei de tomar café — respondeu Beate.

Harry se limitou a menear a cabeça com um sorriso amigável.

Ela os levou à sala. Em volta de uma mesa estava o que Harry supunha ser a família Miholjec: dois homens adultos, um garoto da idade de Oleg, uma menininha e uma adolescente que devia ser Sofia. A jovem escondeu os olhos atrás de uma cortina de cabelo preto. Segurava um bebê no colo.

— *Zdravo* — disse o homem mais velho. Era magro, com cabelo grisalho espesso e olhos pretos. Harry reconheceu o olhar raivoso e assustado característico das pessoas excluídas.

— Este é meu marido — disse a mulher. — Ele entende norueguês, mas fala pouco. Esse é tio Josip. Está fazendo uma visita natalina. Meus filhos.

— Todos os quatro? — perguntou Beate.

— Sim. — Ela riu. — O último foi um presente de Deus.

— Que lindo — disse Beate e fez uma careta para o bebê, que gorgolejou animado para ela. E como Harry já suspeitara, ela não conseguiu resistir a apertar a bochecha corada. Ele deu a Beate e Halvorsen um ou no máximo dois anos até produzirem um bebê igual àquele.

O homem disse alguma coisa e a mulher lhe respondeu. Virou-se então para Harry.

— Ele pediu para eu dizer que vocês não querem ninguém além de noruegueses trabalhando neste país. Ele está tentando, mas não consegue arrumar trabalho.

Harry encontrou o olhar do homem e fez um aceno com a cabeça que não foi retribuído.

— Aqui — disse a mulher, apontando para duas cadeiras vazias.

Eles se sentaram. Harry viu que Beate já estava com o bloco de anotações pronto antes de ele começar a falar.

— Viemos aqui para perguntar sobre...

— Robert Karlsen — disse a mulher e olhou para seu marido, que sinalizou que consentia.

— Exato. O que podem nos contar sobre ele?

— Pouca coisa. Nós mal o conhecemos.

— Mal o conhecemos. — O olhar da mulher passou casualmente por Sofia, que estava quieta com o nariz no cabelo ralo do bebê. — Jon pediu para Robert nos ajudar quando nos mudamos do apartamento pequeno no bloco A nesse verão. Jon é uma pessoa boa. Ele arrumou um apartamento maior para nós quando veio aquele ali, entende. — Ela riu para o bebê. — Mas Robert ficou conversando bastante com Sofia. E... bem. Ela só tem 15 anos.

Harry viu o rosto da moça mudar de cor.

— Hum. Gostaríamos também de falar com Sofia.

— Pode começar — disse a mãe.

— De preferência a sós — disse Harry.

A mãe e o pai se entreolharam. O duelo durou apenas dois segundos, mas o bastante para Harry entender. Antigamente era o marido quem tomava as decisões, mas agora, na realidade nova de um país estranho, em que a esposa se adaptou com mais facilidade, as decisões eram tomadas por ela. Ela assentiu para Harry.

— Vão para a cozinha. Não vamos perturbar.

— Obrigada — disse Beate.

— Não precisa agradecer — disse a mulher, séria. — Queremos que prendam o culpado. Sabem alguma coisa sobre ele?

— Acreditamos que seja um assassino profissional que mora em Zagreb — disse Harry. — Pelo menos ligou de Oslo para um hotel de lá.

— Qual?

Harry olhou surpreso para o pai, que havia falado em norueguês.

— Hotel Internacional — respondeu e viu o pai trocar olhares com o tio.

— Sabem de alguma coisa?.

O pai fez que não com a cabeça.

— Caso saibam, ficaria grato — disse Harry. — O homem está à procura de Jon agora, ontem encheu o apartamento dele de tiros.

Harry viu a expressão do pai se tornar incrédula. Mas continuou calado.

A mãe foi na frente para a cozinha, com Sofia arrastando os pés atrás dela. Como a maioria dos adolescentes fazia, pensou Harry. Como Oleg faria daqui a poucos anos.

Quando a mãe saiu, Harry pegou o bloco de anotações e Beate se sentou num banco em frente de Sofia.

— Oi, Sofia, eu me chamo Beate. Robert era seu namorado?

Sofia olhou para o chão e fez que não.

— Estava apaixonada por ele?

Novo balançar de cabeça.

— Ele a machucou?

Pela primeira vez desde que chegaram, Sofia afastou a cortina de cabelo preto e olhou diretamente para Beate. Harry supunha que havia uma garota bonita atrás da maquiagem pesada. Naquele momento só viu o reflexo do pai, com raiva e medo. E uma contusão na testa que a maquiagem não conseguira esconder.

— Não — respondeu ela.

— Foi seu pai que disse para não contar nada, Sofia? Porque eu estou vendo.

— O que você está vendo?

— Que alguém a machucou.

— Está mentindo.

— Como conseguiu essa contusão na testa?

— Bati numa porta.

— Agora é você que está mentindo.

Sofia bufou.

— Você acha que é bem esperta, mas não sabe de nada. Você é só uma policial velha que na verdade queria estar em casa com seus filhos. Eu vi você lá dentro. — A raiva ainda estava presente, mas a voz ficou mais pastosa. Harry lhe dava mais uma, no máximo duas frases.

Beate soltou um suspiro.

— Tem que confiar em nós, Sofia. E precisa nos ajudar. Estamos tentando deter um assassino.

— Mas não é culpa minha. — De repente sua voz ficou sufocada, e Harry constatou que ela só havia conseguido dizer aquela única frase. Então vieram as lágrimas. Muitas lágrimas. Sofia inclinou-se para a frente e a cortina se fechou de novo.

Beate pôs a mão em seu ombro, mas Sofia afastou-a.

— Vá embora! — gritou.

— Você sabia que Robert foi para Zagreb esse outono? — perguntou Harry.

Ela olhou para Harry de relance, com uma expressão incrédula, coberta de maquiagem borrada.

— Então ele não contou? — continuou Harry. — Também não deve ter contado que estava apaixonado por uma garota chamada Thea Nilsen.

— Não — respondeu ela. — E daí?

Harry tentou ver pela expressão facial se as informações haviam causado algum impacto, mas com a maquiagem preta escorrendo era difícil.

— Você esteve na Fretex perguntando por Robert. O que queria?

— Pedir um cigarro! — gritou Sofia com raiva.

Harry e Beate se entreolharam. Levantaram-se.

— Reflita um pouco — disse Beate. — Depois ligue para nós neste número. — Ela deixou um cartão de visita na mesa.

A mãe estava esperando por eles na entrada.

— Lamento — disse Beate. — Parece que ela ficou bastante nervosa. Talvez você possa conversar um pouco com ela.

Saíram para a manhã de dezembro na rua Jacob Aall e andaram rumo à rua Suhms, onde Beate havia encontrado uma vaga para o carro.

— *Oprostite!*

Eles se viraram. A voz vinha da sombra da entrada arqueada onde luziam brasas de dois cigarros. As brasas caíram no chão e dois homens saíram da sombra e se aproximaram. Eram o pai e o tio de Sofia. Pararam na frente deles.

— Hotel Internacional, é? — perguntou o pai.

Harry fez que sim.

Ele olhou Beate de relance.

— Vou pegar o carro — disse ela depressa. Harry nunca parava de se perguntar como uma garota que havia passado tanto tempo da sua curta vida sozinha em meio a vídeos e pistas técnicas podia ter acumulado uma inteligência social tão superior à dele.

— Eu trabalhava no primeiro ano aqui... você sabe... numa companhia de mudanças. Mas minhas costas acabaram. Em Vukovar eu era engenheiro elétrico, entende? Antes da guerra. Aqui não consigo droga nenhuma.

Harry esperou.

Tio Josip disse algo.

— *Da, da* — murmurou o pai e falou para Harry. — Quando o Exército da Iugoslávia estava prestes a conquistar Vukovar em 1991, sim? Tinha um moleque que explodia 12 tanques com... *minas terrestres,* sim? Nós o chamávamos de *mali spasitelj.*

— *Mali spasitelj* — repetiu tio Josip, reverente.

— O pequeno redentor — disse o pai. — Era seu... o nome que usavam no walkie-talkie.

— O codinome?

— Sim. Depois da rendição de Vukovar, os sérvios tentaram encontrá-lo. Mas não conseguiram. Uns disseram que estava morto. Outros não acreditavam nisso, disseram que ele nunca tinha... existido, sim?

— E o que isso tem a ver com o hotel Internacional?

— Depois da guerra, as pessoas em Vukovar não tinham casas. Tudo devastado. Alguns vieram para cá. Mas a maioria para Zagreb. O presidente Tudjman...

— *Tudjman* — repetiu o tio e levou os olhos ao céu.

— ...e seu pessoal lhes deram quartos em grandes hotéis velhos onde podiam ficar de olho neles. Vigiar. Sim? Eles tomavam sopa e não tinham trabalho. Tudjman não gosta das pessoas da Eslavônia. Sangue sérvio demais. Então, os sérvios que estavam em Vukovar começaram a morrer. E havia rumores de que o *mali spasitelj* havia voltado.

— *Mali spasitelj*. — Tio Josip riu.

— Diziam que os croatas podiam encontrar ajuda. No hotel Internacional.

— Como?

O pai deu de ombros.

— Não sei. Rumores.

— Hum. Existem outras pessoas que sabem dessa... ajuda e do hotel Internacional?

— Outras pessoas?

— Alguém no Exército de Salvação, por exemplo?

— Sim. David Eckhoff sabe de tudo. E agora os outros. Ele fez um discurso... depois de um jantar em Østgård no verão.

— Discurso?

— Sim. Ele contou sobre o *mali spasitelj* e que sempre tem alguém em guerra. A guerra nunca acaba. Para eles também.

— É verdade, o comandante disse isso? — perguntou Beate quando estava prestes a entrar no iluminado túnel Ibsen, mas freou pouco antes na fila de carros parados.

— De acordo com Miholjec — disse Harry. — E parece que todos estavam lá. Robert, inclusive.

— Você acha que isso pode ter dado a Robert a ideia de usar um assassino de aluguel? — Beate batucou impaciente no volante.

— Pelo menos podemos constatar que Robert esteve em Zagreb. E se ele sabia que Jon se encontrava com Thea, também tinha um motivo.

— Harry esfregou o queixo. — Escute, pode dar um jeito para que Sofia seja levada a um médico para um exame minucioso? Se eu não estiver enganado, deve haver mais do que aquela contusão. Vou tentar pegar o voo da manhã para Zagreb.

Beate lançou-lhe um olhar rápido e incisivo.

— Se você vai para o exterior, deve ser para dar suporte à polícia do país. Ou de férias. O regulamento é claro...

— A última opção — disse Harry. — Férias natalinas, bem curtas.

Beate soltou um suspiro resignado.

— Então espero que dê um pouco de férias para Halvorsen também. Estamos querendo visitar os pais dele em Steinkjer. Onde você está pensando em passar o Natal?

No mesmo instante, o celular de Harry começou a tocar e, enquanto o procurava no bolso do casaco, respondeu:

— No último ano passei com Rakel e Oleg. E no ano anterior, com meu pai e minha irmã. Mas neste ano ainda não tive tempo de me planejar.

Ele estava pensando em Rakel quando viu que tinha apertado o botão verde no telefone. E agora ouvia uma risada em seu ouvido.

— Pode vir à minha casa — disse ela. — A casa está aberta na noite de Natal e estamos sempre precisando de assistentes voluntários. No Farol.

Levou dois segundos até Harry entender que não era Rakel.

— Só liguei para dizer que lamento por ontem — disse Martine. — Não quis sair correndo daquela maneira. Só fui pega de surpresa. Conseguiu as respostas que queria?

— Ah, é você? — disse Harry com o que pensou ser uma voz neutra, mas notou o olhar de relance de Beate. E sua inteligência social superior. — Posso ligar depois?

— Claro.

— Obrigado.

— Não há de quê. — Ela falou em um tom de voz sério, mas Harry ouviu o riso contido. — Só uma coisa.

— Sim?

— O que você vai fazer na segunda-feira? No dia 22, quero dizer.

— Não sei — respondeu Harry.

— Temos um ingresso extra para o concerto natalino na Sala de Concertos.

— Entendo.

— Não parece estar pulando de alegria.

— Desculpe. Está muito movimentado aqui e não sou muito bom com ternos e coisas assim.

— E os artistas são burgueses e chatos demais.

— Eu não disse isso.

— Não, *eu* disse. E quando disse que temos um ingresso extra, quis na verdade dizer *eu*.

— Mesmo?

— Uma chance de me ver de vestido. E fico muito bem naquele vestido. Só falta um rapaz alto e maduro para combinar. Pense a respeito.

Harry riu.

— Obrigado, prometo fazer isso.

— Não há de quê.

Beate não disse uma palavra depois de ele desligar e não comentou o sorriso largo que não quis se apagar. Mencionou apenas que, de acordo com as previsões, o caminhão limpa-neve ia ter o que fazer. De vez em quando, Harry se perguntava se Halvorsen tinha ideia do quão sortudo era por namorar Beate.

Jon Karlsen ainda não havia aparecido. Congelado, ele levantou-se da calçada ao lado do parque Sofienberg. O frio parecia vir de dentro da terra e tinha se propagado pelo corpo todo. Assim que começou a andar e o sangue voltou a circular nas pernas, ele deu as boas-vindas às dores. Não havia contado as horas que ficara sentado ali de pernas cruzadas com o copo à sua frente, acompanhando quem vinha ou saía do prédio na rua Gøteborg, mas a luz do dia já estava desvanecendo. Enfiou as mãos no bolso.

As esmolas deviam ser suficientes para um café, algo para comer e, com sorte, para um maço de cigarros.

Ele foi depressa até o cruzamento e o café onde havia conseguido o copo de papel. Tinha visto um telefone na parede lá dentro, mas desistiu da ideia. Parou em frente ao café, tirou o capuz azul e se olhou no reflexo do vidro. Não era de estranhar que as pessoas vissem nele um necessitado. Sua barba estava crescendo com rapidez e seu rosto tinha manchas de fuligem do fogo que fizera no contêiner.

Pelo reflexo viu o sinal ficar vermelho, e um carro parou ao seu lado. Olhou para dentro do veículo enquanto segurava a porta do café. E paralisou-se. O dragão. O tanque sérvio. Jon Karlsen. No banco do passageiro. A 2 metros de distância.

Entrou no café, correu até a janela e continuou observando o carro. Achou já ter visto o motorista antes, mas não se lembrava de onde. No albergue. Sim, era um dos policiais que estavam com Harry Hole. Uma mulher estava no banco de trás.

O sinal abriu. Ele saiu em disparada e viu a fumaça branca do escapamento quando o carro acelerou subindo a rua ao longo do parque. Começou a correr. Bem na sua frente viu o carro virar na rua Gøteborg. Tateou no bolso. Sentiu o caco de vidro da janela do barracão com dedos quase dormentes de frio. Suas pernas não obedeciam, eram como próteses mortas. Se pisasse em falso, quebrariam como pingentes de gelo, pensou.

O parque com as árvores, a creche e as lápides bruxuleavam diante de seus olhos como numa tela saltitante. Tateou a pistola. Devia ter se cortado no caco de vidro, porque sentiu que a mão estava pegajosa.

Halvorsen estacionou bem em frente do número 4 da rua Gøteborg, e ele e Jon desceram do carro para esticar as pernas enquanto Thea entrava para pegar sua insulina.

Halvorsen checou a rua deserta nos dois sentidos. Jon parecia inquieto, andando de um lado para outro no frio. Através do vidro do carro, entre os bancos da frente, Halvorsen podia ver o coldre da pistola, que ele tinha tirado porque machucava a cintura quando dirigia. Se algo acontecesse, ia alcançá-lo em dois segundos. Ligou o celular e viu que havia recebido uma mensagem durante a viagem. Pressionou as teclas e uma voz familiar repetiu que ele tinha uma mensagem. Ele ouviu um bipe, e uma voz não familiar começou a falar. Halvorsen ouviu com crescente surpresa. Viu Jon tomar ciência da voz ao telefone e se aproximar. A surpresa de Halvorsen passou para incredulidade.

Quando desligou, Jon olhou-o indagador, mas Halvorsen não disse nada, apenas teclou rapidamente outro número.

— O que foi? — perguntou Jon.

— Uma confissão — disse Halvorsen, cortante.

— E o que está fazendo?

— Comunicando a Harry.

Halvorsen ergueu o olhar e viu o rosto distorcido de Jon; seus olhos estavam arregalados e pretos e pareciam dirigir-se para um ponto através dele, além dele.

— Algo de errado? — perguntou.

Harry passou pela alfândega e entrou no modesto terminal de Pleso, onde enfiou seu cartão Visa num caixa eletrônico que, sem protestar, deu-lhe kunas equivalentes a mil coroas. Ele pôs a metade num envelope antes de sair e se sentar num Mercedes com placa azul de táxi.

— Hotel Internacional.

O motorista engrenou a marcha e saiu dirigindo sem uma palavra.

A chuva caía de nuvens baixas sobre campos marrons com manchas de neve cinzenta beirando a estrada que cortava a paisagem ondulante para Zagreb.

Apenas 15 minutos mais tarde ele podia ver Zagreb despontar com seus blocos de concreto e torres de igrejas se desenhando no horizonte. Passaram por um rio calmo e preto que, pelos conhecimentos de Harry, devia ser o Sava. Entraram na cidade por uma avenida larga que parecia desproporcional ao trânsito modesto, passaram pela estação de trem e um enorme parque aberto e deserto com um grande pavilhão de vidro. Árvores desfolhadas esticavam seus galhos pretos.

— Hotel Internacional — disse o motorista e parou em frente de um colosso imponente do tipo que os países comunistas costumavam construir para seus dirigentes.

Harry pagou. Um dos porteiros do hotel, com uma farda de almirante, já havia aberto a porta do carro e estava esperando com um guarda-chuva e um largo sorriso.

— *Welcome, Sir. This way, Sir.*

Harry pisou na calçada no mesmo instante em que dois hóspedes saíram pela porta giratória e entraram num Mercedes que acabara de chegar. Um lustre de cristal cintilou atrás da porta. Harry ficou parado.

— *Refugees?*

— *Sorry, Sir?*

— Refugiados — repetiu Harry. — Vukovar.

Harry sentiu gotas de chuva na cabeça quando o guarda-chuva e o largo sorriso bruscamente sumiram e o dedo indicador enluvado do almirante apontou para uma porta mais adiante na fachada do hotel.

A primeira coisa que Harry pensou ao entrar no grande saguão espartano com uma abóbada no alto foi que o local cheirava a hospital. E que as quarenta ou cinquenta pessoas em pé, ou sentadas às mesas compridas no meio do saguão, ou na fila de sopa perto da recepção, pareciam pacientes. Talvez fosse por causa das roupas: conjuntos esportivos disformes, pulôveres puídos e chinelos furados indicando indiferença com a aparência. Ou talvez fossem as cabeças inclinadas por cima dos pratos de sopa e os olhares sonolentos e desanimados que mal perceberam sua presença.

O olhar de Harry varreu o recinto e parou no bar. Parecia uma barraca de cachorro-quente e, no momento, não tinha nenhum freguês, apenas um barman fazendo três coisas ao mesmo tempo: limpando uma taça, comentando em voz alta o jogo de futebol que passava na TV presa à parede e seguindo todos os movimentos de Harry.

Harry tinha a sensação de que havia encontrado o lugar certo e dirigiu-se ao balcão. O barman passou a mão pelo cabelo seboso lambido para trás.

— *Da?*

Harry tentou ignorar as garrafas nas prateleiras no fundo da barraca de cachorro-quente. Mas já tinha reconhecido seu velho amigo e inimigo Jim Beam. O barman seguiu o olhar de Harry e apontou indagador para a garrafa quadrada com conteúdo cor de mel.

Harry fez que não com a cabeça. E respirou fundo. Não havia motivo para complicar as coisas.

— *Mali spasitelj.* — Ele falou baixo, para que apenas o barman ouvisse em meio ao barulho da TV. — Estou procurando o pequeno redentor.

O barman estudou Harry antes de responder em inglês com duro sotaque alemão:

— Não conheço nenhum redentor.

— Fiquei sabendo através de um amigo de Vukovar que *mali spasitelj* pode me ajudar. — Harry tirou o envelope pardo do bolso da jaqueta e o pôs no balcão.

O barman olhou para o envelope sem tocá-lo.

— Você é policial — disse.

Harry fez que não com a cabeça.

— Está mentindo — disse o barman. — Notei assim que entrou pela porta.

— O que viu é alguém que já foi policial por 12 anos, mas não é mais. Parei há dois anos.

Harry enfrentou o olhar do barman. E ficou curioso para saber por que ele estivera na prisão. O tamanho dos músculos e as tatuagens indicavam que a pena fora longa.

— Não mora ninguém aqui que se chama redentor. E conheço todos.

O barman ia se virar quando Harry se inclinou sobre o balcão e o agarrou pelo antebraço. Ele olhou para a mão do inspetor-chefe, e Harry sentiu os bíceps do homem incharem. Soltou-o.

— Meu filho foi morto por um traficante que vendia drogas na frente da escola. Por ter dito ao traficante que ia avisar o diretor se ele continuasse.

O barman não respondeu.

— Ele tinha 11 anos — disse Harry.

— Não faço ideia de por que você está me contando isso, *mister.*

— Para entender porque vou ficar sentado aqui esperando até que alguém possa me ajudar.

O barman assentiu lentamente com a cabeça. A pergunta veio como um raio.

— Como se chamava seu filho?

— Oleg — retrucou Harry.

Encararam-se. O barman semicerrou os olhos. Harry sentiu o celular vibrar no bolso, mas deixou tocar.

O barman pôs a mão no envelope pardo e o empurrou de volta para Harry.

— Não será necessário. Como se chama e em que hotel está hospedado?

— Estou vindo direto do aeroporto.

— Escreva seu nome neste guardanapo e se hospede no hotel Balkan ao lado da estação de trem. Passe pela recepção e siga em frente. Espere no quarto. Alguém vai entrar em contato.

Harry ia dizer alguma coisa, mas o barman se virou para a TV e continuou a comentar o jogo.

No lado de fora viu que tinha uma chamada não atendida de Halvorsen.

— *Do vraga!* — gemeu. — Merda!

A neve na rua Gøteborg parecia sorbet vermelho.

Ele estava confuso. Tudo tinha acontecido tão rápido. A última bala, dirigida a Jon Karlsen, que fugira, acertou a fachada do prédio com um estalo suave. Jon conseguira chegar até a porta e desaparecera. Ele se agachou e ouviu o som do caco sangrento rasgando o tecido do bolso da jaqueta. O policial estava de bruços com o rosto na neve, que sugava o sangue que escorria dos cortes em seu pescoço.

A arma, pensou. Pegou o homem pelo ombro e virou-o. Ele precisava de uma arma. Um golpe de ar afastou o cabelo do rosto lívido. Procurou rapidamente nos bolsos do casaco. O sangue escorria sem parar, espesso e vermelho. Mal sentiu o gosto ácido de bile, e a boca se encheu. Ele se virou e o conteúdo amarelo do estômago respingou sobre o gelo. Enxugou a boca. Os bolsos da calça. Encontrou uma carteira. A cintura da calça. Droga de policial, se queria proteger alguém, tinha que ter uma pistola!

Um carro virou na esquina vindo na direção deles. Ele pegou a carteira, se levantou, atravessou a rua e começou a andar. O carro parou. Não corra. Começou a correr.

Ele escorregou na calçada na frente da loja na esquina e caiu, mas se levantou num segundo e não sentiu dor. Continuou, rumo ao parque, pelo mesmo caminho que havia corrido antes. Era um pesadelo, um pesadelo com uma incessante sucessão de acontecimentos sem sentido. Ele estava ficando louco ou aquelas coisas estavam acontecendo realmente? O ar frio e a bile ardiam na garganta. Ele já estava na Markveien quando ouviu as primeiras sirenes da polícia. E sentiu. Estava com medo.

22

Sexta-feira, 19 de dezembro. As miniaturas.

A sede da polícia brilhava como uma árvore de Natal no lusco-fusco da tarde. Lá dentro, na Sala de Interrogatório 2, estava Jon Karlsen com a cabeça entre as mãos. No outro lado da mesinha redonda da sala apertada estava a policial Toril Li. Entre eles havia dois microfones e um relatório com a transcrição das primeiras declarações da testemunha. Pelo vidro, Jon podia ver Thea esperar sua vez na sala ao lado.

— Então ele atacou vocês? — perguntou a policial enquanto lia o relatório.

— O homem de jaqueta azul veio correndo em nossa direção com uma pistola.

— E então?

— Foi tão rápido. Fiquei tão apavorado que só me lembro de partes. Talvez por causa da concussão.

— Entendo — disse Toril Li com uma expressão que revelava o oposto. Ela lançou um olhar para a luz vermelha que dizia que o gravador ainda estava ligado. — Mas então Halvorsen correu para o carro?

— Sim, a pistola dele estava lá. Lembro que ele a deixou entre os bancos da frente antes de sairmos de Østgård.

— E o que você fez?

— Fiquei confuso. Primeiro pensei em me esconder no carro, mas mudei de ideia e corri para a entrada do prédio.

— E ele atirou em você?

— Ouvi tiros.

— Prossiga.

— Consegui abrir a porta do prédio e quando olhei para fora ele tinha partido para cima de Halvorsen.

— Que não tinha conseguido chegar ao carro?

— Não. Ele havia reclamado que a porta costumava emperrar por causa do frio.

— E ele atacou Halvorsen com uma faca, e não uma pistola?

— Foi o que pareceu de onde eu estava. Ele pulou para cima de Halvorsen por trás e o apunhalou várias vezes.

— Quantas vezes?

— Quatro ou cinco. Não sei... eu...

— E depois?

— Eu desci para o porão e liguei para vocês pelo número de emergência.

— Mas o atirador não foi atrás de você?

— Não sei, a porta estava trancada.

— Mas ele podia ter quebrado o vidro. Ele já tinha apunhalado um policial, quero dizer.

— Sim, tem razão. Não sei.

Toril Li olhou a transcrição.

— Foi encontrado vômito ao lado de Halvorsen. Supomos que seja do atirador, mas você poderia confirmar?

Jon fez que não com a cabeça.

— Fiquei na escada do porão até vocês chegarem. Talvez devesse ter ajudado... mas eu...

— Sim?

— Estava com medo.

— Fez o certo. — A expressão novamente dizia o oposto.

— O que dizem os médicos? Ele vai...

— Ele deve ficar em coma até melhorar. Mas se ele vai sobreviver, não sabemos ainda. Vamos continuar.

— É como um pesadelo que se repete — sussurrou Jon. — De novo e de novo. Sucessivamente.

— Não me faça repetir que precisa falar perto do microfone — disse Toril Li secamente.

Harry estava na janela do seu quarto de hotel observando a cidade escura, onde antenas retorcidas de TV desenhavam uma variação de sinais e gestos no céu marrom-amarelado. O som de alguém que falava em sueco na TV era abafado pelos tapetes e cortinas escuros e grossos. Max von Sydow no papel de Knut Hamsun. A porta do frigobar estava aberta. Sobre a mesa havia um folheto do hotel. Na primeira página havia uma foto da estátua de Josip Jelacic na praça Jelacic, e em cima dele, quatro miniaturas de garrafas. Johnny Walker, Smirnoff, Jägermeister e

Gordon's. Além de duas garrafas de cerveja da marca Ozujsko. Nenhuma das garrafas fora aberta. Por enquanto. Havia se passado uma hora desde que Skarre ligara para contar o que havia acontecido na rua Gøteborg. Ele queria estar sóbrio na hora de fazer aquela ligação.

Beate atendeu na quarta chamada.

— Está vivo — disse ela antes de Harry ter tido tempo de perguntar. — Eles o colocaram num respiradouro e ele está em coma.

— O que dizem os médicos?

— Não sabem, Harry. Ele podia ter morrido no local, porque parece que Stankic tentou cortar a artéria principal dele, mas ele conseguiu impedi-lo, colocando a mão no meio. Ele tem um corte profundo no dorso da mão e sangramento de artérias menores nos dois lados do pescoço. Stankic também o apunhalou várias vezes no peito, bem em cima do coração. Os médicos dizem que ele pode ter atingido a parte superior do órgão.

Exceto por um tremor quase imperceptível na voz, ela poderia estar falando sobre qualquer vítima. E Harry entendeu que aquela talvez fosse a única maneira de ela conseguir falar sobre aquilo no momento: como parte do seu trabalho. No silêncio que se seguiu, Max von Sydow vociferou com voz trêmula de raiva. Harry procurou palavras de conforto.

— Acabei de falar com Toril Li — disse ele, na falta de coisa melhor. — Ela me contou sobre o testemunho de Jon Karlsen. Você sabe de mais alguma coisa?

— Encontramos cartuchos na fachada à direita da porta de entrada. Os rapazes da balística estão checando agora, mas tenho quase certeza de que são iguais aos de Egertorget e aos encontrados no apartamento de Jon e em frente ao albergue. Foi Stankic.

— Por que tem tanta certeza?

— Um casal vindo de carro parou quando viu Halvorsen estendido na calçada. Disseram que uma pessoa que parecia um mendigo atravessou a rua bem na frente deles. A garota afirmou que ele escorregou na calçada um pouco depois. Verificamos o local. Meu colega, Bjørn Holn, encontrou uma moeda estrangeira que estava enterrada tão fundo na neve que a princípio achamos que ela estivesse ali há uns dois dias. Ele também não sabia de onde era, já que nela estava escrito apenas Republika Hrvatska e 5 kuna. Então ele foi averiguar.

— Já sei a resposta, obrigado — disse Harry. — Então foi Stankic.

— Para ter certeza absoluta coletamos o vômito no gelo. Os peritos estão verificando o DNA do cabelo que encontramos no travesseiro no quarto dele no albergue. Espero ter o resultado amanhã.

— Aí pelo menos vamos saber se temos o DNA.

— Bem, é estranho, mas uma poça de vômito não é o lugar ideal para conseguir DNA. As células superficiais da mucosa ficam espalhadas quando há muito volume. E exposto a céu aberto...

— ...sofre contaminação de outras fontes incontáveis de DNA. Sei de tudo isso, mas pelo menos temos material para trabalhar. O que está fazendo?

Beate soltou um suspiro.

— Recebi uma mensagem estranha do Instituto de Veterinária e vou ligar para perguntar o que eles querem.

— O Instituto de Veterinária?

— É, no vômito encontramos alguns pedaços de carne digeridos pela metade e enviamos para análise de DNA. A ideia era checar o catálogo de carnes que a Universidade Rural de Ås usa para rastreá-la até o local de origem e o produtor. Se for de um tipo especial, podemos talvez relacioná-la a um restaurante em Oslo. É um tiro no escuro, mas se Stankic encontrou um esconderijo noite passada, ele provavelmente se movimentará o mínimo possível. E se ele comeu num lugar por perto, é provável que volte para lá.

— Certo, por que não? O que diz a mensagem?

— Que deve ser um restaurante chinês. Um tanto enigmático.

— Hum. Me ligue assim que souber de mais alguma coisa. E...

— Sim?

Harry percebeu que o que estava prestes a dizer soaria totalmente ridículo: que Halvorsen era um homem forte, que hoje em dia a medicina conseguia fazer as coisas mais incríveis e, por isso, ele ia com certeza sair dessa.

— Nada.

Depois de Beate ter desligado, Harry se virou para a mesa com as garrafas. Minha mãe mandou eu escolher essa daqui... ficou com Johnny Walker. Segurou a miniatura de garrafa com uma das mãos e girou a tampa com a outra. Ele se sentiu como Gulliver: preso num país estranho apenas com garrafas de pigmeus. Respirou o aroma doce e familiar do pequeno gargalo da garrafa. Seria apenas um gole, mas seu corpo já estava prevenido contra a possibilidade de um ataque venenoso e se pôs em prontidão. Harry temeu o primeiro e inevitável acesso de vômito, mas sabia que aquilo não ia detê-lo. Na TV, Knut Hamsun dizia que estava cansado e não podia mais escrever.

Harry respirou fundo, como se fosse dar um mergulho longo e profundo.

O telefone tocou.

Harry hesitou. O telefone silenciou depois de uma chamada.

Estava erguendo a garrafa quando o telefone tocou de novo. E silenciou.

Percebeu que estavam chamando da recepção.

Deixou a garrafa na mesinha de cabeceira e esperou. Quando o telefone tocou pela terceira vez, ele atendeu.

— *Mister Hansen?*

— *Yes.*

— Tem alguém que gostaria de encontrá-lo no saguão.

Harry olhou para o cavalheiro de jaqueta vermelha no rótulo da garrafa.

— Diga que já estou indo.

— *Yes, Sir.*

Harry segurou a garrafa com três dedos. Então inclinou a cabeça para trás e esvaziou o conteúdo na garganta. Quatro segundos depois estava dobrado sobre a privada vomitando o almoço do avião.

A recepcionista apontou para o conjunto de estofados perto do piano, onde, em uma das poltronas, uma mulher baixinha e grisalha, com um xale preto sobre os ombros, estava sentada ereta. Ela observou Harry com olhos castanhos e calmos quando ele se aproximou. Ele parou em frente de sua mesa, sobre a qual havia um pequeno rádio de pilha. Vozes animadas comentavam um evento esportivo, um jogo de futebol, talvez. O som se mesclou ao pot-pourri de trilhas sonoras clássicas criado pelo pianista atrás dela ao correr os dedos sobre as teclas.

— Doutor Jivago — disse ela com um gesto de cabeça em direção ao pianista. — Bonito, não é, *Mister Hansen?*

Sua pronúncia e entonação típicas do inglês aprendido na escola eram precisas. Ela esboçou um sorriso, como se tivesse dito algo engraçado, sinalizando com um gesto discreto, mas firme, que ele se sentasse.

— A senhora gosta de música? — perguntou Harry.

— Tem quem não goste? Eu costumava ensinar música. — Ela se inclinou e aumentou o volume do rádio.

— Tem medo de que alguém esteja nos ouvindo?

Ela se inclinou para trás.

— O que quer, *Mister Hansen?*

Harry repetiu a história sobre o traficante na frente da escola e o filho, sentindo a bile queimar na garganta e no estômago. A história não soou convincente.

— Como me encontrou? — perguntou ela.

— Recebi uma dica de um pessoal de Vukovar.

— De onde é?

Harry engoliu em seco. Sua língua estava seca e inchada.

— Copenhagen.

Ela o estudou. Harry esperou. Sentiu uma gota de suor escorrer entre as omoplatas e outra nascer sobre o lábio superior. Paro o inferno com tudo, ele precisava do seu remédio. Agora.

— Não acredito em nada do que está dizendo — disse ela por fim.

— Certo — disse Harry e se levantou. — Preciso ir.

— Espere! — A voz da pequena mulher soou firme e ela sinalizou para ele voltar e sentar. — Não quer dizer que eu não tenha olhos.

Harry afundou na poltrona.

— Eu vejo ódio — prosseguiu ela. — E tristeza. E sinto o cheiro de bebida. Acredito na parte do seu filho. — Ela mostrou um breve sorriso. — O que você quer que seja feito?

Harry tentou se controlar.

— Quanto custa? E em quanto tempo?

— Depende, mas não vai encontrar profissionais mais em conta do que os nossos. A partir de 5 mil euros, mais custos.

— Ótimo. Na semana que vem?

— Bem... pode ser um pouco em cima da hora.

A leve hesitação da mulher durou apenas uma fração de segundo, mas foi o suficiente. O suficiente para ele saber. E naquele momento ele percebeu que ela sabia que ele sabia. As vozes no rádio gritaram animadas e o público no fundo se emocionou. Um gol.

— Ou não tem certeza de que seu profissional vai estar de volta tão rápido? — perguntou Harry.

Ela o encarou longamente.

— Você ainda é policial, não é?

Harry confirmou.

— Sou inspetor-chefe em Oslo.

A pele em volta dos olhos dela se contraiu de leve.

— Mas sou inofensivo para você — continuou ele. — Não tenho jurisdição na Croácia e ninguém sabe que estou aqui. Nem a polícia croata, nem meus próprios chefes.

— Então, o que quer?

— Fazer um acordo.

— Qual? — Ela se inclinou sobre a mesa e abaixou o volume do rádio.

— Seu profissional em troca da vítima.

— O que quer dizer?

— Uma troca. Seu homem em troca de Jon Karlsen. Se ele quiser desistir da caça a Jon Karlsen, nós o deixaremos partir.

Ela levantou uma sobrancelha.

— Tanta gente para proteger um homem de um profissional, Sr. Hansen? E estão com medo?

— Estamos com medo de uma matança. Seu profissional já matou duas pessoas e apunhalou um colega meu.

— Ele... — Ela se calou. — Não pode ser verdade.

— Haverá mais mortos se você não o chamar de volta. E um desses mortos será ele.

Ela fechou os olhos. Ficou assim um bom tempo. Por fim respirou fundo.

— Se ele matou um de seus colegas, vocês vão querer vingança. Como posso confiar que cumprirão sua parte do acordo?

— Meu nome é Harry Hole. — Ele colocou seu passaporte na mesa. — Se vazar que estive aqui sem permissão das autoridades croatas, teremos um conflito diplomático. E eu ficarei sem emprego.

Ela pegou um par de óculos.

— Então está se oferecendo como refém? Você acha que isso soa crível, Sr. Harry... — Ela colocou os óculos no nariz e leu no passaporte: — Hole.

— É o que tenho a oferecer.

Ela parecia concordar.

— Entendo. E sabe de uma coisa? — Ela tirou os óculos. — Poderia estar disposta a fazer o acordo. Mas como isso seria possível, já que não posso chamá-lo de volta?

— O que quer dizer?

— Eu não sei onde ele está.

Harry estudou-a longamente. Viu a dor em seu olhar. Ouviu o tremor em sua voz.

— Bem — disse Harry. — Então terá que negociar com o que tem. Me dê o nome da pessoa que encomendou o assassinato.

— Não.

— Se o policial morrer... — disse Harry, pegou uma foto do bolso e a pôs na mesa entre os dois — ...há grandes chances de que seu profissional seja morto. Irá parecer que um policial precisou atirar em defesa própria. A não ser que eu impeça. Está entendendo? É essa a pessoa?

— Chantagem não funciona muito bem comigo, Sr. Hole.

— Volto a Oslo amanhã de manhã. Meu número de telefone está no verso da foto. Me ligue caso mude de ideia.

Ela pegou a foto e enfiou na bolsa.

Harry disse rápido, baixinho:

— É seu filho, não é?

Ela congelou.

— O que faz você achar isso?

— Também tenho olhos na cabeça. Também sei ver a dor.

Ela ficou inclinada sobre a bolsa.

— E você, Hole? — Ela levantou a cabeça e olhou para ele. — Esse policial é alguém que você não conhece? Já que pode desistir de se vingar com tanta facilidade?

A boca de Harry estava tão seca que sua respiração a queimava por dentro.

— Sim — respondeu. — Não o conheço.

Harry pensou ter ouvido um galo cantar ao segui-la com o olhar através da janela até ela virar à esquerda na calçada do outro lado da rua e desaparecer.

Em seu quarto, esvaziou o resto das garrafas em miniatura, vomitou de novo, tomou a cerveja, vomitou, se olhou no espelho e pegou o elevador para o bar do hotel.

23

Noite de sexta-feira, 19 de dezembro. Os cães.

Ele estava no contêiner escuro tentando pensar. A carteira do policial tinha 2.800 coroas norueguesas, e se ele lembrava bem da taxa de câmbio, ele tinha dinheiro para comida, uma jaqueta nova e uma passagem de avião para Copenhagen.

O problema agora era munição.

O tiro na rua Gøteborg foi seu sétimo e último. Ele já passara na Plata para perguntar onde podia comprar balas de 9 milímetros, mas só recebeu olhares vazios em resposta. Se continuasse perguntando por aí, suas chances de topar com um policial aumentariam.

Deixou cair sua Llama MiniMax vazia no chão.

Um homem sorria para ele na carteira de identidade. Halvorsen. Com certeza haviam formado um cordão de isolamento em volta de Jon Karlsen. Restava apenas uma chance. Um cavalo de Troia. E ele sabia quem teria que ser esse cavalo. Harry Hole. Rua Sofie, 5, de acordo com a atendente do auxílio à lista telefônica, que informou que era o único Harry Hole em Oslo. Olhou para o relógio. E ficou paralisado.

Ouviu passos do lado de fora.

Ele se levantou de um pulo, pegou o caco de vidro em uma das mãos, a pistola na outra, e se pôs ao lado da entrada.

A porta se abriu. Ele viu uma silhueta contra as luzes da cidade. Então a pessoa entrou depressa e se sentou no chão de pernas cruzadas.

Ele prendeu a respiração.

Nada aconteceu.

Então o intruso acendeu um fósforo, e seu rosto se iluminou. Estava segurando uma colher de chá na mesma mão que o fósforo. Com a outra mão e os dentes, rasgou um saquinho pequeno. Ele reconheceu o jovem pela jaqueta azul-clara.

Aliviado, ele voltou a respirar normalmente, mas de súbito os movimentos rápidos e eficazes pararam.

— Olá? — O rapaz olhou para a escuridão, escondendo depressa o saquinho no bolso.

Ele pigarreou e deu um passo para dentro do círculo luminoso proporcionado pelo fósforo.

— *Remember me?*

O garoto o olhou, assustado.

— Falei com você em frente da estação de trem. Dei-lhe dinheiro. Chama-se Kristoffer, não é?

Kristoffer ficou boquiaberto.

— *Is that you?* O estrangeiro que me deu 500 coroas? Nossa. Mas certo, estou reconhecendo a voz... ai! — Kristoffer soltou o fósforo, que se apagou no chão. Na escuridão silenciosa, sua voz parecia ainda mais próxima. — Tudo bem se dividir esse espaço com você essa noite, amigo?

— Pode ficar para você. Eu estava mesmo saindo daqui.

Um novo fósforo foi aceso.

— É melhor ficar. É mais aquecido com dois. Verdade. — Ele segurou uma colher e despejou o líquido de uma garrafinha nela.

— O que é isso aí?

— Água e ácido ascórbico.

Kristoffer abriu o saco e despejou o pó na colher sem derramar um grão, em seguida, com grande agilidade, moveu o fósforo para a outra mão.

— É bom nisso, Kristoffer. — Ele observou o viciado segurar a chama embaixo da colher enquanto pegava outro fósforo e deixava-o pronto.

— Lá na Plata me chamam de Mão Firme.

— Já vi por quê. Escute, tenho que ir. Mas vamos trocar de casaco, assim talvez você sobreviva à noite.

Kristoffer olhou primeiro para sua fina jaqueta jeans e depois para o casaco quente do outro, também azul.

— Nossa, está falando sério?

— Claro.

— Cara, legal. Espere eu me picar. Pode segurar o fósforo?

— Não seria mais fácil eu segurar a seringa?

Kristoffer olhou para ele de soslaio.

— Posso ser meio tapado, mas não vou cair no truque de viciados mais antigo que existe. Venha, segure o fósforo.

Ele pegou o fósforo.

O pó se dissolveu na água e tudo virou um líquido uniforme e marrom. Kristoffer colocou um pequeno chumaço de algodão na colher.

— Para tirar as impurezas — respondeu antes de o outro perguntar, introduziu o líquido na seringa através do chumaço e colocou a agulha.

— Está vendo como tenho uma pele ótima? Quase não tem marcas, está vendo? E veias boas e grossas. Território virgem, como dizem. Mas daqui a uns dois anos vai estar amarela com crostas inflamadas, como a de todo mundo. E não vão mais me chamar de Mão Firme. Sei disso, mas mesmo assim continuo. Maluquice, não acha?

Enquanto Kristoffer falava, chacoalhou a seringa para esfriá-la. Ele apertou a tira de borracha em volta do antebraço e enfiou a agulha na veia que serpenteava como uma cobra azul por baixo da pele. O metal furou a pele. Injetou então a heroína na circulação sanguínea. As pálpebras caíram um pouco e a boca se abriu. Em seguida, a cabeça caiu para trás e seu olhar encontrou o corpo do cão suspenso no ar.

Ele ficou um tempo olhando para Kristoffer. Então jogou fora o fósforo queimado e desceu o zíper da jaqueta azul.

Quando Beate Lønn finalmente atendeu o celular, ela quase não podia ouvir Harry devido à versão *disco* de "Jingle Bells" que repercutia ao fundo. Mas ouviu o suficiente para saber que ele não estava sóbrio. Não que ele estivesse balbuciando, pelo contrário, ele se articulava muito bem.

Ela contou sobre Halvorsen.

— Tamponamento cardíaco? — gritou Harry.

— Uma hemorragia interna que enche a área em volta do coração com sangue, de forma que não pode bater direito. Tiveram que drenar muito sangue. Agora ele está mais estável, mas ainda em coma. Temos que esperar. Vou ligar se houver alguma novidade.

— Obrigado. Mais alguma coisa que eu deva saber?

— Hagen mandou Jon Karlsen e Thea Nilsen de volta a Østgård com duas babás. E conversei com a mãe de Sofia Miholjec. Ela prometeu levar a menina ao médico hoje.

— Hum. E o recado do Instituto de Veterinária sobre os pedaços de carne no vômito?

— Disseram que sugeriam restaurantes chineses porque a China é o único país onde se come esse tipo de coisa.

— Onde se come o quê?

— Cachorro.

— Cachorro? Espere!

A música sumiu e agora ela podia ouvir barulho de trânsito. A voz de Harry voltou.

— Mas que diabos, na Noruega não servem carne de cachorro.

— Não, é bastante fora do comum. O Instituto de Veterinária conseguiu determinar a raça, por isso vou ligar para o Kennel Club norueguês amanhã. Eles têm um registro de todas as raças puras e seus donos.

— Não estou vendo como isso pode nos ajudar. Deve haver mais de 100 mil cães na Noruega.

— Quatrocentos mil. Pelo menos um para cada casa. Já verifiquei. Acontece que esse é de uma raça rara. Já ouviu falar em metzner preto?

— Repita, por favor.

Ela repetiu. E por dois segundos ela só ouviu o trânsito de Zagreb até Harry exclamar:

— Mas é lógico! Um homem sem abrigo. Como não pensei nisso antes?

— Pensou em quê?

— Eu sei onde Stankic está se escondendo.

— Como é?

— Você precisa localizar Hagen para que ele autorize chamar a Delta para uma ação armada.

— Onde? Do que está falando?

— O terminal de contêineres. Stankic está se escondendo em um dos contêineres.

— Como sabe disso?

— Porque não existem muitos lugares em Oslo onde se pode comer metzner preto. Assegure-se de que a Delta e Falkeid cercarão o terminal até eu chegar no primeiro avião amanhã. Mas nada de prendê-lo até eu chegar. Entendido?

Depois de Beate ter desligado, Harry ficou parado na rua olhando para o bar do hotel. Onde a música martelava. E o copo com veneno pela metade esperava por ele.

Acabou, *mali spasitelj*, peguei você. Agora só precisava estar com a cabeça fresca e a mão firme. Pensou em Halvorsen. Num coração se afogando em sangue. Ele podia ir direto para seu quarto, onde não havia mais nada para beber, trancar a porta e jogar a chave pela janela. Ou podia entrar e terminar de tomar seu drinque. Tremendo, respirou fundo e desligou o celular. Então entrou no bar.

* * *

Os empregados haviam apagado as luzes na sede do Exército de Salvação há algum tempo, antes de irem para casa, mas uma lâmpada ainda estava acesa na sala de Martine. Ela discou o número de Harry Hole enquanto se fazia as mesmas perguntas: era por ele ser mais velho que tornava tudo mais excitante? Ou por aparentemente haver tantas emoções reprimidas? Ou por ele parecer tão perdido? O episódio com a mulher que Harry mandara embora devia tê-la afugentado, mas por algum motivo aconteceu exatamente o contrário: mais do que nunca ela ficara a fim de... então, o que era mesmo que ela queria? Martine soltou um gemido quando a voz informou que o celular estava fora da área de cobertura ou desligado. Ligou para o auxílio à lista, conseguiu o número do telefone na rua Sofie e discou. Seu coração deu um pulo quando ouviu a voz. Mas era apenas a secretária eletrônica. Ela tinha a desculpa perfeita para passar na casa dele no caminho, e ele não estava! Deixou um recado: precisava entregar-lhe o ingresso para o concerto natalino, porque tinha que ajudar na arrumação da sala de concerto desde cedo no dia seguinte.

Desligou e percebeu no mesmo instante que alguém estava no vão da porta olhando para ela.

— Rikard! Não faça isso, você me assustou.

— Desculpe, eu estou indo para casa e só queria saber se eu era o último a sair. Quer uma carona?

— Obrigada, mas eu...

— Você já vestiu o casaco. Vamos, assim não precisa mexer no alarme. — Rikard soltou seu riso curto. Martine havia conseguido disparar o alarme novo duas vezes na semana anterior quando saiu por último, e tiveram que pagar a empresa de segurança.

— Está bem — disse ela. — Obrigada.

— De nada... — fungou Rikard.

Seu coração batia forte. Já sentia o cheiro de Harry Hole. Cuidadosamente, abriu a porta do quarto e tateou à procura do interruptor na parede. Na outra mão segurava a pistola, apontada para a cama que mal conseguia vislumbrar no escuro. Ele respirou fundo, apertou o interruptor e o quarto foi inundado pela luz. Era simples; apenas uma cama arrumada e vazia. Como o resto do apartamento. Ele já tinha vasculhado os outros cômodos. E agora estava no quarto e podia se acalmar. Harry Hole não estava em casa.

Devolveu a pistola vazia para o bolso da jaqueta jeans imunda e sentiu quebrar o bloco sanitário que pegara no toalete da Estação Central de Oslo, que ficava ao lado do telefone público de onde tinha ligado para saber o endereço de Hole na rua Sofie.

Entrar fora mais fácil do que imaginara. Depois de ter tocado o interfone duas vezes e ninguém atender, quase desistira. Mas então tinha dado um empurrão na porta, percebendo que estava apenas encostada e não trancada. Devia ser por causa do gelo. No segundo andar havia encontrado o nome Hole rabiscado num pedacinho de fita corretiva. Ele pressionara seu gorro contra a vidraça acima da fechadura e batera com o cano da pistola; ela se quebrou fazendo um som seco.

A sala dava para os fundos, por isso se arriscou a acender uma lâmpada. Olhou em torno. Simples e espartano. Arrumado.

Mas seu cavalo de Troia, o homem que podia levá-lo a Jon Karlsen, não estava. Por enquanto. Com sorte, talvez tivesse uma arma ou munição. Começou pelos lugares mais prováveis onde um policial deixaria suas armas: gavetas, armários, embaixo do travesseiro. Como nada encontrou, vasculhou cômodo por cômodo sistematicamente, sem resultado. Então começou a procurar a esmo, o que provava que, na verdade, já desistira, mas o desespero era grande. Por baixo de uma carta na mesa do telefone encontrou um distintivo de polícia com a foto de Harry Hole. Enfiou-o no bolso. Mexeu em livros e CDs, notando que estavam em ordem alfabética nas prateleiras. Na mesa da sala havia uma pilha de papéis. Ele deu uma olhada e reparou numa imagem que ele já tinha visto em grande variedade de versões: a foto de um homem de uniforme morto. Robert Karlsen. Viu o nome Stankic. Um formulário trazia o nome de Harry no alto, e seu olhar desceu e parou num X antes de uma palavra familiar. Smith & Wesson 38. E uma assinatura com maiúsculas floreadas. Uma permissão de porte de arma? Uma requisição?

Desistiu. Então Harry Hole havia levado sua arma.

Foi para o banheiro apertado, mas limpo, e abriu a torneira. Arrepiou-se com a água quente. A fuligem do seu rosto tingiu a pia de preto. Depois abriu a torneira de água fria e o sangue coagulado nas mãos se dissolveu. Dessa vez, a pia ficou vermelha. Secou-se e abriu o armário em cima da pia. Encontrou um rolo de gaze, que amarrou na mão ferida.

Estava faltando alguma coisa.

Viu pelos curtos ao lado da torneira. Como se alguém tivesse se barbeado. Mas não havia navalha, nem espuma de barbear. Ou escova de dentes, pasta ou nécessaire. Será que Hole estava viajando, bem no meio de uma investigação de assassinato? Ou talvez ele morasse com uma namorada?

Na cozinha, abriu a geladeira e encontrou uma caixa de leite ainda faltando seis dias para passar da validade, um vidro de geleia, um queijo branco, três latas com picadinho de carne e um congelador contendo fatias de pão integral embrulhadas em plástico. Tirou o leite, o pão, duas latas de picadinho e acendeu o fogão. Ao lado da torradeira havia o jornal do dia. Leite fresco, jornal do dia. Começou a acreditar na teoria da viagem.

Tinha acabado de pegar um copo do armário e ia despejar leite nele quando um som fez com que derrubasse a caixa no chão.

O telefone.

Observou o leite se esparramar pelos ladrilhos de terracota enquanto ouvia o telefone tocar insistentemente no corredor da entrada. Depois de cinco chamadas ouviu três cliques mecânicos e, de repente, uma voz de mulher encheu o recinto. As palavras vieram depressa, em tom alegre, parecia. Ela riu, depois desligou. Havia algo estranho naquela voz.

Colocou as latas abertas de picadinho na frigideira quente, como faziam durante o cerco. Não por não ter pratos, mas para todos saberem que as porções eram iguais. Foi até o telefone. Uma luz vermelha e um número 2 piscavam na pequena secretária eletrônica. Ele apertou o play. A fita começou.

— Rakel — disse uma voz de mulher. Soava mais velha do que a que tinha acabado de falar. Depois de dizer algumas frases, passou o fone para um garoto, que foi falando animado. Depois veio a última mensagem. E ele constatou que não era sua imaginação, ele já conhecia aquela voz. Era da jovem do ônibus da sopa.

Quando terminou, parou para olhar as duas fotos que estavam presas na moldura do espelho. A primeira retratava Hole, uma mulher de cabelos escuros e um menino sentados num par de esquis no meio da neve, todos olhando para a câmera. A outra era antiga, com cores desbotadas, mostrando uma menina e um menino, os dois em trajes de banho. A menina parecia ter síndrome de Down, o menino era Harry Hole.

Comeu devagar na cozinha, atento a ruídos vindos da escada. A vidraça estava colada com fita adesiva transparente que ele havia encontrado na gaveta da mesa do telefone. Depois de comer, foi para o quarto. Estava frio. Sentou-se na cama e passou a mão pelo lençol macio. Cheirou o travesseiro. Abriu o guarda-roupa. Encontrou uma samba-canção cinza e uma camiseta dobrada com um desenho de uma espécie de Shiva com oito braços com a palavra FRELST embaixo e JOKKE & VALEN-

TINERNE em cima. Elas cheiravam a sabão. Ele se despiu e vestiu as roupas limpas. Deitou-se na cama. Fechou os olhos. Pensou na foto de Hole. Em Giorgi. Pôs a pistola embaixo do travesseiro. Mesmo morrendo de sono, sentiu tesão. Pressionou seu pau ereto contra o algodão ajustado à cama, macio. E adormeceu com a reconfortante certeza de que acordaria se alguém abrisse a porta.

"Espere o inesperado."

Era a máxima de Sivert Falkeid, o chefe da Delta, a unidade especial. Falkeid estava numa colina em frente ao terminal de contêineres com um walkie-talkie na mão e, nos ouvidos, o zunido de táxis noturnos e trailers a caminho de casa para passar o Natal. A seu lado estava Gunnar Hagen, com a gola da jaqueta de camuflagem verde levantada. Na escuridão congelada mais abaixo estavam os homens de Falkeid. Olhou o relógio. Cinco para as três.

Fazia 19 minutos desde que um dos pastores-alemães da patrulha canina indicou que havia uma pessoa dentro de um contêiner vermelho. Entretanto, Falkeid não estava gostando da situação, mesmo que a missão parecesse bastante tranquila. Não era aquilo que o perturbava.

Até ali, tudo correra com a exatidão de um relógio. Passaram-se apenas 45 minutos desde que ele recebera a ligação de Hagen até que os cinco policiais selecionados estivessem prontos na delegacia. A Delta tinha setenta integrantes, a maioria homens altamente motivados e bem-treinados com a idade em torno de 31 anos. As equipes eram convocadas de acordo com a necessidade, e a área de atuação englobava, entre outras, a chamada "ação armada difícil", a categoria da presente missão. Além dos cinco homens da Delta, havia uma pessoa da FSK, *Forsvarets Spesialkommando*, o Comando Especial das Forças Armadas. E era esse o foco de sua apreensão. O homem era um franco-atirador, pessoalmente recrutado por Gunnar Hagen. Chamava-se Aron, mas Falkeid sabia que ninguém da FSK usava seu nome verdadeiro. Desde que foi criada em 1981, a corporação era secreta, e foi só durante a famosa operação *Eduring Freedom* no Afeganistão que a mídia conseguiu obter detalhes concretos sobre a tropa de elite que, na opinião de Falkeid, mais lembrava uma irmandade secreta.

— Porque eu confio em Aron — foi a explicação resumida de Hagen a Falkeid. — Lembra do tiro em Torp em 1994?

Falkeid se lembrava muito bem do drama com reféns no aeroporto de Torp. Ele estava lá. Ninguém ficou sabendo quem tinha dado o tiro que salvara o dia, mas o projétil havia passado na lateral de um colete à prova de balas pendurado em frente à janela do carro e entrado na cabeça do assaltante de banco, que explodiu como uma abóbora no banco de trás de um Volvo zero, que a concessionária aceitara de volta, lavara e revendera. Não era aquilo que o perturbava. Nem o fato de Aron portar uma pistola que Falkeid nunca havia visto antes. As letras *Mär.* no cabo não significavam nada para ele. Naquele momento, Aron estava deitado em algum lugar por perto com mira laser e óculos noturnos, e já tinha avisado que o contêiner estava na mira. De resto, Aron apenas grunhia quando Falkeid pedia contato pelo rádio. Mas também não era aquele o problema. O que Falkeid não estava gostando na situação era que Aron não tinha nada a fazer ali. Simplesmente não precisavam de um franco-atirador.

Falkeid hesitou um momento. Então levou o walkie-talkie à boca:

— Pisque a lanterna se estiver pronto, Atle.

Uma luz acendeu e apagou.

— Todos em posição — disse Falkeid. — Estamos prontos para agir.

Hagen fez que sim com a cabeça.

— Ótimo. Mas antes de agirmos, gostaria que confirmasse minha opinião, Falkeid. De que seria melhor fazer a apreensão agora e não esperar por Hole.

Falkeid deu de ombros. Dali a cinco horas ia amanhecer, Stankic sairia e eles poderiam pegá-lo com cães em terreno aberto. Diziam que Gunnar Hagen estava sendo preparado para o cargo de superintendente-chefe da Polícia.

— Parece sensato — respondeu Falkeid.

— Ótimo. E é assim que constará em meu relatório. Que foi uma decisão conjunta. Caso alguém alegue que eu antecipei a apreensão para ficar com os louros.

— Não creio que alguém vá suspeitar disso.

— Ótimo.

Falkeid apertou o botão do walkie-talkie.

— Prontos em dois minutos!

As respirações geladas de Hagen e Falkeid juntaram-se em uma única nuvem antes de desaparecerem.

— Falkeid... — Era o walkie-talkie. Atle. Ele sussurrou: — Um homem acabou de passar pela porta do contêiner.

— Todos em posição — disse Falkeid. Com voz calma e firme. Esperar o inesperado. — Está saindo?

— Não, ele está parado. Ele... parece...

Um tiro solitário ressoou pela escuridão do fiorde de Oslo. E de novo o silêncio.

— Que diabo foi aquilo? — perguntou Hagen.

O inesperado, pensou Falkeid.

24

Sábado, 20 de dezembro. A promessa.

Era domingo de manhã cedo e ele ainda estava dormindo. No apartamento de Harry. Na cama de Harry, com as roupas de Harry. Com os pesadelos de Harry. Sobre fantasmas, sempre sobre fantasmas.

Ouviu um ruído bem fraquinho, apenas um arranhado na porta. Era mais do que suficiente. Ele acordou, enfiou a mão por baixo do travesseiro e se levantou. O piso gelado queimou seus pés descalços quando foi silenciosamente até o corredor. Através do vidro enrugado podia ver o contorno de uma pessoa. Ele havia apagado todas as luzes no apartamento e sabia que ninguém do lado de fora podia vê-lo. A pessoa parecia estar inclinada procurando alguma coisa. Não havia conseguido pôr a chave na fechadura? Será que Harry Hole estava bêbado? Talvez não estivesse viajando, como ele pensou, mas sim passado a noite enchendo a cara?

Ele estava ao lado da porta e estendeu a mão para o metal frio da maçaneta. Prendeu a respiração e sentiu o reconfortante cabo da pistola. Parecia que a outra pessoa também parara de respirar.

Esperou não ter mais problemas que o necessário, que Hole fosse sensato o bastante para entender que não tinha escolha: que ele precisava levá-lo a Jon Karlsen ou, se não fosse possível, que trouxesse Jon até o apartamento.

Com a pistola erguida para que fosse imediatamente visível, abriu a porta com um puxão. A pessoa do lado de fora soltou um grito e deu dois passos para trás.

Havia alguma coisa presa na maçaneta do lado de fora. Um buquê de flores embrulhado em papel celofane. Com um envelope grande colado ao papel.

Ele a reconheceu imediatamente, apesar da expressão apavorada.

— *Come in here* — disse baixinho.

Martine Eckhoff hesitou até ele erguer a pistola de novo.

Ele sinalizou para que ela entrasse na sala e a seguiu. Pediu educadamente para ela se sentar na bergère e ele se sentou no sofá.

Ela tirou o olhar da pistola e voltou-o para ele.

— Desculpe o traje — disse ele. — Onde está Harry?

— *What do you want?* — perguntou ela.

Sua voz o surpreendeu. Calma, quase calorosa.

— Encontrar Harry Hole — respondeu em voz baixa. — Onde está?

— Não sei. O que quer com ele?

— Deixe as perguntas para mim. Se não me contar onde está Harry Hole, terei que matá-la. Está entendendo?

— Não sei. Vai ter que atirar. Se achar que isso vai ajudar.

Ele procurou medo nos olhos dela. Sem êxito. Talvez fossem suas pupilas, havia algo de errado com elas.

— O que está fazendo aqui? — perguntou ele.

— Vim entregar um ingresso que prometi a Harry.

— E flores?

— Um capricho, apenas.

Ele apanhou a bolsa que ela havia posto sobre a mesa e vasculhou até encontrar uma carteira e um cartão de banco. Martine Eckhoff. Nascida em 1977. Endereço: Sorgenfrigata, Oslo.

— Você é Stankic — disse ela. — Era você no ônibus da sopa, não é?

Ele a encarou de novo, e ela retribuiu o olhar. Depois fez um longo sim com a cabeça.

— Você está aqui porque quer que Harry o leve até Jon Karlsen, não é? E agora não sabe o que fazer, certo?

— Cale a boca — disse ele. Mas não conseguiu o tom de voz pretendido. Porque ela tinha razão: tudo estava se desfazendo em pedaços. Ficaram quietos na sala escura enquanto amanhecia lá fora.

Por fim, ela quebrou o silêncio:

— Eu posso levá-lo a Jon Karlsen.

— O quê? — perguntou, surpreso.

— Eu sei onde ele está.

— Onde?

— Numa fazenda.

— Como sabe?

— Porque o Exército de Salvação é o dono da propriedade e tenho a lista de quem a usa. A polícia me ligou para saber se podiam ficar lá em paz por alguns dias.

— Entendo. Mas por que me levaria até lá?

— Porque Harry não vai levá-lo — disse sem rodeios. — E você vai matá-lo.

Ele a olhou. E soube que ela estava falando a verdade. Assentiu.

— Quantas pessoas estão lá?

— Jon, a namorada e um policial.

Um policial. Um plano começou a tomar forma em sua cabeça.

— Quanto tempo até lá?

— Quarenta e cinco minutos no rush da manhã, mas hoje é domingo — respondeu ela. — Meu carro está aqui na frente.

— Por que quer me ajudar?

— Eu já disse. Só quero acabar com tudo isso.

— Está ciente de que vou mandar uma bala na sua cabeça se estiver blefando?

Ela fez que sim.

— Então vamos — disse ele.

Às 7h14, Harry soube que estava vivo. E soube porque sentiu dor em cada fibra nervosa. E porque os cães queriam mais. Abriu um olho e observou ao redor. As roupas estavam jogadas pelo quarto de hotel. Mas pelo menos estava sozinho. Sua mão mirou o copo na mesa de cabeceira e acertou. Vazio. Passou um dedo no fundo e lambeu. O álcool já havia evaporado.

Ele se levantou da cama e levou o copo para o banheiro. Evitou o espelho e encheu o copo d'água. Bebeu devagar. Os cães dentro dele protestaram, mas ele conseguiu permanecer firme. Tomou outro copo. O voo. Olhou o pulso. Onde diabos estava o relógio? E que horas seriam? Ele tinha que sair dali, voltar para casa. Só um drinque antes... Encontrou as calças, se vestiu. Os dedos estavam dormentes e inchados. A bolsa. Ali. A nécessaire. Os sapatos. Mas onde estava o celular? Desaparecera. Discou nove para a recepção e ouviu a impressora arrotar uma fatura atrás da recepcionista, que repetiu a resposta à pergunta de Harry três vezes sem que ele a registrasse.

Harry gaguejou algo em inglês que até ele teve dificuldades para entender.

— *Sorry, Sir* — respondeu a recepcionista. — *The bar doesn't open till three p.m. Do you want to check out now?*

Harry fez que sim com a cabeça e procurou pela passagem aérea na jaqueta que estava na beira da cama.

— *Sir?*

— *Yes* — disse Harry e desligou.

Ele se inclinou para trás na cama para continuar a procura nos bolsos da calça, mas encontrou apenas uma moeda de 20 coroas. E se lembrou de repente de aonde o relógio tinha ido parar. Quando foi pagar a conta na hora de o bar fechar, faltavam algumas kunas, e ele havia colocado uma moeda de 20 coroas em cima das notas e saído. Mas antes de chegar na porta, ouviu um grito furioso, sentiu uma dor lancinante na cabeça e viu a moeda dançando no chão, girando entre seus pés. Voltou ao bar, onde o barman, contrafeito, aceitou o relógio como pagamento pelo restante da conta.

Harry lembrou que os bolsos da jaqueta estavam rasgados. Apalpou-os e encontrou a passagem dentro do forro do bolso, conseguiu pegá-la e checou a hora da partida. No mesmo instante alguém bateu à porta. Uma vez, seguida de outra, mais forte.

Harry não se lembrava muito do que acontecera depois de o bar fechar, e se as batidas à porta tinham algo a ver com aquilo. Havia poucos motivos para ele acreditar que algo de bom o esperava. Por outro lado, talvez alguém tivesse encontrado seu celular. Ele cambaleou até a porta e entreabriu-a.

— *Good morning* — disse a mulher. — Ou talvez não?

Harry esboçou um sorriso e se apoiou no batente.

— O que você quer?

Parecia uma professora de inglês agora, com o cabelo num coque.

— Fazer um acordo — respondeu.

— É? Por que agora e não ontem?

— Porque eu queria saber o que faria depois do nosso encontro. Se ia se encontrar com alguém da polícia croata, por exemplo.

— E como você sabe que não foi isso que eu fiz?

— Ficou bebendo no bar até fechar, depois cambaleou até o seu quarto.

— Tem espiões também?

— Vamos, Hole. Você tem um avião para pegar.

Lá fora havia um carro esperando por eles. Ao volante, o barman tatuado.

— Para a Catedral de Santo Estêvão, Fred — disse a mulher. — Depressa, o voo sai em uma hora e meia.

— Você sabe muito sobre mim — disse Harry. — E eu não sei nada sobre você.

— Pode me chamar de Maria — respondeu.

A torre da imponente catedral sumira na neblina da manhã que cobria Zagreb.

Maria guiou Harry pela enorme nave principal da igreja praticamente deserta. Passaram por confessionários e uma seleção de santos. Uma espécie de mantra, cantado baixinho em coro e com muito eco, saía de alto-falantes escondidos, presumivelmente com a função de estimular a contemplação. Mas aquilo fez com que Harry pensasse em música ambiente numa espécie de supermercado católico. Ela o guiou até uma nave lateral, onde passaram por uma porta e chegaram a uma sala pequena com bancos duplos. A luz da manhã escorria em vermelho e azul através dos vitrais. Havia duas velas acesas ladeando uma figura de Cristo na cruz. Na frente do crucifixo, uma imagem em cera com o rosto virado para o céu estendia os braços para cima, como numa súplica desesperada.

— O apóstolo Tomé, padroeiro dos trabalhadores da construção civil — explicou ela, abaixou a cabeça e fez o sinal da cruz. — Aquele que queria acompanhar Jesus até a morte.

Tomé, aquele que duvidou, pensou Harry enquanto ela se inclinava sobre a bolsa e pegava uma vela pequena com uma imagem de um santo, a qual acendeu e colocou em frente ao apóstolo.

— Ajoelhe-se — disse ela.

— Para quê?

— Apenas faça o que eu mandar.

Relutante, Harry se pôs de joelhos no veludo vermelho e gasto do banco e encostou os cotovelos no apoio inclinado de madeira que estava preto de suor, sebo e lágrimas. Era uma posição estranhamente confortável.

— Jure pelo Filho de Deus que manterá sua parte do acordo.

Harry hesitou. Depois assentiu.

— Juro... — começou ela.

— Juro...

— Em nome do Filho, meu Redentor...

— Em nome do Filho, meu Redentor...

— Fazer tudo que está ao meu alcance para salvar aquele a quem chamam de *mali spasitelj*.

Harry repetiu.

Ela se sentou.

— Foi aqui que encontrei o mensageiro do cliente — disse ela. — Que ele encomendou o serviço. Mas vamos, pois aqui não é lugar de negociar o destino dos homens.

Fred levou-os de carro até o grande parque Rei Tomislav e esperou no carro enquanto Harry e Maria se sentaram num banco. Capim marrom e seco tentava se manter ereto, mas era impedido pelo vento gelado. Um bonde tocou um sino no outro lado do velho pavilhão de exposições.

— Não o vi — disse ela. — Mas acho que era jovem.

— Acha?

— Ele ligou para o hotel International pela primeira vez em outubro. Quando é para o setor de refugiados, eles passam as ligações para Fred. Ele repassou o telefonema para mim. O mensageiro disse que estava ligando em nome de uma pessoa anônima que queria encomendar um serviço em Oslo. Lembro que havia muito trânsito no fundo.

— Telefone público.

— Provavelmente. Eu disse que não faço negócios por telefone e nunca com pessoas anônimas e desliguei. Dois dias depois, ele ligou de novo e me pediu para ir à Catedral de Santo Estêvão dali a três dias. Ele me disse a hora exata e em qual confessionário eu deveria entrar.

Um corvo aterrissou num galho em frente ao banco, inclinou a cabeça e olhou para eles com tristeza.

— Havia muitos turistas na igreja naquele dia. Entrei no confessionário na hora marcada. Havia um envelope lacrado na cadeira. Abri. Continha uma instrução detalhada sobre onde e quando Jon Karlsen deveria ser despachado e um adiantamento em dólar bem acima do que costumamos cobrar, além de uma sugestão sobre o valor final. Disse ainda que o mensageiro com quem eu já tinha falado por telefone ia entrar em contato comigo para ter minha resposta e acertar os detalhes sobre o pagamento, caso eu aceitasse a proposta. O mensageiro seria o nosso único ponto de contato, mas por medida de segurança não estava a par dos detalhes do serviço, por isso eu não podia em circunstância alguma revelar algo sobre o caso. Peguei o envelope e voltei para o hotel. Meia hora depois, o mensageiro telefonou.

— Era a mesma pessoa que ligou para você de Oslo?

— Ele não se apresentou, mas como ex-professora costumo reparar na maneira como as pessoas falam inglês. E ele tinha um sotaque bem particular.

— E sobre o quê vocês falaram?

— Eu lhe disse que a resposta era não, por três motivos. Primeiro porque, por princípio, precisamos saber o motivo do contratante para encomendar o serviço. Segundo, por medida de segurança, nunca deixamos outros determinarem hora e local. E terceiro, não trabalhamos com contratantes anônimos.

— E o que ele disse?

— Que ele era responsável pelo pagamento, por isso eu conheceria sua identidade. E perguntou quanto eu cobraria a mais para ignorar os outros princípios. Respondi que seria mais do que ele podia pagar. Então ele disse o quanto podia. E eu...

Harry a observou procurar as palavras corretas em inglês.

— ...não estava preparada para um valor daqueles.

— Quanto era?

— Duzentos mil dólares. Quinze vezes mais do que cobramos normalmente.

Harry fez um longo movimento com a cabeça.

— Então o motivo deixou de ser tão importante?

— Você não precisa entender, Harry, mas tínhamos um plano desde o início. Quando tivéssemos dinheiro suficiente, pararíamos e voltaríamos para Vukovar. Para começar uma vida nova. Quando essa oferta surgiu, entendi que seria nossa chance de fugirmos. Seria o último serviço.

— Então o princípio de um negócio baseado em assassinatos éticos teria que ser posto de lado? — perguntou Harry ao procurar seus cigarros.

— Você investiga assassinatos éticos, Hole?

— Sim e não. É preciso viver.

Ela mostrou um breve sorriso.

— Então não há grande diferença entre mim e você, não é?

— Duvido.

— Mesmo? Se não me engano, você, como eu, espera pegar apenas aqueles que merecem, não é?

— Evidentemente.

— Mas não é bem assim, certo? Você já descobriu que a culpa tem nuances que você não conhecia quando decidiu se tornar policial e salvar a humanidade do mal. Em geral há pouco mal, mas muita fraqueza humana. Muitas histórias tristes. Mas, como você diz, é preciso viver. Então começamos a mentir um pouco. Para quem nos cerca e para nós mesmos.

Harry não encontrou o isqueiro. Se não acendesse logo aquele cigarro, ia explodir. Ele não queria pensar em Birger Holmen. Ainda não. Sentiu o tabaco seco entre os dentes quando mordeu o filtro.

— Como se chama, o mensageiro?

— Está perguntando como se já soubesse — respondeu ela.

— Robert Karlsen — disse Harry e esfregou o rosto com a palma da mão. — E ele lhe deu o envelope com as instruções no dia 12 de outubro.

Ela ergueu uma das belas sobrancelhas.

— Encontramos a passagem aérea dele. — Harry sentiu frio. O vento passou por ele como se ele fosse um fantasma. — E quando voltou para casa, pegou sem saber o lugar daquele que ele mesmo ajudou a sentenciar à morte. É para morrer de rir, não é?

Ela não respondeu.

— O que não entendo — continuou Harry — é por que seu filho não interrompeu o serviço quando viu na TV ou leu no jornal que havia matado a pessoa que ia pagar a conta.

— Ele nunca é informado sobre quem é o contratante ou do que a vítima é culpada — disse ela. — É melhor assim.

— Para que não revele algo se for pego?

— Para não ter que pensar. Para que apenas faça o serviço, confiando nas minhas decisões.

— Morais e econômicas?

Ela levantou os ombros.

— Nesse caso, teria sido uma vantagem se ele soubesse quem era o contratante. O problema é que ele não entrou em contato conosco depois do assassinato. Não sei por quê.

— Ele não teve coragem — disse Harry.

Ela fechou os olhos e Harry viu a contração dos músculos do rosto delicado.

— Você queria que eu chamasse meu profissional de volta como minha parte do contrato — disse ela. — Agora entende que não é possível. Mas eu lhe dei o nome de quem encomendou o serviço. Não posso fazer mais nada antes de ele eventualmente entrar em contato conosco. Mesmo assim, manteria sua parte do acordo, Harry? Vai salvar meu filho?

O inspetor-chefe não respondeu. O corvo levantou voo do galho e gotas de chuva caíram no chão.

— Você acha que seu filho teria parado se entendesse as péssimas chances que tem? — perguntou Harry.

Ela mostrou um sorriso torto. Depois fez um enérgico não com a cabeça.

— Por que não?

— Por ele ser destemido e teimoso. Como o pai.

Harry observou a mulher magra com postura orgulhosa e não teve tanta certeza do que ela dissera.

— Dê lembranças a Fred. Vou pegar um táxi para o aeroporto.

Ela olhou para suas mãos.

— Acredita em Deus, Harry?

— Não.

— Mesmo assim, jurou perante Ele que salvaria meu filho.

— Sim — disse Harry e se levantou.

Ela ficou sentada olhando para ele.

— Você é do tipo que cumpre o que promete?

— Nem sempre.

— Você não acredita em Deus. Nem em suas próprias palavras. O que sobra, então?

Ele apertou a jaqueta contra o corpo, como se sentisse frio.

— Diga-me em que acredita, Harry.

— Acredito na próxima promessa — respondeu e se virou para a ampla avenida com trânsito domingueiro. — Que as pessoas podem cumprir suas promessas mesmo que tenham quebrado a anterior. Acredito em novos começos. Não tive chance de dizer... — Ele acenou para um táxi disponível. — Mas é por isso que estou nesse negócio.

No táxi, Harry se lembrou de que não tinha dinheiro. Soube que havia caixas eletrônicos que aceitavam seu cartão de crédito no aeroporto de Pleso. Durante o trajeto, ficou virando a moeda de vinte coroas na mão. A imagem da moeda rodopiando no chão no bar e o primeiro drinque a bordo do avião brigavam pela sua atenção.

Já estava claro quando Jon acordou com o som de um carro chegando em Østgård. Ficou na cama olhando para o teto. A noite fora longa e fria, e ele não tinha dormido muito.

— Quem está vindo? — perguntou Thea, que segundos antes estava num sono profundo. Ele podia ouvir a ansiedade em sua voz.

— Provavelmente alguém para revezar com o policial — respondeu Jon. O motor foi desligado e duas portas se abriram e fecharam. Duas pessoas, então. Mas nenhuma voz. Policiais calados. Na sala, onde o policial estava instalado, ouviram bater à porta. Uma vez. Duas vezes.

— Ele não vai abrir? — sussurrou Thea.

— Shhh — disse Jon. — Talvez esteja lá fora. Pode ter ido ao banheiro externo.

Uma terceira batida. Forte.

— Vou abrir — disse Jon.

— Espere! — disse ela.

— Precisamos deixá-los entrar — disse Jon, pulando por cima dela e se vestindo.

Abriu a porta para a sala. No cinzeiro sobre a mesa havia uma ponta de cigarro fumegante, e no sofá um cobertor jogado de lado. Bateram novamente. Jon olhou pela janela, mas não viu o carro. Estranho. Ele se pôs em frente à porta.

— Quem é? — perguntou, já não tão seguro.

— Polícia — disse uma voz do lado de fora.

Jon podia estar enganado, mas achou que a voz tinha um sotaque esquisito.

Levou um susto quando bateram de novo. Esticou a mão trêmula até a maçaneta. Então respirou fundo e abriu a porta de uma só vez.

Quando o vento gélido entrou, Jon sentiu como se estivesse sendo atacado por uma tromba-d'água. A luz forte e ofuscante do sol baixo da manhã o fez cerrar os olhos diante das duas silhuetas na escada.

— Vocês são os policiais do revezamento?

— Não — respondeu uma voz que ele reconheceu. — Está tudo acabado.

— Tudo acabado? — perguntou Jon surpreso e fez sombra sobre os olhos com a mão. — Ah, é você?

— Sim, podem arrumar suas coisas. Vamos levá-los para casa — disse ela.

— Como assim?

Ela contou o por quê.

— Jon! — gritou Thea do quarto.

— Um minuto — disse ele e deixou a porta aberta enquanto entrava.

— Quem é? — perguntou Thea.

— É a mulher que me interrogou. Toril Li. E um cara que também se chama Li, acho. Estão dizendo que Stankic está morto. Foi morto esta noite.

O policial que os vigiou durante a noite voltou do banheiro, arrumou suas coisas e foi embora. E dez minutos depois, Jon jogava sua bolsa sobre o ombro, fechava a porta e girava a chave na fechadura. Seguiu suas próprias pegadas na neve até a parede da casa, contou cinco tábuas e prendeu a chave em um gancho interno. Depois correu e se juntou aos outros no Golf vermelho que estava com o motor ligado expelindo fumaça branca. Entrou no banco de trás ao lado de Thea. Ao partirem, ele pôs o braço em volta dela e a abraçou antes de se inclinar para a frente entre os bancos.

— O que aconteceu no terminal de contêineres essa noite?

A policial Toril Li olhou para o colega Ola Li no banco do passageiros.

302

— Disseram que Stankic tentou sacar a arma — respondeu Ola Li. — Quer dizer, aquele franco-atirador da tropa especial achou ter visto isso.

— E não foi o que Stankic fez?

— Depende do que chama de arma — disse Ola e olhou para Toril Li, que tentava se manter séria. — Quando o viraram, ele estava com a braguilha aberta e o pau pra fora. Parece que estava mijando no vão da porta.

Toril Li pigarreou, séria de repente.

— Isso é totalmente confidencial — acrescentou Ola Li apressadamente. — Mas vocês entendem, não é?

— Quer dizer que o mataram assim sem mais nem menos? — exclamou Thea incrédula.

— *Nós* não — disse Toril Li. — O franco-atirador da FSK.

— Eles acham que Stankic deve ter ouvido algo e virado a cabeça — disse Ola. — Porque a bala entrou atrás da orelha e saiu onde estava o nariz. Fim da história.

Thea olhou para Jon.

— Imaginem a munição que deve ter usado — disse Ola, pensativo. — Bem, logo vai poder ver com os próprios olhos, Karlsen. Vai ser um milagre se conseguir identificar o sujeito.

— Seria difícil de qualquer maneira — respondeu Jon.

— É, ficamos sabendo... — disse Ola e balançou a cabeça.

— Rosto pantomímico, onde já se viu? Pura babaquice, se quer saber. Mas isso é totalmente confidencial, certo?

Continuaram em silêncio por um tempo.

— Como têm certeza de que é ele? — perguntou Thea. — Se o rosto está estraçalhado, quero dizer.

— Reconheceram a jaqueta — respondeu Ola.

— Isso é tudo?

Ola e Toril se entreolharam.

— Não — disse Toril. — Havia sangue seco na jaqueta e no pedaço de vidro que encontraram no bolso. Estão comparando com o sangue de Halvorsen agora.

— Acabou, Thea — disse Jon e a puxou para mais perto de si. Ela pôs a cabeça em seu ombro e ele sentiu o cheiro do seu cabelo. Logo poderia dormir. Por um bom tempo. Por entre os assentos, viu a mão de Toril relaxar no volante. Ela se manteve à direita na rua estreita ao cruzarem com um pequeno carro branco movido a eletricidade. Jon registrou que era do mesmo tipo que aqueles que o Exército de Salvação tinha ganhado de presente da Família Real.

25

Sábado, 20 de dezembro. Perdão.

Os gráficos e números no monitor e o bipe regular da frequência cardíaca conferiam uma ilusão de controle.

Halvorsen usava uma máscara que cobria a boca e o nariz e algo parecido com um capacete na cabeça, que, como o médico havia explicado, registrava alterações na atividade cerebral. Suas pálpebras estavam escuras, com uma rede de veias minúsculas. Ocorreu a Harry que ele nunca vira aquela cena antes. Nunca tinha visto Halvorsen de olhos fechados. Estavam sempre abertos. Ouviu a porta se abrir. Era Beate.

— Até que enfim — disse ela.

— Vim direto do aeroporto — sussurrou Harry. — Ele parece um piloto de caça dormindo.

Foi só quando viu o sorriso forçado de Beate que percebeu o quanto a metáfora era detestável. Se sua mente não estivesse tão entorpecida, talvez tivesse escolhido outra. Ou simplesmente ficado de boca calada. A razão de ele conseguir manter uma aparência normal era que o voo entre Zagreb e Oslo passa apenas uma hora e meia em espaço aéreo internacional e que a aeromoça com a bebida parecia determinada a servir todos os outros passageiros antes de perceber a lâmpada acesa sobre o assento de Harry.

Eles saíram e foram até um conjunto de sofás no fim do corredor.

— Novidades? — perguntou Harry.

Beate passou a mão no rosto.

— O médico que examinou Sofia Miholjec me ligou ontem bem tarde. Ele não encontrou outros machucados além da marca azul na testa, que ele acha que pode ter sido causada por uma batida contra uma porta, como disse Sofia. Ele contou que levava o sigilo profissional a sério, mas sua esposa o havia convencido a falar por se tratar da investigação de um caso muito grave. Sofia fez um exame de sangue que não mostrou nada de anormal, até que, por intuição, o médico pediu que verificassem a presença de hormônio HCG. O nível não deixa dúvidas, ele diz.

Beate mordeu o lábio inferior.

— Interessante intuição — disse Harry. — Mas não faço ideia do que seja o hormônio HCG.

— Sofia esteve grávida recentemente.

Harry tentou assobiar, mas sua boca estava seca demais.

— Seria bom você conversar com ela.

— Claro, ficamos tão amigas da última vez — respondeu Beate.

— Você não precisa ser amiga. Você só quer saber se foi estuprada.

— Estuprada?

— Intuição.

Ela soltou um suspiro.

— Tudo bem. Mas agora não é mais tão urgente.

— Como assim?

— Depois do que houve essa noite.

— O que houve essa noite?

Beate o encarou.

— Não está sabendo?

Harry fez que não com a cabeça.

— Deixei pelo menos quatro mensagens no seu celular.

— Perdi meu celular ontem. Mas diga o que houve.

Ele viu Beate engolir em seco.

— Droga — disse ele. — Diga que não é o que estou pensando.

— Mataram Stankic. Ele morreu na hora.

Harry fechou os olhos e ouviu a voz de Beate longe.

— Stankic fez um movimento brusco e, de acordo com o relatório, foi alertado sobre isso antes pela polícia.

Relatório, pensou Harry. Já havia um relatório.

— Infelizmente, a única arma que encontraram foi um caco de vidro no bolso da jaqueta. Havia sangue nele, que os técnicos prometeram examinar até amanhã. Ele deve ter escondido a pistola até o momento de usá-la de novo. Teria sido prova material se fosse pego com ela. Também não tinha documentos.

— Encontraram mais alguma coisa? — A pergunta de Harry veio automaticamente, porque seus pensamentos estavam em outro lugar. Mais exatamente na Catedral de Santo Estevão. *Juro pelo Filho de Deus.*

— Num canto do contêiner havia objetos usados por viciados. Seringa, colher, etc. O mais interessante foi o cachorro que pendia do teto.

Um metzner preto, de acordo com o vigia. Alguns pedaços haviam sido cortados e retirados.

— Fico feliz em saber — murmurou Harry.

— Como é?

— Nada.

— Isso explica, como você sugeriu, os pedaços de carne no vômito na rua Gøteborg.

— Alguém além da Delta participou da ação?

— De acordo com o relatório, não.

— Quem escreveu o relatório?

— O comandante da ação, claro. Sivert Falkeid.

— Claro.

— De qualquer maneira, já acabou.

— Não!

— Não precisa gritar, Harry.

— Não acabou. Onde há um príncipe, há um rei.

— E o que é que tem? — As bochechas de Beate estavam vermelhas. — Um assassino de aluguel está morto e você se comporta como se fosse... um colega seu.

Halvorsen, pensou Harry. Ela quase disse Halvorsen. Ele fechou os olhos e viu a luz vermelha oscilar por dentro das pálpebras. Como velas acesas, pensou. Como velas numa igreja. Ele era apenas um menino quando enterraram sua mãe. Em Åndalsnes, com vista para as montanhas, como ela havia pedido quando ficou doente. E ficaram ali, seu pai, Søs e ele, ouvindo o padre falar sobre uma pessoa que ele nunca conhecera. Porque o pai não aguentou fazê-lo. E talvez Harry já soubesse que sem ela não eram mais uma família. O avô, de quem Harry herdara a altura, tinha se inclinado, exalando álcool, e dito que era como devia ser. Pais devem morrer primeiro. Harry engoliu em seco.

— Encontrei a chefe de Stankic — disse. — E ela confirmou que o assassinato foi encomendado por Robert Karlsen.

Beate olhou surpresa para ele.

— Mas a coisa não para aí — continuou. — Robert era apenas um mensageiro. Há outros se escondendo atrás dele.

— Quem?

— Não sei. Apenas que é alguém com dinheiro suficiente para pagar 200 mil coroas por um assassinato.

— E a chefe de Stankic lhe contou tudo isso assim, sem mais nem menos?

Harry balançou a cabeça.

— Fizemos um trato.

— Que tipo de trato?

— Não vai querer saber.

Beate piscou duas vezes. E assentiu. Harry observou uma mulher idosa passando de muletas e se perguntou se Fred e a mãe de Stankic acompanhavam os jornais online noruegueses. Se já sabiam que o profissional estava morto.

— Os pais de Halvorsen estão almoçando na cantina. Vou para lá. Quer vir? Harry?

— O quê? Desculpe. Comi no avião.

— Eles iam gostar. Contaram que ele fala de você com afeição. Como se você fosse um irmão mais velho.

— Mais tarde, talvez.

Depois que ela saiu, Harry voltou para o quarto de Halvorsen. Sentou-se ao lado da cama, inclinou-se para a frente e olhou para o rosto pálido no travesseiro. No bolso, tinha uma garrafa fechada de Jim Beam comprada no free shop.

— Somos nós contra o resto do mundo — sussurrou.

Harry estalou os dedos por cima da testa de Halvorsen. Seu dedo indicador acertou o colega bem no meio dos olhos, mas as pálpebras não se mexeram.

— Yashin — sussurrou Harry e ouviu que sua voz estava pastosa. A jaqueta bateu contra o canto da cama, fazendo um som duro. Harry a apalpou. Havia algo dentro do forro. O celular desaparecido.

Quando Beate voltou com os pais de Halvorsen, ele já tinha saído.

Jon estava no sofá com a cabeça no colo de Thea. Ela assistia a um filme antigo na TV, e ele olhava para cima enquanto ouvia a voz distinta e penetrante de Bette Davis atravessar seus pensamentos: ele conhecia aquele teto melhor do que o seu próprio. E se olhasse bem, acabaria vendo algo familiar, algo diferente do rosto estraçalhado que lhe mostraram no porão gélido do hospital. Ele havia negado quando perguntaram se era aquele o homem que ele vira na porta de seu apartamento e que mais tarde havia atacado o policial com uma faca.

— Mas isso não quer dizer que não seja ele — emendou Jon. Eles anotaram e o conduziram para fora.

— Tem certeza de que a polícia não vai deixar você dormir no seu apartamento? — perguntou Thea. — Vai ter muita fofoca se passar a noite aqui.

— É o local do crime — disse Jon. — Está lacrado até terminarem as investigações.

— Lacrado — disse ela. — Parece uma carta.

Bette Davis corria em direção à mulher mais jovem e os violinos aumentaram de volume, intensificando o drama.

— Em que está pensando? — perguntou Thea.

Jon não respondeu. Não contou que estava pensando que mentira quando disse a ela que havia terminado. Não ia acabar até que ele mesmo tivesse feito o que precisava fazer. E o que precisava fazer era pegar o touro pelos chifres, deter o inimigo, ser um soldado corajoso. Porque agora ele sabia. Estava tão perto de Halvorsen quando este ouviu a mensagem telefônica de Mads Gilstrup que conseguiu ouvir a confissão.

A campainha soou. Ela se levantou depressa, como se fosse uma interrupção bem-vinda. Era Rikard.

— Perturbo? — perguntou.

— Não — disse Jon. — Eu estava de saída.

Todos ficaram calados enquanto Jon vestia o casaco. Quando fechou a porta atrás de si, ficou alguns segundos ouvindo as vozes dos dois lá dentro. Sussurravam. Por quê? Rikard parecia zangado.

Ele pegou o bonde para o centro e seguiu de metrô pela linha Holmenkollen. Num domingo de neve na floresta, aquela linha normalmente estaria repleta de pessoas com esquis, mas aquele dia parecia estar frio demais até para esquiar. Desceu na estação terminal e viu Oslo distante e pequena a seus pés.

A casa de Mads e Ragnhild ficava no topo de uma colina. Jon nunca estivera ali antes. O portão era estreito, assim como o caminho que conduzia até a casa, o qual era margeado por um grupo de árvores que impedia que a maior parte da construção fosse vista da rua. A casa em si era baixa e disposta de forma que não se percebia como era grande até que se entrasse nela. Pelo menos era o que Ragnhild dizia.

Jon tocou a campainha e depois de alguns segundos ouviu a voz de um alto-falante escondido.

— Veja só. Jon Karlsen.

Jon olhou para dentro da câmera sobre da porta.

— Estou na sala. — A voz de Mads Gilstrup soava pastosa e ele soltou um riso curto. — Suponho que conheça o caminho.

A porta se abriu e Jon Karlsen entrou num hall do tamanho do seu apartamento.

— Olá?

Ouviu apenas um eco curto e duro como resposta.

Começou a andar por um corredor que supunha levar até a sala. As paredes estavam cobertas de pinturas a óleo em cores fortes e sem moldura. E havia um cheiro que se tornava mais intenso à medida que ele avançava. Passou por uma cozinha com mesa de jantar e uma dúzia de cadeiras. A pia estava entupida de pratos, copos e garrafas de bebida vazias. O cheiro de comida rançosa e cerveja era nauseante. Jon prosseguiu. Roupas estavam espalhadas pelo corredor. Ele olhou pela porta de um banheiro. Fedia a vômito.

Virou no corredor e se deparou com uma vista panorâmica de Oslo e do fiorde que avistava quando ele e o pai faziam caminhadas em Nordmarka.

Uma tela estava esticada no meio da sala, e imagens do que aparentemente era um vídeo amador de um casamento passavam mudas sobre a superfície branca. Um pai levando a noiva para o altar enquanto ela acenava sorridente para os convidados à direita e à esquerda. Ouvia-se apenas o leve zunido do projetor. Na frente da tela viu as costas altas de uma poltrona preta e duas garrafas, uma pela metade, no chão ao lado.

Jon pigarreou alto e aproximou-se.

A cadeira girou devagar.

E Jon parou bruscamente.

Na cadeira havia um homem que ele só em parte reconheceu como Mads Gilstrup. Ele vestia uma camisa branca limpa e calças pretas, mas estava com a barba por fazer e o rosto inchado, os olhos cobertos por uma película acinzentada. No colo segurava uma espingarda preta de cano duplo com belos entalhes de animais na coronha. Estava sentado de forma que o cano apontava para Jon.

— Você costuma caçar, Karlsen? — perguntou Mads Gilstrup devagar e com voz ébria.

Jon fez que não com a cabeça sem conseguir tirar os olhos da espingarda.

— Em nossa família caçamos tudo — prosseguiu Gilstrup. — Não há caça pequena demais, nem grande demais. Acho até que é possível dizer que esse é o lema da nossa família. Meu pai já atirou em tudo que tem quatro pernas. Todo inverno ele viaja para um país onde haja animais que ainda não caçou. No ano passado foi para o Paraguai, onde aparentemente há uma onça rara. Eu mesmo não sou muito bom nisso, de acordo com meu pai. Ele diz que não tenho sangue-frio o bastante. Ele costumava falar que o único animal que consegui caçar foi aquele ali. —

Mads Gilstrup indicou a tela com um gesto de cabeça. — Mas ele deve pensar que na verdade foi ela que me caçou.

Mads pôs a espingarda na mesa a seu lado e abriu a mão.

— Sente-se. Afinal, vamos assinar um contrato com seu chefe, David Eckhoff, na semana que vem. Primeiro transferindo os imóveis na rua Jacob Aall. Meu pai quer agradecer a você por ter recomendado a venda.

— Não há por que agradecer — disse Jon e se sentou no sofá preto. O couro era macio e gélido. — Uma avaliação profissional, apenas.

— É mesmo?

Jon engoliu em seco.

— É só comparar a utilidade do dinheiro investido em imóveis com os benefícios que podemos ter se o aplicarmos em outros trabalhos que realizamos.

— Mas outros poderiam ter colocado os imóveis à venda no mercado aberto...

— Teríamos feito isso também. Mas vocês resistiram bastante e deixaram claro que, para fazerem uma oferta por todos os imóveis, não aceitariam leilão.

— Mesmo assim, sua recomendação foi determinante.

— Achei a oferta boa.

Mads Gilstrup sorriu.

— Que diabos, podiam ter conseguido o dobro.

Jon deu de ombros.

— Talvez tivéssemos conseguido um pouco mais se os imóveis fossem divididos em grupos, mas dessa maneira vocês nos pouparam de ter que passar por um processo de venda longo e árduo. E o Conselho Executivo enfatizou que confia em vocês com relação à locação. Afinal, temos muitos inquilinos para levar em consideração. Não se sabe o que compradores mais inescrupulosos fariam com eles.

— A cláusula de congelar os preços dos aluguéis e manter os inquilinos atuais só vale por 18 meses.

— Confiança é mais importante do que cláusulas.

Mads Gilstrup se inclinou para a frente.

— Não é que você tem razão, Karlsen? Você sabia que eu sabia sobre você e Ragnhild o tempo todo? O rosto dela sempre ficava corado depois de ter transado. Também corava toda vez que seu nome era mencionado no escritório. Você lia versos bíblicos para ela enquanto trepavam? Porque eu acho que ela teria gostado... — Mads Gilstrup se deixou cair para trás com uma gargalhada curta e passou a mão sobre a espingarda na mesa. — Tenho dois cartuchos nessa arma, Karlsen. Já viu o que esses cartuchos podem fazer? Nem é necessário mirar muito bem, é só apertar o gatilho e, bum, você vira uma mancha na parede. Fascinante, não é?

— Vim para dizer que não quero você como inimigo.

— Inimigo? — Mads Gilstrup riu. — Vocês sempre serão meus inimigos. Lembra-se daquele verão em que compraram Østgård e eu fui convidado pelo próprio comandante Eckhoff? Sentiram pena de mim, eu era o coitadinho de quem privaram as lembranças de infância. São sentimentais com essas coisas. Meu Deus, como eu os odiava! — Mads Gilstrup riu. — Eu ficava observando vocês brincando e se divertindo, como se o lugar fosse de vocês. Especialmente seu irmão, Robert. Ele tinha jeito com as meninas. Fazia cócegas e as levava para o celeiro e... — Mads moveu o pé e fez tombar a garrafa com um som abafado. Líquido marrom gorgolejou pelo assoalho.

— Vocês não me viam. Ninguém me via, era como se eu não estivesse presente; estavam absortos, concentrados em si mesmos. Então, pensei, está bem, devo ser invisível mesmo. E vou mostrar a vocês o que pessoas invisíveis podem fazer.

— Foi por isso que fez aquilo?

— Eu? —Mads riu. — Mas eu sou inocente, Jon Karlsen. Nós, os privilegiados, somos sempre inocentes. Já deve saber que é assim. Sempre temos a consciência limpa porque temos dinheiro para comprá-la de outros. Daqueles que são contratados para nos servir, para fazer o trabalho sujo. É a lei da natureza.

Jon assentiu.

— Por que ligou para o policial e confessou?

Mads Gilstrup deu de ombros.

— A ideia era ligar para o outro policial, Harry Hole. Mas o babaca não tinha cartão de visitas, por isso liguei para aquele de quem eu tinha o número. Halvorsen alguma coisa. Não me lembro, estava bêbado.

— Você contou a mais alguém? — perguntou Jon.

Mads Gilstrup fez que não com a cabeça, pegou a garrafa tombada do chão e bebeu um gole.

— Só a meu pai.

— Seu pai? — perguntou Jon. — Sim, claro.

— Claro? — Mads sorriu. — Você ama seu pai, Jon Karlsen?

— Sim. Muito.

— E não concorda que o amor filial seja uma maldição? — Jon não respondeu e Mads prosseguiu: — Meu pai passou aqui logo depois que liguei para o policial, e quando contei a ele, sabe o que ele fez? Pegou o bastão de esqui e me bateu. E ele ainda bate com força, aquele desgraçado. Ódio gera força, não é? Ele disse que se eu mencionasse uma palavra sobre isso a alguém, se eu arrastasse o nome da família na sarjeta, ele me mataria. Ele disse exatamente isso. E sabe de uma coisa? — Os olhos de Mads se encheram de repente de lágrimas e soluços entrecortaram sua voz. — Eu o amo mesmo assim. E acho que é isso o que faz com que ele me odeie com tanta força. Que eu, seu único filho, seja tão fraco a ponto de não conseguir odiá-lo, como ele a mim.

Um eco soou pela sala quando ele pôs a garrafa no chão com força.

Jon juntou as mãos, entrelaçando os dedos.

— Agora preste atenção. O policial que ouviu sua confissão está em coma. E se você prometer não vir atrás de mim ou dos meus, prometo nunca revelar o que sei.

Mads Gilstrup não parecia ouvir o que Jon dizia. Seu olhar estava na tela, onde os noivos se encontravam de costas para eles.

— Veja, agora ela diz "sim". Estou passando essa parte de novo e de novo. Porque não consigo entender. Ela jurou, não foi? Ela... — Ele balançou a cabeça. — Pensei que talvez conseguisse fazê-la me amar novamente. Se eu conseguisse realizar esse... crime, ela ia me ver como sou. Um criminoso precisa ser corajoso. Forte. Um homem de verdade, não é? Não apenas... — Ele fungou e cuspiu as palavras: — ...o filho de um.

Jon se levantou.

— Tenho que ir.

— Tenho algo que lhe pertence. Vamos chamar de... — Mads mordeu o lábio superior, pensativo. — Um presente de despedida de Ragnhild.

No trem da linha Holmenkollen, Jon ficou olhando para a bolsa preta que ganhara de Mads Gilstrup.

Estava tão frio que quem tinha ousado perambular pelas ruas andava com os ombros levantados e a cabeça baixa envolta em gorros e cachecóis. Mas Beate Lønn não sentiu frio ao tocar a campainha da família Miholjec na rua Jacob Aall. Desde a última notícia que recebera do hospital, ela não sentia mais nada.

— Agora o coração não é mais o maior problema. São os rins.

A Sra. Miholjec estava esperando no topo da escada e levou Beate para a cozinha, onde sua filha Sofia estava sentada mexendo no cabelo.

A Sra. Miholjec encheu a cafeteira com água e pôs três xícaras sobre a mesa.

— Talvez seja melhor Sofia e eu ficarmos a sós — disse Beate.

— Ela quer que eu fique aqui — respondeu a Sra. Miholjec. — Café?

— Não, obrigada, vou voltar para o hospital. Não creio que vá demorar.

— Está bem — disse Sra. Miholjec e esvaziou a cafeteira.

Beate se sentou na frente de Sofia. Tentou captar seu olhar, que estudava as pontas do cabelo.

— Tem certeza de que não quer falar a sós, Sofia?

— Por quê? — disse ela naquele tom de voz contrariado que adolescentes irritados usam com eficácia impressionante para conseguir o que querem: irritar.

— É um assunto bastante pessoal.

— Ela é minha mãe!

— Está bem — disse Beate. — Você fez um aborto?

Sofia enrijeceu. Ela fez uma careta, um misto de raiva e dor.

— Do que está falando? — perguntou com voz cortante, sem, no entanto, conseguir esconder a surpresa.

— Quem era o pai? — perguntou Beate.

Sofia continuou a desfazer os nós que o cabelo não tinha. A Sra. Miholjec estava boquiaberta.

— Fez sexo com ele de livre e espontânea vontade? — continuou Beate. — Ou ele a estuprou?

— O que ousa dizer à minha filha? — exclamou a mãe. — Ela é apenas uma criança, e você tem a ousadia de falar com ela como se fosse uma... uma prostituta?

— Sua filha esteve grávida, Sra. Miholjec. Eu só queria saber se isso pode ter alguma ligação com o assassinato que estamos investigando.

A boca da mãe se abriu um pouco mais. Beate se dirigiu a Sofia.

— Foi Robert Karlsen, Sofia? Foi ele?

Ela viu o lábio inferior da jovem começar a tremer. A mãe se levantou da cadeira.

— O que ela está dizendo, Sofia? Diga que não é verdade!

Sofia encostou o rosto na mesa e cobriu a cabeça com os braços.

— Sofia! — gritou a mãe.

— Sim — sussurrou Sofia, sufocada pelo choro. — Foi ele. Foi Robert Karlsen. Eu não achei... eu não fazia ideia... de que ele era assim.

Beate se levantou. Sofia soluçou e a mãe parecia ter levado uma pancada. Beate sentia-se apenas entorpecida.

— O homem que matou Robert Karlsen foi pego essa noite — disse ela. — O comando especial atirou nele no terminal de contêineres. Ele está morto.

Ela esperou pelas reações, que não vieram.

— Estou indo embora.

Ninguém prestou atenção e ela se dirigiu sozinha até a porta.

Ele estava em frente à janela olhando a paisagem branca e ondulante. Parecia um mar de leite que de repente congelara. No topo de algumas ondas ele vislumbrou casas e celeiros vermelhos. O sol pendia baixo e extenuado sobre o cume da montanha.

— *They are not coming back* — disse ele. — Eles se foram. Ou talvez nunca estiveram aqui. Você mentiu?

— Estiveram aqui sim — disse Martine e tirou a panela do fogão. A casa estava quente quando chegamos, e você mesmo viu as pegadas na neve. Deve ter acontecido algo. Sente-se, a comida está pronta.

Ele colocou a pistola ao lado do prato e comeu o picadinho. Ele notou que as latas de comida eram da mesma marca que comera no apartamento de Harry Hole. No peitoril da janela havia um velho rádio transistor azul que tocava música popular compreensível interrompida por uma falação incompreensível. No momento tocavam algo que ele tinha ouvido num filme e que a mãe de vez em quando executava ao piano em frente à janela que era "a única da casa com vista para o Danúbio", como costumava dizer o pai quando queria caçoar da mãe. E se ela se irritasse, o pai sempre a desarmava perguntando como uma mulher tão inteligente e bonita podia ter escolhido um marido como ele.

— Harry é seu namorado? — perguntou ele.

Martine fez que não com a cabeça.

— Por que estava levando um ingresso para ele, então?

Ela não respondeu.

Ele sorriu.

— Acho que está apaixonada por ele.

Ela levantou o garfo e apontou para ele como se quisesse enfatizar alguma coisa, mas mudou de ideia.

— E você? Tem uma namorada?

Ele fez um gesto negativo enquanto tomava um gole d'água.

— Por que não? Trabalha demais?

Ele esguichou água sobre a toalha da mesa. Deve ser a tensão, ele pensou. Foi por isso que caiu na gargalhada assim, de repente e sem controle. Ela riu com ele.

— Ou você é gay? — perguntou ela e enxugou uma lágrima de riso.

— Talvez tenha um rapaz em casa?

Ele riu ainda mais alto. E continuou rindo muito depois de ela parar.

Ela serviu mais picadinho para os dois.

— Já que gosta tanto dele, tome isto aqui — disse ele e jogou uma foto sobre a mesa. Era a foto do espelho de Harry, com ele, a mulher de cabelo escuro e o menino. Ela pegou a foto e a analisou.

— Ele parece feliz — disse ela.

— Talvez estivesse feliz. Naquele momento.

— Talvez.

— É.

Uma escuridão cinzenta havia entrado pela janela, instalando-se na cozinha.

— Talvez ele volte a ser feliz — disse ela baixinho.

— Você acha possível?

— Ser feliz de novo? Claro que sim.

Ele olhou para o rádio atrás dela.

— Por que está me ajudando?

— Eu já disse. Harry não teria lhe ajudado e...

— Não acredito em você. Deve haver mais alguma coisa.

Ela deu de ombros.

— Pode me dizer o que está escrito aqui? — perguntou ele, abrindo o formulário que tinha encontrado na pilha de papéis sobre a mesa de Harry.

Ela leu enquanto ele observava a foto de Harry no distintivo. O policial estava olhando por cima da lente, e ele entendeu que Harry encarava o fotógrafo, não a câmera. E pensou que aquilo talvez dissesse algo sobre o homem na foto.

— É uma requisição de algo chamado Smith & Wesson 38 — explicou Martine. — É para ele retirá-la na divisão de armas na sede da polícia, levando essa requisição assinada.

Ele fez um demorado sim com a cabeça.

— E está assinada?

— Sim. Por... vejamos... superintendente da Homicídios, Gunnar Hagen.

— Em outras palavras, Harry não foi pegar sua arma. E isso quer dizer que ele é inofensivo. No momento está indefeso.

Martine piscou rápido duas vezes.

— O que tem em mente?

26

Sábado, 20 de dezembro. O truque mágico.

As luzes da rua Gøteborg se acenderam.
— Certo — disse Harry para Beate. — Então foi neste ponto exato que Halvorsen estava estacionado?
— Foi.
— Eles desceram do carro e foram atacados por Stankic. Ele primeiro tentou atirar em Jon, que fugiu para dentro do prédio. Depois atacou Halvorsen, que estava entrando no carro para pegar a arma.
— Sim. Halvorsen foi encontrado ao lado do carro. Encontramos sangue nos bolsos do casaco, das calças e na cintura. Não é dele, por isso presumimos que seja de Stankic, que deve tê-lo revistado. E ele pegou a carteira e o celular.
— Hum — disse Harry, esfregando o queixo. — Por que não atirou em Halvorsen? Por que usou uma lâmina? Ele não precisava ficar quieto, já tinha acordado a vizinhança atirando em Jon.
— Nos fizemos a mesma pergunta.
— E por que apunhalar Halvorsen e fugir em seguida? O único motivo para matá-lo seria tirá-lo do caminho para poder pegar Jon depois. Mas ele nem tentou.
— Ele foi interrompido. Veio um carro, não foi?
— Sim, mas estamos falando de um homem que acabou de apunhalar um policial no meio da rua. Por que se assustar por causa de um simples carro? E por que usou uma lâmina se já estava com a pistola na mão?
— Eis a questão.
Harry fechou os olhos. Por um bom tempo. Beate batia com os pés na neve
— Harry — disse ela. — Eu gostaria de sair daqui, eu...
Harry abriu os olhos devagar.
— Ele estava sem balas.

— O quê?

— Era a última bala de Stankic.

Beate soltou um suspiro cansado.

— Ele é um profissional, Harry. E um profissional não fica sem munição.

— Por isso mesmo — disse Harry animado. — Se você tem um plano detalhado para matar um homem e isso exige uma ou no máximo duas balas, você não anda com um estoque de munição. É uma viagem para outro país, toda a bagagem é revistada. Você precisa esconder isso em algum lugar, não é?

Beate não respondeu, e Harry prosseguiu:

— Stankic manda sua última bala em Jon, mas não acerta. Então ataca Halvorsen com um caco de vidro. Por quê? Para tirar a pistola dele e com ela poder matar Jon. Por isso há sangue nos cós das calças de Halvorsen. Não é lugar onde se procura uma carteira, mas uma arma sim. Só que ele não encontra a pistola porque ela está dentro do carro. E agora Jon já se trancou no prédio e Stankic só tem um caco de vidro. Então ele desiste e se manda.

— Bela teoria — disse Beate e bocejou. — Poderíamos perguntar a Stankic, mas ele está morto. Não é mais tão importante.

Harry olhou para Beate. Os olhos dela estavam pequenos e vermelhos pela falta de sono. Ela teve tato suficiente para não mencionar que ele fedia a bebedeira recente e nem tão recente assim. Ou esperta o bastante para saber que não adiantaria nada confrontá-lo. Mas ele também entendeu que, naquele momento, ela não tinha qualquer confiança nele.

— O que a testemunha do carro disse? — perguntou Harry. — Que Stankic fugiu pelo lado esquerdo da rua?

— Sim, ela o seguiu pelo retrovisor. Ele caiu na esquina lá embaixo. No lugar em que encontramos uma moeda croata.

Ele olhou para a esquina. Era onde o pedinte de bigode estava na última vez que Harry esteve ali. Talvez ele tivesse visto algo? Mas agora fazia 22 graus negativos e não havia ninguém.

— Vamos falar com os legistas — disse Harry.

Andaram em silêncio pela rua Tofte até o Ring 2, passando pelo hospital Ullevål. Passavam por jardins brancos e casas de tijolo estilo inglês em Sognsveien quando Harry de repente quebrou o silêncio:

— Encoste o carro.

— Agora? Aqui?

— Sim.

Ela olhou no retrovisor e fez o que ele mandou.

— Ligue o pisca-alerta — disse Harry. — E se concentre em mim. Lembra o jogo de intuição que lhe ensinei?

— Aquele de falar antes de pensar?

— Ou dizer o que pensa antes de achar que não devia pensar dessa forma. Esvazie seus pensamentos.

Beate fechou os olhos. Na calçada passou uma família com esquis.

— Pronta? Certo. Quem mandou Robert Karlsen a Zagreb?

— A mãe de Sofia.

— Hum — disse Harry. — De onde tirou isso?

— Não faço ideia — respondeu Beate e abriu os olhos. — Pelo que sabemos, ela não tem motivo algum. E definitivamente não faz o tipo. Talvez por ser croata como Stankic. Meu subconsciente não tem pensamentos muito elaborados.

— Tudo o que disse pode ser verdade — afirmou Harry. — Exceto aquilo sobre o subconsciente. Certo. Pergunte a mim.

— Tenho que perguntar... em voz alta?

— Sim.

— Por quê?

— Apenas faça — respondeu ele e fechou os olhos. — Estou pronto.

— Quem mandou Robert Karlsen a Zagreb?

— Nilsen.

— Nilsen? Que Nilsen?

Harry abriu os olhos.

Piscou um pouco confuso para os faróis dos carros que vinham no sentido oposto.

— Então deve ser Rikard.

— Jogo divertido — disse Beate.

— Vamos — disse Harry.

A noite já caía sobre Østgård. O rádio no peitoril da janela estava ligado.

— Não há mesmo ninguém que possa reconhecer você? — perguntou Martine.

— Algumas pessoas conseguem, sim — respondeu. — Mas demora algum tempo até reconhecerem meu rosto. E poucos desperdiçam esse tempo.

— Então o problema não é você, são os outros?

— Talvez. Mas não quero que eles me reconheçam, é... algo que eu faço.

— Você foge.

— Não, ao contrário. Eu me infiltro. Invado. Me torno invisível e entro onde quero.

— Mas se ninguém vê, qual é a graça?

Ele a olhou com surpresa. O rádio tocou um jingle e uma voz feminina começou a falar com a seriedade neutra de uma locutora de noticiário.

— O que ela está dizendo? — perguntou ele.

— Vai esfriar mais. As creches estão fechando. Pedem aos idosos para ficar em casa e não economizar na calefação.

— Mas você me viu — disse ele. — E me reconheceu.

— Eu costumo observar as pessoas — respondeu ela. — Eu as vejo. É meu único talento.

— É por isso que está me ajudando? É por isso que não tentou fugir nenhuma vez?

Ela o estudou.

— Não, não é por isso — disse ela por fim.

— Por quê, então?

— Porque quero Jon Karlsen morto. Quero que fique muito mais morto do que você está.

Ele enrijeceu. Ela era maluca?

— Eu, morto?

— É o que afirmaram os noticiários nas últimas horas — disse Martine e indicou o rádio com a cabeça. Ela respirou fundo e imitou a seriedade autoritária da locutora: — O homem suspeito do assassinato na Egertorget morreu essa noite ao ser baleado pelo comando especial durante uma ação no terminal de contêineres. De acordo com o comandante da ação, Sivert Falkeid, o suspeito não quis se entregar e fez menção de sacar sua arma. O inspetor-superintendente da Homicídios, Gunnar Hagen, informou que o caso será transferido para a SEFO, autoridade independente de investigação de policiais, de acordo com o procedimento de rotina. Hagen disse que o caso é mais um exemplo de que a polícia está enfrentando um crime organizado cada vez mais brutal e que a discussão sobre armar ou não a polícia não deve ser abordada apenas sob o ponto de vista da aplicação efetiva da lei, mas também da segurança de nossos policiais.

Ele piscou duas vezes. Três vezes. E por fim caiu a ficha. Kristoffer. A jaqueta azul.

— Estou morto — disse. — Por isso eles não estavam mais aqui quando chegamos. Eles acham que acabou. — Pôs sua mão sobre a de Martine. — Você quer ver Jon Karlsen morto.

Ela olhou para o vazio. Respirou fundo, como se quisesse dizer alguma coisa, mas soltou o ar com um suspiro, como se as palavras encontradas não servissem, e tentou de novo. Na terceira tentativa, conseguiu.

— Porque Jon Karlsen sabia. Durante todos esses anos, ele sabia. E por isso o odeio. E por isso odeio a mim mesma.

Harry olhou para o corpo nu sobre a mesa. Vê-los daquela forma era algo que quase não o afetava mais. Quase.

A temperatura do recinto estava em torno de 14 graus e as paredes lisas de cimento reverberaram um eco curto e seco quando a médica-legista respondeu à pergunta de Harry:

— Não, não pensamos em fazer uma necropsia. A fila já é grande, e a causa é bastante evidente, não acha? — Ela meneou a cabeça para o rosto com um grande buraco preto cobrindo a maior parte do nariz e do lábio superior, deixando a boca e os dentes da arcada superior expostos.

— Uma cratera e tanto — disse Harry. — Não parece o estrago de uma MP5. Quando teremos o relatório?

— Pergunte a seu chefe. Ele pediu que fosse entregue diretamente a ele.

— Hagen?

— Exato. Peça uma cópia a ele, se estiver com pressa.

Harry e Beate se entreolharam.

— Escute — disse a médica-legista, contraindo o canto da boca no que Harry entendeu ser o esboço de um sorriso. — Temos pouco pessoal de plantão no fim de semana, e está sobrando pra mim. Então, se me dão licença...?

— Claro — respondeu Beate.

A médica-legista e Beate começaram a ir para a porta, mas as duas pararam ao ouvir a voz de Harry.

— Alguém notou isso aqui?

Elas se viraram para ele, que estava inclinado sobre o cadáver.

— Ele tem marcas de seringa. Examinaram seu sangue à procura de drogas?

A médica soltou um suspiro.

— Ele chegou hoje de manhã. Tudo o que conseguimos foi colocá-lo no freezer.

— Quando seria possível fazer um exame?

— É importante? — perguntou ela, e vendo a hesitação de Harry, prosseguiu. — Seria bom ter uma resposta honesta, porque se dermos prioridade a isso, todas as outras coisas que estão nos amolando vão ter que esperar. Aqui fica um inferno perto do Natal.

— Bem. Talvez ele tenha se injetado um pouco. — Ele deu de ombros. — Mas está morto. Então não deve ser tão importante. Tiraram seu relógio?

— Relógio?

— Sim. Ele usava um Seiko SQ50 quando sacou dinheiro num caixa eletrônico outro dia.

— Ele não tinha relógio.

— Hum — disse Harry e olhou para o punho nu. — Deve tê-lo perdido.

— Vou passar na UTI — disse Beate quando estavam lá fora.

— Está bem — concordou Harry. — Vou pegar um táxi. Você cuida da confirmação da identidade?

— Como assim?

— Para termos cem por cento de certeza de que é Stankic que está ali dentro.

— Claro, é o procedimento normal. O morto tem sangue tipo A, o que confere com o que encontramos nos bolsos de Halvorsen.

— É o tipo mais comum na Noruega, Beate.

— Sei, mas eles vão verificar o DNA também. Está com dúvidas?

Harry deu de ombros.

— Precisa ser feito. Quando?

— Lá pela quarta, está bem?

— Três dias? Não.

— Harry...

Ele levantou os braços em um gesto de autodefesa.

— Está bem. Já vou embora. Trate de dormir um pouco, promete?

— Para dizer a verdade, você parece precisar mais do que eu.

Harry pôs a mão em seu ombro. Sentiu como ela estava magra por baixo da jaqueta.

— Ele é forte, Beate. E ele quer ficar aqui, certo?

Beate mordeu o lábio inferior. Parecia querer dizer algo, mas mostrou apenas um sorriso breve e assentiu com a cabeça.

No táxi, Harry tirou o celular e digitou o número de Halvorsen. Mas como era de se esperar, ninguém atendeu.

Então digitou o número do hotel International. Alguém na recepção atendeu e ele pediu para ser transferido para Fred, no bar. Fred? Em que bar?

— O outro bar — disse Harry. — É o policial — continuou ele quando o barman atendeu. — Aquele que passou por aí ontem, perguntando pelo *mali spasitelj*.

— *Da?*

— Preciso falar com ela.

— Ela já recebeu as más notícias — disse Fred. — Adeus.

Por um tempo, Harry ficou ouvindo o som da ligação cortada. Depois colocou o celular no bolso interno da jaqueta e olhou para as ruas desertas. Pensou que ela talvez estivesse na catedral acendendo outra vela.

— Restaurante Schrøder — informou ao motorista e encostou.

Harry se sentou na mesa de sempre e olhou para o copo de chope. O chamado restaurante era na verdade um bar simples, mas com uma aura de orgulho e dignidade talvez devido à clientela, talvez ao serviço, ou às belas pinturas que enfeitavam as paredes enfumaçadas. Ou talvez porque o restaurante Schrøder continuava ali depois de tantos anos, mesmo depois de tantos outros no bairro terem trocado de placa e de donos.

Não havia muitas pessoas pouco antes de fechar. Mas um novo freguês acabara de entrar, lançando um olhar pelo recinto ao desabotoar o casaco por cima da jaqueta de tweed e se dirigir à mesa de Harry.

— Boa noite, meu amigo — disse Ståle Aune. — Esse parece ser seu recanto favorito.

— Não é um recanto — respondeu Harry — É um canto. Recantos são refúgios. Você se esconde num recanto, não se senta em um.

— Que tal a expressão "mesa de canto"?

— Não é simplesmente uma mesa colocada em um canto, mas uma mesa com um formato específico, projetada para ocupar uma quina. Como em sofá de canto.

Aune sorriu contente. Aquele era seu tipo de conversa. A garçonete chegou e lançou-lhe um breve olhar suspeito quando ele pediu chá.

— Então não se deve mandar os alunos burros para o canto, presumo? — disse ele e ajeitou a gravata-borboleta com bolinhas vermelhas e pretas.

Harry sorriu.

— Está tentando me dizer algo, senhor psicólogo?

— Bem, presumo que você me ligou porque queria que eu lhe dissesse algo.

— Quanto cobra por hora para dizer às pessoas que estão envergonhando a si mesmas?

— Cuidado, Harry. Beber não só o torna irritável, mas irritante. Não vim para despojar você do seu autorrespeito, dos seus colhões ou do seu chope. Mas seu problema no momento é que todas as três coisas estão dentro desse copo.

— Como sempre, tem razão — disse Harry e levantou o copo. — E é por isso que tenho que me apressar para beber.

Aune se levantou.

— Se quiser falar sobre sua bebedeira, vamos fazê-lo no meu consultório. Esta consulta está encerrada, e você paga o chá.

— Espere — disse Harry. — Veja. — Ele se virou e pôs o copo na mesa vazia atrás deles. — É meu truque de mágica. Controlo minha bebedeira pedindo um chope que demoro uma hora para tomar. Um pequeno gole a cada dois minutos. Como um sonífero. Depois vou para casa e, a partir do dia seguinte, não bebo mais. Queria falar com você sobre o ataque a Halvorsen.

Aune hesitou. Por fim resolveu se sentar de novo.

— Um caso terrível. Já sei dos detalhes.

— E o que está vendo?

— Vislumbro, Harry. Vislumbro, e quase nem isso. — Aune agradeceu amigavelmente à garçonete por trazer seu chá. — Mas como você sabe, vislumbro melhor que outros profissionais inúteis da minha área. E o que vejo são as semelhanças entre esse ataque e o assassinato de Ragnhild Gilstrup.

— Conte-me.

— Raiva intensa encontrando uma válvula de escape. Violência causada por frustração sexual. Como você sabe, ataques de raiva são típicos de quem tem personalidade borderline.

— Sei. Só que essa pessoa parece conseguir controlar sua fúria. Se não, teríamos mais pistas no local do crime.

— Bem observado. Pode ser um tipo de pessoa violenta guiada pela raiva, ou "pessoa que comete violência", como classificam as tias velhas da minha área, que, no dia a dia, parece tranquila, quase defensiva. O *American Journal of Psychology* publicou recentemente um artigo sobre pessoas desse tipo que têm o que chamam de "raiva adormecida". E eu chamo de Dr. Jekyll e Sr. Hyde. E quando o Sr. Hyde acorda... — Aune balançou o dedo indicador direito enquanto tomava um pequeno gole do seu chá — ...é o Dia do Juízo Final e o Armagedom ao mesmo tempo. Mas, uma vez liberada, elas não conseguem controlar a raiva.

— Não parece uma característica pessoal favorável para um matador de aluguel profissional.

— Definitivamente não. Aonde quer chegar?

— Stankic perdeu seu estilo no assassinato de Ragnhild Gilstrup e no ataque a Halvorsen. Há algo... anticlínico nisso. É totalmente diferente dos assassinatos de Robert Karlsen e os outros relatados pela Europol.

— Um assassino de aluguel raivoso e instável? Bem, devem existir pilotos de avião e diretores de usinas nucleares instáveis também. Nem todos estão no cargo que deveriam ocupar, não é?

— Um brinde a isso.

— Na verdade não pensei em você. Sabia que tem alguns traços narcísicos, inspetor-chefe?

Harry sorriu.

— Quer me contar porque se sente tão envergonhado? — perguntou Aune. — Está se sentindo culpado por Halvorsen ter sido esfaqueado?

Harry pigarreou.

— Bem, fui eu que o mandei tomar conta de Jon Karlsen. E eu devia ter ensinado a ele onde deixar a arma quando se está trabalhando como babá.

Aune assentiu.

— Então a culpa é toda sua. Como sempre.

Harry virou a cabeça e olhou para o salão. As luzes começavam a piscar, e os poucos clientes que ainda estavam lá esvaziavam obedientes seus copos e vestiam seus cachecóis e gorros. Harry deixou uma nota de cem sobre a mesa e apanhou uma bolsa.

— Na próxima vez, Ståle. Não passei em casa desde Zagreb e agora preciso dormir.

Harry seguiu Aune até a porta, mas não conseguiu deixar de olhar o copo com um restinho de chope ainda na mesa atrás deles.

Quando Harry ia abrir a porta de seu apartamento, viu o vidro quebrado e o xingou em voz alta. Era a segunda vez que seu apartamento era arrombado só naquele ano. Notou que o ladrão tinha se preocupado em colar o vidro para não chamar a atenção dos vizinhos que passassem por ali. Mas ao mesmo tempo não tivera tempo de levar o conjunto de som e o aparelho de TV. Compreensível, pois não eram modelos fabricados naquele ano. Ou no ano passado. E não havia outros objetos de valor.

Alguém havia mexido na pilha de papéis sobre a mesa da sala. Harry foi ao banheiro e viu que também haviam mexido no armário de remédios sobre a pia, e não foi difícil entender que seu apartamento recebera a visita de um viciado.

Ele estranhou um pouco ao ver um prato na bancada da cozinha e uma lata de picadinho vazia na lixeira. Teria o infeliz intruso tentado compensar o assalto frustrado com comida?

Quando Harry se deitou, sentiu a ameaça da dor iminente e teve a esperança de dormir enquanto ainda estivesse mais ou menos medicado. Entre a fresta das cortinas, a lua traçou um feixe branco sobre o chão até sua cama. Ele se revirou para lá e para cá, à espera dos fantasmas. Já podia ouvir o zumbido deles, era só uma questão de tempo. E mesmo sabendo que não era nada além da paranoia depois da bebedeira, ele teve a sensação de que os lençóis cheiravam a sangue e morte.

27

Domingo, 21 de dezembro. O discípulo.

Alguém havia pendurado uma guirlanda natalina na porta da sala de reuniões na zona vermelha.

Atrás da porta fechada, a última reunião matinal da equipe de investigação chegava ao fim.

Harry suava diante do grupo num apertado terno escuro.

— Já que tanto o autor do crime, Stankic, quanto o mandante, Robert Karlsen, estão mortos, esse grupo de investigação se dissolverá depois desta reunião — disse Harry. — E isso quer dizer que a maioria dos presentes pode planejar suas férias natalinas. Mas vou pedir a Hagen permissão para usar alguns de vocês por mais algum tempo. Dúvidas antes de encerrarmos? Sim, Toril?

— Você está dizendo que o contato de Stankic em Zagreb confirma nossa suspeita de que Robert Karlsen encomendou o assassinato de Jon. Quem conversou com o contato e de que forma?

— Infelizmente não posso revelar detalhes — disse Harry, ignorando o olhar eloquente de Beate e sentindo o suor escorrer pelas costas. Não devido ao terno ou à pergunta, mas porque estava sóbrio. — Certo — prosseguiu. — A próxima tarefa será descobrir para quem Robert estava trabalhando. No decorrer do dia entrarei em contato com os sortudos que terão permissão para continuar no caso. Hagen irá a uma entrevista coletiva hoje à tarde e cuidará do que vai ser divulgado. — Harry fez um gesto com a mão. — Corram para suas pilhas de papéis, pessoal.

— Ei! — gritou Skarre por cima do ruído das cadeiras sendo arrastadas. — Não vamos comemorar?

Fez-se silêncio e as pessoas olharam para Harry.

— Bem — disse Harry. — Não sei bem o que devemos comemorar, Skarre. Que três pessoas estão mortas? Que o mandante ainda está livre? Ou que temos um policial em coma?

Harry olhou para todos e não fez nada para encurtar o silêncio penoso que surgiu.

Quando a sala estava vazia, Skarre se aproximou de Harry, que estava reunindo as anotações que fizera às 6h da manhã.

— Desculpe — disse Skarre. — Mandei mal.

— Tudo bem — respondeu Harry. — A intenção foi boa.

Skarre pigarreou.

— É raro ver você de terno.

— O enterro de Robert Karlsen é ao meio-dia — disse o inspetor-chefe sem levantar o olhar. — Pensei em ir e ver quem vai comparecer.

— Entendo. — Skarre movia-se inquieto, passando repetidamente o peso do corpo das pontas dos pés para o calcanhar.

Harry parou de folhear os papéis.

— Mais alguma coisa, Skarre?

— Sim. Hum. Pensei que, como uma parte do pessoal da divisão tem família e está se preparando para o Natal, e eu sou solteiro...

— Hum?

— Então estou me oferecendo como voluntário.

— Voluntário?

— Quero dizer que tenho vontade de continuar no caso. Se você quiser, claro — emendou depressa.

Harry estudou Magnus Skarre.

— Sei que você não gosta de mim — disse Skarre.

— O problema não é esse — respondeu Harry. — É que já decidi quem vai continuar no caso. E são os que eu acho melhores, não os de que mais gosto.

Skarre deu de ombros. Seu pomo-de-adão pulava para cima e para baixo.

— Tem razão. Feliz Natal, então. — Ele se dirigiu para a porta.

— Por isso — continuou Harry e guardou as anotações na pasta —, quero que você comece verificando a conta bancária de Robert Karlsen. Procure o que entrou e o que saiu durante os últimos seis meses e anote qualquer irregularidade.

Skarre parou e se virou, surpreso.

— E faça a mesma coisa com Albert e Mads Gilstrup. Está bem, Skarre?

Magnus Skarre fez um animado sim com a cabeça.

— Verifique também com a Telenor se houve ligações entre Robert e Gilstrup no mesmo período. E já que parece que Stankic levou o celular de Halvorsen, verifique se houve ligações do número dele. Fale com o advogado da divisão sobre o acesso às contas bancárias.

— Não será preciso — disse Skarre. — Pelo regulamento novo, temos acesso permanente.

— Hum. — Harry olhou sério para Skarre. — É bom ter alguém na equipe que lê regulamentos. Ótimo.

Em seguida saiu da sala a passos largos.

Robert Karlsen não tinha patente de oficial, mas, por ter morrido em serviço, foi determinado que ele seria enterrado na área que o Exército reservava para oficiais no Cemitério Vestre. Depois do enterro, haveria uma solenidade na sede do Exército em Majorstua.

Quando Harry entrou na capela, Jon se virou. Ele estava sentado na primeira fileira com Thea. Harry notou a ausência dos pais de Robert. O olhar de Jon encontrou o dele e Jon acenou de leve com a cabeça, sério, mas com gratidão no olhar.

A capela estava lotada. A maioria estava de uniforme do Exército. Harry viu Rikard e David Eckhoff. E ao lado dele, Gunnar Hagen. Além de alguns abutres da imprensa. No mesmo instante, Roger Gjendem sentou-se ao seu lado e perguntou se ele sabia por que o primeiro-ministro não estava presente, como havia sido anunciado.

— Pergunte ao primeiro-ministro — respondeu Harry, que sabia que o escritório dele havia recebido naquela manhã uma discreta ligação do alto escalão da polícia, informando sobre o possível papel de Robert Karlsen no assassinato. O escritório dissera que, de qualquer maneira, o primeiro-ministro teria que dar prioridade a outros compromissos.

O comandante David Eckhoff também havia recebido uma ligação da polícia que causou certo pânico na sede do Exército. Além disso, uma das pessoas-chave na organização do funeral, sua filha Martine, havia mandado uma mensagem avisando que estava doente e não iria ao trabalho.

Porém, o comandante anunciou com voz resoluta que um homem é inocente até que haja irrefutáveis provas do contrário. Além do mais, acrescentara ele, era tarde demais para alterar os preparativos justo agora, e o show tinha que continuar. E o primeiro-ministro havia assegurado ao comandante que seu comparecimento ao concerto de Natal na noite seguinte estava garantido.

— O que mais? — sussurrou Gjeldem. — Novidades sobre os assassinatos?

— Devem ter recebido a informação — disse Harry. — Toda a comunicação com a imprensa será feita por Gunnar Hagen ou por seu porta-voz.

— Mas eles não dizem nada.

— Parece que estão fazendo seu trabalho.

— Vamos, Hole, vejo que tem algo acontecendo. Aquele policial que foi esfaqueado na rua Gøteborg tem alguma ligação com o assassino que mataram ontem à noite?

Harry balançou a cabeça de forma que tanto podia ser interpretado como "não" como "sem comentários".

A música do órgão parou no mesmo instante, o murmúrio silenciou e a jovem cantora surgiu e cantou um salmo conhecido com um fôlego fascinante, e o encerrou levando a última sílaba numa viagem de montanha-russa que teria deixado Mariah Carey com inveja. Por um momento, Harry sentiu uma vontade ardente de tomar um drinque, mas a cantora finalmente fechou a boca e baixou a cabeça com tristeza sob uma chuva de flashes. Seu empresário sorriu contente. Aparentemente ele não havia recebido nenhuma ligação da sede da polícia.

Eckhoff discursou sobre coragem e sacrifício.

Harry não conseguiu se concentrar. Olhou para o caixão e pensou em Halvorsen. E pensou na mãe de Stankic. E quando fechou os olhos, pensou em Martine.

Depois, seis oficiais carregaram o caixão para fora. Jon e Rikard estavam na frente.

Jon escorregou no gelo ao fazerem a curva no caminho de cascalho.

Harry deixou o local enquanto os outros ainda rodeavam o túmulo. Estava atravessando a parte deserta do cemitério em direção ao parque Frogner quando ouviu passos na neve atrás de si.

Primeiro pensou que fosse um jornalista, mas, quando ouviu a respiração ofegante, reagiu sem pensar e deu meia-volta.

Era Rikard. Que parou na hora.

— Onde ela está? — perguntou arquejando.

— Onde está quem?

— Martine.

— Me disseram que ela está doente.

— Doente, sim. — O peito de Rikard subia e descia. — Mas não na própria cama. E também não passou a noite em casa.

— Como você sabe?

— Não...! — O grito de Rikard soou como um urro de dor, e ele fez caretas como se não conseguisse controlar as próprias expressões faciais. Mas em seguida respirou fundo e, com o que pareceu uma força sobrenatural, conseguiu se controlar. — Não tente me ludibriar — sussurrou. — Estou sabendo. Você a enganou. Trapaceou. Ela está no seu apartamento, não é? Mas você não vai...

Rikard deu um passo em direção a Harry, que automaticamente tirou as mãos dos bolsos do casaco.

— Escute aqui — disse Harry. — Não faço a mínima ideia de onde Martine está.

— Está mentindo! — Rikard fechou os punhos e Harry entendeu que precisava encontrar palavras corretas e tranquilizadoras depressa. Apostou nessas:

— Você precisa levar algumas coisas em consideração nesse momento, Rikard. Não sou muito rápido, mas peso 95 quilos e já furei uma porta de carvalho com um soco. A pena mínima para violência contra funcionário público, de acordo com o parágrafo 127, é de seis meses. O risco é acabar no hospital. *E na prisão.*

Rikard o olhou furioso.

— A gente se esbarra, Harry Hole — disse rápido, virou-se e correu pela neve entre os túmulos em direção à igreja.

Imtiaz Rahim estava de mau humor. Acabara de ter uma discussão com seu irmão sobre a decoração natalina na parede atrás do caixa. Imtiaz achava que a venda de calendários natalinos, carne de porco e outras mercadorias cristãs já era o suficiente, senão acabariam profanando Alá seguindo aqueles hábitos cristãos. O que diriam seus clientes paquistaneses? Mas seu irmão achava que precisavam pensar nos outros fregueses. Por exemplo, naqueles do prédio do outro lado da rua Gøteborg. Com certeza não faria mal se dessem à mercearia um leve toque de cristianismo naqueles dias. Mas mesmo que Imtiaz houvesse ganhado a discussão acalorada, aquilo não lhe dera nenhuma alegria.

Por isso, ele soltou um suspiro profundo quando o sino sobre a porta soou de forma irascível e um homem alto de ombros largos vestindo um terno escuro entrou e se dirigiu ao caixa.

— Harry Hole, da polícia — disse o homem, e num instante de pânico Imtiaz pensou que havia uma lei na Noruega que obrigava todas as lojas a ter decoração natalina. — Há dois dias havia um pedinte em frente desta loja — disse o policial. — Um homem ruivo com um bigode assim. — Ele passou um dedo sobre o lábio superior, descendo ao lado da boca.

— Sim — respondeu Imtiaz. — Eu o conheço. Ele costuma trazer garrafas retornáveis vazias para ganhar dinheiro.

— Sabe o nome dele?

— O tigre. Ou o leopardo.

— Como é?

Imtiaz riu. Havia recuperado o bom humor.

— Tigre, parecido com *tigger*, a palavra norueguesa para pedinte. E leopardo porque caça... mesmo que sejam garrafas vazias...

Harry assentiu.

Imtiaz deu de ombros.

— Foi meu sobrinho que inventou a piada...

— Hum. Muito boa. Então...

— Não, não sei como ele se chama. Mas sei onde pode encontrá-lo.

Espen Kaspersen estava com uma pilha de livros à sua frente, como sempre, na biblioteca central de Deichmansk, no número 1 da rua Henrik Ibsen, quando notou uma figura inclinada sobre ele. Levantou o olhar.

— Hole, da polícia — disse o homem e se sentou na cadeira do outro lado da mesa comprida. Espen viu a jovem que estava lendo na outra ponta da mesa olhar para eles. Os novos funcionários da recepção costumavam revistar sua bolsa quando ele ia embora. E duas vezes alguém veio pedir que ele saísse, pois fedia tanto que não conseguiam se concentrar no trabalho. Mas aquela era a primeira vez que a polícia o abordava. Quer dizer, exceto quando ele ficava pedindo dinheiro na rua.

— O que está lendo? — perguntou o policial.

Kaspersen deu de ombros. De imediato viu que seria perda de tempo começar a contar àquele homem sobre o seu projeto.

— Søren Kierkegaard? — perguntou o policial e tentou ler na lombada dos livros. — Schopenhauer. Nietzsche. Filosofia. Você é um pensador?

Espen Kaspersen bufou.

— Estou tentando encontrar o caminho certo. E isso implica pensar sobre o significado de ser humano.

— E isso não é ser um pensador?

Espen Kaspersen olhou para o policial. Talvez tivesse se enganado sobre ele.

— Conversei com um homem na mercearia da rua Gøteborg — disse o policial. — Ele diz que você vem aqui todo dia. E quando não está aqui, está pedindo esmola na rua.

— É a vida que escolhi.

O inspetor-chefe tirou um caderno de anotações, e Espen Kaspersen respondeu às perguntas sobre o nome completo e o endereço da sua tia-avó em Hagegata.

— E sua profissão?

— Monge.

Espen Kaspersen viu com satisfação o policial anotar, impassível

— Bem, Espen. Você não é viciado em drogas, então por que pede esmolas?

— Porque minha tarefa é ser um espelho no qual as pessoas possam se enxergar e ver o que é grande e o que é pequeno.

— E o que é grande?

Espen soltou um suspiro resignado, como se estivesse cansado de repetir o óbvio.

— Caridade. Compartilhar e ajudar o próximo. A Bíblia só trata disso. De fato, é preciso procurar muito para encontrar algo sobre relação sexual antes do casamento, aborto, homossexualidade e o direito da mulher de falar em púbico. Evidentemente, é mais fácil para os fariseus falar sobre coisas menores do que tomar grandes atitudes. A Bíblia deixa bem claro: temos que dar a metade de tudo que possuímos a quem não tem nada. Milhares de pessoas estão morrendo todo dia sem ter ouvido a palavra de Deus porque esses cristãos se apegam aos seus pertences mundanos. Estou dando a eles uma chance de refletir sobre isso.

O policial assentiu.

Espen Kaspersen estranhou.

— Aliás, como soube que não sou viciado em drogas?

— Porque vi você há alguns dias na rua Gøteborg. Você estava pedindo esmola, e eu caminhava com um jovem que lhe deu uma moeda. Mas você a pegou e a atirou nele com raiva. O que um viciado nunca faria, não importa o baixo valor.

— Eu me lembro.

— E o mesmo aconteceu comigo num bar em Zagreb há dois dias, o que me fez pensar. Mas eu não tinha me ligado. Até agora.

— Havia um motivo para eu jogar aquela moeda — disse Espen Kaspersen.

— Foi exatamente o que me ocorreu — retrucou Harry e colocou um saco plástico com um objeto sobre a mesa. — Foi este o motivo?

28

Domingo, 21 de dezembro. O beijo.

A entrevista coletiva foi no salão de conferências no quarto andar. Gunnar Hagen e o chefe da Polícia Criminal estavam no púlpito, e suas vozes ecoavam no grande salão. Haviam avisado a Harry para estar presente caso Hagen precisasse conferir com ele detalhes da investigação. Mas a maioria das perguntas dos jornalistas tratava do tiroteio no terminal de contêineres, e as respostas de Hagen variavam entre "sem comentários", "não posso revelar nada a respeito" e "temos que deixar isso para a SEFO responder".

Quando perguntado se a polícia sabia se o assassino agia em parceria com alguém, Hagen respondeu:

— Por enquanto não, mas estamos investigando a questão a fundo.

Quando a entrevista chegou ao fim, Hagen chamou Harry. Enquanto o salão se esvaziava, o superintendente foi à beira do púlpito, de onde ficou olhando para o investigador-chefe a seus pés.

— Dei ordens expressas para todos os meus investigadores andarem armados a partir de hoje. Expedi uma licença para você. Onde está sua arma?

— Estive ocupado numa investigação e não dei prioridade a isso, chefe.

— Que dê, então. — As palavras ecoaram no salão de conferências.

Harry fez um lento movimento afirmativo com a cabeça.

— Algo mais, chefe?

Em sua sala, Harry ficou olhando para a cadeira vazia de Halvorsen. Por fim, ligou para o departamento de passaportes no primeiro andar e pediu que eles lhe entregassem uma lista dos passaportes emitidos para a família Karlsen. Uma voz feminina anasalada perguntou se ele estava de brincadeira e se ele sabia quantas pessoas tinham aquele sobrenome na

Noruega, e ele então lhe deu o número de identidade de Robert. Usando o Registro Nacional e um computador com velocidade mediana, a busca foi logo reduzida a Robert, Jon, Josef e Dorthe.

— Os pais, Josef e Dorthe, renovaram os passaportes há quatro anos, e não emitimos nenhum passaporte para Jon. E vamos ver... o sistema está lento hoje... aqui. Robert Karlsen tem um passaporte emitido há dez anos que expira em breve, então pode avisá-lo...

— Ele está morto.

Harry discou o ramal de Skarre e pediu que ele fosse imediatamente à sua sala.

— Nada — disse Skarre, que, por casualidade ou por um lapso de sensibilidade, se sentou no canto da mesa e não na cadeira de Halvorsen. — Verifiquei as contas de Gilstrup e não encontrei nenhuma ligação com Robert Karlsen ou contas na Suíça. A única coisa fora do comum foi um saque de 5 milhões de coroas em dólares de uma das contas da empresa. Liguei para Albert Gilstrup e perguntei, e ele disse de imediato que se tratava dos abonos natalinos dos capitães dos portos de Buenos Aires, Manila e Mumbai, que Mads costumava visitar em dezembro. Esses rapazes têm um negócio e tanto.

— E a conta de Robert?

— Apenas os depósitos de salário e pequenas retiradas.

— E as ligações de Gilstrup?

— Nenhuma para Robert Karlsen. Mas encontramos outra coisa enquanto vasculhávamos os registros das ligações telefônicas. Adivinhe quem ligou para Jon Karlsen um monte de vezes, inclusive no meio da noite?

— Ragnhild Gilstrup — respondeu Harry e viu a expressão desapontada de Skarre. — Mais alguma coisa?

— Não — respondeu Skarre. — Além de um número conhecido. Mads Gilstrup ligou para Halvorsen no mesmo dia em que ele foi esfaqueado. Ligação não atendida.

— Está bem — disse Harry. — Quero que verifique mais uma conta.

— Qual?

— David Eckhoff.

— O comandante? O que devo procurar?

— Não sei. Apenas faça.

Depois de Skarre ter saído, Harry discou o número da Medicina Legal. A perita, sem reclamar, prometeu mandar uma foto do corpo de Christo Stankic para um número de fax que Harry explicou pertencer ao hotel International de Zagreb, para fins de identificação.

O inspetor-chefe agradeceu, desligou e discou o número do mesmo hotel.

— Há a questão do que vamos fazer com o corpo — disse quando conseguiu falar com Fred. — As autoridades croatas não conhecem Christo Stankic e por isso não pediram repatriação.

Dez segundos depois, ouvia o inglês refinado dela.

— Gostaria de sugerir outro acordo — disse Harry.

Klaus Torkildsen, do Centro de Operações da Telenor na região de Oslo, tinha apenas um objetivo na vida: ficar em paz. E como estava bem acima do peso, constantemente transpirando e quase sempre resmungando, era fácil satisfazer seu desejo. Quando vez ou outra tinha que lidar com outras pessoas, ele tratava de manter o máximo de distância possível. Por isso passava muito tempo trancado sozinho numa sala na seção de operações com muitas máquinas quentes e ventoinhas, e poucos sabiam exatamente o que ele fazia, apenas que era indispensável. A necessidade de manter distância provavelmente também era o motivo de ele, por vários anos, ter se dedicado à pratica de exibicionismo, conseguindo de vez em quando se satisfazer com um parceiro que se encontrava de 5 a 50 metros de distância. Mas, acima de tudo, Klaus Torkildsen queria paz. E naquela semana já tinha sido perturbado o suficiente. Primeiro foi aquele Halvorsen, que queria colocar uma escuta numa linha de um hotel em Zagreb. Depois Skarre, que queria uma lista de todas as ligações entre um Gilstrup e um Karlsen. Os dois falavam em nome de Harry Hole, com quem Klaus Torkildsen ainda tinha uma dívida de gratidão. Aquele era também o único motivo de ele não desligar quando o próprio Harry Hole ligou.

— Temos uma coisa chamada Serviço de Atendimento à Polícia — respondeu Torkildsen emburrado. — Se é para seguir as instruções, é para lá que deve ligar quando precisa de ajuda.

— Sei disso — respondeu Harry. E encerrou o assunto. — Já liguei para Martine Eckhoff quatro vezes sem ser atendido. Ninguém do Exército de Salvação sabe onde ela está, nem sequer seu pai.

— Eles são os últimos a saber — disse Klaus, que não sabia nada do assunto, mas aquele era o tipo de conhecimento que se adquiria indo bastante ao cinema. Ou, como era o caso de Klaus Torkildsen, indo exageradamente ao cinema.

— Acho que ela desligou o celular, mas queria saber se você pode localizá-lo para mim. Assim saberia se ela pelo menos está na cidade.

Klaus Torkildsen soltou um suspiro. Só para fazer pose, porque na verdade ele adorava fazer aqueles pequenos serviços para a polícia. Especialmente os mais escusos.

— Me dê o número.

Quinze minutos depois, Klaus retornava a ligação dizendo que pelo menos o chip dela não estava na cidade. Duas estações-base, ambas no lado esquerdo da estrada E6, haviam recebido sinal. Ele explicou a localização das estações e seus raios de alcance. E como Hole agradeceu e desligou, Klaus presumiu que havia ajudado e retornou contente ao jornal, no qual conferia os filmes em cartaz.

Jon abriu a porta do apartamento de Robert.

As paredes ainda cheiravam a fumaça, e uma camiseta suja estava no chão em frente ao armário. Como se Robert tivesse acabado de passar por ali, antes de ir até a mercearia comprar café e cigarros.

Jon colocou a bolsa preta que ganhara de Mads no chão em frente da cama e aumentou a calefação. Despiu-se, entrou no chuveiro e deixou a água quente bater em sua pele até ela ficar vermelha e arrepiada. Ele se secou, saiu do banheiro, sentou-se nu na cama e olhou para a bolsa.

Ele não sabia se teria coragem de abrir. Porque sabia o que havia embaixo do tecido macio e grosso. Perdição. Morte. Jon achou que já sentia o cheiro de decomposição. Fechou os olhos. Precisava pensar.

Seu celular tocou.

Devia ser Thea querendo saber onde tinha se metido. Ele não queria falar com ela agora. Mas o celular continuou tocando, insistente e inevitável, como uma tortura chinesa, e Jon por fim atendeu o telefone e disse com uma voz que ele mesmo ouviu tremer de raiva:

— O que é?

Mas ninguém respondeu. Ele olhou para o display e não reconheceu o número. Jon entendeu que não era Thea.

— Alô, aqui é Jon Karlsen — disse ele, cauteloso.

Nada.

— Alô, quem é? Estou ouvindo que tem alguém aí, quem...

O pânico percorreu sua coluna.

— *Hello?* — Ele se ouviu falar em inglês — *Who is this? Is that you? I need to speak with you. Hello!*

Ouviu um clique e a ligação foi cortada.

Ridículo, pensou. Devia ser engano. Engoliu em seco. Stankic estava morto. Robert estava morto. E Ragnhild estava morta. Estavam todos mortos. Apenas o policial continuava vivo. E ele. Olhou para a bolsa, sentiu o frio se instalar e se enfiou por baixo do edredom.

Quando Harry saiu da E6 e seguiu pelas estradas estreitas no meio da paisagem coberta de neve, olhou para cima e viu o céu coberto de estrelas.

Ele tinha a sensação estranha de que algo estava para acontecer. E quando viu uma estrela cadente riscar uma parábola no horizonte à sua frente, pensou que, se presságios existem, um planeta sucumbindo diante de seus olhos tinha que significar algo.

Viu luzes nas janelas do andar térreo de Østgård.

E quando entrou no pátio e viu o carro elétrico, a sensação de que algo estava prestes a acontecer ficou ainda mais forte.

Aproximou-se da casa, reparando nas pegadas na neve.

Posicionou-se ao lado da porta e encostou a orelha. Ouviu vozes baixas.

Ele bateu à porta. Três batidas rápidas. As vozes se calaram.

Então ouviu passos e a voz macia dela:

— Quem é?

— É Harry... — respondeu ele. — Hole. — Acrescentou para não levantar a suspeita de uma terceira pessoa de que ele e Martine Eckhoff tivessem alguma relação pessoal.

Ouviu alguém mexer na fechadura e a porta se abriu.

Seu primeiro e único pensamento era que ela estava linda. Vestia uma camisa branca macia aberta no pescoço e seus olhos brilhavam.

— Agora fiquei feliz — disse ela sorrindo.

— Posso ver — disse Harry, também sorrindo. — E eu também fiquei feliz.

Ela então enlaçou-o em seus braços e ele sentiu seu coração bater mais rápido.

— Como me encontrou? — perguntou, sussurrando em seu ouvido.

— Tecnologia moderna.

O calor do corpo dela, os olhos brilhando e as alegres boas-vindas deram a Harry uma sensação de felicidade irreal, de um sonho agradável do qual ele, por sua vez, não desejava acordar tão cedo. Mas era preciso.

— Tem visitas? — perguntou.

— Eu? Não...

— Pensei ter ouvido vozes.

— Ah, aquilo — disse Martine e se soltou dele. — Era apenas o rádio que estava ligado. Desliguei quando ouvi a batida na porta. Fiquei até com um pouco de medo. E era só você... — Ela deu alguns tapinhas em seu braço. — Era Harry Hole.

— Ninguém sabe onde você está, Martine.

— Ótimo.

— Algumas pessoas estão preocupadas.

— É mesmo?

— Especialmente Rikard.

— Ah, esqueça Rikard. — Martine pegou a mão de Harry e o levou para a cozinha. Tirou uma xícara azul do armário. Harry notou que havia dois pratos e duas xícaras na pia.

— Você não parece tão doente — disse ele.

— Estava precisando tirar um dia de folga depois de tudo que aconteceu. — Ela estendeu a xícara com café para ele. — Preto, não é?

Harry fez que sim. A calefação estava no máximo, e ele tirou a jaqueta e o pulôver antes de se sentar à mesa da cozinha.

— Mas amanhã tem o concerto de Natal e vou ter que voltar. — Ela suspirou. — Você vai?

— Bem, alguém me prometeu um ingresso...

— Você vai! — Martine mordeu de repente o lábio inferior. — Eu tinha conseguido ingressos para o balcão nobre. Três fileiras atrás do primeiro-ministro. Mas tive que ceder o seu a outra pessoa.

— Não faz mal.

— De qualquer maneira teria ficado sozinho. Vou ter que trabalhar nos bastidores.

— Então tanto faz.

— Não! — Ela riu. — Quero que vá.

Ela pegou a mão dele, e Harry olhou aquela mão pequena apertando e afagando a sua, enorme. O silêncio era tal que ele podia ouvir o sangue percorrer seus ouvidos, afluindo como uma cachoeira.

— Vi uma estrela cadente no caminho para cá — disse Harry. — Não é estranho? Pensar que ver o fim de um planeta seja um sinal de sorte.

Martine assentiu em silêncio. Depois se levantou sem soltar a mão de Harry, contornou a mesa e se sentou em seu colo com o rosto virado para ele. Pôs a mão em sua nuca.

— Martine... — começou Harry.

— Shhh. — Ela colocou um dedo sobre sua boca.

E sem tirar o dedo, inclinou-se para a frente e pôs os lábios macios sobre os seus.

Harry fechou os olhos e esperou. Sentiu seu próprio coração bater forte e feliz, mas continuou sem se mover. Ocorreu-lhe que estava esperando o coração dela bater no ritmo do seu, mas só sabia de uma coisa: tinha que esperar. Então ele sentiu os lábios dela se separarem e automaticamente abriu a boca, estendendo a língua e pressionando-a contra os dentes para receber a dela. O dedo tinha o gosto amargo e excitante de sabão e café que ardeu na ponta da língua. A mão de Martine apertou sua nuca com mais força.

Então sentiu a língua dela. Ela a comprimiu contra o dedo, dividindo-a, de forma que ele teve contato com as duas metades e pensou que estivesse partida ao meio, como a língua de uma cobra. Que eles estivessem se dando dois beijos partidos.

De repente, ela o soltou.

— Fique de olhos fechados — disse Martine perto do seu ouvido.

Harry inclinou a cabeça para trás e resistiu à tentação de pôr as mãos no seu quadril. Segundos se passaram. Então sentiu o tecido macio de algodão no dorso da mão quando a blusa deslizou para o chão.

— Pode abri-los agora — sussurrou ela.

Harry fez como ela mandou. E ficou sentado olhando para ela. Seu rosto tinha um misto de ansiedade e expectativa.

— Você é tão linda — disse com uma voz estranha e contraída. E confusa.

Ele a viu engolir em seco. E um sorriso triunfante se espalhar em seu rosto.

— Levante os braços — ordenou Martine. Pegou a camiseta dele e puxou-a por cima da cabeça.

— E você é feio — disse ela. -- Maravilhoso e feio.

Harry sentiu uma pontada inebriante de dor quando ela mordeu seus mamilos. Uma de suas mãos deslizou pelas costas dela, entre suas pernas. Ele sentiu a respiração acelerada em seu pescoço e a outra mão agarrando seu cinto. Passou os braços pelas costas macias. Foi quando sentiu. Um tremor involuntário em seus músculos, uma tensão que ela tinha conseguido esconder. Ela estava com medo.

— Espere, Martine — sussurrou Harry. A mão dela parou.

Harry aproximou o rosto de seu ouvido.

— Você quer isso? Sabe no que está se metendo?

Ele sentiu a respiração úmida e acelerada em sua pele quando ela arfou.

— Não, e você, sabe?

— Não. Então talvez a gente não deva...

Ela se levantou. Olhou para ele com olhar ferido e desesperado.

— Mas eu... posso sentir que você...

— Sim — disse Harry, acariciando os cabelos de Martine. — Quero você. Quis você desde a primeira vez que a vi.

— É verdade? — perguntou ela. Pegou a mão dele e a colocou em seu rosto quente e enrubescido.

Harry sorriu.

— A segunda vez com certeza.

— A segunda vez?

— Está bem, a terceira. Toda boa música precisa de tempo.

— E eu sou boa música?

— Estou mentindo, foi a primeira vez. Mas isso não quer dizer que me vendo barato, certo?

Martine sorriu. Depois começou a rir. E Harry riu junto. Ela se inclinou e encostou a testa em seu peito. Ela riu até soluçar, batendo em seu ombro, e foi só quando Harry sentiu lágrimas escorrerem pela sua barriga que ele percebeu que ela estava chorando.

Jon acordou por causa do frio. Foi o que pensou. O apartamento de Robert estava escuro e não podia haver nenhuma outra explicação. Mas seu cérebro recuperou seus últimos pensamentos e ele entendeu que aquilo que acreditava ser vestígios de um sonho não o era. Ele *tinha* ouvido o som de uma chave entrando na fechadura. E a porta se abrir. E havia alguém no quarto, respirando.

Com uma sensação de déjà-vu, de que tudo naquele pesadelo se repetia infinitamente, ele se virou.

Um vulto se inclinava sobre a cama.

Jon respirou pesadamente quando o medo da morte o atacou, suas presas furando a carne e atingindo os nervos. Porque ele tinha a absoluta certeza, estava convencido de que aquela pessoa o queria morto.

— *Stigla sam* — disse o vulto.

Jon não sabia muitas palavras croatas, mas as poucas que aprendera dos inquilinos de Vukovar bastavam para ele entender o que a voz tinha dito.

"Cheguei."

— Sempre se sentiu só, Harry?

— Acho que sim.

— Por quê?

Ele deu de ombros.

— Nunca fui muito social.

— Só por isso?

Harry soprou um anel de fumaça em direção ao teto e sentiu a respiração de Martine no pulôver e em seu pescoço. Estavam no quarto, ele em cima do edredom, ela embaixo.

— Bjarne Møller, meu ex-chefe, diz que pessoas como eu sempre escolhem o caminho que oferece mais resistência. Faz parte do que ele chama de nossa "natureza maldita". E por isso sempre acabamos sozinhos. Sei lá. Gosto de estar sozinho. E pode ser que eu aos poucos tenha começado a gostar da minha imagem como solitário. E você?

— Quero que você fale.

— Por quê?

— Não sei. Gosto de ouvir você. Como alguém pode gostar da própria imagem como solitário?

Harry inalou com força. Reteve o fumo nos pulmões e pensou que devia ser possível soprar figuras de fumaça que explicassem tudo. Depois soltou-a com um longo sibilo.

— Acredito que, para sobreviver, devemos encontrar algo de que gostemos em nós mesmos. Algumas pessoas dizem que estar sozinho é antissocial e egoísta. Mas assim somos independentes e não arrastamos ninguém para baixo, se estivermos indo nessa direção. Muitas pessoas têm medo de ficar sós. Mas isso faz com que eu me sinta livre, forte e invulnerável.

— Forte por estar sozinho?

— Exato. Como disse o Dr. Stockmann: o homem mais forte do mundo é aquele que está mais só.

— Primeiro Süskind e agora Ibsen?

Harry abriu um largo sorriso.

— Era uma frase que meu pai costumava recitar. — Ele suspirou e acrescentou: — Antes de minha mãe morrer.

— Você disse que você se *fez* invulnerável. Não é mais assim?

Harry sentiu a cinza do cigarro cair em seu peito. Deixou-a onde estava.

— Encontrei Rakel e... sim, Oleg. Eles se ligaram a mim. O que me fez abrir os olhos para a existência de outras pessoas em minha vida. Pessoas amigas que se preocupavam comigo. E de quem eu também precisava. — Harry tragou o cigarro até a brasa ficar incandescente. — E, pior ainda, que talvez precisassem de mim.

— E então não estava mais livre?

— Não. Não, não estava mais livre.

Ficaram olhando a escuridão.

Martine encostou o nariz em seu pescoço.

— Você gosta muito deles, não é?

— Gosto. — Harry puxou-a para perto de si. — Sim, gosto.

Quando ela dormiu, Harry saiu da cama e ajeitou o edredom em torno dela. Olhou o relógio. Duas horas em ponto. Foi até o corredor, calçou as botas e abriu a porta para a noite estrelada. No caminho para o banheiro externo estudou as pegadas e tentou se lembrar se havia nevado desde domingo de manhã.

Não havia luz no banheiro, mas ele acendeu um fósforo e se orientou. E no instante em que o fósforo se apagou, ele viu duas letras entalhadas na parede embaixo de uma foto amarelada da princesa Grace de Mônaco. E no escuro, Harry pensou que alguém havia se sentado, como ele fazia agora, e com uma faca e destreza havia entalhado a simples declaração: R+M.

Quando saiu, percebeu um movimento rápido perto do celeiro. Parou. Havia pegadas naquela direção.

Harry hesitou. Lá estava de novo. A sensação de que algo ia acontecer naquele instante, algo imprevisível que ele não podia impedir. Enfiou a mão pela porta do banheiro e encontrou a pá que tinha visto ali. E seguiu as pegadas até o celeiro.

Ele parou na quina e segurou a pá com mais força. Sua própria respiração ressoava em seus ouvidos. Parou de respirar. Agora. Estava acontecendo agora. Ele se lançou com a pá à sua frente.

E então, no meio do campo brilhante de neve branca ao luar, que por um instante o cegou, viu uma raposa correr para o bosque.

Ele se deixou recostar na porta do celeiro, tremendo e ofegante.

Ouviu uma batida à porta e automaticamente deu um pulo para trás.

Fora visto? O sujeito do outro lado não podia entrar.

Amaldiçoou sua própria imprudência. Bobo o teria repreendido por se expor de forma tão amadora.

A porta estava trancada, mas ele olhou em torno à procura de algo que pudesse usar caso o sujeito de alguma maneira conseguisse entrar.

Uma faca. A faca de pão de Martine que ele tinha acabado de usar. Estava na cozinha.

Outra batida à porta.

E ele tinha a pistola. Vazia, é verdade, mas bastava para assustar um homem sensato. O problema é que duvidava da sensatez daquele intruso.

O sujeito tinha vindo de carro e estacionado na frente do apartamento de Martine na rua Sorgenfri. Não percebera nada até ir à janela e lançar um olhar sobre os carros ao longo do meio-fio. Então detectou a silhueta imóvel dentro de um dos carros. E quando viu a silhueta se mexer, inclinando-se para ver melhor, sabia que era tarde demais. Ele fora visto. Afastou-se da janela, esperou meia hora, abaixou as persianas e apagou todas as luzes no apartamento de Martine. Ela tinha dito que ele podia deixá-las acesas, porque a calefação tinha termostato e, uma vez que 90 por cento da energia de uma lâmpada é calor, não haveria economia de eletricidade ao apagá-la, pois a calefação teria que compensar essa perda no aquecimento da casa.

— Física básica — explicara ela. Teria sido mais útil se ela tivesse explicado quem era aquele homem. Um pretendente maluco? Um ex-namorado ciumento? Com certeza não era a polícia, porque agora o sujeito havia recomeçado lá fora: um uivo penoso e desesperado que o deixou arrepiado:

— Mar-tine! Mar-tine! — Seguido de algumas palavras trêmulas em norueguês. E então, em soluços: — Martine...

Ele não sabia como o homem tinha conseguido entrar e subir pela escadaria, mas agora ouvia outra porta se abrir e uma voz. E entre os sons estranhos ouviu uma palavra que já aprendera: *politi*.

E a porta do vizinho bateu.

Ele ouviu a pessoa no outro lado soltar um suspiro resignado e arranhar a porta com os dedos. E finalmente passos se afastando. Respirou aliviado.

Fora um dia longo. De manhã, Martine o levara de carro até a estação, onde ele pegou o trem local para a cidade. A primeira coisa que fez foi ir à agência de viagens na estação, onde comprou uma passagem no último voo para Copenhagen no dia seguinte. Eles não reagiram ao sobrenome norueguês que ele informou. Halvorsen. Ele pagou com o dinheiro da carteira de Halvorsen, agradeceu e foi embora. De Copenhagen ligaria para Zagreb; Fred voaria para encontrá-lo e lhe entregar um passaporte novo. Com sorte, estaria em casa na noite de Natal.

Passou em três cabeleireiros, todos dizendo que estavam com filas longas por causa das festas de fim de ano. No quarto salão apontaram para uma jovem mascando chiclete sentada num canto com ar de perdida, e ele entendeu que devia ser uma aprendiz. Depois de várias tentativas de explicar o que queria, acabou por mostrar a foto. Ela então parou de mascar, olhou para ele com olhos carregados de rímel e perguntou em inglês aprendido na MTV:

— *You sure, man?*

Depois pegou um táxi para o endereço na rua Sorgenfri, abriu o apartamento com a chave que Martine havia lhe dado e começou a espera. O telefone tocou algumas vezes, mas fora isso, tudo estava em paz. Até que ele então fez a idiotice de ir até a janela com a luz acesa.

Ele se virou para voltar para a sala.

No mesmo instante houve um estrondo. O ar tremeu, o lustre no teto sacudiu.

— Mar-tine!

Ouviu o sujeito pegar impulso de novo, correr e se lançar contra a porta, que parecia ceder.

Ele o ouviu gritar o nome dela mais duas vezes, seguido de dois estrondos. Por fim, passos correndo escada abaixo.

Ele foi até a janela, de onde viu o rapaz sair correndo. Quando ele parou para abrir a porta do carro e a luz da rua recaiu sobre ele, o reconheceu.

Era o jovem que o ajudou no albergue. Niclas, Rikard... algo assim. O carro deu partida com um rugido e acelerou na escuridão do inverno.

Uma hora depois ele já estava dormindo, sonhando com paisagens familiares. Só acordou quando ouviu passos e o jornal batendo na porta.

Harry acordou às 8h. Abriu os olhos e sentiu o cheiro do cobertor de lã que cobria metade do seu rosto. O cheiro lembrou-lhe de algo. Então jogou-o de lado. Seu sono fora pesado e ele estava com um humor estranho. Alegre. Simplesmente feliz.

Foi até a cozinha e ligou a cafeteira, lavou o rosto no tanque e cantarolou "Morning Song", de Jim Stärk. Sobre a colina baixa no leste, o céu ruborizava como uma virgem, e a última estrela empalidecia e esmorecia. Um mundo místico, novo e intocado estava surgindo em frente à janela da cozinha, ondulando, branco e otimista, no horizonte.

Ele cortou o pão, encontrou queijo, pôs água num copo e café fumegante numa xícara, colocou tudo numa bandeja e levou-a até o quarto.

O cabelo preto e desarrumado despontava por baixo do edredom, e a respiração era quase inaudível. Ele colocou a bandeja na mesa de cabeceira, sentou-se na beira da cama e esperou.

O aroma do café se espalhou lentamente pelo quarto.

A respiração dela ficou irregular. Ela piscou. Encontrou-o com o olhar, esfregou o rosto e se espreguiçou com movimentos exagerados e tímidos. Era como se alguém girasse um dimmer e a luz que brilhava nos olhos dela ficasse cada vez mais forte, até o sorriso alcançar-lhe os lábios.

— Bom dia — disse ele.

— Bom dia.

— Café da manhã?

— Hmmm. — Ela abriu um largo sorriso. — E você, não vai querer?

— Mais tarde. Por enquanto vou ficar com um desses, se não se importar. — Ele tirou o maço de cigarros do bolso.

— Você fuma demais — disse ela.

— Sempre faço isso depois de ter bebido. A nicotina acalma a vontade de beber.

Ela tomou um gole de café.

— Não é um paradoxo?

— O quê?

— Que logo você, que sempre teve tanto medo de perder a liberdade, tenha se tornado alcoólatra?

— É, sim. — Ele abriu a janela, acendeu o cigarro e se deitou na cama ao lado dela.

— É por isso que tem medo de mim? — perguntou ela e se aconchegou nele. — Acha que vou tirar a sua liberdade? É por isso... que você não quer... transar comigo?

— Não, Martine. — Harry deu uma tragada, fez uma careta e olhou para o cigarro com desaprovação. — É porque você está com medo.

Ele a sentiu enrijecer.

— Eu, com medo? — indagou ela, surpresa.

— Sim. E eu também estaria se fosse você. Na verdade, nunca consegui entender como as mulheres têm coragem de compartilhar a cama e a casa com pessoas fisicamente tão mais fortes. — Ele apagou o cigarro num pires sobre a mesa de cabeceira. — Homens nunca teriam a mesma coragem.

— O que o faz achar que eu estou com medo?

— Posso sentir. Você toma a iniciativa e quer decidir. Mas age assim por estar com medo do que poderia acontecer se me deixasse decidir. E tudo bem, mas não quero que faça isso se estiver com medo.

— Mas não é para você decidir se eu quero ou não! — exclamou ela.

— Mesmo se eu *estiver* com medo.

Harry olhou para ela. De repente ela o abraçou e escondeu o rosto em seu pescoço.

— Você deve me achar muito esquisita.

— Nem um pouco — respondeu Harry.

Ela o abraçou com força. Apertou-o.

— E se eu sempre estive com medo? — sussurrou ela. — E se eu nunca... — Ela se calou.

Harry esperou.

— Algo aconteceu — continuou Martine. — Eu não sei o quê.

E esperou.

— Está bem, eu sei o que foi. Fui estuprada. Aqui na fazenda, há muitos anos. E isso acabou comigo.

O grito frio de um corvo do bosque quebrou o silêncio.

— Você quer...?

— Não, não quero falar sobre isso. Também não há muito o que dizer. Faz muito tempo e eu já estou refeita. Tenho apenas... — Ela se aconchegou nele de novo — ...um pouco de medo.

— Você não deu queixa à polícia?

— Não. Não aguentei.

— Sei que não é nada fácil, mas devia ter dado queixa mesmo assim.

Ela sorriu.

— Eu sei. Já ouvi dizer que é o que se deve fazer. Porque vai chegar a vez de outra moça, não é?

— Não é brincadeira, Martine.

— Desculpe, papai.

Harry deu de ombros.

— Não sei se o crime compensa, mas sei que se repete.

— Por estar nos genes, não é?

— Disso não tenho tanta certeza.

— Não leu sobre pesquisas de adoção? Elas mostram que filhos de pais criminosos que crescem numa família normal junto com outras crianças e sem saber que são adotados têm muito mais chances de se tornarem criminosos do que as outras crianças da família? E que é por isso que deve existir um gene criminoso?

— É, já li sobre isso — disse Harry. — Pode ser que existam padrões de comportamento que sejam hereditários. Mas prefiro acreditar que somos infames, cada um à sua maneira.

— Você acredita que somos criaturas de hábitos programados?

Ela fez cócegas sob o queixo de Harry com um dedo.

348

— Acredito que colocamos tudo num único grande cálculo, desejo e medo, tensão e avidez e coisas afins. E o cérebro é brilhante, quase nunca erra o cálculo, por isso chega sempre aos mesmos resultados.

Martine se apoiou num cotovelo e olhou para Harry.

— E a moral e o livre-arbítrio?

— Também estão no grande cálculo.

— Então você quer dizer que um criminoso sempre vai...

— Não. Se fosse assim não suportaria o meu trabalho.

Ela passou um dedo sobre a testa dele.

— As pessoas podem então mudar?

— É o que eu espero. Que as pessoas aprendam.

Ela encostou sua testa na de Harry.

— E o que há para aprender, então?

— Pode-se aprender... — começou e foi interrompido pelos lábios dela tocando os seus — ...a não se sentir só. Pode-se aprender... — A ponta da língua dela acariciou a base do seu lábio inferior — ...a não ter medo. E pode-se...

— Aprender a beijar?

— É. Mas não se a garota acabou de acordar e tem uma nojenta camada branca na língua que...

A mão dela acertou o rosto de Harry com um estalo, e sua gargalhada tiniu como cubos de gelo num copo. Então sua língua quente encontrou a dele e ela puxou o edredom, levantou o pulôver e a camiseta e a pele da sua barriga irradiou calor contra a dele.

Harry deixou a mão vagar por baixo da camisa, subindo pelas costas dela. Sentiu as escápulas se movendo por baixo da pele e os músculos se contraírem e relaxarem enquanto ela se aproximava dele.

Desabotoou a camisa dela e sustentou seu olhar enquanto passava a mão sobre seu ventre e sobre as costelas, até a pele macia entre o polegar e o dedo indicador segurar o bico endurecido do seio. Ela ofegou, lançando ar quente sobre Harry quando sua boca aberta cobriu a dele e eles se beijaram. E quando ela enfiou a mão entre suas coxas, ele sabia que daquela vez não ia conseguir parar. E nem queria.

— Está tocando — disse ela.

— O quê?

— O telefone no bolso da sua calça, está vibrando. — Ela começou a rir. — Sinta...

— Desculpe. — Harry tirou o telefone mudo do bolso, esticou-se sobre ela e pôs o celular na mesa de cabeceira. Mas o display pulsante ficou virado para ele. Harry tentou ignorá-lo, mas era tarde demais. Já tinha visto que era Beate.

— Droga — murmurou. — Um momento.

Ele se sentou e estudou o rosto de Martine, que por sua vez observava o dele enquanto ele escutava Beate. O rosto dela era como um espelho, era como se eles estivessem fazendo uma brincadeira de mímica. Além de ver a si mesmo, Harry podia ver seu próprio medo, sua própria dor e, por fim, sua própria resignação refletidos no rosto dela.

— O que foi? — perguntou ela quando ele desligou.

— Ele morreu.

— Quem?

— Halvorsen. Morreu esta noite. Às 2h09. Enquanto eu estava lá fora perto do celeiro.

Quarta Parte

MISERICÓRDIA

29

Segunda-feira, 22 de dezembro. O comandante.

Era o dia mais curto do ano, mas para o inspetor-chefe Harry Hole o dia parecia insuportavelmente longo antes mesmo de ter começado.

Depois de saber da morte de Halvorsen, ele foi dar uma caminhada. Andou no bosque com a neve até os joelhos, e lá ficou sentado vendo o dia amanhecer. Esperava que o frio congelasse, aliviasse ou pelo menos adormecesse seus sentimentos.

Depois retornou pelo mesmo caminho. Martine olhou indagadora para ele, sem nada dizer. Ele tomou um café, beijou-a no rosto e entrou no carro. Pelo espelho retrovisor, ela parecia ainda mais baixa de braços cruzados na escadaria.

Harry passou em casa, tomou banho, trocou de roupa e folheou três vezes a pilha de papéis sobre a mesa da sala antes de desistir, desnorteado. Pela enésima vez fez menção de olhar para o relógio de pulso, mas só viu seu punho nu. Foi buscar o relógio de Møller na gaveta da mesinha de cabeceira. Ainda funcionava e por enquanto teria que servir. Ele foi de carro até a sede da polícia e estacionou ao lado do Audi de Hagen.

Ao subir as escadas para o sexto andar, podia ouvir vozes, passos e risos ressoando no pátio. Mas quando a porta da Homicídios se fechou atrás dele, era como se alguém de repente tivesse desligado o som. No corredor encontrou um policial que olhou para ele, balançou a cabeça em silêncio e continuou andando.

— Olá, Harry. — Ele se virou. Era Toril Li. Não se lembrava de ela alguma vez ter usado seu primeiro nome. — Como você está?

Harry ia responder, abriu a boca, mas percebeu de repente que estava sem voz.

— Pensamos em nos reunir depois da reunião matinal para prestar nossos respeitos. Uma solenidade — disse ela depressa, como se para ajudá-lo.

Harry assentiu, agradecido.

— Será que poderia entrar em contato com Beate?

— Claro.

Harry ficou parado em frente da porta da sua sala. Receara aquele momento. Então entrou.

Na cadeira de Halvorsen havia uma pessoa inclinada para trás, balançando, como se esperasse.

— Bom dia, Harry — disse Gunnar Hagen.

O inspetor-chefe pendurou sua jaqueta no mancebo, sem responder.

— Desculpe — disse Hagen. — Péssima escolha de palavras.

— O que você quer? — Harry se sentou.

— Expressar meu pesar sobre o que aconteceu. Vou fazer o mesmo na reunião matinal, mas primeiro queria fazê-lo perante você. Afinal, Jack era seu colega mais próximo.

— Halvorsen.

— Como?

Harry apoiou a cabeça nas mãos.

— Nós o chamávamos de Halvorsen.

Hagen assentiu.

— Halvorsen. Outra coisa, Harry...

— Pensei que a requisição estivesse em casa — disse Harry por entre os dedos. — Mas sumiu.

— Ah, isso...— Hagen se moveu, parecendo desconfortável na cadeira. — Não estava pensando na arma. Devido ao corte de despesas com viagens, pedi ao setor responsável que apresentasse todas as contas para aprovação. Então vi uma viagem sua a Zagreb. Não me lembro de ter autorizado uma viagem ao exterior. E caso a polícia norueguesa tenha realizado uma investigação por lá, isso constitui violação grosseira do regulamento.

Haviam enfim encontrado o que queriam, pensou Harry, ainda com o rosto amparado pelas mãos. O erro pelo qual estavam esperando. O motivo formal para mandar o inspetor-chefe bêbado para seu lugar, entre os civis incivilizados. Harry tentou entender seus sentimentos. Mas a única coisa que sentia era alívio.

— Terá minha carta de demissão em sua mesa amanhã, chefe.

— Não sei do que está falando — disse Hagen. — Presumo que não houve *nenhuma* investigação em Zagreb. Seria muito embaraçoso para todos nós.

Harry ergueu o olhar.

— Pelo que entendo — continuou Hagen —, você fez uma pequena viagem de estudos a Zagreb.

— Viagem de estudos, chefe?

— Exato. Uma viagem de estudos não especificados. E aqui tem minha permissão por escrito para seu pedido verbal de uma viagem de estudos a Zagreb. — Uma folha impressa voou sobre a mesa e aterrissou na frente de Harry. — Assim resolvemos esse negócio. — Hagen se levantou e foi até a parede onde estava a foto de Ellen Gjelten. — Halvorsen é o segundo parceiro que você perde, não é?

Harry fez que sim com a cabeça. A sala apertada e sem janelas ficou em silêncio. Então, Hagen pigarreou.

— Já viu a pecinha de osso que tenho em minha mesa? Comprei em Nagasaki. É uma réplica do dedo mindinho cremado de Yoshito Yassuda, um conhecido comandante de batalhão. — Ele se virou para Harry. — Os japoneses costumavam cremar seus mortos, mas na Birmânia precisaram enterrá-los porque eram muitos e pode-se levar até dez horas para um corpo estar completamente queimado. Eles então cortavam o dedo mindinho do morto, cremavam e enviavam aos familiares. Depois de uma batalha decisiva em Pegu na primavera de 1943, os japoneses foram forçados a bater em retirada e se esconder na selva. O comandante Yoshito Yasuda implorou aos seus superiores para ter permissão para atacar na mesma noite, e assim ter acesso aos ossos de seus homens mortos. O pedido foi negado, pois a força do inimigo era muito superior, e naquela noite ele chorou em frente aos seus homens à luz da fogueira ao transmitir a decisão do comandante. Mas quando viu o desespero no rosto de seus soldados, secou suas lágrimas, tirou sua baioneta, pôs a mão num toco de árvore, decepou o dedo mindinho e o jogou na fogueira. Os homens se alegraram. O comandante ficou sabendo, e no dia seguinte os japoneses atacaram com toda sua força.

Hagen foi até a mesa de Halvorsen, pegou um apontador de lápis e estudou-o minuciosamente.

— Eu cometi uma série de erros nos meus primeiros dias aqui como chefe. E sei que alguns deles podem ter indiretamente causado a morte de Halvorsen. O que estou tentando dizer... — Ele devolveu o apontador e respirou fundo — ...é que gostaria de poder agir como Yoshito Yasuda e inspirá-los. Mas não sei bem como.

Harry não sabia o que dizer. Por isso ficou calado.

— Então, em outras palavras, Harry, quero que você encontre aquele ou aqueles que estão por trás desses assassinatos. É tudo.

Os dois homens evitaram se olhar. Hagen bateu as palmas das mãos para quebrar o silêncio.

— Mas você me faria um favor se carregasse uma arma, Harry. Você sabe, diante dos outros... pelo menos até o Ano-Novo. Então posso rever o regulamento.

— Está bem.

— Obrigado. Vou emitir outra requisição para você.

Harry assentiu, e Hagen foi até a porta.

— Como acabou? — perguntou Harry. — O contra-ataque japonês?

— Ah, isso. — Hagen se virou e esboçou um sorriso. — Foi esmagado.

Kjell Atle Orø trabalhava no Centro de Suprimento de Material no porão da sede da polícia há 19 anos, e naquela manhã estava com a cartela da loteria esportiva à sua frente, pensando se teria coragem de marcar uma vitória fora de casa para Fulham no dia 26 de dezembro contra o Southampton. Ele queria mandar a cartela por Oshaug quando ele saísse para o almoço, então tinha pressa. Por isso praguejou baixinho quando ouviu alguém tocar a campainha.

Ele se levantou soltando um gemido. Quando era jovem, Orø jogava no time do Skeid, da primeira divisão. Tivera uma carreira longa e sem lesões, mas sentia-se eternamente amargurado por ter sofrido um estiramento aparentemente inofensivo durante um jogo no time da polícia que fez com que ele agora, dez anos depois, ainda mancasse da perna direita.

Um homem com corte à escovinha estava em frente do balcão.

Orø pegou a requisição estendida e semicerrou os olhos para enxergar as letras que, em sua opinião, eram cada vez menores. Semana passada, quando dissera à esposa que queria um aparelho de TV maior de presente de Natal, ela sugeriu que ele marcasse uma consulta com o oftalmologista.

— Harry Hole, Smith & Wesson 38, certo — gemeu Orø e voltou mancando para o depósito de armas, onde encontrou uma arma que parecia ter sido tratada com carinho pelo dono anterior. Ocorreu-lhe que logo receberiam a arma do policial esfaqueado na rua Gøteborg. Procurou um coldre e as três caixas de munição prescritas e voltou ao balcão.

— Assine aqui — disse ele, apontando para a requisição. — E deixe-me ver sua identificação.

O homem, que já havia colocado o distintivo sobre o balcão, pegou a caneta que Orø lhe estendeu e assinou conforme indicado. Com olhos semicerrados, Orø olhou para a identidade de Harry Hole e para os gar-ranchos. Poderia o Southamptom deter Louis Saha?

— E lembre-se de apenas atirar nos rapazes malvados — disse Orø, mas não teve resposta.

Mancando de volta para seu cartão de apostas, ponderou que não era de se estranhar que o policial estivesse tão amuado. Na identidade estava escrito Homicídios. Não era lá que trabalhava o policial morto?

Harry estacionou em frente ao Centro de Arte Henie-Onstad e caminhou pelo leve declive do belo prédio baixo de tijolos até o fiorde.

No gelo que se estendia até a ilha Snarøya, viu uma figura escura e solitária.

Com o pé, testou uma placa de gelo encostada à margem. Ela se que-brou com um estalo. Harry chamou David Eckhoff, mas a figura no gelo não se mexeu.

Ele blasfemou e, após ponderar que o comandante não podia pesar muito menos que seus 90 quilos, avaliou o manto de gelo e pôs os pés com cuidado na superfície traiçoeiramente camuflada de neve. Aguentou seu peso. Ele avançou com passos curtos e rápidos. Era mais distante do que parecia, e quando Harry finalmente chegou perto o suficiente para constatar que a figura enrolada em pele de lobo, sentada numa cadeira dobrável e inclinada sobre um buraco no gelo com um anzol na mão en-luvada era de fato o comandante do Exército de Salvação, entendeu por que ele não o tinha escutado.

— Tem certeza de que o gelo é seguro, Eckhoff?

David Eckhoff se virou e olhou primeiro para as botas de Harry.

— O gelo no fiorde de Oslo nunca é seguro — disse com fumaça géli-da e cinzenta saindo pela boca. — É por isso que dá para pescar sozinho. Mas sempre uso isso aqui. — Ele olhou para os esquis em seus pés. — Distribuem o peso.

Harry assentiu. Parecia já poder ouvir o gelo rachar sob seus pés.

— Na sede me disseram que eu poderia encontrá-lo aqui.

— É o único lugar onde consigo ouvir meus pensamentos. — Eckhoff deu um puxão na linha da pesca.

A caixa de iscas estava sobre uma folha de jornal ao lado de uma faca. Na primeira página, a previsão do tempo anunciava temperaturas mais amenas depois do Natal. Nada sobre a morte de Halvorsen. Devia ter sido impresso antes de receberem a notícia.

— Tem muito em que pensar? — perguntou Harry.

— Bem, eu e minha esposa vamos receber o primeiro-ministro no concerto natalino hoje à noite. E temos que assinar o contrato com Gilstrup essa semana. É, há algumas coisas.

— Na verdade, queria apenas fazer uma pergunta — disse Harry se concentrando em distribuir o peso por igual nos dois pés.

— Sim?

— Pedi ao policial Skarre que verificasse se havia algum valor transferido entre sua conta e a de Robert Karlsen. Não havia. Mas ele encontrou outro Karlsen que lhe transferiu dinheiro. Josef Karlsen.

David Eckhoff fitou o círculo preto de água sem esboçar nenhuma reação.

— A minha pergunta — continuou Harry olhando para Eckhoff — é por que você, durante os últimos 12 anos, recebeu a cada três meses 8 mil coroas do pai de Robert e Jon?

Eckhoff deu um puxão no anzol, como se tivesse pegado um peixe grande.

— Então? — perguntou Harry.

— Isso é realmente importante?

— Creio que sim, Eckhoff.

— Então vai ter que ficar entre nós.

— Não posso prometer isso.

— Então não posso lhe dizer.

— Então terei que levá-lo para a sede da polícia e pedir que se explique.

O comandante levantou a cabeça com um olhar duro e esquadrinhou Harry para avaliar a força de um eventual adversário.

— E você acha que Gunnar Hagen vai aprovar isso? Que me leve para lá?

— Veremos.

Eckhoff ia dizer algo, mas se calou, como se farejasse a determinação de Harry. E o inspetor-chefe pensou que uma pessoa se torna um líder não por sua força, mas por sua capacidade de interpretar as situações corretamente.

— Certo — disse o comandante. — Mas é uma longa história.

— Tenho tempo — mentiu Harry e sentiu o frio do gelo através das solas.

— Josef Karlsen, pai de Jon e Robert, era meu melhor amigo. — Eckhoff fixou o olhar em algum lugar na Snarøya. — Estudamos juntos, trabalhamos juntos e éramos ambos ambiciosos e promissores, como dizem. Porém, o mais importante é que compartilhávamos a visão de um

Exército de Salvação forte que faria o trabalho de Deus na Terra. Que prevaleceria. Entende?

Harry assentiu.

— Também subimos de patente juntos — continuou Eckhoff. — E, sim, havia os que viam Josef e eu como rivais para o cargo que ocupo agora. Na verdade, eu não dava importância ao cargo, mas à visão que nos movia. Porém, quando fui escolhido, algo aconteceu com Josef. Ele pareceu desmoronar. E quem sabe, porque no fundo ninguém conhece bem a si mesmo, talvez eu tivesse reagido da mesma forma. De qualquer maneira, Josef foi designado para um cargo de confiança como chefe administrativo, e mesmo que nossas famílias mantivessem contato como antes, não havia a mesma... — Eckhoff procurou pelas palavras — ...confiança. Alguma coisa afligia Josef, algo desagradável. Foi no outono de 1991 que eu e nosso chefe de contabilidade, Frank Nilsen, pai de Rikard e Thea, descobrimos o que era. Josef havia desviado fundos.

— O que aconteceu?

— Temos, por assim dizer, pouca experiência com esse tipo de coisa no Exército de Salvação, então até resolvermos o que fazer Nilsen e eu mantivemos segredo. Naturalmente eu estava decepcionado com Josef, mas ao mesmo tempo vi uma relação de causa e efeito da qual eu fazia parte. Certamente eu poderia ter lidado com a situação quando fui escolhido e ele, descartado com a maior... sensibilidade. De qualquer maneira, o Exército naquele tempo passava por um período de baixo recrutamento e não havia nem de longe a mesma boa vontade que temos hoje. Simplesmente não suportaríamos um escândalo. Eu tinha uma casa de veraneio que herdei dos meus pais em Sørlandet para onde íamos raramente, já que costumávamos passar as férias em Østgård. Então vendi a casa e consegui o suficiente para cobrir o desfalque no caixa antes que fosse descoberto.

— Você? — perguntou Harry. — Você cobriu o desfalque de Josef Karlsen com recursos pessoais ?

Eckhoff deu de ombros.

— Não havia outra solução.

— Não é exatamente comum numa empresa que o chefe pessoalmente...

— Mas essa não é uma empresa comum, Hole. Fazemos o trabalho de Deus. Portanto, é uma questão pessoal de qualquer maneira.

Harry assentiu. Pensou no osso do dedo mindinho na mesa de Hagen.

— E então Josef Karlsen pediu demissão e viajou para o exterior com sua esposa? Sem que ninguém ficasse sabendo?

— Eu lhe ofereci um cargo mais baixo — disse Eckhoff. — Mas, claro, ele não podia aceitar. Teria suscitado todo tipo de perguntas. Eles estão morando na Tailândia, parece. Não muito longe de Bangcoc.

— Então a história do lavrador chinês e a picada de cobra era pura ficção?

Eckhoff sorriu.

— Não. Josef era um cético. E aquela história o deixou profundamente impressionado. Josef era cético como todos nós somos de vez em quando.

— Você também, comandante?

— Eu também. A dúvida é a sombra da fé. Se não for capaz de duvidar, não pode ser um crente. É como a coragem, inspetor-chefe. Se não for capaz de sentir medo, não pode ser corajoso.

— E o dinheiro?

— Josef insiste em me pagar. Não por querer reparação. O que passou, passou, e ele nunca vai ganhar o suficiente para pagar tudo o que deve vivendo onde vive. Mas acho que é uma penitência que ele acha que merece. E por que eu lhe negaria isso?

Harry fez um gesto de compreensão.

— Robert e Jon sabiam disso?

— Não sei — respondeu Eckhoff. — Nunca mencionei nada. Eu só fiz questão de assegurar que os atos do pai nunca se tornassem um impedimento para as carreiras dos filhos no Exército. Bem, principalmente a carreira de Jon. Ele já se tornou um de nossos mais importantes profissionais. Veja a venda de imóveis, por exemplo. Inicialmente aqueles na rua Jacob Aall, mas, com o tempo, outros prédios também. Talvez Gilstrup possa vir a comprar Østgård de volta. Se tivéssemos vendido esses imóveis há dez anos, teríamos contratado consultores de todo tipo para executar as vendas. Mas com um profissional como Jon, temos competência em nossas próprias fileiras.

— Quer dizer que foi Jon que conduziu a venda?

— Não, a venda foi aprovada pela diretoria. Mas sem sua análise e conclusões convincentes, acho que não teríamos tido coragem de realizá-la. Jon é nosso homem do futuro. Para não mencionar do presente. E a melhor prova de que o pai de Jon não foi um obstáculo é que ele e Thea estarão sentados ao lado do primeiro-ministro no camarote de honra hoje à noite. — Eckhoff franziu a testa. — Aliás, já tentei localizar Jon hoje, mas não está atendendo o telefone. Por acaso falou com ele?

— Não. Supondo que Jon não esteja...

— Como?

— Supondo que Jon *tivesse sido* morto, quero dizer, como era a intenção do atirador, quem ficaria no lugar dele?

David Eckhoff não ergueu uma, mas ambas as sobrancelhas.

— Hoje à noite?

— Eu estava pensando no cargo.

— Ah, entendo. Bem, eu não estaria revelando um segredo dizendo que seria Rikard Nilsen. — Ele riu. — Algumas pessoas já apontaram semelhanças entre mim e Josef e Jon e Rikard naqueles tempos.

— A mesma rivalidade?

— Onde há pessoas, há rivalidade. Também no Exército. Precisamos ter esperanças de que as competições incentivem as pessoas a fazer o melhor para si e para a causa comum. — O comandante recolheu a linha de pesca. — Espero ter respondido a sua pergunta, Harry. Frank Nilsen pode confirmar a história sobre Josef se quiser, mas espero que entenda por que eu não gostaria que ela vazasse.

— Tenho uma última pergunta, já que estamos falando sobre os segredos do Exército de Salvação.

— Vamos lá, então — disse o comandante impaciente, guardando o equipamento de pesca numa bolsa.

— Sabe de alguma coisa sobre um estupro em Østgård há 12 anos?

Harry presumiu que um rosto como o de Eckhoff tivesse uma capacidade limitada de demonstrar surpresa. E como esse limite agora parecia estar sendo sobrepujado, o policial ficou bastante convencido de que aquilo era novidade para o comandante.

— Deve ser um engano, inspetor-chefe. Seria terrível. De quem se trata?

Harry torceu para que seu rosto não o dedurasse.

— O sigilo profissional me impede de revelar.

Eckhoff coçou o queixo com a mão enluvada.

— Certo. Mas... não seria de qualquer maneira um crime já prescrito?

— Depende do ponto de vista — disse Harry e olhou para a margem. — Vamos?

— É melhor voltarmos separados. O peso...

Harry engoliu em seco e concordou.

Quando finalmente chegou são e salvo à margem, Harry se virou. Havia começado a ventar, e a neve caindo sobre o gelo parecia uma cortina de fumaça. Eckhoff parecia andar em nuvens.

No estacionamento, os vidros do carro de Harry já estavam cobertos por uma fina camada de geada branca. Ele entrou, ligou o motor e colocou o aquecimento no máximo. Ar quente fluiu contra o vidro gelado. Enquanto esperava que o ar desembaçasse o vidro, lembrou-se do que Skarre dissera: Mads Gilstrup tinha ligado para Halvorsen. Pegou o cartão que ainda estava em seu bolso e digitou o número. Ninguém atendeu. Quando estava devolvendo o celular para o bolso, tocou. Ele viu o número do hotel International.

— *How are you?* — disse a mulher em seu inglês requintado.

— Mais ou menos — respondeu Harry. — Recebeu...?

— Sim, recebi.

Harry respirou fundo.

— Era ele?

— Sim. — Ela suspirou. — Era ele.

— Tem certeza absoluta? Quer dizer, não é fácil identificar uma pessoa apenas pela...

— Harry?

— Sim?

— *I'm quite sure.*

Harry suspeitou de que a professora de inglês havia explicado que, mesmo que o sentido literal desse "*quite sure*" fosse "quase certeza", no contexto em questão essa expressão queria dizer "certeza absoluta".

— Obrigado — disse ele e desligou, desejando de todo coração que ela tivesse certeza. Porque tudo começaria agora.

E começou.

Quando Harry ligou o limpador do para-brisa e os flocos de neve começaram a ser varridos para ambos os lados, o telefone tocou pela segunda vez.

— Harry Hole.

— É a Sra. Miholjec. A mãe de Sofia. Você disse que eu podia ligar para este número se...

— Sim?

— Aconteceu algo. Com Sofia.

30

Segunda-feira, 22 de dezembro. O silêncio.

O dia mais curto do ano.
Estava escrito na primeira página do *Aftenposten* depositado sobre a mesa na frente de Harry na sala de espera do consultório em Storgata. Olhou o relógio na parede. E lembrou que já usava seu próprio relógio de novo.

— Ele irá atendê-lo agora — gritou uma voz feminina do guichê onde ele havia explicado que queria falar com o médico que atendera Sofia Miholjec e o pai poucas horas antes.

— Terceira porta à direita no corredor.

Harry se levantou e deixou o grupo calado e desanimado na sala de espera.

Terceira porta à direita. O acaso poderia ter mandado Sofia para a segunda porta à direita. Ou para a terceira porta à esquerda. Mas não, ela foi para a terceira porta à direita.

— Olá, me disseram que era você — sorriu Mathias Lund-Helgesen, levantando-se com a mão estendida. — O que posso fazer por você desta vez?

— É sobre uma paciente que você atendeu hoje de manhã. Sofia Miholjec.

— É mesmo? Sente-se, Harry.

Harry não se permitiu ficar irritado com a voz gentil do outro, mas havia um convite nela que ele não queria aceitar. Não por ser orgulhoso demais, mas porque seria embaraçoso para ambos.

— A mãe de Sofia me ligou hoje de manhã contando que acordou ouvindo choro vindo do quarto da filha — disse Harry. — Ela entrou e encontrou a menina machucada e ensanguentada. Sofia contou que tinha saído com uma amiga e que escorregara no gelo no caminho para casa. A mãe acordou o pai e ele trouxe a jovem para cá.

— É possível — disse Mathias. Ele se inclinou sobre os cotovelos, como que para mostrar sincero interesse.

— Mas a mãe diz que a filha está mentindo — continuou Harry. — Ela olhou a cama depois que o pai e Sofia saíram. E não havia sangue apenas no travesseiro, mas também no lençol. "Lá embaixo" foi a expressão dela.

— Uhum. — O som que Mathias produziu não era uma afirmação nem uma negação, mas um som que Harry sabia que era ensinado em psicologia. Subir o tom da voz no final era indicado para encorajar o paciente a continuar. A entonação da voz de Mathias seguia o roteiro.

— Agora Sofia se trancou no quarto — disse Harry. — Ela está chorando e não quer dizer uma palavra. E de acordo com a mãe ela não vai falar. A mãe ligou para as amigas de Sofia. Ninguém a viu ontem.

— Entendo. — Mathias apertou o dorso do nariz. — E agora vai me pedir para ignorar o sigilo profissional por você?

— Não — disse Harry.

— Não?

— Não por mim. Por eles. Por Sofia e seus pais. E pelas outras que ele pode ter estuprado e vai estuprar.

— Nossa, estou impressionado. — Mathias sorriu, mas o sorriso se apagou quando não foi correspondido. Ele pigarreou: — Você deve entender que preciso refletir sobre isso primeiro, Harry.

— Ela foi violentada esta noite ou não?

Mathias soltou um suspiro.

—· Harry, o sigilo é...

— Sei o que é sigilo profissional — interrompeu Harry. — Também sou sujeito a ele. Quando peço que o ignore neste caso, não é por eu não levar a sério o princípio do sigilo, mas por eu ter avaliado o caráter grave e o risco de reincidência do crime. Se quiser confiar em mim e se apoiar na minha avaliação, ficarei grato. Caso contrário, tente viver com isso da melhor forma possível.

Harry se perguntou quantas vezes tinha lançado mão daquele discurso ensaiado em situações semelhantes.

Mathias piscou e a boca se abriu.

— Basta fazer sim ou não com a cabeça — disse Harry.

Mathias Lund-Helgesen fez que sim.

O truque havia funcionado de novo.

— Obrigado — disse Harry e se levantou. — Está tudo bem com Rakel, você e Oleg?

Mathias Lund-Helgesen esboçou um sorriso como resposta afirmativa. Harry se inclinou e pôs a mão no ombro do médico.

— Feliz Natal, Mathias.

A última coisa que Harry viu ao sair pela porta foi Mathias Lund-Helgesen sentado na cadeira com os ombros caídos, como se tivesse levado uma bofetada.

A última luz do dia esvanecia entre nuvens alaranjadas sobre pinheiros e telhados no lado oeste do maior cemitério da Noruega. A pé, Harry passou pelo memorial dos falecidos na Iugoslávia durante a guerra, pelo espaço destinado aos ex-membros do Partido dos Trabalhadores e pelas lápides dos primeiros-ministros Einar Gerhardsen e Trygve Bratteli até a área reservada ao Exército de Salvação. Como esperado, encontrou Sofia ao lado do túmulo mais recente. Ela estava sentada na neve embrulhada numa grande jaqueta acolchoada.

— Olá — disse Harry e sentou-se ao seu lado.

Ele acendeu um cigarro e expirou a fumaça na brisa gélida, que a levou embora.

— Sua mãe disse que você tinha saído — disse Harry. — Levando flores que seu pai havia comprado para você. Não foi difícil adivinhar.

Sofia não respondeu.

— Robert era um bom amigo, não era? Alguém em quem podia confiar. E conversar. Não um estuprador.

— Foi Robert — sussurrou ela apática.

— Você está botando flores no túmulo de Robert, Sofia. Acho que foi outra pessoa que a estuprou. E fez de novo essa noite. E talvez já tenha feito isso várias vezes.

— Me deixe em paz! — gritou ela e se levantou. — Você não me escuta!

Harry segurou o cigarro com uma das mãos e com a outra agarrou o braço de Sofia, puxando-a para baixo em direção à neve.

— Este aqui está morto, Sofia. Você está viva. Está escutando? Você está viva. E se quiser continuar viva, temos que pegá-lo agora. Senão, ele vai continuar. Você não foi a primeira e não vai ser a última. Olhe para mim. Olhe para mim, estou dizendo!

Sofia se assustou com a ordem repentina e obedeceu.

— Eu sei que está com medo, Sofia. Mas prometo que vou pegá-lo. De uma forma ou outra. Juro.

Harry viu algo se acender no olhar da jovem. E se não se enganava, era esperança. Esperou. E então ela sussurrou algo inaudível.

— O que disse? — perguntou Harry e se inclinou para ela.

— Quem vai acreditar em mim? — sussurrou. — Quem vai acreditar em mim agora... que Robert está morto?

Harry pôs a mão com cuidado em seu ombro.

— Tente. E veremos.

As nuvens alaranjadas estavam ficando vermelhas.

— Ele ameaçou destruir todas as nossas chances se eu não fizesse o que ele mandasse — disse ela. — Ele ia fazer com que fôssemos despejados do apartamento e tivéssemos que voltar. Mas não temos nada lá. E se eu tivesse contado, quem teria acreditado em mim? Quem...

Ela parou.

— Além de Robert — disse Harry. E esperou.

Harry encontrou o endereço no cartão de Mads Gilstrup. Queria visitá-lo. E, para começar, perguntar por que ele tinha ligado para Halvorsen. Viu que teria que passar em frente à casa de Rakel e Oleg, que também moravam em Holmenkollen.

Ao passar por lá, não diminuiu a velocidade, apenas lançou um olhar sobre o caminho da entrada. A última vez que passara por ali tinha visto um jipe Cherokee em frente da garagem, o qual presumiu ser do médico. Agora só havia o carro de Rakel. A luz estava acesa na janela do quarto de Oleg.

Harry dirigiu pelas curvas fechadas entre as casas mais caras de Oslo até a estrada se tornar reta e subir, passando pelo obelisco branco da capital e a pista de saltos de esqui de Holmenkollen. Embaixo estavam a cidade e o fiorde, com finas placas de gelo flutuando entre ilhas encobertas de neve. O dia curto que consistia apenas em um nascer e um pôr do sol passou como um piscar de olhos, e lá embaixo as luzes começavam a ser acesas, como velas do Advento na contagem regressiva para o Natal.

Ele tinha quase todas as peças do quebra-cabeça.

Depois de tocar a campainha da casa de Gilstrup quatro vezes sem ser atendido, Harry desistiu. Estava voltando para o carro quando um homem veio correndo da casa vizinha e perguntou se Harry era amigo da família Gilstrup. Ele não queria perturbar a paz da vida privada, mas naquela manhã ouvira um estrondo forte do lado de dentro, e como Mads Gilstrup tinha acabado de perder sua esposa, talvez fosse o caso de chamarem a polícia. Harry voltou até a casa, quebrou a janela ao lado da porta de entrada e um alarme disparou no mesmo instante.

366

E enquanto o alarme repetia seus dois tons incessantemente, Harry chegou na sala. Por causa do relatório que teria que fazer, olhou para o relógio e subtraiu os dois minutos que Møller tinha adiantado. 15h37.

Mads Gilstrup estava nu e sem a parte de trás da cabeça.

Ele estava deitado de lado no assoalho em frente de uma tela iluminada, e a coronha vermelha do rifle parecia brotar de sua boca. O cano era comprido, e pelo que Harry podia ver, Mads Gilstrup havia usado o dedão do pé para apertar o gatilho. O que não apenas exigia certa capacidade de coordenação motora, mas também uma forte vontade de morrer.

O alarme parou de repente e Harry ouviu o zunido do projetor, que exibia um close congelado e trêmulo de um noivo e uma noiva descendo a nave da igreja. Os rostos, os sorrisos brancos e o vestido da noiva estavam borrifados com sangue, que havia secado sobre a tela, criando uma espécie de estampa quadriculada.

Na mesa da sala, embaixo de uma garrafa de conhaque vazia, estava a carta de despedida. Era curta:

Perdoe-me, pai. Mads.

31

Segunda-feira, 22 de dezembro. A Ressurreição.

Ele se olhou no espelho. Quando, talvez no ano seguinte, saíssem da pequena casa em Vukovar pela manhã, aquele rosto já poderia ter se transformado em um a quem os vizinhos cumprimentassem com um sorriso e um *"zdravo?"*. Do jeito como se cumprimentam rostos conhecidos e confiáveis. E bons.

— Perfeito — disse a mulher atrás dele.

Ele supunha que ela se referia ao smoking que ele vestia em frente ao espelho na loja mista de aluguel de roupas e lavanderia.

— *How much?* — perguntou ele.

Pagou e prometeu devolver o smoking antes do meio-dia no dia seguinte.

Saiu para a escuridão acinzentada. Havia encontrado um lugar, não muito caro, onde podia comprar café e comida. Agora era só esperar. Ele olhou o relógio.

A noite mais longa já começara. O crepúsculo tingia as paredes das casas e os campos quando Harry saiu de Holmenkollen, e antes de chegar a Grønland, a escuridão já havia invadido os parques.

Ele tinha ligado para o plantão da polícia da casa de Mads Gilstrup, pedindo que mandassem um carro para lá. Depois, saiu sem tocar em nada.

Ele estacionou na garagem da sede da polícia e subiu para sua sala. De lá ligou para Torkildsen.

— O celular do meu colega Halvorsen desapareceu e quero saber se Mads Gilstrup deixou algum recado para ele.

— E se ele tiver feito isso?

— Então quero ouvir o recado.

— Isso é grampo telefônico e não posso me arriscar. — Torkildsen suspirou. — Ligue para nosso Serviço de Atendimento à Polícia.

— Mas vou precisar de uma ordem judicial e não tenho tempo. Alguma sugestão?

Torkildsen pensou.

— Halvorsen tem um computador?

— Estou ao lado dele.

— Não, esqueça.

— O que estava pensando em fazer?

— Você pode acessar as mensagens de celular pelo site da Telenor Mobil, mas para isso é necessário ter a senha.

— É uma senha que a pessoa pode escolher?

— Sim, mas se não tem, precisa de muita sorte para...

— Vamos tentar — disse Harry. — Qual é o site?

— Precisa de muita sorte — repetiu Torkildsen. Ele falou com uma entonação de quem não está acostumado a ter sorte.

— Tenho o pressentimento de que sei qual é — disse Harry.

Com o site aberto, Harry preencheu o campo da senha: *Lev Yashin*. E foi informado de que a senha estava incorreta. Então encurtou para *Yashin*. E lá estavam. Oito mensagens. Seis de Beate. Uma de um número em Trøndelag. E uma do celular que constava no cartão que Harry tinha em mãos. Mads Gilstrup.

Harry pressionou o botão, e a voz da pessoa que ele há menos de meia hora tinha visto morta em sua própria casa soou metálica através do alto-falante do computador.

Quando a mensagem terminou, Harry tinha a última peça do quebra-cabeça.

— Ninguém sabe mesmo onde está Jon Karlsen? — perguntou Harry a Skarre pelo telefone, enquanto descia a escada da sede da polícia. — Tentou o apartamento de Robert?

Harry entrou pela porta do setor de suprimentos e tocou a campainha no balcão.

— Liguei para lá também — disse Skarre. — Ninguém atendeu.

— Dê uma passada por lá. Entre se ninguém abrir. Certo?

— As chaves estão no Krimteknisk e já passa das 16h. Normalmente Beate fica lá até mais tarde, mas hoje com Halvorsen e...

— Esqueça as chaves — disse Harry. — Leve um pé de cabra.

Harry ouviu passos arrastados, e um homem de jaleco azul, uma teia de rugas e um par de óculos na ponta do nariz veio mancando em sua direção. Sem se dignar a olhar para Harry, pegou a requisição que ele havia deixado no balcão.

— Mandado de busca, então — perguntou Skarre.

— Não precisa, aquela que temos ainda está na validade — mentiu Harry.

— É mesmo?

— Se alguém perguntar, diga que recebeu a ordem diretamente de mim. Certo?

— Certo.

O homem de azul resmungou. Depois balançou a cabeça e devolveu a requisição a Harry.

— Ligo mais tarde, Skarre. Parece que há um problema aqui.

Harry guardou o telefone no bolso e olhou para o homem de jaleco azul sem entender.

— Você não pode pegar a mesma arma duas vezes, Hole — disse o homem.

Harry não entendeu o que Kjell Atle Orø quis dizer, mas sentiu uma comichão quente na nuca. Já sentira aquilo antes. E sabia que significava que o pesadelo não tinha acabado. Estava apenas começando.

A esposa de Gunnar Hagen endireitou o vestido e saiu do banheiro. Em frente do espelho do corredor estava seu marido, tentando ajeitar a gravata-borboleta preta do smoking. Ela ficou parada, já que sabia que ele logo bufaria irritado e pediria sua ajuda.

Naquela manhã, quando ligaram da sede da polícia contando que Jack Halvorsen estava morto, Gunnar disse que não queria nem achava conveniente ir ao concerto. E ela sabia que a semana seria de muita reflexão. De vez em quando ela se perguntava se alguém além dela entendia como aquele tipo de situação atingia Gunnar profundamente. De qualquer maneira, o superintendente-chefe pedira que ele comparecesse ao concerto, já que o Exército de Salvação decidira fazer uma homenagem a Jack Halvorsen com um minuto de silêncio e seria natural que a polícia fosse representada pelos superiores do investigador morto. Mas ela viu que ele não estava com vontade de ir. A seriedade tomava conta de sua fronte, envolvendo-a como um elmo muito apertado.

Ele bufou e arrancou a gravata.

— Lise!

— Estou aqui — disse ela com calma. Foi até ele, se posicionou por trás e estendeu a mão. — Passe-me a gravata.

O telefone na mesa embaixo do espelho tocou. Ele se inclinou e pegou o fone.

— Hagen.

Ela ouviu uma voz distante do outro lado da linha.

— Boa noite, Harry — disse Gunnar. — Não, estou em casa. Minha esposa e eu vamos ao concerto hoje, então voltei mais cedo. Novidades?

Lise Hagen viu como o elmo imaginário o apertava ainda mais enquanto ele ouvia calado por um longo tempo.

— Sim — disse ele por fim. — Vou ligar para a estação e colocar todos em alerta máximo. Vamos pôr todo o pessoal disponível nessa busca. Logo irei para o concerto e ficarei lá por umas duas horas, mas meu celular estará ligado o tempo todo.

Ele desligou.

— O que está havendo?

— Um dos meus inspetores-chefes, Harry Hole, acabou de voltar do setor de suprimentos, onde foi retirar uma arma com uma requisição que lhe dei hoje. Era para substituir o pedido anterior, que desapareceu depois de um roubo a seu apartamento. Só que hoje mais cedo alguém foi retirar a arma e a munição com a primeira requisição.

— Mas que coisa... — disse Lise.

— E isso não é tudo. — Gunnar Hagen suspirou. — Harry teve uma ideia de quem poderia ter roubado a requisição e ligou para os peritos técnicos, que confirmaram suas suspeitas.

Horrorizada, Lise viu o rosto do marido ficar branco. Só agora, ao contar aquilo para a esposa, percebeu as consequências do que Harry havia acabado de lhe contar.

— O exame de sangue do homem que matamos no terminal de contêineres mostrou que ele não era a mesma pessoa que vomitou ao lado de Halvorsen. Ou que sujou suas roupas de sangue. Ou que deixou cabelo no travesseiro do albergue. Em suma, o homem que matamos não é Christo Stankic. Se Harry estiver certo, isso significa que Stankic ainda está por aí. Armado.

— Mas... então ele ainda pode estar caçando o coitado do homem, como era seu nome?

— Jon Karlsen. Sim. E por isso preciso ligar para a polícia e mobilizar todo o pessoal disponível para procurar os dois, Jon e Stankic. — Ele pressionou o dorso das mãos sobre os olhos, como se eles estivessem doloridos. — E Harry acabou de receber a ligação de um policial que arrombou o apartamento de Robert Karlsen para procurar Jon.

— E...?

— Havia sinais de luta. E os lençóis... estavam cheios de sangue, Lise. E nada de Jon Karlsen, apenas um canivete embaixo da cama com sangue seco e escuro na lâmina.

Hagen tirou as mãos do rosto, e ela viu pelo espelho que os olhos dele estavam vermelhos.

— É grave, Lise.

— Eu entendo, Gunnar, querido. Mas... quem é a pessoa que vocês mataram no terminal de contêineres, então?

Gunnar Hagen engoliu em seco antes de responder.

— Não sabemos, Lise. Só sabemos que ele morava num contêiner e tinha heroína no sangue.

— Meu Deus, Gunnar...

Ela pôs a mão em seu ombro e tentou captar novamente seu olhar pelo espelho.

— No terceiro dia, ele ressuscitou — sussurrou Gunnar Hagen.

— O quê?

— O Redentor. Nós o matamos na noite de sexta-feira. Hoje é segunda. É o terceiro dia.

Martine Eckhoff estava tão linda que Harry ficou sem fôlego.

— Oi, é você? — disse ela com uma voz profunda que lembrou Harry da primeira vez que ele a viu no Farol. Naquela ocasião, ela estava de uniforme. Agora estava na sua frente usando um vestido preto simples e elegante sem mangas que brilhava como seu cabelo. Seus olhos pareciam ainda maiores e mais escuros do que de costume. Sua pele era branca e delicada, quase translúcida.

— Estou me arrumando. — Ela riu. — Olhe. — Ela levantou a mão com um movimento que Harry achou extremamente leve, como em uma dança, uma extensão de outro movimento igualmente gracioso. Na mão segurava uma pérola branca em forma de gota que refletiu a luz do corredor em frente do seu apartamento. A outra pérola pendia da sua orelha. — Entre. — Ela deu um passo para trás, liberando a passagem.

Harry passou pelo batente e a abraçou.

— Que bom que veio — disse ela, puxando levemente a cabeça dele em direção à sua e respirou ar quente em seu ouvido ao sussurrar: — Pensei em você o tempo todo.

Harry fechou os olhos, segurou-a com força e sentiu o calor daquele corpo pequeno, felino. Era a segunda vez em menos de 24 horas que ele a segurava assim. E não queria soltá-la. Porque sabia que seria a última.

O brinco encostou no rosto do policial, embaixo do olho, como uma lágrima já fria.

Ele se soltou.

— Alguma coisa errada? — perguntou ela.

— Vamos sentar — disse Harry. — Precisamos conversar.

Foram para a sala e ela se sentou no sofá. Harry se pôs em frente da janela e olhou para a rua.

— Tem alguém num carro lá embaixo olhando para cá — disse. Martine assentiu.

— É Rikard. Está me esperando. Ele vai me levar ao concerto.

— Hum. Sabe onde Jon está, Martine? — Harry se concentrou no rosto dela refletido no vidro.

— Não — respondeu ela e encontrou seu olhar. — Você acha que eu teria algum motivo especial para saber? Já que pergunta dessa forma, quero dizer? — A doçura em sua voz havia sumido.

— Arrombamos o apartamento de Robert e achamos que Jon o usou — disse Harry. — E encontramos uma cama ensanguentada.

— Não sabia — disse Martine com um tom de surpresa que soava genuíno.

— Sei que não sabia — disse Harry. — Os peritos estão examinando o tipo de sangue. Quero dizer, a essa altura o exame já deve estar pronto. E acho que sei o resultado.

— Jon? — disse ela sem respirar.

— Não — retrucou Harry. — Mas talvez gostaria que fosse?

— Por que diz isso?

— Porque foi Jon que a estuprou.

A sala ficou em silêncio. Harry prendeu a respiração para poder ouvi-la inspirar com dificuldade e então, muito antes de o ar chegar aos pulmões, soltá-lo com um arquejo.

— Por que acha que foi ele? — perguntou ela com apenas um leve tremor na voz.

— Porque você contou o que aconteceu em Østgård e não há tantos estupradores por aí. E Jon Karlsen é um. O sangue na cama de Robert é de uma jovem chamada Sofia Miholjec. Ela foi ao apartamento de Robert ontem à noite porque Jon Karlsen deu ordens para ela ir. Como combinado, ela abriu a porta com a chave que Robert, seu melhor amigo, lhe dera. Depois de estuprá-la, ele a espancou. Ela contou que ele às vezes fazia isso.

— Às vezes?

— De acordo com Sofia, Jon a violentou pela primeira vez numa tarde no verão passado. Aconteceu na casa da família Miholjec enquanto seus pais estavam fora. Jon entrou com o pretexto de inspecionar o apartamento. Afinal, era o trabalho dele. Como também determinar quem podia permanecer nos apartamentos.

— Quer dizer... que ele a ameaçou?

Harry assentiu.

— Ele disse que a família seria despejada e mandada de volta para o país de origem se Sofia não fizesse o que ele mandava e mantivesse segredo. A sorte da família Miholjec dependia do discernimento de Jon. E da complacência dela. A coitada da menina não teve coragem de fazer outra coisa. Mas quando ela engravidou, precisou de alguém que pudesse ajudá-la. Um amigo em quem pudesse confiar, alguém mais velho que providenciasse um aborto sem fazer perguntas demais.

— Robert — disse Martine. — Meu Deus, ela procurou Robert.

— Sim. E mesmo que ela não tenha dito nada sobre o estuprador, ela achou que Robert adivinhou que era Jon. E eu também acho. Porque Robert sabia que Jon tinha estuprado você antes, não é?

Martine não respondeu. Em vez disso, se encolheu no sofá, puxou as pernas por baixo de si e pôs os braços em volta dos ombros nus como se sentisse frio ou quisesse desaparecer dentro de si mesma.

Quando ela por fim começou a falar, sua voz estava tão baixa que Harry podia ouvir o tique-taque do relógio de Bjarne Møller.

— Eu tinha 14 anos. Enquanto ele fazia aquilo comigo, fiquei pensando que, se me concentrasse nas estrelas, poderia vê-las através do teto.

Harry então a ouviu contar sobre o dia quente de verão em Østgård, a brincadeira com Robert e o olhar reprovador de Jon carregado de ciúme. E também sobre a porta do banheiro se abrindo e Jon com o canivete do irmão. O estupro e a dor posterior, quando ficou chorando depois que ele foi embora. E o incompreensível canto dos pássaros lá fora.

— Mas o pior não foi o estupro — continuou Martine com a voz chorosa, mas o rosto seco. — O pior era que Jon sabia. Ele sabia que nem precisava me ameaçar para eu ficar calada. Ele sabia que eu nunca contaria nada. Ele sabia que eu sabia que mesmo que eu mostrasse minhas roupas rasgadas e alguém acreditasse em mim, sempre pairaria uma sombra de dúvida em relação ao motivo e à culpa. E que se tratava de lealdade. Seria eu, a filha do comandante, que arrastaria nossos pais e todo o Exército para um escândalo destruidor? E em todos esses anos, ao ver Jon, ele me olhava como se dissesse: "Eu sei. Sei como tremeu de medo e depois chorou em silêncio para que ninguém a ouvisse. Eu sei e vejo sua covardia muda todo dia." — A primeira lágrima escorreu pelo rosto. — E é por isso que eu o odeio tanto. Não por ele ter me estuprado, isso eu conseguiria perdoar. Mas por ele ter andado esse tempo todo por aí me dizendo que sabia.

Harry foi à cozinha, arrancou um pedaço de papel-toalha do rolo, voltou e se sentou ao lado dela.

— Cuidado com a maquiagem — disse ele e estendeu o papel.

Ela passou o papel com cuidado embaixo dos olhos.

— Stankic esteve em Østgård — disse Harry. — Foi você que o levou para lá?

— Do que está falando?

— Ele esteve lá.

— Por que diz isso?

— Por causa do cheiro.

— Cheiro?

— Um cheiro doce, perfumado. Senti pela primeira vez quando abri a porta para Stankic na casa de Jon. Pela segunda vez quando estive no quarto dele no albergue. E pela terceira vez quando acordei em Østgård hoje de manhã. O cheiro estava no cobertor de lã. — Ele estudou as pupilas em forma de fechadura. — Onde ele está, Martine?

Martine se levantou.

— Acho que agora deve ir embora.

— Responda primeiro.

— Não preciso responder por algo que não fiz.

Ela estava quase na porta da sala quando Harry a alcançou. Ele se pôs na frente dela e a agarrou pelos ombros.

— Martine...

— Estou atrasada para o concerto.

— Ele matou um dos meus melhores amigos, Martine.

Seu rosto estava fechado e duro quando ela respondeu:

— Talvez ele não devesse ter ficado no caminho.

Harry soltou suas mãos, como se tivesse se queimado.

— Você não pode simplesmente deixar Jon Karlsen ser morto. Como fica o perdão? Não faz parte do trabalho que vocês fazem?

— É você quem acredita que as pessoas podem mudar — disse Martine. — Não eu. E eu não sei onde está Stankic.

Harry a soltou e ela entrou no banheiro e fechou a porta. Ele não se mexeu.

— E você está enganado sobre o nosso trabalho — disse Martine em voz alta do outro lado da porta. — Não se trata de perdão. Estamos no mesmo negócio de todos os outros. Redenção, não é?

Apesar do frio, Rikard estava na frente do carro, encostado nele com os braços cruzados. Ele não respondeu ao aceno de cabeça de Harry quando o policial passou.

32

Segunda-feira, 22 de dezembro. O Êxodo.

Já passava das 18h, mas a Divisão de Homicídios estava em atividade febril.

Harry encontrou Ola Li em frente do fax. Ele lançou um olhar para o papel que saía do aparelho. Remetente: Interpol.

— O que está havendo, Ola?

— Gunnar Hagen ligou para todos e reuniu toda a divisão. Absolutamente todos estão aqui. Vamos pegar o cara que matou Halvorsen.

Havia uma determinação na voz de Li que, Harry instintivamente entendeu, refletia o clima no sexto andar naquela noite.

Harry entrou na sala de Skarre, que estava atrás da sua mesa falando rápido e alto ao telefone:

— Podemos criar mais problemas para você e sua equipe do que pensa, Affi. Se não me ajudar a botar os rapazes na rua, pode se ver de repente no primeiro lugar da nossa lista de mais procurados. Estou sendo claro? Então: croata, estatura média...

— Louro, corte à escovinha — disse Harry.

Skarre levantou o olhar e acenou para Harry.

— Louro, corte à escovinha. Me ligue assim que tiver algo para mim. Ele desligou.

— É clima de tudo ou nada lá fora, tudo o que caminha sobre duas pernas está pronto para a caça. Nunca vi nada igual.

— Hum — disse Harry. — Ainda nenhuma pista de Jon Karlsen?

— Nadinha. A única coisa que sabemos é que a namorada dele, Thea, diz que eles combinaram de se encontrar no concerto hoje à noite. Parece que vão ficar no camarote de honra.

Harry olhou o relógio.

— Então, Stankic tem uma hora e meia para conseguir executar seu serviço.

— Como assim?

— Liguei para o teatro. Todos os ingressos foram vendidos há quatro semanas e eles não deixam entrar ninguém sem ingresso, nem sequer para o foyer. Isso quer dizer que no momento em que Jon entrar na casa, ele estará seguro. Ligue e verifique se Torkildsen, da Telenor, está no trabalho e se ele pode localizar o celular de Karlsen. Sim, e cuide de termos muitos homens na frente do teatro, armados e com uma descrição de Stankic. Ligue depois para o escritório do primeiro-ministro informando sobre as medidas extras de segurança.

— Eu? — perguntou Skarre. — Para... o escritório do primeiro-ministro?

— Claro — disse Harry. — Já está crescidinho.

Do telefone da sua sala, Harry ligou para um dos seis números que sabia de cor.

Os outros cinco eram da irmã, da casa do pai em Oppsal, o celular de Halvorsen, o antigo número particular de Bjarne Møller e do telefone desconectado de Ellen Gjelten.

— Rakel.

— Sou eu.

Ele a ouviu suspirar.

— Eu sabia.

— Como assim?

— Porque estava pensando em você. — Ela riu baixinho. — É assim mesmo, acontece. Não acha?

Harry fechou os olhos.

— Pensei que poderia ver Oleg amanhã — disse ele. — Como combinamos.

— Ótimo! — respondeu ela. — Ele vai ficar muito feliz. Quer vir pegá-lo aqui? — E acrescentou quando ouviu sua hesitação: — Estamos sozinhos.

Harry tinha e não tinha vontade de perguntar o que ela queria dizer com aquilo.

— Vou tentar chegar por volta das 6 — respondeu.

De acordo com Klaus Torkildsen, o celular de Jon Karlsen estava em algum lugar no lado leste de Oslo, em Haugerud ou Høybråten.

— Não é de muita ajuda — disse Harry.

Depois de passar irrequieto de sala em sala para saber como os outros estavam se saindo, ele vestiu sua jaqueta e avisou que ia para o teatro.

Estacionou ilegalmente em uma das ruazinhas em torno do Victoria Terasse, passou em frente ao Ministério das Relações Exteriores e desceu a escadaria para a rua Ruseløkke, onde virou à direita para o teatro.

Na grande praça aberta em frente da fachada de vidro, pessoas em roupas de festa atravessavam o frio gélido com passos apressados. Diante da porta principal havia dois homens de ombros largos em casacos pretos e fones de ouvido. E ao longo da fachada, outros seis policiais de uniforme, que chamavam a atenção dos convidados por não estarem acostumados a ver a polícia equipada com metralhadoras.

Harry reconheceu Sivert Falkeid em um dos uniformes e foi até ele.

— Não sabia que tinham chamado a Delta.

— E não chamaram — respondeu Falkeid. — Liguei para a delegacia e perguntei se poderíamos ajudar. Ele era seu parceiro, não é?

Harry fez que sim, pegou o maço de cigarros do bolso e ofereceu a Falkeid, que declinou.

— Jon Karlsen ainda não apareceu?

— Não — respondeu Falkeid. — E depois de o primeiro-ministro chegar, não deixaremos mais ninguém entrar no camarote de honra. — Dois carros pretos entraram na praça no mesmo instante.

— Falando no diabo...

Harry viu o primeiro-ministro sair do carro e rapidamente ser levado para dentro. Quando a porta de entrada se abriu, Harry viu de relance o comitê de recepção. Conseguiu ver David Eckhoff com um largo sorriso e Thea Nilsen com um sorriso menor, os dois usando o uniforme do Exército.

Harry conseguiu acender o cigarro.

— Está um frio desgraçado — disse Falkeid. — Não consigo mais sentir minhas pernas e metade da cabeça.

Que inveja, pensou Harry.

Quando o cigarro já estava pela metade, o inspetor-chefe sentenciou:

— Ele não vem.

— Parece que não. Vamos esperar que ele ainda não tenha encontrado Karlsen.

— Estou falando de Karlsen. Ele já entendeu que o jogo acabou.

Falkeid olhou para o investigador. Em certa ocasião, antes que os rumores sobre abuso de bebida e insubordinação chegassem aos seus ouvidos, ele pensou que Harry poderia integrar a tropa Delta.

— Que jogo? — perguntou.

— Uma longa história. Vou entrar. Se porventura Jon Karlsen aparecer, é para prendê-lo

— Karlsen? — perguntou Falkeid desorientado. — E Stankic?

Harry soltou o cigarro, que caiu na neve aos seus pés com um sibilo.

— Pois é — disse devagar e como se para si mesmo: — E Stankic?

Ele estava no lusco-fusco mexendo no casaco que estava em seu colo. Dos alto-falantes soava o som baixo de uma harpa. Pequenos feixes de luz dos holofotes do teto percorriam o público, o que ele imaginava ser um efeito destinado a gerar mais expectativas sobre o que veriam no palco em breve.

O público se agitou nas fileiras na frente dele quando um grupo com cerca de uma dúzia de pessoas apareceu. Algumas queriam se levantar, mas depois de sussurros e murmúrios, as pessoas se sentaram. Naquele país parecia não ser praxe mostrar tanto respeito aos líderes políticos eleitos. O grupo foi levado para as três fileiras à sua frente, onde as cadeiras estiveram vazias durante a meia hora que esteve ali esperando.

Ele viu um homem de terno com fone de ouvido, mas nenhum policial de uniforme. A presença da polícia no lado de fora também não o assustou. Na verdade, ele imaginara que haveria mais homens, pois Martine tinha contado que o primeiro-ministro estaria presente. Por outro lado, de que importava o número de policiais? Ele estava invisível. Mais invisível do que nunca. Contente consigo mesmo, olhou em torno. Quantas centenas de homens de smoking havia ali? Já podia imaginar o caos. E a retirada simples, mas eficaz. Estivera ali no dia anterior para procurar uma rota de fuga. E a última coisa que fez antes de entrar na sala naquela noite foi verificar que ninguém tinha trancado as janelas do toalete masculino. Os vidros simples cobertos de geada podiam ser empurrados para fora, e eram grandes e baixos o suficiente para que ele pudesse sair com rapidez para a cornija saliente do lado de fora. De lá, era só pular de uma altura de 3 metros para um dos carros no estacionamento abaixo. Então bastaria vestir o casaco, entrar na movimentada rua Haakon VII e, depois de uma caminhada rápida de 2 minutos e 40 segundos, estaria na plataforma da estação Teatro Nacional, onde o trem para o aeroporto passava a cada sete minutos. Pelos seus cálculos, pegaria o trem às 20h19. Antes de sair do toalete para a sala, colocou duas pedras sanitárias no bolso da jaqueta.

Pela segunda vez teve que mostrar o ingresso ao entrar na sala. Com um sorriso, balançou a cabeça quando a mulher perguntou algo em norueguês, apontando para seu casaco. Ela olhou o ingresso e indicou um lugar no camarote de honra, que na verdade nada mais era que quatro fileiras comuns no meio da sala cercadas com faixas vermelhas. Martine havia explicado onde Jon Karlsen e sua namorada Thea se sentariam.

E agora finalmente estavam chegando. Ele olhou o relógio. 20h06. A sala estava semiescurecida, e a luz do palco era forte demais para ele poder identificar as pessoas da comitiva, mas de repente um dos holofotes lançou luz sobre um dos rostos. De relance viu um rosto sofrido e pálido, e ele não teve dúvida: era a mulher que vira no banco de trás do carro junto com Jon Karlsen na rua Gøteborg.

Parecia haver uma confusão sobre os números dos assentos lá na frente, mas por fim se decidiram e a parede de pessoas se sentou. Apertou a coronha da pistola sob o casaco. No tambor havia seis balas. Ele não estava acostumado com aquele tipo de arma, mas tinha treinado o dia inteiro para se familiarizar com o gatilho e disparar.

Então, como se em resposta a um sinal invisível, o silêncio desceu sobre a plateia.

Um homem de uniforme apareceu, provavelmente para dar as boas-vindas, e disse algo que fez todos na sala se levantarem. Ele fez o mesmo e observou as pessoas em torno, que inclinavam as cabeças em silêncio. Devia ter morrido alguém. Então o homem no palco disse algo e todos se sentaram.

E finalmente a cortina subiu.

Harry estava ao lado do palco no escuro e viu a cortina subir. A luz do palco fazia com que não visse a plateia, mas ele sentia sua presença, como um grande animal respirando.

O maestro ergueu sua batuta e o coro da 3ª Corporação de Oslo entoou a música que Harry tinha ouvido no templo:

Deixe a bandeira da redenção esvoaçar
Vamos à guerra santa!

— Com licença — ele ouviu a voz, virou-se e viu uma jovem de óculos e fones de ouvido. — O que está fazendo aqui? — perguntou ela.

— Polícia — respondeu Harry.

— Sou diretora de cena e devo pedir para não bloquear o caminho.

— Estou procurando Martine Eckhoff — disse Harry. — Me disseram que ela está aqui.

— Ela está *ali* — disse a diretora de cena e apontou para o coro. E então Harry a viu. Ela estava na última fileira, cantando com uma expressão séria, quase sofredora. Como se cantasse sobre um amor perdido, e não sobre luta e vitória.

A seu lado estava Rikard. Que, ao contrário dela, tinha um sorriso feliz nos lábios. Seu rosto estava totalmente diferente agora ao cantar. Os traços duros e reprimidos tinham dado lugar a um brilho que irradiava dos seus olhos jovens, como se ele sinceramente acreditasse em cada palavra que cantava de todo coração: que conquistariam o mundo para seu Deus, em nome da compaixão e da caridade.

E, para sua surpresa, Harry sentiu que o canto e o texto haviam causado impacto sobre ele.

Terminaram, receberam os aplausos e saíram do palco. Rikard olhou indagador para Harry, mas não disse nada. Quando Martine viu o inspetor, abaixou o olhar e tentou passar longe para evitá-lo. Mas Harry foi mais rápido e se pôs à sua frente.

— Estou lhe dando uma última chance, Martine. Por favor, não a desperdice.

Ela soltou um suspiro profundo.

— Não sei onde ele está, já disse.

Harry a pegou pelo ombro e sussurrou com voz rouca:

— Você vai ser acusada de ser cúmplice. Realmente quer lhe dar esse prazer?

— Prazer? — Ela sorriu cansada. — Para onde ele vai, não há prazeres.

— E o que acabaram de cantar? "Que sempre tem compaixão e é o amigo fiel do pecador"? Não significa nada, são apenas palavras?

Ela não respondeu.

— Entendo que seja mais difícil que o perdão barato que você, em sua autoglorificação, oferece no Farol — continuou Harry. — Um viciado desamparado rouba de pessoas anônimas para satisfazer a necessidade, o que é isso? O que é isso comparado a perdoar alguém que realmente está precisando do seu perdão? Um pecador real no caminho para o inferno?

— Pare. — Ela soluçou com uma frágil tentativa de afastá-lo.

— Você ainda pode salvar Jon, Martine. Para que ele tenha uma nova chance. Para você ter uma nova chance.

— Ele a está aborrecendo, Martine? — Era a voz de Rikard.

Harry fechou o punho direito sem se virar e se preparou enquanto olhava dentro dos olhos marejados de Martine.

— Não, Rikard — disse ela. — Está tudo bem.

O inspetor-chefe ouviu os passos de Rikard se afastarem enquanto mantinha o olhar nela. No palco, alguém começou a dedilhar uma guitarra. Depois, um piano. Harry reconheceu a música. Da praça Egertorget naquela noite. E do rádio em Østgård.

"Morning song." Parecia ter sido há séculos.

— Os dois vão morrer se você não me ajudar a parar tudo — disse Harry.

— Por que diz isso?

— Porque Jon sofre de transtorno de personalidade borderline e é controlado por sua raiva. E Stankic não tem medo de nada.

— E você vai me convencer de que está louco para salvá-los porque é seu trabalho?

— Sim — disse Harry. — E porque fiz uma promessa à mãe de Stankic.

— Mãe? Você falou com a mãe dele?

— Jurei que tentaria salvar seu filho. Se eu não conseguir deter Stankic agora, ele será morto. Como o homem do terminal de contêineres. Acredite em mim.

Harry olhou Martine, virou as costas para ela e começou a andar. Ele estava alcançando a escada quando ouviu a voz dela:

— Ele está aqui.

Harry gelou.

— Aqui?

— Dei seu ingresso a ele.

No mesmo instante, todas as luzes do palco foram acesas.

As silhuetas nos assentos à sua frente faziam um nítido contraste contra a cascata de luzes brancas bruxuleantes. Ele afundou na cadeira, ergueu a mão com cuidado e apoiou o cano curto nas costas do assento à sua frente, de forma que tinha a linha de fogo livre para as costas do smoking ao lado esquerdo de Thea. Ele queria atirar duas vezes. E depois se levantar e atirar mais uma, se necessário. Mas ele já sabia que não ia ser assim.

O gatilho parecia mais leve que antes, mas ele sabia que era por causa da adrenalina. Mesmo assim, não sentiu medo. Apertou com mais força, e havia alcançado o ponto em que acabava a resistência, o meio milímetro que independia de sua vontade, no qual podia relaxar e continuar a apertar porque não havia mais volta, o controle já estava transferido para leis implacáveis e aleatórias.

A cabeça no topo das costas que a bala iria acertar se virou para Thea e disse algo.

No mesmo instante, seu cérebro fez duas observações. Que Jon Karlsen estranhamente usava smoking, e não o uniforme do Exército de Salvação. E que havia algo de errado com a distância física entre Thea e Jon. Num teatro com música alta, os dois namorados teriam ficado aconchegados um no outro.

Desesperadamente, seu cérebro tentou retroceder a ação já iniciada, o enroscar do dedo indicador no gatilho.

Soou um forte estrondo.

Foi tão alto que ressoou nos ouvidos de Harry.

— O quê? — gritou para Martine por sobre o ataque repentino do baterista aos pratos, o que deixara Harry temporariamente surdo.

— Ele está sentado na fileira 19, três atrás de Jon e do primeiro-ministro. Assento 25. No meio. — Ela tentou sorrir, mas seu lábios tremiam. — Eu consegui o melhor lugar na plateia para você, Harry.

Harry olhou para ela. E começou a correr.

Jon Karlsen tentou fazer suas pernas se moverem ainda mais rápido na plataforma da Estação Central de Oslo, mas ele nunca foi um bom corredor. As portas automáticas soltaram longos suspiros, se fecharam de novo e o trem prateado do aeroporto se pôs em movimento no momento em que Jon chegou. Ele soltou um suspiro, colocou a mala no chão, tirou a pequena mochila e deixou-se cair em um dos bancos na plataforma. Deixou apenas a pequena bolsa preta no colo. Dez minutos para a próxima partida. Sem problema, ele tinha bastante tempo. Um oceano de tempo. Tanto que ele quase queria ter um pouco menos. Olhou para o túnel de onde o próximo trem viria. Quando Sofia fora embora e ele finalmente adormecera no apartamento de Robert já de manhã, ele teve um sonho. Um pesadelo no qual o olho de Ragnhild olhava fixamente para ele.

Olhou o relógio.

O concerto já devia ter começado. E lá estava a pobre Thea sem ele e sem nada entender. Como os outros, ninguém entenderia. Jon juntou as mãos e respirou dentro das palmas, mas o ar úmido esfriou tão rápido que elas só ficaram ainda mais geladas. Tinha que ser assim, não havia outra saída. Porque as coisas haviam saído do controle, ele não podia arriscar ficar mais tempo.

A culpa era toda sua. Naquela noite ele tinha perdido o controle com Sofia, o que devia ter previsto. Toda a tensão que precisava libertar.

O que o enfureceu foi Sofia ter aguentado tudo sem uma palavra, sem um som. Apenas olhava para ele com aquele olhar introvertido. Como um cordeiro indo para o sacrifício, mudo. Então ele lhe bateu no rosto. Com o punho fechado. A pele sobre o osso havia se rompido e ele bateu nela outra vez. Estúpido. Para não ter que olhar para o ferimento, ele a virou contra a parede, e só depois de ejacular conseguiu se acalmar. Tarde demais. Quando ele a olhou antes de ela ir embora, entendeu que daquela vez Sofia não ia conseguir escapar com explicações de que tinha batido contra a porta ou caído no gelo.

Outro motivo por que precisava fugir era a ligação muda que recebera no dia anterior. Ele tinha checado o número. Era de um hotel em Zagreb. Hotel Internacional. Ele não fazia ideia de como tinham conseguido seu número, já que não estava registrado em parte alguma. Mas ele entendeu o significado: mesmo que Robert estivesse morto, eles não consideravam o serviço terminado. Esse não era o plano, e ele não estava entendendo. Talvez mandassem outro homem para Oslo. Precisava fugir, de qualquer maneira.

A passagem de avião comprada às pressas era para Bangcoc via Amsterdã. E estava emitida em nome de Robert Karlsen. Como a que ele havia comprado para Zagreb em outubro. E agora, como antes, estava com o passaporte do irmão no bolso, emitido há dez anos. Ninguém poderia negar a semelhança entre ele e a pessoa da foto. Mudanças ocorriam na fisionomia de um jovem no espaço de dez anos, era algo que todos no controle de passaportes sabiam.

Depois de comprar a passagem ele foi até a rua Gøteborg, arrumou a mala e uma bolsa. Naquele momento ainda faltavam dez horas para o voo, e ele precisava se esconder. Então foi para um dos apartamentos de aluguel parcialmente mobiliados do Exército em Haugerud, do qual tinha a chave. O local estava vazio há dois anos: tinha problemas de umidade, um sofá e uma poltrona com o estofamento saindo do encosto e uma cama com um colchão manchado. Era ali que Sofia deveria comparecer toda quinta-feira às 18h. Algumas manchas eram dela. Outras ele havia feito quando estava sozinho. Quando pensava em Martine. Era como uma fome que ele só houvesse satisfeito uma vez e era aquela sensação que ele procurava desde então. E que ele só agora, com a jovem croata de 15 anos, havia encontrado.

Então, um dia, no outono daquele ano, Robert o procurou dizendo que Sofia havia contado tudo a ele. Jon ficou tão furioso que mal conseguiu se controlar.

Foi tão... humilhante. Como naquela vez, quando ele tinha 13 anos e o pai o espancou com o cinto porque a mãe tinha descoberto manchas de sêmen na roupa de cama.

E quando Robert ameaçou revelar tudo à diretoria do Exército de Salvação se ele sequer olhasse na direção de Sofia novamente, Jon entendeu que só tinha uma alternativa. E não era desistir de ver Sofia. Porque o que nem Robert, Ragnhild ou Thea entendiam era que ele precisava daquilo, que era a única coisa que lhe dava redenção e satisfação verdadeiras. Dali a uns dois anos, Sofia estaria velha demais e ele teria que encontrar outra. Mas até então, ela podia ser sua princesinha, a luz de sua alma e o fogo de seu sexo, como Martine quando a magia funcionou pela primeira vez naquela noite em Østgård.

Chegavam mais pessoas na plataforma. Talvez não acontecesse nada. Talvez pudesse simplesmente aguardar o desenrolar da situação por duas semanas e então voltar. Voltar para Thea. Ele pegou o celular, encontrou o número dela e enviou uma mensagem.

"Papai ficou doente. Viajo para Bangcoc hoje à noite. Ligo amanhã."

Enviou a mensagem e afagou a bolsa preta. Cinco milhões de coroas em notas de dólar. Papai ficaria tão feliz ao saber que podia pagar sua dívida e finalmente estar livre. Carrego os pecados de outros, pensou. Vou libertá-los.

Olhou para o túnel, a cavidade ocular negra. 20h18. Onde estava o trem?

Onde estava Jon Karlsen? Ele olhou para a fileira à sua frente, baixando o revólver devagar. O dedo havia obedecido e afrouxado o aperto no gatilho. O quanto havia faltado para o disparo, ele nunca saberia. Mas sabia de uma coisa: Jon Karlsen não estava ali. Ele não comparecera. Fora aquele o motivo da confusão na hora de se sentarem.

A música ficou mais calma, as baquetas rodopiaram sobre os tambores e o dedilhar na guitarra ficou lento.

Ele viu a namorada de Jon se encolher e os ombros se mexerem, como se estivesse procurando algo na bolsa. Ela ficou quieta alguns segundos com a cabeça inclinada. Então se levantou, e ele a seguiu com o olhar quando ela, com movimentos agitados e impacientes, passou pela fileira de pessoas que se levantaram para lhe dar passagem. De imediato ele entendeu o que tinha que fazer.

— *Excuse me* — disse ele e se levantou. Mal notou os olhares reprovadores das pessoas que se levantaram com esforço afetado e suspiros;

seu único pensamento era que a última chance de encontrar Jon Karlsen estava saindo do auditório.

Assim que chegou ao foyer, parou e ouviu a porta acolchoada se fechar atrás de si ao mesmo tempo que a música parou, como que por um estalar de dedos. A jovem não tinha ido longe. Ela estava ao lado de um pilar no meio do foyer, escrevendo uma mensagem no celular. Dois homens de terno conversavam perto da outra entrada para o auditório, e dois atendentes responsáveis pela chapeleira estavam sentados atrás do balcão com olhar distante. Ele verificou que o casaco sobre o braço ainda escondia o revólver e ia começar a andar até ela quando ouviu passos correndo à direita. Ele se virou a tempo de ver um homem alto com rosto vermelho e olhos arregalados vir em sua direção. Harry Hole. Ele sabia que era tarde demais; o casaco o impediria de virar o revólver a tempo. Ele cambaleou para trás contra a parede quando a mão do policial atingiu levemente seu ombro. E viu, espantado, Hole agarrar a maçaneta da porta do auditório, abri-la e desaparecer.

Ele encostou a cabeça na parede e fechou os olhos com força. Então se levantou devagar, viu que a moça estava andando de um lado para o outro com o celular na orelha e uma expressão de desespero no rosto e começou a andar na sua direção. Ele se colocou bem à sua frente, puxou o casaco de lado para ela ver o revólver e falou devagar e claro:

— *Please come with me.* Senão vou ter que matá-la.

Ele viu os olhos dela ficarem pretos quando as pupilas se dilataram de terror e ela deixou cair o celular.

Caiu bem em cima do trilho com um estampido. Jon olhou para o telefone, que continuava a tocar. Por um momento, antes de ver que era Thea, pensou que fosse a voz muda de ontem à noite ligando de novo. Ela não dissera uma palavra, mas ele tinha certeza de que era uma mulher. Era ela, era Ragnhild. Pare! O que estava acontecendo, estava ficando louco? Concentrou-se em sua própria respiração. Não podia perder o controle agora.

Ele se agarrou à bolsa preta quando o trem chegou deslizando na plataforma.

A porta do trem se abriu com uma lufada de ar; ele embarcou, deixou a mala no compartimento de bagagem e encontrou um assento vazio.

Havia um espaço vazio na fileira de assentos, como um dente faltando. Harry estudou os rostos dos dois lados da cadeira, mas eram velhos demais, jovens demais ou do sexo errado. Correu para o primeiro assento na fileira 19 e se agachou ao lado do idoso grisalho que estava sentado lá.

— Polícia. Estamos...

— O quê? — perguntou o idoso e pôs a mão atrás da orelha.

— Polícia — disse Harry mais alto. Percebeu que, numa fileira mais à frente, uma pessoa com fone de ouvido começou a se mexer e falar com sua lapela. — Estamos procurando uma pessoa que teria se sentado no meio dessa fileira. Você viu alguém que já foi embora ou...

— O quê?

Uma mulher de idade, obviamente sua acompanhante, inclinou-se para a frente.

— Ele acabou de sair. Do auditório, quero dizer. No meio da música... — Ela disse a última frase com um tom de voz indicando que presumia que era aquele o motivo de a polícia querer falar com o homem.

Harry subiu a escada correndo, empurrou a porta, irrompeu pelo foyer e desceu a escadaria até a porta de entrada. Viu as costas uniformizadas do lado de fora do prédio e gritou da escada:

— Falkeid!

Sivert Falkeid se virou, viu Harry e abriu a porta.

— Um homem saiu agora?

Falkeid fez sinal de não.

— Stankic está no prédio — disse Harry. — Soe o alarme.

Falkeid assentiu e levantou a lapela.

Harry voltou depressa ao foyer, notou um pequeno celular vermelho no chão e perguntou às mulheres responsáveis pela chapeleira se tinham visto alguém sair do auditório. Elas se entreolharam e responderam um sincronizado não. Ele perguntou se havia outras saídas além da escadaria.

— Só a saída de emergência — respondeu uma delas.

— Sim, mas as portas fazem muito barulho quando se fecham, teríamos escutado — disse a outra.

Harry se posicionou novamente ao lado da porta do auditório e seu olhar percorreu o foyer da esquerda para a direita enquanto tentava pensar em possíveis rotas de fuga. Fora mesmo Stankic que estivera ali? Teria Martine contado a verdade? No mesmo instante entendeu que sim. O cheiro adocicado ainda pairava no ar. O homem que estava no meio do caminho quando Harry chegou. Entendeu por onde Stankic havia fugido.

Ele abriu a porta do toalete masculino com um puxão e sentiu uma rajada de ar gélido vinda da janela aberta. Foi até ela, olhou para a cornija e o estacionamento embaixo e bateu no batente.

— Merda, merda!

Ouviu um som de um dos cubículos.

— Olá! — disse Harry. — Tem alguém aqui?

Como resposta, a descarga soou com um sibilo raivoso.

Ouviu o som de novo. Uma espécie de soluço. O olhar de Harry percorreu todos os cubículos e encontrou um com o sinal vermelho de ocupado. Deixou-se cair de barriga para o chão e viu um par de pernas e sapatos de salto alto.

— Polícia — disse Harry. — Está ferida?

O soluço parou.

— Ele já foi? — perguntou uma voz trêmula.

— Quem?

— O homem que disse que eu tinha que ficar aqui por 15 minutos.

— Já se foi.

A porta do cubículo se abriu. Thea Nilsen estava sentada no chão, entre a privada e a parede, com a maquiagem escorrendo pelo rosto.

— Ele disse que ia me matar se eu não dissesse onde estava Jon — afirmou ela entre soluços, como se quisesse se desculpar.

— E o que você disse? — perguntou Harry enquanto a ajudava a se sentar na tampa da privada.

Ela piscou duas vezes.

— Thea, o que disse a ele?

— Jon enviou uma mensagem — disse ela e fitou a parede com olhar distante. — Seu pai está doente, ele escreveu. Está pegando um voo para Bangcoc hoje à noite. Imagine. Justo hoje à noite.

— Bangcoc? Você disse isso a Stankıc?

— A gente ia cumprimentar o primeiro-ministro — disse Thea com uma lágrima rolando pelo rosto. — E ele nem atendeu quando eu liguei, aquele... aquele...

— Thea! Disse a ele que Jon ia pegar o avião hoje à noite?

Ela fez um movimento afirmativo com a cabeça de forma automática, como se aquilo não tivesse nada a ver com ela.

Harry se levantou e saiu para o foyer, onde Martine e Rikard estavam conversando com um homem que Harry reconheceu como sendo do grupo de seguranças do primeiro-ministro.

— Cancele o alarme — disse Harry. — Stankic não está mais no prédio.

Os três se viraram para ele.

— Rikard, sua irmã está lá dentro, pode cuidar dela? E Martine, pode vir comigo?

Sem esperar pela resposta, Harry a pegou pelo braço e ela teve que correr para acompanhá-lo.

— Aonde vamos? — perguntou ela.

— Ao aeroporto.

— E por que precisa de mim?

— Você vai ser meus olhos, Martine. Você vai ver o homem invisível.

Ele estudou os próprios traços faciais no reflexo do vidro do trem. A testa, o nariz, as bochechas, a boca, o queixo, os olhos. Tentou ver o que era, onde estava o segredo. Mas não viu nada especial sobre o lenço vermelho, apenas um rosto inexpressivo com olhos e cabelo, que, contra as paredes do túnel entre a estação Central de Oslo e Lillestrøm, eram tão pretos quanto a noite lá fora.

33

Segunda-feira, 22 de dezembro. O dia mais curto.

Harry e Martine levaram dois minutos e 38 segundos para correrem do teatro até a plataforma da estação Teatro Nacional. Lá, dois minutos mais tarde, eles embarcaram num trem local com parada na Estação Central de Oslo e no aeroporto em seu trajeto para Lillehammer. Aquele trem era mais vagaroso, porém, era uma opção mais rápida do que esperar pelo próximo trem expresso com destino ao aeroporto. Deixaram-se cair nos únicos dois assentos vagos num vagão cheio de soldados que iam passar as festas de Natal em casa e um grupo de estudantes com caixas de vinho e chapéus de Papai Noel.

— O que está acontecendo? — perguntou Martine.

— Jon está fugindo — respondeu Harry.

— Ele sabe que Stankic está vivo?

— Ele não está fugindo de Stankic, mas de nós. Ele sabe que foi descoberto.

Martine arregalou os olhos.

— Descoberto?

— Nem sei por onde começar.

O trem entrou deslizando na Estação Central. Harry olhou para os passageiros na plataforma, mas não viu Jon Karlsen.

— Começou quando Ragnhild Gilstrup ofereceu 2 milhões de coroas para Jon ajudar a Gilstrup Investimentos a comprar uma parte dos imóveis do Exército de Salvação — disse Harry. — Ele disse não, porque não confiou que ela ficaria de boca fechada. Em vez disso, foi diretamente até Mads e Albert Gilstrup. Ele exigiu 5 milhões e que Ragnhild não ficasse sabendo da transação. Aceitaram.

Martine ficou de queixo caído.

— Como você sabe disso?

— A morte de Ragnhild praticamente acabou com Mads Gilstrup. Ele resolveu revelar o negócio. Então ligou para o contato que tinha na polícia. O número do cartão de visita de Halvorsen. Ele não atendeu, mas Mads deixou sua confissão na secretária eletrônica. Ouvi a mensagem há algumas horas. Entre outras coisas, diz que Jon exigiu um contrato por escrito.

— Jon é uma pessoa disciplinada — disse Martine baixinho. O trem saiu da plataforma, passou por Villa Valle e entrou na paisagem cinzenta dos bairros do leste da cidade, cujos quintais contêm destroços de bicicletas, varais despidos e janelas pretas de fuligem. — Mas o que isso tem a ver com Stankic? — perguntou Martine. — Quem o contratou? Mads Gilstrup?

— Não.

Foram aspirados pelo vazio negro do túnel e, no escuro, a voz dela era quase inaudível por cima do som estridente dos trilhos do trem.

— Foi Rikard? Diga que não foi Rikard...

— Por que acha que foi ele?

— Na noite em que Jon me estuprou, foi Rikard quem me encontrou no banheiro. Eu disse que havia tropeçado no escuro, mas vi que ele não acreditou. Ele me ajudou a voltar para a cama sem acordar os outros. E mesmo que ele nunca tenha dito nada, sempre tive a sensação de que ele viu Jon e entendeu o que tinha acontecido.

— Hum — disse Harry. — Então é por isso que ele a protege a ferro e fogo. Rikard parece gostar muito de você, de verdade.

Ela assentiu.

— Deve ser por isso que eu... — começou ela, mas se calou.

— Sim?

— Por isso espero que não tenha sido ele.

— Nesse caso, seu desejo foi atendido. — Harry olhou para o relógio. Quinze minutos até chegarem.

Martine o olhou, confusa.

— Você... não quer dizer que...?

— Que o quê?

— Você não quer dizer que papai sabia do estupro? Que ele...

— Não, seu pai não tem nada a ver com isso. Quem encomendou o assassinato de Jon Karlsen...

De repente estavam fora do túnel e um céu preto estrelado pendia sobre campos brancos e fosforescentes.

— ...foi o próprio Jon Karlsen.

* * *

Jon entrou no espaçoso hall de embarque. Já estivera ali antes, mas nunca havia visto tantas pessoas como naquele momento. O barulho de vozes, passos e mensagens subia ao teto, que parecia um campanário. Uma cacofonia empolgada, uma mistura confusa de línguas e fragmentos de opiniões que ele não entendia. Para casa no Natal. Viajar no Natal. As filas nos balcões de check-in serpenteavam como jiboias superalimentadas.

Respire, disse ele a si mesmo. Ainda há muito tempo. Eles não sabem de nada. Ainda não. Talvez nunca saibam. Ele se posicionou atrás de uma mulher idosa e se inclinou para ajudá-la a mover a mala quando a fila avançou 20 centímetros. Quando ela, agradecida, se virou para ele e sorriu, ele pôde ver que a pele dela era apenas um tecido fino e lívido esticado sobre um crânio.

Ele retribuiu o sorriso, e ela por fim se virou. Mas no meio do burburinho de pessoas vivas, o tempo todo podia ouvir o grito. O grito insuportável e interminável que tentou abafar o urro de um motor elétrico.

Quando foi levado ao hospital e descobriu que a polícia estava vasculhando seu apartamento, ele entendeu que os policiais poderiam encontrar em sua escrivaninha o contrato com a Gilstrup Investimentos, assinado por Albert e Mads Gilstrup, no qual estava escrito que Jon receberia 5 milhões de coroas se a diretoria do Exército de Salvação fosse a favor da oferta. Por isso, depois que a polícia o levou para o apartamento de Robert, ele foi à rua Gøteborg para buscar o documento. Mas quando ele chegou, alguém já estava lá. Ragnhild. Por causa do aspirador, ela não o ouviu chegar. Ela estava com o contrato diante de si. Ela tinha visto. Visto seus pecados, da mesma maneira que sua mãe vira manchas de sêmen nos lençóis. E como sua mãe, Ragnhild queria humilhá-lo, destruí-lo, contar a todos. Contar ao pai. Ela não podia mais ver. Arranquei seus olhos, pensou ele. Mas ela ainda está gritando.

— Pedintes não rejeitam caridade — disse Harry. — Está na natureza das coisas. Foi o que me ocorreu em Zagreb. Ou melhor, me acertou. Na forma de uma moeda de 20 coroas que foi jogada em mim. E quando a vi rodopiar no chão, lembrei que os peritos técnicos haviam encontrado no dia anterior uma moeda croata na neve em frente da mercearia na esquina da rua Gøteborg. Eles a ligaram imediatamente a Stankic, que tinha fugido por ali enquanto Halvorsen estava sangrando mais adiante na rua. Sou cético por natureza, mas quando vi aquela moeda em Zagreb, foi como se um poder superior quisesse me mostrar alguma coisa. Na primeira vez que encontrei Jon, um pedinte jogou uma moeda nele

Lembro que estranhei ver um pedinte rejeitar esmola. Ontem o encontrei na biblioteca Deichmaske e mostrei a moeda que os peritos haviam encontrado. Ele confirmou que jogara a moeda estrangeira em Jon e que podia muito bem ser aquela que lhe mostrei. Sim, que provavelmente era aquela.

— Então talvez Jon tenha estado na Croácia alguma vez. Não é crime, imagino?

— Não. Estranho é que ele me contou que nunca havia viajado para o exterior, exceto Dinamarca e Suécia. Verifiquei a informação com o setor de passaporte, e nunca foi emitido um no nome de Jon Karlsen. Mas foi emitido no nome de Robert Karlsen, há dez anos.

— Talvez Jon tivesse ganhado a moeda de Robert?

— Tem razão — disse Harry. — A moeda não prova nada. Mas faz cabeças lentas como a minha pensarem. E se Robert nunca tivesse ido a Zagreb? E se foi Jon quem esteve lá? Ele tinha as chaves de todos os apartamentos do Exército de Salvação, e também a de Robert. E se ele pegou emprestado o passaporte do irmão, foi a Zagreb usando o nome dele e se apresentou como Robert Karlsen quando encomendou o assassinato de Jon Karlsen? E se o tempo todo o plano foi matar Robert?

Pensativa, Martine roeu uma unha.

— Mas se Jon queria matar Robert, por que encomendar o próprio assassinato?

— Para ter o álibi perfeito. Mesmo que Stankic fosse preso e confessasse, Jon nunca seria suspeito. Ele era a vítima pretendida. A troca de plantão entre Jon e Robert justo naquela data figuraria como um ardil do destino. Stankic apenas seguiu as instruções. E quando Stankic e Zagreb descobrissem que tinham matado o contratante, não haveria motivo para terminarem o serviço matando Jon. Pois não haveria quem pagasse a conta. De fato, era esse o toque genial do plano: Jon podia prometer a Zagreb tanto dinheiro quanto eles pedissem, uma vez que não haveria endereço para onde mandar a conta. E a única pessoa que poderia provar que não foi Robert que esteve em Zagreb naquele dia e que talvez pudesse ter apresentado um álibi para a data em que o assassinato foi encomendado — Robert Karlsen — estava morta. O plano era como um círculo lógico, a ilusão de uma cobra que come a si mesma, uma criação autodestrutiva que garantia que nada seria deixado para trás, nenhum fio solto.

— Um homem disciplinado — disse Martine.

Dois dos estudantes começaram a cantar uma música sobre bebida, uma tentativa de duo, acompanhados pelo ronco alto de um recruta.

— Mas por quê? — perguntou Martine. — Por que ele tinha que matar Robert?

— Porque Robert representava uma ameaça. De acordo com a sargento-major Rue, Robert ameaçara Jon de acabar com ele se ele se aproximasse de uma determinada mulher de novo. Meu primeiro pensamento foi que estivessem falando de Thea. Mas você tinha razão quando disse que Robert não tinha sentimentos especiais por ela. Jon alegou que o irmão tinha uma obsessão doentia por Thea para que, mais tarde, Robert parecesse ter um motivo para querer matar Jon. Porém, a ameaça que Robert de fato fez estava ligada a Sofia Miholjec. Uma menina croata de 15 anos que acabou de me contar tudo sobre como Jon regularmente a forçou a fazer sexo com ele sob a ameaça de que despejaria sua família do apartamento do Exército de Salvação e os mandaria para fora do país se ela mostrasse qualquer resistência ou contasse a alguém. Quando ficou grávida, Sofia procurou Robert, que a ajudou a abortar e também prometeu deter Jon. Infelizmente, ele não foi à polícia ou à diretoria do Exército de Salvação. Deve ter considerado que era uma questão familiar e tentou resolver o problema dentro da organização. Imagino que seja uma tradição do Exército.

Martine olhou para os campos cobertos de neve, que sob a pálida luz da noite passavam como ondas do mar.

— Então era esse o plano — disse ela. — O que deu errado?

— O que sempre dá errado — respondeu Harry. — O clima.

— O clima?

— Se o voo para Zagreb não tivesse sido cancelado devido à nevasca daquela noite, Stankic teria voltado para casa, descoberto que infelizmente havia matado o contratante e a história teria terminado aí. Em vez disso, ele precisou ficar mais uma noite em Oslo e descobriu que havia matado a pessoa errada. Mas ele não sabia que Robert Karlsen também era o nome do contratante, por isso continuou sua caça.

O alto-falante anunciou: "Aeroporto de Oslo, Gardermoen, plataforma no lado direito".

— E agora você vai pegar Stankic?

— É meu trabalho.

— Vai matá-lo?

Harry olhou para ela.

— Ele matou seu amigo — disse Martine.

— Ele lhe contou?

— Eu disse que não queria saber de nada, então ele não me contou nada.

— Sou policial, Martine. Nós prendemos pessoas, e a justiça proclama a sentença.

— É mesmo? Por que não soou o alarme, então? Por que não ligou para a polícia no aeroporto, por que não tem tropas especiais a caminho com as sirenes ligadas? Por que é só você?

Harry não respondeu.

— Também não tem mais ninguém que saiba o que você acabou de me contar, tem?

Pela janela, Harry viu a plataforma de cimento liso surgir.

— Nossa parada — disse ele.

34

Segunda-feira, 22 de dezembro. A crucificação.

Havia uma pessoa entre Jon e o balcão de check-in quando ele sentiu o cheiro. Um cheiro adocicado de sabonete que vagamente o lembrava de algo. Algo que havia acontecido não fazia muito tempo. Fechou os olhos e tentou lembrar o que era.

— O próximo, por favor!

Jon arrastou os pés para a frente, pôs a mala e a bolsa na esteira e a passagem e o passaporte no balcão em frente de um homem bronzeado que usava uma camisa branca da companhia aérea.

— Robert Karlsen — disse o homem e olhou para Jon, que assentiu com a cabeça. — Duas malas. E tem bagagem de mão? — Ele acenou para a bolsa preta.

— Sim.

O homem folheou as páginas do passaporte e digitou, e uma impressora cuspiu etiquetas marcadas "Bangcoc" para a bagagem. E naquele momento Jon se lembrou de onde reconhecera o cheiro. De um segundo no vão da porta do seu apartamento, o último segundo em que havia se sentido seguro. O homem do lado de fora que, em inglês, dizia ter um recado para ele, antes de levantar uma pistola preta. Obrigou-se a não se virar para olhar.

— Boa viagem, Sr. Karlsen — disse o homem com um sorriso rápido e estendeu-lhe a passagem e o passaporte.

Jon seguiu depressa para as filas de máquinas de raio-x da segurança. Quando guardou a passagem no bolso, lançou um olhar sobre o ombro.

Estava olhando diretamente para ele. Por um momento desesperado, perguntou-se se Jon Karlsen o havia reconhecido, mas então Jon desviou o olhar. O que mesmo assim o preocupou foi que ele parecia estar com medo.

Chegara apenas um pouco atrasado para pegar Jon Karlsen no balcão do check-in. E agora tinha pressa, porque Karlsen já estava na fila do controle de segurança, onde tudo e todos eram examinados com raios x e era impossível esconder um revólver. Teria que acontecer ali, naquele local.

Ele respirou fundo; apertou e soltou a mão em torno da coronha do revólver dentro do casaco.

Queria mesmo acertá-lo já, como costumava fazer. Mas mesmo que pudesse sumir na multidão depois, eles fechariam o aeroporto e verificariam a identidade de todos os passageiros, e ele não só perderia o voo para Copenhagen que partia dentro de 40 minutos, mas também sua liberdade pelos próximos vinte anos.

Avançou em direção às costas de Jon Karlsen. Tinha que acontecer com rapidez e determinação. Ele precisava chegar perto, pressionar o revólver com força contra as costelas e lhe dar o ultimato em termos simples e concisos. E então levá-lo com calma através do hall de embarque lotado para o prédio de estacionamentos, para trás de um carro. Um tiro na cabeça, o corpo embaixo do carro; livra-se da arma antes do controle de segurança, portão 32, voo para Copenhagen.

Ele já estava com o revólver meio para fora e apenas dois passos de Jon Karlsen quando ele de repente saiu da fila e começou a ir para o outro lado do hall de embarque com passos apressados. *Do vraga!* Ele se virou e começou a segui-lo, controlando-se para não correr. Ele não o viu, repetiu para si mesmo.

Jon disse a si mesmo que não podia correr, que aquilo revelaria que ele sabia que fora descoberto. Ele não tinha reconhecido o rosto, mas nem precisava. O homem estava com o lenço vermelho. Na escada para o terminal de desembarque, Jon sentiu o suor. Ao chegar lá embaixo, virou para o lado oposto, e quando estava fora do campo de visão de quem estava na escada, colocou a bolsa embaixo do braço e começou a correr. Rostos bruxuleavam à sua frente com as cavidades oculares vazias e os gritos intermináveis de Ragnhild. Ele desceu correndo outra escada e de repente não havia mais ninguém à sua volta, apenas ar frio e úmido e o eco dos seus passos e de sua respiração num corredor largo em declive. Entendeu que estava no corredor para o prédio de estacionamentos e por um momento hesitou. Olhou para uma câmera de segurança como se esta tivesse a resposta. Mais à frente, sobre uma porta, viu uma placa iluminada com a imagem nítida de si mesmo: um homem estático e apático.

O banheiro masculino. Um esconderijo. Ele poderia se trancar lá dentro. Esperar até logo antes do voo.

Ouviu o eco de passos rápidos se aproximando. Correu para o banheiro, abriu a porta e entrou. A luz branca que o recebeu era como ele imaginava o céu ao dar as boas-vindas a uma pessoa depois da morte. Levando em consideração a localização isolada do toalete, era absurdamente espaçoso. Fileiras desocupadas de mictórios brancos se alinhavam ao longo de uma das paredes, e cubículos igualmente brancos ocupavam a parede oposta. Ele ouviu a porta fechar atrás de si com um clique metálico.

O ar na sala apertada de monitoramento no Aeroporto de Gardermoen era desagradavelmente quente e seco.

— Ali — disse Martine e apontou.

Harry e os dois seguranças nas cadeiras se viraram primeiro para ela, depois para o monitor que ela apontava.

— Qual? — perguntou Harry.

— Ali — disse ela e se aproximou do monitor que mostrava um corredor vazio. — Vi ele passar. Tenho certeza de que era ele.

— É a câmera no corredor para o prédio de estacionamentos — disse um dos seguranças.

— Obrigado — disse Harry. — Cuido disso sozinho a partir de agora.

— Espere — disse o segurança. — Isso aqui é um aeroporto internacional e mesmo que seja policial, precisa de autorização para..

Ele se calou de repente. Harry havia sacado um revólver da cintura e pesou-o na mão.

— Podemos dizer que essa autorização é válida por enquanto?

Harry não esperou pela resposta.

Jon tinha escutado alguém entrar no banheiro. Mas tudo o que ouvia agora era o esguichar de água nos mictórios brancos com formato de lágrima do lado de fora do cubículo onde havia se trancado.

Ele estava sentado sobre a tampa da privada. Os cubículos eram abertos na parte superior, mas as portas iam até o chão, por isso não precisou levantar os pés.

Então o esguichar parou e ele ouviu outro som.

Alguém urinando.

O primeiro pensamento de Jon foi que era outra pessoa, não Stankic, por ninguém ter tanto sangue-frio a ponto de urinar antes de matar alguém. O segundo pensamento foi que talvez fosse verdade o que o pai de Sofia havia contado sobre o pequeno redentor que podia ser contratado por uma ninharia no hotel Internacional em Zagreb: ele não sentia medo.

Jon ouviu com clareza o zíper ser fechado, e em seguida a música aquática da orquestra de porcelana.

Parou como se estivesse sob o comando de uma batuta, e ele ouviu água escorrer de uma torneira. O homem lavava as mãos. Escrupulosamente. A torneira foi fechada. Então passos. O ranger de leve da porta. O clique metálico.

Jon se encolheu sobre a tampa da privada com a bolsa no colo.

E então ele bateu na porta do cubículo.

Três batidas leves, mas com o som de algo duro. Como aço.

Era como se o sangue se recusasse a entrar no cérebro. Jon não se moveu, apenas fechou os olhos e prendeu a respiração. Mas seu coração batia. Ele tinha lido em algum lugar que alguns predadores têm ouvidos que captam o som do coração apavorado da vítima, que era assim que as encontravam. Exceto pelas batidas do coração, o silêncio era total. Cerrou os olhos e pensou que, se ele se concentrasse, poderia ver através do teto o céu estrelado, frio e claro, o plano e a lógica invisíveis, porém confortantes, o sentido de tudo.

Então veio o inevitável estrondo.

Jon sentiu a pressão do ar no rosto e pensou por um momento que vinha de um tiro. Abriu os olhos com cuidado. Onde antes existia o trinco agora havia lascas de madeira, e a porta pendia torta.

O homem à sua frente estava com o casaco aberto. Por baixo tinha um paletó de smoking preto e uma camisa que era tão branca quanto as paredes atrás dele. Em volta do pescoço tinha um lenço vermelho.

Vestido para festa, pensou Jon.

Ele aspirou o cheiro de urina e liberdade enquanto olhava para a figura encolhida à sua frente. Um menino desengonçado apavorado que tremia enquanto esperava pela morte. Sob outras circunstâncias, ele teria se perguntado o que aquele menino com olhar turvo e azul poderia ter feito. Mas por um momento ele soube. E pela primeira vez desde que matara o pai de Giorgi durante a ceia de Natal em Dalj, aquilo lhe daria uma satisfação pessoal. E ele não estava mais com medo.

Sem baixar a arma, lançou um rápido olhar para o relógio. Faltavam 35 minutos para o voo. Ele tinha visto a câmera de segurança do lado de fora. O que significava que era provável haver câmeras no prédio do estacionamento também. Teria que ser ali dentro. Puxá-lo para o cubículo ao lado, matá-lo, trancar o cubículo por dentro e sair dali. Jon Karlsen não seria encontrado antes que fechassem o aeroporto à noite.

— *Come out!* — disse ele.

Jon parecia estar num transe e não se mexeu. Ele engatilhou o revólver e mirou. Karlsen saiu devagar do cubículo. Parou. Abriu a boca.

— Polícia. Solte a arma.

Harry segurava a arma com as duas mãos, apontando-a para as costas do homem com o lenço de seda vermelho enquanto a porta se fechava com um clique metálico.

Em vez de baixar o revólver, o homem o mantinha apontado para a cabeça de Jon Karlsen e disse com um sotaque que Harry achou familiar:

— *Hello, Harry.* Tem uma boa mira?

— Perfeita — respondeu o inspetor-chefe. — Direta para a sua cabeça. Solte a arma, eu disse.

— Como posso saber se está segurando uma arma, Harry? Já que estou com a sua.

— Tenho a de um colega. — Harry olhou seu próprio dedo apertar o gatilho. — Jack Halvorsen. Aquele que você esfaqueou na rua Gøteborg.

Harry viu o homem enrijecer.

— Jack Halvorsen — repetiu Stankic. — O que o faz pensar que fui eu?

— Seu DNA no vômito. Seu sangue no casaco. E a testemunha que está na sua frente.

Stankic assentiu demoradamente.

— Entendo. Matei seu colega. Mas se acredita nisso, por que ainda não me matou?

— Porque existe uma diferença entre mim e você — disse Harry. — Não sou um assassino, mas um policial. Então, se você abaixar sua arma agora, só vou tomar metade da sua vida. Cerca de vinte anos. A escolha é sua, Stankic. — O músculo no braço de Harry começava a doer.

— *Tell him!*

Harry demorou um pouco para perceber que Stankic estava gritando com Jon.

— *Tell him!*

O pomo-de-adão de Jon subia e descia como uma boia. Então ele fez um movimento negativo com a cabeça.

— Jon? — disse Harry.

— Não posso...

— Ele vai matá-lo, Jon. Fale.

— Não sei o que vocês querem que eu...

— Preste atenção, Jon — disse Harry sem tirar os olhos de Stankic. — Nada do que você diz com uma pistola apontada para a cabeça pode ser usado contra você num processo legal. Entende? Neste momento não tem nada a perder.

As paredes duras e lisas do banheiro ecoaram com nitidez o som de metal em movimento e molas sendo tensionadas quando o homem de smoking engatilhou seu revólver.

— Pare! — Jon levantou os braços. — Vou contar tudo.

Jon encontrou o olhar do policial por cima do ombro de Stankic. E viu que ele já sabia. Talvez soubesse há tempos. O policial tinha razão: ele não tinha nada a perder. Nada do que dissesse poderia ser usado contra ele. E o mais estranho é que ele queria contar. De fato não havia nada que ele quisesse mais.

— Estávamos esperando Thea do lado de fora do carro — disse Jon. — O policial estava ouvindo um recado no celular. Eu ouvi que era de Mads. E quando o policial disse que era uma confissão e ia ligar para você, eu soube que ia ser descoberto. Eu tinha o canivete de Robert e reagi por instinto.

Ele contou como tentara prender os braços de Halvorsen nas costas, mas o policial conseguira se soltar e colocar a mão entre a lâmina do canivete e a garganta. Jon enfiara o canivete com força, mas sem conseguir alcançar a artéria carótida. Furioso, balançara o policial de um lado para o outro como uma boneca de pano enquanto o apunhalava sem parar e, por fim, o canivete penetrou o peito. Um suspiro pareceu perpassar o corpo de Halvorsen, e seus braços ficaram moles. Jon pegara o celular do chão e o enfiara em seu bolso. Faltava apenas o golpe de misericórdia.

— Mas Stankic o atrapalhou? — perguntou Harry.

Jon erguera o canivete para cortar a garganta do policial desmaiado, mas ouvira alguém gritar em uma língua estrangeira. Levantara o olhar e vira um homem de jaqueta azul correndo em sua direção.

— Ele estava com uma pistola, por isso precisei fugir — disse Jon e sentiu como a confissão o purificava, o libertava do fardo. E então viu Harry assentir, viu o homem alto e louro compreendê-lo. E perdoá-lo. Ficou tão comovido que sentiu a voz embargada pelo choro ao continuar: — Ele atirou em mim quando corri para dentro do prédio. Quase me acertou. Você tem que matá-lo, Harry. Temos que pegá-lo, você e eu... nós...

Ele viu Harry abaixar o revólver devagar e enfiá-lo nos cós das calças.

— O que... o que está fazendo, Harry?

O policial abotoou o casaco.

— Estou entrando em férias natalinas, Jon. Obrigado pela confissão

— Harry? Espere...

A certeza de seu destino iminente secou toda a umidade da sua garganta e da sua boca em segundos, e as palavras precisaram ser expelidas à força:

— Podemos dividir o dinheiro, Harry. Escute, podemos dividi-lo entre nós três. Ninguém precisa ficar sabendo.

Mas o inspetor-chefe já havia se virado e se dirigiu a Stankic em inglês:

— Acho que vai encontrar bastante dinheiro naquela bolsa para que mais pessoas no hotel Internacional possam construir suas casas em Vukovar. E talvez sua mãe queira doar um pouco para o apóstolo da Catedral de Santo Estêvão.

— Harry! — O grito de Jon era rouco como o som da morte. — Todas as pessoas merecem uma nova chance, Harry!

O policial parou com a mão na maçaneta.

— Olhe para o fundo do seu coração, Harry. Tem que haver um pouco de perdão!

— O problema é... — Harry esfregou o queixo. — ...que não trabalho com o perdão.

— O quê? — exclamou Jon, surpreso.

— Redenção, Jon. Redenção. É a minha área. A minha também.

Quando Jon ouviu a porta se fechar com um clique metálico atrás de Harry, viu o homem em trajes de festa erguer o revólver e olhou para dentro do cano. O pavor já era uma dor física e ele não sabia mais a quem os gritos pertenciam: a Ragnhild, a ele mesmo ou a algum dos outros. Mas antes de a bala destroçar sua testa, Jon Karlsen conseguiu chegar a uma conclusão que eclodiu depois de anos de dúvida, vergonha e preces desesperadas: ninguém nunca ouviria seus gritos, nem suas preces.

Quinta Parte

EPÍLOGO

35

Culpa

Harry desceu do metrô na Egertorget. Era antevéspera de Natal, e as pessoas se apressavam à procura dos últimos presentes. Mesmo assim, parecia que a paz natalina havia chegado à cidade. Estava estampada nos rostos das pessoas, fosse nos sorrisos contentes pelo término dos preparativos ou nos sorrisos de cansaço resignado. Um homem que vestia jaqueta e calças acolchoadas passou andando devagar, parecendo um astronauta, com um largo sorriso e soprando fumaça de gelo de suas rechonchudas bochechas cor-de-rosa. Mas Harry viu também um rosto desesperado. Uma mulher pálida usando um casaco fino de couro com remendos nos cotovelos estava em frente da loja do relojoeiro, e, por causa do frio, dava pequenos saltos de um pé para o outro.

O jovem atrás do balcão se iluminou quando viu Harry, atendeu depressa um cliente e foi logo para os fundos. Voltou com o relógio do avô de Harry, que pôs no balcão com uma expressão de orgulho.

— Funciona — disse o policial impressionado.

— Tudo tem conserto — disse o jovem. — Mas tome cuidado para não dar corda demais, isso acaba com o mecanismo. Experimente, vou lhe mostrar.

Harry deu corda e sentiu a fricção áspera e a resistência das molas. E notou o olhar enlevado do jovem.

— Desculpe — disse o jovem. — Mas posso perguntar onde conseguiu esse relógio?

— Ganhei do meu avô — respondeu Harry, surpreso pela repentina reverência na voz do relojoeiro.

— Esse não. *Esse.* — O relojoeiro apontou para o relógio no pulso de Harry.

— Ganhei do meu ex-chefe quando ele se aposentou.

— Nossa! — O jovem relojoeiro se inclinou sobre o punho esquerdo de Harry e estudou o relógio cuidadosamente. — Sem dúvida é verdadeiro. Um presente e tanto.

— É mesmo? Ele tem algo de especial?

O relojoeiro olhou para Harry, incrédulo.

— Não sabe?

Harry fez que não.

— É um Lange 1 Tourbillon de A. Lange & Söhne. No lado de trás vai encontrar um número de série que diz quantos exemplares foram produzidos. Se não me falha a memória, foram 150. Você está usando um dos mais belos relógios já fabricados. Talvez não seja uma boa ideia ficar andando com ele por aí. Com o preço atual de mercado, esse relógio deveria estar num cofre de banco.

— Cofre? — Harry olhou para o relógio de aparência comum que há poucos dias havia jogado pela janela do quarto. — Não parece tão exclusivo.

— Exatamente. Ele só vem com uma pulseira de couro preto padrão e mostrador cinza, e não há nele um único diamante ou grama de ouro. Na verdade, o que parece ser aço comum é platina. Mas o valor está no fato de ser uma obra engenhosa elevada ao status de arte.

— Muito bem. Quanto diria que vale o relógio?

— Não sei. Mas em casa tenho alguns catálogos com preços de leilão de relógios raros que posso trazer amanhã.

— Apenas me dê um valor aproximado.

— Valor aproximado?

— Uma ideia.

O jovem apertou os lábios e balançou a cabeça. Harry esperou.

— Bem, eu não o venderia por menos de 400 mil.

— Quatrocentas *mil* coroas?

— Não, não — disse o jovem. — Quatrocentos mil dólares.

Quando Harry saiu, não sentia mais frio. Nem a sonolência pesada que ainda permanecia em seu corpo depois de 12 horas de sono profundo. E ele mal notou a mulher de olhos fundos com o casaco de couro fino e olhar de viciada que o abordou, perguntando se ele não era o policial com quem ela havia conversado há alguns dias e se Harry sabia alguma coisa sobre seu filho, que ninguém via há quatro dias.

— Onde foi visto pela última vez? — perguntou o policial mecanicamente.

— Onde acha? — perguntou a mulher. — Na Plata, evidente.

— Como ele se chama?

— Kristoffer. Kristoffer Jørgensen. Olá! Tem alguém aí?

— O quê?

— Parece que está viajando, cara.

— Desculpe. É melhor você levar uma foto dele para a sede da polícia e registrar o desaparecimento.

— Foto? — Ela soltou uma gargalhada estridente. — Tenho uma foto de quando ele tinha 7 anos. Acha que vai servir?

— Não tem nenhuma mais recente?

— E quem você acha que poderia ter batido uma foto dele?

Harry encontrou Martine no Farol. O café estava fechado, mas a recepcionista no albergue o deixou entrar pelos fundos.

Ela estava de costas para ele na lavanderia, tirando roupas da máquina. Ele pigarreou baixinho para não assustá-la.

Harry observou as escápulas e os músculos da nuca quando ela virou a cabeça e se perguntou de onde vinha tanta elasticidade. E se ela a teria para sempre. Martine se endireitou, inclinou a cabeça, afastou um cacho de cabelo do rosto e sorriu.

— Olá, você que se chama Harry.

Ela estava a um passo dele, com os braços caídos. Ele olhou bem para ela. Para sua pele pálida que, apesar do inverno, tinha aquela estranha luminosidade. Para as narinas sensíveis e dilatadas, os olhos incomuns, com as pupilas que se derramavam, parecendo eclipses lunares parciais. E para os lábios que ela inconscientemente dobrou para dentro, umedeceu e voltou a fechar, macios e úmidos, como se tivesse acabado de beijar a si mesma. O tambor de uma secadora produzia um ruído surdo.

Estavam a sós. Ela respirou fundo e inclinou a cabeça de leve para trás. Estava a apenas um passo dele.

— Oi — disse Harry sem se mexer.

Ela piscou rápido duas vezes. Então mostrou um sorriso breve e um pouco perplexo, virou-se para a bancada e começou a dobrar as roupas.

— Estou quase acabando aqui. Você espera?

— Tenho alguns relatórios para terminar antes das férias.

— Vamos fazer uma ceia de Natal amanhã — disse ela e deu meia-volta. — Quer vir ajudar?

Ele fez que não com a cabeça.

— Outros planos?

O *Aftenposten* estava aberto na bancada ao lado dela. Uma página inteira estava dedicada ao soldado do Exército de Salvação que fora encontrado no banheiro do aeroporto na noite anterior. O jornal citava o superintendente da Homicídios, Gunnar Hagen, que disse que eles não sabiam quem era o autor do crime nem o motivo, mas que achavam ter uma ligação com o assassinato ocorrido na Egertorget na semana passada.

Como as duas vítimas eram irmãos e o principal suspeito da polícia um croata não identificado, os jornais do dia começavam a conjecturar a respeito de uma possível vendeta familiar. O *Verdens Gang* destacou que a família Karlsen havia passado férias na Croácia há alguns anos, e, como há uma tradição croata de vingança de sangue, uma explicação nesse sentido parecia possível. O editorial do *Dagbladet* advertia contra preconceitos e a confusão entre os croatas e os elementos criminosos sérvios e kossovares-albaneses.

— Fui convidado para a casa de Rakel e Oleg — disse Harry. — Estive lá agora com um presente para Oleg e eles me perguntaram se eu não gostaria de passar o Natal na companhia deles.

— Eles?

— Ela.

Martine continuou dobrando as roupas e fez um gesto de assentimento com a cabeça, como se ele tivesse dito algo sobre o qual ela precisasse refletir.

— Isso quer dizer que vocês...

— Não — disse Harry. — Não quer dizer isso.

— Ela ainda está com o outro, então? O médico.

— Até onde eu saiba.

— Você não perguntou? — Ele ouviu a raiva em sua voz.

— Não tenho nada com isso. Parece que ele vai passar a noite de Natal com os pais. É tudo. E você, vai estar aqui?

Ela fez que sim sem parar com as roupas.

— Vim me despedir — prosseguiu ele.

Ela não se virou.

— Adeus — insistiu.

Ela parou de dobrar. Ele viu um leve tremor em seus ombros.

— Você vai entender — disse Harry. — Talvez não acredite agora, mas com o tempo vai entender que não podia ser... diferente.

Ela se virou. Seus olhos estavam cheios de lágrimas.

— Eu sei, Harry. Mas eu queria mesmo assim. Por um tempo. Teria sido pedir demais?

— Não. — Harry esboçou um sorriso. — Por algum tempo teria sido ótimo. Mas é melhor dizer adeus agora do que esperar até doer.

— Mas já está doendo, Harry. — A primeira lágrima rolou.

Se Harry não soubesse o que sabia sobre Martine Eckhoff, teria pensado que era impossível uma garota tão jovem saber o que é dor. Em vez disso, pensou em algo que sua mãe tinha dito uma vez no hospital. Que só havia uma coisa mais vazia do que ter vivido sem amor: ter vivido sem dor.

— Estou indo, Martine.

E foi o que fez. Foi até o carro estacionado no meio-fio e bateu no vidro da janela, que se abriu.

— Ela já é uma menina crescidinha — disse Harry. — Por isso não sei se ela ainda precisa desse cuidado todo. Sei que vai continuar de qualquer maneira, mas só queria lhe dizer. E desejar um feliz Natal e boa sorte.

Rikard parecia querer dizer algo, mas se limitou a um aceno com a cabeça.

Harry começou a andar em direção ao rio Aker. Ele já sentia que o tempo estava ficando mais ameno.

Halvorsen foi enterrado no dia 27 de dezembro. Chovia, neve derretida escorria em riachos pelas ruas. No cemitério, o gelo estava cinzento e pesado.

Harry carregou o caixão. Na sua frente estava o irmão mais novo de Jack. Harry o reconheceu pela maneira de andar.

Depois se reuniram no Valkyrien, um bar popular mais conhecido como Valka.

— Venha aqui — disse Beate e levou Harry para uma mesa no canto, afastada dos outros. — Todos vieram.

Harry fez que sim, sem dizer o que tinha pensado. Que Bjarne Møller não viera. Nem tinha dado notícias.

— Há algumas coisas que preciso saber, Harry. Já que o caso não foi esclarecido.

Ele olhou para ela. Seu rosto estava pálido e marcado pela tristeza. Ele sabia que ela não era abstêmia, mas só havia água com gás em seu copo. Ele se perguntou por quê. Teria se anestesiado com tudo que encontrasse pela frente se seu corpo conseguisse suportar.

— O caso não está arquivado, Beate.

— Harry, você acha que eu não tenho olhos? Agora o caso está nas mãos de um palerma e um incompetente da Kripos que trocam pilhas de papel de lugar, coçando as cabeças que eles não têm.

Harry deu de ombros.

— Mas você solucionou o caso, não foi, Harry? Você sabe o que aconteceu, só não quer contar a ninguém.

Harry bebeu um gole de café.

— Por quê, Harry? Por que é tão importante que ninguém fique sabendo?

— Eu ia contar a você — respondeu ele. — Depois de algum tempo. Não foi Robert quem encomendou o assassinato em Zagreb. Foi Jon.

— Jon? — Beate o olhou, incrédula.

Harry contou sobre a moeda e Espen Kaspersen.

— Mas eu precisava ter certeza — prosseguiu. — Por isso fiz um acordo com a única pessoa que poderia reconhecer Jon como a pessoa que esteve em Zagreb. Dei à mãe de Stankic o número do celular de Jon. Ela ligou para ele na mesma noite em que ele estuprou Sofia. Ela disse que Jon primeiro falou norueguês, mas quando ela não respondeu ele começou a falar em inglês e perguntou *"Is that you?"*. Aparentemente, ele pensou que era o pequeno redentor. Ela me ligou depois, confirmando que era a mesma voz do homem de Zagreb.

— Ela tinha certeza absoluta?

Harry assentiu.

— A expressão que ela usou foi *"quite sure"*. Jon tinha um sotaque inconfundível, ela disse.

— E qual era sua parte no acordo?

— Cuidar para que o filho dela não fosse morto por nossos homens.

Beate tomou um gole d'água, como se a informação precisasse de ajuda para ser digerida.

— Você prometeu isso?

— Prometi — afirmou Harry. — E agora vem o que eu queria contar. Não foi Stankic que matou Halvorsen. Foi Jon Karlsen.

Ela o encarou, boquiaberta. Então seus olhos se encheram de lágrimas e ela sussurrou com amargura na voz.

— É verdade, Harry? Ou diz isso para fazer com que eu me sinta melhor? Por achar que eu não aguentaria viver sabendo que o assassino fugiu?

— Temos o canivete que foi encontrado embaixo da cama no apartamento de Robert, um dia depois que Jon estuprou Sofia lá. Se você pedir para os legistas examinarem o sangue da lâmina para conferir se tem o mesmo DNA de Halvorsen, creio que você terá paz de espírito.

Beate fixou o olhar no copo.

— O relatório diz que você estava no banheiro, mas que não viu ninguém lá. Sabe o que acho? Acho que encontrou Stankic, mas que não fez nada para detê-lo.

Harry não respondeu.

— Acredito que o motivo de você não contar a ninguém que sabia que Jon era o culpado era por não querer qualquer intervenção antes que Stankic terminasse o serviço. Antes que matasse Jon Karlsen. — A voz de Beate tremeu de raiva. — Mas se você acha que vou agradecer por isso, está enganado.

Ela colocou o copo na mesa com força, e algumas pessoas olharam para eles. Harry ficou de boca fechada e esperou.

— Somos policiais, Harry. Mantemos a lei e a ordem, não julgamos. E você não é meu maldito redentor pessoal, sacou?

Ela arfou, trêmula, e passou o dorso da mão por baixo dos olhos, onde lágrimas estavam começando a escorrer.

— Terminou? — perguntou Harry.

— Terminei — disse ela com olhar duro.

— Eu não conheço todas as razões para fazer o que fiz — comentou Harry. — A mente é uma máquina peculiar. Talvez você tenha razão. Posso ter feito com que as coisas acontecessem como eu queria. Mas se for o caso, quero que saiba que não foi pela sua redenção, Beate. — Harry esvaziou a xícara de café de um só gole e se levantou. — Foi pela minha.

Entre o Natal e o Ano-Novo a chuva lavou as ruas, fazendo a neve sumir de vez. E quando o novo ano chegou, com apenas poucos graus negativos, e neve nova começou a cair, leve como pluma, era como se o inverno tivesse recebido a chance de um novo e mais agradável começo. Oleg ganhou esquis de *slalom* de presente, e Harry levou-o à pista de downhill Wyller e começou a ensiná-lo a fazer curvas. No carro, ao voltar para casa depois do terceiro dia esquiando, ele perguntou a Harry se eles não iam logo começar com os obstáculos.

Harry viu o carro de Lund-Helgesen estacionado na frente da garagem, por isso deixou Oleg ainda na rua, foi para casa, deitou-se no sofá e ficou ouvindo CDs antigos e olhando para o teto.

Na segunda semana de janeiro, Beate contou que estava grávida. Que ela ia dar à luz o bebê dela e de Halvorsen no verão. Harry relembrou o passado e perguntou-se até que ponto podia ser tão cego.

* * *

Em janeiro, Harry teve bastante tempo para pensar, uma vez que a parte da humanidade que mora em Oslo resolveu parar um pouco de se matar. Por isso, pensou em deixar Skarre se instalar na sala 605, a Sala das Descobertas. Pensou no que ia fazer com o resto de sua vida. E se perguntou se era possível saber em vida se havia feito a coisa certa.

Foi só no final de fevereiro que Harry reservou uma passagem de avião para Bergen.

A cidade entre as sete montanhas ainda estava no outono e sem neve, e na montanha de Fløien, Harry teve a sensação de que a nuvem que os envolvia era a mesma da última vez. Ele o encontrou numa mesa do Fløien Folkerestaurant.

— Me disseram que é aqui que você costuma passar os dias — disse Harry.

— Estive esperando — disse Bjarne Møller e virou o copo. — Você demorou.

Saíram e foram até a balaustrada do mirante. Møller estava ainda mais pálido e magro do que antes. Seus olhos eram límpidos, mas o rosto estava inchado e as mãos tremiam. Harry supunha que era mais de comprimidos do que de álcool.

— Não tinha entendido o que você quis dizer — disse Harry. — Quando me disse para seguir o dinheiro.

— Mas eu tinha razão, não é?

— Tinha — respondeu Harry. — Você tinha razão. Mas achei que estava falando do meu caso. Não do seu.

— Falei de todos os casos, Harry. — O vento soprou longos fios de cabelo sobre o rosto de Møller. — Aliás, você não me disse se Gunnar Hagen ficou contente com a solução do seu caso. Ou melhor, a falta de solução.

Harry deu de ombros.

— David Eckhoff e o Exército de Salvação foram poupados de um escândalo penoso que poderia ter sujado seu nome e seu trabalho. Albert Gilstrup perdeu seu único filho e sua nora, e o contrato que poderia ter salvado a fortuna da família foi cancelado. Sofia Miholjec e sua família estão voltando para Vukovar. Receberam ajuda de um benfeitor local recém-estabelecido para construir uma casa por lá. Martine Eckhoff está saindo com um rapaz chamado Rikard Nilsen. Em suma, a vida continua.

— E você? Está vendo Rakel?

— De vez em quando.

— E aquele médico?

— Não fico perguntando. Eles têm seus problemas para resolver.

— Ela quer você de volta, é isso?

— Eu acho que ela gostaria que eu fosse um homem que pudesse viver uma vida igual à dela. — Harry levantou a gola do casaco e olhou para o que diziam ser uma cidade lá embaixo. — E, às vezes, eu quero a mesma coisa.

Ficaram em silêncio.

— Levei o relógio de Tom Waaler para ser avaliado por um jovem relojoeiro que entende da coisa. Você se lembra que uma vez lhe contei que estava tendo pesadelos com o relógio Rolex que fazia tique-taque no braço decepado de Waaler?

Møller fez que sim.

— Encontrei a explicação — disse Harry. — Os relógios mais caros do mundo têm o sistema Tourbillon, com uma frequência de 28 mil vibrações por segundo. Isso faz com que o ponteiro dos segundos pareça estar flutuando num único movimento. E o dispositivo mecânico faz com que o som de tique-taque fique mais intenso do que o de outros relógios.

— Bons relógios, os Rolex.

— A marca Rolex só foi colocada por um relojoeiro para camuflar o tipo de relógio que ele realmente é. Trata-se de um Lange 1 Tourbillon. Um de 150 exemplares. Da mesma série daquele que ganhei de você. A última vez que um Lange 1 Tourbillon foi vendido em leilão atingiu um preço um pouco abaixo de 3 milhões de coroas.

Møller assentiu com um esboço de sorriso nos lábios.

— Foi assim que vocês se premiaram? — perguntou Harry.

— Com relógios de 3 milhões?

Møller abotoou o casaco e levantou a gola.

— O valor deles é mais estável, e chamam menos a atenção do que carros. São menos ostensivos que obras de arte, mais fáceis de contrabandear que dinheiro vivo e não precisam de lavagem.

— E relógios são bons presentes.

— Sim, são.

— O que aconteceu?

— É uma longa história, Harry. E como tantas outras tragédias, começa com as melhores intenções. Éramos um pequeno grupo de pessoas querendo contribuir. Corrigir as coisas que a sociedade regida pela lei não conseguia fazer por conta própria.

Møller vestiu um par de luvas pretas.

— Alguns dizem que a causa de tantos criminosos continuarem livres é que o sistema legal é uma rede de malha grossa. Mas isso é uma imagem totalmente errada. Ele é, na verdade, uma rede de malha fina que pega os pequenos, mas rasga quando os grandes entram nela. Queríamos ser a rede atrás da rede, aquela que podia deter os tubarões. Não eram só pessoas da polícia, havia também advogados, políticos e burocratas que viam que nossa estrutura social e legislativa não estava preparada para o crime organizado internacional que invadiu nosso país quando abrimos as fronteiras. A polícia não tinha autoridade para jogar o jogo dos criminosos. Até atualizarem a legislação. Por isso, tivemos que agir às escondidas.

Møller balançou a cabeça enquanto olhava para dentro da neblina.

— Mas em lugares fechados e secretos, que não podem ser arejados, a podridão se instala. Em nosso grupo espalhou-se uma flora bacteriana que defendeu a necessidade de contrabandear armas para o país, para fazer frente às armas de que nossos adversários dispunham. Depois, para vendê-las a fim de financiar nosso trabalho. Era um paradoxo estranho, mas os opositores descobriram depressa que a flora bacteriana tinha vingado. Então vieram os presentes. No início, trivialidades. Serviam como inspiração para continuar na luta, como diziam, sinalizando dessa forma que a recusa seria considerada uma demonstração de não companheirismo. Mas, na verdade, era apenas a próxima fase do apodrecimento, da corrupção que engole você quase sem você perceber, até estar com merda até o pescoço. E não havia como cair fora. Eles sabiam demais. E o pior era não saber quem exatamente eram "eles". Éramos organizados em células de poucas pessoas, que só tinham contato umas com as outras através de uma pessoa em comum, que tinha jurado sigilo. Eu não sabia que Tom Waaler era um dos nossos, nem que era ele quem organizava o contrabando de armas, ou que existia uma pessoa com o codinome Príncipe. Não até você e Ellen Gjelten descobrirem. Foi quando também entendi que há tempo havíamos perdido de vista nosso verdadeiro objetivo. Que fazia tempo que não tínhamos outro objetivo além de nos enriquecer. Que eu era corrupto. E que eu era cúmplice em... — Møller respirou fundo — ...matar policiais como Ellen Gjelten.

Chumaços e camadas de nuvens rodopiaram em torno deles, como se estivessem voando.

— Um dia não aguentei mais. Tentei sair. Eles me deram as alternativas. Era simples. Mas não temo por mim. Meu único medo é que possam machucar minha família.

— É por isso que se separou deles?

Bjarne Møller fez que sim com a cabeça.

Harry soltou um suspiro.

— E então me deu esse relógio para colocar um fim em tudo?

— Tinha que ser você, Harry. Não podia ser outro.

Harry assentiu. Ele sentiu um crescente nó na garganta. Lembrou-se de algo que Møller dissera da última vez que estiveram ali no cume da montanha: que era estranho pensar que uma pessoa podia se perder e morrer a apenas seis minutos da segunda maior cidade da Noruega. E refletiu sobre como era possível estar no centro do que se pensa ser a justiça e de repente perder todo o senso de direção, tornar-se o que se está combatendo. E ele pensou nos grandes cálculos mentais que fizera, em todas as pequenas e grandes escolhas que haviam levado aos últimos minutos no aeroporto.

— E se eu não for tão diferente de você, chefe? E se eu dissesse que poderia estar onde você está agora?

Møller deu de ombros.

— São acasos e nuances que separam o herói do vilão, sempre foi assim. A retidão é a virtude dos preguiçosos e daqueles a quem falta visão. Sem criminosos e desobediência, estaríamos ainda vivendo numa sociedade feudal. Eu perdi, Harry. É simples assim. Acreditei em algo, mas fiquei cego, e quando recuperei a visão, meu coração estava corrompido. Acontece o tempo todo.

Harry tremeu por causa do vento e procurou as palavras. Quando finalmente encontrou algumas, sua voz soou estranha e atormentada.

— Sinto muito, chefe. Não posso prendê-lo.

— Está bem, Harry. Eu cuido do resto sozinho. — A voz de Møller soou calma, quase consoladora. — Só queria que você visse tudo. E entendesse. E talvez aprendesse. Não há mais o que dizer.

Harry olhou para dentro da impenetrável neblina e tentou em vão fazer o que o chefe e seus amigos lhe pediam: ver tudo. Manteve os olhos abertos até as lágrimas brotarem. Quando se virou de novo, Bjarne Møller não estava mais lá. Harry chamou seu nome em meio à neblina, mesmo sabendo que Møller tinha razão: não havia mais o que dizer. Mas ele pensou que alguém devia chamar seu nome mesmo assim.

Este livro foi composto na tipologia Sabon LT Std,
em corpo 10,5/14, e impresso em papel off-white
no Sistema Cameron da Divisão Gráfica
da Distribuidora Record.